COLD MOUNTAIN

De blauwe ber

Charles Frazier

Cold Mountain

De blauwe bergen

DE KERN

Derde druk, maart 2004

Deze filmeditie verscheen eerder onder de titel *De blauwe bergen*

Oorspronkelijke titel: *Cold Mountain*
Oorspronkelijke uitgever: The Atlantic Monthly Press
Published by arrangement with Sane Töregård Agency

Uitgeverij De Kern, De Fontein bv, Postbus 1, 3740 AA Baarn
Vertaling: Pauline Moody
Omslagontwerp: Hans Gordijn

Zetwerk: Scriptura, Westbroek
ISBN 90 325 0948 9
NUR 302

voor Katherine en Annie

Het is moeilijk te geloven in de verschrikkelijke maar stille strijd tussen levende wezens die zich afspeelt in de vredige bossen en glimlachende velden.

– *Darwin, dagboekaantekening uit 1839*

Mensen vragen de weg naar Cold Mountain.
Cold Mountain: er is geen doorgaand pad.

– *Han-shan*

de schaduw van een kraai

Bij het krieken van de morgen begonnen de vliegen zich te roeren. Ze werden aangetrokken door Inmans ogen en de lange wond in zijn hals, en het geluid van hun vleugels en de aanraking van hun pootjes werkten algauw beter dan een erfvol hanen om een man wakker te krijgen. Zo begon hij aan weer een dag in de ziekenzaal. Hij wapperde de vliegen weg met zijn handen en keek over het voeteneind van zijn bed naar een open raam waarvoor drie gordijnen hingen. Gewoonlijk kon hij de rode weg zien, en de eik en de lage bakstenen muur. En daarachter de velden en vlakten met dennenbos of zoiets die zich uitstrekten tot de westelijke horizon. Het was een weids uitzicht voor dit vlakke land, aangezien het ziekenhuis gebouwd was op de enige heuvel die in de wijde omtrek te vinden was. Maar het was nog te vroeg voor een panorama. Het raam had evengoed grijs geschilderd kunnen zijn.

Als het niet te donker was geweest, zou Inman gelezen hebben om de tijd tot het ontbijt te doden, want het boek dat hij aan het lezen was werkte rustgevend op zijn geest. Maar hij had de vorige avond zijn laatste kaars opgebrand om al lezend in slaap te vallen, en lampenolie was te schaars om een lamp van het ziekenhuis aan te steken alleen voor verstrooiing. Daarom stond hij op, kleedde zich aan en ging op een stoel met een rechte, houten rugleuning zitten, zodat hij de schemerige zaal met bedden en de gehavende mensen die erin lagen, achter zich had. Hij wapperde weer naar de vliegen en keek uit het raam naar de eerste veeg mistige dageraad en wachtte tot de wereld buiten begon vorm aan te nemen.

Het raam was hoog als een deur, en hij had zich vele malen voorgesteld dat het zich zou openen naar een andere plaats en dat hij erdoorheen mocht stappen en daar zijn. Tijdens zijn eerste week in het ziekenhuis was hij nauwelijks in staat geweest zijn hoofd te bewegen, en het enige om zijn geest bezig te houden was toen geweest uit het raam te kijken en zich de oude, groene plekken voor te stellen die hij zich van thuis herinnerde. Kinderplekken. De vochtige oever van de beek waar indiaans pijpenriet groeide. De hoek van een weide waar in de herfst veel bruin-met-zwarte rupsen te vinden waren. De tak van een eik die over de weg hing, en vanwaar hij vaak zijn vader gadesloeg wanneer hij tegen de avondschemer de koeien naar de schuur dreef. Ze liepen onder hem door, en dan deed hij altijd zijn ogen dicht en luisterde terwijl het kloppende geluid van hun hoeven in het zand steeds vager werd, tot het verdween in de geluiden van sprinkhanen en piepers. Het raam wilde zijn gedachten blijkbaar alleen terugbrengen naar vroeger. Wat hij best vond, want hij had het metalen gezicht van de tijd gezien en was er zo door geschokt dat als hij aan de toekomst dacht, hij zich alleen een wereld kon voorstellen waaruit alles wat hij belangrijk vond verdreven was, of uit eigen beweging gevlucht was.

Intussen had hij al een hele zomer lang naar dat raam gestaard, een zomer zo heet en nat dat het zowel overdag als 's nachts leek of je de lucht door een vaatdoekje inademde, zo vochtig dat schone lakens onder hem verzuurden en dat er opeens kleine zwarte paddestoelen op de slappe bladzijden van het boek op zijn nachtkastje waren gegroeid. Inman vermoedde dat het grijze raam nadat hij het zo lang had bestudeerd, uiteindelijk ongeveer alles had gezegd wat het te zeggen had. Maar die morgen verraste het hem, want er schoot hem een vergeten herinnering te binnen, dat hij in een school zat, waar een soortgelijk hoog raam naast hem een uitzicht omlijstte van weiden en lage, groene heuvels die geleidelijk opklommen naar de geweldige bult van Cold Mountain. Het was in september. Het gras in het hooiveld achter de platgetrapte aarde van de speelplaats van de school was zo hoog dat het tot je broeksband reikte, en de halmen van het gras werden al geel, omdat het gras nodig gemaaid moest worden. De onderwijzer was een bol mannetje, zonder haar en met een roze gezicht. Hij bezat slechts één roestig zwart pak en een paar oude, veel te grote lakschoenen met omkrullende tenen, die zo afgesleten waren dat de hakken op wiggen leken. Hij stond voor de klas en wiebelde heen en weer op de punten. Hij praatte de hele morgen over geschiedenis, en onderwees de oudere leerlingen over grootse oorlogen, die in het oude Engeland waren uitgevochten.

Nadat hij een tijdlang bezig was geweest met niet luisteren, had de jonge Inman zijn hoed onder zijn lessenaar vandaan gehaald en hem bij de rand vastgehouden. Hij maakte een polsbeweging, en de hoed zeilde het raam uit en vloog omhoog op een windvlaag. Hij kwam ver voorbij de speelplaats neer bij de rand van het hooiveld, en bleef daar liggen, zwart als de schaduw van een kraai die op de grond zat. De onderwijzer zag wat Inman had gedaan en zei dat hij de hoed moest gaan halen, en vervolgens terugkomen om zijn pak slaag in ontvangst te nemen. De man had een grote plak met uitgesneden gaten erin, en die gebruikte hij graag. Inman heeft nooit geweten wat hem op dat moment beving, maar hij stapte naar buiten, zette de hoed schuin op zijn hoofd en wandelde weg, om nooit terug te komen.

De herinnering vervloog toen het licht van het raam meer op daglicht begon te lijken. De man in het bed naast dat van Inman ging rechtop zitten en trok zijn krukken naar zich toe. Zoals elke morgen ging de man naar het raam en rochelde herhaaldelijk en met veel moeite tot zijn verstopte longen schoon waren. Hij haalde een kam door zijn zwarte haren die sluik tot onder zijn kaaklijn neerhingen en rondom recht waren afgeknipt. Hij stopte de lange voorste haarslierten achter zijn oren en zette de bril met donkere glazen op die hij zelfs in de schemer van de morgen droeg, omdat zijn ogen blijkbaar te zwak waren voor zelfs het miezerigste soort licht. Daarop ging hij, nog steeds in nachthemd, naar zijn tafel en begon te werken aan een stapel papieren. Hij sprak zelden meer dan een paar woorden achter elkaar, en Inman was weinig meer over hem te weten gekomen dan dat hij Balis heette en dat hij voor de oorlog op school was geweest in Chapel Hill waar hij had geprobeerd het Grieks onder de knie te krijgen. Nu werd al de tijd dat hij wakker was besteed aan het pogen oud gekriebel uit een klein, dik boek om te zetten in gewoon schrift dat iedereen kon lezen. Hij zat kromgebogen aan zijn tafel met zijn gezicht een aantal centimeters van zijn werk, en draaide heen en weer in zijn stoel in een poging een gemakkelijke houding voor zijn been te vinden. Zijn rechtervoet was bij Cold Harbor door een kartets afgerukt, en de stomp scheen niet te willen genezen en was centimeter voor centimeter vanaf de enkel weggerot. Zijn amputaties waren inmiddels de knie voorbij, en hij rook voortdurend als een ham van een jaar oud.

Een tijdje was er alleen het geluid van het krassen van Balis' pen, het omslaan van bladzijden. Toen begonnen anderen in de zaal te bewegen en te hoesten, enkelen te kreunen. Na verloop van tijd nam het licht toe zodat alle lijnen van de geverniste muren achter de hoofdeinden duidelijk zichtbaar waren, en Inman zijn stoel op de achterpoten kon kantelen en de vliegen op het plafond tellen. Hij kwam uit op drieënzestig.

Nu Inmans uitzicht door het raam vorm begon te krijgen, toonden zich eerst de donkere stammen van de eiken, toen het gazon met gaten, en tenslotte de rode weg. Hij wachtte op de komst van de blinde. Hij had de bewegingen van de man de hele zomer gevolgd, en nu hij zelf zover genezen was dat hij tot de lopenden gerekend kon worden, was Inman vastbesloten naar de kar buiten toe te gaan en de man aan te spreken, want Inman had het idee dat hij iemand was die al heel lang met een wond leefde.

Inman had zijn eigen wond gekregen tijdens de gevechten rond Petersburg. Toen de twee maten die het dichtst bij hem waren, zijn kleren wegtrokken en naar zijn hals keken, hadden ze hem plechtig vaarwel gezegd, verwachtend dat hij zou sterven. We zullen elkaar in een betere wereld terugzien, zeiden ze. Maar bij het veldhospitaal leefde hij nog, en daar hadden de doktoren een soortgelijke houding aangenomen. Hij werd bij de stervenden ingedeeld en op een ledikant opzij gezet om dood te gaan. Maar het lukte hem niet. Na twee dagen stuurden ze hem, aangezien er ruimte te kort was, door naar een gewoon ziekenhuis in zijn eigen staat. Al die tijd in de smerigheid van het veldhospitaal en tijdens de lange, naargeestige treinrit naar het zuiden in een goederenwagon vol gewonden was hij het met zijn vrienden en de artsen eens geweest. Hij dacht dat hij dood zou gaan. Vrijwel het enige wat hij zich van de reis kon herinneren waren de hitte en de stank van bloed en van stront, want veel gewonden hadden diarree. Degenen die er de kracht toe hadden, hadden met de kolf van hun geweer gaten geslagen in de zijwanden van de houten goederenwagons en reden met hun hoofd naar buiten gestoken als kippen in een krat, om de wind op te vangen.

In het ziekenhuis bekeken de dokters hem en zeiden dat ze niet veel voor hem konden doen. Ze gaven hem niets dan een grijze lap en een kleine kom om zijn eigen wond schoon te maken. In de eerste dagen, toen hij voldoende bij bewustzijn was gekomen om het te doen, veegde hij met de lap over zijn hals tot het water in de kom de kleur had van de kam van een kalkoenhaan. Maar de wond had zich voornamelijk zelf willen reinigen. Voor hij een korst begon te vormen, spuwde hij een aantal dingen uit. Een kraagknoop en een stuk wollen kraag van het hemd dat hij aan had gehad toen hij getroffen werd, een scherf zacht grijs metaal, zo groot als een munt van een kwart dollar, en, onverklaarbaar, iets dat precies leek op een perzikpit. Dit laatste had hij op het nachtkastje gezet en hij had het dagenlang bestudeerd. Hij kon niet tot een besluit komen of het een deel van hem was of niet. Uiteindelijk gooide hij het uit het raam, maar toen kreeg hij gruwelijke dromen dat het wortel had geschoten en net als de boon van Jack was uitgegroeid tot iets monsterachtigs.

Zijn hals had uiteindelijk besloten te genezen, maar wekenlang kon hij zijn hoofd niet draaien en evenmin een boek omhoog houden om te lezen. In die tijd had Inman elke dag naar de blinde liggen kijken. De man kwam altijd alleen, kort na zonsopgang, en duwde zijn kar tegen de weg op, wat hij ongeveer even goed deed als een willekeurige man die kon zien. Hij zette zijn handeltje op onder een eik aan de overkant van de weg, door in een ring van stenen een vuurtje aan te steken en daarop pinda's te koken in een ijzeren pot. Hij zat daar de hele dag op een krukje met zijn rug tegen de bakstenen muur, en verkocht pinda's en kranten aan diegenen in het ziekenhuis die heel genoeg waren om te lopen. Behalve wanneer er iemand kwam om iets te kopen zat hij bewegingloos, alsof hij was opgezet met zijn handen bij elkaar in zijn schoot.

Die zomer had Inman de wereld bekeken alsof ze een schilderij was, omlijst door het lijstwerk rond het raam. Er gingen vaak lange stukken tijd voorbij waarin, al veranderde het toneel ook af en toe, het evengoed een oud schilderij van een weg, een muur, een kar en een blinde had kunnen zijn. Inman had wel eens langzaam in zijn hoofd geteld om te zien hoe lang het zou duren voor er iets van belang veranderde. Het was een spel en hij had er regels voor. Een vogel die langsvloog, telde niet. Iemand die over de weg liep wel. Grote weersveranderingen telden – de zon die tevoorschijn kwam, regen die begon te vallen – maar schaduwen van passerende wolken weer niet. Op sommige dagen was hij al in de duizenden voor er een toelaatbare verandering kwam in de elementen van het beeld. Hij geloofde dat hij deze scène – muur, blinde, boom, kar, weg – nooit meer kwijt zou raken, hoe lang hij ook nog zou leven. Hij stelde zich voor dat hij een oude man was die hieraan dacht. De stukjes bij elkaar leken een betekenis in te houden, al wist hij niet wat die was en vermoedde hij dat hij het nooit zou weten.

Inman hield het raam in het oog terwijl hij zijn ontbijt van gekookte havermout met boter opat, en even later zag hij de blinde over de weg komen aansjokken, met zijn rug gebogen tegen het gewicht van de kar die hij duwde, terwijl twee kleine stofwolkjes opstegen van onder de draaiende wielen van de kar. Toen de blinde zijn vuurtje aan had en zijn pinda's aan de kook, zette Inman zijn bord op de vensterbank, ging naar buiten en liep met de schuifelende gang van een oude man over het gazon naar de weg.

De blinde was vierkant en stevig van schouder en heup, en zijn broek was om het middel vastgesnoerd met een forse leren riem, zo breed als een scheerriem. Hij droeg altijd een hoed, zelfs in de hitte, en zijn kortgeknipte haar was dik en grijs, grof van structuur als de haren van een hennepen borstel. Hij zat met zijn hoofd gebogen en leek enigszins in gepeins verzonken, maar hij hief zijn hoofd op toen Inman naderde, net alsof hij echt naar hem keek. Zijn oogleden waren evenwel dood als schoenleer en ingezonken tot gerimpelde kommetjes waar zijn oogbollen hadden gezeten.

Zonder ook maar een begroeting in te lassen zei Inman: Wie heeft jouw ogen eruit gehaald?

De blinde had een vriendelijke glimlach op zijn gezicht en hij zei: Niemand. Ik heb nooit ogen gehad.

Dat vond Inman vreemd, want zijn verbeelding was ervan uitgegaan dat ze uitgerukt waren bij een of andere wanhopige en bloedige twist, een grove aanslag. Elke weerzinwekkende daad die hij de laatste tijd had zien begaan, was door menselijke hand begaan, zodat hij nagenoeg vergeten was dat er nog een heel andere orde van ongeluk bestond.

–Waarom heb je nooit ogen gehad? zei Inman.

—Zo is het gewoon.

—Nou, zei Inman. Je bent wel geweldig kalm. Vooral voor iemand van wie de meeste mensen zouden zeggen dat hij zijn hele leven aan het kortste eind heeft getrokken.

De blinde zei: Het was misschien erger geweest als ik ooit een glimp van de wereld had mogen zien en daarna niet meer.

—Misschien, zei Inman. Maar wat zou je nu betalen om je ogen tien minuten terug te krijgen? Heel wat zou ik denken.

De man dacht over de vraag na. Hij likte met zijn tong langs zijn mondhoek. Hij zei: Ik zou er geen rooie cent voor geven. Ik ben bang dat er haat in mij zou komen.

—Dat is bij mij gebeurd, zei Inman. Er is heel wat dat ik liever nooit gezien had.

—Zo bedoelde ik het niet. Je zei tien minuten. Ik heb het over iets hebben en dat kwijtraken.

De blinde draaide een puntzak van een vierkant stuk krant en stak vervolgens een lepel in de pan en vulde de puntzak met natte pinda's. Hij gaf de zak aan Inman en zei: Vooruit, noem eens één geval waarin jij blind zou willen zijn.

Waar te beginnen, vroeg Inman zich af. Malvern Hill. Sharpsburg. Petersburg. Elk van de drie zou heel goed voldoen als voorbeeld van onwelkome beelden. Maar Fredericksburg was een dag die hem in het bijzonder voor de geest kwam. Daarom ging hij met zijn rug tegen de eik zitten, spleet de natte pindadoppen open en duwde met zijn duim het vlees in zijn mond en vertelde de blinde zijn verhaal, te beginnen met hoe de mist die morgen was opgetrokken en een reusachtig leger had onthuld, dat heuvelopwaarts marcheerde in de richting van een muur van stenen, een weg daarachter. Inmans regiment was opgeroepen om zich bij de mannen te voegen die reeds achter de muur lagen, en ze hadden zich snel geformeerd naast het grote witte huis boven op Maryes Heights. Lee en Longstreet en de bepluimde Stuart stonden vlakbij op het gazon voor de ingang, en keken om beurten door een verrekijker naar de overkant van de rivier en praatten. Longstreet had een grijze wollen sjaal om zijn schouders hangen. Vergeleken met de beide andere mannen leek Longstreet op een dikke varkensdrijver. Maar op grond van wat Inman van Lee's denkwijze gezien had, had hij toch veel liever Longstreet om hem te steunen in een gevecht. Al zag Longstreet er dan dom uit, hij had een geest die voortdurend op zoek was naar terrein dat zo was ingericht dat een man in dekking kon gaan om vanuit een betrekkelijk veilige positie geweldig veel vijanden te doden. En die dag bij Fredericksburg bestond helemaal uit het soort gevechten dat Lee wantrouwde en dat Longstreet graag zag.

Nadat Inmans regiment zich had geformeerd, klommen ze over de rand van de heuvel en renden naar beneden, het vernietigende vuur van het federale leger tegemoet. Ze bleven een keer staan om een salvo af te vuren, en renden toen naar beneden naar de holle weg achter de stenen muur. Onderweg schampte een kogel langs de huid van Inmans pols, die voelde als de tong van een kat die hem likte, en geen schade deed, alleen een kleine geschaafde streep achterliet.

Toen ze bij de weg aankwamen, zag Inman wel dat ze hier een prachtige plek hadden. De mannen die er al waren, hadden een loopgraaf gegraven langs de stevig gebouwde muur, zodat je met gemak rechtop kon staan en toch nog dekking had. De Federalen moesten tegen de heuvel op om bij de muur te komen, over vele hectaren open terrein. De plek was zo schitterend dat een van de mannen op de muur sprong en brulde: Jullie maken met zijn allen een fout. Horen jullie? Een vreselijke fout. Kogels floten aan alle kanten om de man heen en hij sprong weer naar beneden in de loopgraaf achter de muur en huppelde op en neer.

Het was een koude dag en de modder van de weg was bijna bevroren tot een dunne smurrie. Sommige mannen waren blootsvoets. Velen droegen zelfgemaakte uniformen in de gedempte kleuren die plantaardige verven opleveren. De Federalen waren opgesteld in het veld voor hen, allen in gloednieuw tenue. Kleurig en blinkend met uniformen uit de fabriek, nieuwe schoenen. Toen de Federalen aanvielen, staakten de mannen achter de muur het vuren even om hen uit te dagen en eentje riep: Kom dichterbij, ik wil die schoenen hebben. En ze lieten de Federalen tot op twintig pas naderen voor ze hen neerschoten. De mannen achter de muur vuurden van zo dichtbij dat iemand zei dat het zonde was dat ze papieren patronen hadden, want als ze de ingrediënten los hadden – kruit, kogel en opvulsel – konden ze zuinige ladinkjes aanstampen en op die manier kruit besparen.

Wanneer hij gehurkt zat om te laden, kon Inman het vuren horen, maar ook het inslaan van kogels in vlees. Een man vlakbij raakte zo opgewonden, of misschien zo vermoeid, dat hij vergat de laadstok uit de loop te trekken. Hij vuurde en de stok trof een federale soldaat in de borst. De man viel achterover en de stok stak uit zijn lichaam en zwabberde met zijn laatste adem heen en weer alsof hij doorboord was door een pijl zonder baard.

De Federalen bleven de hele dag opmarcheren naar de muur, bij duizenden, en beklommen de heuvel om neergeschoten te worden. Er stonden drie of vier bakstenen huizen her en der in het veld, en na enige tijd stonden er zulke grote aantallen Federalen achter dat ze leken op de lange blauwe schaduwen van huizen bij zonsopgang. Van tijd tot tijd werden ze van achter de huizen verdreven door hun eigen cavalerie, die met de vlakke sabel naar hen mepte als onderwijzers die spijbelaars met de plak gaven. Dan renden ze op de muur toe, voorovergebogen met opgetrokken schouders, een houding die veel getuigen van die dag deed denken aan mannen die tegen een stormachtige regen optornen. De Federalen bleven komen, lang nadat de aardigheid om hun een pak op hun donder te geven, eraf was. Inman begon ze zelfs te haten vanwege hun lummelige hardnekkigheid om te willen sterven.

Het gevecht had iets van een droom, zo'n droom waarin je vijanden in de meerderheid zijn en geweldig sterk. En zelf ben je zwak. En toch vallen ze en blijven vallen tot ze vernietigd zijn. Inman had gevuurd tot zijn rechterarm vermoeid was van het hanteren van de laadstok, en zijn kaken pijn deden van het afbijten van de uiteinden van de papieren patronen. Zijn geweer werd zo heet dat het kruit soms al ontvlamde voor hij de kogel op zijn plaats kon duwen. Op het eind van de dag waren de gezichten van de mannen om hem heen aangekoekt met teruggeblazen kruit zodat ze diverse tinten blauw waren en Inman deden denken aan een grote aap met een bol, gekleurd achterwerk die hij een keer bij een reizend circus had gezien.

Ze hadden de hele dag gevochten onder de ogen van Lee en Longstreet. De mannen achter de muur hoefden hun hoofd maar om te draaien en daar stonden de grote mannen boven hen toe te kijken. De beide generaals besteedden de middag boven op de heuvel met het bedenken van fraaie zinnen als een paar grappenmakers. Longstreet zei dat zijn mannen in de holle weg in zo'n positie waren dat als je elke man van het leger van de Potomac over dat veld liet marcheren, zijn mannen hen zouden doden voor ze bij de muur waren. En hij zei ook dat de Federalen die lange middag even gestaag neervielen als regen die van het dak van een huis druipt.

De oude Lee liet zich niet kisten en zei dat het maar goed is dat de oorlog iets vreselijks is, anders zouden we het veel te leuk gaan vinden. Zoals alles wat meester Robert zei, werd die geestigheid door de mannen telkens weer herhaald, en van man tot man doorgegeven, alsof God almachtig zelf gesproken had. Toen de weergave Inmans kant van de muur bereikte, schudde hij alleen zijn hoofd. Zelfs toen al, in het begin van de oorlog, week zijn mening aanmerkelijk af van die van Lee, want hij had de indruk dat we vechten erg leuk vinden, en hoe vreselijker het is hoe beter. En hij vermoedde dat Lee het nog het allerleukst vond en dat hij hen, als hij de keus had, als generaal rechtstreeks door de poorten van de dood zou leiden. Maar wat Inman het meest dwars zat was dat Lee te kennen gaf dat hij oorlog beschouwde als een middel om de duistere wil van God te verhelderen. Lee scheen te denken dat de strijd – van alle daden die de mens kon verrichten – in heiligheid alleen werd overtroffen door het gebed en het lezen van de bijbel. Inman was bang dat het volgen van deze logica er algauw toe zou leiden dat elke winnaar van een kroegruzie of hondengevecht zou worden uitgeroepen tot gewaarmerkt kampioen van God. Deze gedachten konden niet uitgesproken worden temidden van de manschappen, evenmin als zijn gevoel dat hij geen dienst had genomen om een meester te krijgen, zelfs niet een die er zo plechtig en edel uitzag als Lee die dag op Maryes Heights.

Tegen het eind van de middag hielden de Federalen op met komen en stierf het schieten langzamerhand weg. Duizenden mannen lagen dood en stervend op het schuin aflopende veld onder de muur, en toen het donker werd, hadden degenen die nog konden bewegen, stapels van de lijken gemaakt als beschutting. Die hele nacht vlamde en golfde het noorderlicht in helle kleuren aan de noordelijke hemel. Zo'n zeldzaam verschijnsel werd door de mannen langs het front als een voorteken beschouwd, en ze wedijverden om te zien wie de betekenis ervan het meest overtuigend onder woorden kon brengen. Ergens boven hen op de heuvel streek een viool de droevige akkoorden van 'Lorena'. De gewonde Federalen kreunden en kermden en neurieden door knarsende tanden op het bevroren veld en sommigen riepen de naam van een geliefde.

Onder begeleiding van deze geluiden klommen de slecht geschoeiden van Inmans kant over de muur om de doden hun schoenen uit te trekken. Hoewel zijn eigen schoenen redelijk in vorm waren, maakte Inman laat in de nacht een uitstapje naar het veld, gewoon om te zien wat de inspanningen van de dag hadden opgeleverd. De grond lag vol met federale soldaten in bloederige hopen, de lichamen op elke denkbare manier verminkt. Een man die naast Inman liep nam het tafereel in ogenschouw en zei: Als ik het voor het zeggen had zou alles benoorden de Potomac er zo uitzien, tot de laatste persoon. Inmans enige gedachte bij het zien van de vijand was: Ga naar huis. Sommigen van de doden hadden iets op hun kleren gespeld om te zeggen wie ze geweest waren, en de rest was domweg anoniem. Inman zag iemand neerhurken om de schoenen van een lijk te trekken dat plat op zijn rug lag, maar toen de man een voet optilde en trok, ging de dode rechtop zitten en zei iets met een zo krachtig Iers accent dat het enige verstaanbare woord 'shit' was.

Later, vele uren na middernacht, ging Inman kijken in een van de huizen die in het veld stonden. Uit de deur in de voorgevel kwam licht. Binnen zat een oude vrouw met een verwarde bos haar en een doodsbang gezicht. Naast haar op tafel stond een brandend stompje kaars. Lijken lagen op haar drempel. Andere lagen binnen, doden in kruiphouding, op weg naar een schuilplaats. De vrouw staarde ontzind naar buiten, langs Inmans gezicht, alsof ze niets zag. Inman liep door het huis, de achterdeur uit, en zag een man die een groep zwaargewonde Federalen doodde door hen met een hamer op het hoofd te slaan. De Federalen waren netjes op een rij gelegd, met hun hoofden allemaal een kant op, en de man stapte resoluut langs de rij en probeerde kennelijk het met één klap per stuk af te doen. Niet boos, hij ging alleen van de een naar de volgende als iemand met een karwei dat gedaan moet worden. Hij floot, bijna binnensmonds, de melodie van 'Cora Ellen'. Hij had doodgeschoten kunnen worden als een van de ethisch denkende officieren hem had betrapt, maar hij was moe en wilde zich van nog een paar vijanden ontdoen zonder zelf veel gevaar te lopen. Inman zou zich altijd blijven herinneren dat toen de man bij het eind van de rij kwam, het eerste licht van de dageraad op zijn gezicht scheen.

De blinde had het verhaal van Inman aangehoord zonder iets te zeggen. Maar toen Inman klaar was, zei hij: Dat moet je van je af zetten.

—Dat ben ik wel met je eens, zei Inman.

Maar wat Inman de blinde niet vertelde, was dat, hoe hij het ook probeerde, het veld van die nacht hem niet wilde loslaten maar hem juist een vast terugkerende droom had opgeleverd, een droom die hem gedurende zijn tijd in het ziekenhuis telkens weer had bezocht. In de droom straalde het noorderlicht en kropen de verstrooide lichaamsdelen – armen, hoofden, benen, rompen – langzaam naar elkaar toe en vormden zich opnieuw tot monsterachtige lichamen van niet bij elkaar passende onderdelen. Ze hinkten en strompelden en struikelden als blinde gekken over het donkere slagveld rond op hun gebrekkige benen. Ze botsten tegen elkaar op, stootten met bebloede gekliefde hoofden tegen elkaar in hun versufte toestand. Ze zwaaiden met hun veelsoortige armen door de lucht, en weinig handen vormden overtuigende paren. Sommigen riepen de naam van hun vrouw. Sommigen zongen telkens weer fragmenten van een lied. Anderen stonden terzijde en keken in het donker en riepen dringend hun hond.

Een figuur, wiens verwondingen zo verschrikkelijk waren dat hij meer op vlees leek dan op een mens, probeerde op te staan maar kon het niet. Hij zakte in elkaar en bleef daarna stil liggen, behalve zijn hoofd dat draaide. Vanaf de grond rekte hij zijn nek en keek Inman aan met dode ogen en noemde zacht Inmans naam. Elke morgen nadat hij die droom had gehad, werd Inman wakker in een stemming zo donker als de zwartste kraai die ooit heeft rondgevlogen.

Inman ging terug naar de ziekenzaal, vermoeid van zijn wandeling. Balis zat met zijn bril op in de duistere ruimte en kraste met zijn ganzenveer over de papieren. Inman klom in bed met de bedoeling de rest van de morgen te dutten, maar hij kon zijn geest niet tot rust brengen, en pakte daarom zijn boek om te lezen. Wat hij had, was het derde deel van Bartrams *Reizen*. Hij had het uit een kist met boeken gepakt die geschonken waren door dames uit de hoofdstad wie zowel het intellectuele als het lichamelijke welzijn van de patiënten ter harte ging. Dit boek was blijkbaar weggegeven omdat het geen voorplat meer had, en daarom had Inman, om een zekere symmetrie te krijgen, ook het achterplat eraf gescheurd, zodat alleen de lederen rug overbleef. Hij bewaarde het boek in een rol, vastgebonden met een eindje twijndraad.

Het was geen boek dat van voor tot achter gevolgd diende te worden, en Inman sloeg het gewoon op een willekeurige plaats open, zoals hij elke nacht in het ziekenhuis had gedaan om te lezen tot hij kalm genoeg was om te slapen. De wederwaardigheden van die vriendelijke, eenzame zwerver – die door de Cherokees de Bloemenverzamelaar werd genoemd vanwege zijn tassen vol planten en zijn volledige aandacht voor het groeien van wilde, levende wezens – waren altijd in staat zijn gedachten tot rust te brengen. De passage die hij die morgen opsloeg, werd een geliefd stuk, en de eerste zin waar zijn oog op viel was deze:

Bleef nog steeds stijgen tot ik de top van een hoge rotswand bereikte, waar ik een kloof of opening voor me zag tussen andere, nog hogere wanden, door welke ik voortging, de ruwe, stenige weg volgend, langs de slingerende oevers van een brede, snelle beek, die ten slotte naar links afbuigend en over rotspunten naar beneden stortend, wegvloeide door donkere bosschages en hoge wouden, om stromen van vruchtbaarheid en plezier aan de velden beneden te brengen.

Dergelijke beelden maakten Inman gelukkig, evenals de volgende bladzijden waarin Bartram in extase verdertrok naar het dal van de Cowee, diep in de bergen, en ademloos een wereld beschreef van rotswanden en punten, van bergruggen die de ene na de andere vager blauw werden in de verte, en onder het gaan uitvoerig de namen opsomde van alle planten die hij in het oog kreeg, als noemde hij de ingrediënten voor een krachtige drank. Maar na enige tijd merkte Inman dat hij het boek had verlaten en eenvoudigweg de topografie van zijn eigen streek in zijn hoofd vormde. Cold Mountain, met al zijn richels en holtes en waterlopen. Pigeon River, Little East Fork, Sorrell Cove, Deep Gap, Fire Scald Ridge. Hij kende hun namen en zei ze bij zichzelf als de woorden van toverspreuken en bezweringen voor het afwenden van de dingen die men het meeste vreest.

Enkele dagen later liep Inman van het ziekenhuis naar de stad. Zijn hals deed pijn alsof er bij elke stap een rood koord, dat vandaar naar de ballen van zijn voeten liep, trillend strak werd getrokken. Maar zijn benen voelden sterk, en daarover maakte hij zich ongerust. Zodra hij weer in staat was om te vechten, zouden ze hem terugsturen naar Virginia. Niettemin was hij blij dat hij een man was die vrij over zijn tijd kon beschikken, zolang hij er maar voor zorgde bij een dokter niet te krachtig te lijken.

Er was geld gekomen van thuis en er was een deel van zijn achterstallige wedde uitbetaald, dus hij wandelde door de straten en deed inkopen in de winkels van rode baksteen en wit houtwerk. Bij een kleermaker vond hij een zwart kostuum van dichtgeweven wollen stof dat hem volmaakt paste, hoewel het op maat was gemaakt voor een man die tijdens het maken was gestorven. De kleermaker verkocht het tegen een spotprijs en Inman trok het meteen aan en ging ermee de straat op. Bij een warenhuis kocht hij een stijve, indigo denim broek, een roomkleurig wollen hemd, twee paar sokken, een knipmes, een dolkmes in een schede, een kleine pot en een mok, en alle ladingen en ronde blikjes met slaghoedjes voor zijn pistool die ze in voorraad hadden. Dit werd bij elkaar verpakt in bruin papier, en hij nam het pakje mee door zijn vinger onder het gekruiste touw te steken. Bij een hoedenmaker kocht hij een zwarte slappe vilthoed met een grijs lint; vervolgens nam hij, buitengekomen, zijn vettige oude hoed af en liet die wegzeilen tussen de rijen bonenstaken in iemands tuin. Misschien konden ze hem nog gebruiken om er een vogelverschrikker mee uit te dossen. Hij zette de nieuwe hoed op zijn hoofd en ging naar een schoenmaker, waar hij een goed paar stevige hoge schoenen vond die hem redelijk pasten. De oude liet hij omgekruld en versleten en ingedeukt op de vloer staan. Bij een zaak in schrijfwaren kocht hij een penhouder met een gouden pen, een flesje inkt en een paar vellen schrijfpapier. Tegen de tijd dat hij klaar was met boodschappen doen, had hij een stapel vrijwel waardeloos papiergeld uitgegeven, dik genoeg om een vuur van groen hout mee aan te steken.

Vermoeid hield hij stil bij een herberg in de buurt van het van een koepel voorziene capitool en ging aan een tafeltje onder een boom zitten. Hij dronk een kop met een brouwsel waarvan de herbergier zei dat het koffie was die door de blokkade heen gesmokkeld was, hoewel het koffiedik zo te zien voornamelijk uit korreltjes cichorei en gebrande maïs bestond, met weinig meer dan wat stof van echte koffiebonen. De metalen tafel was aan de randen verroest tot poederachtige oranje schilfers, en Inman moest oppassen niet met de mouwen van zijn nieuwe jas langs de roestplekken te vegen toen hij zijn koffiekopje terugzette op het schoteltje. Hij zat in een wat stijve houding, met een rechte rug en zijn gebalde vuisten rustend op zijn dijen. Voor een toeschouwer die ergens midden op de weg stond en naar de tafeltjes in de schaduw van de eik keek, zou hij er streng en niet op zijn gemak hebben uitgezien in zijn zwarte jas, met het witte verband om zijn hals gewonden als een strakke das. Men had hem wellicht gehouden voor een man die onbeweeglijk moest blijven zitten tijdens een langdurige daguerreotype-opname, een object dat versuft en gedesoriënteerd was geraakt terwijl de klok de minuten wegtikte en de trage plaat zijn beeld indronk en voorgoed een deel van zijn ziel vastlegde.

Inman dacht aan de blinde. Hij had die morgen een exemplaar van de *Standard* van hem gekocht, zoals hij de laatste tijd elke morgen had gedaan. Inman had medelijden met de blinde nu hij wist hoe hij aan zijn blindheid gekomen was, want hoe kon je iemand vinden om te haten voor iets dat gewoon zo was? Wat zou de prijs zijn voor het niet hebben van een vijand? Op wie kon je je wreken, behalve op jezelf?

Inman dronk al zijn koffie op, behalve het drab onderin en pakte toen zijn krant, in de hoop dat iets dat erin stond zijn belangstelling zou wekken en zijn gedachten op iets anders zou richten. Hij probeerde een artikel te lezen over de ongunstige stand van zaken bij Petersburg, maar hij kon er niet in komen. Bovendien wist hij zowat alles wat er over dat onderwerp te zeggen was. Toen hij op pagina drie kwam, vond hij een mededeling van de regering van de staat aan deserteurs en woudlopers en hun gezinnen. Zij zouden worden opgespoord. Hun namen zouden op een lijst worden gezet, en de Home Guard zou in elke provincie naar hen uitkijken en dag en nacht patrouilleren. Daarna las Inman een verhaal dat ergens middenin de krant onderaan een pagina verscholen stond. Het beschreef dat ver in de grensgebieden van het westelijke bergland van de staat, Thomas met zijn Cherokee-troepen tal van gevechten had geleverd met het federale leger. Ze werden ervan beschuldigd, mensen gescalpeerd te hebben. De krant was van mening dat dit weliswaar barbaarse praktijken waren, maar dat het toch een harde waarschuwing zou vormen dat een invasie de Federalen duur te staan zou komen.

Inman legde de krant neer en dacht aan Cherokee-jongens die Federalen scalpeerden. Het was op een bepaalde manier geestig, die bleke fabrieksarbeiders die hier zelfverzekerd land kwamen stelen en in plaats daarvan in de bossen de bovenkant van hun hoofd kwijtraakten. Inman kende veel Cherokees die de leeftijd hadden om onder Thomas te vechten, en hij vroeg zich af of Swimmer erbij was. Hij had Swimmer leren kennen in de zomer dat ze beiden zestien waren. Inman had de prettige opdracht een paar vaarzen te hoeden terwijl ze het laatste zomergras afgraasden op de hoge weiden van Balsam Mountain. Hij had een pakpaard meegenomen, beladen met kookgerei, spek, meel, vistuig, een jachtgeweer, gewatteerde dekens, en een vierkante lap wasdoek als tent. Hij verwachtte eenzaam en op zichzelf aangewezen te zijn. Maar toen hij op de weide aankwam was er een waar feest aan de gang. Een tiental mannen uit Catalooch had kamp gemaakt op de kam van de berg en verbleef daar al meer dan een week, luierend in de koele lucht van het gebergte en genietend van de bevrijdende afstand tot huis en haard. Het was een heerlijke plek, daar op de berg. Ze hadden weidse uitzichten naar het oosten en naar het westen, goede weidegronden voor het vee, en beken vol forellen vlakbij. Inman voegde zich bij de mannen, en een paar dagen lang kookten ze reusachtige maaltijden van gebakken maïsbrood en stoofpotten van wild op een groot vuur dat dag en nacht kniehoog brandde. Ze spoelden het eten weg met allerlei soorten maïsdrank en appelbrandewijn en dikke mede, zodat velen van de groep van de ene ochtend tot de volgende laveloos waren.

Niet veel later was er een groep Cherokees uit Cove Creek de andere kant van de berg opgekomen met een kudde broodmagere gevlekte koeien van onduidelijk ras. De indianen maakten hun kamp een klein eindje verderop, hakten vervolgens hoge sparren af, maakten daar een doel van en markeerden grenslijnen voor hun harde balspel. Swimmer, een vreemde jongen met grote handen en wijd uiteen geplaatste ogen, kwam naar hen toe en nodigde het gezelschap uit Catalooch uit om mee te spelen, waarbij hij waarschuwde dat mannen soms in het spel doodbleven. Inman en de anderen namen de uitdaging aan. Ze sneden jonge boompjes af en spleten die om voor het spel hun eigen rackets te maken, die ze bespanden met repen huid en schoenveters.

Twee weken lang kampeerden de twee groepen naast elkaar; de jongere mannen speelden het balspel bijna de hele dag en gokten zwaar op de uitslagen. Het was een wedstrijd zonder bepaalde speelduur en met weinig regels zodat ze gewoon maar wat rondholden en met de rackets sloegen als met golfstokken, tot een van de ploegen een bepaald aantal punten behaalde, door de doelpalen met de bal te raken. Ze speelden vrijwel de hele dag en besteedden daarna de halve nacht aan drinken en verhalen vertellen bij het vuur, en enorme hoeveelheden kleine, gespikkelde forellen eten, die knapperig gebakken waren, met graat en al.

Daar in het hoogland hield het heldere weer meestal aan. De lucht had er niet de gewone neveligheid, en het uitzicht strekte zich al verder en verder uit over rijen blauwe bergen, elke rij lichter dan de vorige, tot de laatste rijen niet meer te onderscheiden waren van de lucht. Het was alsof de hele wereld uit niets anders zou kunnen bestaan dan dalen en heuvels. Tijdens een onderbreking in het spel had Swimmer over de landvormen uitgekeken en gezegd dat hij geloofde dat Cold Mountain de hoofdberg van de wereld was. Inman vroeg hoe hij wist dat dat waar was, en Swimmer had een handgebaar gemaakt langs de horizon naar de plaats waar Cold Mountain stond en gezegd: Zie jij een grotere?

De ochtenden op de hoogvlakte waren fris en er lag nevel in de dalen zodat de toppen er los uit oprezen, als steile blauwe eilandjes verstrooid in een bleke zee. Inman werd, altijd nog enigszins dronken, wakker en liep naar beneden om een uur of wat met Swimmer te gaan vissen in een holte, voor ze terugkwamen voor het begin van het spel. Dan zaten ze langs de snelstromende beek, met levend en dood aas aan hun haken. Swimmer praatte aan een stuk door met een zachte stem die zich vermengde met het geluid van het water. Hij vertelde verhalen over dieren, hoe ze zo geworden waren als ze waren. Opossum met een kale staart, eekhoorn met een pluimstaart. Hert met een gewei. Lynx met tanden en klauwen. Uktena met kronkels en tanden. Verhalen die uitlegden hoe de wereld was ontstaan en waar hij heengaat. Swimmer vertelde ook over tovermiddelen die hij bezig was te leren om gewenste doelen te verwezenlijken. Hij vertelde van manieren om ongeluk, ziekte, dood te veroorzaken, om kwaad te vergelden door middel van vuur, hoe je de eenzame reiziger die 's nachts op de weg was beschermde, en hoe je de reis korter liet lijken. Een aantal van die toverkunsten had met de geest te maken. Swimmer wist een paar manieren om de ziel van een vijand te doden, en vele manieren om je eigen ziel te beschermen. Uit zijn toverkunsten kwam de geest naar voren als een broos iets, dat voortdurend werd aangevallen, behoefte had aan versterking en altijd dreigde te sterven. Inman vond dit een bijzonder naargeestig idee, omdat hij zelf uit preken en gezangen had geleerd dat de ziel van een mens nooit sterft.

Inman zat tijdens al die verhalen en toverkunsten naar de golfjes in het water te kijken waar de stroom zijn ondergedoken lijn ontmoette, en Swimmers stem was een kabbelend geluid, sussend als het geluid van het water. Wanneer ze een zakvol kleine forellen hadden gevangen, hielden ze ermee op, gingen terug en waren de verdere dag bezig naar elkaar te meppen met de rackets, elkaar te duwen en met de schouders opzij te werken, en soms raakten ze slaags.

Na vele dagen kwam er regen, en dat werd tijd ook, want ze waren aan beide kanten volkomen uitgeput, versuft van het drinken, en toegetakeld. Er waren gebroken vingers en neuzen, en allerlei vleeswonden. Iedereen zat van enkel tot heup onder de blauwe plekken van de rackets. De mannen van Catalooch hadden alles aan de indianen verloren wat ze konden missen, en ook een paar dingen die ze niet konden missen – koekenpannen en bakovens, zakken meel, hengels, geweren en pistolen. Inman zelf had een hele koe verloren, en hij had geen idee hoe hij dat aan zijn vader zou moeten uitleggen. Hij had hem stukje bij beetje ingezet, punt voor punt. In de hitte van het spel had hij gezegd: ik zet de haas van die vaars in op het volgende punt. Of: elke rib van de linkerzijde van mijn weddenschapskoe zegt dat we gaan winnen. Toen de beide kampen uiteen gingen, liep Inmans vaars nog rond, maar verscheidene Cherokees konden aanspraak maken op delen ervan.

Als compensatie en als aandenken had Swimmer Inman evenwel een prachtig racket gegeven, gemaakt van eikenhout met snorharen van een vleermuis in de bespanning van eekhoornvel gedraaid. Swimmer beweerde dat dit de gebruiker de snelheid en de onvoorspelbaarheid van de vleermuis zou geven. Het was versierd met veren van zwaluwen, haviken en reigers, en volgens de uitleg van Swimmer zouden ook de eigenschappen van die dieren op Inman overgaan – wervelende gratie, het snel opstijgen en omlaag schieten, de verbeten gerichtheid op een doel. Dat was niet allemaal uitgekomen, maar Inman hoopte hoe dan ook dat Swimmer niet ergens tegen de Federalen aan het vechten was, maar dat hij in een hut van boombast woonde bij een snelstromende rivier.

Vanuit de herberg kwamen geluiden van een viool die gestemd werd, allerlei getokkel en voorzichtige streken, en daarna een trage en moeizame poging om 'Aura Lee' te spelen, om de paar noten onderbroken door onbedoelde snerpende en harde geluiden. Niettemin was de mooie, vertrouwde melodie door de slechte uitvoering niet stuk te krijgen, en Inman bedacht hoe pijnlijk jong ze klonk, alsof het patroon van de noten geen ruimte liet om aan een toekomst te denken die verduisterd, verward en ingekrompen was.

Hij bracht zijn koffiekopje aan zijn lippen en merkte dat de koffie koud was en het kopje bijna leeg, en hij zette het neer. Hij staarde erin en zag het donkere koffiedik bezinken in de laatste centimeter vloeistof. De zwarte deeltjes wervelden rond, vonden een patroon en sloegen neer. Hij dacht even aan waarzeggerij, het zoeken van de toekomst in koffiedik, theebladeren, ingewanden van varkens, vormen van wolken. Alsof een patroon iets te vertellen had dat het weten waard was. Hij bewoog het kopje heen en weer om de betovering te verbreken en keek de straat in. Achter een rij jonge bomen rees het capitool op, een indrukwekkende koepelvormige opeenhoping van steenblokken. Het was maar een tint donkerder dan de hoge wolken waar de zon doorheen scheen als een grijze schijf die al begon te dalen naar het westen. In de mist leek het capitool onmogelijk hoog, de massa ervan reusachtig als een middeleeuwse toren in een belegeringsdroom. Gordijnen wapperden uit geopende ramen van werkkamers, en fladderden in de wind. Boven de koepel draaide een donkere kring gieren rondjes in de oesterkleurige hemel, de lange, gebogen veren aan het stompe uiteinde van hun vleugels juist zichtbaar. Terwijl Inman keek maakten de vogels niet één slag met de vleugels, maar toch stegen ze geleidelijk, gedragen door een opstijgende luchtkolom, en cirkelden steeds hoger tot ze nog maar kleine vlekjes zwart tegen de hemel waren.

In zijn gedachten vergeleek Inman de wervelende banen van de vlucht van gieren met het koffiedik dat een patroon vormde in zijn kopje. Iedereen kon als orakel optreden, gezien de onwillekeurige manier waarop dingen naast elkaar voorvallen. Het was gemakkelijk genoeg om mensen de toekomst te voorspellen, als je je hield aan de gedachte dat de toekomst onvermijdelijk slechter is dan het verleden en dat de tijd een weg is die nergens heen leidt, anders dan naar een plaats van diepe en aanhoudende dreiging. Inman zag het zo: als een verschijnsel als Fredericksburg kon worden aangemerkt als een merkteken van de huidige toestand, dan zullen we elkaar als we zo doorgaan, over vele jaren levend opvreten.

Ook dacht Inman dat Swimmers toverkunsten er terecht van uitgingen dat de geest van een mens verscheurd kon worden en kon ophouden te bestaan, terwijl toch zijn lichaam bleef leven. Daar was hij zelf een voorbeeld van, en misschien niet zo'n zeldzaam voorbeeld, want zijn geest was, zo leek het, nagenoeg uit hem weggebrand, en toch liep hij rond. Maar hij voelde zich leeg, als het binnenste van een grote zwartegomboom. Hij voelde zich ook vreemd, want zijn laatste ervaringen hadden hem ertoe gebracht te vrezen dat alleen al het bestaan van het Henry-repeteergeweer of het éprouvette-mortier het praten over een geest tot iets achterhaalds had gemaakt. Zijn geest, vreesde hij, was weggeschoten, zodat hij eenzaam was geworden en vervreemd van iedereen om hem heen, als een treurige oude reiger die zinloos op wacht stond in de modder van een vijver waar geen kikkers in zaten. Het leek een slechte ruil te merken dat de enige manier om niet bang te zijn voor de dood was om gevoelloos en afgezonderd te zijn alsof je al dood was, met niet veel meer van jezelf over dan een huls van beenderen.

Terwijl Inman zo zat te peinzen en te treuren om zijn verloren ziel, schoot hem een van de verhalen te binnen die Swimmer bij de beek had verteld, dringend en verlokkend. Swimmer beweerde dat er boven het blauwe hemelgewelf een woud was waar een hemels volk woonde. Mensen konden daar niet gaan wonen, maar in dat hoge land kon de geest opnieuw geboren worden. Swimmer beschreef het als een ver en ontoegankelijk gebied, maar hij zei dat de hoogste bergen met hun donkere toppen tot in de lagere regionen van dat gebied reikten. Tekenen en wonderen, grote en kleine, kwamen soms uit die wereld naar de onze. Dieren waren volgens Swimmer de voornaamste boodschappers ervan. Inman had Swimmer erop gewezen dat hij de top van Cold Mountain had beklommen, en ook die van Pisgah en Mount Sterling. Veel hogere bergen had je niet, en Inman had vanaf die toppen geen bovenaards rijk gezien.

—Je moet er meer voor doen dan een berg beklimmen, had Swimmer gezegd. Hoewel Inman zich niet kon herinneren of Swimmer hem had verteld wat er nog meer voor nodig was om dat heilzame rijk te bereiken, stond Cold Mountain hem niettemin duidelijk voor de geest als een plek waar al zijn verstrooide krachten misschien weer bijeen konden komen. Inman beschouwde zichzelf niet als een bijgelovig iemand, maar hij geloofde wel dat er een wereld is die voor ons onzichtbaar is. Hij dacht die wereld niet meer als hemel, en ook dacht hij niet langer dat we daarheen mogen gaan wanneer we sterven. Die lessen waren weggebrand. Maar hij kon zich niet neerleggen bij een universum dat uitsluitend bestond uit wat hij kon zien, vooral omdat dat zo vaak weerzinwekkend was. Daarom hield hij vast aan de idee van een andere wereld, een beter oord, en hij vond dat hij Cold Mountain evengoed kon beschouwen als de plaats daarvan als welke andere plek ook.

Inman trok zijn nieuwe jas uit en hing hem over zijn stoelleuning. Hij begon aan een brief te werken. Het was een lange brief, en terwijl de middag verstreek dronk hij nog verscheidene koppen koffie en maakte een aantal velletjes papier aan de voor- en achterkant donker met inkt. Hij merkte dat hij dingen vertelde die hij niet wilde vertellen over het vechten. Ergens schreef hij:

> *De grond was overstroomd met bloed en we konden zien waar het bloed op de rotsen was gekomen, en afdrukken van bebloede handen op boomstammen...*

Toen hield hij op, maakte een prop van zijn pogingen en begon opnieuw op een schoon vel, en hij schreef onder andere het volgende:

> *Ik kom hoe dan ook naar huis, en ik weet niet hoe het tussen ons zal zijn. Eerst was ik van plan in deze brief op te schrijven wat ik gedaan en gezien heb zodat je een oordeel over me zou kunnen vellen voor ik terugkom. Maar ik kwam tot de slotsom dat ik een blad papier nodig zou hebben zo breed als de blauwe hemel, om dat verhaal te schrijven en ik heb er de wil en de energie niet voor. Herinner je je die avond voor Kerstmis, vier jaar geleden, toen ik je op schoot nam in de keuken naast het fornuis, en jij zei dat je daar altijd zou willen zitten, met je hoofd tegen mijn schouder? Nu heb ik in mijn hart de bittere zekerheid dat als je wist wat ik gezien en gedaan heb, je angst zou hebben om dat weer te doen.*

Inman leunde naar achteren en keek uit over het gazon van het capitool. Een vrouw in een witte jurk die een klein pakje droeg, liep snel over het gras. Een zwart rijtuig reed voorbij over de straat tussen het capitool en de kerk van rode steen. Een zuchtje wind deed stof van de weg opwaaien, en Inman merkte dat de middag al ver gevorderd was, en dat het licht onder een hoek viel die de komende herfst aankondigde. Hij voelde dat de wind zich tussen een plooi in het verband door werkte en de wond in zijn hals aanraakte, die pijn begon te doen in de bewegende lucht.

Inman stond op en vouwde de brief dubbel, en bracht toen zijn hand boven zijn kraag om aan de korst op de wond te voelen. De artsen zeiden nu dat hij snel genas, maar hij had nog steeds het gevoel dat hij er een stok in kon steken en die aan de andere kant naar buiten duwen, zonder meer weerstand tegen te komen dan een rotte pompoen misschien zou bieden. Het deed nog steeds pijn om te praten en te eten, en soms ook om te ademen. Ook vervelend waren de diepe pijnscheuten op vochtige dagen in de heupwond die hij jaren geleden bij Malvern Hill had opgelopen. Alles bijeengenomen gaven zijn wonden hem een gerede reden tot twijfel of hij ooit helemaal zou genezen en zich weer heel en uit één stuk zou voelen. Maar tijdens de wandeling door de straat om de brief te posten, en vervolgens terug naar het ziekenhuis buiten de stad voelden zijn benen verrassend stevig en gehoorzaam aan.

Toen hij op de zaal aankwam, zag Inman onmiddellijk dat Balis niet aan zijn tafel zat. Zijn bed was leeg. Zijn donkere bril lag boven op zijn stapel papieren. Inman vroeg naar hem en kreeg te horen dat hij die middag was overleden, een rustige dood. Hij had grauw gezien en was van zijn tafel naar zijn bed gegaan. Hij had zich op zijn zij gedraaid met zijn gezicht naar de muur en was gestorven alsof hij in slaap viel.

Inman ging naar de papieren en bladerde ze door. Bovenaan de eerste bladzijde stond 'Fragmenten', en dit woord was drie keer onderstreept. Het werk leek een warrige janboel. Het handschrift was kriebelig, dun en hoekig. Er waren meer doorhalingen en doorgekraste passages dan gewoon geschreven stukken. En wat duidelijk te onderscheiden was, was niet meer dan een regel hier en daar, soms niet eens een hele zin maar alleen een afgebroken stuk van een zin. Een gedachte die Inmans oog trof terwijl hij de bladzijden doorbladerde was deze: 'Wij noemen sommige dagen mooi en andere lelijk, omdat we niet zien dat de aard van elke dag identiek is.'

Inman geloofde dat hij liever dood zou zijn dan dat te onderschrijven, en het stemde hem bedroefd te bedenken dat Balis zijn laatste dagen had besteed aan het bestuderen van het werk van een dwaas.

Maar toen kwam hij een regel tegen die hem meer leek te zeggen. Het was deze: 'De schoonste ordening op aarde is slechts een lukraak bijeengeveegde hoop.' Daar kon Inman mee instemmen, besloot hij. Hij klopte met de bladen papier op het tafelblad om de randen recht te krijgen en legde ze terug op hun plaats.

Na het avondeten keek Inman de pakken onder zijn bed na. Bij de deken en het grondzeil van wasdoek die al in zijn knapzak zaten, deed hij de mok en het potje en de schede met het mes. De haverzak had hij al een tijdlang gevuld met gedroogde kaakjes, wat maïsmeel, een stuk gezouten varkensvlees en wat gedroogd rundvlees, dat hij van het ziekenhuispersoneel had gekocht.

Hij ging bij het raam zitten en keek naar het einde van de dag. Zonsondergang was verontrustend. Laaghangende, grijze wolken hoopten zich op bij de vlakke horizon, maar toen de zon de aardlijn bereikte, vond hij een opening in de wolken en schoot een straal licht recht omhoog, met de kleur van gloeiende houtskool. Het licht was buisvormig en scherp begrensd als een geweerloop en stond een volle vijf minuten opgericht naar de hemel, voor het plotseling uitdoofde. De natuur, dat wist Inman heel goed, vestigt soms de aandacht op haar bijzondere eigenschappen en legt ze ter interpretatie aan ons voor. Maar dit teken sprak, voor zover hij kon zien, van niets dan strijd, gevaar, verdriet. Daaraan behoefde hij niet herinnerd te worden, en hij vond de voorstelling daarom verspilde moeite. Hij stapte in bed en trok de dekens omhoog. Vermoeid na zijn dag lopen door de stad las Inman maar korte tijd voor hij in slaap viel, toen het nog grauw schemerde.

Hij werd ergens diep in de nacht wakker. Het was pikdonker in de zaal, en de enige geluiden waren de geluiden van mannen die ademden en snurkten en zich omdraaiden in hun bed. Het raam was slechts flauw verlicht, en hij kon het heldere baken zien van Jupiter die naar de westelijke horizon daalde. Door de ramen kwam de wind naar binnen, en de vellen papier van de dode Balis ritselden op de tafel en een paar ervan krulden om en stonden half overeind zodat het flauwe licht van het raam erdoorheen scheen en ze oplichtten als nietige spoken die kwamen rondwaren.

Inman stond op en trok zijn nieuwe kleren aan. Hij stopte zijn Bartram-boekrol in de ransel; daarna hing hij zijn bepakking om, ging naar het hoge open raam en keek naar buiten. Het was zo donker omdat het nieuwe maan was. Slierten mist bewogen laag over de grond, hoewel de hemel helder was. Hij zette zijn voet op de vensterbank en stapte het raam uit.

de grond onder haar handen

Ada zat op de veranda van het huis dat nu van haar was, met een reis-secretaire balancerend op haar schoot. Ze doopte een pen in de inkt en schreef:

> *Dit moet je weten: dat ondanks je lange afwezigheid, ik de gelukkige relatie die tussen ons bestaat in een zodanig licht zie dat ik nooit ook maar één gedachte voor je zal verbergen. Laat je niet kwellen door de vrees daarvoor. Weet dat ik het als een wederzijdse plicht beschouw, die wij aan elkander verschuldigd zijn, te communiceren in een geest van uiterste openheid en eerlijkheid. Laat dit altijd gebeuren met ontsloten hart.*

Ze blies op het papier om het te drogen en bekeek toen het geschrevene met een kritisch oog. Ze wantrouwde haar handschrift, want hoe ze ook haar best deed, ze had de vloeiende krullen en bogen van de schrijfkunst nooit onder de knie weten te krijgen. De lettertekens die haar hand blijkbaar wilde vormen waren eerder fors en compact als runen. Nog minder dan het schrift beviel haar de toon van de brief. Ze maakte een prop van het papier en gooide het in een buxusstruik.

Hardop zei ze: Dat is gewoon de manier waarop mensen praten en die niets te maken heeft met waar het eigenlijk om gaat.

Ze keek over het erf naar de moestuin waar de bonen, de pompoenen en de tomaten vruchten droegen die niet veel groter waren dan haar duim, hoewel het groeiseizoen op zijn einde liep. Veel van het blad was tot op de nerf weggevreten door insecten en wormen. Tussen de rijen stonden, weelderig en hoog boven de groenten uittorenend, onkruiden waarvan Ada de namen niet wist. Ze had geen energie en moed gehad om ze te bestrijden. Achter de mislukte moestuin strekte zich het oude maïsveld uit, nu tot schouderhoogte begroeid met karmozijnbes en sumac. Boven de velden en weiden begonnen de bergen juist zichtbaar te worden, nu de ochtendnevel wegbrandde. Hun bleke silhouetten stonden aan de horizon, eerder als de geesten van bergen dan als echte bergen.

Ada zat te wachten tot ze zich duidelijk zouden tonen. Ze bedacht dat het een troost zou zijn om iets te zien dat zo was als het behoorde te zijn, want voor het overige kwelde haar geest zichzelf met de gedachte dat al het andere wat ze zag gekenmerkt werd door verwaarlozing. Sinds de begrafenis van haar vader had Ada nauwelijks iets aan de boerderij gedaan. Ze had in elk geval de koe gemolken, die Monroe zonder rekening te houden met haar sekse Waldo had genoemd, en het paard Ralph voer gegeven, maar ze had niet veel meer gedaan, want ze wist niet hoe ze veel meer zou moeten doen. Ze had de kippen hun eigen kostje laten opscharrelen en die waren mager en schichtig geworden. De hennen hadden het kleine kippenhok verlaten en roestten in bomen en legden hun eieren waar het hun uitkwam. Het hinderde Ada dat ze maar niet tot een vaste nestplek konden besluiten. Ze moest alle hoeken van het erf afzoeken om de eieren te vinden, en ze meende dat die de laatste tijd een vreemde smaak hadden gekregen, sinds het voedsel dat de hennen tot zich namen was veranderd van etensresten in beestjes.

Koken was een moeilijke zaak geworden voor Ada. Ze had altijd een hongerig gevoel, omdat ze de hele zomer niet veel meer had gegeten dan melk, gebakken eieren, salades en borden vol miniatuurtomaatjes van de onverzorgde planten die wild en bossig waren geworden door de dieven. Zelfs boter was voor haar niet haalbaar gebleken, want de melk die ze had proberen te karnen wilde nooit steviger worden dan blubberige gestremde melk. Ze verlangde naar een schaal met gebraden kip en noedels en een perzikentaart, maar had geen flauw idee hoe ze dat kon bereiken.

Ada wierp een laatste blik op de bergen in de verte, die nog steeds vaag en bleek waren, en stond toen op om naar eieren te gaan zoeken. Ze keek tussen het onkruid voor het hek langs het pad, deed het lange gras aan de voet van de perenboom op het zij-erf uit elkaar, zocht tussen de rommel op de achterveranda, streek met haar handen over de stevige planken in de schuur met gereedschap. Ze vond niets.

Ze herinnerde zich dat een rode hen de laatste tijd wel eens rondscharrelde bij de grote buxusstruiken aan weerskanten van de trap voor het huis. Ze ging naar de struik waar ze de brief in had gegooid en probeerde het dichte blad opzij te houden om naar binnen te kijken, maar ze kon niets zien in het donkere binnenste. Ze vouwde haar rokken stevig om haar benen en kroop op handen en knieën naar binnen onder de buxus. De takken van de struik schramden haar onderarmen en gezicht terwijl ze voorwaarts kroop. De grond onder haar handen was droog en lag bezaaid met kippenveertjes en oude kippenmest en de harde dorre blaadjes van de struik. Binnen was een holte ontstaan. Het dichte bladerdek aan de buitenkant was slechts een huls rondom een ruimte als een klein kamertje.

Ada ging hier rechtop zitten en zocht rondom op de grond en tussen de takken naar eieren, maar vond alleen een kapotte eierschaal, met roestkleurig opgedroogde dooier in de ene halve dop met zijn gepunte rand. Ze nestelde zich tussen twee grote takken en leunde met haar rug tegen de stam. Het buxusprieel rook naar aarde en naar de scherpheid en bitterheid van de kippen. Het was er donker, en het deed haar denken aan spelletjes uit haar jeugd in grotten die je maakte door lakens over tafels te hangen of een tent te maken van een vloerkleed over een waslijn. Het mooiste waren de tunnels die zij en haar nichtje Lucy uitgroeven in hooibergen op de boerderij van haar oom. Daar hadden ze wanneer het regende hele middagen gezellig en droog gezeten als vossen in hun hol, en elkaar geheimpjes toegefluisterd.

Met een welbekende tinteling van plezier, een inhouden van haar adem besefte ze dat ze nu net zo verstopt zat, dat iemand die van het hek naar de voordeur liep niet zou merken dat ze daar zat. Als een van de dames van de kerk een plichtmatig bezoekje bracht om te zien hoe ze het maakte, kon ze roerloos blijven zitten wanneer ze haar naam riep en op de deur klopte. Ze zou pas tevoorschijn komen lang nadat ze de grendel van het hek dicht had horen klikken. Maar ze verwachtte niemand. De visites waren geleidelijk opgehouden, wat toe te schrijven was aan haar onverschillige houding wanneer er iemand kwam.

Ada keek met lichte teleurstelling op naar het vage kantwerk van de lichtblauwe hemel die door de blaadjes zichtbaar was. Ze wenste dat het regende, zodat ze zich nog meer beschermd zou voelen terwijl de regen op de blaadjes boven haar hoofd ritselde. De enkele druppel die er een weg doorheen zou weten te vinden, en een kleine krater zou slaan in de stoffige aarde, zou alleen benadrukken dat het buiten volop regende terwijl ze hier binnen droog bleef. Ada wilde het liefst in deze prachtige schuilplaats blijven, want wanneer ze nadacht over de hachelijke situatie waarin ze sinds kort verkeerde, vroeg ze zich af of het mogelijk was nog minder praktisch te worden opgevoed voor de eisen van een leven buiten.

Ze was in Charleston opgegroeid en had op Monroe's aandringen meer onderwijs ontvangen dan voor vrouwen verstandig werd geacht. Ze was een kameraad voor hem geworden met wie hij kon praten, een levendige en oplettende dochter. Ze zat vol met opvattingen over kunst en politiek en literatuur, en was in staat haar standpunten te beargumenteren. Maar op welke talenten kon ze in feite bogen? Op welke gaven? Een redelijke beheersing van Frans en Latijn. Een beetje Grieks. Enige vaardigheid met de borduurnaald. Haar pianospel dat verdienstelijk was, maar niet briljant. Het vermogen landschappen en stillevens precies weer te geven in potlood of aquarel. En ze was zeer belezen.

Dat waren de dingen die ze kon, die ten gunste van haar konden worden genoteerd. Geen ervan leek bepaald zinvol in het licht van het harde feit dat ze nu opeens in het bezit was van honderdtwintig hectare heuvelland, een huis, een schuur en bijgebouwen, maar geen idee wat ermee te doen. Het gaf haar plezier om piano te spelen, maar niet genoeg om tegenwicht te bieden aan haar recente besef dat ze geen rij jonge bonenplanten kon wieden zonder de helft ervan met het onkruid mee uit te trekken.

Een zekere mate van verbittering overviel haar wanneer ze bedacht dat enige toegepaste kennis op het gebied van de voedselproductie en -bereiding haar nu meer van pas zou komen dan zoiets als inzicht in de beginselen van het perspectief in de schilderkunst. Maar haar vader had haar haar hele leven afgehouden van zwaar werk. Zo lang ze zich kon herinneren had hij daarvoor mensen in dienst genomen, soms vrijgelaten zwarten, soms bezitloze blanken met een goed karakter, en soms slaven, in welk geval het loon rechtstreeks aan de eigenaar werd uitbetaald. Het grootste deel van de zes jaar dat ze hun zendingspost hadden in de bergen, had Monroe een blanke man en zijn vrouw met Cherokee-bloed in dienst gehad om het huishouden te doen, zodat Ada weinig meer te doen had dan wekelijks de menu's te bedenken. Ze was daardoor zoals altijd vrij geweest om haar tijd te besteden aan lezen en naaldwerk, tekenen en muziek.

Maar nu waren de bedienden weg. De man had de secessie met weinig enthousiasme begroet en rekende zich gelukkig dat hij te oud was om in de eerste oorlogsjaren vrijwillig dienst te nemen. Maar nu de legers in Virginia een wanhopig tekort aan manschappen hadden, was hij zich het afgelopen voorjaar zorgen gaan maken dat hij misschien gauw opgeroepen zou worden. Daarom waren zijn vrouw en hij, kort nadat Monroe gestorven was, onaangekondigd vertrokken en de bergen overgegaan om de grens naar federaal gebied te passeren, zodat Ada was achtergebleven en zichzelf maar moest zien te redden.

Sindsdien had ze ontdekt dat ze beangstigend slecht voorbereid was op de kunst om voor jezelf te zorgen, alleen wonend op een boerenhoeve die voor haar vader meer een idee was geweest dan middel van bestaan. Monroe had nooit veel belangstelling ontwikkeld voor de vele saaie kanten van het boerenbedrijf. Hij was van mening geweest dat als hij het zich kon veroorloven voedermaïs en meel te kopen, het onnodig was meer maïs te telen dan ze konden opeten als geroosterde kolven. Hij kon spek en karbonades kopen en dus was het niet nodig zich te verdiepen in allerlei lastige kwesties in verband met varkensvlees. Ada had hem de knecht een keer horen opdragen een twaalftal schapen te kopen en die in de lage weide achter het voorerf te zetten om zich tussen de koeien te mengen. De man had bezwaar gemaakt en tegen Monroe gezegd dat je koeien en schapen niet goed samen kon laten weiden. De man vroeg: Waarom wilt u schapen? Voor de wol? Voor het vlees?

Monroe's antwoord was geweest: Voor de sfeer.

Maar het was moeilijk om van sfeer te leven; deze buxus scheen dan ook ongeveer het meest beschermde gevoel op te leveren dat Ada de komende tijd kon verwachten. Ze besloot dat ze niet uit de struik zou komen tot ze op zijn minst drie overtuigende redenen kon geven om dat wel te doen. Maar na een paar minuten denken had ze er pas één gevonden: ze had geen speciaal verlangen om in de buxus dood te gaan.

Maar juist op dat moment kwam de rode hen door het gebladerte binnenstormen, met haar vleugels half gespreid over de grond slepend. Ze hipte op een tak in de buurt van Ada's hoofd en begon geagiteerd te kakelen. Onmiddellijk achter haar kwam de grote zwart-met-gouden haan waar Ada altijd een beetje bang voor was, omdat hij zo fel was. Hij wilde de hen bestijgen, maar bleef van schrik stokstijf staan toen hij Ada op deze onverwachte plek zag. De haan hield zijn kop scheef en richtte een glimmend zwart oog op haar. Hij deed een stap naar achteren en krabde in de grond. Hij was zo dichtbij dat Ada de aarde kon zien die tussen de schubben op zijn gele poten zat. De amberkleurige sporen leken wel zo lang als een vinger. De gouden helm van kop- en halsveren werd dik opgezet en leek bijna met pommade ingesmeerd, zo glom hij. Hij schudde zich om de veren weer op hun plaats te laten vallen. Het zwart van zijn lichaam had een blauwgroene weerschijn, als olie op water. Zijn gele snavel ging open en dicht.

Als hij honderdvijftig pond woog, zou hij me zonder twijfel hier ter plekke doden, dacht Ada.

Ze ging op haar knieën zitten, zwaaide met haar handen en zei: Ksst! Toen ze dat deed, deed de haan een uitval naar haar gezicht, en draaide zich woest flapperend met zijn vleugels in de lucht zo dat zijn sporen naar voren staken. Ada bracht een hand omhoog om hem af te weren waardoor een spoor in haar pols sneed. Haar slag deed de vogel op de grond vallen, maar hij stond op en kwam weer met slaande vleugels op haar af. Terwijl ze zijwaarts als een krab onder de struik uit krabbelde, haalde de haan met een spoor naar haar uit en bleef ermee haken in de plooien van haar rok. Ze schoot van onder de struik uit en stond op om weg te rennen, met de haan nog op kniehoogte aan haar rok hangend. De vogel pikte naar haar kuiten en haalde telkens weer uit met de spoor van zijn vrije poot, en sloeg naar haar met zijn vleugels. Ada sloeg met de vlakke hand naar hem tot hij van haar af viel, en toen rende ze naar de veranda en naar binnen.

Ze liet zich in een leunstoel vallen en bekeek haar verwondingen. Er zat bloed aan haar pols. Ze veegde het weg en zag tot haar opluchting dat ze niet veel meer dan een schram had. Ze keek naar haar rok en zag dat hij stoffig was en besmeurd met kippenuitwerpselen, en op drie plaatsen gescheurd, en vervolgens trok ze hem omhoog en keek naar haar benen. Die zaten onder de krabben en pikken, maar geen ervan was diep genoeg om te bloeden. Haar gezicht en hals schrijnden van de schrammen die ze had opgelopen toen ze uit de struik was gekrabbeld. Ze klopte op haar haar en voelde dat het rondom haar hoofd was uitgezakt. Zover is het met me gekomen, dacht ze. Ik leef in een nieuwe wereld waar dit de gevolgen zijn van zoiets simpels als eieren zoeken.

Ze stond op, ging de trap op naar haar kamer en trok haar kleren uit. Bij haar wastafel met het marmeren blad goot ze water uit de lampetkan in de kom en waste zich met een stuk lavendelzeep en een waslapje. Ze haalde haar vingers door haar haar om er de buxusblaadjes uit te harken en liet het toen maar los over haar schouders hangen. Ze had afgezien van de beide haardrachten die in zwang waren – hetzij rondom bijeengenomen en verdeeld in twee dikke rollen die aan weerskanten van het hoofd van een vrouw neerhingen als twee hondenoren, of strak naar achteren getrokken en in een knot opgestoken als een paard met een klont modder in zijn staart. Ze had niet meer de behoefte aan dat soort opschik of het geduld ervoor. Ze kon rondlopen en eruitzien als een man-vrouw van een plaat uit een boek en het maakte niets uit, want soms ging er meer dan een week voorbij dat ze geen levende ziel zag.

Ze liep naar haar ladenkast om schoon ondergoed te pakken en vond niets schoons, omdat er al een tijdlang niets aan de was was gedaan. Ze trok onderkleren aan die ze onder uit de stapel vuile was trok, op grond van de theorie dat de tijd deze misschien frisser had gemaakt dan de kleren die ze net had uitgetrokken. Ze trok er een enigszins schone jurk over aan en vroeg zich af hoe ze de uren tot bedtijd zou doorkomen. Wanneer was alles zo veranderd, dat ze niet meer bedacht hoe de dag aangenaam of nuttig besteed kon worden, en langzamerhand alleen maar dacht aan hoe de dag door te komen?

Haar dadendrang was zo goed als verdwenen. Alles wat ze aan noemenswaardigs had gedaan in de maanden sinds Monroe's dood, was het uitzoeken van zijn spullen, zijn kleren en papieren. Zelfs dat was een beproeving geweest, want ze had een vreemd, vreesachtig gevoel over haar vaders kamer en had er niet binnen kunnen gaan tot vele dagen na de begrafenis. Maar in die periode had ze vaak bij de deur gestaan en naar binnen gekeken, zoals mensen zich aangetrokken voelen om op de rand van een afgrond te gaan staan en naar beneden te kijken. Er had water in een lampetkan op zijn wastafel gestaan, tot het vanzelf verdwenen was. Toen ze er eindelijk de moed toe had verzameld, ging ze naar binnen en ging op het bed zitten, en vouwde huilend de op maat gemaakte witte overhemden, de zwarte jasjes en broeken op om ze op te bergen. Ze zocht Monroe's papieren uit, deed ze in dozen en plakte er etiketten op, zijn preken en botanische aantekeningen en gewone dagboeken. Elke kleine taak had weer nieuw verdriet opgeleverd en een reeks lege dagen die tenslotte in elkaar overgingen zodat ze nu in een toestand was geraakt waarin het antwoord op de vraag: Wat heb je vandaag gepresteerd? moest luiden: Niets.

Ada pakte een boek van haar nachtkastje en ging op de overloop in de gecapitonneerde stoel zitten die ze uit Monroe's slaapkamer had gehaald en zo had neergezet dat het goede licht van het halraam erop viel. Ze had een groot deel van de afgelopen drie natte maanden lezend in die stoel doorgebracht, met een gewatteerde deken om zich heen om de kilte van het huis, zelfs in juli, te weren. De boeken die ze die zomer van de planken had genomen waren van uiteenlopende en willekeurige aard geweest, niet veel meer dan recente romans, en wat ze verder toevallig uit Monroe's studeerkamer haalde. Niemendalletjes zoals *Sword and Gown* van Lawrence en vele soortgelijke boeken. Ze kon zulke boeken lezen en een dag later niet meer weten waar ze over gingen. Wanneer ze boeken van meer betekenis las, maakte het harde lot van de ongelukkige heldinnen haar sombere stemming alleen maar erger. Een tijd lang had elk boek dat ze uit de kast haalde haar angstig gemaakt, omdat de inhoud steevast ging over fouten, begaan door rampzalige donkerharige vrouwen, zodat ze hun leven bestraft, in ballingschap en in vervreemding eindigden. Meteen na *The Mill on the Floss* was ze begonnen aan een kort en bevreemdend verhaal van Hawthorne over ongeveer hetzelfde thema. Monroe had dit boek kennelijk niet uitgelezen, want na het derde hoofdstuk waren de bladzijden niet opengesneden. Ze vermoedde dat Monroe het boek wel onnodig somber zou hebben gevonden, maar voor Ada leek het een goede oefening voor het leven dat haar te wachten stond. In ongeacht welk boek leken alle personages overigens meer gevulde levens te leiden dan zij.

Aanvankelijk was het enige dat haar beviel aan de leesplek de gemakkelijke stoel en het goede licht, maar in de loop van de maanden kreeg ze ook oog voor het feit dat het uitzicht uit het raam enige verlichting bood tegen de druk van die naargeestige verhalen, want wanneer ze van de bladzijde opkeek, gingen haar ogen over de velden en stegen via golven van nevelige heuvelruggen op naar de blauwe massa van Cold Mountain. Het vergezicht vanuit de leesstoel bracht haar alle voornaamste vormen en kleuren van haar huidige positie onder ogen. De hele zomer was de meestvoorkomende stemming van het landschap donker en somber geweest. De vochtige lucht die door het raam binnenkwam, was verzadigd van geuren van bederf en groei, en voor het oog had ze in grote lijnen dezelfde vibrerende verdichte hoedanigheid als wanneer je over grote afstand met een verrekijker keek. De hoeveelheid vocht in de lucht werkte op de waarneming als een slechte kwaliteit optiek; vervormend, vergrotend en afstand en hoogte verkleinend, waardoor het gevoel van massa van ogenblik tot ogenblik veranderde. Door het raam had Ada een college gekregen over alle vormen van zichtbaar vocht – lichte nevel, dichte mist in de dalen, wolkenflarden die als vodden om de schouders van Cold Mountain hingen, grijze regen die de hele dag recht naar beneden viel in strepen, alsof er oud touw uit de hemel hing.

Sympathie voelen voor dit bewolkte, bultige land was, merkte ze, heel wat moeilijker en subtieler dan waardering hebben voor de kalme stem van Charleston tijdens een avondwandeling langs de Battery met Fort Sumter in de verte op de achtergrond, de witte huizen in je rug en de palmetto's die met hun loof ratelden in de zeewind. Vergeleken daarmee waren de woorden die dit landschap sprak minder gedempt, rauwer. De grotten en richels en toppen leken gesloten en ondoorgrondelijk, een goede plek om je te verstoppen.

Het boek dat Ada op deze dag voor zich had, was ook een boek van haar vader, een verhaal over pioniersavonturen door Simms, een Charlestoniaan en vriend van Monroe die Ada bij een aantal gelegenheden had ontmoet wanneer hij in de stad was vanuit zijn plantage aan de Edisto. Ze was aan Simms herinnerd doordat ze niet lang geleden een brief had ontvangen van een kennis uit Charleston, die terloops iets schreef over zijn vreselijke verdriet om de dood van zijn vrouw, die onlangs gestorven was. Alleen opiaten hadden kunnen voorkomen dat hij krankzinnig werd, had haar vriendin geschreven, en dit was een zin die Ada niet uit haar hoofd kon zetten.

Ze begon te lezen, maar hoewel de gebeurtenissen in het verhaal aangrijpend waren, kon ze de gedachte aan eten niet van zich af zetten. Aangezien het zoeken naar eieren niet goed was afgelopen, had ze nog niet ontbeten, hoewel de morgen al half om was. Na slechts een paar bladzijden stopte ze het boek in een zak van haar rok, ging naar beneden naar de keuken en speurde de provisiekast af naar iets waarvan ze een maaltijd zou kunnen maken. Ze had bijna twee uur nodig om de oven aan te steken en te proberen een tarwebrood te laten rijzen met dubbelkoolzure soda, het enige rijsmiddel dat ze kon vinden. Maar toen het brood uit de oven kwam, leek het op een grote, slecht gemaakte koek; de korst was krakend hard en de rest was week en smaakte naar rauw meel. Ada knabbelde op een stukje, maar gaf het toen op en gooide het op het erf voor de kippen om aan te pikken. Als avondeten at ze alleen een bord vol van de tomaatjes en komkommertjes, in plakjes gesneden, bedruppeld met azijn en met zout bestrooid. Wat betreft het gevoel dat haar honger gestild werd had ze evengoed alleen lucht kunnen inademen.

Ada liet haar vuile bord en vork op de tafel liggen. Ze pakte een sjaal, die in een prop op de bank lag, schudde hem uit en sloeg hem om haar schouders. Ze ging op de veranda staan en keek. De hemel was wolkenloos, maar heiig zodat het blauw verbleekt en ijl leek. Ze kon de zwart-gouden haan zien, daarginds bij de schuur. Hij krabde in de grond, pikte op de plaats waar hij had gekrabd en stapte toen woest rond. Ada ging het huis uit en liep door het hek de weg op. Er was de laatste tijd zo weinig verkeer overheen gekomen dat op de richel in het midden een hoge bos asters en vingerhoedskruid was gegroeid. De heiningen langs de kant van de weg waren bekleed met kleine geel-oranje bloemen, en Ada liep erheen en raakte er een aan om te zien hoe hij opensprong en zijn zaden wegschoot.

—Springkruid, zei ze hardop, blij dat er iets was dat ze een naam kon geven, ook al had ze die zelf bedacht.

Ze liep anderhalve kilometer de weg af, en toen was ze uit Black Cove en sloeg de weg naar de rivier in. Onder het gaan plukte ze een boeket wilde bloemen – alles waar haar oog op viel – fijnstraal, engelwortel, meisjesogen, brunel. Bij de rivier ging ze stroomopwaarts verder om naar de kerk te gaan. Dit was de doorgaande weg van de gemeenschap, en hij was doorploegd met wagensporen en diep ingezakt door het veelvuldig gebruik. Diepe plekken waren tot een zwart, modderig moeras omgewoeld door het passeren van paarden, koeien en varkens, en op die plaatsen waren langs de weg voetpaden uitgesleten door wandelaars die wilden vermijden dat ze tot de bovenkant van hun hoge schoenen wegzakten. Langs de weg waren de bomen tegen het einde van het seizoen zwaar beladen met een groene vracht bladeren. Ze leken het groeien moe en hingen terneer, maar niet van de droogte, want het was een natte zomer geweest en de zwarte rivier langs de weg stroomde diep en glad.

Na een kwartier was Ada bij de kleine kerk die onder Monroe's leiding had gestaan. Vergeleken met de fraaie, stenen kerken van Charleston was de architectuur ervan nauwelijks formeler dan een vogelval, maar de proporties – de hoogte van het puntdak, de verhouding tussen lengte, breedte en hoogte, de plaatsing van het eenvoudige torentje – waren beslist sober en elegant. Monroe had een sterke genegenheid voor het kerkje ontwikkeld, want de strenge geometrie ervan kwam goed overeen met de eenvoudige aandriften in zijn latere jaren. Vaak zei hij, wanneer Ada en hij van de rivier naar de kerk waren gelopen: Zo spreekt God in de volkstaal van deze streek.

Ada beklom de heuvel, ging naar de begraafplaats achter de kerk en stond voor Monroe's graf. Er was nog geen dikke laag gras op de zwarte aarde gekomen. Er was nog steeds geen grafzerk, omdat Ada de plaatselijke stijlen had afgewezen – hetzij een platte riviersteen of een eiken plank, met naam en datum ondiep in het oppervlak gekrast. In plaats daarvan had ze in de hoofdstad van de county een gehakte, granieten grafsteen besteld, maar het duurde lang voor die kwam. Ze legde de bloemen op de grond aan het hoofdeinde van het graf en raapte de vorige bos op, die nu verwelkt en doorweekt was.

Monroe was gestorven op een dag in mei. Laat die middag had Ada zich gereed gemaakt om een tijdlang naar buiten te gaan met een doos aquarelverf en een stuk papier, om de pasgeopende bloesems van een rododendron beneden bij de beek te schilderen. Toen ze van huis ging, ging ze even iets tegen Monroe zeggen, die in een gestreepte canvas veldstoel onder de perenboom een boek zat te lezen. Hij leek vermoeid en zei dat hij niet wist of hij genoeg fut had om de bladzijde waarin hij bezig was, uit te lezen voor hij in slaap zou vallen, maar hij vroeg haar of ze hem wilde wekken wanneer ze terugkwam, want hij wilde niet slapen in de klamme avondlucht. Ook, zei hij, was hij bang dat hij de leeftijd gepasseerd was om zonder hulp uit zo'n lage stoel te kunnen opstaan.

Ada was minder dan een uur weg. Toen ze vanuit de velden het erf opliep, zag ze dat Monroe in diepe rust lag. Zijn mond was open en ze dacht dat hij misschien snurkte en dat ze hem tijdens het avondmaal ermee zou plagen dat hij zich in zo'n onwaardige houding liet betrappen. Ze liep er heen om hem wakker te maken, maar toen ze naderde, kon ze zien dat zijn ogen open waren en dat het boek in het gras was gevallen. Ze holde de laatste drie passen en legde haar hand op zijn schouder om aan hem te schudden, maar toen ze hem aanraakte, wist ze dat hij dood was, want het vlees onder haar hand was volkomen passief.

Ada ging zo snel ze kon hulp halen, soms rennend, soms lopend over het snellere paadje dat over de heuvelrug heenliep en afdaalde naar de rivierweg in de buurt van de hoeve van Swanger. Via die route waren ze elkaars naaste buren. Ze waren lidmaten van haar vaders gemeente, en Ada had hen gekend vanaf haar eerste dagen in de bergen. Ze bereikte hun huis buiten adem en in tranen. Voor Esco Swanger zijn span voor een buggy kon spannen en met Ada teruggaan over de weg, die een omweg betekende, kwam er uit het westen een regenbui aanwaaien. Toen ze terug waren in het dal, viel de duisternis in en was Monroe zo nat als een forel, en zaten er bloemblaadjes van de kornoelje op zijn gezicht. De aquarel die Ada onder de perenboom had laten vallen, was een abstract werk van roze en groene spatten geworden.

Ze had die nacht doorgebracht in het huis van de familie Swanger, waar ze slapeloos en met droge ogen in bed lag; ze dacht lange tijd dat ze liever had gewild dat zij eerder gegaan was dan Monroe, hoewel ze diep van binnen wist dat de natuur een voorkeur heeft voor een bepaalde volgorde: ouders sterven, en dan sterven kinderen pas. Maar het was een hard patroon dat weinig verlichting bood, want als het uitkomt, betekent dat dat de gelukkigen als wees moeten achterblijven.

Twee dagen later had Ada Monroe begraven op de kleine heuvel boven de Little East Fork van de Pigeon River. Het was een heldere morgen, en een matige wind kwam van Cold Mountain naar beneden, en de hele wereld huiverde ervan. Er was voor de verandering weinig vocht in de lucht en alle kleuren en randen van dingen leken bovennatuurlijk scherp. Met veertig mensen, in het zwart gekleed, was de kleine kerk bijna gevuld. De doodskist rustte op schragen voor het altaar, zonder deksel. Monroe's gezicht was na zijn dood ingevallen. De werking van zwaartekracht op slappe huid had zijn wangen en oogkassen uitgehold, en zijn neus leek scherper en langer dan bij zijn leven. Er was de lichte glans van oogwit waar een ooglid een kiertje was opgetrokken.

Ada boog zich naar een man die aan de andere kant van het altaar zat en zei zacht iets achter haar hand. Hij stond op en zocht rammelend in zijn zakken tussen het kleingeld en haalde er twee bruine munten uit. Hij ging naar Monroe toe en legde op beide ogen een munt, want alleen het oog te bedekken dat openging, zou er vreemd en piraatachtig hebben uitgezien.

De begrafenisdienst was geïmproviseerd geweest, omdat er geen andere beroepbare dominee van hun overtuiging binnen bereisbare afstand woonde, en alle dominees van de andere typen plaatselijke doopsgezinden hadden geweigerd hun diensten te verlenen, ter vergelding van Monroe's onvermogen in een God te geloven met ernstige beperkingen ten aanzien van Zijn geduld en genade. Monroe had eigenlijk gepredikt dat God helemaal niet zo iemand was als wijzelf, niet iemand die door zijn temperament geneigd was om ons woedend te vertrappen tot ons bloed opspatte en al Zijn witte kleding bevlekte, maar veeleer dat Hij zowel de goede als de slechte daden van het mensdom aanzag met een vermoeid, verbijsterd medelijden.

Ze moesten het daarom stellen met woorden van een paar leden van de kerk. De een na de ander waren ze naar de preekstoel geschuifeld en stonden met hun kin op hun borst, om de gemeente niet rechtstreeks aan te hoeven kijken, en vooral Ada niet, die op de voorste bank van de vrouwenkant zat. Haar rouwjapon, de dag tevoren groenig-zwart geverfd, als de veren van de kop van een woerd, rook nog steeds naar het verfbad. In haar koude verdriet zag haar gezicht wit als een ontvleesde pees.

De mannen spraken onwennig over wat ze noemden Monroe's grote geleerdheid en zijn andere mooie hoedanigheden. Hoe hij sinds hij uit Charleston was gekomen, een gloeiend licht op de gemeenschap had geworpen. Ze vertelden van zijn kleine vriendelijkheden en van de wijze raad die hij gaf. Esco Swanger was een van de sprekers geweest, een tikje beter bespraakt dan de rest, al was hij niet minder zenuwachtig. Hij sprak over Ada en haar vreselijke verlies, en over hoe ze gemist zou worden wanneer ze terugging naar haar geboorteplaats Charleston.

Later stonden ze naast het graf terwijl de kist aan touwen werd neergelaten door de zes mannen van de gemeente die de kist vanuit de kerk hadden gedragen. Toen de kist netjes in zijn kuil lag, ging een van de mannen voor in een laatste gebed, waarin hij sprak van Monroe's energie, zijn onvermoeibare dienstbaarheid aan de kerk en de gemeenschap, de verontrustende onverwachtheid waarmee hij gestruikeld was en in de eeuwige slaap des doods gevallen. Hij scheen in deze eenvoudige gebeurtenissen een boodschap voor allen te vinden aangaande de ongewisheid van het leven; God had dit als een les bedoeld.

Ze hadden allen staan toekijken terwijl het graf werd volgegooid, maar op de helft moest Ada haar hoofd afwenden en in de verte naar de bocht van de rivier kijken, om dit ogenblik te kunnen verdragen. Toen het graf was aangestampt en van een nette heuvel was voorzien, draaide iedereen zich om en liep weg. Sally Swanger had Ada bij de elleboog gevat en haar de heuvel af geleid.

—Je blijft bij ons tot je geregeld hebt dat je teruggaat naar Charleston, zei ze.

Ada bleef stilstaan en keek haar aan. Ik ga niet dadelijk terug naar Charleston, zei ze.

—Godbeware, zei mevrouw Swanger. Waar ga je dan heen?

—Naar Black Cove, zei Ada. Ik blijf hier, voorlopig tenminste.

Mevrouw Swangers ogen werden groot, maar ze hield zich in. Hoe ga je dat dan doen? zei ze.

—Dat weet ik nog niet precies, zei Ada.

—Je gaat vandaag niet helemaal alleen naar dat grote, donkere huis. Kom bij ons eten en blijf tot je eraan toe bent om weg te gaan.

—Ik voel me zeer verplicht, zei Ada. Ze was drie dagen bij de familie Swanger gebleven en ging toen terug naar het lege huis, bang en alleen. Na drie maanden was de angst wat verminderd, maar dat vond Ada een schrale troost, omdat haar nieuwe leven maar een voorproefje leek van hoe het zou zijn als ze een oude vrouw was, overspoeld door eenzaamheid en het gevoel steeds minder te kunnen.

Ada wendde zich af van het graf en liep de heuvel af naar de weg; toen ze die bereikte, besloot ze rivieropwaarts verder te lopen en via de korte weg terug te lopen naar Black Cove. Afgezien van het feit dat ze sneller was, had deze route het voordeel dat ze haar langs het postkantoor bracht. Bovendien zou ze langs de hoeve van de Swangers komen, met de kans dat ze haar een middagmaal zouden aanbieden.

Ze stapte voort en kwam een oude vrouw tegen die een bruin varken en een paar kalkoenen voor zich uit dreef; wanneer ze de verkeerde kant op liepen mepte ze naar hen met een wilgentwijg. Toen haalde een man haar van achteren in en liep haar voorbij. Hij was gebogen en liep snel, terwijl hij een schop voor zich uit hield. In het blad ervan lag een smeulend hoopje hete kolen. De man grijnsde en zei zonder stil te houden achterom over zijn schouder dat hij zijn vuur had laten uitgaan en wat was gaan lenen. Vervolgens kwam Ada bij een man met een zware jutezak die aan een tak van een kastanjeboom hing. Drie kraaien zaten hoog in de boom en keken naar beneden zonder een oordeel uit te spreken. De man was zwaar gebouwd en hij sloeg tegen de zak met de afgebroken steel van een schoffel, met kracht zodat het stof eruit vloog. Hij praatte tegen de zak en vervloekte hem, alsof hij de voornaamste hindernis vormde voor het gemakkelijke en tevreden leventje dat hij zou kunnen leiden. Je hoorde een geluid van doffe klappen, van zijn ademhaling en zijn gemompel, en het geknars van zijn voeten die in de aarde een houvast zochten om de zak nog een klap te geven. Ada bekeek hem in het voorbijgaan, en toen bleef ze staan en ging terug om hem te vragen wat hij aan het doen was. Hij sloeg de doppen van bonen af, zei hij. En hij maakte duidelijk dat elk boontje in die zak iets was om te haten. Hij had met haat geploegd en gezaaid. Hij had met haat de ranken langs stokken omhoog geleid, en de rijen gewied, en met haat de bloesems tot ontwikkeling zien komen en de peulen zich zien vormen en vol worden. Hij had de bonen geplukt terwijl hij elke boon die zijn vingers aanraakten vervloekte, en ze in een tenen mand gegooid alsof er vuil aan zijn handen kleefde. Dit slaan was het enige gedeelte van het hele proces, tot en met het opeten van de bonen, dat hij leuk vond.

Tegen de tijd dat Ada bij de molen aankwam, was de nevel van die dag nog niet helemaal opgelost, maar ze had het te warm gekregen om haar sjaal om te houden. Ze deed hem af en rolde hem op zodat ze hem onder haar arm kon dragen. Het molenrad draaide en stortte zijn vracht water in het afvoerkanaal, bruisend en spattend. Toen Ada haar hand op de deurpost legde, voelde ze het hele gebouw vibreren van het draaien van het molenrad en het drijfwerk en de drijfas en de molensteen. Ze stak haar hoofd naar binnen en verhief haar stem genoeg om boven het kraken en kreunen van het mechaniek uit gehoord te worden. Meneer Peek? zei ze.

De ruimte rook naar gedroogde maïs, oud hout, de bemoste molenvliet, vallend water. Het was donker binnen, en het beetje licht dat door de twee raampjes en de deur binnenkwam, viel in bundels door een atmosfeer die verzadigd was met stof van gemalen maïs. De molenaar kwam van achter de molenstenen vandaan. Hij wreef zijn handen langs elkaar en er vloog nog meer stof af. Toen hij in het licht van de deur kwam, kon Ada zien dat zijn haar, zijn wenkbrauwen en wimpers en het haar op zijn armen lichtgrijs bepoederd waren met maïsstof.

—Kom je voor de post? zei hij.

—Als er post is.

De molenaar ging het postkantoor binnen, een kleine uitbouw met een schuin dak die aan de korenmolen was vastgeflanst. Hij kwam eruit met een brief en bekeek de voorkant en de achterkant. Ada stak de brief tussen het boek in haar zak, dat van Simms, en liep de weg verder op naar de hoeve van de Swangers.

Ze trof Esco aan bij de schuur. Hij stond gebogen en probeerde een spie in een karrewiel te slaan, een wig die hij gesneden had uit de tak van een acacia, en die hij er met een voorhamer in dreef. Toen Ada vanaf de weg naar hem toe liep, ging hij rechtop staan, zette de hamer neer en leunde naar voren tegen de kar, terwijl hij de wagenplank met twee vuisten beetgreep. Er scheen niet veel verschil te bestaan tussen de kleur en de hardheid van zijn handen en die van de planken. Zijn hemd was doorgezweet, en toen Ada naderbij kwam, rook ze zijn geur, de geur van nat aardewerk. Esco was lang en mager met een klein hoofd en een grote bos droog, grijs haar dat in een punt omhoog stond, als de kuif van een kuifmees.

Hij was blij met een excuus om op te houden met werken en liep met Ada mee door het hek het erf op. Esco had de heining gebruikt om paarden aan vast te binden, en de puntige boveneinden van de latten waren door paarden die zich verveelden afgeknabbeld tot splinterige stompen. Het erf was kaal, schoongeveegd, zonder een struik of bloemperk als versiering, alleen een zestal eiken en een overdekte waterput, een bijzonderheid in dat land van stromend water, want de plaats die zij hadden uitgekozen om te wonen werd No Creek Cove genoemd. Het huis was groot en was ooit wit geschilderd geweest, maar de verf bladderde af in schilfers zo groot als een hand, zodat men de laatste tijd met recht kon zeggen dat het op een appelschimmel leek, al zou het binnenkort gewoon effen grijs zijn.

Sally zat op de veranda bonen aan draad te rijgen, en vijf lange snoeren van peulen hingen al boven haar aan de balken van de veranda om te drogen. Ze was in alle opzichten rond van vormen en haar huid was licht en glanzend als een talgkaars en haar grijzende haar was met henna geverfd in de kleur van de streep over de rug van een muilezel. Esco schoof Ada een lege stoel toe, en daarna ging hij naar binnen om er voor zichzelf ook een te halen. Hij begon bonen te doppen. Er werd met geen woord over middageten gerept, en Ada keek naar de bleke lucht. Met een zekere teleurstelling zag ze dat de lichte plek waar de zon stond, aangaf dat het al halverwege de middag was. De Swangers hadden natuurlijk allang gegeten.

Ze zaten een minuut of wat zwijgend bijeen, alleen het doppen van de bonen en het sissende geluid wanneer Sally er met een naald de draad doorheen trok, en de klok op de schoorsteenmantel die tikte met het geluid van een knokkel die op een kist klopt, waren hoorbaar. Esco en Sally werkten rustig samen, en hun handen raakten elkaar soms aan wanneer ze gelijktijdig in de mand met bonen grepen. Ze waren beiden kalm en traag in hun bewegingen, vriendelijk tegen elkaar, en ze hanteerden elke peul alsof het een ding was dat met tederheid behandeld moest worden. Hoewel ze geen kinderloos echtpaar waren, hadden ze het soort romantiek in hun huwelijk behouden dat vaak bij onvruchtbare mensen voorkomt. Ze schenen hun verkeringstijd nooit echt te hebben afgerond. Ada vond hen lieve echtelieden, maar ze zag niets opmerkelijks in hun soepele omgang. Aangezien zij haar hele leven met een weduwnaar had geleefd, had ze voor zichzelf geen echt voorbeeld van hoe een huwelijk kon zijn, welke tol de dagelijkse sleur zou kunnen eisen.

Toen ze begonnen te praten, ging het eerst over de oorlog, over de toekomst die somber leek nu de Federalen in het noorden vlak over de bergen lagen, en dat de toestand in Virginia wanhopig begon te worden, als je de krantenberichten over de loopgravenoorlog bij Petersburg mocht geloven. Noch Esco, noch Sally had meer dan een vaag begrip van oorlog, en ze wisten maar twee dingen zeker: dat ze oorlog in het algemeen afkeurden, en dat Esco de leeftijd had bereikt dat hij wel een hulpje kon gebruiken op de boerderij. Om die en andere redenen zouden ze blij zijn als de oorlog afgelopen was en hun jongens zouden terugkomen. Ada vroeg of er nieuws was over een van beiden, want de twee zonen Swanger waren in het leger om te vechten. Maar ze hadden in maanden niets gehoord en wisten niet eens in welke staat ze gelegerd waren.

De Swangers waren van de aanvang af tegen de oorlog gekant geweest en hadden tot kort geleden eigenlijk aan de kant van de Federalen gestaan, zoals veel mensen in de bergen. Maar Esco was verbitterd geraakt over beide partijen en vreesde beide in gelijke mate, vooral nu de Federalen vlak achter de hoge bergen in het noorden lagen. Hij was bang dat ze binnenkort naar voedsel zouden komen zoeken, en dat ze zouden nemen wat ze wilden zodat je zelf niets overhield. Hij was onlangs in de hoofdstad van de county geweest en de hele stad praatte erover dat Kirk en zijn blauwjassen in de buurt van de staatsgrens al rooftochten ondernamen. In de vroege ochtend overvielen ze een gezin en plunderden de hoeve, ze stalen alle beesten die ze konden vinden en elk stukje draagbaar voedsel dat ze konden torsen, en staken bij hun vertrek het maïshok in brand.

—Dat zijn dan de bevrijders, zei Esco. En onze eigen lui zijn even erg of nog erger. Teague en zijn Home Guard die rondrazen als een stelletje struikrovers. Ze maken hun eigen wetten zoals het hun uitkomt, terwijl dat ook maar uitschot is dat probeert zich te drukken voor het leger.

Hij had gehoord dat de Guard een gezin dat aan de maaltijd zat het eigen erf had opgejaagd. Dat was de familie Owens, ergens bij Iron Duff. Teague beweerde dat ze heulden met de Federalen en dat ze ervan verdacht werden lid te zijn van de Red String-bende en dat alles wat ze hadden gehamsterd in beslag moest worden genomen. Eerst doorzochten ze het hele huis en daarna prikten ze overal met hun sabels in het erf om te zien of ze zachte aarde konden vinden, waar pas gegraven was. Ze sloegen eerst de man, later ook zijn vrouw. Ze hingen twee jachthonden naast elkaar op, en toen dat de aandacht van de man niet trok, bonden ze de duimen van de vrouw op haar rug aan elkaar en hesen haar daaraan op met een touw dat ze over een tak gooiden. Ze hesen haar zover op dat haar tenen nog net de grond raakten. Maar de man wilde nog steeds geen woord zeggen, en daarom lieten ze haar weer zakken en zetten de hoek van een houten hek op haar duimen, maar dat bracht de man ook niet van de wijs.

De kinderen huilden en de vrouw lag op de grond met haar duimen onder het hek te krijsen dat ze wist dat haar man het zilveren servies en de voorraad goudstukken die ze na de moeilijke oorlogsjaren nog over hadden, had verstopt. Ze wist niet waar hij ze had begraven, ze wist alleen dat hij dat had gedaan. Ze smeekte hem eerst om het te zeggen, daarna smeekte ze de Guard om genade. En toen Owens nog steeds weigerde iets te zeggen, smeekte ze hun om hem eerst te doden, zodat ze tenminste de voldoening had dat ze dat kon zien.

Ongeveer op dat moment had een van de leden van de Guard, een jongen met wit haar die Birch genoemd werd, gezegd dat hij dacht dat ze misschien maar moesten ophouden en weggaan, maar Teague richtte een pistool op hem en zei: Ik laat me niet vertellen hoe ik lui zoals Bill Owens en zijn vrouw en de kinderen moet behandelen. Ik ga nog liever naar de Federalen voor ik in een land leef waar ik zulke lui niet kan geven wat ze verdienen.

—Uiteindelijk, besloot Esco, hebben ze niemand gedood en ook het zilver niet gevonden. Ze verloren hun belangstelling en gingen er over de weg vandoor. Die vrouw is gelijk bij Owens weggegaan. Ze is naar de stad gekomen met de kinderen, en ze woont nu bij haar broer en vertelt het verhaal aan iedereen die het horen wil.

Esco zat enige tijd voorovergebogen in de stoel met zijn onderarmen op zijn knieën en zijn handen los hangend vanaf de pols. Hij scheen de vloerplanken van de veranda te bestuderen, of te kijken of het leer van zijn schoenen al erg versleten was. Ada wist uit ervaring dat hij, als hij buiten was geweest, tussen zijn voeten zou spuwen en dan kennelijk geboeid naar die plek zou kijken.

—Deze oorlog is me wat, zei hij na een minuut. Het zweet van elke man heeft zijn prijs. Grote heren die katoenvelden hebben, stelen het elke dag, maar ik denk dat ze misschien nog wel eens zullen wensen dat ze hun eigen katoen hadden geoogst. Ik wil gewoon mijn jongens thuis hebben om beneden het veld te schoffelen terwijl ik op de veranda zit en elke keer dat die klok het halve uur slaat, Goed zo! roep.

Sally knikte en zei: Uh-huh, en daarmee scheen het onderwerp te zijn afgedaan.

Ze gingen over op andere zaken en Ada luisterde belangstellend terwijl Esco en Sally de dingen opsomden die ze hadden opgemerkt die van oudsher wezen op de komst van een strenge winter. Grijze eekhoorns die door de bitternoten ritselden om grote voorraden noten te verzamelen. Een dikke laag was op de wilde, groene appeltjes. Rupsen met brede zwarte strepen. Duizendblad dat als je het tussen je handen wreef, scherp geurde als vallende sneeuw. Haagdoorns vol rode bessen, felgekleurd als bloed.

—En nog andere tekenen, zei Esco. Slechte voortekenen.

Hij had aantekening gehouden van slechte voortekenen en waarschuwingen uit de hele county. Bij Catalooch scheen een muilezel een veulen te hebben geworpen, in Balsam scheen een varken geboren te zijn met mensenhanden. Een man uit Cove Creek beweerde een schaap te hebben geslacht en bij de ingewanden was geen hart gevonden. Jagers op de Big Laurel zwoeren dat een uil geluiden had gemaakt die op mensentaal leken, en hoewel ze het er niet over eens waren wat hij had gezegd, bevestigden ze allemaal dat er, terwijl de uil sprak, twee manen aan de hemel leken te staan. Drie jaren achtereen waren de wolven in de winter ongewoon tekeer gegaan, en was er in de zomer een slechte graanoogst geweest. Dit wees allemaal op slechte tijden. Esco was van mening dat, hoewel ze tot nu toe door hun geïsoleerde ligging gespaard waren gebleven voor de beroerdigheid van de oorlog, het onheil binnenkort via de laagste passen naar hen toe zou kunnen stromen om het leven hier te verpesten.

Er viel een stilte, en toen zei Sally: Heb je al een plan gemaakt?

—Nee, zei Ada.

—Je bent er nog niet aan toe om naar huis te gaan?

—Naar huis? zei Ada, even in de war, want ze had de hele zomer het gevoel gehad dat ze geen huis had.

—Charleston, zei Sally.

—Nee. Daar ben ik nog niet aan toe, zei Ada.

—Heb je iets gehoord uit Charleston?

—Nog niet, zei Ada. Maar ik denk dat de brief die ik zonet bij meneer Peek heb opgehaald, misschien helderheid zal brengen wat de financiën betreft. Hij lijkt afkomstig van mijn vaders advocaat.

—Pak hem dan en kijk wat erin staat, zei Esco.

—Ik kan het niet opbrengen om te kijken. Trouwens, het enige wat erin zal staan is of ik geld heb om van te leven. Er zal niet in staan waar ik over een jaar misschien zal zijn of wat ik dan aan het doen ben. Dat zijn de vragen die me de meeste zorg geven.

Esco wreef in zijn handen en grijnsde. Ik ben misschien wel de enige man in de county die je daarmee kan helpen, zei hij. Ze zeggen dat je een spiegel moet nemen en daarmee achterover in een put moet kijken, en dat je dan beneden in het water je toekomst zal zien.

Even later zat Ada dus achterovergebogen over de bemoste putrand, balancerend in een houding die niet zeer aanbevelenswaardig was wat betreft waardigheid of gemak, met haar rug gekromd, haar heupen naar voren, en haar benen gespreid om haar evenwicht te bewaren. Ze hield een handspiegel boven haar gezicht, in een zodanige hoek dat ze het oppervlak van het water onderin kon zien.

Ada had ingestemd met het kijken in de put als een soort experiment in plaatselijke gebruiken en als opwekkend middel tegen haar sombere stemming. Haar gedachten waren zo lang somber en morbide en overmatig op het verleden gericht geweest dat ze blij was met de kans om tegen die stroom in te gaan, om naar voren te kijken en over de toekomst te denken, ook al verwachtte ze niets dan water te zien onderin de put.

Ze schuifelde met haar voeten om meer houvast te vinden op de vastgestampte aarde van het erf, en probeerde toen in de spiegel te kijken. De witte hemel boven haar was bedekt met een dunne laag nevel die van achteren werd verlicht, glanzend als een parel of als een tweede zilveren spiegel. Het donkere gebladerte van eiken rond de randen omlijstte de hemel en vormde een verdubbeling van de houten lijst van de spiegel waarin Ada tuurde en het beeld van de diepte van de put bestudeerde om te zien wat er misschien in haar leven in het verschiet lag. De heldere cirkel van het putwater aan het einde van de zwarte schacht was weer een spiegel. Hij weerkaatste de straling van de hemel en was hier en daar bij de randen met bont bekleed door plukjes varens die tussen de stenen groeiden.

Ada trachtte haar aandacht te richten op de handspiegel, maar de lichte hemel erachter trok telkens haar blik weg. Ze werd in de war gebracht door licht en schaduw, door de verwarrende verdubbeling van weerspiegelingen en omlijstingen. Het kwam allemaal uit te veel richtingen om door de geest bevat te kunnen worden. De verschillende beelden botsten tegen elkaar tot ze een wanhopig duizelig gevoel kreeg, alsof ze elk ogenblik achterover kon duikelen en met haar hoofd naar beneden in de putschacht kon storten en daar verdrinken, met de hemel ver boven haar, en het laatste wat ze zou zien slechts een heldere cirkel in een donkere omgeving zou zijn, niet groter dan een volle maan.

Het duizelde haar en ze stak haar vrije hand uit en hield zich vast aan de stenen rand van de put. En toen werd alles een ogenblik rustig en het leek werkelijk of er een beeld in de spiegel te zien was. Het had veel van een slecht uitgevoerde kalotypie. Vaag in z'n details, met weinig contrast, korrelig. Wat ze zag was een rad van helder licht met een franje van gebladerte rondom. Misschien een aanduiding van een weg tussen de bomen door, een hellend pad. In het midden van het licht bewoog het zwarte silhouet van een figuur, alsof hij liep, maar het beeld was te vaag om te kunnen zien of hij naderde of wegliep. Maar in welke richting hij ook ging, iets in zijn houding wees op een grote beslistheid. Is het de bedoeling dat ik volg, of moet ik wachten op zijn komst? vroeg Ada zich af.

Toen overviel de duizeligheid haar opnieuw. Haar knieën begaven het en ze zakte op de grond. Een seconde lang draaide alles om haar heen. Het gonsde in haar oren en haar hele hoofd was gevuld met strofen uit de psalm 'Wayfaring Stranger'. Ze dacht dat ze misschien ging flauwvallen, maar plotseling stond de tollende wereld weer stil en bleef stilstaan. Ze keek even of iemand had gemerkt dat ze gevallen was, maar Sally en Esco waren zo met hun werk bezig dat niets anders tot hen doordrong. Ada krabbelde overeind en liep naar de veranda.

—Iets gezien? zei Esco.

—Niet echt, zei Ada.

Sally nam haar scherp op, wilde al verdergaan met bonen rijgen, maar veranderde van gedachten en zei: Je ziet wat pips. Ben je niet goed?

Ada probeerde te luisteren maar kon haar gedachten niet op Sally's stem richten. Voor haar geestesoog zag ze nog steeds die donkere figuur, en de dappere frasen van de psalm zongen nog steeds in haar oren: 'Reizend door deze wereld beneden. Geen moeite, ziekte of gevaar, in het schone land waar ik heenga.' Ze was ervan overtuigd dat de figuur belangrijk was, al kon ze het gezicht niet zien.

—Heb je nou iets gezien in de put of niet? zei Sally.

—Ik weet het niet zeker, zei Ada.

—Ze ziet pips, zei Sally tegen Esco.

—Het is maar iets wat ze zeggen, zei Esco. Ik heb er zelf vaak genoeg in gekeken, maar ik heb nooit iets gezien.

—Ja, zei Ada. Er was niets te zien.

Maar ze kon het beeld niet uit haar hoofd zetten. Een bos. Een weg erdoorheen. Een open plek. Een man, die liep. Het gevoel dat het de bedoeling was dat ze hem volgde. Of juist op hem wachtte.

De klok liet vier slagen horen, zo dof en onmuzikaal alsof je met een hamer op de tanden van een hooivork sloeg.

Ada stond op om weg te gaan, maar Sally beduidde haar dat ze moest gaan zitten. Ze stak haar arm uit en legde de muis van haar hand tegen Ada's wang.

—Je bent niet warm. Heb je vandaag gegeten? zei ze.

—Ik heb iets gegeten, zei Ada.

—Vast niet veel, zei Sally. Kom maar even mee, dan geef ik je iets om mee te nemen.

Ada volgde haar naar binnen. Het huis rook naar gedroogde kruiden en naar snoeren met pepers die in rijen in de lange gang midden in het huis hingen, klaar om smaak te geven aan de verschillende relishes, sauzen, ingelegde groenten en chutneys die Sally altijd maakte en waar ze befaamd om was. De schoorsteenmantels, de deurposten en de spiegels waren rondom versierd met strikken van rood lint, en de trapspijl in de gang was in rode en witte strepen geschilderd als de paal van een barbierszaak.

In de keuken liep Sally naar een kast en pakte er een aardewerken pot met bramenjam uit, waarvan de opening was afgesloten met bijenwas. Ze gaf hem aan Ada en zei: Dit is lekker op crackers die je over hebt van je avondeten. Ada bedankte haar zonder te zeggen dat het haar niet gelukt was crackers te bakken. Op de veranda vroeg ze Esco en Sally om langs te komen als ze in hun buggy aan het rijden waren en toevallig in de buurt waren van Black Cove. Ze liep weg, met de sjaal en de pot jam in haar armen.

Het oude voetpad dat de heuvel overging naar Black Cove begon nog geen vijfhonderd meter voorbij de hoeve van de Swangers, en het ging steil omhoog van de rivier af. Het ging eerst door open bos met jonge eiken en bitternoten en populieren, en later, dichter bij de heuvelrand, was het bos nooit gekapt en waren de bomen reusachtig en er groeiden sparren tussen en Canadese dennen en een paar donkere balsempopulieren. De grond bestond daar uit een wirwar van omgevallen bomen in verschillende stadia van verval. Ada klom onafgebroken door, en ze merkte dat het ritme van haar passen al gauw gelijkop ging met de melodie van 'Wayfaring Stranger', die nog steeds zacht doorzong in haar hoofd. De dappere en bemoedigende tekst gaf haar moed, hoewel ze nauwelijks op durfde te kijken naar het pad voor haar, uit angst dat er een donkere vorm te voorschijn zou treden.

Toen ze de top van de heuvel had bereikt, rustte ze uit, gezeten op een uitstekende rotspunt die uitzicht gaf op het rivierdal achter haar. Onder zich kon ze de rivier en de weg zien, en meer naar rechts – als een witte vlek in het algehele groen – de kerk.

Ze draaide zich om en keek naar de andere kant, eerst omhoog naar Cold Mountain, bleek en grijs en ver, en toen omlaag in Black Cove. Haar huis en haar velden leken op deze afstand niet verwaarloosd. Ze zagen er keurig en verzorgd uit. Aan alle kanten omringd door haar bossen, haar heuvelruggen, haar beek. Maar aangezien alles hier net zo hard groeide als in een oerwoud, wist ze dat als ze hier bleef, ze hulp nodig had; anders zouden de velden en het erf spoedig dichtgroeien met onkruid en struikgewas en kreupelhout, tot het huis even volkomen zou verdwijnen in een wildernis als het met braamstruiken bedekte paleis van de Schone Slaapster. Ze betwijfelde echter of er een landarbeider te vinden was die haar van enig nut zou zijn, omdat iedereen die in staat was om te werken weg was naar de oorlog.

Ada ging zitten en volgde bij benadering de omtrek van haar bezit, door met haar ogen een lijn te trekken. Toen ze weer uitkwam bij het punt waar ze begonnen was, leek het land dat ze zo had afgebakend een zeer aanzienlijk stukje aarde. Hoe zij hiervan de eigenares was geworden leek haar nog steeds een mysterie, hoewel ze elke stap van het proces kon noemen.

Zij en haar vader waren zes jaar eerder naar de bergen gekomen in de hoop verlichting te vinden voor de tering die langzaam Monroe's longen had aangetast, tot hij dagelijks wel zes zakdoeken volhoestte met bloed. Zijn arts in Charleston, die groot vertrouwen stelde in de uitwerking van koele, frisse lucht en lichaamsbeweging, had een bekend hooggelegen sanatorium aanbevolen met een uitstekende keuken en geneeskrachtige, minerale warme bronnen. Maar Monroe voelde weinig voor een rustig, stil oord vol welgestelde lieden met hun vele kwaaltjes. Ervan uitgaand dat nuttig werk beter zou zijn voor zijn gezondheid dan stinkend zwavelwater, vond hij in plaats daarvan in de bergen een kerk van zijn gezindte waar geen predikant was.

Ze waren dadelijk vertrokken en per trein naar Spartanburg gereisd, het laatste station in het binnenland. Het was een ruw stadje, vlak tegen de muur van de bergen gelegen, en ze waren daar enkele dagen gebleven en hadden gewoond in iets dat voor een hotel doorging, tot Monroe kon regelen dat een aantal muilezeldrijvers de kisten met hun bezittingen over de Blue Ridge naar het dorp Cold Mountain zou brengen. In die tijd kocht Monroe een rijtuig en een paard om het te trekken, en zoals altijd deed hij een gelukkige koop. Hij stuitte toevallig op een man die juist bezig was de laatste laag zwarte lak op een nieuwe en fraai gebouwde cabriolet te politoeren. Bovendien had deze man een sterke schimmelruin die goed bij het rijtuig paste. Monroe kocht beide zonder ook maar een ogenblik te marchanderen, en telde geld uit zijn portefeuille uit in de tanige en eeltige hand van de wagenmaker. Dit duurde even, maar toen hij klaar was, had Monroe een wel zeer opvallende equipage voor een plattelandspredikant.

Aldus uitgerust reisden ze alvast voor hun spullen uit, en gingen eerst naar het stadje Brevard, waar geen hotel was, alleen een pension. Daar vertrokken ze weer in het blauwe licht van het uur voor zonsopgang. Het was een mooie voorjaarsochtend, en terwijl ze door het stadje reden, had Monroe gezegd: Ik heb gehoord dat we waarschijnlijk wel tegen het avondeten in Cold Mountain zullen zijn.

De ruin scheen het prettig te vinden een uitstapje te maken. Hij draafde energiek voort en trok de lichte wagen in opwindende vaart, zodat de glimmende spaken van de twee hoge wielen zoemden van snelheid.

Ze reden de hele heldere morgen omhoog. Het karrenspoor was links en rechts begrensd door struiken en kreupelhout, en vouwde zich telkens weer dubbel in een eindeloze reeks haarspeldbochten terwijl het in een smal dal tegen de helling opklom. Van de blauwe hemel bleef niet meer over dan een smalle reep boven de donkere hellingen. Ze kruisten een bovenloop van de French Broad, en kruisten die nog een keer, en eenmaal kwamen ze zo dicht langs een waterval dat hun gezicht nat werd van de koude nevel.

Ada had nooit eerder andere bergen gezien dan de Alpen en wist niet goed wat ze moest denken van deze vreemde en plantaardige topografie, waar elke holte en elk uitsteeksel een of andere bladerrijke plant herbergde die in het kale en zandige laagland niet te vinden was. De gespreide toppen van eiken, kastanjes en tulpenbomen vormden gezamenlijk een baldakijn dat het zonlicht wegnam. Dicht bij de grond groeiden azalea's en rododendrons omhoog om een onderbegroeiing te vormen, zo dicht als een stenen muur.

Ook was Ada niet gerust op de erbarmelijke en informele wegen in deze streek. Deze uitgesleten karrensporen waren zo veel slechter dan de brede, zandige wegen van het laagland dat ze eerder door rondzwervend vee gemaakt leken dan door mensen. De weg werd bij elke bocht smaller, tot Ada ervan overtuigd raakte dat hij binnenkort helemaal zou verdwijnen, en hen stuurloos zou achterlaten in een wildernis even maagdelijk en dicht als de wildernis die ontstond toen God het woord *groen* uitsprak.

Monroe daarentegen was bijzonder opgewekt voor een man die zo kort geleden nog een ernstige bloeding had gehad. Hij keek om zich heen alsof hem was opgedragen, op straffe des doods, elke plooi in het terrein en elke tint groen te onthouden. Van tijd tot tijd liet hij het paard schrikken door plotseling met luide stem regels van Wordsworth te citeren. Toen ze een bocht om waren gekomen en stilstonden voor een ver, bleek panorama van het vlakke landschap dat ze achter zich hadden gelaten, brulde hij: 'De aarde heeft geen schoner beeld te tonen. Wie aan een vergezicht, zo roerend in zijn majesteit, voorbij kon gaan, die ware arm van ziel.'

Later die middag, toen de hemel gevuld was geraakt met donkere wolken, voortgejaagd door een naar het oosten draaiende wind, rustten ze een tijdje tussen een bosje zwarte balsempopulieren waar het pad een hoogste punt bereikte bij Wagon Road Gap. Van daaraf ging de weg voor hen beangstigend steil omlaag om het vallende water te volgen dat zich met donderend geraas door een aftakking van de Pigeon River wrong. Voor zich konden ze de massa van Cold Mountain zien, die meer dan achttienhonderd meter hoog oprees, en waarvan de top schuilging in donkere wolken en lagen witte nevel. Tussen de kloof en de berg lag een woest, doorkliefd terrein van steile rotswanden en ravijnen. Op die eenzame plek deed Monroe weer een beroep op zijn lievelingsdichter en riep: 'Het ijzingwekkend aanzicht van de razende rivier, de breidelloze wolken en de hemelstreek, lawaai en stilte, het duister en het licht – het was als de gedachten van één geest, de trekken van één gelaat, de bloesems aan één boom, tekenen van de grote Apocalyps, de letters en symbolen van de Eeuwigheid, van het begin, het einde, en het midden, zonder eind.'

Ada had gelachen en Monroe op de wang gekust, terwijl ze dacht: Ik zou deze oude man naar Liberia volgen als hij het van me vroeg.

Daarop wierp Monroe een blik op de woelige wolken en zette de neergeklapte kap van het rijtuig, van geschilderd en met was bedekt canvas, op. De kap was zo zwart en hoekig op zijn geraamte van scharnierende elementen als de vleugel van een vleermuis. En zo nieuw dat hij kraakte toen Monroe hem op zijn plaats trok.

Hij schudde de teugels, en de bezwete ruin schoot naar voren, blij dat hij nu de hulp van de zwaartekracht ondervond. Algauw was de helling van de weg echter zo steil dat Monroe de rem moest aantrekken om te voorkomen dat de cabriolet tegen de billen van het paard opreed.

De regen kwam, en toen de duisternis. Er was geen maanlicht en evenmin een puntje lantaarnlicht van een huis om hun welkom te heten. Het stadje Cold Mountain lag voor hen, maar ze wisten niet hoe ver. Ze reden in het aardedonker voort in vertrouwen dat het paard niet over de rand van een afgrond zou vallen. Het ontbreken zelfs van afgelegen hutten beduidde dat ze nog een eind van het dorp af waren. De afstanden waren kennelijk verkeerd geschat.

De regen viel schuin en sloeg hun in het gezicht, zodat de kap van het rijtuig niet veel hielp om hen ertegen te beschutten. Het paard liep met het hoofd omlaag. Ze kwamen bij de ene bocht na de andere, geen van alle voorzien van een wegwijzer. Bij elke splitsing raadde Monroe maar welke weg ze moesten nemen.

Laat, ver na middernacht, kwamen ze bij een donkere kerk op een heuvel boven een weg en een rivier. Ze gingen naar binnen, uit de regen, en sliepen in hun doorweekte kleding uitgestrekt op de kerkbanken.

Toen het licht werd, mistte het, maar de lichtheid van de mist kondigde aan dat hij snel zou oplossen. Monroe stond stram op en liep naar buiten. Ada hoorde hem lachen en daarna zeggen: Ongeziene machten, wederom dank ik u.

Ze ging naar hem toe. Hij stond breed grijnzend voor de kerk en wees naar boven de deur. Ze draaide zich om en las het opschrift: Gemeente Cold Mountain.

—We zijn tegen alle waarschijnlijkheid in thuisgekomen, had Monroe gezegd. Toentertijd was dit een gevoel waar Ada uitermate sceptisch tegenover stond. Al hun vrienden in Charleston hadden de mening uitgesproken dat het berggebied een heidens deel van de schepping was, bizar door de vele zaken die tegen de fijngevoeligheid indruisten, een oord van wildernis en duister en regen waar mannen, vrouwen en kinderen mager en ruw werden, verslaafd aan daden van grof geweld zonder ook maar een hoofdknik in de richting van zelfbeheersing. Alleen de notabelen droegen er een onderbroek, en vrouwen van alle standen zoogden hun kinderen, zodat het beschaafde beroep van voedster er onbekend bleef. Ada's bronnen hadden gezegd dat de bergbewoners wat betreft hun levenswijze slechts één trapje hoger stonden dan stammen van rondtrekkende wilden.

Toen Monroe en zij in de weken na hun aankomst de leden en mogelijke toekomstige leden van zijn gemeente bezochten, ontdekte Ada dat deze mensen inderdaad vreemd waren, zij het niet precies op de manier die door de Charlestonianen voorspeld was. Tijdens hun visites merkten ze dat de mensen lichtgeraakt en afstandelijk waren, en vaak moeilijk te begrijpen. Ze deden vaak alsof ze beledigd waren, hoewel Ada noch Monroe kon zeggen hoe. Op veel boerderijen handelde men alsof men zich op een strijd had voorbereid. Alleen mannen kwamen naar buiten op de veranda om hen te begroeten wanneer ze op bezoek kwamen, en soms werden Monroe en Ada uitgenodigd om binnen te komen, maar soms ook niet. En vaak was het nog erger wanneer je werd binnengevraagd dan wanneer je schutterig buiten op het erf moest blijven staan, want Ada vond deze visites griezelig.

In de huizen was het donker, zelfs op een zonnige dag. Waar men luiken had, hield men ze gesloten. Waar men gordijnen had, hield men ze dichtgetrokken. Het rook er vreemd, hoewel niet onfris, naar koken en dieren en naar werkende mensen. Geweren stonden in de hoeken en hingen aan haken boven schoorsteenmantels en deuren. Monroe was altijd langdurig aan het woord, om zich voor te stellen en uit te leggen hoe hij de taak van de kerk zag, over theologie te praten en erop aan te dringen dat men gebedsbijeenkomsten en diensten bijwoonde. Intussen zaten de mannen dan op stoelen met rechte rugleuning naar het vuur te staren. Velen hadden geen schoenen aan en ze staken hun voeten volkomen schaamteloos voor zich uit. Aan hun gedrag te oordelen hadden ze evengoed alleen kunnen zijn. Ze keken naar het vuur, ze zeiden geen woord en vertrokken geen spier van hun gezicht als reactie op wat Monroe zei. Wanneer hij hun een directe vraag stelde, zaten ze daar een hele tijd over na te denken, en soms antwoordden ze in korte, vage zinnetjes, maar vaker keken ze hem alleen scherp aan, alsof dat op zichzelf genoeg was om de boodschap die ze kwijt wilden, over te brengen. Er waren onzichtbare mensen in de huizen. Ada kon hen horen rondstommelen in andere kamers, maar ze vertoonden zich niet. Ze vermoedde dat het vrouwen, kinderen en oude mensen waren. Het was alsof ze de wereld buiten de beschutte plek waar hun huis stond, zo verschrikkelijk vonden dat elk contact met mensen van buiten hen zou kunnen bezoedelen en dat je iedereen behalve je eigen familie het beste tot vijand kon rekenen.

Na zulke visites vertrokken Monroe en Ada altijd in flinke vaart, en terwijl ze de weg af slingerden in de cabriolet praatte hij over onwetendheid en bedacht manieren om die te bestrijden. Ada voelde alleen het suizen van de wielen, de snelheid van hun aftocht, en een vage afgunst op mensen die hoegenaamd niets schenen te geven om de dingen die Monroe en zij kenden. Zij hadden kennelijk volstrekt andere conclusies over het leven bereikt en leefden volkomen volgens hun eigen inzicht.

Monroe's grootste debacle als zendeling had later in die zomer plaatsgevonden en had te maken met Sally en Esco. Een man, Mies, in de gemeente had Monroe verteld dat de Swangers verbijsterend waren in hun onwetendheid. Esco kon volgens Mies nauwelijks lezen en was in zijn begrip van de geschiedenis nooit verder gekomen dan de allereerste handelingen van de Godheid in Genesis. De schepping van het licht was ongeveer het laatste wat hij goed begreep. Sally Swanger was nog iets minder ontwikkeld, zei Mies. Beiden zagen de bijbel alleen als magisch boek en ze gebruikten hem zoals een zigeuner die mensen de hand leest. Ze hielden hem vast, lieten hem openvallen en prikten dan met een vinger op de bladzijde, waarna ze probeerden de betekenis van het aldus gevonden woord te doorgronden. Dit werd als orakel beschouwd, en ze handelden ernaar alsof het een opdracht betrof die rechtstreeks uit de geest van God kwam. Als God zei ga, dan gingen ze. Zei Hij blijf, dan bleven ze waar ze waren. Zei Hij dood, dan haalde Esco de bijl en ging op zoek naar een jonge hen. Ondanks hun onwetendheid waren ze onvermijdelijk welvarend, omdat hun boerderij gelegen was op een breed stuk bodem van een kloof, met aarde zo zwart en vruchtbaar dat er zoete aardappelen in groeiden zo lang als je arm, als je maar een klein beetje moeite deed om het onkruid kort te houden. Zij zouden waardevolle leden van de gemeente zijn, als Monroe hen maar enigszins op de hoogte bracht.

Dus was Monroe er een visite gaan brengen, met Ada naast zich. Ze hadden samen in de salon gezeten, Esco voorovergebogen terwijl Monroe probeerde hem mee te krijgen in een gesprek over het geloof. Maar Esco gaf weinig van zichzelf en zijn levensovertuiging prijs. Monroe vond geen aanwijzingen voor een geloof, behalve de verering van dieren en bomen, en rotsen en het weer. Esco was een overgebleven oude Kelt, dat was Monroe's conclusie; de paar gedachten die Esco misschien had, zouden hoogstwaarschijnlijk in het Keltisch zijn.

Om deze unieke gelegenheid aan te grijpen probeerde Monroe de belangrijkste punten van het ware geloof uit te leggen. Toen ze bij de heilige drieëenheid waren aangeland, had Esco opeens verrast opgekeken en gezegd: Drie in een. Net als de poot van een kalkoen.

Toen Monroe er vervolgens na een tijdje van overtuigd was dat Esco werkelijk nog nooit gehoord had van de centrale vertelling van zijn cultuur, vertelde Monroe het verhaal van Christus, van goddelijke geboorte tot bloedige kruisiging. Hij sloeg geen van de beroemde bijzonderheden over en hoewel hij het eenvoudig hield, maakte hij gebruik van alle welsprekendheid die hij bezat. Toen hij uitgesproken was, leunde hij achterover in afwachting van een reactie.

Esco zei: En u zegt dat dit een tijd geleden gebeurd is?

Monroe zei: Tweeduizend jaar, als je dat een tijd geleden vindt.

—O, dat zou ik wel een hele tijd noemen, zei Esco. Hij keek naar zijn handen, die vanaf de polsen naar beneden hingen. Hij boog de vingers en bekeek ze kritisch alsof hij de constructie van een nieuw werktuig uitprobeerde. Hij dacht een tijdlang over het verhaal na en zei toen: En die vent was naar beneden gekomen om ons te redden?

—Ja, zei Monroe.

—Van ons eigen slechte karakter en zo?

—Ja.

—En ze deden toch alles met hem wat ze hebben gedaan? Hem vastspijkeren en in hem prikken en zo?

—Zeker, zei Monroe.

—Maar u zegt dat dit verhaal al tweeduizend jaren zo wordt doorgegeven? zei Esco.

—Bijna.

—Een hele tijd dus.

—Een heel lange tijd.

Esco grijnsde alsof hij een raadsel had opgelost, stond op en gaf Monroe een klap op zijn schouder, en zei: Tja, dan kunnen we eigenlijk alleen maar hopen dat het niet waar is.

Die avond had Monroe thuis plannen gemaakt hoe hij Esco het best de juiste leer kon bijbrengen om hem zo van het heidendom te redden. Het kwam geen ogenblik bij Monroe op dat hij voor de gek was gehouden en dat zijn zoektocht naar onwetendheid zo duidelijk was geweest vanaf het moment dat hij bij Esco onder de poort door was gekomen, dat het zeer beledigend was. Ook kwam hij natuurlijk niet op de gedachte dat Esco, die goede ziel – in plaats van de deur voor zijn neus dicht te gooien of een kom grijs voetenwaswater naar hem te smijten of hem de loop van zijn geweer te laten zien zoals anderen bij zo'n belediging zouden doen – zich er domweg mee had vermaakt Monroe te tracteren op grote hoeveelheden van de onwetendheid die hij was komen zoeken.

Esco liet zich er tegenover niemand op voorstaan wat hij had gedaan. Het scheen hem eigenlijk niet in het minst te interesseren of Monroe ooit achter de waarheid kwam of niet, namelijk dat zijn vrouw en hij als baptist waren gedoopt. Monroe zelf verspreidde het verhaal door de namen te vragen van anderen die even onwetend waren. Hij vond het vreemd dat de mensen het verhaal opvatten als grappig en dat er in de winkel of op straat mensen naar hem toekwamen die vroegen of hij het wilde vertellen. Ze wachtten dan tot hij Esco's laatste woorden had herhaald, zoals de meeste mensen doen wanneer ze een geslaagde mop opnieuw horen vertellen. Wanneer Monroe dat naliet, herhaalden sommigen die woorden zelf, omdat ze blijkbaar vonden dat het anders niet af was. Dit ging zo door tot Sally uiteindelijk medelijden kreeg en Monroe vertelde dat hij het mikpunt van spot was geworden en waarom.

Monroe bleef nog dagenlang neerslachtig over de pesterij die hem door de nederzetting in haar geheel was aangedaan. Hij betwijfelde of hij zich hier ooit een plaats kon verwerven, tot Ada tenslotte zei: Ik geloof dat we een lesje in etiquette hebben gekregen, en dat we ons in overeenstemming daarmee moeten gedragen.

Daarna werd alles duidelijker. Ze gingen naar de Swangers toe, boden hun excuses aan en daarna raakten ze met hen bevriend en gingen geregeld bij hen eten, en de Swangers die kennelijk iets wilden goedmaken na Esco's grap hielden weldra op met baptist zijn en traden toe tot de kerk.

In dat eerste jaar had Monroe hun huis in Charleston aangehouden en woonden ze in de vochtige kleine pastorie aan de rivier waar het in juli en augustus zo sterk naar schimmel rook dat het pijn deed aan je neus. Toen het ernaar uitzag dat de klimaatsverandering een gunstige uitwerking had op Monroe's longen en dat de gemeenschap hem uiteindelijk toch tolereerde en hem misschien nog wel eens zou accepteren, besloot hij voor onbepaalde tijd te blijven. Hij verkocht het huis in Charleston en kocht het land van de familie Black, die plotseling op het idee was gekomen om naar Texas te verhuizen. Monroe hield van de schilderachtige ligging, en de situering van het land, vlak en open onder in het dal, waarvan ruim acht hectare grond ontgonnen en met hekken verdeeld in velden en weiden. Hij hield van de boog die de beboste heuvels vormden waar ze, onderbroken door richels en holten, oprezen naar Cold Mountain. Hij hield van het water uit de bron, zo koud dat het zelfs in de zomer pijn deed aan je tanden, en dat de schone, neutrale smaak had van het gesteente waaruit het opwelde.

En hij hield vooral van het huis dat hij daar had gebouwd, grotendeels omdat het zijn vertrouwen vertegenwoordigde in een toekomst waarin hij zelf ten minste nog een paar jaar een rol zou spelen. Monroe maakte eigenhandig de bouwtekeningen voor het nieuwe huis en hield toezicht op de bouw. En het bleek goed gebouwd in de trant van de tijd, van buiten stevig afgetimmerd met witgesausde overnaadse planken, en van binnen met donker lijstwerk, een brede veranda langs de hele voorzijde, een aangebouwde keuken die uitstak aan de achterkant, een grote, brede open haard in de zitkamer en houtkachels in de slaapkamers, wat men in de bergen zelden had. De blokhut van de familie Black stond een paar honderd roeden heuvelopwaarts van het nieuwe huis in de richting van Black Mountain, en ging dienen als verblijf voor de dagloners.

Toen Monroe het terrein had gekocht, was het een volledig functionerend boerenbedrijf geweest, maar Monroe had er al gauw veel onderdelen van laten vallen, want hij had nooit de bedoeling gehad een zelfvoorzienend bedrijf te hebben. En dat hoefde het ook niet te zijn als het geld, zoals hij had verwacht, bleef binnenkomen uit de investeringen die hij in Charleston had gedaan in rijst, indigo en katoen.

Het leek er evenwel op dat het geld niet zou blijven komen, en dat ontdekte Ada toen ze nog steeds zittend op haar uitkijkpost de brief uit het boek in haar zak haalde en hem las. Kort na de begrafenis had ze aan Monroe's vriend en notaris in Charleston geschreven om hem over het overlijden te berichten en informatie te vragen over haar financiële positie. Deze brief was het antwoord, dat lang op zich had laten wachten. Hij was kortaf geformuleerd, voorzichtig. Hij besprak als het ware van veilige afstand de oorlog, het embargo, de verschillende andere dingen waarin tot uiting kwam dat het een moeilijke tijd was, en de uitwerking daarvan op Ada's inkomen, dat in feite zou teruggaan naar vrijwel niets, althans tot er een succesvol einde kwam aan de oorlog. Mocht de oorlog in een nederlaag eindigen, dan kon Ada er beter van uitgaan dat ze voorgoed niets zou ontvangen. De brief eindigde met een aanbod om op te treden als beheerder van Monroe's nalatenschap, omdat Ada zich wellicht begrijpelijkerwijs niet competent voelde om die taken zelf te verrichten. Er werd fijntjes gesuggereerd dat deze taak een oordeelvermogen en kennis vereiste die buiten Ada's bereik lagen.

Ze stond op, stopte de brief in haar zak en nam het pad dat afdaalde in Black Cove. Vanuit de gedachte dat het heden bedreigend genoeg was, en dat niemand weet wat voor gruwelijkheden hem zouden kunnen overvallen in de tijd die voor hem ligt, vroeg Ada zich af waar ze de moed zou kunnen vinden om hoop te koesteren. Toen ze tussen de grote bomen van de helling uitkwam, merkte ze dat de mist was opgelost of weggewaaid. De lucht was helder, en Cold Mountain leek plotseling zo dichtbij dat ze hem zou kunnen aanraken als ze haar arm uitstrekte. De dag was al ver gevorderd en de zon daalde en zou over twee uur achter de bergen wegzakken, waarna het eindeloze schemeruur van het hoogland zou beginnen. Een eekhoorn kwetterde naar haar vanaf zijn zitplaats hoog in een bitternoot, toen ze onder hem passeerde. Rondom haar vielen stukje notendop neer.

Toen ze bij de oude stenen muur kwam die de bovenzijde van de hoogste weide markeerde, bleef ze weer stilstaan. Dit was een heerlijk plekje, een van haar lievelingsplekjes van de boerderij. De stenen waren begroeid met korstmos en mos, zodat de muur er eeuwenoud uitzag, al was hij dat niet. Een van de oudere Blacks was er blijkbaar aan begonnen in een poging het veld van stenen te ontdoen, maar na zes meter had hij het opgegeven, en daar werd de heining voortgezet met gekloofde balken. De muur liep van noord naar zuid, en op deze zonnige middag was de westkant ervan warm van de middagzon. Dicht bij de muur groeide een appelboom, een golden delicious, en een paar vroeg gerijpte appels waren in het hoge gras gevallen. Bijen kwamen op de zoete geur van de rottende appels af en zoemden in de zonneschijn. Je had vanaf de muur geen weids panorama, alleen een rustig zicht op de hoek van een bosperceel en een braambosje en twee grote kastanjes. Ada vond het de vredigste plek die ze ooit had gekend. Ze ging onderaan de muur in het gras zitten en rolde haar sjaal op tot een kussentje. Ze haalde het boek uit haar zak en begon een hoofdstuk te lezen met de titel Hoe Men Merels Vangt, en Hoe Merels Vliegen. Ze las en las en vergat zichzelf in het verhaal over oorlog en het leven buiten de wet, tot ze na verloop van tijd in slaap viel bij de dalende zon en het geluid van bijen.

Ze sliep lange tijd en werd bezocht door een indringende droom, waarin ze zich in een stationswachtkamer bevond temidden van een menigte wachtende passagiers. Midden in de ruimte stond een glazen vitrine, en daarin stond het geraamte van een man, ongeveer zoals bij een anatomische opstelling die ze een keer in een museum had gezien. Terwijl ze op de trein zat te wachten raakte de vitrine gevuld met een blauwe gloed, waarvan het licht in sterkte toenam, zoals wanneer je de pit van een lamp omhoog draait. Ada zag met afschuw dat de beenderen weer bekleed raakten met vlees, en naarmate dit proces doorging, werd het haar duidelijk dat het haar vader was die gereconstrueerd werd.

De andere passagiers deinsden in afgrijzen terug naar de muren van de ruimte, maar hoewel Ada ook doodsbang was, liep ze naar het glas en drukte haar handen ertegenaan en wachtte. Maar Monroe werd niet meer helemaal zichzelf. Hij bleef niet meer dan een bewegend lijk, met een huid die dun als perkament over de beenderen lag. Zijn bewegingen waren traag maar toch bezeten, als van een man die onder water worstelt om boven te komen. Hij hield zijn mond tegen het glas en sprak tegen Ada, zeer ernstig en dringend. Hij gedroeg zich als iemand die het belangrijkste vertelt dat hij weet. Maar ook al drukte ze haar oor tegen het glas aan, Ada kon niet meer horen dan gemompel. Toen kwam er een geluid als van wind voor een storm, en de vitrine was plotseling leeg. Er kwam een conducteur die de mensen opriep om in de trein te stappen, en het was Ada duidelijk dat de eindbestemming ervan Charleston in het verleden was, en dat als ze instapte, ze uit zou komen in haar meisjesjaren, met de klok twintig jaar teruggedraaid. Alle passagiers stapten in, en het was een vrolijk gezelschap, dat uit de raampjes wuifde en lachte. Uit sommige coupés kwamen flarden van gezang. Maar Ada stond alleen op het perron toen de trein wegreed.

Ze werd wakker onder een nachthemel. Het roestige baken van Mars glipte juist onder de lijn van het westelijke bosperceel door. Daaruit maakte ze op dat het na middernacht moest zijn, want ze had de positie van de planeet in de vroege avond opgetekend in haar schrift. Hoog aan de hemel stond een halvemaan. De nacht was droog en maar een beetje koel. Ada rolde de sjaal af en wikkelde hem om zich heen. Ze had natuurlijk nooit een nacht alleen in het bos doorgebracht, maar ze vond het minder griezelig dan ze gedacht zou hebben, zelfs na haar verontrustende droom. De maan bescheen bossen en velden met een mooi, blauw licht. Cold Mountain was slechts zichtbaar als een vage vlek van donkerte tegen de hemel. Er was geen geluid te horen, behalve de roep van een boomkwartel in de verte. Ze voelde geen behoefte om snel naar het huis te gaan.

Ada trok de verzegeling van was van de pot bramenjam af, doopte er twee vingers in en bracht een klodder bramen naar haar mond. De jam was met weinig suiker gemaakt en smaakte fris en scherp. Ada bleef uren zitten en keek naar de baan van de maan langs de hemel en at door tot de kleine aardewerken pot leeg was. Ze dacht over haar vader in de droom en over de donkere figuur in de put. Hoewel ze veel van Monroe hield, besefte ze dat ze een vreemd gevoel had over zijn verschijning in haar dromen. Ze wilde niet dat hij haar kwam halen, en ze wilde hem ook niet al te snel volgen.

Ada bleef lang genoeg zitten om de dag te zien komen. Het eerste grauwe licht begon zwak toe te nemen, en naarmate het licht sterker werd begonnen de bergen zich te vormen, terwijl ze het donker van de nacht in hun massa vasthielden. De nevel die aan de toppen kleefde, steeg op, verloor de vormen van de bergen en loste op in de warmte van de ochtend. In de weide bleven de vormen van bomen in dauw getekend op het gras eronder. Toen ze opstond om naar beneden te lopen naar het huis, hing de geur van de nacht nog onder de beide kastanjebomen.

In het huis pakte Ada de reissecretaire en ging naar haar leesstoel. In de hal was het donker, behalve daar waar een plek gouden morgenlicht op het schrijfblad van de secretaire op haar schoot viel. Het licht was in vakken verdeeld door de spijlen van het schuifraam, en de lucht waar het doorheen reisde was vol zwevende stofdeeltjes. Ada legde haar papier in een van de lichtvierkanten en schreef een snelle brief, waarin ze de advocaat bedankte voor zijn aanbod, maar ervan afzag om reden dat ze op dit moment van mening was dat haar kwalificaties voor het beheren van een bezit dat bestond uit vrijwel niets, meer dan voldoende waren.

In de uren van haar nachtwake had ze de mogelijkheden die voor haar lagen van alle kanten overwogen. Het waren er niet veel. Als ze probeerde de boerderij te verkopen en terug te gaan naar Charleston, zou ze van het beetje geld dat ze er waarschijnlijk voor zou krijgen in dit soort slechte tijden, waarin er weinig kopers zouden zijn, vermoedelijk niet lang kunnen leven. Ze zou zich na een bepaald punt als een soort parasiet aan vrienden van Monroe moeten hechten, onder het mom van een of andere functie zoals gouvernante of muzieklerares of iets dergelijks.

Dat of trouwen. En de gedachte naar Charleston terug te keren als een wanhopig op een man beluste oude vrijster stond haar helemaal tegen. Ze zag het al voor zich. Een groot deel van het geld dat ze had spenderen aan een geschikte garderobe en dan een huwelijk sluiten met het soort ouder wordende en nutteloze overgeblevenen van een bepaalde laag van de maatschappij in Charleston – verscheidene niveaus onder de top – nu alle mannen die ongeveer haar leeftijd hadden, weg waren naar de oorlog. Het enige wat ze kon voorspellen was dat ze zichzelf op een gegeven ogenblik tegen iemand zou horen zeggen dat ze van hem hield, terwijl ze daarmee alleen bedoelde dat hij toevallig op een bijzonder behoeftig moment verschenen was. Ze kon het, zelfs onder deze benarde omstandigheden, niet opbrengen om zich – behalve een algemeen gevoel van druk en benauwdheid – de huwelijksdaad met zo iemand voor te stellen.

Als ze onder dergelijke vernederende omstandigheden naar Charleston terugging, kon ze weinig medeleven en veel vernietigend commentaar verwachten, want in de ogen van velen was ze zo dom geweest geen gebruik te maken van de luttele, vlietende jaren van hofmakerij, waarin jonge dames verheven werden tot de top van hun cultuur, en mannen in aanbidding knielden terwijl de hele maatschappij in de houding stond om hun gang naar het huwelijk gade te slaan, alsof de voornaamste morele kracht van het universum daarop gericht was. Toentertijd hadden Monroe's vrienden en kennissen haar geringe belangstelling voor die gang van zaken onbegrijpelijk gevonden.

Ze had weinig gedaan om het proces een handje te helpen, want in de afzondering van de salons waar de dames zaten na het diner, en waar degenen die een levensgezel hadden gevonden en zij die er een zochten elkaar scherp bekritiseerden, had zij de neiging te beweren dat die aanbidders – wier belangstellingssfeer beperkt leek tot zaken, jagen en paarden – haar zo ontzettend verveelden dat ze erover dacht een bord met het opschrift Verboden voor Heren te laten maken om boven de ingang van de veranda te hangen. Ze rekende erop dat dergelijke uitspraken een dogmatische reactie zouden oproepen, hetzij van een van de ouderen in de groep of van een van de debutantes die graag een wit voetje wilde halen bij degenen die ervan uitgingen dat het de hoogste uitingsvorm van de getrouwde vrouw was, zich op verstandige wijze te onderwerpen aan de wil van de man. Het huwelijk is het einde van de vrouw, zei een van hen meestal. En Ada antwoordde dan: Inderdaad. Daarover kunnen we het eens zijn, tenminste zolang we niet te lang stil blijven staan bij de betekenis van het woord dat voor de voorlaatste drie woorden voor de punt staat. Ze genoot van de stilte die volgde terwijl alle aanwezigen terugtelden om het bedoelde stukje taal te vinden.

Ten gevolge van dit soort gedrag werd het een niet ongewone opvatting onder hun kennissen te denken dat Monroe een soort monster van haar had gemaakt, een wezen dat niet helemaal geschikt was voor het gezelschap van mannen en vrouwen. Men was daarom weinig verrast, maar wel behoorlijk verontwaardigd, over Ada's reactie op twee huwelijksaanzoeken in haar negentiende jaar: ze wees ze dadelijk af en legde naderhand uit dat wat zij miste in haar vrijers een zekere ruimheid was – van denken, van voelen, van zijn. Dat en het feit dat beide mannen pommade gebruikten om hun haar te laten glimmen, als om op een zichtbare manier hun gebrek aan een sprankelende geest te compenseren.

Voor velen van haar vriendinnen was het afwijzen van een huwelijksaanzoek, gedaan door een bemiddeld man die niet duidelijk en aantoonbaar aan enig gebrek leed, zo niet onvoorstelbaar, dan toch onvergeeflijk, en in het jaar voor hun verhuizing naar de bergen waren velen van haar vrienden en vriendinnen weggevallen omdat ze haar te lichtgeraakt en excentriek vonden.

Ook nu nog was terugkeren naar Charleston een bittere gedachte, die haar trots niet toestond. Er was daar niets om haar terug te trekken. Zeker geen familie. Ze had geen nadere verwanten dan haar nicht Lucy, geen vriendelijke tantes of liefhebbende grootouders die blij zouden zijn met haar terugkomst. De omstandigheid dat ze geen familie had was bitter om aan te denken, als ze bedacht dat aan alle kanten om haar heen de bergbewoners aan elkaar verbonden waren met familiebanden, zo uitgebreid en hecht dat ze nauwelijks een kilometer langs de rivier konden lopen zonder een verwant tegen te komen.

Maar toch leek deze plek, leken deze blauwe bergen haar vast te houden waar ze was, al was ze ook een buitenstaander. Vanuit welke richting ze het ook benaderde, de enige conclusie die haar nog hoop liet tevreden te zijn met zichzelf was deze: datgene waarop ze kon rekenen, was wat ze om zich heen kon zien. De bergen en het verlangen om te ontdekken of ze van de gewone dingen hier een leven kon maken dat haar voldoening gaf – die twee dingen samen schenen een belofte in te houden van een tevredener en rijker leven, hoewel ze zich op geen enkele manier een beeld kon vormen van hoe dat eruit zou zien. Het was natuurlijk gemakkelijk om te zeggen wat Monroe zo vaak had gezegd, dat de weg naar tevredenheid eruit bestond vast te houden aan je eigen aard en de weg te volgen die je daardoor werd gewezen. Dat was duidelijk waar, geloofde ze. Maar als je niet de minste aanwijzing had om erachter te komen wat je eigen aard was, dan werd zelfs het betreden van die weg een hachelijke zaak.

Ze zat zich daarom die morgen bij het raam oprecht en in een zekere verwarring af te vragen wat ze nu verder zou doen, toen ze een gestalte de weg op zag komen lopen. Toen de gestalte het huis naderde, kon Ada zien dat het een soort meisje was, klein van stuk, mager als een kippennek behalve op de plaats waar haar scherpe heupbeenderen naar buiten staken, waar ze bepaald breed was. Ada liep naar de veranda en ging zitten, om af te wachten wat deze persoon zou willen.

Het meisje kwam de veranda op en ging zonder toestemming te vragen in een schommelstoel naast Ada zitten, terwijl ze haar hielen om de spijlen van de stoel haakte. Ze begon te schommelen. Van bouw was ze zo stabiel als een slede, met een laag zwaartepunt en dunne, knoestige ledematen. Ze droeg een jurk met een vierkante halsopening, gemaakt van een grove zelfgeweven stof, in de stoffige kleur blauw die het resultaat is van verf van het binnenste van de gallen op jacobskruiskruid.

—De oude mevrouw Swanger zei dat u hulp nodig hebt, zei ze.

Ada bestudeerde het meisje verder. Het was een donker kind, en je kon de pezen in haar nek en armen zien. Een tengere borstkas. Haar haar was zwart en grof als de staart van een paard. Een brede neusbrug. Grote donkere ogen, waarin je de pupillen nagenoeg niet zag, en oogwit dat onthutsend blonk. Ze was blootsvoets, maar haar voeten waren schoon. De nagels van haar tenen waren bleek en zilverig als de schubben van een vis.

—Mevrouw Swanger heeft gelijk. Ik heb inderdaad hulp nodig, zei Ada, maar wat ik nodig heb is hulp bij zwaar werk. Ploegen, zaaien, oogsten, houthakken en zo meer. Deze boerderij moet zo worden dat ik mezelf kan bedruipen. Ik denk dat ik voor dat werk een knecht nodig heb.

—Eén, zei het meisje, als u een paard hebt, kan ik de hele dag ploegen. Twee, de oude mevrouw Swanger heeft me verteld hoe het er met u voorstaat. U moet wel bedenken dat elke man die een goede knecht zou zijn, weg is. Het is een harde waarheid, maar zo is het meestal, ook onder gunstige omstandigheden.

De naam van het meisje, ontdekte Ada algauw, was Ruby, en hoewel haar uiterlijk niet vertrouwenwekkend was, schilderde ze zichzelf op overtuigende wijze af als iemand die in staat was alle denkbare boerenwerk te verrichten. En wat even belangrijk was, Ada merkte onder het praten dat ze enorm werd opgevrolijkt door Ruby. Ada's stellige indruk was dat ze een gewillig hart had. En hoewel Ruby geen dag van haar leven op school had doorgebracht en geen woord kon lezen of zelfs maar haar naam schrijven, dacht Ada dat ze in haar een vonk zag, zo helder en hard als een vonk die met staal uit vuursteen wordt geslagen. En er was nog iets: net als Ada was Ruby vanaf de dag van haar geboorte een moederloos kind geweest. Dat hadden ze om elkaar mee te begrijpen, hoewel ze elkaar voor het overige niet vreemder hadden kunnen zijn. Na korte tijd, en enigszins tot Ada's verrassing, begonnen ze tot een overeenkomst te komen.

Ruby zei: Ik ben nooit in dienst geweest als hulp op het land of als bediende, en ik heb niet veel goeds horen zeggen over het aannemen van zulk werk. Maar Sally zei dat u hulp nodig had, en daar had ze gelijk in. Wat ik bedoel is dat we dingen moeten afspreken.

Nu komt het, nu wordt er over geld gepraat, dacht Ada. Monroe had haar nooit geraadpleegd wanneer er iemand in dienst werd genomen, maar ze had wel de indruk dat de hulp gewoonlijk geen voorwaarden stelde wanneer hij in dienst kwam. Ze zei: Op dit moment is er weinig geld, en dat kan nog wel een tijd duren.

—Het gaat niet om geld, zei Ruby. Zoals ik al zei, sta ik niet bepaald te trappelen om in dienst te gaan. Ik bedoel dat als ik u hier kom helpen, het alleen is als we allebei weten dat iedereen zijn eigen po leeggooit.

Ada begon te lachen, maar besefte toen dat dit niet grappig bedoeld was. Iets in de trant van gelijkheid, dat eiste Ruby. Vanuit Ada's gezichtspunt leek het een vreemde eis. Maar bij nader inzien besloot ze, dat aangezien er verder niemand in de rij stond om haar te helpen, en ze al de hele zomer haar eigen vuile water had weggegooid, dit een redelijk verzoek was.

Terwijl ze de resterende details bespraken, kwam de geel met zwarte haan langs de veranda lopen en bleef stilstaan om hen aan te staren. Hij schokte met zijn kop en zwiepte zijn rode kam van de ene kant van zijn kop naar de andere.

—Ik heb een hekel aan die vogel, zei Ada. Hij heeft geprobeerd me te trappen.

Ruby zei: Ik zou een haan die me trapte niet houden.

—Hoe zouden we hem dan weg kunnen krijgen? zei Ada.

Ruby keek haar verbaasd aan. Ze stond op, stapte van de veranda af en graaide de haan met een snelle beweging van de grond, stopte zijn lijf onder haar linkerarm, en trok met haar rechterhand zijn kop eraf. Hij worstelde nog een minuut onder haar arm en werd toen stil. Ruby gooide de kop in een berberisstruik bij het hek.

—Hij zal wel taai zijn, dus we kunnen hem het beste een tijd laten stoven, zei Ruby.

Tegen etenstijd viel het vlees van de haan van het bot, en in de gele bouillon dreven deegballen, zo groot als kattenkoppen.

de kleur van wanhoop

Op een ander moment had het tafereel wellicht iets zwierigs gehad. Alle elementen waaruit het was samengesteld deden denken aan de legendarische vrijheid van het leven langs de weg: de dageraad, met laag invallend, goudkleurig zonlicht; een karrenspoor met aan de ene kant rode esdoorns en aan de andere kant een hek van gekloofde palen; een lange man met een slappe vilthoed, een rugzak op zijn rug, die naar het westen liep. Maar na de natte en ellendige nachten die hij de laatste tijd had doorgebracht, voelde Inman zich als Gods meest beroofde schavuit. Hij stond stil, zette een schoen op de onderste dwarslat van het hek langs de weg en keek uit over de bedauwde velden. Hij probeerde de dag met een dankbaar hart te begroeten, maar in het vroege, bleke licht was het eerste wat hij werkelijk zag een of andere walgelijke soort bruine adder van het laagland, die slap en padachtig vanaf de weg een dichte pol muur in gleed.

Achter de velden stond ook een soort bos. Niets dan waardeloze bomen. Verschillende soorten dennen, zoals rode ceders. Inman verafschuwde deze vlakke, verwarde dennenbossen. Al dit vlakke land. Rode aarde. Armzalige stadjes. Hij had op terrein zoals dit gevochten van de voet van de bergen tot aan de zee, en het leek alleen maar een plek waar alles wat miezerig en akelig was van de heuvels af was gevloeid om op de laagstgelegen plaatsen een poel te vormen. Een land van afvalwater en slik, de zinkput van het continent. Ja, het was een moerassig modderland, en hij kon er niet veel meer van hebben. Daar in het bos zaten overal cicaden te snerpen, dichtbij en ver weg, een pulserend gekrijs als het geluid van vele puntige stukjes droog bot die tegen elkaar werden gedraaid. Zo indringend was het geluid dat het leek of het een vibratie was die in Inmans hoofd ontstond uit de verwardheid van zijn eigen zwaarbeproefde geest. Meer een persoonlijk lijden dan een gewaarwording van de wereld buiten hem, die iedereen kon vernemen. De wond in zijn hals leek weer open te zijn, en hij klopte bij elke golf cicadengeluid. Hij stak een vinger onder het verband, half verwachtend iets te voelen zo diep en rood als een kieuwspleet, maar in plaats daarvan vond hij een grote, met een korst bedekte striem ter hoogte van zijn kraag.

Hij rekende uit dat de afstand tussen hem en het ziekenhuis in de dagen dat hij had gereisd nog niet erg groot was geworden. Zijn toestand had hem genoodzaakt langzamer te lopen en vaker te rusten dan hij had gewild, en hij had maar een paar kilometer achtereen kunnen lopen, en zelfs dat trage tempo had hem veel gekost. Hij was doodmoe en tenminste half verdwaald, omdat hij nog steeds op zoek was naar een weg die rechtstreeks naar het westen liep, naar huis. Maar het land bestond hier uit kleine boerderijen, en werd doorsneden door een wirwar van elkaar kruisende wegen, die geen van alle voorzien waren van een wegwijzer waarop te zien was of de ene weg meer waarschijnlijk naar het westen leidde dan de andere. Hij bleef het gevoel houden dat hij verder naar het zuiden was geleid dan hij wilde. En het was al die tijd slecht weer geweest, met af en toe zware regenval, plotselinge stortbuien met donder en bliksem, zowel overdag als 's nachts. De kleine, houten boerenhuizen hadden dicht bij elkaar gelegen, en de maïsvelden leken bijna één groot veld, met niets dan palen om het veld van de een af te bakenen van het volgende. Elke hoeve had twee of drie valse honden die waren afgericht om bij het minste geluid te reageren, en zonder blaffen ineengedoken vanuit de donkere schaduwen van de bomen langs de weg op hem af te stuiven en met kaken als zeisen naar zijn benen te happen. De eerste nacht had hij door te schoppen verscheidene aanvallen afgeweerd, en een gevlekte teef had het vel van zijn kuit doorboord als met een leerpriem. Daarna had hij naar een wapen gezocht en in een greppel een stevige acaciatak gevonden. Met enige moeite had hij de volgende hond die naar hem beet van zich af geslagen door naar het beest te slaan met korte, naar beneden gerichte klappen alsof hij aarde aanstampte rond een zojuist geplaatste paal. Tijdens een groot deel van die nacht en de daaropvolgende nachten had hij honden van zich af geslagen met doffe klappen die hen nog steeds geluidloos deden afdruipen in het donker. De honden en de dreiging van de Home Guard die op pad kon zijn en de donkerte van de bewolkte nachten zorgden voor onrustig reizen.

De nacht die hij net achter zich had was het ergst geweest. De wolken waren opengespleten en hadden meteoren onthuld die zich vanuit een leeg punt in de hemel door het zwerk slingerden. Ze schoten voorbij in fluitende banen die volgens Inman speciaal op hem waren gericht. Later had hij hoefgetrappel van paarden gehoord en was hij in een boom geklommen en had toegekeken terwijl een groep Guards voorbij denderde, op zoek naar juist zo iemand als hij om te grijpen en af te ranselen en terug te brengen naar het leger. Toen hij eruit was geklommen en weer was begonnen te lopen, leek elke boomstronk de vorm aan te nemen van iemand die in het donker op de loer zat, en een keer trok hij zijn pistool en richtte het op een verwaarloosde mirtestruik die op een dikke man met een grote hoed leek. Toen hij lang na middernacht een diepgelegen beek overstak, had hij met zijn vinger wat natte klei van de oever genomen en daarmee op de borst van zijn jasje twee concentrische cirkels met een stip in het midden aangebracht. Daarna liep hij door, gemerkt als doelwit van het hemelse rijk, een vluchteling, een zwerver. En met de gedachte: deze reis zal de spil van mijn leven zijn.

Nu die lange nacht was volbracht, was zijn grootste verlangen over het hek te klimmen en over dat veld het bos in te lopen. Een nest maken in de dennen en slapen. Maar aangezien hij eindelijk open terrein had bereikt, moest hij doorgaan, en daarom haalde hij zijn voet van de dwarslat van het hek en wijdde zich weer aan zijn reizen.

De zon steeg aan de hemel en werd warm, en de hele insectenwereld scheen Inmans lichaamsvloeistoffen fascinerend te vinden. Gestreepte muggen zoemden om zijn oren en staken hem door zijn hemd heen in de rug. Teken lieten zich uit struiken langs het pad vallen en hechtten zich aan hem bij zijn haargrens en zijn broekband en werden dik. Muskieten hadden het voorzien op het water in zijn ogen. Een daas volgde hem een tijdlang en teisterde zijn hals. Het was een groot, zwart zoemend ding ter grootte van het laatste kootje van zijn duim, en hij wilde het graag doodslaan maar het lukte niet, hoe hij ook rondsprong en op zichzelf mepte wanneer het beest ging zitten om brokjes vlees en bloed af te bijten. De klappen waren duidelijk te horen in de stille lucht. Van een afstand moest hij er hebben uitgezien als iemand met muzikale aanleg die een nieuwe percussiemethode uitprobeerde, of als een losgelaten gek, die het aan de stok had met zijn betere ik en zich uit zelfverachting met de vlakke hand kastijdde.

Hij bleef staan en piste op de grond. Nog voor hij klaar was, streken er blauwe vlinders op neer om te drinken, met vleugels die in de zon glansden als geblauwd metaal. Ze leken hem wezens die te mooi waren om pis te drinken. Maar zo ging het hier blijkbaar toe.

In de middag kwam hij bij een nederzetting bij een kruispunt van wegen. Hij bleef bij de rand van het plaatsje staan en nam het geheel in ogenschouw. Er was een winkel, een paar huizen, een afdak waaronder een smid een wiel aantrapte en het lange lemmet van een zeis sleep. Hij deed het verkeerd, zag Inman, want de smid sleep van de snijkant af in plaats van ernaartoe, en hij hield het lemmet onder een rechte hoek tegen de slijpsteen in plaats van schuin. Er waren verder geen mensen op straat. Inman besloot het erop te wagen en naar de witgesausde winkel te gaan om eten te kopen. Hij stopte zijn pistool tussen de plooien van zijn dekenrol, om er onschadelijk uit te zien en geen aandacht te trekken.

Twee mannen die op de veranda van de winkel zaten, keken nauwelijks op toen hij de treden opliep. De ene man droeg geen hoed, en zijn haar stond aan de ene kant omhoog alsof hij net uit bed was opgestaan en nog niet eens zijn vingers over zijn hoofd had gehaald. Hij was ingespannen bezig zijn vingernagels schoon te maken met het puntige instrumentje dat diende voor het schoonmaken van de nippel van een musketgeweer. Hij ging zo met hart en ziel op in deze taak dat het puntje van zijn tong, grijs als een ganzenvoet, bij zijn mondhoek naar buiten stak. De andere man bestudeerde een krant. Hij droeg de restanten van een uniform, maar de klep van zijn soldatenpet was afgescheurd zodat alleen de bol zijn hoofd bedekte als een grijze fez. Hij had hem schuin opgezet, en Inman vermoedde dat de man zich een drinkebroer noemde. Tegen de muur achter de man stond een fraai Whitworthgeweer, een ingewikkeld stukje techniek met een koperen vizier en veel gecompliceerde wieltjes en schroefjes om in te stellen op windinvloed en elevatie. De zeskantige loop was dichtgestopt met een prop van esdoornhout om te zorgen dat er geen vuil inkwam. Inman had nog maar een paar keer eerder een Whitworth gezien. Sluipschutters gebruikten ze graag. Ze werden uit Engeland geïmporteerd, evenals de schaarse en dure buisvormige papieren patronen die ervoor nodig waren. Met een kaliber van .45 waren ze niet zo geweldig krachtig, maar ze waren ongelooflijk accuraat op afstanden tot wel anderhalve kilometer. Als je iets kon zien en ook maar een enigszins bedreven schutter was, kon je het met een Whitworth raken. Inman vroeg zich af hoe mannen zoals deze aan zo'n mooi geweer gekomen konden zijn.

Hij liep hen voorbij de winkel in, en nog steeds keken ze niet op. Binnen zaten twee mannen bij het vuur een spel te spelen op de bovenkant van een vat. De ene man legde zijn hand op het ronde, houten vlak en spreidde zijn vingers. De ander stak met de punt van een zakmes in de ruimten tussen de vingers. Inman bleef er een minuut naar kijken maar kwam er niet achter wat de regels konden zijn, of hoe de punten werden geteld, of wat er moest gebeuren om de een of de ander tot overwinnaar uit te roepen.

Uit de magere voorraad van de winkel kocht Inman vijf pond maïsmeel, een stuk kaas, wat droge beschuit en een grote, zoetzure augurk, en vervolgens ging hij naar buiten op de veranda. De twee mannen waren weg, en zo kort geleden vertrokken dat hun schommelstoelen nog heen en weer gingen. Inman stapte de treden af naar de straat om verder naar het westen te lopen, en onderweg te eten. Voor hem staken twee zwarte honden van de ene schaduwplek over naar een andere.

Toen Inman bij de rand van het plaatsje gekomen was, kwamen de twee mannen die op de veranda hadden gezeten, van achter de smidse vandaan en gingen op de weg staan, zodat hij er niet door kon. De smid stopte met het aantrappen van de slijpsteen en ging staan kijken.

—Waar gaat dat heen, lummel? zei de man met de pet.

Inman zei niets. Hij at de natte augurk in twee grote happen op en stopte het restant van de kaas en de beschuit in de haverzak. De man die zijn nagels had schoongemaakt kwam naast hem staan. De smid, die een zware leren voorschoot aan had en de zeis droeg, kwam onder het afdak vandaan en maakte een omtrekkende beweging om aan de andere kant naast Inman te komen. Het waren geen grote mannen, ook de smid niet, die in alle opzichten ongeschikt leek voor zijn ambacht. Ze zagen eruit als schooiers, die misschien dronken waren, en overmoedig, want ze leken ervan uit te gaan dat aangezien ze in de meerderheid waren, ze hem konden grijpen zonder ander wapen dan de zeis.

Inman was juist bezig zijn hand naar zijn dekenrol te brengen toen het drietal als één man op hem af sprong en zich op hem stortte. En meteen gingen ze hem te lijf met vuistslagen en kopstoten. Hij had niet eens tijd om zijn bepakking af te doen en werd dus bij het vechten gehinderd.

Inman bevocht hen terwijl hij achteruit bewoog. Het laatste wat hij wilde was dat ze hem tegen de grond werkten, en daarom week hij terug tot hij tegen de zijkant van de winkel stond.

De smid deed een stap naar achteren en hief de zeis boven zijn hoofd als iemand die hout klooft. Zijn plan was blijkbaar Inman middendoor te klieven, hem van sleutelbeen tot zijn kruis open te snijden, maar het was een onhandige klap, die nog dubbel zo onhandig werd gemaakt door de vorm van het wapen. Hij miste hem een voetlengte en de punt van het blad groef zich in de aarde.

Inman rukte de smid de zeis uit handen en gebruikte hem zoals hij bedoeld was door lange veegbewegingen te maken vlak bij de grond. Hij mikte ermee op hun voeten, naar hen maaiend, zodat ze achteruit moesten voordat ze bij de enkels werden doorkliefd. Het was een vanzelfsprekend gevoel voor hem, weer een zeis in zijn handen te hebben en ermee te werken, al was wat hij nu probeerde te doen iets anders dan gras maaien, want zijn slagen waren hard omdat hij hoopte bot te raken.

Maar zelfs onder deze ongunstige omstandigheden merkte hij dat alle aspecten van het maaien met een zeis – hoe je hem vasthoudt, hoe je staat met je voeten gespreid, de stand van het blad ten opzichte van de grond, met de hiel naar beneden – weer het oude patroon vormden en hem de indruk gaven dat dit een handeling was waarmee hij werkelijk iets kon uitrichten.

De mannen sprongen in het rond om het lange zeisblad te ontwijken, maar na korte tijd vormden ze weer een groep en stormden weer op hem af. Inman wilde uithalen naar de schenen van de smid, maar het blad sloeg tegen de stenen fundering zodat er een regen van witte vonken afvloog en brak af, zodat hij alleen de zeisboom in zijn handen hield. Hij vocht ermee door, hoewel het een slecht slagwapen was, zo lang en slecht uitgebalanceerd en onhandig gebogen als het was.

Uiteindelijk bleek het toch te voldoen, want na verloop van tijd had hij het drietal op hun knieën in de aarde van de straat doen belanden zodat ze leken op roomsen in gebed. Hij bleef vervolgens doorslaan tot ze alledrie languit stil op de grond lagen, met hun gezicht naar beneden.

Hij gooide de zeisboom over de weg in een veldje met alsem. Maar zodra hij dat deed, draaide de smid zich om, kwam moeizaam overeind en haalde een klein kaliber revolver onder zijn voorschoot vandaan waarmee hij beverig op Inman begon te mikken.

Inman zei: Dat had je gedacht. Hij griste het kleine wapen weg en hield het tegen het hoofd van de man, vlak onder zijn oog, en begon de trekker over te halen uit pure frustratie over de halsstarrigheid van dit miserabele uitschot. Maar de patronen waren vochtig of anderszins ondeugdelijk, en het pistool weigerde vier keer voor hij het opgaf en de man er links en rechts een paar klappen mee gaf. Hierna wierp hij het op het dak van het gebouw en liep weg.

Buiten het plaatsje ging hij het bos in en liep zonder een pad te volgen om achtervolgers kwijt te raken. Die hele middag kon hij niet meer doen dan in westelijke richting doorgaan tussen de dennenstammen, terwijl hij zich door het onderhout heen werkte en af en toe stil bleef staan om te luisteren of hij door iemand werd gevolgd. Soms meende hij stemmen te horen in de verte, maar die waren zwak en konden verbeelding zijn geweest, zoals wanneer je bij een rivier slaapt en de hele nacht denkt dat je een gesprek hoort, zo gedempt gevoerd dat je het niet kunt verstaan. Er was geen geblaf van honden te horen, en daarom dacht Inman dat zelfs als het stemmen waren van mannen uit het stadje, hij veilig genoeg was, vooral omdat het spoedig nacht zou worden. Om zijn koers te bepalen had Inman de zon, die boven hem bewoog en waarvan het licht door de dennentakken werd gebroken, en hij volgde haar terwijl hij omlaag gleed naar de westelijke rand van de aarde.

Onder het lopen dacht Inman aan een toverspreuk die Swimmer hem had geleerd, een spreuk die bijzonder veel kracht had. Hij heette Om Leven te Vernietigen, en de woorden ervan vormden zich telkens weer in zijn geest. Swimmer had gezegd dat hij alleen werkte in het Cherokee, niet in het Engels, en dat het geen gevolgen zou hebben als hij hem aan Inman leerde. Maar Inman dacht dat alle woorden een zekere uitwerking hadden, en daarom sprak hij al lopend de toverspreuk uit, en richtte hem tegen de hele wereld, tegen al zijn vijanden. Hij herhaalde hem telkens weer bij zichzelf, zoals sommige mensen, in angst of hoop, geneigd zijn een bepaald gebed eindeloos uit te spreken tot het zich in hun gedachten heeft gebrand zodat ze kunnen werken of zelfs een gesprek kunnen voeren, terwijl dat gebed nog steeds ongehinderd doorgaat. De woorden die Inman zich herinnerde, waren de volgende:

> *Luister. Je weg zal opgaan naar het Nachtland. Je zult eenzaam zijn. Je zult zijn als de loopse hond. Je zult hondenpoep voor je uit dragen in je handen. Je zult huilen als een hond terwijl je alleen naar het Nachtland loopt. Je zult besmeurd zijn met hondenpoep. De poep zal aan je kleven. Je zwarte darmen zullen uit je lijf hangen. Ze zullen tegen je voeten bungelen terwijl je loopt. Je zult onrustig leven. Je ziel zal verbleken tot blauw, de kleur van de wanhoop. Je geest zal verzwakken en verschrompelen om nooit terug te komen. Je weg gaat naar het Nachtland. Dit is je weg. Er is geen andere.*

Inman ging enkele kilometers hiermee door, maar voor zover hij kon nagaan, kwamen de woorden alleen maar terugvliegen om hemzelf te treffen. En na een tijdje deden de gevoelens die Swimmers woorden losmaakten hem denken aan een preek van Monroe, een preek die barstensvol was gestopt met citaten van verschillende wijze mannen, zoals Monroe gewoon was. De preek had als tekst geen bijbelvers maar een ondoorgrondelijke passage uit Emerson, en Inman vond er een zekere overeenkomst in met de toverspreuk, hoewel hij alles bijeengenomen de voorkeur gaf aan Swimmers formulering. Wat Inman zich herinnerde was de volgende passage, die Monroe in de preek tot vier keer toe met dramatische tussenpozen had herhaald: ‘Datgene wat God in mij toont, maakt mij sterk. Datgene wat God buiten mij toont, maakt mij tot een wrat en een gezwel. Er is geen noodzakelijkheid meer voor mijn bestaan. De lange schaduw van de ontijdige vergetelheid kruipt al naar mij toe, en ik zal voorgoed minder worden.' Inman dacht dat dat de beste preek was geweest die hij ooit had gehoord, en Monroe had hem gehouden op de dag dat Inman Ada voor het eerst had gezien.

Inman was speciaal naar de kerk gegaan om haar te zien. In de weken nadat Ada in Cold Mountain was aangekomen, had Inman veel over haar gehoord voordat hij haar zag. Haar vader en zij bleven te lang groentjes in het land waar ze zich gevestigd hadden, en ze werden algauw een bron van vrolijkheid in veel huishoudens aan de weg langs de rivier. Op de veranda zitten en Ada en Monroe voorbij zien rijden in de cabriolet, of Ada zien op een van haar natuurwandelingen langs de weg, dat stond voor veel mensen gelijk met een theatervoorstelling, en ze gaf evenveel stof voor gesprek als een nieuwe productie in de opera in Dock Street. Iedereen was het erover eens dat ze best knap was, maar alleen al haar keuze van kleding die in Charleston mode was, en haar zwierige haardracht waren het voorwerp van spot. Als men haar zag met een bloeiende stengel van een schildpadbloem in de hand om de kleur van de bloemetjes te bewonderen, of haar zag bukken om de stekels van de bladeren van doornappel aan te raken, zeiden sommigen ernstig dat ze niet goed snik was dat ze de schildpadbloem niet herkende wanneer ze er een zag, en anderen vroegen zich grijnzend af of ze soms zo getikt was dat ze misschien doornappels at? Het gerucht ging dat ze rondliep met een schrift en een potlood en dat ze een hele tijd naar iets zat te kijken – een vogel of een struik, onkruid, zonsondergang, berg – en vervolgens een tijd op het papier zat te krabbelen, alsof haar gedachten zo verward waren dat ze iets belangrijks zou vergeten als ze het niet opschreef.

Daarom kleedde Inman zich op een zondagmorgen zorgvuldig aan – in een nieuw zwart pak, een wit overhemd, een zwarte das en een zwarte hoed – en ging op weg naar de kerk om Ada te aanschouwen. Het was in het najaar en er was drie dagen lang zonder ophouden een koude regen gevallen, en hoewel de regen in de afgelopen nacht was opgehouden, was de ochtendzon nog niet door de wolken heengebrand, en was de reep hemel die tussen de randen van de bergen te zien was, donker en laag en volkomen nietszeggend. De wegen waren niets dan zuigende modder, en daardoor was Inman te laat gekomen en in een van de achterste banken gaan zitten. Er was al een psalm aan de gang. Iemand had in de kachel een vuur van groen hout gemaakt. Het rookte rondom de dekplaat, en de rook steeg op naar het plafond en spreidde zich plat uit tegen de planken en hing daar grijs als een miniatuur van de echte hemel.

Inman had alleen haar achterhoofd om Ada te vinden, maar dat duurde slechts een ogenblik omdat haar donkere haar was opgestoken in een zware, ingewikkelde vlecht volgens een dusdanig nieuwe mode dat die op dat tijdstip in de bergen niet bekend was. Onder de plaats waar haar haar omhoog was gedraaid, liepen twee vaag zichtbare spierbanden onder de huid aan weerskanten van haar blanke nek om haar hoofd rechtop te houden. Daartussen een kuiltje, een beschaduwde holte in de huid. Krulletjes, te fijn om meegenomen te worden in de vlecht. Gedurende de hele psalm bleven Inmans ogen daar rusten, zodat hij na een tijdje, nog voor hij haar gezicht zag, niets anders wilde dan twee vingertoppen op die geheimzinnige plek drukken.

Monroe begon de preek door iets te zeggen over de psalm die ze zojuist hadden gezongen. De woorden ervan leken verlangend uit te zien naar een tijd wanneer ze ondergedompeld zouden zijn in een oceaan van liefde. Maar Monroe preekte dat ze het lied verkeerd begrepen als ze zichzelf wijsmaakten dat er een dag zou komen waarop de hele schepping van hen zou houden. Wat de psalm in werkelijkheid van hen vroeg, was dat zij van de hele schepping hielden. Dat was heel wat moeilijker, en te oordelen naar de reactie van de gemeente, ietwat schokkend en onthutsend.

De rest van de preek ging over hetzelfde onderwerp als alle andere preken van Monroe sinds zijn komst in Cold Mountain. Zowel op zondag als op woensdag had hij uitsluitend gesproken over wat volgens hem het voornaamste raadsel van de schepping was: waarom was de mens geboren om te sterven? Op het eerste gezicht leek dat zinloos. In de loop van de weken had hij getracht de vraag van alle kanten te benaderen. Wat de bijbel over deze kwestie te zeggen had. Hoe wijzen uit vele landen en sinds oeroude tijden haar hadden beredeneerd. Onthullende metaforen uit de natuur. Monroe beproefde elk aangrijpingspunt dat hij kon verzinnen om er greep op te krijgen, maar alles zonder succes. Na enkele weken maakte gemor in de congregatie duidelijk dat de dood voor hem een groter probleem vormde dan voor hen. Velen vonden hem geen tragedie, zoals Monroe, maar zagen hem eerder als iets goeds. Ze verheugden zich op de rust. Monroe's gedachten zouden meer ingang vinden, zo hadden sommigen hem te verstaan gegeven, als hij terugging naar wat de oude, dode predikant had gedaan. Voornamelijk zondaars verdoemen en met onderhoudend enthousiasme bijbelverhalen vertellen. De kleine Mozes in het biezen mandje. De jeugdige David die stenen slingerde.

Monroe had die raad afgeslagen, en tegen één ouderling had hij gezegd dat dat zijn missie niet was. Dat commentaar was rondgegaan door de hele gemeenschap, en de gangbare interpretatie was dat zijn gebruik van het woord *missie* de gemeente op één lijn stelde met achterlijke wilden. Velen van hen hadden wel eens geld gegeven om zendelingen uit te sturen onder echte wilden, mensen die ze zich voorstelden met huiden van verscheidene duistere kleuren en woonachtig in oorden die ze zich oneindig veel afgelegener en heidenser dachten dan hun eigen woonplaats, en de opmerking werd hem dus niet in dank afgenomen.

Om het vuur dat rond zijn domineesambt oplaaide te blussen, was Monroe daarom zijn preek op de betreffende zondag begonnen met uit te leggen dat elke man en elke vrouw een missie had. Het woord betekende niet meer of minder dan een taak die verricht moest worden. Het was onder andere zijn taak om na te denken over de vraag waarom de mens geboren was om te sterven, en hij was geneigd die aan te pakken met tenminste het doorzettingsvermogen van een man die een paard moet temmen of een akker van stenen moet ontdoen. En hij ging er dan ook mee door. Uitvoerig. Gedurende de hele prediking die ochtend zat Inman naar Ada's nek te staren en te luisteren terwijl Monroe tot viermaal toe de passage uit Emerson herhaalde over wratten en gezwellen en voorgoed minder worden.

Toen de dienst afgelopen was, verlieten mannen en vrouwen de kerk door hun gescheiden deuren. Bemodderde paarden stonden te slapen in hun tuig, de wagens en karren achter hen tot aan de spaken weggezakt in de modder. Ze werden wakker van de stemmen van de mensen, en een kastanjebruine merrie schudde haar vel met het geluid van het uitkloppen van een vuil vloerkleed. Het kerkhof was gevuld met de geur van modder en natte bladeren, van natte kleren en natte paarden. De mannen vormden een rij om Monroe een hand te geven, en vervolgens liep iedereen rond over het natte kerkhof om graven te bezoeken en erover te speculeren of de regen opgehouden was of alleen even uitrustte. Enkele ouderlingen spraken met gedempte stem over de vreemdheid van Monroe's preek, waarin de Schrift niet werd aangehaald, en over hun bewondering voor de koppigheid waarmee hij de wensen van anderen negeerde.

De ongetrouwde mannen zochten elkaar op en stonden met hun bemodderde schoenen en bespatte broekomslagen in een kring. Hun gesprek deed eerder aan zaterdagavond denken dan aan zondagmorgen, en allen wierpen van tijd tot tijd een blik in de richting van Ada die aan de rand van het kerkhof stond en er volstrekt exotisch en mooi uitzag, en totaal niet op haar gemak. Alle anderen droegen wollen kleding tegen de vochtige kou, maar Ada had een ivoorkleurige linnen japon aan met kant aan de kraag, mouwen en rokzoom. Ze scheen hem eerder te hebben uitgezocht aan de hand van de kalender dan op grond van het weer.

Ze stond daar met haar handen om haar ellebogen. De oudere vrouwen gingen naar haar toe en zeiden iets, en dan volgde er een moeizame stilte, en dan gingen ze weer weg. Inman zag dat Ada elke keer dat ze benaderd werd, een stap achteruit deed, tot ze terechtkwam bij de grafsteen van een man die in de Revolutie had gevochten.

—Als ik naar haar toe ging en zei hoe ik heet, denken jullie dat ze dan iets terug zou zeggen? zei een jongeman Dillard die om precies dezelfde reden als Inman naar de kerk was gekomen.

—Ik zou het niet kunnen zeggen, zei Inman.

—Jij zou niet weten hoe je moest beginnen haar het hof te maken, zei Hob Mars tegen Dillard. Dat kun je beter aan mij overlaten.

Mars was tamelijk klein en breed van borstkas. Hij had een dik horloge dat uit zijn vestzak piepte en een zilveren ketting die naar zijn broekband liep en een opgerold horlogezakje dat aan de ketting hing.

Dillard zei: Jij denkt dat je heel wat kunt uitrichten.

—Dat denk ik niet, dat weet ik, zei Mars.

Daarop zei een andere man, die zo tenger van bouw was en zulke onregelmatige gelaatstrekken had dat hij niet echt bij de groep hoorde: Ik zou honderd dollar tegen een halve gemberkoek inzetten dat ze al een aanstaande heeft in Charleston.

—Die kunnen vergeten worden, zei Hob. Dat is vaak genoeg gebeurd.

Vervolgens staarde Hob Inman aan en nam zijn strenge uitmonstering in ogenschouw. Jij ziet eruit als een rechter, zei hij. Een man op vrijersvoeten moet iets kleurigs aanhebben.

Inman begreep wel dat ze het onderwerp met zijn allen van alle kanten zouden bepraten tot de een of de ander die dag uiteindelijk de moed bijeen zou rapen om op haar toe te stappen en af te gaan. Of ze zouden elkaar beledigen tot een stel het een eind verderop op de weg zou moeten uitvechten. Daarom tikte hij met een vinger tegen zijn voorhoofd, zei: Jongens, en liep weg.

Hij ging regelrecht naar Sally Swanger en zei: Ik ben bereid een akker onontgonnen land bouwrijp te maken als u me wilt voorstellen. Sally had een muts op met een lange klep eraan, zodat ze een stap achteruit moest doen en haar hoofd schuin achterover moest houden om haar gezichtsveld vrij te maken en naar Inman op te kijken. Ze lachte breed en bracht haar hand omhoog om een broche van namaakgoud aan haar kraag aan te raken en er met haar vingers over te wrijven.

—Je ziet wel dat ik niet eens vraag aan wie, zei ze.

—Dit zou een geschikt moment zijn, zei Inman, terwijl hij naar de plaats keek waar Ada stond, alleen, met haar rug naar de mensen, ietwat gebukt en blijkbaar geboeid naar de inscriptie op de grafsteen kijkend. De onderste dertig centimeter van haar japon was nat van het hoge gras bij het graf en de sleep van de rok had ergens door de modder gesleept.

Mevrouw Swanger nam de zwarte mouw van Inmans jasje tussen duim en wijsvinger en trok hem met deze geringe kracht over het kerkhof mee naar Ada. Toen zijn mouw werd losgelaten, bracht hij zijn hand omhoog om zijn hoed af te nemen; daarna woelde hij met zijn andere hand rondom door zijn haar, waar het door de band van de hoed was geplet. Hij veegde het haar bij de slapen naar achteren en wreef met zijn vlakke hand van voorhoofd naar kin om zijn gezicht in de plooi te zetten. Mevrouw Swanger schraapte haar keel, en Ada draaide zich om.

—Juffrouw Monroe, zei Sally Swanger, met een stralend gezicht. Meneer Inman heeft me meegedeeld dat hij er veel prijs op stelt met u kennis te maken. U hebt al kennisgemaakt met zijn ouders. Zijn familie heeft de kerk gebouwd, voegde ze er bij wijze van aanbeveling aan toe voor ze wegliep.

Ada keek Inman recht in het gezicht, en hij besefte te laat dat hij niet had bedacht wat hij zou zeggen. Voor hij een zin kon formuleren, zei Ada: Ja?

Er klonk niet veel geduld in haar stem, en dat vond Inman om de een of andere reden grappig. Hij keek opzij, naar beneden waar de rivier een bocht maakte om de heuvel heen, en probeerde zijn mondhoeken omlaag te brengen. De bladeren van de bomen en de rododendrons langs de rivieroevers glommen en hingen neer door het gewicht van het water. De rivier stroomde zwaar en donker en vloeide als gesmolten glas waar hij over onzichtbare rotsen bolde en daarna in troggen verzonk. Inman hield zijn hoed bij de bol vast en bij gebrek aan iets om te zeggen keek hij in de holte alsof hij op grond van eerdere ervaringen verwachtte dat er iets uit tevoorschijn zou komen.

Ada stond een ogenblik naar zijn gezicht te kijken, en na een tijdje keek ze ook in de bol van de hoed. Inman hield zich in, want hij was bang dat de uitdrukking op zijn gezicht leek op die van een hond die bij de ingang van een bosmarmottenhol zit.

Hij keek naar Ada, en zij draaide haar handpalmen naar boven en trok haar wenkbrauwen op om een vraag in het algemeen aan te duiden.

—U hebt permissie om uw hoed weer op te zetten en iets te zeggen, zei ze.

—Het is gewoon zo dat u het onderwerp bent geweest van veel bespiegelingen, zei Inman.

—Het is weer eens iets anders, met mij te spreken?

—Nee.

—Een uitdaging dan? Misschien heeft die kring domkoppen u uitgedaagd.

—Helemaal niet.

—Nu dan, maakt u dan eens een vergelijking.

—Het heeft iets van het oprapen van een kastanjebolster, tenminste tot nu toe.

Ada glimlachte en knikte. Ze had niet gedacht dat hij dat woord kende.

Toen zei ze: Vertel mij dit eens. Een vrouw heeft zo-even iets gezegd over het weer van de laatste tijd. Ze noemde het schapendoderig weer. Ik heb daarover nagedacht, het blijft door mijn hoofd spoken. Bedoelde ze dat het weer geschikt is om schapen te slachten, of dat het weer zo slecht is dat het op zichzelf schapen doodt, misschien doordat ze verdrinken of longontsteking krijgen?

—Het eerste, zei Inman.

—Nu, dan dank ik u. U bent me van nut geweest.

Ze draaide zich om en liep naar haar vader. Inman zag haar Monroe's arm aanraken en iets zeggen, en ze gingen naar de cabriolet en klommen erin en reden weg, en verdwenen langzamerhand uit het gezicht over het weggetje tussen de hekken, begroeid met bloeiende braamscheuten.

Na verloop van tijd, laat op de dag, kwam Inman de akelige dennenbossen uit en bleek nu over de oever van een grote, gezwollen rivier te lopen. De zon stond vlak boven de lage horizon aan de overzijde, en de lucht was heiig zodat over alles een helgeel licht viel. Het had ergens stroomopwaarts blijkbaar harder geregend, zodat de rivier tot aan zijn oevers gestegen was en nog hoger, te breed en krachtig om over te zwemmen, zelfs als Inman een goede zwemmer was geweest. Daarom liep hij, in de hoop een onbewaakte stenen of houten brug te vinden, langs de oever stroomopwaarts over een smal voetpad dat tussen het naargeestige dennenbos rechts en de ellendige rivier links liep.

Het was een akelige streek, geheel vlak behalve waar er diep in de rode klei verse geulen waren uitgesleten. Overal miezerige dennen. Bomen van een beter slag hadden ooit op hun plaats gestaan maar waren lang geleden gekapt, zodat het enige bewijs van hun bestaan nu bestond uit hier en daar een stronk van hardhout met een omtrek zo groot als een eettafel. Gifsumac groeide in dikke lagen die zich zover Inmans oog reikte door de bossen uitstrekten. De plant klom tegen de dennen op en verspreidde zich over hun takken. De afgevallen naalden bleven hangen in de sumacbladeren en verzachtten de lijnen van de stammen en takken en vormden ze om tot zware, nieuwe vormen, tot de bomen opdoemden als groene en grijze beesten die uit de grond waren opgerezen.

Het bos zag eruit alsof het ziek en gevaarlijk was. Het deed hem denken aan een keer tijdens het vechten ginds langs de kust, toen een man hem een kleine plant had laten zien, een vreemd, harig plantje dat in moerassen groeide. Het kon vlees eten, en ze voerden het kleine stukjes spek, op de punt van een splinter gestoken. Je kon je vingertop bij het gedeelte houden dat als mond fungeerde en dan hapte het naar je. Deze bossen leken er maar een stap van verwijderd dat kunstje in het groot te leren.

Wat Inman wilde, was hier wegkomen, maar de rivier strekte zich breed voor hem uit, een poepbruine belemmering om verder te gaan. Als vloeistof leek hij meer op melasse, op het moment dat die tijdens het inkoken dikker begint te worden, dan op water. Hij hoopte nooit gewend te raken aan dit ongelukkige type waterweg. Het kwam helemaal niet overeen met zijn beeld van een rivier. Waar hij vandaan kwam, betekende het woord *rivier* rotsen en mos en het geluid van wit water dat snel bewoog in de ban van een grote hoeveelheid opgehoopte zwaartekracht. Geen enkele rivier in zijn streek was zo breed dat je er geen stok overheen kon gooien, en in elke rivier kon je overal waar je keek de bodem zien.

Deze brede sloot was een vlek op het landschap. Afgezien van opgewaaide hopen geel schuim die zich stroomopwaarts van gestrande boomstammen verzamelden was de rivier zo ondoorzichtig en onkenbaar als een bruin geschilderde plaat blik. Smerig als de inhoud van de kuil onder een gemakhuisje.

Zo reisde Inman verder door dit gebied, kritiek leverend op alles wat zich aan hem voordeed. Hoe had hij ooit gedacht dat dit zijn land was, waard om ervoor te vechten? Alleen onwetendheid kon dat verklaren. Het enige dat hij op dit moment kon bedenken dat waard was om voor te strijden was zijn recht om ongehinderd te bestaan, ergens in het stroomgebied van de westelijke tak van de Pigeon River, hoog op Cold Mountain in de buurt van de bron van Scapecat Branch.

Hij dacht aan het land waar hij thuishoorde, de grote bomen, de lucht ijl en koud, het hele jaar door. Tulpenbomen waarvan de stam zo'n omvang had dat ze je deden denken aan een rechtop gezette locomotief. Hij dacht erover thuis te komen en een blokhut voor zichzelf te bouwen op Cold Mountain, zo hoog dat geen ziel behalve de nachtzwaluwen die in de herfst onder de wolken door vlogen zijn droeve kreet kon horen. Een leven te leven, zo stil dat hij geen oren nodig zou hebben. En als Ada met hem mee wilde gaan, was er misschien de hoop, zo ver weg dat hij hem zelfs niet echt zag, dat zijn wanhoop na verloop van tijd zou afslijten tot een punt zo fijn en dun dat het bijna zou zijn alsof hij verdwenen was.

Maar hoewel hij oprecht geloofde dat je aan iets kan denken tot het werkelijk wordt, kreeg deze laatste gedachte nooit duidelijk vorm, hoe hij het ook probeerde. Het sprankje hoop dat hij had gaf niet meer licht dan als iemand op de top van de berg een kaars had aangestoken en het aan hem, ver daarvandaan, had overgelaten te trachten er zijn koers op uit te zetten.

Hij liep door en korte tijd later begon de nacht te vallen en scheen er een stuk van een maan door losse wolken. Hij kwam bij een weg die in de rivier eindigde; ernaast stond op een bord dat iemand aan de rand van het water had neergezet: Veerpont. $ 5. Hard Roepen.

Een stevig touw spande zich vanaf een dikke paal over het water en verdween erin. In de buurt van de andere oever rees het touw weer uit het water op om aan een tweede paal te eindigen. Achter de steiger zag Inman een huis op palen dat boven het hoogwaterpeil uitstak. Een raam was verlicht en er kwam rook uit de schoorsteen.

Inman riep, en na een minuut verscheen er een gestalte op de veranda, die wuifde en weer naar binnen ging. Maar even later verscheen de gestalte opnieuw van achter het huis, terwijl hij een boomstamkano aan een touw voorttrok. De veerman liet hem te water, stapte erin en begon hard tegen de stroom op te roeien in het tragere water dat dicht bij de oever stroomde. De stroom was niettemin nog sterk, en hij trok met gebogen rug aan de peddel tot het erop leek alsof hij de bedoeling had gewoon zo door te gaan. Maar voor hij uit het gezicht verdween, draaide hij zich om, ging rechtop zitten en liet zich door de stroom meevoeren, aankoersend op de oostelijke oever, kalm peddelend, zijn krachten sparend. Het blad van de peddel raakte het water amper om bij te sturen. De boomkano was oud en het droge hout was gebleekt door de zon, zodat de ruwe, stronkerige zijkanten ervan tegen het donkere water blonken als geklopt tin wanneer de maan tussen de wolken tevoorschijn kwam.

Toen de kano de oever waar Inman stond naderde, zag hij dat de veerman geen man was maar een meisje met appelwangen en zo donker van hoofd en huid dat je vermoedde dat er een generatie of twee terug indiaans bloed in haar familie was gekomen. Ze droeg een jurk van handgeweven stof waarvan hij de kleur in het flauwe licht schatte op geel. Ze had grote, krachtige handen, en de spieren van haar onderarmen zwollen bij elke slag. Haar zwarte haar hing los om haar schouders. Ze floot een wijsje terwijl ze naderbij kwam. Bij de oever stapte ze met blote voeten in het modderige water en trok de kano met een touw aan de punt op het land. Inman haalde een vijfdollarbiljet uit zijn zak en stak het haar toe. Ze stak geen hand uit om het aan te pakken, maar keek er alleen naar met een zekere walging.

—Ik zou een man die dorst had geen kan van dit rivierwater geven voor vijf dollar, laat staan jou erover peddelen, zei ze.

—Er staat op het bord dat overzetten vijf kost.

—Ziet dit er volgens jou uit als een veerpont?

—Is hier een veer of niet?

—Dat is wanneer mijn vader er is. Hij heeft een dekschuit, groot genoeg om een wagen met een tweespan te dragen. Die trekt hij aan het touw naar de overkant. Maar nu de rivier hoog staat, kan hij die schuit niet trekken. Hij is op jacht gegaan, tot het water zakt. Tot die tijd vraag ik de uiterste prijs die iemand wil betalen, want ik heb een koeienhuid en daar wil ik een zadel van laten maken. En als ik dat heb, ga ik sparen voor een paard, en als ik een paard heb, leg ik het zadel erop en keer ik deze rivier de rug toe en ga weg.

—Hoe heet dit geval? zei Inman.

—O, dit is gewoon de machtige Cape Fear River, anders niet, zei het meisje.

—En wat vraag je om me erover te zetten? zei Inman.

—In papiergeld vijftig dollar, zei het meisje.

—Doe je het voor twintig?

—Stap maar in.

Voor ze in de boot konden klimmen, zag Inman tien meter van de oever af grote, vettige bellen naar de oppervlakte stijgen. Ze glommen in het maanlicht wanneer ze uiteenspatten, en ze verplaatsten zich in een richting tegengesteld aan de stroom van de rivier, en gingen stroomopwaarts ongeveer in het tempo van een man die loopt. Het was een windstille, kalme nacht, en er waren geen andere geluiden dan het kabbelen van het water en het snerpen van de insecten in de dennen.

—Zie je dat? zei Inman.

—Ja, zei het meisje.

—Wat voor beest maakt die?

—Dat is lastig te zeggen, want het zit op de bodem van de rivier.

Een bel op het water brak, zo groot en dringend als de adem van een verdrinkende koe. Inman en het meisje bleven staan kijken terwijl de bellen zich geleidelijk stroomopwaarts verplaatsten tot er een wolkenformatie voor de maan schoof en ze in het duister verdwenen.

—Het zou een meerval kunnen zijn, die in de bodem van de rivier woelt om eten te vinden, zei het meisje. Die eten zoveel dat een kalkoengier erin zou blijven. Ik heb er een keer een gezien die zo groot was als een mannetjesvarken. Die was dood aangespoeld op een zandbank. Met snorren zo groot als een koeienzweep.

Dat was precies het soort beest dat in deze rivier groeide, dacht Inman. Een monsterachtige, kwabbige vis met vlees zo slap als spek. Hij dacht aan de grote tegenstelling tussen zo'n beest en de kleine forellen die in de bovenste zijarmen van de Pigeon leefden waar het water van Cold Mountain afstroomde. Die waren zelden langer dan je hand. Glinsterend en stevig als schraapsels van een staaf zilver.

Inman gooide zijn bepakking in de kano voor hij er zelf in stapte, en nam plaats in de achtersteven. Het meisje stapte er na hem in en ploeterde hard tegen het water. Ze peddelde met een krachtige en vaste hand en voer in een rechte koers door aan het eind van de slag een wending te geven, in plaats van telkens van kant te wisselen. Het pletsen van de peddel overstemde zelfs het gieren van de insecten.

Het meisje peddelde tegen het water in tot ze ten opzichte van de steiger een eindweegs stroomopwaarts waren gekomen, waarbij ze gebruik maakte van het langzamer stromende water onder de oever. Toen draaide ze zich om, hield op met peddelen en stak het blad in het water als een roer. Ze liet de kano een hoek maken en gebruikte de stroming om hen over het midden van de rivier te krijgen. Nu de maan niet te zien was, verdween ook het land achter de oever algauw, en ze dreven in een wereld zo zwart als het binnenste van een koe. In de stilte hoorden ze vanaf de oostelijke steiger stemmen, die ver droegen over het water. Het kon iedereen geweest zijn. Inman betwijfelde of de mannen uit het plaatsje zo doelgericht waren dat ze hem zo ver zouden volgen.

Toch draaide hij zich om en zei fluisterend tegen het meisje: We kunnen beter zorgen dat ze ons niet zien. Maar op dat moment keek hij omhoog en zag een randje maan van onder de wolken verschijnen. Even later stond ze volledig onthuld in een klein rafelig raampje van hemel. De zongebleekte zijkant van de kano blonk als een baken op het donkere water.

Er kwam een geluid alsof je een nagel dwars over ribfluweel haalt en een klappend geluid. Daarop volgde de knal van een geweerschot.

De Whitworth, dacht Inman.

Er verscheen een gat achterin de kano op de waterlijn. Bruin water stroomde naar binnen in een straal zo dik als die van een pissende koe. Inman keek voor zich naar de steiger en zag een gezelschap van een man of vijf die door elkaar heen liepen in het maanlicht. Sommigen van hen begonnen te vuren met hun kleine pistolen, maar die hadden niet voldoende draagvermogen om de afstand te overbruggen. Maar de man met het geweer had het rechtop gezet en was bezig met de laadstok een nieuwe lading aan te stampen. De enige verklaring die Inman kon bedenken was dat de mannen de gebeurtenissen van deze avond interpreteerden als een soort wasberenjacht, als sport; anders zouden ze allang zijn teruggegaan naar het dorp.

Het veermeisje had de situatie onmiddellijk door en verplaatste haar gewicht om de kano flink te laten wiebelen, en hem tot aan de boorden te doen kantelen zodat hij nat werd en donkerder. Inman scheurde een manchet van zijn overhemd en was bezig het gat te stoppen toen een tweede kogel de zijkant op de waterlijn trof en er een stuk hout ter grootte van een hand uit scheurde. De rivier stroomde naar binnen en begon algauw de bodem van de boot te vullen.

—Er zit niets anders op dan dat we in de rivier gaan, zei het meisje.

Inman dacht eerst dat ze bedoelde dat ze naar de kant moesten zwemmen. Maar aangezien hij niet afkomstig was uit een streek met diep water, betwijfelde hij of hij zo ver zou kunnen zwemmen. In plaats daarvan stelde ze voor dat ze te water gingen en zich aan de kano vasthielden, om die als dekking te gebruiken. Inman wikkelde zijn bepakking in zijn wasdoek en bond het pak met de losse punten zo stevig mogelijk dicht voor het geval dat de kano helemaal zou zinken. Vervolgens stortten het meisje en hij zich in de rivier om zich door de stroom te laten meevoeren, zich stroomafwaarts weg te laten drijven.

Hoewel het oppervlak spiegelglad was en eruitzag of het niet sneller kon bewegen dan een sijpelend straaltje, raasde de gezwollen rivier voort met de snelheid van een molenvliet. De boomstamkano, half gevuld met water, lag diep in de rivier, zodat alleen de schopvormige boeg volledig boven het water uitstak. Inman had water binnengekregen, en hij spuwde en spuwde tot hij niets meer uitspoog dan wit schuim, om te proberen zijn mond te reinigen van de smerige rivier. Viezer water had hij nooit geproefd.

De maan kwam en ging tussen de wolken, en wanneer er genoeg licht was om te kunnen mikken, troffen kogels uit de Whitworth de kano of ze raakten het water en sprongen stuiterend over het oppervlak weg. Inman en het meisje probeerden met hun benen te trappelen en de omgekeerde boot naar de oever aan de westkant te sturen, maar door zijn zwaarte leek hij een eigen geest te hebben en wilde absoluut niet doen wat ze van hem vroegen. Ze gaven het maar op en lieten zich meevoeren met alleen hun hoofd boven water. Ze konden niets doen dan zich vasthouden en wachten op een bocht in de rivier, en hopen dat de avond iets in hun voordeel zou opleveren.

Vanuit het water gezien leek de rivier nog breder dan vanaf de oever. Het lelijke landschap dat aan weerskanten voorbij trok was vaag en onheilspellend in het maanlicht. Inman hoopte dat het geen blijvende indruk zou achterlaten en geen invloed zou hebben op zijn geestesprocessen, zo afschuwelijk lagen de contouren ervan om hem heen.

Zelfs vanuit de rivier kon hij horen dat de insecten onophoudelijk zaten te snerpen in de gifsumac. Hij was niets dan een klein hoofd, drijvend in een groot, leeg vlak, omringd door een donkere wildernis van giftige planten. Hij verwachtte elk ogenblik de witte, besnorde muil van de monsterachtige meerval uit het water te zien oprijzen om hem op te slokken. Zijn hele leven zou dan niets anders opleveren dan meervaluitwerpselen op de bodem van deze varkenstrog van een rivier.

Hij dreef voort met de gedachte dat hij graag van de wereld zou houden zoals die was, en hij voelde het als een hele prestatie dat dat een paar keer was gelukt, omdat het andere zo gemakkelijk was. Om te haten hoefde je maar om je heen te kijken. Het was een zwakheid, gaf hij toe, om een zodanige instelling te hebben dat alles om hem heen goed moest zijn, wilde hij het voldoende vinden. Maar er waren plekken die hij kende, waar dat over het algemeen het geval was. Cold Mountain. Scapecat Branch. En op dit moment was het eerste dat hem verhinderde daar te zijn, honderd meter rivier.

Na enige tijd werd de maan weer verduisterd door wolken, en ze dreven langs de steiger, en Inman kon de mannen zo duidelijk horen praten alsof hij temidden van de groep stond. Eén man, kennelijk de eigenaar van de Whitworth, zei: Als het daglicht was, kon ik hem met dit ding de oren van zijn kop schieten.

Lange ogenblikken later kwam de maan weer te voorschijn. Inman verhief zich en keek over de kano. Een eind achter hem op de steiger van de veerpont zag hij figuurtjes met hun armen zwaaien en woedend op en neer springen. Ze werden steeds kleiner, en hij kon een heleboel dingen bedenken waarvan hij wilde dat ze ook gewoon kleiner en kleiner konden worden tot ze verdwenen. Het voornaamste bewijs van hun bestaan was het af en toe plonzen van lood, na een zekere tussenpoos gevolgd door de knal van het geweer. Net zoiets als bliksem en donder, dacht Inman. Hij gebruikte de tijd door de seconden te tellen tussen de inslag van een kogel en de verre knal. Hij kon zich echter niet meer herinneren hoe je daaruit dan de afstand moest berekenen. Ook wist hij niet of hetzelfde principe hier van toepassing was.

De rivier nam hen na verloop van tijd mee een bocht om en de steiger verdween uit het gezicht. Nu ze veilig naar de andere kant van de kano konden komen, konden ze met trappelen iets uitrichten, en korte tijd later dreven ze tegen het land aan. Die kant van de kano was onherstelbaar kapot geschoten, dus ze lieten hem dobberen in het ondiepe water en begonnen stroomopwaarts te lopen.

Toen ze bij het huis kwamen, gaf Inman het meisje meer geld als compensatie voor de oude boomstamkano, en zij gaf hem aanwijzingen om de wegen naar het westen te vinden.

—Een paar kilometer verderop splitst deze rivier zich in de Haw en de Deep. De Deep is de linkertak en die moet je een tijd volgen, want die komt vooral uit het westen.

Inman liep stroomopwaarts langs de rivier tot hij bij de splitsing kwam, en toen ging hij het struikgewas in tot hij verstopt was. Hij durfde geen vuurtje te stoken om maïspap te maken en at daarom alleen een groene, afgewaaide appel die hij van de weg had opgeraapt, en de kaas en de droge kaakjes, die nu sterk naar de Cape Fear smaakten. Hij schopte een laag dor blad bij elkaar, dik genoeg om hem van de vochtige grond te scheiden, strekte zich uit en sliep drie uur. Hij werd wakker met pijnlijke ledematen en een gekneusd gezicht van het gevecht. Blaren, veroorzaakt door de gifsumac, parelden op zijn handen en onderarmen ten gevolge van zijn vlucht door het bos. Toen hij zijn hand naar zijn nek bracht, voelde hij vers bloed waar zijn wond was opengeаbarsten en had gevloeid, ten gevolge van de kracht die hij had uitgeoefend toen hij de drie mannen van zich af sloeg, of van het weken in de rivier. Hij raapte zijn bepakking op en begon weer te lopen.

werkwoorden, alle even vermoeiend

De overeenkomst die Ada en Ruby die eerste morgen bereikten, was de volgende: Ruby zou in Black Cove komen wonen en Ada leren hoe je een boerderij beheerde. Aan haar betaling zou heel weinig geld te pas komen. Ze zouden de meeste maaltijden samen gebruiken, maar Ruby vond het geen prettig idee met iemand samen te wonen en besloot in de oude jachthut te trekken. Nadat ze hun eerste avondmaal van kip met meelballen hadden opgegeten, ging Ruby naar huis en zag kans alles wat de moeite waard was om mee te nemen in een doorgestikte deken te wikkelen. Ze had de punten bijeengenomen, de bundel over haar schouder gehangen, en was op weg gegaan naar Black Cove, zonder nog om te kijken.

De twee vrouwen gebruikten hun eerste dagen samen om alles te inventariseren, en een lijst te maken van de dingen die gedaan moesten worden, en hun volgorde van urgentie. Ze liepen samen rond over het bedrijf, waarbij Ruby veel om zich heen keek, een oordeel uitsprak, en voortdurend praatte. Wat beslist het eerst moest gebeuren, zei ze, was een moestuin voor het late seizoen aanleggen. Ada liep met haar mee en schreef alles op in een schrift dat tot nu toe alleen had gediend om haar gedichtjes en haar gevoelens over het leven en de grote onderwerpen van de tijd te ontvangen. Nu maakte ze aantekeningen zoals deze:

Onmiddellijk te doen: Een moestuin aanleggen met gewassen voor de late oogst – rapen, uien, kool, sla, bladgroenten.
Zaad voor kool, hebben we dat ergens?
Binnenkort: Dakspanen van de schuur herstellen; hebben we een slegel en troffel?
Aardewerken potten kopen voor inmaak tomaten en bonen.
Kruiden plukken en daarvan pillen tegen wormen maken voor het paard.

Enzovoort, enzovoort. Ontzettend veel te doen, want Ruby was kennelijk van plan elke vierkante meter grond zijn plicht te laten doen.

De hooilanden, zei Ruby, waren niet vaak genoeg gemaaid, zodat het gras gevaar liep overwoekerd te worden door wolfsmelk, duizendblad en ambrosia, maar het was nog niet te ver heen om gered te worden. Het oude maïsveld, verklaarde ze, had er baat bij gehad dat het een aantal jaren braak had gelegen, en was nu klaar om schoongemaakt en omgeploegd te worden. De bijgebouwen stonden er redelijk bij, maar de kippenpopulatie was te klein. De kelder onder het inmaakhuis was volgens haar schatting dertig centimeter te ondiep; ze was bang dat de aardappelen die daar opgeslagen werden in een strenge koudeperiode konden bevriezen als ze hem niet dieper maakten. Als ze huiszwaluwen konden bewegen langs de moestuin een kolonie te vormen door kalebassen op te hangen als nestkastjes zou dat helpen kraaien weg te houden.

Ruby's aanbevelingen besloegen alle terreinen, en ze scheen niet van ophouden te weten. Ze had ideeën omtrent wisselteeltschema's voor de verschillende akkers. Ontwerpen voor het bouwen van een watermolen zodat ze, wanneer ze eenmaal een maïsoogst hadden, hun eigen meel en grutten konden malen met waterkracht van de beek en konden besparen op het tiende deel dat ze aan de molenaar moesten geven. Voor ze op een avond in het donker op weg ging naar de hut, waren haar laatste woorden: We moeten wat parelhoenders hebben. Ik vind hun eieren gebakken niet lekker, maar we kunnen ze gebruiken bij het bakken. En afgezien van de eieren zijn parelhoenders prettig om te hebben rondlopen en ze zijn ook nuttig in meerdere opzichten. Het zijn goede waakhonden, en ze ontdoen een rij bonenstaken in een mum van tijd van ongedierte. En behalve dat zijn ze leuk om naar te kijken als ze over het erf lopen.

De volgende morgen waren haar eerste woorden: Varkens. Heb je varkens loslopen in het bos?

Ada zei: Nee, we kochten onze hammen altijd.

—Er zit veel meer aan een varken dan twee hammen, zei Ruby. Reuzel bijvoorbeeld. Daar hebben we heel wat van nodig.

Ondanks de laksheid van Monroe's beheer over Black Cove was er toch veel meer aanwezig om mee te werken dan Ada had beseft. Tijdens een van hun eerste wandelingen over het terrein was Ruby verrukt over de grote appelboomgaarden. Die waren voornamelijk aangeplant en onderhouden door de familie Black, en begonnen nu pas de eerste tekenen te vertonen van verwaarlozing. Ondanks het feit dat ze de laatste tijd niet gesnoeid waren, zaten ze vol rijpende vruchten.

—Straks in oktober, zei Ruby, zullen we in ruil voor die appels genoeg kunnen krijgen om onze winter een stuk gemakkelijker te maken dan hij anders zou zijn.

Ze zweeg en dacht even na. Je hebt hier geen pers zeker? zei ze. Toen

Ada zei dat ze dacht dat ze misschien wel een pers hadden, joelde Ruby van blijdschap.

—Sterke cider is veel meer waard als je hem ruilt dan appels, zei ze. We hoeven hem alleen maar te maken.

Ruby was ook tevreden over het landje met tabak. In het voorjaar had Monroe de gehuurde knecht toestemming gegeven een klein veldje te beplanten met tabak voor eigen gebruik. Ondanks bijna een hele zomer verwaarlozing waren de planten verrassend hoog, met grote bladeren en vrij van wormen, hoewel er dik onkruid groeide in de rijen en de planten nodig moesten worden getopt en van uitlopers ontdaan. Ruby geloofde dat de planten het ondanks de verwaarlozing goed hadden gedaan omdat ze waarschijnlijk waren geplant in overeenstemming met de tekenen. Ze berekende dat ze als het meezat een kleine oogst zouden krijgen en zei dat als ze de bladeren droogden, in sorghumwater weekten en tot pruimen draaiden, ze de tabak konden ruilen voor zaad, zout en gist en andere artikelen die ze niet zelf konden produceren.

Ada dacht veel over ruilhandel na, omdat ze er niets van begreep en toch plotseling niet meer was toegerust voor de geldeconomie. In de geest van samenwerking en vertrouwen had ze Ruby ingelicht over de bijzonderheden van haar financiële noodtoestand. Toen ze Ruby vertelde hoe weinig geld ze hadden om mee te werken, zei Ruby: Ik heb nooit een geldstuk in mijn hand gehad dat meer waard was dan een dollar. Wat Ada ging begrijpen was dat zij weliswaar erg bezorgd was over hun geldgebrek, maar dat Ruby van mening was dat ze zonder geld ongeveer even goed af waren. Ruby had altijd gefunctioneerd op een armlengte afstand van dingen kopen en bekeek geld zelfs in goede tijden met een flinke dosis argwaan, vooral wanneer ze er in gedachten de degelijkheid van jagen en verzamelen, zaaien en oogsten tegenover stelde. Op dit moment was de toestand zo slecht dat Ruby's donkerste opvattingen zo ongeveer waren uitgekomen. Papiergeld was zo in waarde gedaald dat het moeilijk was er ook maar iets voor te kopen. Op hun eerste gezamenlijke uitstapje naar het stadje waren ze verbijsterd vijftien dollar te moeten geven voor een pond soda, vijf dollar voor een kaartje met extra fijne naainaalden, en tien voor vierentwintig vel schrijfpapier. Als ze het zich hadden kunnen veroorloven zou een rol stof vijftig dollar hebben gekost. Ruby wees op het feit dat stof hun geen cent zou kosten als ze schapen hadden en de wol gingen scheren, kaarden, spinnen, winden en weven tot stof voor jurken en onderbroeken. Ada kon alleen maar bedenken dat elke stap in het proces dat Ruby zo luchtig had geschetst vele dagen hard werken zou betekenen, met als resultaat een paar meter stof zo grof als jute. Geld maakte alles toch veel gemakkelijker.

Maar zelfs als ze het hadden, wilden winkeliers eigenlijk geen geld aannemen omdat de waarde ervan waarschijnlijk zou dalen voor ze zich er weer van konden ontdoen. De meeste mensen hadden het gevoel dat je papiergeld zo snel mogelijk moest uitgeven; anders zou het wellicht niet meer waard worden dan een gelijke hoeveelheid kaf. Ruilhandel was zekerder. En dat scheen Ruby volkomen te begrijpen. Ze had een hoofd vol ideeën hoe ze konden zorgen dat Black Cove zich in dat opzicht zou kunnen bedruipen.

Algauw had Ruby een plan bedacht. Ze legde het aan Ada voor als een keuze. De twee dingen die zij bij haar inventarisatie van het huis als waardevol, verplaatsbaar en niet noodzakelijk had aangemerkt waren de cabriolet en de piano. Ze dacht dat ze een van beide kon verruilen voor zowat alles wat ze nodig zouden hebben om de winter door te komen. Ada woog ze twee dagen tegen elkaar af. Op zeker moment zei ze: Het zou toch zonde zijn om die mooie schimmelruin een ploeg te laten trekken, en Ruby zei: Dat zal hij toch doen, hoe je keus ook uitvalt. Hij zal moeten werken voor de kost, net als iedereen hier.

Uiteindelijk verraste Ada ook zichzelf door de piano te kiezen om afstand van te doen. Maar om eerlijk te zijn bespeelde ze het instrument niet bijzonder goed, en het was Monroe's keuze geweest haar piano te leren spelen. Dat had zoveel voor hem betekend dat hij een inwonende leraar in dienst had genomen, een kleine man die Tip Benson heette en die zelden lang in een betrekking bleef omdat hij het niet kon laten verliefd te worden op zijn pupillen. Ada was geen uitzondering geweest. Ze was toen vijftien, en toen ze op een middag zat te proberen een moeilijke passage van Bach te spelen, was Benson naast de pianokruk op zijn knieën gevallen, had haar handen van de toetsen afgetrokken en naar zich toe getrokken en de rug ervan tegen zijn ronde wangen gedrukt. Hij was een mollige man, destijds pas vierentwintig, met buitengewoon lange vingers voor iemand van zijn gedrongen postuur. Hij drukte zijn getuite rode lippen op haar handruggen en kuste ze vurig. Een ander meisje van Ada's leeftijd had hem wellicht een tijdlang aan het lijntje gehouden, maar Ada verontschuldigde zich dadelijk en ging meteen naar Monroe om hem te vertellen wat er gebeurd was. Benson had zijn koffers gepakt en was voor het avondeten vertrokken. Onmiddellijk hierna nam Monroe als muzieklerares een oude vrijster in dienst, met kleren die naar mottenballen en oksels roken.

Ada's redenering bij het kiezen van de piano als ruilobject was onder andere dat er in haar komende leven weinig ruimte zou zijn voor kunst, en dat de plaats die ze ervoor had kon worden ingenomen door tekenen. De eenvoudige gereedschappen potlood en papier zouden in dat opzicht aan haar behoeften beantwoorden.

Ze had een duidelijk beeld van alle goede redenen om afstand te doen van de piano. Wat ze niet duidelijk had, waren de redenen om de cabriolet te houden. Er was het feit dat hij van Monroe was geweest, maar dat leek niet het voornaamste punt om hem te houden. Ze vreesde dat het de beweeglijkheid van het ding was waardoor ze eraan gehecht was. De belofte in zijn hoge wielen dat ze, als de toestand erg genoeg werd, er gewoon in kon klimmen en wegrijden. Dat ze kon zijn zoals de familie Black voor haar en de houding aannemen dat er geen last was die niet verlicht kon worden, geen gestrand leven dat niet ten goede kon worden gekeerd door op weg te gaan.

Nadat Ada haar beslissing had laten weten, liet Ruby er geen gras over groeien. Ze wist wie er een overschot aan dieren en producten had, en bereid zou zijn een goede ruil te doen. In dit geval was het Oude Jones, boven aan de East Fork, met wie ze zaken deed. Zijn vrouw had al een tijd met begerige ogen naar de piano gekeken, en aangezien Ruby dat wist, onderhandelde ze hard. Jones moest er uiteindelijk een bonte fokzeug, een jong varken en honderd pond maïsgrutten voor geven. Verder vond Ruby – met de gedachte dat wol in veel opzichten erg bruikbaar was, vooral nu geweven stof zo duur was – dat het geen kwaad zou kunnen er een paar van die kleine bergschapen bij te nemen, die niet veel groter waren dan een volwassen, middelgrote hond. Daarom overreedde ze Jones er daarvan ook een zestal bij te doen. En een wagenvracht kool. En een ham en tien pond spek van het eerste varken dat hij in november zou slachten.

Binnen een paar dagen had Ruby de varkens en de kleine schapen, waarvan er twee donker van kleur waren, omhoog gedreven naar Black Cove. Ze joeg hen de hellingen van Cold Mountain op om in de herfst hun eigen kostje op te scharrelen en zichzelf vet te mesten met de eikels en beukennoten die ze konden vinden, en die zouden er in overvloed zijn. Voor ze hen liet gaan, had ze haar mes genomen en hun linkeroor gemerkt met twee oormerken en een kerf, zodat ze alle met bebloede koppen, krijsend en blatend de berg op vluchtten.

Op een namiddag kwam Oude Jones met een wagen en een andere oude man om de piano op te halen. Het tweetal stond er in de salon een hele tijd naar te kijken. De andere oude man zei: Ik weet niet of we dat ding wel kunnen optillen, en Oude Jones zei: We hebben er één ding op voor: we moeten wel. Uiteindelijk kregen ze hem in de wagen en bonden hem stevig met touwen vast, want hij hing over de achterklep naar buiten.

Ada zat op de veranda en keek naar de piano die wegreed. Hij hotste de weg af, en de ongeveerde wagen stootte hard op elke geul en steen zodat de piano ten afscheid zijn eigen verontrustende en dissonante melodie speelde. Er was niet veel spijt in Ada's stemming, maar terwijl ze de wagen zag wegrijden dacht ze aan een feest dat Monroe vier dagen voor Kerstmis had gegeven in de laatste winter voor de oorlog.

De stoelen in de salon waren tegen de muren geschoven om ruimte te maken voor het dansen, en degenen die spelen konden, gingen om beurten achter de piano zitten en pingelden er kerstliedjes en walsen en sentimentele salondeuntjes op. De eettafel was volgeladen met kleine crackers met ham, taarten, bruin brood, pasteitjes en een pot thee, geurend naar sinaasappel en kaneel en kruidnagelen. Monroe had maar een klein schandaal verwekt door champagne te serveren, want er waren geen doopsgezinden aanwezig. Alle glazen petroleumlampen waren aangestoken, en de mensen bekeken ze met hun geplooide kap als de blaadjes van een ontluikende bloemknop, want ze waren iets nieuws, dat nog niet algemeen gangbaar was geworden. Alleen Sally Swanger zei dat ze bang was dat ze zouden ontploffen, en ze vond het licht ervan te schel en te hard, en zei dat waskaarsen en het licht van de haard beter waren voor haar oude ogen.

Vroeg in de avond vormden de mensen groepen, soort bij soort, en kletsten over van alles en nog wat. Ada zat bij de vrouwen, maar haar aandacht zwierf door de kamer. Zes oude mannen schoven stoelen bij het vuur en praatten over de dreigende crisis in het Congres, terwijl ze teugjes namen uit hun fluit en het glas vervolgens tegen het lamplicht hielden om de belletjes te bekijken. Esco zei: Als het tot vechten komt, zullen de Federalen ons allemaal afslachten. Toen anderen in de groep daar heftig tegenin gingen, keek Esco in zijn glas en zei: Een door mensen gemaakte drank met zulke belletjes erin, dat zullen ze ondegelijk vinden.

Ada besteedde ook even aandacht aan de jonge mannen, de zonen van gewaardeerde leden van de gemeente. Ze zaten in een verre hoek van de salon en praatten luid. De meesten moesten niets hebben van de champagne en dronken alleen min of meer onopvallend uit zakflacons met maïsbrandewijn. Hob Mars, die Ada korte tijd zonder succes het hof had gemaakt, verkondigde op een toon alsof hij de hele salon toesprak, dat hij de geboorte van de Verlosser een week lang elke avond had gevierd. Hij beweerde dat hij zich, na feesten die zo saai waren dat ze voor het ochtendgloren al afgelopen waren, op weg naar huis had bijgelicht met pistoolvuur. Hij pakte de flacon van een ander, dronk eruit, veegde met de rug van zijn hand over zijn mond, keek ernaar en veegde nogmaals zijn mond af. Dat spul heeft pit, zei hij luid en gaf de flacon terug.

Een andere hoek werd bevolkt door vrouwen van verschillende leeftijd. Sally Swanger had een paar mooie, nieuwe schoenen aan, en ze zat in afwachting van commentaar erop met haar voeten naar voren uitgestoken als een pop met stijve benen. Een andere oudere vrouw vertelde een tamelijk uitvoerig verhaal over het slechte huwelijk van haar dochter. Omdat haar echtgenoot het wilde, leefde de dochter in een huis met een hondenfamilie die altijd in de keuken rondscharrelde, behalve wanneer er op wasberen werd gejaagd. De vrouw zei dat ze er niet graag op bezoek kwam, want er zaten altijd hondenharen in de jus. Ze zei dat haar dochter gedurende een aantal jaren het ene kind na het andere had gebaard, zodat ze in tegenstelling tot haar eerdere gretigheid om getrouwd te zijn, het huwelijk nu maar een matige zaak vond. Ze was het gaan zien als een toestand die weinig meer inhield dan staarten afvegen. De andere vrouwen lachten, maar Ada had even het gevoel dat haar adem stokte.

Later vermengden de groepen zich en sommigen gingen rond de piano staan en zongen, en daarna begon een aantal jongere mensen te dansen. Toen het haar beurt was, nam Ada plaats achter de toetsen, maar haar gedachten zweefden boven de muziek. Ze speelde een aantal walsen en stond toen op van de piano en keek geamuseerd toe toen Esco opstond en, zonder andere begeleiding dan het wijsje dat hij zelf floot, in zijn eentje begon te dansen, waarbij zijn ogen glazig keken en zijn hoofd op en neer ging alsof het aan een touwtje zat.

Naarmate de avond vorderde, merkte Ada dat ze meer dan een glas champagne te veel had gedronken. Haar gezicht was klam en haar hals zweette onder de ruches langs de hoge kraag van haar groen fluwelen japon. Ze had het gevoel dat haar neus opgezwollen was, zozeer zelfs dat ze er met duim en wijsvinger in kneep om te voelen hoe dik hij was, en vervolgens naar de halspiegel ging waar ze tot haar verbazing zag dat hij er heel gewoon uitzag.

Sally Swanger, die blijkbaar ook onder de invloed van Monroe's champagne verkeerde, had Ada op dat moment meegetrokken naar de gang en gefluisterd: Die jongen van Inman is zonet aangekomen. Het is zonde dat ik het zeg, maar volgens mij moet je met hem trouwen. Jullie zouden samen vast mooie kinderen maken, met bruine ogen.

Ada had het een vreselijke opmerking gevonden en was, hevig blozend, naar de keuken gevlucht om zich te herstellen.

Maar daar trof ze Inman alleen aan, in de hoek bij het fornuis, zodat haar gedachten nog verwarder werden. Hij was laat aangekomen, omdat hij door een trage winterregen had gereden, en hij was bezig zich te warmen en te drogen voor hij zich in het feest begaf. Hij droeg een zwart pak en zat met zijn benen over elkaar geslagen, terwijl zijn natte hoed aan de teen van een lakschoen bungelde, vlak bij het hete fornuis. Hij had zijn handpalmen naar voren gekeerd om de warmte van het vuur op te vangen, zodat het leek alsof hij iets wegduwde.

—Ach, heden, zei Ada. Daar bent u. De dames vinden het al erg plezierig te weten dat u er bent.

—De oude dames? zei Inman.

—Nee, iedereen. Uw komst is met speciale goedkeuring opgemerkt door mevrouw Swanger.

Dit riep onverhoeds een levendig beeld op, waarvan de inhoud was ingegeven door de opmerking van mevrouw Swanger, en Ada voelde iets ruisen in haar hoofd. Ze bloosde weer en voegde er snel aan toe: En door anderen natuurlijk.

—U voelt zich toch wel goed, hoop ik? zei Inman, enigszins in de war gebracht door haar gedrag.

—O ja, ja hoor. Het is hier alleen een beetje benauwd.

—U ziet er verhit uit.

Ada raakte haar vochtige gezicht op verschillende plaatsen aan met de achterkant van haar vingers en wist absoluut niets te zeggen. Ze vormde een krompasser van haar vingers en nam weer de maat van haar neus. Ze liep naar de deur en deed hem open om even wat koude lucht in te ademen. De nacht rook naar natte, rottende bladeren en het was zo donker dat ze niets kon zien achter de waterdruppels die het licht uit de deur vingen terwijl ze van de luifel boven de veranda vielen. Uit de salon kwamen de eenvoudige eerste noten van 'Good King Wenceslas', en Ada herkende het stijf gefraseerde pianospel van Monroe. Toen kwam er uit het donker, over grote afstand, het hoge, eenzame blaffen van een grijze wolf, ver in de bergen.

—Dat is een eenzaam geluid, zei Inman.

Ada hield de deur open en wachtte of ze een roep ten antwoord hoorde, maar er kwam niets. Arm beest, zei ze.

Ze sloot de deur en wendde zich naar Inman, maar toen ze dat deed werkten de hitte in het vertrek en de champagne en de uitdrukking op Inmans gezicht, die zachter was dan wat ook dat ze daar ooit had gezien, samen tegen haar en ze voelde zich tegelijkertijd flauw en duizelig. Ze deed een paar aarzelende stapjes, en toen Inman uit zijn stoel omhoog kwam en een hand uitstak om haar te steunen, pakte ze die hand. En toen zat ze opeens, zonder dat ze later kon zeggen hoe het in zijn werk was gegaan, op zijn schoot.

Hij legde zijn handen een ogenblik op haar schouders en ze leunde tegen hem aan met haar hoofd onder zijn kin. Ada herinnerde zich dat ze dacht dat ze daar nooit meer weg wilde, maar was zich er niet van bewust dat ze dit hardop had gezegd. Wat ze zich wel herinnerde was dat hij even tevreden had geleken als zij, en niet op meer had aangedrongen maar alleen zijn handen naar het uiteinde van haar schouders had geschoven en haar daar had vastgehouden. Ze herinnerde zich de geur van zijn natte, wollen pak en een geur van paarden en tuig die om hem heen hing.

Ze was misschien een halve minuut zo op zijn schoot blijven zitten, niet langer. Toen was ze opgestaan en weggelopen, en ze herinnerde zich dat ze zich bij de deur, met haar hand op de deurlijst, had omgedraaid om naar hem te kijken. Hij zat nog op dezelfde plaats, met een verbaasde glimlach op zijn gezicht, en zijn hoed lag met de bol op de vloer.

Ada ging terug naar de piano waar ze Monroe wegduwde en een hele tijd speelde. Inman kwam na enige tijd binnen en stond met zijn schouder tegen de deurpost geleund. Hij dronk uit een fluit en keek een tijdlang naar haar, en daarna ging hij met Esco praten die nog steeds bij het vuur zat. De hele verdere avond repten Ada noch Inman met een woord van wat er in de keuken was voorgevallen. Ze voerden slechts een kort en ongemakkelijk gesprek en Inman vertrok vroeg.

Toen het gezelschap veel later, in de kleine uurtjes, vertrok, keek Ada uit het raam van de salon naar buiten en zag hoe de jonge mannen de weg afliepen terwijl ze met hun pistolen naar de hemel schoten, zodat de vuurflits uit de loop hun silhouet kortstondig verlichtte.

Ada bleef een tijdje zitten nadat de wagen met de piano om de bocht in de weg was verdwenen. Vervolgens stak ze een lantaarn aan en ging naar de kelder, met de gedachte dat Monroe daar wellicht een paar kisten champagne kon hebben weggezet en dat het prettig zou kunnen zijn af en toe een fles te openen. Ze vond geen wijn maar ontdekte in plaats daarvan een echte schat, en wel een die zeer bevorderlijk was voor hun pogingen tot ruilhandel. Het was een honderdponds-zak met groene koffiebonen die Monroe had opgeslagen, en die dik en vadsig in een hoek stond.

Ze riep Ruby erbij en ze vulden er meteen de broodrooster mee en brandden een half pond bonen boven het vuur, maalden ze en zetten vervolgens de eerste echte koffie die ze beiden in meer dan een jaar hadden geproefd. Ze dronken het ene kopje na het andere en bleven het grootste deel van de nacht op terwijl ze onafgebroken praatten over plannen voor de toekomst en herinneringen uit het verleden, en op een zeker moment vertelde Ada het hele spannende verhaal van *Little Dorrit* na, een van de boeken die ze in de zomer had gelezen. In de loop van de volgende paar dagen verruilden ze de koffie bij halve ponden en noggins tegelijk bij buren, tot ze niet meer dan tien pond voor eigen gebruik over hadden. Toen de zak leeg was, waren ze een zij spek rijker, een blik bakpoeder, acht kippen, verscheidene manden met pompoenen, bonen en okra's, een oud spinnewiel en weefgetouw waaraan maar een kleinigheid moest worden gerepareerd, zes bushels met maïskolven en genoeg dakspanen om de rookschuur een nieuw dak te geven. Maar de kostbaarste ruil was de zak met vijf pond zout die ze hadden verworven, aangezien dat zo schaars en duur was geworden dat sommige mensen inmiddels de vloer van hun rookschuur uitgroeven, de aarde kookten en zeefden, en het aftreksel weer opkookten en zeefden. En dat telkens weer, tot de aarde weg was en het water verdampt, zodat ze uiteindelijk het zout dat van de hammen van vroeger op de grond was gevallen, heroverd hadden.

In dergelijke kwesties van ruilhandel en in elk ander opzicht bleek Ruby een wonder van energie te zijn, en ze bepaalde algauw een patroon voor Ada's dag. Voor zonsopgang was Ruby gewoonlijk al van de hut naar beneden gelopen, had ze het paard gevoerd en de koe gemolken en stommelde ze met potten en pannen in de keuken, waar een heet vuur in het fornuis brandde, gele maïsgrutten in een pan stonden te pruttelen en eieren en spek vet sputterden in een zwarte koekenpan. Ada was niet gewend op te staan in de grauwe morgenstond – in feite was ze de hele zomer zelden voor tienen opgestaan – maar plotseling had ze weinig keus. Als Ada nog in bed lag, kwam Ruby haar eruit halen. Ruby vond dat het haar werk was dingen aan de gang te krijgen, niet iemand te bedienen en te doen wat die zei. De paar keren dat Ada zich had vergist en haar een opdracht had gegeven als een bediende, had Ruby Ada alleen strak aangekeken en was vervolgens doorgegaan te doen waar ze mee bezig was. Wat die blik uitdrukte was dat Ruby van het ene moment op het andere vertrokken kon zijn, als ochtendnevel op een zonnige dag.

Tot de afspraak behoorde volgens Ruby onder meer dat ze niet verwachtte dat Ada het ontbijt klaarmaakte, maar wel dat ze tenminste aanwezig was om te zien hoe zij er de laatste hand aan legde. Ada liep dus in haar ochtendjas naar beneden naar de keuken en ging in de stoel in het warme hoekje bij het fornuis zitten met haar handen om een kopje koffie. Door het raam begon de dag dan al vorm aan te nemen, grijs en met onduidelijke trekken. Zelfs op dagen die later helder bleken te zijn kon Ada zelden ook maar de palen van het hek om de moestuin onderscheiden door de mist. Op een gegeven moment blies Ruby altijd het gele lamplicht uit en dan werd het schemerig in de keuken en kwam het licht van buiten opzetten en vulde de ruimte. Het leek een wonderbaarlijk iets voor Ada, die niet veel zonsopgangen had aanschouwd.

Gedurende het koken en het eten was Ruby onafgebroken aan het praten, en maakte harde plannen voor de komende dag die Ada niet passend leken bij de zachte vaagheid die de dag buiten het raam kenmerkte. Tegen de tijd dat de zomer op zijn einde liep, scheen Ruby het naderen van de winter even dringend te voelen als een beer in de herfst die de hele nacht en de halve dag aan het eten was om het benodigde vet op te bouwen om hem tijdens zijn winterslaap te voeden. Alles wat Ruby zei ging over inspanning. Over het werk dat nodig was om een reserve voor overleving op te bouwen die hen door de winter zou helpen. Voor Ada leken Ruby's monologen hoofdzakelijk te bestaan uit werkwoorden, alle even vermoeiend. Ploegen, zaaien, schoffelen, kappen, inmaken, voederen, slachten.

Wanneer Ada opmerkte dat ze tenminste konden rusten wanneer de winter kwam, zei Ruby: O, wanneer het winter is, gaan we het hek maken, en patchwork dekens in elkaar zetten, en hier in huis repareren wat kapot is, en dat is heel wat.

Ada had nooit gemerkt dat leven als zodanig zo'n vermoeiende aangelegenheid was. Na het ontbijt werkten ze aan een stuk door. Op dagen wanneer er niet één groot karwei te doen was, deden ze vele kleintjes, en werkten overal waar het nodig was. Toen Monroe nog leefde, kostte leven niet veel meer arbeid dan geld opnemen van een bankrekening, abstract en ver weg. Nu, met Ruby erbij, waren alle feitelijke processen die met voeding, kleding en onderdak te maken hadden onaangenaam concreet, lagen onmiddellijk en rechtstreeks voor de hand, en vroegen stuk voor stuk om lichamelijke inspanning.

Ada had zich in haar vorige leven natuurlijk weinig met de moestuin bemoeid. Monroe had altijd iemand betaald om voor hen in de tuin te werken, en haar geest had zich dientengevolge gehecht aan het product – het eten op tafel – en niet aan de taak het daar te krijgen. Ruby had haar van die gewoonte afgeholpen. De rauwheid van eten, van leven, daar scheen Ruby Ada die eerste maand elke dag op te richten. Ze hield Ada's neus bij de aarde om te zien waarvoor hij diende. Ze liet Ada werken wanneer ze het niet wilde, liet haar ruwe kleding aantrekken en in de aarde wroeten tot haar nagels haar grof leken als de klauwen van een beest, liet haar op het schuine dak van de rookschuur klimmen en dakspanen leggen, ook al leek de groene driehoek van Cold Mountain langs de horizon te tollen. Ruby telde haar eerste overwinning toen het Ada lukte room tot boter te karnen. Haar tweede overwinning was toen ze zag dat Ada niet langer elke keer een boek in haar zak stopte wanneer ze naar buiten ging om de velden te schoffelen.

Ruby weigerde beslist zelf al het vervelende werk te doen en liet Ada een spartelende kip op het hakblok drukken en haar met een bijl de kop afhakken. Toen het bloedende lijf zonder kop over het erf waggelde zoals dronkaards sinds onheuglijke tijden doen, wees Ruby ernaar met haar gekartelde dolkmes en zei: Daar heb je je levensonderhoud.

De kracht die Ruby gebruikte om Ada aan te drijven was deze: Ada wist eigenlijk wel dat ieder ander die ze in dienst kon nemen, er genoeg van zou krijgen en zou vertrekken, zodat zij zou falen. Ruby zou haar niet laten falen.

De enige momenten van rust kwamen nadat de afwas van het avondeten was gedaan en opgeborgen. Dan gingen Ada en Ruby op de veranda zitten en in de resterende tijd tot het donker werd las Ada voor. Boeken en hun inhoud waren volstrekt nieuw voor Ruby, en daarom had Ada gemeend dat ze het beste in de buurt van het begin kon beginnen. Nadat ze Ruby had verteld wie de Grieken waren, was ze begonnen uit Homerus voor te lezen. Ze deden meestal vijftien tot twintig bladzijden per avond. Wanneer het dan te donker werd, en de lucht blauw werd en begon te stollen van de mist, sloot Ada het boek en vroeg Ruby om verhalen. In de loop van een aantal weken kreeg ze bij stukken en beetjes het verhaal van Ruby's leven te horen.

In Ruby's woorden was ze zo arm opgegroeid dat ze had moeten koken met niet meer vet dan je kreeg als je de koekenpan inwreef met een stuk zwoerd. En ze had er genoeg van. Ze had haar moeder nooit gekend, en haar vader was een beruchte plaatselijke nietsnut en vrijbuiter geweest die Stobrod Thewes heette. Ze woonden in een hutje met een aarden vloer, dat niet veel meer was dan een hok met een dak. Het was klein en had iets tijdelijks over zich. Ongeveer het enige dat het onderscheidde van een zigeunerwoonwagen was dat het geen wielen en geen vloer had. Ze had geslapen op een piepklein vlierinkje, eigenlijk gewoon een plank. Als matras had ze een oude tijk die ze volstopte met gedroogd mos. Omdat er geen zoldering was, alleen het geometrische patroon van de onderkanten van de dakspanen, werd Ruby menigmaal 's morgens wakker met een paar centimeter sneeuw boven op haar stapel gestikte dekens, die door de wind tussen de omgekrulde randen van de dakspanen was doorgeblazen als gezeefd meel. Op zulke morgens ontdekte Ruby dat het grote voordeel van zo'n klein hutje was dat zelfs een vuur van takjes het snel verwarmde, hoewel de gebrekkige schoorsteen die Stobrod had gebouwd zo slecht trok dat je er hammen had kunnen roken. Alleen in het allerslechtste weer gaf ze er niet de voorkeur aan buiten te koken, achter de hut onder een prieel van struiken.

Maar hoe klein en simpel de hut ook was, hij was toch meer dan Stobrod wilde hebben. Ware het niet dat hij met een dochter was opgezadeld, dan zou hij met genoegen zijn intrek hebben genomen in een holle boom, want naar Ruby's inschatting was een dier met een geheugen zo ongeveer de meest verheven betiteling waarmee haar vader zichzelf aanduidde.

Voor haar eigen eten zorgen had Ruby moeten doen zodra ze oud genoeg was om daarvoor verantwoordelijk te zijn, wat naar Stobrods mening het geval was kort nadat ze had leren lopen. Als peuter zocht Ruby eten in het bos en langs de rivier bij liefdadig ingestelde boerderijen. Haar duidelijkste jeugdherinnering was dat ze het pad langs de rivier was opgelopen om bij Sally Swanger wat wittebonensoep te halen, en op de terugweg naar huis met haar nachtpon – jarenlang het kledingstuk dat ze meestal droeg, ook overdag – aan een meidoornstruik langs het pad was blijven haken. De doorn was zo lang als de spoor van een haan, en ze had zich niet kunnen bevrijden. Er kwam die middag niemand voorbij. Wolken trokken over en het daglicht doofde uit als een sputterende lamp. Het werd nacht en de maan was zwart, de nieuwe maan van mei. Ruby was vier en bracht de nacht vastzittend aan de meidoorn door.

Die donkere uren waren een openbaring voor haar en bleven haar altijd bij. Het was koud buiten in de nevelslierten langs de rivieroever. Ze herinnerde zich dat ze een tijd had gebibberd en gehuild, en om hulp had geroepen. Ze was bang dat ze zou worden opgegeten door een rondzwervende panter die van Cold Mountain was afgedaald. Die namen een kind mee voor je pap kon zeggen, had ze gehoord van Stobrods drinkmakkers. Als je hen hoorde praten, waren de bergen vol wezens die op kindervlees aasden. Beren op zoek naar voedsel. Rondtrekkende wolven. Je had ook veel spoken in de bergen. Die verschenen in allerlei vormen, allemaal angstaanjagend, en ze grepen je en namen je mee naar wie wist wat voor hel.

Ze had de oude Cherokee-vrouwen horen spreken over kannibalistische geesten die in de rivier leefden en het vlees aten van mensen die ze tegen zonsopgang roofden en meenamen onder water. Kinderen waren hun lievelingskostje, en wanneer ze een kind meenamen lieten ze in zijn plaats een schim achter, een tweeling, die rondliep en praatte maar niet echt leefde. Na zeven dagen verschrompelde hij en stierf.

De nacht balde al die dreigingen samen, en de kleine Ruby zat dus een tijdlang te huiveren van de kou en te snikken tot ze nauwelijks meer kon ademen door het besef van al die wezens die klaar schenen te staan om van zwakheid te profiteren.

Maar later werd ze in het donker toegesproken door een stem. Wat die zei leek te komen uit het ruisen en spetteren van het riviergeluid, maar het was geen kannibalistische duivel. Het leek een of andere zachte kracht van het landschap of de hemel, een dierlijke elf, een beschermgeest die haar onder zijn vleugels nam en er vanaf dat moment voor zorgde dat ze zich prettig voelde. Ze herinnerde zich elk sterrenpatroon dat langs het stuk hemel trok dat ze tussen de takken van de boom door kon zien, en elk woord dat tot haar diepste kern werd gesproken door de kalme stem die zich over haar ontfermde en haar de hele nacht troostte en beschermde. Ze hield op met rillen in de dunne nachtpon, en het snikken ging over.

De volgende morgen maakte een man die uit vissen ging haar los, en ze liep naar huis en zei er niets over tegen Stobrod. En die vroeg ook niet waar ze was geweest. Maar de stem klonk nog steeds in haar hoofd, en na die nacht werd ze als iemand die met de helm geboren is en wist dingen die anderen nooit zouden weten.

Toen ze ouder werd, leefden Stobrod en zij van wat Ruby teelde op het kleine stukje van hun land dat ver genoeg van het verticale vlak afweek om het te kunnen ploegen. Wat haar vader betrof, die bracht zijn tijd elders door en was vaak dagen achtereen verdwenen. Hij kon honderd kilometer lopen als er ergens een feest was. Als er ook maar een gerucht ging dat het ergens bal was, ging hij op weg, met de viool waarop hij ternauwernood een handvol vaste figuren kon krassen. Dan zag Ruby hem soms dagenlang niet terug. Wanneer dat soort amusement ontbrak, ging Stobrod het bos in. Om te jagen, beweerde hij. Maar hij bracht maar af en toe een eekhoorn of grondmarmot mee voor de stoofpot. Een hert schieten was hem een te hoog streven, en wanneer er weinig knaagdieren waren, aten ze kastanjes en rabarber en karmozijnbessen en ander voedsel dat Ruby in het wild verzamelde, zodat je vaak kon zeggen dat hun dieet voor een groot deel bestond uit mast.

Zelfs Stobrods voorliefde voor sterke drank slaagde er niet in een boer van hem te maken. In plaats van maïs te telen trok hij er, wanneer de kolven rijp waren, in maanloze nachten met een jutezak op uit en stal maïs. Hieruit distilleerde hij een vettige, gele drank die volgens zijn makkers zijn weerga niet had in rauwheid en sterkte.

Zijn enige bekende vrijage met betaald werk was op een ramp uitgelopen. Een man die een eind stroomafwaarts woonde had hem aangenomen om hem te helpen een stuk maagdelijke grond te ontginnen zodat het in het voorjaar kon worden ingezaaid. De grote bomen waren al geveld en lagen over elkaar heen gestapeld aan de bosrand. De man wilde dat Stobrod hem hielp ze te verbranden. Ze maakten een laaiend vuur en waren bezig takken van de gevelde bomen te hakken zodat ze die in het vuur konden rollen, toen Stobrod plotseling tot het besef kwam dat dit meer werk was dan waarop hij had gerekend. Hij rolde zijn hemdsmouwen naar beneden en liep de weg weer op. De man ging alleen verder, en gebruikte een haak om te proberen de boomstammen in het vuur te rollen. Hij stond dicht bij het vuur toen verscheidene brandende stammen gingen schuiven zodat zijn been eronder klem kwam te zitten. Hoe hij het ook probeerde, hij kon zich niet losmaken, en hij brulde om hulp tot zijn stem het begaf. Het vuur kwam steeds verder zijn kant op tot hij, liever dan te verbranden, de bijl pakte die hij had gebruikt om takken af te hakken, en zijn been afhieuw bij de knie. Hij bond het bloedende been af met een reep broekspijp die hij met een stok stevig aandraaide; daarna sneed hij een gevorkte tak tot een kruk en liep naar huis. Hij bracht het er levend af, maar het scheelde niet veel.

Hierna zag Stobrod er jarenlang tegenop over de weg langs het huis van die man te lopen, want de man die nu een houten been had, koesterde tot Stobrods bittere teleurstelling een wrok tegen hem en wilde nog wel eens op hem schieten vanaf zijn veranda.

Pas toen Ruby bijna volwassen was, kwam het bij haar op zich af te vragen wat voor soort vrouw haar moeder was geweest, om met een man als Stobrod te trouwen. Maar inmiddels scheen haar moeder vrijwel totaal van de lei van zijn geest te zijn gewist, want toen Ruby vroeg hoe zij was geweest, beweerde Stobrod dat hij zich er niet veel van herinnerde. Ik kan in mijn geest niet eens zien of ze dun was of dik, zei hij.

Tot ieders verrassing had Stobrod in de eerste dagen van de oorlogskoorts dienst genomen bij het leger. Op een morgen reed hij op hun oude muilezel weg om ten strijde te trekken, en daarna had Ruby nooit meer iets van hem gehoord. Haar laatste herinnering aan hem waren zijn witte schenen die boven zijn laarzen blonken terwijl hij de weg afsukkelde. Ze vermoedde dat Stobrod niet lang oorlog had gevoerd. Hij was vast bij zijn eerste gevecht gesneuveld, of anders was hij voorgoed gedeserteerd, want Ruby had van een man uit zijn regiment – die was thuisgekomen met een afgeschoten arm – gehoord dat Stobrod na Sharpsburg werd vermist.

Wat zijn lot ook was geweest, of hij een minié-kogel in zijn achterwerk had gekregen of er tussenuit was geknepen naar de westelijke gebieden, hij had Ruby mooi laten zitten. Zonder de muilezel kon ze zelfs de miezerige veldjes niet meer ploegen. De enige plek waar ze kon zaaien was een kleine moestuin die ze met de hand bewerkte met een ploeg met voorkar en een hak.

Het eerste jaar van de oorlog was zwaar geweest voor haar, maar Stobrod had tenminste zijn oude gladloopse musketgeweer achtergelaten, omdat hij dacht dat hij de kans had een beter wapen te krijgen als hij met lege handen kwam aanzetten. Ruby had het antieke wapen – dat eerder verwant was aan de haakbus dan aan het huidige type geweren – in gebruik genomen en joeg de hele winter op wilde kalkoenen en herten, waarvan ze het vlees aan repen sneed en bij het vuur droogde als een indiaan. Stobrod had hun enige mes meegenomen, en daarom sneed ze het vlees met een mes dat ze zelf had gemaakt van een afgedankt stuk van een trekzaag. Haar voornaamste gereedschap voor dit smidswerk was de hamer. Ze verhitte het zaagblad in het vuur en kraste de vorm van een mes in het hete metaal met een verbogen hoefijzernagel die ze van de weg had opgeraapt. Toen het metaal afkoelde, tikte ze het overtollige gedeelte van de ingekraste lijn af en vijlde de bramen van blad en heft weg. Weer gebruik makend van de hamer sloeg ze er klinknagels van afgedankt koper in om een heft van appelhout te bevestigen dat ze uit een dikke tak had gezaagd. Ze sleep het lemmet aan een ingevette steen uit de rivier. Het product van haar handenarbeid zag er ruw uit, maar sneed even goed als een gekocht mes.

Terugkijkend op haar leven tot nu toe kon ze bogen op het feit dat ze op tienjarige leeftijd alle kenmerken van de bergen tot veertig kilometer in de omtrek even goed kende als een tuinman zijn rijen bonen. En dat ze later, toen ze nog amper een vrouw was, in haar eentje mannen een pak slaag had gegeven bij ontmoetingen waar ze verder liever niets over zei.

Op dit moment dacht ze dat ze eenentwintig jaar oud was, hoewel ze het niet zeker wist omdat Stobrod het jaar van haar geboorte evenmin in zijn geheugen had aangetekend als de dag. Hij kon zich zelfs niet herinneren welk seizoen het was geweest toen ze kwam. Niet dat ze erover dacht een verjaardagsfeest te geven, want het vieren van bepaalde gelegenheden was iets dat in haar leven had ontbroken, omdat het overleven als zodanig een scherpe manier had om je aandacht op andere dingen te richten.

een gave, net als andere eigenschappen

Diep in de nacht volgde Inman een soort weg die langs de oever van de Deep River liep. Vrij snel daalde die naar een rotsachtige laagte die na enige tijd smaller werd en een ravijn vormde. De hemel sloot zich boven hem tussen wanden van opgestapelde rotsen en bomen tot er nog maar een reep van over was, recht boven hem, en de Melkweg het enige licht. Het was zo donker dat hij onder in de kloof een tijdlang met zijn voeten het zachte stof van de weg moest aftasten om te weten waar hij moest lopen. De weerschijn van het licht op het water was zo zwak dat hij het alleen kon zien door opzij te kijken, zoals je lichtzwakke sterren kunt zien door er niet direct naar te kijken.

Wat later kwam hij over een rotsachtig klif, waar de weg een smalle inkeping vormde tussen de rivier onderaan een rotswand en een steile oever van steenslag en aarde, gedeeltelijk overgroeid met struikgewas. Deze positie beviel Inman allerminst. Hij was bang dat de Home Guard op pad zou zijn. Ruiters konden hem inhalen voor hij een plek kon vinden waar hij van de weg af kon gaan, en de oever was te oneffen en steil om in het donker geluidloos te beklimmen. Het zou een slechte plaats zijn om zich tegen gewapende ruiters te verweren. Het was het beste om maar stevig door te lopen en deze wond in de aarde achter zich te laten.

Inman zette een pijnlijk sukkeldrafje in en hield dit enkele minuten vol, tot hij voor zich een flakkerend lichtje zag, dat precies op zijn weg leek te liggen. Hij vertraagde tot wandeltempo, en was het licht algauw dicht genoeg genaderd om te kunnen zien dat het gemaakt werd door een man met een breedgerande hoed die op de weg stond met een gele lichtkring om zich heen, afkomstig van een rokende toorts van bijeengebonden stukken gespleten grenenhout. Onhoorbaar lopend kwam Inman naderbij en bleef naast een rotsblok staan op nog geen tien meter afstand.

De man had een zwart pak en een wit overhemd aan. Hij had een paard vast bij een touw dat om de hals was gebonden. In het licht kon Inman zien dat het paard een last droeg, een vormloze, witte dikte die dwars over zijn rug lag als een slappe bundel linnengoed. Terwijl Inman keek, ging de man op de weg zitten en trok zijn knieën met zijn ene arm naar zijn borst. De elleboog van de arm waarmee hij de toorts vasthield, rustte in de ruimte tussen de knieën zodat zijn vuist naar voren stak en het vuur zo onbeweeglijk vasthield alsof het in een muurkandelaar was geplaatst. Hij liet zijn hoofd zakken tot de rand van zijn hoed zijn uitgestrekte arm raakte. Zo vormde hij een soort verlichte, donkere prop op de weg.

Hij zal nog in slaap vallen met die brandende toorts, dacht Inman. Zo dadelijk vatten zijn voeten nog vlam.

Maar de man dutte niet; hij was wanhopig. Hij keek op naar het paard en kreunde hoorbaar.

—Heer, o Heer, riep hij. Eens leefden wij in een een paradijselijk land.

Hij wiegde heen en weer op zijn zitknobbels en zei nogmaals: Heer, o Heer.

Wat moet ik doen? vroeg Inman zich af. Weer een steen op zijn weg. Teruggaan kon niet. Eromheen gaan kon ook niet. Hier de hele nacht blijven staan als een vaars in een perk kon ook niet. Hij haalde het pistool tevoorschijn en hield het omhoog om het beetje licht van de toorts te vangen dat hem bereikte en controleerde zijn ladingen.

Inman wilde bijna iets gaan doen toen de man opstond en met de onderkant van de toorts in de aarde woelde tot hij rechtop bleef staan. Hij kwam rechtop en liep naar de andere kant van het paard. Hij begon te proberen de bundel van het paard te tillen, terwijl het dier zenuwachtig bewoog, zijn oren platlegde en het wit van zijn ogen liet zien langs de onderste oogleden.

De man haalde de bundel van het paard af, legde hem over zijn schouder en kwam enigszins wankelend achter het paard vandaan. Inman kon zien dat de vracht die hij versleepte een vrouw was, van wie een slappe arm naar beneden bungelde, en een massa zwart haar over de grond veegde. De man droeg haar de lichtkring van de toorts uit zodat ze nagenoeg onzichtbaar werden, maar hij liep duidelijk in de richting van de rand van de afgrond. Inman kon de man onder het lopen horen snikken in het donker.

Inman rende over de weg naar de toorts, greep hem en richtte hem voorzichtig naar het huilgeluid. Wat het vuur verlichtte toen hij in de goede richting mikte, was de man die op de uiterste rand van het klif stond met de vrouw in zijn armen. Hij probeerde zich om te draaien om de bron van deze plotselinge verlichting te zien, maar gehinderd in zijn bewegingen als hij was duurde dit even. Met een soort geschuifel draaide hij zich om en zag Inman.

—Leg haar neer, zei Inman.

Ze viel in een hoop voor de voeten van de man.

—Wat is dat in godsnaam voor pistool? zei de man, met zijn ogen gericht op de twee grote, ongelijke zielen.

—Ga bij haar weg, zei Inman. Kom hierheen zodat ik je kan zien.

De man stapte over het lichaam heen en kwam naar Inman toe. Hij hield zijn hoofd gebogen zodat de rand van zijn hoed het felle schijnsel van de toorts wegnam.

—Blijf nu maar staan, zei Inman toen de man dicht bij hem was gekomen.

—Jij bent een boodschap van God die nee zegt, zei de man. Hij deed nog twee stappen en viel toen op zijn knieën op de weg, en viel voorover en sloeg zijn armen om Inmans benen. Inman richtte het pistool op het hoofd van de man en spande de trekker tot hij voelde dat alle metalen onderdeeltjes van het vuurmechanisme strak tegen elkaar stonden. Maar toen wendde de man zijn gezicht omhoog, en het licht van de toorts die nog steeds op de grond stond te branden viel erop, en Inman kon zien dat zijn wangen glommen van de tranen. Daarom liet Inman zich vermurwen, wat hij waarschijnlijk toch gedaan zou hebben, en hij gaf de man alleen een niet al te harde klap over zijn jukbeen met de lange loop van het pistool.

De man viel ruggelings op de weg met een ondiepe snee onder zijn oog. Zijn hoed was afgevallen en zijn hoofd was vanaf het voorhoofd zo glad als een appel gepommadeerd, en de uiteinden van zijn blonde haren hingen in krulletjes op zijn schouders. Hij bevoelde de snee en keek naar het bloed op zijn vingers.

—Ik aanvaard mijn verdiende loon, zei hij.

—Je verdient dat ik je dood, zei Inman. Hij keek naar de plek waar de vrouw in een hoop op de rand van de afgrond lag. Ze had zich niet bewogen. Het kan best zijn dat ik me alsnog genoodzaakt voel dat te doen.

—Dood me niet, ik ben een man Gods, zei de man.

—Sommigen zeggen dat we dat allemaal zijn, zei Inman.

—Een predikant, bedoel ik, zei de man. Ik ben predikant.

Inman kon geen andere reactie bedenken dan de lucht door zijn neusgaten uit te blazen. De predikant kwam weer omhoog tot hij op zijn knieën zat.

—Is zij dood? zei Inman.

—Nee.

—Wat is er met haar aan de hand? zei Inman.

—Niet veel. Ze is een beetje in verwachting. En verder heb ik haar iets gegeven.

—Wat dan?

—Een pakje met een poeder dat ik van een marskramer heb gekocht. Hij zei dat een man daar vier uur van zou slapen. Daar is ongeveer de helft van verstreken sinds ik het haar heb laten innemen.

—En jij bent de vader?

—Dat schijnt zo.

—En niet met haar getrouwd zeker?

—Nee.

Inman liep om het meisje heen en knielde neer. Hij bracht een hand onder haar donkere hoofd en lichtte het op. Ze ademde licht snurkend, met een fluitend geluid uit de neus. Haar gezicht was slap omdat ze bewusteloos was, en de schaduwen die door de toorts werden geworpen maakten haar lelijk omdat ze zich onflatteus verdiepten in de holten van haar ogen en wangen. Toch zag Inman wel dat ze een zekere schoonheid kon bezitten. Hij legde haar gezicht terug op de grond en stond op uit zijn geknielde houding.

—Leg haar terug op het paard, zei Inman. Hij deed een paar stappen achteruit, terwijl hij het pistool op de man gericht hield, die overeind sprong, zonder zijn ogen van de uiteinden van de lopen af te wenden. De man haastte zich naar het meisje toe, knielde neer en trachtte het meisje van de grond te tillen. Hij kwam overeind, wankelde naar het paard toe en gooide haar eroverheen. Inman hield het pistool een ogenblik omhoog om het profiel ervan in het licht te zien, terwijl hij bedacht hoe prettig het was dat het een eenvoudig verzoek zoveel gewicht en nadruk gaf.

—En nu? zei de man toen hij klaar was. Hij leek opgelucht dat iemand anders nu de beslissingen nam.

—Stil, zei Inman. Hij wist niet wat er nu moest gebeuren, en zijn denken leek korrelig en traag door het gebrek aan slaap en het vele lopen.

—Waar kwam je vandaan? zei Inman.

—Er is een stadje, niet ver hiervandaan, zei de man, en hij maakte een gebaar naar de weg in de richting waar Inman heen wilde.

—Loop voor me uit en wijs de weg.

Inman pakte de toorts op en gooide hem over de rand van de afgrond. De predikant keek ernaar terwijl hij viel, een kleiner wordend puntje in het donker.

—Is het hier nog steeds de Deep River? zei Inman.

—Zo wordt hij genoemd, zei de predikant.

Ze begonnen te lopen. Inman hield het pistool in zijn hand en voerde het paard mee aan de andere hand. Het touw waarmee hij het leidde was een dik henneptouw en het uiteinde was over een handbreedte omwoeld met ijzerdraad om uitrafelen te voorkomen, en terwijl hij het touw vasthad, prikte hij zijn duim eraan, zodat die bloedde. Inman liep op zijn duim zuigend verder, en dacht eraan dat de vrouw, als hij niet toevallig op hen was gestuit, een witte vlek zou zijn, drijvend op de zwarte rivier, met haar rokken opbollend om haar heen, terwijl de predikant boven op de weg zou staan en zeggen: Zink dan, zink dan. Inman vroeg zich af wat hier de juiste handelwijze zou zijn.

De weg ging even later weer omhoog, kwam over een kleine heuvelrand en boog van de rivier af. Hij slingerde zich door lage heuvels. De maan was opgekomen en Inman kon zien dat het land open lag in grote lappen waar het bos was afgebrand om plaats te maken voor akkers. Maar er was niets anders mee gedaan dan het afbranden, en het was daarom een landschap van zwarte stompen in met stroompjes doorsneden klei dat zich kaal uitstrekte tot aan een verre horizon. De tot houtskool verbrande stompen vingen het maanlicht en glinsterden. Inman keek om zich heen en dacht: ik kon evengoed op een totaal andere planeet zijn dan waar ik heen wil.

Orion was in zijn geheel zichtbaar aan de oostelijke horizon, en daaruit maakte Inman op dat het ver na middernacht was. Een van de dingen die Inman troostrijk vond, was dat hij de helderste ster van Orion bij naam kon noemen. Hij had dat feit in de nacht na Fredericksburg meegedeeld aan een jongen uit Tennessee. Ze hadden op de rand van de loopgraaf achter de muur gezeten. De nacht was ijzig koud, en de sterren waren scherpe puntjes licht, en het noorderlicht was al opgevlamd en uitgedoofd. Ze hadden dekens om zich heen gewikkeld en over hun hoofd en schouders gedrapeerd, en hun adem kwam als pluimpjes naar buiten en bleef voor hen in de windstille lucht hangen als geesten die het lichaam verlaten.

—Het is zo koud dat je tong aan je geweerloop zou vastkleven als je eraan likte, had de jongen gezegd.

Hij hield zijn Enfield omhoog voor zijn gezicht en ademde op de loop, daarna krabde hij met zijn nagel over de plek en haalde er wat rijp af. Hij keek naar Inman en deed het toen nog eens. Hij hield Inman zijn vinger voor ter inspectie en Inman zei: Ik zie het. De jongen spuwde tussen zijn voeten en boog zich voorover om te zien of het bevroor, maar de bodem van de loopgraaf was te donker om te zien of het wel of niet zo was.

Voor hen lag het slagveld, dat afhelde naar de stad en de rivier. Het land lag er naargeestig bij als een nachtmerrie en scheen herschapen te zijn naar een nieuw, gruwelijk model, bezaaid met lijken en omgewoeld door de artillerie. De geploegde akker van de hel, had iemand het genoemd. Om zijn gedachten die nacht op iets anders te richten had Inman naar Orion gekeken en de naam genoemd die hij kende. De jongen uit Tennessee had omhoog gekeken naar de ster die hij daarmee aanduidde en zei: Hoe weet je dat hij Rigel heet?

—Dat heb ik in een boek gelezen, zei Inman.

—Dan is dat gewoon een naam die wij eraan geven, zei de jongen. Het is niet Gods naam.

Inman had een minuut over die kwestie nagedacht en zei toen: Hoe zou je ooit te weten kunnen komen wat Gods naam voor die ster is?

—Dat kun je niet, Hij houdt hem voor Zich, zei de jongen. Het is iets dat je nooit zult weten. Het is een les, dat we soms genoegen moeten nemen met onwetendheid. Dat daar, dat is wat kennis voornamelijk oplevert, zei de jongen terwijl hij zijn kin uitstak naar het vernielde land. Hij vond het kennelijk niet eens waardig om met zijn hand de contouren aan te duiden en zijn afwijzing ervan te tonen. Destijds had Inman de jongen een sufferd gevonden en was er tevreden mee gebleven onze naam voor de grootste ster van Orion te kennen en God de Zijne als een duister geheim te laten bewaren. Maar nu vroeg hij zich af of de jongen misschien gelijk kon hebben gehad omtrent kennis, of tenminste sommige soorten kennis.

Inman en de predikant liepen enige tijd zwijgend verder, tot de predikant uiteindelijk zei: Wat ben je van plan met me te doen?

—Daar denk ik nog over na, zei Inman. Hoe ben je in dit parket terechtgekomen?

—Dat is moeilijk te zeggen. Niemand in de nederzetting heeft er nog een vermoeden van. Zij woont bij haar grootmoeder die zo oud en doof is dat je moet schreeuwen wil ze je verstaan. Het was heel gemakkelijk voor haar, om middernacht weg te sluipen om in een hooiberg of op een bemoste oever van een beek te vrijen tot de eerste vogels begonnen te zingen een uur voor zonsopgang. De hele zomer lang slopen we ’s nachts door het bos om elkaar te ontmoeten.

—Listig als panters die zich onzichtbaar kunnen maken? Is dat het beeld dat je probeert te schilderen?

—Ja, ongeveer zoiets.

—Hoe is het zover gekomen?

—Op de gewone manier. Een bepaalde oogopslag, stembuiging, aanraking van de handen wanneer we na de dienst op zondag buiten op de grond aten.

—Er is nog een groot verschil tussen dat en jou met je broek op je enkels in een hooiberg.

—Ja.

—En op het punt staan haar in een ravijn te gooien als een jong varken dat is doodgegaan aan de varkenskoorts, dat is nog weer iets heel anders.

—Ja, dat wel. Maar het is ingewikkelder dan jij het voorstelt. Om te beginnen is daar mijn positie. Als we betrapt waren, zou ik uit de county verjaagd zijn. Onze kerk is streng. We hebben leden uit de kerk gezet om een kleinigheid zoals toestaan dat er in hun huis op de viool werd gespeeld. Geloof me, ik heb er nachtenlang over gepiekerd.

—Dat waren zeker nachten dat het regende? Toen de hooibergen en bemoste oevers te nat waren.

De predikant liep door.

—Er waren eenvoudiger middelen om de zaak te verhelpen, zei Inman.

—Ik kon ze niet vinden.

—Met haar trouwen zou er een zijn.

—Weer ga je voorbij aan de complicaties. Ik ben al verloofd.

—O.

—Ik geloof nu dat ik gehoor gaf aan een valse roeping, toen ik predikant werd.

—Ja, zei Inman. Ik zou zeggen dat je daar niet erg geschikt voor bent.

Ze liepen nog anderhalve kilometer en toen lag voor hen, op de oevers van de rivier, dezelfde rivier die onderin de kloof stroomde, een soort stadje. Een verzameling houten bouwsels. Een houten kerk, wit geschilderd. Een paar winkels. Huizen.

—Wat we denk ik gaan doen, zei Inman, is haar terugleggen in haar bed, alsof deze nacht nooit gebeurd is. Heb je een zakdoek?

—Ja.

—Maak daar een prop van, stop die in je mond en ga met je gezicht naar beneden op de grond liggen, zei Inman. Hij wikkelde het ijzerdraad van het leidseltouw terwijl de predikant deed wat hem gezegd was. Inman benaderde de predikant van achteren, drukte een knie in zijn rug en wond het ijzerdraad een keer of zes om zijn hoofd, en draaide de uiteinden vervolgens in elkaar.

—Als je geschreeuwd had, zei Inman, zouden de mensen eropaf gekomen zijn en dan had je mij de schuld kunnen geven. Ik zou het met geen mogelijkheid zo kunnen vertellen dat ze mij hier geloofden.

Ze kwamen het plaatsje binnen. Eerst begonnen er honden te blaffen. Maar toen ze de predikant herkenden, van wie ze wisten dat hij er nog wel eens 's nachts op uittrok, werden ze stil.

—Welk huis? zei Inman.

De predikant wees rechtdoor over de weg en liep voorop door het plaatsje en aan de andere kant er weer uit tot bij een klein populierenbosje. Tussen de bomen stond een klein huisje, van maar één kamer, bedekt met strooklatten en witgeschilderd. De predikant wierp een blik in de richting ervan en knikte. Door de manier waarop het ijzerdraad zijn mondhoeken naar achteren rekte leek het of hij vrolijk grijnsde, en die uitdrukking paste slecht bij Inmans stemming.

—Ga met je rug tegen deze kleine populier staan, zei Inman. Hij nam het leidseltouw van het paard af en bond daarmee de predikant met zijn nek aan de boom. Inman nam het losse eind van het touw, gooide het over de schouder van de predikant en bond zijn polsen stevig vast op zijn rug.

—Blijf hier heel stil staan, dan brengen we het er allemaal levend af.

Hij tilde het meisje van het paard af en verschikte haar in zijn armen zodat haar gewicht gelijkmatig genoeg verdeeld was om haar te dragen. Zijn ene arm onder haar middel, de andere onder de zachte achterkanten van haar dijen. Haar donkere hoofd rustte op zijn schouder en haar haar streek onder het lopen langs zijn arm als een ademtocht. Ze kreunde even, als iemand die normaal slaapt maar gekweld wordt door een kortdurende droom. Ze was een erg hulpeloos wezen, zoals ze daar lag zonder ook maar een bewustzijn om zich te verweren. Blootgesteld aan alle gevaren en alleen beschermd door de schaarse welwillendheid van het toeval. Ik zou die misselijke predikant alsnog moeten doden, dacht Inman.

Hij droeg haar naar het huisje en legde haar neer in een bosje boerenwormkruid naast de stoep. Hij ging de veranda op en keek door een raam in een donkere kamer. In de haard brandde een klein vuurtje, en op een veldbed bij het vuur lag een oude vrouw te slapen. Ze had zo lang geleefd dat ze een bijna transparante toestand had bereikt, en haar huid had de kleur van perkament, alsof Inman, als hij haar zou oprapen en voor het vuur houden, door haar heen een krant zou kunnen lezen. Haar mond was open en ze snurkte. Het beetje licht dat nog in de haard was maakte zichtbaar dat ze nog maar twee paar tanden over had. Twee voortanden in de bovenkaak, en twee voortanden in de onderkaak. Het resultaat deed aan een haas denken.

Inman beproefde de deur en die bleek niet gegrendeld te zijn. Hij opende hem en stak zijn hoofd naar binnen. Hij zei Hé met halfluide stem. De oude vrouw snurkte door. Hij klapte twee keer in zijn handen, maar ze bewoog nog steeds niet. Veilig genoeg, besloot hij en ging naar binnen. Naast de haard stond een bord met een halve bol maïsbrood en twee stukken gebakken spek. Inman pakte de etenswaren en stopte ze in zijn haverzak. Er stond een leeg ledikant achter in de kamer, tegenover het vuur. Het bed van het meisje, vermoedde hij. Hij liep erheen en sloeg het beddengoed terug. Toen ging hij naar buiten en stond naar het meisje met het donkere haar te kijken. In haar lichte jurk was ze niet meer dan een plek licht tegen de zwarte achtergrond.

Hij tilde haar op, droeg haar naar binnen en legde haar in het bed. Hij trok haar schoenen uit en dekte haar tot aan haar kin toe. Toen bedacht hij zich, trok het dek omlaag en legde haar op haar zij, want hij herinnerde zich dat een jongen uit zijn regiment, die zich bewusteloos had gedronken, op zijn rug lag en in zijn eigen braaksel gestikt zou zijn als iemand het niet gezien had en hem op zijn zij had geschopt. Zo zou ze straks levend en wel met een bonkend hoofd wakker worden, en zich afvragen hoe ze weer in haar eigen bed was terechtgekomen, terwijl het laatste wat ze zich kon herinneren was dat ze op een hooizolder lag te vrijen met de predikant.

Op dat moment vielen de houtblokken in de haard met een klap van de ijzers af, en verschoven tot een gunstiger rangschikking zodat het vuur helder opvlamde. De ogen van het meisje gingen open en ze draaide haar hoofd en staarde Inman aan. Haar gezicht was bleek in het licht van het vuur, haar haar een warboel. Ze leek doodsbang. Verward. Haar mond ging open als om te gillen, maar er kwam geen geluid uit. Inman boog zich over haar heen, stak zijn hand uit, raakte haar voorhoofd aan en streek het haar naar achteren waar het krulde bij de slapen.

—Hoe heet je? zei hij.

—Laura, zei de vrouw.

—Luister, Laura, zei hij. Die predikant spreekt niet uit naam van God. Geen mens doet dat. Ga weer slapen en als je straks wakker wordt, ben ik niet meer dan een levendige droom die je met klem aanraadt hem te vergeten. Hij heeft weinig goeds met je voor. Onthoud dat.

Hij raakte haar ogen aan met twee vingertoppen, zoals hij mensen had zien doen bij doden, om hun oogleden te sluiten voor slechte visioenen. Ze kalmeerde onder zijn hand en viel weer in slaap.

Inman liet haar achter en ging weer naar buiten, naar waar de predikant aan de boom vastgebonden was. Op dat moment leek de gedachte dat hij zijn mes moest pakken en de man ermee aan mootjes snijden erg aantrekkelijk, maar in plaats daarvan grabbelde Inman in zijn knapzak en haalde er zijn pen en inkt en papier uit. Hij vond een plek waar het maanlicht door de bomen heenkwam. In het blauwe schijnsel schreef hij het verhaal in het kort op. Hij besteedde er weinig denkwerk of fraaie zinnen aan maar vatte alles wat hij over de net niet gepleegde moord had vernomen samen in een alinea. Toen hij klaar was, prikte hij het papier aan een tak van de boom op hoofdhoogte, juist buiten bereik van de predikant.

De predikant keek naar hem, en toen hij besefte wat Inman van plan was, werd hij onrustig en sloeg wild om zich heen, voor zover hij dat kon terwijl hij aan zijn nek vastgebonden was. Hij trapte naar Inman met zijn voeten, want hij vermoedde wel wat hij had geschreven.

Hij probeerde te grommen en piepen door de zakdoek die met ijzerdraad in zijn mond vastzat.

—Getuigen? Is dat wat je wilt? zei Inman.

—Ah! zei de predikant.

Inman trok het pistool en zette het tegen het oor van de predikant. Hij trok de hamer naar achteren en wipte het hefboompje omlaag waarmee de slagpin naar de onderste, grote loop werd gericht. Als je één woord harder uitspreekt dan fluisterend, heb je geen hoofd meer, zei Inman. Hij draaide het ijzerdraad los. De predikant spuugde de zakdoek uit.

—Je hebt mijn leven verwoest, zei hij.

—Dat moet je mij niet op mijn nek schuiven, zei Inman. Ik wilde hier niets mee te maken hebben. Maar ik wil me niet hoeven af te vragen of je in een van de volgende nachten weer in die donkere kloof zult zijn met haar op je paard geladen, zei Inman.

—Schiet me dan dood. Schiet me gewoon dood en laat me zo hangen.

—Geloof maar niet dat ik dat aanbod niet aantrekkelijk vind.

—Ik hoop dat God je naar de hel stuurt voor wat je me aandoet.

Inman raapte de natte zakdoek van de grond op en propte hem in de mond van de predikant. Hij maakte de prop weer vast met ijzerdraad en stapte weg. Terwijl hij wegliep, hoorde hij zwakker wordend gegrom en gekreun. Woordenloze vervloekingen en bezweringen.

Inman liep de rest van de nacht harder om ruimte te brengen tussen hemzelf en die naamloze plaats. Toen de morgen eindelijk achter hem oplichtte als een geel ettergezwel, was hij in een golvend landschap gekomen en voelde zich afgesleten tot niets. Hij had geen idee waar hij was en wist ook niet dat hij in die lange nacht lopen maar twintig kilometer had afgelegd, want het leken er wel honderd.

Hij hield stil, ging het bos in en maakte een bed van strooisel. Hij ging met zijn rug tegen een boom zitten en at de punt maïsbrood en het spek op die hij uit het huis van de vrouw had meegenomen. Een groot deel van de morgen lag hij op de grond en sliep.

Toen was hij opeens weer wakker, en staarde door de dennentakken naar de blauwe hemel. Hij haalde zijn pistool tevoorschijn en veegde het schoon met een lap, controleerde de ladingen en hield het in zijn hand als gezelschap. Wat hij in zijn bezit had gekregen was een LeMat. En het model dat Inman vasthield, was niet een van de vroege en inferieure Belgische modellen, maar droeg op de loop het stempel Birmingham. Hij had het van de grond opgeraapt en tussen zijn riem gestoken kort voor hij zijn wond opliep bij Petersburg, en hij had het al die tijd weten te behouden, in de chaos van het veldhospitaal en gedurende de treinreis naar het zuiden in de goederenwagon vol gewonden. Het was een wonderlijk geconstrueerd wapen, iets te groot en merkwaardig van verhoudingen, maar het was het krachtigste handwapen dat er bestond. De cilinder was zo groot als een vuist en bevatte negen patronen .40. Maar het meest opvallende kenmerk ervan, en iets dat een vreemde nieuwe richting aangaf in de stijl van pistolen was dit: de cilinder draaide om een geweerloop, een grove en dikke buis onder de gewone loop. Bedoeld als een wanhopige laatste kans op korte afstand, vuurde die een enkele lading af, hagel of een kogel zo groot dat het zou zijn alsof je met een loden eendenei op je vijanden schoot. Ondanks zijn formaat lag de LeMat evenwichtig en stevig in de hand en voelde hij even solide aan als een massief stuk ijzer, en er ging een zekere rust van uit als je dit forse pistool alleen maar in je hand hield en bedacht wat het voor je kon doen.

Inman wreef over de cilinder en de loop en dacht aan het gevecht in het stadje en aan hoe hij de rivier was overgestoken en aan de predikant, en hoe hij het bij al deze gelegenheden anders had kunnen doen. Hij wilde niet besmeurd worden door de rottigheid van andere mensen. Een deel van hem wilde zich verbergen in de bossen, ver van welke weg ook. Zijn als een uil, zich alleen bij donker verplaatsen. Of een spook. Een ander deel verlangde er juist naar het grote pistool openlijk op de heup te dragen en overdag te reizen onder een zwarte vlag, allen respecterend die hem met rust lieten, allen bevechtend die met hem wilden vechten, en zich door woede te laten leiden tegen alles wat tegen zijn wil indruiste.

Voor de oorlog was hij niet iemand geweest die erg vechtlustig was. Maar eenmaal in dienst was vechten hem gemakkelijk afgegaan. Hij had geconcludeerd dat het een gave was, net als andere eigenschappen. Zoals iemand die vogels kon snijden uit hout. Of iemand die wijsjes kon tokkelen op een banjo. Of een predikant die de gave van het woord had. Je had er zelf weinig mee te maken. Het was meer een kwestie van hoe je zenuwen waren ingesteld op snelheid van hand en een koel hoofd zodat je in de strijd niet hersenloos en verward raakte en je beoordelingsvermogen in allerlei opzichten vertroebeld raakte, fataal en anderszins. Dat en dat je het postuur had om de overhand te krijgen van dichtbij, wanneer het tot een worsteling kwam.

Halverwege de middag vertrok Inman uit zijn dennenprieel en probeerde hij een flinke afstand af te leggen. Maar al na een uur merkte hij dat hij bijna niet meer kon lopen van vermoeidheid. Elke stap kostte grote inspanning. Voor zich zag hij twee gestalten die bij een doorwaadbare plaats op de weg stonden, maar zelfs van een afstand was het duidelijk dat het slaven waren en daarom nam hij niet eens de moeite het bos in te glippen om zich te verbergen, maar bleef hij lopen. De ene man probeerde een rood varken op te drijven, dat stil was blijven staan om in de modder te rollen. De andere droeg een armvol bonenstaken. De drijver schopte het varken, zonder resultaat, en toen nam hij een staak uit de bos en sloeg en prikte het varken tot het met tegenzin overeind krabbelde en verder waggelde. De mannen namen hun hoed af voor Inman toen ze hem passeerden en zeiden: Dag, baas.

Inman voelde zich zo zwak dat hij even wenste dat hij een groot, rood varken was en gewoon kon gaan liggen rollen tot iemand hem met een bonenstaak aanporde. Maar hij trapte zijn schoenen uit en waadde door de ondiepe plek, en op de andere oever ging hij van de weg af en volgde de rivier stroomafwaarts, met de bedoeling een verborgen plek te vinden waar hij een schamel maal van maïsgrutten kon koken. Maar de wind draaide en bracht een geur mee van echt eten dat ergens verderop stroomafwaarts werd bereid.

Hij volgde de geur van vlees in de lucht, snuivend en met zijn ogen knipperend, en met zijn hoofd omhoog gestoken als een beer. Even later kwam hij bij een kamp in een bocht van de rivier: daar stonden een wagen, een aantal paarden en piramidevormige, grijze canvas tenten tussen een berkenbosje. Inman hurkte in de onderbegroeiing en keek naar de mensen die met hun kampbezigheden doende waren. Het was een ratjetoe van mensen met ongeveer elke bestaande tint huid. Inman vermoedde dat zij even vogelvrij en verstoten waren als hijzelf. Artiesten, woudlopers, een groep Ierse zigeuners die in paarden handelden, alles door elkaar. De benen van de paarden waren gekluisterd en ze graasden in het hoge gras onder de bomen. De dieren varieerden van schitterend tot halfdood. Maar in het gouden tegenlicht van de late middag vond Inman ze allemaal prachtig, de gratie van hun omlaag gebogen nekken, de broze kanonbeenderen die zo duidelijk zichtbaar waren door de dunne huid boven hun vetlokken. Inman vermoedde dat de handelaars ze hier in het bos verborgen hielden. Bij de gevechten waren er zoveel paarden gedood dat ze schaars begonnen te worden. De prijzen waren onvoorstelbaar gestegen, maar het leger had mannen die rondtrokken om paarden te verzamelen en die er nagenoeg niets voor betaalden. Een deel van Inman wilde wel dat hij het geld had om een grote, langbenige ruin te kopen. Die bestijgen, ermee weggalopperen en zijn leven als infanterist beëindigen. Maar zoveel geld had hij niet en bovendien is het moeilijk om onopgemerkt te reizen wanneer je in gezelschap bent van een paard. Dat is een groot ding om te verstoppen, dat bovendien niet meewerkt. Daarom liet Inman die droom maar varen.

Met de gedachte dat hij bij deze uitgestotenen wellicht een zeker gevoel van verwantschap zou aantreffen, ging Inman het kamp binnen met zijn lege handen uitgestoken langs zijn zijden. De zigeuners ontvingen hem met ogenschijnlijke gastvrijheid, al wist hij dat ze de schoenen van zijn voeten zouden stelen als ze daar voordeel in zagen. Ze hadden een ijzeren pan waarin een donkere stoofschotel op een klein vuurtje stond te pruttelen – konijn, eekhoorn, een gestolen kip, verscheidene gegapte groenten, vooral kool. Brokken in melasse gedoopte pompoen lagen in een oventje op de kolen te bakken. Een vrouw in een kleurige rok van lapjes stof die op de manier van een gestikte deken aan elkaar waren genaaid lepelde wat eten op zijn blikken bord en begon maïskoeken te bakken in een pan met reuzel. Het beslag knetterde als vuur in een verre veldslag wanneer ze door het vet roerde.

Inman leunde tegen een boom en at, terwijl hij om zich heen keek naar de stroomversnelling over stenen in de rivier, de gele blaadjes van een vroeg verkleurende berk die blinkend trilden in het zuchtje wind, het licht dat in bundels door de rook van de kampvuren viel. Een man die op een boomstam zat kraste danswijsjes op een sigarenkistje waar hij een viool van had gemaakt. Kinderen speelden in het ondiepe water bij de oever van de rivier. Andere zigeuners waren bezig met de paarden. Een jongen borstelde een oude merrie met een maïskolf, gedoopt in een emmer met potas en roet, om haar grijze haren te maskeren, en vervolgens nam hij een rattenstaartvijl en bewerkte daar haar tanden mee. Ze werd voor Inmans ogen jaren jonger. Een vrouw bond een grote vosmerrie aan een berkenstam, gaf er een ruk aan en goot lampenolie op de straal van haar hoef en stak die aan om een neiging tot kreupelheid tegen te gaan. Overal in de kudde waren dieren met spat, bot en dampigheid die behandeld of weggemoffeld moesten worden.

Inman had wel eerder met zigeuners te maken gehad en vond dat ze een prachtige eerlijkheid bezaten die bleek uit hun roofzuchtige relatie met de rest van de wereld en het feit dat ze er rond voor uitkwamen dat ze voortdurend op een kans loerden. Maar in deze kalme bocht van de rivier leken ze goedaardig. Het maakte hun niets uit hoe de oorlog eindigde. Welke kant ook won, de mensen hadden toch altijd paarden nodig. De strijd was voor hen niet meer dan een tijdelijke belemmering van de handel.

Inman bleef de rest van de dag bij de zigeuners. Telkens wanneer hij honger kreeg, nam hij een schep uit de stoofpot. Hij sliep een tijdje en luisterde naar de vioolspeler en keek naar een vrouw die mensen de toekomst voorspelde door te kijken naar het patroon van de blaadjes in een kop kruidenthee, maar hij wees haar aanbod hem de toekomst te voorspellen af, want hij vond dat hij al genoeg ontmoedigd was.

Later in de middag keek hij naar een donkerharige vrouw die tussen de paarden doorliep en een grijsbruine merrie een hoofdstel omdeed. Zij was jong en droeg een mannentrui op een lange, zwarte rok, en ze was ongeveer zo mooi als vrouwen kunnen zijn. Iets in de donkerte van haar haar, of haar manier van bewegen, of de slankheid van haar vingers deed hem even aan Ada denken. Hij keek zijn ogen uit toen ze de zomen van haar lange rok en onderrok opnam en tussen haar tanden klemde voor ze schrijlings op de merrie ging zitten. Haar witte benen waren tot de dijen zichtbaar. Ze reed naar de oever van de rivier en stak over bij een plek waar het zo diep was dat het paard in het midden geen grond meer onder de voeten had en een paar slagen zwom. Het water stroomde van de rug en flanken van het dier af en de vrouw was nat tot haar heupen. Ze boog zich naar voren om haar evenwicht te bewaren zodat haar gezicht bijna op de nek van het paard rustte. Haar haar viel langs de zwarte manen zodat je ze niet meer van elkaar kon onderscheiden. Toen ze op vlak terrein waren gekomen, drukte ze haar hielen in de flanken van de merrie en ze galoppeerden weg door het open bos. Het was voor Inman een aangrijpend gezicht, een blij visioen, en hij was dankbaar dat het hem vergund was dit te zien.

Later, tegen de schemering, sneden een stel zigeunerjongetjes harpoenen van berkentakken en gingen ermee naar een plek met stilstaand water waar ze kikkers harpoeneerden tot ze een mand vol hadden. Ze sneden hun poten af en regen die aan stokken om ze boven een houtskoolvuurtje te roosteren. Terwijl het kikkervlees gaar werd, kwam er een man naar Inman toe met een fles Moët die hij beweerde door ruilhandel verkregen te hebben. De man wist niet precies wat hij in handen had, maar hij wist wel dat hij het voor zo veel mogelijk dollars wilde verkopen. Daarom telde Inman wat geld uit en stelde voor zichzelf een avondmaal samen van de kikkerpootjes en een deel van de wijn. Hij vond het geen slechte combinatie, maar toen hij het op had was het toch geen echte maaltijd voor iemand die zoveel honger had als hij.

Hij liep rond door het kamp op zoek naar ander voedsel en kwam terecht bij de wagen van de artiesten. Ze reisden rond met een medicijntheater. Een blanke man kwam van de plaats waar ze bij hun tent zaten naar Inman toe, knoopte een praatje met hem aan en vroeg wat hij wilde. De man was lang en mager en had een zekere leeftijd bereikt, want de huid onder zijn ogen was bleek en verzakt en hij had zwartsel in zijn haar. Hij scheen hier de baas te zijn. Inman vroeg of hij een maaltijd kon kopen, en de man zei dat hij dacht dat dat wel zou gaan, maar dat ze pas veel later zouden gaan eten, want ze moesten hun nummer repeteren zolang het nog licht was. Inman mocht gaan zitten om ernaar te kijken.

Even later kwam de donkerharige vrouw die hij eerder had gezien uit de tent. Inman kon zijn ogen niet van haar afhouden. Hij lette op haar gedrag naast de man en probeerde te raden welke krachten tussen hen speelden. Eerst dacht hij dat ze getrouwd waren, daarna dacht hij van niet. Het tweetal stelde een achtergrond op en de vrouw ging ervoor staan en de man wierp messen naar haar zodanig dat ze haar net misten en sidderend in het hout bleven staan. Dat leek Inman al ruimschoots genoeg om publiek te trekken, maar ze hadden ook nog een grote Ethiopiër met een grijze baard die een koninklijke houding had en gekleed was in een paars gewaad, en van wie verkondigd werd dat hij als jongeling de koning van Afrika was geweest. Hij bespeelde een banjo-achtig geval en kon een dode nog laten dansen, hoewel zijn instrument van een simpele kalebas was gemaakt en maar één snaar had. Tot de troupe behoorde verder nog een kleine menagerie van verschillende soorten indianen: een Seminole uit Florida, een Creek, een Cherokee uit Echota, en een Yemassee-vrouw. Hun aandeel in de voorstelling was moppen vertellen, op trommels slaan, dansen en zingen. De wagen waarin ze reisden was volgeladen met allerhande wonderlijke, gekleurde flesjes met medicijnen, elk ter genezing van een bepaalde ziekte: kanker, tering, neuralgie, malaria, cachexie, verlamming, toevallen en beroertes.

Nadat het donker was geworden vroegen ze Inman met hen mee te eten, en ze gingen met zijn allen om het vuur op de grond zitten en aten grote, bloederige biefstukken met in spekvet gebakken aardappelen, en wilde groenten, overgoten met het spekvet dat de aardappelen niet hadden opgenomen. De Ethiopiër en de indianen namen aan de maaltijd deel alsof er geen kleurverschillen waren en iedereen elkaars gelijke was. Ze spraken om beurten, en niemand hoefde toestemming te vragen om iets te zeggen.

Na afloop gingen ze naar het water en hurkten neer, en ieder schuurde zijn eigen bord schoon met rivierzand. Daarna gooide de blanke man hout op het kookvuur en stookte het op zonder zuinig te zijn met hout, tot de vlammen tot schouderhoogte oplaaiden. De artiesten gaven een fles door en vertelden Inman verhalen over hun eindeloze reizen. De openbare weg, zeiden ze, was een apart gebied, een zelfstandig gebied waar geen ander gezag gold dan de wetten der natuur, en waarvan de enige eigenschap vrijheid was. Hun verhalen gingen over blut zijn en over plotselinge meevallers. Kaartspelen en paardenveilingen en de gelukkige omstandigheid dat er zoveel onnozele mensen waren. Allerlei aanvaringen met de wet, op het nippertje afgewende rampen, idioten die men in de handel te slim af was geweest, wijzen die men onderweg had ontmoet, en hun vaak tegenstrijdige wijsheden. Stadjes waar goedgelovigheid heerste, en wreedheid. Ze herinnerden elkaar aan bepaalde kampeerplaatsen en aan maaltijden die ze daar gegeten hadden, en werden het erover eens dat de beste daarvan een plek was, een aantal jaren geleden, waar een rivier van flinke afmetingen rechtstreeks onder uit een rotswand stroomde, en ze waren het er ook over eens dat ze nooit lekkerder gebraden kip hadden gegeten dan de kip die ze in de schaduw van die wand hadden bereid.

Na een tijdje kon Inman voor weinig meer aandacht opbrengen dan hoe mooi de vrouw eruitzag in het licht van het vuur, zoals het haar haar verlichtte en de teerheid van haar huid. En toen zei de blanke man op een gegeven moment iets vreemds. Hij zei dat het mogelijkerwijs in de wereld ooit zo zou zijn dat wanneer iemand het woord *slaaf* gebruikte, het alleen overdrachtelijk zou zijn.

Op een gegeven moment diep in de nacht pakte Inman zijn bepakking en ging naar het bos buiten het kamp, en spreidde zijn bed binnen gehoorsafstand van de zigeunermuziek en het geluid van stemmen. Hij probeerde de slaap te vatten, maar lag alleen te woelen op de grond. Hij stak een eindje kaars aan en schonk de rest van de wijn in zijn kroes en haalde zijn opgerolde Bartram uit zijn knapzak. Hij opende het boek op een willekeurige plaats en las en herlas de eerste zin waar zijn oog op viel. Die ging over een ongenoemde plant, die voor zover hij eruit kon opmaken, op een rododendron leek:

> *Deze heester groeit in bosjes of kleine groepen, in open, hoog terrein, waar grote bomen slechts hier en daar voorkomen; vele enkele stammen rijzen tezamen recht omhoog uit een wortel of iets dergelijks, tot een hoogte van een meter twintig tot een meter tachtig; hun twijgen of takken, die bovenaan de stammen ontspruiten, staan ook bijna rechtop onder een kleine hoek met de hoofdstam, en zijn voorzien van vrij grote, ovale, puntige bladeren van een lichtgroene of geelachtig groene kleur; deze bladeren zijn van een stevige, compacte textuur, aan beide zijden glad en glanzend, en staan vrijwel recht op korte bladstengels; de takken eindigen in lange, losse trossen of aren van witte bloemen, met vijf lange, smalle bloembladen.*

Inman hield zichzelf een hele tijd aangenaam bezig met deze lange zin. Eerst las hij hem tot elk woord in zijn hoofd rustte met een bepaald eigen gewicht, want als hij dat niet deed, vloog zijn aandacht gewoon over de zinnen heen zodat ze geen indruk achterlieten. Wanneer hij dat gedaan had, vormde hij in gedachten de achtergrond, en vulde alle ontbrekende bijzonderheden van een hoog, open bos aan: de soorten bomen die er zouden groeien, de vogels die op de takken kwamen zitten, de varens die eronder zouden groeien. Wanneer hij dat beeld duidelijk voor zich kon zien, begon hij de heester in gedachten op te bouwen en alle eigenschappen ervan te vormen, tot hij hem zo levendig voor de geest had als mogelijk was, ook al leek hij in geen enkel opzicht op een plant die hij kende en was hij in een aantal opzichten volkomen bizar.

Hij blies zijn kaars uit, wikkelde zich in zijn beddengoed en dronk ter voorbereiding op de slaap het laatste beetje van zijn wijn met kleine teugjes op, maar zijn gedachten gingen naar de donkerharige vrouw, en naar de vrouw die Laura heette en de zachtheid van haar dijen tegen zijn armen terwijl hij haar droeg. En toen dacht hij aan Ada en aan die

Kerstmis vier jaar geleden, want toen was er ook champagne geweest. Hij liet zijn hoofd tegen de boombast rusten en nam een lange teug wijn en dacht speciaal terug aan hoe het voelde toen Ada op zijn schoot zat in de hoek bij het fornuis.

Het leek een ander leven, een andere wereld. Hij herinnerde zich haar gewicht op zijn benen. Haar zachtheid, en toch ook de harde hoekigheid van haar botten daaronder. Ze had naar achteren geleund en haar hoofd tegen zijn schouder gelegd, en haar haar rook naar lavendel en naar haarzelf. Toen ging ze rechtop zitten en hij legde zijn handen op de punten van haar schouders en voelde de onderliggende spieren en de knobbelige schoudergewrichten onder de huid. Hij trok haar weer naar zich toe en wilde zijn armen om haar heen leggen en haar tegen zich aandrukken, maar ze blies lucht uit door haar opeengeperste lippen en stond op en streek over de kreukels in de rok van haar japon en deed haar handen omhoog om de kleine krulletjes die bij haar slapen waren ontsnapt naar achteren te strijken. Ze draaide zich om en keek op hem neer.

—Tja, had ze gezegd. Tja.

Inman had zich naar voren gebogen, haar hand gepakt en met zijn duim over de rug ervan gewreven. De dunne beentjes die van de knokkels naar de pols liepen bewogen onder de druk als pianotoetsen. Toen draaide hij haar hand om en duwde de vingers terug toen ze die probeerde te krommen om een vuist te maken. Hij bracht zijn lippen naar haar pols, waar de leiblauwe aderen zich vertakten. Ada trok langzaam haar hand weg en stond toen afwezig naar haar handpalm te kijken.

—Er staat geen boodschap op geschreven. Geen boodschap die we kunnen lezen, zei Inman.

Ada had haar hand neer laten hangen en gezegd: Dat was onverwacht. Toen liep ze weg.

Toen Inman deze herinnering eindelijk losliet en in slaap viel, droomde hij een droom, zo helder als de dag. Daarin lag hij, evenals in werkelijkheid, in een woud van loofbomen, waarvan de takken zichtbaar vermoeid waren van een zomerlang groeien, en nog maar een paar weken verwijderd van de kleur en de herfst. Tussen de bomen stonden de heesters die hij zich had voorgesteld na het lezen in Bartram. Ze waren overdekt met grote, hallucinatoire bloesems, vijfhoekig van vorm. In de droomwereld viel een fijne regen, gezeefd door de zware bladeren, en bewoog over de grond als nevel, zo ijl dat hij er niet eens nat van werd onder zijn kleren. Ada verscheen tussen de boomstammen en kwam met ongeveer dezelfde snelheid als de regen in zijn richting.

Ze droeg een witte jurk en haar hoofd en schouders waren omwikkeld met zwart doek, maar hij herkende haar aan haar ogen en aan de manier waarop ze liep.

Hij stond op van de plek waar hij op de grond lag, en hoewel hij niet begreep hoe ze hier kwam, verlangde hij ernaar haar te omhelzen, en ging naar haar toe om dat te doen, maar driemaal strekte hij zijn armen naar haar uit en glipte ze er als nevel doorheen, vaag, flakkerend en grijs. Maar de vierde keer bleef ze stevig en stoffelijk staan en drukte hij haar tegen zich aan. Hij zei: Ik ben een zware weg gegaan om bij je te komen. Ik laat je nooit meer gaan. Nooit.

Ze keek hem aan en nam de doek van haar hoofd weg, en de uitdrukking van haar gezicht leek instemmend, al zei ze geen woord.

Inman werd uit de slaap gewekt door het lied van ochtendvogels. Het visioen van Ada bleef zijn geest in zijn greep houden, en hij wilde ook niet dat het wegging. Hij stond op en er lag een zware dauw op het gras en de zon stond al bij de boomtoppen. Hij liep door het bos naar het kamp, maar iedereen was weg.

Het vuur waar de medicijnwagen had gestaan was gedoofd. Er was niets waaruit bleek dat de artiesten werkelijk hadden bestaan, behalve de grote zwarte cirkel van het vuur en een verzameling evenwijdige sporen in de aarde van hun wagenwielen. Het speet Inman dat hij geen afscheid van hen had genomen, maar hij liep de hele dag met een ietwat verlicht gemoed door de heldere droom die hem in de donkere nacht geschonken was.

as van rozen

Op een warme middag, kort voor de herfst, werkten Ruby en Ada in het laagste veld, dat Ruby had bestemd tot moestuin voor wintergroenten. Het was het soort dag waarop de herfstige, metaalachtige bloemhoofden van het leverkruid dat meer dan twee meter hoog was geworden, plotseling opengingen en glinsterden in de zon, zodat ze precies leken op rijp in de vroege morgen. Ze herinnerden je eraan hoe snel de echte rijp al naderde, ook al was de zon nog warm en volgde de koe nog steeds de hele dag de schaduw van de grote bitternootboom die over de lage weide bewoog.

Ada en Ruby schoffelden en wiedden het onkruid tussen de rijen jonge kolen en rapen, boerenkool en uien, het soort grof voedsel waarvan ze in de winter grotendeels zouden leven. Een paar weken eerder hadden ze de moestuin zorgvuldig voorbereid, door te ploegen en de aarde te verrijken met as uit de haard en mest uit de schuur en vervolgens de klonterige grond te eggen. Daartoe mende Ruby het paard terwijl Ada op de eg reed om die zwaarder te maken. De eg was een grof werktuig, door een van de Blacks in elkaar geflanst op basis van een gevorkte eikenstam. Er waren gaten geboord in het groene hout van de twee gespreide uiteinden van de stam, en daarin waren lange punten van gedroogd zwart acaciahout gestoken. Bij het drogen had het eikenhout zich stevig om het gepunte acaciahout gesloten, zodat geen verdere bevestiging nodig was. Onder het werk had Ada op de vork gezeten en zich met handen en voeten schrap gezet terwijl de eg over de grond hobbelde, de kluiten geploegde aarde brak en ze glad kamde met de acaciapunten. Ze had de omgewoelde aarde voorbij zien gaan en had drie fragmenten van pijlpunten, een vuurstenen schraper en één mooie, complete punt in de vorm van een vogel opgeraapt. Voor ze gingen zaaien had Ruby haar een handvol kleine zwarte zaadjes laten zien. Het lijkt niet veel, zei ze. Je moet geloof hebben om de sprong te maken van dit spul naar een voorraadschuur vol met rapen over een heleboel weken. Geloof en een warme herfst, want we zijn laat begonnen.

De gewassen groeiden goed, volgens Ruby voornamelijk omdat ze, op haar aandringen, gezaaid waren in strikte overeenstemming met de tekenen. In Ruby's denken viel alles – het plaatsen van een heining, het maken van zuurkool, het slachten van varkens – onder het gezag van de hemelen. Hak brandhout als de maan in zijn laatste kwartier is, had ze aangeraden, anders zal het komende winter niet veel meer doen dan smeulen en naar je sissen. Volgend jaar april, wanneer het populierenblad ongeveer zo groot is als een eekhoornoor, zullen we maïs zaaien wanneer de tekenen in het koffiedik gunstig zijn; anders zal de maïs zijn blad laten vallen en gaan hangen. In november zullen we een varken slachten bij wassende maan, want als we dat niet doen zal het vlees niet vet genoeg zijn en zullen de karbonades kromtrekken in de pan.

Monroe zou zulke overtuigingen hebben afgedaan als bijgeloof, folklore. Maar Ada, die steeds meer begon te haken naar Ruby's kennis over de manier waarop levende wezens deze plek bewoonden, zag haar inzichten liever als metaforen. Ze waren naar Ada's idee een uitdrukking van rentmeesterschap, een middel om zorg te dragen, een discipline. Ze verschaften een ritueel van rekening houden met de patronen en neigingen van de materiële wereld op punten waar die wellicht in aanraking leek te komen met een andere wereld. Uiteindelijk, besloot ze, waren de tekenen een manier om oplettend te zijn, en onder die noemer kon ze ze respecteren.

Ze werkten die middag een tijdlang tussen de planten, en toen hoorden ze het geluid van wielen, een paard, een ijzeren emmer die tegen een zijplank sloeg met een hol geluid dat de beschutte plek onderaan de helling vulde. Een span stokoude muilezels en daarachter een wagen kwamen om de bocht van de weg en hielden stil bij de heining. De wagenbak was zo volgestapeld met tassen en kisten dat de mensen allemaal liepen. Ada en Ruby liepen naar de heining en hoorden dat de groep bestond uit pelgrims uit Tennessee die op weg waren naar Zuid-Carolina. Ze hadden langs de rivier een paar verkeerde afslagen genomen, hadden de weg naar Wagon Road Gap gemist en waren nu bij dit doodlopende stuk beland. Het gezelschap was samengesteld uit drie geknakte vrouwen en een zestal jonge kinderen. Ze werden bediend door een stel vriendelijke slaven, een man en zijn vrouw, die de vrouwen als schaduwen volgden, hoewel ze de hele familie evengoed in hun slaap de keel hadden kunnen afsnijden.

De vrouwen zeiden dat hun echtgenoten weg waren om te vechten, en dat zij waren gevlucht voor de Federalen in Tennessee, en op weg waren naar Camden in Zuid-Carolina waar een van de vrouwen een zuster had. Ze vroegen toestemming om op de hooizolder te slapen, en terwijl ze een slaapplaats in het hooi maakten, gingen Ada en Ruby eten koken. Ruby hakte drie kippen de kop af, want er scharrelden nu zoveel kippetjes op het erf rond dat ze nauwelijks naar het koelhuis boven de bron konden lopen zonder op een ervan te trappen, en de populatie was zo groot dat ze binnenkort uitzicht hadden op voldoende kapoenen. Ze sneden de kippen aan stukken en braadden ze, kookten stokbonen en aardappelen en maakten gestoofde pompoen. Ruby maakte een driedubbele hoeveelheid crackers, en toen het avondmaal klaar was, riepen ze de bezoekers binnen en gaven hun een plaats aan de eetkamertafel. De slaven kregen dezelfde kost, maar aten buiten onder de perenboom.

De reizigers zaten een hele tijd gulzig te eten, en toen ze uitgegeten waren, lagen er nog maar twee vleugeltjes en een bout op de schotel met kip, en hadden ze meer dan een pond boter en een halve-litermaat sorghum opgemaakt. Een van de vrouwen zei: Lieve help, wat was dat lekker. We hebben al twee weken weinig anders gegeten dan droog maïsbrood, zonder boter of spekvet of stroop om het een beetje smeuïg te maken. Je stikte er zowat in.

—Hoe komt het dat jullie op reis zijn gegaan? zei Ada.

—De Federalen kwamen bij ons aanrijden en hebben zelfs de negers beroofd, zei de vrouw. Ze hebben het laatste beetje voedsel dat we dit jaar hebben kunnen oogsten, meegenomen. Ik zag zelfs een man zijn jaszakken volstoppen met onze reuzel. Hij schepte hem gewoon met zijn handen op. Daarna werden we poedelnaakt uitgekleed en tot op ons lichaam gefouilleerd door een federale soldaat van wie ze zeiden dat het een vrouw in uniform was. Maar dat was hij niet. Hij had een adamsappel. Hij nam ons elk sieraad af dat we verstopt hadden. Daarna staken ze ons huis in brand in de regen en reden weg. Even later was er alleen nog de schoorsteen van over, die als een schildwacht op wacht stond bij een keldergat vol bitter ruikend, zwart water. We hadden niets meer, maar we zijn nog een tijd gebleven omdat we niet van huis weg wilden gaan. Op de derde dag stond ik met mijn jongste dochtertje in dat gat te kijken, waar de brokstukken lagen van alles wat we bezaten. Ze pakte een scherf van een gebroken eetbord en zei: Mama, we zullen nu wel gauw van bladeren moeten eten. Toen wist ik dat we weg moesten.

—Zo doen de Federalen altijd, zei een andere van de vrouwen. Ze hebben iets nieuws bedacht in oorlogvoering. Laat vrouwen en kinderen boeten voor de dood van soldaten.

—In deze tijd wordt je hart weggekapt tot een verbitterde kern, zei de derde vrouw. U hebt het meer getroffen dan u weet, verborgen in dit beschutte dal.

Ada en Ruby brachten de reizigers naar hun slaapplaats, en de volgende morgen kookten ze bijna alle eieren die ze hadden en maakten een pan gruttenbrij en nog meer crackers. Na het ontbijt tekenden ze een kaart van de weg naar de kloof en wezen hun het begin van de volgende etappe van hun reis.

Die middag zei Ruby dat ze wilde gaan kijken hoe de appelboomgaard erbij stond, en Ada stelde voor dat ze daar het middagmaal zouden houden. Ze stelden een picknick samen van de overgebleven stukken gebraden kip van de vorige avond, een schaaltje aardappelsalade waarvoor Ruby de mayonaise had geklopt, en wat komkommerschijfjes in azijn. Ze droegen het maal in een houten emmer omhoog naar de appelboomgaard en aten het onder de bomen op, zittend op een in het gras uitgespreide gestikte deken.

Er hing deze middag een lichte nevel, zodat het zonlicht monotoon was, zonder duidelijke bron. Ruby bekeek de bomen en verklaarde plechtig dat de appels het redelijk deden. Toen keek ze Ada opeens aan en zei: Wijs het noorden aan. Ze lachte omdat het een hele tijd duurde voordat Ada de windrichtingen had uitgekiend aan de hand van waar volgens haar herinnering de zon onderging. Ruby had de gewoonte aangenomen haar zulke vragen te stellen. Ze scheen het erg leuk te vinden aan te tonen hoe slecht Ada de weg wist in de wereld. Toen ze op een dag langs de beek liepen, had ze gevraagd: Hoe loopt dat water? Waar komt het vandaan en waar stroomt het in uit? Op een andere dag had ze gezegd: Noem eens vier planten op die helling die je in geval van nood zou kunnen eten. Hoeveel dagen duurt het tot het weer nieuwe maan is? Noem twee planten die nu bloeien en twee planten die vrucht dragen.

Ada wist die antwoorden nog niet, maar ze voelde wel dat ze begonnen te komen, en Ruby was haar handboek. Tijdens de dagelijkse werkzaamheden had Ada algauw opgemerkt dat Ruby's lessen buiten het telen van gewassen ook allerlei onpraktische wetenswaardigheden bevatten. De namen van onnutte wezens – zowel dierlijk als plantaardig – en hun levenswijze namen blijkbaar een groot deel van Ruby's gedachtenwereld in beslag, want ze wees voortdurend op kleine schepselen die de uithoekjes van de wereld bevolken. Elk klein gebaar dat de natuur maakte en waaruit een geest leek te spreken die zich het leven ervan toeëigende wekte Ruby's belangstelling.

Daarom zei Ada tegen Ruby, toen ze op de deken zaten, slaperig en verzadigd door het eten, dat ze haar benijdde om haar kennis van de manier waarop de wereld draait. Boeren, koken, natuur. Hoe ben je al die dingen te weten gekomen? had Ada gevraagd.

Ruby zei dat ze het weinige dat ze wist op de gebruikelijke manier had geleerd. Veel ervan was grootmoederkennis, die ze verkregen had door in de nederzetting rond te zwerven en een praatje aan te knopen met elke oude vrouw die iets wilde terugzeggen, naar hen te kijken terwijl ze aan het werk waren, en vragen te stellen. Sommige dingen had ze opgedaan door Sally Swanger te helpen, die volgens Ruby heel veel onopvallende dingen wist, zoals de namen van alle planten, tot het gewoonste onkruid toe. Maar voor een deel, beweerde ze, had ze gewoon zelf uitgedacht hoe de logica van de wereld in elkaar steekt. Het was grotendeels een kwestie van aandachtig kijken.

—Je begint met proberen te zien wat met wat samengaat, zei Ruby. Hetgeen Ada interpreteerde als: Observeer en begrijp wat affiniteit in de natuur doet.

Ruby wees naar plekken rood op de groene helling van het ravijn: de sumac en kornoelje die al hun herfstkleur kregen, eerder dan de andere bomen. Waarom zouden ze dat doen, bijna een maand vroeger? zei ze.

—Toeval? zei Ada.

Ruby maakte een geluidje alsof ze een korreltje of een beestje van haar tongpunt spuwde. Haar idee was dat mensen alles wat ze niet kunnen bevatten graag afdoen als toevallig. Zij zag dat anders. Zowel de sumac als de kornoelje zaten in deze tijd van het jaar vol bessen. De vraag die je diende te stellen was: Wat gebeurt er nog meer dat er iets mee te maken zou kunnen hebben? Eén ding was: de vogeltrek. Er vlogen de hele dag vogels over, en ook de hele nacht. Je hoefde alleen maar omhoog te kijken om dat te weten. Je werd gewoon duizelig, zoveel waren het er. Stel je dan voor dat je op een hoge plaats staat, zoals de rotspunt, en op de bomen neerkijkt zoals de vogels ze zien. Verbaas je er dan over hoe groen en gelijk de bomen eruitzien. De ene boom lijkt erg veel op de andere, of hij nu iets eetbaars te bieden heeft of niet. Dat is alles wat overvliegende vogels zien. Zij kennen deze bossen niet. Ze weten niet waar een bepaalde boom waarvan ze kunnen eten zou kunnen staan. Ruby's conclusie was dat kornoelje en sumac misschien rood kleuren om *eten* te zeggen tegen hongerige vogels uit andere streken.

Ada zei: Je schijnt te denken dat de kornoelje daar iets mee voorheeft.

—Nou, dat heeft hij misschien ook, zei Ruby.

Ze vroeg of Ada ooit goed naar de viezigheid van verschillende vogels had gekeken. Hun uitwerpselen.

—Natuurlijk niet, zei Ada.

—Daar hoef je niet zo trots op te zijn, zei Ruby. Naar haar mening kon daarin wel eens het antwoord op deze kwestie liggen. Niet elke kleine kornoelje kan groeien op de plek waar hij onder de grote kornoelje gevallen is. Aangezien ze zelf met hun wortels vastzitten in de grond gebruiken ze de vogels om zich te verplaatsen naar een plek waar ze betere kansen hebben. Vogels eten bessen, en de zaden komen er in hun geheel en onbeschadigd weer uit, klaar om te groeien waar ze neerkomen, al voorzien van een laagje mest. Ruby was van mening dat iemand die dit allemaal in de loop van de tijd had bedacht, er ook ergens een les in kon vinden, want een groot deel van de schepping werkte met soortgelijke middelen om soortgelijke doelen te bereiken.

Ze bleven een tijdlang zwijgend zitten, en toen ging Ruby in de warme, stille lucht van de middag liggen en deed een dutje op de deken. Ada was ook moe, maar zij verzette zich tegen de slaap als een kind tegen bedtijd. Ze stond op en liep de boomgaard uit naar de bosrand waar de hoge herfstbloemen – guldenroede en ijzerkruid en leverkruid – geel, indigo en ijzergrijs begonnen te bloeien.

Ada bleef bewegingloos staan en liet haar blik ongericht worden, en daarbij werd ze zich bewust van de drukke bewegingen van ontelbaar veel kleine beestjes die door de bloemenmassa, langs de stengels en tot op de grond vibreerden. Insecten die vlogen, kropen, klommen, aten. Hun gezamenlijke energie was een soort lichtende levenshuivering die Ada's ongerichte blik tot aan de randen opvulde.

Ze stond daar, half in een slaperige roes, half waakzaam, en dacht aan wat de reizende vrouw had gezegd over het grote geluk dat Ada beschoren was. Op dagen zoals deze, in weerwil van de oprukkende oorlog en al het werk dat hier van haar geëist werd, zag ze niet hoe ze iets aan haar wereld kon verbeteren. Hij leek zo heerlijk dat ze betwijfelde of het mogelijk was.

Die avond gingen Ruby en Ada na het avondeten op de veranda zitten, en Ada las voor. Ze hadden Homerus bijna uit. Ruby had geen geduld meer voor Penelope, maar ze kon een hele avond zitten en zich een kriek lachen om de beproevingen van Odysseus, alle stenen die de goden op zijn pad gooiden. Ze had echter het vermoeden dat Odysseus meer van Stobrod in zich had dan de oude Homerus wilde laten weten, en ze vond zijn alibi's om zijn reis te rekken buitengewoon verdacht, een opvatting die alleen maar bevestigd werd door de passage waar ze nu mee bezig waren, waarin de personages in de hut van een varkenshoeder zaten te drinken en verhalen te vertellen. Ze besloot dat er al met al niet veel was veranderd in de manier waarop de dingen gingen, ondanks het verstrijken van een grote hoeveelheid tijd.

Toen het te donker werd, legde Ada het boek neer. Ze bleef zitten en bestudeerde de lucht. Iets in de kleur van het licht of de geur van de naderende nacht deed haar denken aan een feest dat ze had bezocht op haar laatste reisje naar Charleston, kort voor het begin van de oorlog, en ze vertelde Ruby erover.

Het werd gehouden in het huis van haar nicht, een imposante villa gelegen aan een brede bocht van de Wando River, en het duurde drie dagen. Al die tijd sliepen ze slechts van zonsopgang tot de middag en leefden van niet veel anders dan oesters, champagne en gebak. Elke avond was er muziek en werd er gedanst, en dan gingen ze laat in de nacht, onder een naar vol wassende maan, in roeibootjes het trage water op. Het was een vreemde tijd waarin er een oorlogskoorts heerste, en zelfs jonge mannen die voorheen als saai en onaantrekkelijk werden beschouwd plotseling een glorieuze aura verkregen die om hen heen straalde, want iedereen vermoedde dat velen van hen binnenkort dood zouden zijn. Tijdens die korte dagen en nachten had elke man die wilde de kans iemands liefje te worden.

Op de slotavond van het feest had Ada een japon van mauve zijde gedragen, afgezet met in dezelfde kleur geverfde kant. Monroe had de hele rol van de stof waarvan de japon was gemaakt gekocht, zodat het niet zou kunnen gebeuren dat iemand anders die kleur droeg. Hij zei dat hij haar donkere haar volmaakt deed uitkomen en haar iets geheimzinnigs gaf temidden van de meer gewone tinten roze, lichtblauw en geel. Die avond had een man uit Savannah – de verblindend knappe maar grotendeels geestloze tweede zoon van een rijke indigo-handelaar – zo onvermoeibaar met Ada geflirt dat ze er uiteindelijk mee had ingestemd met hem de rivier op te gaan, hoewel het weinige dat ze van hem wist haar de neiging gaf te geloven dat hij niet meer was dan een ijdele dwaas.

De man heette Blount. Hij roeide naar het midden van de Wando en liet de boot daar ronddobberen. Ze zaten tegenover elkaar, Ada met de mauve japon stevig om haar benen getrokken om de zoom niet in aanraking te laten komen met de teer waarmee de bodem van de boot waterdicht was gemaakt. Geen van beiden sprak. Blount bewoog telkens lichtjes met de riemen en liet het water eraf druipen in de rivier. Hij scheen aan iets te denken dat goed harmonieerde met het geluid van het water dat van de riemen afliep, want hij bleef ermee doorgaan tot Ada vroeg of hij ermee wilde ophouden. Blount had twee fluitglazen meegebracht en een halfvolle fles champagne die nog koud genoeg was om in de zware lucht te beslaan. Hij bood Ada een glas aan, maar ze weigerde, en daarom dronk hij de fles leeg en gooide hem overboord in de rivier. Het water was zo glad dat de ontstane kringen zich almaar verder uitbreidden, tot ze te ver waren om ze nog te kunnen zien.

Muziek uit het huis droeg ver over het water, te zwak om meer vast te stellen dan dat het een wals was. In de duisternis leken de lage oevers onmogelijk ver. De normale hoedanigheden van het landschap waren onherkenbaar veranderd, teruggebracht tot vreemde, elementaire onderdelen, eenvoudig als meetkundige begrippen. Vlakken en cirkels en lijnen. De volle maan stond recht boven hen. De enige afscheiding tussen de zilverkleurige rivier en de lichte hemel was de streep donkere bomen aan de horizon aan beide kanten.

Eindelijk begon Blount te spreken. Hij praatte eerst een tijd over zichzelf. Hij was kort geleden afgestudeerd aan de universiteit in Columbia en was juist begonnen zich in te werken in het in Charleston gevestigde deel van het familiebedrijf. Maar hij zou natuurlijk onmiddellijk dienst nemen als de oorlog zou beginnen, wat naar ieders verwachting spoedig zou gebeuren. Hij sprak met bravoure over het terugdrijven van alle krachten die erop uit waren de zuidelijke staten te onderwerpen. Ada had zolang als het feest duurde telkens weer over soortgelijke gevoelens horen spreken en ze had er genoeg van.

Maar naarmate Blount langer sprak, raakte hij blijkbaar even weinig overtuigd als Ada, want uiteindelijk liep hij vast in zijn betoog over de oorlog en zweeg. Hij staarde naar beneden in de zwarte bodem van de boot, zodat Ada alleen de bovenkant van zijn hoofd kon zien. Toen gaf Blount, onder de invloed van drank en de vreemdheid van de nacht, toe dat hij verschrikkelijk bang was voor het vechten dat hem vrijwel zeker wachtte. Hij wist niet of hij wel in staat zou zijn zich te gedragen op een manier die hem tot eer zou strekken. Maar hij kon evenmin een manier zien om eraan te ontkomen, die niet schandelijk zou zijn. Bovendien was hij bezocht door terugkerende dromen over een afgrijselijke dood in vele vormen. Hij was ervan overtuigd dat een daarvan hem op een dag zou treffen.

Hij had naar beneden kijkend gesproken, alsof hij het woord richtte tot het bovenleer van zijn schoenen, maar toen hij zijn bleke gezicht ophief naar het maanlicht, zag Ada de glinsterende sporen van tranen die over zijn wangen liepen. Ze besefte met een onverwachte golf tederheid dat Blount geen krijger was, maar in plaats daarvan het hart van een winkelier had. Ze stak haar hand uit en raakte zijn hand aan die op zijn knie rustte. Ze wist dat ze eigenlijk zou moeten zeggen dat plicht en eer vereisten dat hij het vaderland dapper verdedigde. Vrouwen hadden gedurende het hele feest dat soort frasen uitgesproken, maar Ada merkte dat haar keel de woorden niet wilde doorlaten. Bij gebrek daaraan had ze iets eenvoudigers kunnen zeggen, door hem alleen voor te houden: Maak je geen zorgen, of: Wees dapper. Maar zo'n troostende formule leek haar op dat ogenblik onuitsprekelijk vals. Daarom zei ze niets en bleef ze alleen zijn handrug strelen. Ze hoopte dat Blount haar vriendelijke gebaar niet voor meer zou houden dan het was, aangezien haar eerste aanvechting wanneer mannen druk op haar uitoefenden was zich terug te trekken en weg te gaan. En de roeiboot liet daar weinig ruimte toe. Maar terwijl ze zo ronddreven, zag ze tot haar opluchting dat Blount te veel overmand was door zijn angst voor de toekomst om eraan te denken haar het hof te maken. Zo zaten ze enige tijd, tot ze naar de bocht van de rivier waren gedreven. De boot dreef recht op de buitenbocht af en dreigde te stranden op een zandbank die als een bleke streep oplichtte in het maanlicht. Blount vermande zich, greep de riemen weer en bracht hen stroomopwaarts terug bij de steiger.

Hij bracht haar lopend naar de veranda van het helverlichte huis, waar binnen Argand-lampen fel straalden. De silhouetten van dansenden passeerden langs de gele ramen, en nu was de muziek duidelijk genoeg om haar te kunnen thuisbrengen: eerst Gungl en toen Strauss. Blount bleef bij de deur staan. Hij bracht twee vingertoppen naar Ada's kin, lichtte haar gezicht op en boog zich naar voren om haar op de wang te kussen. Het was niet meer dan een korte en broederlijke aanraking met de lippen. Toen liep hij weg.

Nu herinnerde Ada zich dat toen ze door het huis was gelopen om naar haar kamer boven te gaan, ze getroffen was door de rug van een vrouwenfiguur die ze in een spiegel zag. Ze bleef staan en keek. De japon die de gestalte droeg, had de kleur die as van rozen wordt genoemd, en Ada stond daar als vastgenageld door een scherpe steek van afgunst op de japon van de vrouw en de fraaie vorm van haar rug en haar dikke, donkere haar en de zelfverzekerdheid die uit haar houding leek te spreken.

Toen deed Ada een stap naar voren, en de andere vrouw deed dat ook, en Ada besefte dat ze zichzelf stond te bewonderen, omdat de spiegel de reflectie van een andere spiegel ertegenover aan de muur achter haar weergaf. Het licht van de lampen en de tint van de spiegels hadden tezamen de kleuren veranderd, zodat mauve verbleekt was tot roze. Ze ging de trap op naar haar kamer en maakte zich gereed om naar bed te gaan, maar ze sliep die nacht slecht, want de muziek ging door tot de vroege ochtend. Terwijl ze wakker lag, bedacht ze hoe vreemd het gevoel was geweest haar eigen steun te verwerven.

Toen de feestgangers de volgende dag in rijtuigen stapten om te worden teruggebracht naar de stad, kwam Ada onverwacht Blount tegen op de trap voor het huis. Hij kon haar niet in de ogen kijken en hij zei bijna niets, zozeer was hij van zijn stuk gebracht door zijn gedrag van de vorige avond. Ada vond evenwel dat het hem tot eer strekte dat hij haar niet had gevraagd het gebeurde geheim te houden. Ze had hem nooit weergezien, maar in een brief van haar nicht Lucy had ze gelezen dat Blount gesneuveld was bij Gettysburg. Volgens alle berichten was hij in het gezicht geschoten tijdens de terugtocht vanaf Cemetery Ridge. Hij had achteruit gelopen, omdat hij niet in de rug geschoten wilde worden.

Na afloop van het verhaal was Ruby niet zeer onder de indruk van Blounts poging om eer te verwerven en ze kon zich alleen maar verbazen over levens die zo nutteloos waren dat ze slapeloze nachten en voor de aardigheid rondpeddelen op een rivier van node hadden.

—Je hebt niet begrepen waar het mij om ging, zei Ada.

Ze bleven nog een tijdlang zitten, en keken naar het verdwijnen van het licht en van de details van de bomen op de kammen. Toen stond Ruby op en zei: Tijd voor mijn avondwerk. Dat was altijd haar manier om goedenacht te zeggen. Ze vertrok om nog een keer naar de beesten te kijken, de deuren van de bijgebouwen te controleren, het vuur in het keukenfornuis bij te vullen.

Intussen bleef Ada, met het boek nog op haar schoot, op de veranda zitten uitkijken over het erf en naar de schuur. Daarachter over de velden naar de beboste hellingen. Omhoog naar de donker wordende hemel. De kleuren die haar aan Charleston hadden herinnerd waren nu vaal geworden. Alles neigde naar onbeweeglijkheid. Haar gedachten daarentegen schenen nog steeds terug te willen gaan, want ze herinnerde zich dat Monroe en zij ook zo hadden gezeten op een avond kort nadat ze in het dal waren komen wonen. Deze nu vertrouwde landschapselementen hadden hun beiden toen vreemd geleken. Dit bergland was zo donker en verticaal gericht in vergelijking met Charleston. Monroe had opgemerkt dat de kenmerken van deze schitterende topografie evenals alle elementen van de natuur slechts symbolen waren van een andere wereld, een dieper leven met een geheel ander bestaan, waarop we ons verlangen zouden moeten richten. En Ada was het toen met hem eens geweest.

Maar nu was ze, kijkend naar het uitzicht, van mening dat wat ze zag geen symbool was, maar dat dit al het leven was dat er is. Het was een opvatting die in de meeste opzichten tegengesteld was aan die van Monroe; niettemin hield ook deze een eigen soort schrijnend verlangen in, al kon Ada niet helemaal benoemen waarnaar.

Ruby stak het erf over en bleef even bij het hek staan. Ze zei: De koe moet naar binnen. Zonder verdere groet liep ze vervolgens de weg op naar de blokhut.

Ada ging van de veranda af en liep langs de schuur naar de weide beneden. De zon was allang achter de randen van de heuvelrug gezakt, het licht verdween snel. De bergen stonden grijs in de schemering, bleek en onstoffelijk als adem op glas. Alles leek bewoond door een grote kracht van verlatenheid. Zelfs de oudgedienden hier hadden het over het gewicht dat drukt op iemand die zich op dit uur alleen in de bergen bevindt, erger nog dan totale duisternis in een maanloze nacht, want juist in de schemering doet de dreiging van de duisternis zich het sterkst gevoelen. Ada had die kracht van de aanvang af gevoeld en erover geklaagd. Ze herinnerde zich dat Monroe had geprobeerd te beredeneren dat het geïsoleerde gevoel niet voortkwam uit dit speciale terrein, zoals zij stelde. Het was niet iets dat alleen bij haar of op deze plaats voorkwam, maar was een bestanddeel van het leven in het algemeen. Alleen een zeer eenvoudige of zeer verharde geest zou het misschien niet voelen, net zoals sommige zeldzame constituties ongevoelig zijn voor hitte of koude. En zoals bij de meeste dingen had Monroe er een verklaring voor. Hij zei dat mensen in hun hart voelen dat lang geleden God altijd en overal aanwezig was; het gevoel van eenzaamheid is wat de leegte komt vullen wanneer Hij zich juist een stapje verder terugtrekt.

De lucht was kil. Er lag al dauw in het gras, en Ada's rokzoom was nat toen ze bij Waldo aankwam, die ze liggend aantrof in het hoge gras langs de onderste rij heininglatten. De koe kwam in de benen, stram in de heupgewrichten, en ging op weg naar het hek. Ada stapte in de rechthoek van gras dat Waldo had platgelegen. Ze voelde de warmte van de koe uit de grond opstijgen rond haar benen, en ze wilde daar gaan liggen en rusten, plotseling onverklaarbaar moe, als van de opeenhoping van het werk van die maand. In plaats daarvan bukte ze even en duwde haar handen onder het gras en in de aarde die nog warm aanvoelde als een levend wezen, van de warmte van de dag en het lichaam van de koe.

Een uil kraste vanuit de bomen aan de overkant van de beek. Ada telde het ritme van de vijfkwarts frase mee alsof ze een versregel scandeerde: lang, twee keer kort, twee keer lang. De vogel van de dood, zeiden ze over de uil, hoewel Ada niet inzag waarom. De roep was zo zacht en mooi in het leiachtige licht, als het koeren van een duif maar met meer gewicht. Waldo stond te loeien bij het hek, ongeduldig, ze had – zoals zoveel in dit dal - de dingen nodig die Ada bezig was te leren, en dus trok ze haar handen uit de grond en ging rechtop staan.

ballingschap en barre zwerftochten

Inman liep door dagen met afkoelend weer, blauwe luchten en verlaten wegen. Zijn route was noodzakelijkerwijs slingerend daar hij ernaar streefde tollen en stadjes te vermijden, maar de weg die hij vond door natuur en ver uiteenliggende boerderijen leek veilig genoeg. Hij kwam weinig mensen tegen en dat waren voornamelijk slaven. De nachten waren lauw en verlicht door grote manen, wassend naar vol en dat bereikend en vervolgens afnemend. Er waren vaak hooibergen om in te slapen zodat hij op zijn rug kon liggen en naar de maan en sterren kijken, en hij kon zich een tijdlang inbeelden dat hij een volkomen vrije vagebond was die in de hele schepping niets te vrezen had.

De dagen liepen in elkaar over zonder dat er iets gebeurde, hoewel hij probeerde uit elk ervan iets in zijn geest vast te zetten. Van een dag herinnerde hij zich alleen dat die had bestaan uit moeizaam zijn route bepalen. Er waren veel wegsplitsingen, alle zonder wegwijzer of baken zodat hij telkens weer naar de weg moest vragen. Hij kwam eerst bij een huis dat precies in de hoek tussen twee wegen was gebouwd, zo dicht ernaast dat de veranda de doorgang bijna versperde. Een vermoeid uitziende vrouw rustte met gespreide benen op een stoel met rechte rugleuning. Ze kauwde op haar onderlip, en haar ogen leken gericht op een grote en onbepaalde gebeurtenis aan de horizon. Waar haar rok een kuil vormde in haar schoot lag een plas schaduw.

—Is dit de weg naar Salisbury? zei Inman.

De vrouw zat met haar knoestige handen tot vuisten gebald op haar knieën. Blijkbaar erop uit spaarzaamheid te betrachten in haar gebaren, bewoog ze amper haar rechterduim ten antwoord. Het kon ook niet meer geweest zijn dan een zenuwtrekking. Geen ander deel van haar fysiek bewoog, maar Inman ging verder in de mogelijk aangeduide richting.

Later kwam hij bij een grijsharige man die in de schaduw van een gomboom zat. De man had een fraai vest van gele zijde aan zonder overhemd eronder, en het was niet dichtgeknoopt en lag open zodat zijn oude tieten omlaag hingen als die van een zeug. Zijn benen staken recht voor hem uit en hij mepte met de vlakke hand op zijn ene dij alsof die een dierbare maar ondeugende hond was. Toen hij sprak, leek zijn spraak gekrompen tot uitsluitend klinkers.

—Is dit de afslag naar Salisbury? zei Inman.

—EEEEE? zei de man.

—Salisbury, zei Inman. Is het deze kant op?

—AAAAA! zei de man beslist.

Inman liep door.

Weer later kwam hij bij een man in een veld die uien trok.

—Salisbury? zei Inman.

De man sprak geen woord maar strekte een arm uit en wees met een ui de weg aan.

Het enige wat Inman zich herinnerde van de mars van een andere dag was de witte lucht en dat op een bepaald moment van die dag een kraai in de vlucht was doodgebleven, en met een stofwolk was neergeploft op de weg voor hem, met zijn zwarte snavel open en zijn grijze tong uitgestoken als om de aarde te proeven, en dat hij later drie boerenmeisjes in lichte, katoenen jurken was tegengekomen die blootsvoets in het stof van de weg dansten. Ze hielden ermee op toen ze hem zagen aankomen, klommen op een hek en zaten op de bovenste lat met hun hielen achter de tweede lat gehaakt en hun roestige knieën opgetrokken tot hun kin. Ze keken naar hem terwijl hij voorbij wandelde, maar wilden niets zeggen toen hij een hand opstak en zei: Hé.

Op een morgen aan het eind van deze periode liep Inman door een bos van jonge populieren, waarvan de bladeren al geel kleurden, hoewel het seizoen daar nog geen aanleiding toe gaf. Zijn gedachten gingen naar zaken, eten betreffende. Hij was redelijk opgeschoten, maar had schoon genoeg gekregen van het sluipen en honger lijden en van niets anders leven dan maïsbrij en appels en dadelpruimen en gestolen meloenen. Hij dacht erover hoe hij zou genieten van wat vlees en brood. Hij woog dat verlangen af tegen een berekening van het risico dat hij zou moeten nemen om die dingen te krijgen, toen hij bij een rivier een groep vrouwen zag die de was deden. Hij stapte in een bosrand en keek.

De vrouwen stonden tot aan hun kuiten in het water, ze sloegen de kleren tegen gladde stenen en spoelden ze en wrongen ze uit, en legden ze vervolgens over struiken om te drogen. Sommigen praatten en lachten, en anderen neurieden fragmenten van liedjes. Ze hadden de achterkant van hun rokken tussen hun benen door opgetrokken en tussen hun tailleband gestopt om ze uit het water te houden. Het zag er voor Inman uit alsof ze de oosterse pantalons droegen van de zoeavenregimenten, waarvan de soldaten er zo vreemd vrolijk en feestelijk uitzagen als ze dood op het slagveld verstrooid lagen. De vrouwen die niet wisten dat ze werden gadegeslagen, hadden hun rokken hoog op hun dijen opgehesen, en het water dat uit de kleren stroomde liep over de bleke huid en glom in het licht als olie.

Op een andere dag zou dit tafereel hem wel hebben aangesproken, maar nu ging Inmans aandacht uit naar het feit dat de vrouwen hun middagmaal hadden meegebracht – sommigen in tenen manden en sommigen in een doek gebonden. Die hadden ze op de rivieroever neergezet. Hij dacht er eerst over te roepen en te vragen of hij van hen iets te eten kon kopen, maar hij vermoedde dat ze onmiddellijk de gelederen zouden sluiten, stenen van de rivierbodem zouden pakken en hem wegjagen. Daarom besloot hij verborgen te blijven.

Hij werkte zich tussen de bomen en keien door naar beneden naar de oever van de rivier. Nadat hij van achter de ruige stam van een dikke rivierberk ongemerkt een hand had uitgestoken om verscheidene van de maaltjes op te tillen, pakte hij het zwaarste, en liet veel meer dan een redelijke prijs op de plaats ervan achter, want het leek op dat moment van groot belang om vrijgevig te zijn.

Hij liep weer verder over de weg, terwijl hij het bundeltje aan een van de punten van de doek heen en weer zwaaide, en toen hij een zekere afstand had gebracht tussen hemzelf en de rivier, opende hij de geknoopte doek en vond drie grote brokken gepocheerde vis, drie gekookte aardappelen en een tweetal te kort gebakken crackers.

Crackers met vis? dacht Inman. Wat een onaanlokkelijk recept. En wat vormde het een bleke maaltijd, vooral vergeleken met het bruine feestmaal dat hij zich had voorgesteld.

Toch at hij het op, al lopende. Korte tijd later – hij liep over een verlaten stuk weg, en de laatste aardappel was op twee happen na op – kreeg Inman een gevoel dat deed denken aan jeuk op zijn achterhoofd. Hij stond stil en keek om. Er was een figuur in de verte achter hem, een man die snel liep. Inman at de rest van de aardappel op en stapte stevig door tot hij bij de eerste bocht in de weg kwam. Zodra hij de bocht om was, ging hij het bos in en zocht een goede uitkijkpost achter een omgevallen boomstam.

Weldra kwam de wandelaar de bocht om. Hij had geen hoed op en was gekleed in een lange, grijze jas met wapperende rokpanden en droeg een logge, leren ransel en een wandelstaf die even lang was als hijzelf. Hij stapte met grote passen voort, met zijn hoofd omlaag, en accentueerde zijn passen met de staf als een bedelmonnik uit vervlogen tijden. Toen de man naderbij kwam, werd duidelijk dat hij snijwonden had in zijn gezicht en blauwe plekken die verbleekten naar geel en groen. Een gekloofde lip was half geheeld met een donkere wondkorst, zodat het leek of hij een hazenlip had. Plukken pluizig blond kroeshaar groeiden op zijn witte schedel, die hier en daar langwerpige wondkorsten vertoonde. Zo mager was zijn buik dat de bovenrand van zijn broek in grote plooien over elkaar viel en met een stuk touw was vastgebonden. Toen de wandelaar even niet naar de weg onder zijn voeten keek en zijn blauwe ogen opsloeg, zag Inman onmiddellijk dat dit, onder die ravage, de predikant was.

Inman rees op van achter de boomstam en zei: Hé, daar.

De predikant bleef staan en staarde hem aan. Goede God, zei hij. Precies de man die ik zocht.

Inman trok zijn mes en hield het met de punt naar beneden, met een ontspannen arm. Hij zei: Als je erover denkt je te komen wreken, verspil ik niet eens een patroon aan je. Dan haal ik je zo open.

—O, nee. Ik wil je juist bedanken. Je hebt me behoed voor een doodzonde.

—Ben je helemaal hierheen komen lopen omdat je dat wilde zeggen?

—Nee, ik ben op reis. Een pelgrim zoals jij. Hoewel het misschien voorbarig is dat te zeggen, want niet allen die langs de weg trekken zijn pelgrims. Hoe dan ook, waarheen ben je op weg?

Inman bekeek de predikant van top tot teen. Wat is er met je gezicht gebeurd? zei hij.

—Toen ze me gevonden hadden zoals je me had achtergelaten, en toen ze het briefje hadden gelezen, hebben een aantal mannen van de gemeente, onder leiding van onze deken Johnston, me uitgekleed en me een flink pak slaag gegeven. Ze gooiden mijn kleren in de rivier en sneden met een mes mijn haar af, ik geloof omdat ze iets niet begrepen in het verhaal van Samson en Delila. Daarna weigerden ze me ook maar een uurtje te gunnen om mijn spullen te pakken. Ze hielden me van achteren vast, en de vrouw met wie ik zou trouwen kwam naar me toe en spuwde me en dankte de Almachtige dat ze geen Veasey zou worden. Ik had niets dan mijn twee handen om mijn edele delen te bedekken, en ze zeiden dat ik moest maken dat ik wegkwam, anders zouden ze me naakt ophangen aan de kerktoren. Dat was eigenlijk maar het beste. Ik had er toch niet kunnen blijven wonen.

—Nee, dat lijkt me ook niet, zei Inman. En die andere vrouw?

—O, Laura Foster, zei Veasey. Die werd erbij gehaald om te vertellen wat ze wist, maar ze kon nog steeds nauwelijks twee gedachten aan elkaar breien. Wanneer het duidelijk wordt in welke moederlijke toestand ze verkeert, zal er een tijdlang in de kerk speciaal voor haar worden gebeden. Een jaar, zoiets. Daarna zal er eerst alleen over haar worden geroddeld. Een paar jaar verder zal ze een of andere oude vrijgezel tot man nemen die bereid is een bastaard groot te brengen, als hij een goed uitziende vrouw op de koop toe krijgt. Ze komt er uiteindelijk beter af dankzij onze verhouding, en dankzij het feit dat ik besloten heb zowel haar als mijn verloofde achter me te laten.

—Het is mij nog steeds niet duidelijk of ik er goed aan heb gedaan, je te laten leven, zei Inman.

Zonder nog iets te zeggen stak hij zijn mes in de schede, liep terug naar de weg en wilde zijn reis vervolgen. Maar de predikant liep naast hem mee.

—Aangezien je naar het westen lijkt te gaan, loop ik maar met je mee, als je het niet erg vindt, zei hij.

—Het is jammer, maar ik vind het wel erg, zei Inman, die meende dat het beter was alleen te lopen dan een gek als gezelschap te hebben.

Hij maakte een beweging als om de predikant met zijn handrug weg te meppen, maar de man liep niet weg, vocht niet en probeerde zelfs niet eens zijn staf te heffen om de slag af te weren. In plaats daarvan trok hij zijn schouders op om de klap op te vangen als een bange hond, en daarom hield Inman zich in en sloeg hem niet. Hij redeneerde dat, aangezien hem de wil ontbrak om de man weg te jagen, hij gewoon door zou lopen, dan zou hij wel zien wat er gebeurde.

Veasey liep vlak naast Inman mee en praatte onophoudelijk. Hij scheen van mening te zijn dat hij een kameraad had gevonden. Zijn streven scheen te zijn zich van elk aspect van zijn voorgaande leven te ontlasten door het aan Inman mee te delen. Van elke misstap die hij had begaan – en het was duidelijk dat hij er heel wat had begaan – wilde hij Inman deelachtig maken. Hij was een miserabele predikant; zoveel was zelfs hem duidelijk.

—Ik vertoonde een groot gebrek aan kwaliteit in elk aspect van het werk behalve dat op de kansel, gaf hij toe. Maar daar schitterde ik. Ik heb meer zielen gered dan jij vingers aan je handen en tenen aan je voeten hebt. Maar nu heb ik het afgezworen, en ik ga naar Texas en maak een nieuw begin.

—Dat doen er veel.

—Er is een plaats in Richteren waar gesproken wordt over een tijd dat er geen gezag was in Israël, en iedereen gewoon maar deed wat in zijn eigen ogen goed was. Dat heb ik ook over Texas gehoord. Het is een land van vrijheid.

—Dat is het verhaal dat erover gaat, zei Inman. Wat had je gedacht daar te gaan doen, boeren?

—O, vast niet. Het ontbreekt mij aan geschikheid om in de aarde te wroeten. Wat een passende loopbaan betreft heb ik nog geen besluit genomen. Bij gebrek aan een duidelijke roeping zou ik misschien gewoon een stuk land kunnen claimen, zo groot als een county hier, en er vee op laten lopen tot ik een kudde heb, zo groot dat je een hele dag over de ruggen ervan zou kunnen lopen zonder ooit een voet op de grond te zetten, zei Veasey.

—Waarmee dacht je je eerste stier en koe te kopen?

—Hiermee.

Van onder zijn jaspanden haalde Veasey een grote, lange Colt's Army revolver tevoorschijn, die hij zich had toegeëigend toen hij de stad verliet.

—Waar heb je die vandaan? zei Inman.

—De vrouw van Oude Johnston wist wat er gebeurd was en had medelijden met me. Ze zag me in de struiken verborgen zitten en riep of ik naar het raam kwam, en terwijl zij naar de slaapkamer was om dit droevige kostuum voor me te halen, ontwaarde mijn oog dit pistool op de keukentafel. Ik stak mijn hand door het raam en pakte het en wierp het een eindweegs in het gras, en later, toen ik aangekleed was, raapte ik het op en nam het mee.

Zijn stem klonk tevreden over zichzelf als die van een schooljongen die een afkoelende taart van een vensterbank had gesnaaid.

—Zo ben ik op het idee gekomen om pistoolschutter te worden, vervolgde hij. Deze dingen brengen je op gedachten die je niet zocht.

Hij hield de Colt voor zich en keek erin, alsof hij verwachtte in de glans van de cilinder zijn toekomst te zien.

De mars van die middag bracht een gelukkige vondst mee, want Inman en Veasey hadden nog niet ver gereisd toen ze bij een verlaten huis kwamen, dat verscholen stond in een eikenbosje. De deuren stonden open, de ramen waren eruit gebroken en het erf was overwoekerd met koningskaars, klis en indiaanse tabak. Rondom het huis stonden overal bijenkorven. Sommige werden gevormd door stukken van de holle stam van zwarte-gombomen, waarin naar de vier windrichtingen gaten waren geboord. Andere waren echte bijenkorven van stro, grijs als een oud strodak, en begonnen bij de top week te worden en in te zakken. Ondanks de verwaarloosde toestand van de korven werkten de bijen massaal in de zon en vlogen af en aan.

—Als we een van die korven leeghaalden, hadden we iets lekkers te eten, zei Veasey.

—Ga je gang, zei Inman.

—Ik kan slecht tegen bijensteken, zei Veasey. Ik zwel ervan op. Het lijkt me niet raadzaam me tussen die beesten te begeven.

—Maar je zou wel van de honing eten als ik hem ging halen, bedoel je dat?

—Een schotel honing zou goed smaken en zou ons kracht geven voor de reis.

Daar kon Inman niets tegenin brengen, en dus rolde hij zijn hemdsmouwen naar beneden en stopte de omslagen van zijn broekpijpen in zijn schoenen en wikkelde zijn jas om zijn hoofd, met alleen een kier om door te kijken. Hij liep naar een stuk stam, haalde de bedekking eraf en schepte handenvol honing en raat in zijn kookpot tot hij meer dan vol was en de honing langs de buitenkant droop. Hij bewoog langzaam en doelbewust en werd nauwelijks gestoken.

Hij en Veasey gingen op de rand van de veranda zitten met de pot tussen hen in en aten de honing met lepels tegelijk. Hij was zo zwart als koffie, omdat hij van allerlei soorten bloemen afkomstig was, en hij zat vol bijenvleugeltjes en was enigszins taai omdat hij al een tijd niet geoogst was. Hij stelde niets voor in vergelijking met de heldere kastanjebloesemhoning die zijn vader van wilde bijen had verzameld door hen naar hun nesten in de bomen te volgen wanneer ze door het bos vlogen. Toch aten Inman en Veasey ervan alsof hij lekker was. Toen de honing bijna op was, pakte Inman een stuk raat en beet er een brok af.

—Eet je zelfs de raat op? zei Veasey, met een afkeurende klank in zijn stem.

—Je praat alsof we nog een haantje in de pan hebben, zei Inman. Hij kauwde op de wasachtige prop.

—Het lijkt me alleen dat je er verstopt van zou kunnen raken.

—Het is goed voor je. Een tonicum, zei Inman. Hij nam nog een hap en reikte Veasey een stuk aan, die het zonder vreugde opat.

—Ik heb nog steeds honger, zei Veasey, toen de pot leeg was.

—Dit was het, tenzij je iets kunt opjagen dat we kunnen schieten, zei Inman. Maar we moeten lopen, niet jagen. Dit soort reizen stelt beperkingen aan je eetlust.

—Ze zeggen wel dat dat de weg is naar tevredenheid, zover te komen dat er niets meer is waarnaar je hunkert, dat je je trek kwijt bent. Maar dat is waanzin, zei Veasey. Tevredenheid is voornamelijk een kwestie van jezelf wijsmaken dat God je niet te streng zal straffen omdat je een beetje aan je hongers toegeeft. Ik heb er niet veel gezien die er baat bij hebben dat ze geloven dat de maan op de Dag des Oordeels in bloed verandert. Ik weet dat ik niet veel zie in dat soort geloof.

Inman sprong van de veranda en ging op weg. Ze reisden nog een uur in een behoorlijk tempo, tot de weg niet meer was dan een pad dat over een golvende rand omhoogklom en daarna een tijdlang een klein, slingerend stroompje naar beneden volgde. Het water liep de heuvel af in een reeks witte stroomversnellingen, af en toe onderbroken door kalme bochten en kleine poelen waar het terrein een plateau vormde of een holte, zodat je het, als je niet al te zeer op de bijzonderheden lette, voor een bergbeek zou kunnen houden. De vochtige inham herinnerde Inhams neus ook aan de geur van de bergen. De lucht van galax en verrot blad, vochtige aarde. Hij maakte hier een opmerking over.

Veasey boog zijn hoofd achterover en snoof. Het ruikt naar iemands aars, zei hij.

Inman zei maar niets terug. Hij was moe, en zijn geest werkte niet systematisch. Hij hield zijn ogen gericht op de glinsterende draad water voor hen. De weg die het had gevonden om naar lager terrein te komen was kronkelig als een varkensdarm.

Toen de beek vlak terrein bereikte, werd hij kalm en vormde een waterloop die niet veel meer was dan een modderige sloot, en vertoonde voor zover Inman kon zien geen verdere gelijkenis met een bergbeek. Veasey bleef staan en zei: Kijk daar nou eens.

Daar in de beek, die diep was maar nog steeds zo smal dat je er met een klein sprongetje overheen kon stappen, lag een meerval die langer leek dan de disselboom voor een span ossen, maar veel groter van omvang. Hij was wel zo dik als een tonnetje. Hij had een lelijk gezicht met kleine oogjes en bleke voeldraden die vanaf de bek uitstaken en heen en weer bewogen in de stroming. De onderkaak van het dier was naar achteren geplaatst om het opzuigen van rommel van de bodem te vergemakkelijken, en de rug was groenig zwart en zag er korrelig uit. Hoewel het maar een dwerg was in vergelijking met wat Inman zich had voorgesteld in de diepten van de modderige Cape Fear, zag het er toch uit als een flink beest, en het moest ergens een jammerlijk verkeerde afslag genomen hebben om zich hier in een water te bevinden dat zo smal was dat het alleen zou kunnen omkeren als het een scharnier in zijn middel had.

—Die zou een goed maal vormen, zei Veasey.

—We hebben geen visgerei, merkte Inman op.

—Ik zou alles over hebben voor een hengel en een lijn en een haak met een dikke dot vet tarwebrood als aas.

—Tja, dat hebben we niet, zei Inman, met lichte walging over de manier waarop men blijkbaar in het laagland placht te vissen. Hij had zich nog geen dertig centimeter verplaatst om verder te lopen toen de vis schrok van zijn schaduw op het water en zich slingerend stroomopwaarts bewoog.

Veasey volgde Inman toen hij wegliep, maar hij draaide zich steeds om en keek naar de beek. Hij liet duidelijk merken dat hij liep te mokken. Steeds als ze weer honderd meter verder waren, zei hij: Dat was een grote vis.

Toen ze nog geen kilometer hadden afgelegd, bleef Veasey staan en zei: Er zit niets anders op, ik moet die meerval te pakken krijgen. Hij draaide zich om en draafde weer over het pad omhoog. Inman volgde hem stapvoets. Toen Veasey in de buurt kwam van de plek waar ze de vis hadden gezien, liep hij het bos in en ploeterde voort, terwijl hij een bocht beschreef zodat ze, toen hij weer bij het water uitkwam, een flink stuk stroomopwaarts waren. Inman keek toe terwijl Veasey in het bos afgevallen takken begon te zoeken en die in het stroompje sleepte. Hij stapelde ze op en sprong er bovenop om ze in elkaar te drukken. Na verloop van tijd had hij een soort visweer gebouwd, waar aan alle kanten takken uitstaken.

—Wat ben je van plan? vroeg Inman.

—Wacht jij hier maar en kijk, zei Veasey.

Daarop liep hij weer met een boog door het bos en kwam uit bij de beek, stroomafwaarts van de plek waar hij vermoedde dat de vis zat. Hij sprong in de beek en liep schoppend in het water stroomopwaarts, en hoewel hij de vis niet te zien kreeg, wist hij dat het niet anders kon of hij dreef hem voor zich uit.

Toen Veasey de visweer naderde kon Inman eindelijk de vis zien, die met zijn snuit tussen de takken een doorgang probeerde te vinden. Veasey nam zijn hoed af en wierp hem op de oever. Hij waadde naar de vis toe, bukte zich en dompelde zijn bovenlichaam half in het water om hem eruit te halen. Man en vis kwamen spartelend overeind, terwijl het water van hen afstroomde. Veasey had de vis rond het middel vast, met zijn handen om de witte buik geklemd. Het beest vocht met al zijn kracht. De nekloze kop sloeg achterover tegen zijn hoofd, en de snorren zwiepten in zijn gezicht. Vervolgens spande het zich als een grote, sterke boog, veerde recht terug en schoot uit zijn armen terug in het water.

Veasey stond naar adem te hijgen. Zijn gezicht vertoonde lange, rode striemen waar hij getroffen was door de snorren van de vis, en zijn armen waren geschramd door de stekelige vinnen, maar hij bukte zich en pakte hem weer uit het water en worstelde met de vis tot het weer in een gelijkspel eindigde. Hij probeerde het telkens opnieuw, maar het mislukte elke keer, tot de vis en hij zo uitgeput waren dat ze zich nauwelijks meer konden bewegen. Veasey klom vermoeid uit de beek en ging op de oever zitten.

—Zou jij het water in kunnen gaan om te proberen of het jou lukt? vroeg hij aan Inman.

Inman bracht zijn hand naar zijn heup, trok de LeMat en schoot de meerval door zijn kop. Hij spartelde woest, een minuut lang, en bleef toen stilliggen.

—Goddank, zei Veasey.

Ze bleven daar die nacht kamperen. Veasey liet het aanleggen en verzorgen van het vuur op de oever aan Inman over, evenals het bereiden van de vis. Hij kon blijkbaar niets behalve kletsen en eten. Toen Inman de vis opensneed, vond hij in de maag onder andere de kop van een hamer en een sialia die in zijn geheel was ingeslikt. Die legde hij apart op een platte steen. Vervolgens verwijderde hij het vel van een deel van de rug en zijden van de vis en sneed er filets af. Veasey had in zijn ransel een pakje in waspapier verpakte reuzel. Inman smolt de reuzel in de pan, wentelde stukken vis door zijn eigen maïsmeel en bakte ze bruin. Onder het eten keek Veasey naar de steen en vroeg zich af wat de meerval zoal at.

—Denk je dat hij die hamer een hele tijd geleden in zijn geheel heeft ingeslikt, en dat het sap in zijn maag de steel heeft verteerd? zei hij.

—Zou kunnen, zei Inman. Ik heb wel vreemder dingen gehoord.

Maar de sialia was een raadsel. De enige bevredigende verklaring die Inman ervoor kon vinden was dat een hoger type vis, bijvoorbeeld een grote forel, uit het water omhoog was gesprongen en de vogel van een lage tak van een langs de beek groeiende boom had geplukt, waarna die prachtige forel onmiddellijk gestorven was en in zijn geheel door de meerval van de bodem was opgeslobberd, en in diens maag van buiten naar binnen was verteerd, zodat alleen de sialia nog over was.

Ze aten zich de hele avond ongans aan de vis, tot al het meel en alle reuzel op waren. Daarna sneden ze gewoon brokken vis af, staken die aan groene stokken en roosterden ze zo boven de gloeiende houtskool. Veasey praatte aan een stuk door, en toen hij er genoeg van had zijn eigen geschiedenis te vertellen, probeerde hij Inmans verhaal uit hem te trekken. Waar hij wel vandaan kwam. Waarheen hij op weg was. Waar hij geweest was. Maar Veasey kreeg er nauwelijks een woord uit ten antwoord. Inman zat daar alleen maar in kleermakerszit en keek in het vuur.

—Je bent er ongeveer even naar aan toe als Legio, geloof ik, zei Veasey ten slotte. En hij vertelde Inman het verhaal van de man wiens gewonde geest door Jezus werd getroost. Hoe Jezus hem naakt aantrof, op de vlucht voor de mensen, verborgen levend in de wildernis, zijn tanden knarsend op grafstenen, zichzelf snijdend met stenen. Door een of ander droevig lot wild geworden. De paar gedachten die Legio had, raakten kant noch wal.

—Altijd was hij in de bergen en de graftomben, dag en nacht, schreeuwend en huilend als een hond, zei Veasey. En Jezus hoorde over hem en ging naar hem toe en zette hem weer op het rechte spoor, sneller dan een dosis zout door je heen stroomt. Legio ging als een herboren man naar huis.

Inman zei niets, en daarom zei Veasey: Ik weet dat je uit de oorlog bent weggelopen. Dat maakt ons beiden tot ontsnapten.

—Het maakt ons beiden helemaal niets samen.

—Ik was niet geschikt voor de dienst, zei Veasey.

—Dat kan elke idioot wel zien.

—Ik bedoel dat een dokter dat heeft gezegd. Ik heb me afgevraagd of ik veel gemist heb.

—O, je hebt heel wat gemist, zei Inman.

—Ja, dat is vervelend. Dat dacht ik wel.

—Ik zal je iets vertellen dat je hebt gemist. Moet je maar bekijken of een waardeloze predikant van veel nut had kunnen zijn.

Waar hij Veasey over vertelde, was de ontploffing bij Petersburg. Zijn regiment had vlak naast de jongens uit Zuid-Carolina gelegen die door de federale tunnelgravers waren opgeblazen. Inman was in de met vlechtwerk bedekte loopgraven bezig rogge te roosteren om een pot zogenaamde koffie te maken, toen de grond zich rechts van hem verhief. Een zuil aarde en mannen rees op in de lucht en viel toen rondom neer. Het regende aarde op Inman. Vlak naast hem kwam een stuk van het onderbeen van een man neer, met de schoen er nog aan. Van verderop in de loopgraaf kwam een man aanrennen, schreeuwend: De hel is losgebarsten!

De mannen in de loopgraven links en rechts van het gat deinsden terug omdat ze een aanval vreesden, maar na een tijdje beseften ze dat de Federalen de krater waren ingestormd en daar vervolgens op een kluitje waren blijven staan, in de war gebracht door dat landschap van puur geweld.

Snel riep Haskell zijn éprouvette-mortieren op, plaatste ze vlak achter de rand van de krater en liet ze laden met een half onsje kruit, omdat ze niet meer hoefden te doen dan de granaten met een boog vijftien meter verderop te laten neerkomen, waar de Federalen door elkaar heen bewogen als een hok vol jonge varkens die wachtten op de hamer tusen de ogen. Het mortiervuur blies velen van hen aan stukken, en toen dat gebeurd was, leidde Inmans regiment de aanval in de krater, en het vechten daarbinnen was van een andere orde dan alles wat hij tot dan toe had gedaan. Het was oorlog in zijn meest antieke vorm, alsof honderden mannen in een grot waren geplaatst, schouder aan schouder, en opdracht hadden gekregen elkaar te doden. Er was geen ruimte om musketten af te vuren en te laden, dus die gebruikten ze voornamelijk als knuppel. Inman zag een kleine trommelaar een man het hoofd inslaan met een munitiedoos. De Federalen deden nauwelijks moeite om terug te vechten. Onder je voeten had je lichamen en stukken van lichamen, en er waren zoveel mannen uit elkaar gereten bij de explosie en het granaatvuur dat de grond glibberig was en uit de natte inhoud van hun ingewanden een vreselijke stank opsteeg. De ruwe aarden wanden van de krater rezen rondom donker op, met slechts een cirkel van lucht boven hen, alsof dit de hele wereld was die er bestond en vechten het enige was wat daar gebeurde. Ze doodden iedereen die niet vluchtte.

—Dat soort dingen heb je gemist, zei Inman. Vind je het jammer?

Inman spreidde zijn beddengoed en sliep, en de volgende morgen aten ze als ontbijt weer afgesneden stukken vis. Ze roosterden extra brokken om mee te nemen voor het middagmaal, maar toch was er toen ze het kamp opbraken meer vis over dan er opgegeten was. Drie kraaien zaten in de top van een bitternootboom te wachten.

Laat in de middag van de volgende dag kwamen er wolken opzetten en waaide er een wind en viel er hard en gestaag regen, zonder dat iets erop wees dat hij zou ophouden. Ze liepen in de regen door op zoek naar een schuilplaats, terwijl Veasey voortdurend zijn nek wreef en over barstende hoofdpijn klaagde, een gevolg van het feit dat Inman hem eerder op die dag met een wagenas had neergeslagen.

Ze waren een verlaten uitziende dorpswinkel binnengegaan om eten te kopen, en ze waren amper binnen of Veasey trok zijn Colt en droeg de winkelier op zijn kas te ledigen. Inman had het eerste zware voorwerp gegrepen dat hij zag – de wagenas die naast de deur op een plank lag – en sloeg Veasey neer. De Colt vloog kletterend over de houten vloer en kwam tegen een zak meel terecht. Veasey zat op zijn knieën en zou bijna bezwijmen, maar hij kreeg een hoestbui en werd daardoor teruggebracht tot zijn tegenwoordigheid van geest. De winkelier keek naar Veasey en daarna naar Inman, en hij trok een wenkbrauw op en zei: Wat voor de...?

Inman had snel zijn excuses aangeboden, het pistool opgeraapt en Veasey in de kraag van zijn jas gegrepen, hem optillend als aan een handvat. Inman sleepte hem half naar de stoep buiten en zette hem op het trapje neer en ging de winkel weer in om dingen te kopen. In de tussentijd had de man echter een jachtgeweer gepakt en daarmee zat hij nu gehurkt achter zijn toonbank en hield de deur onder schot.

—Maak dat je weg komt, had hij gezegd. Ik heb hier nog geen dertig centen aan zilvergeld, maar iedereen die het komt halen, gaat eraan.

Inman had zijn handen omhoog gestoken, met de palmen naar buiten gekeerd.

—Hij is gek, meer niet, had hij gezegd, terwijl hij achterwaarts wegliep.

Nu liepen ze door de regen en was Veasey aan het jammeren en wilde stilhouden en in de regen neerhurken onder een den. Maar Inman, in zijn grondzeil gewikkeld, liep door, op zoek naar een mogelijke schuur. Ze vonden er geen, maar kwamen later een dikke, oude slavin tegen die de weg afkwam. Ze had op een ingewikkelde manier een enorme regenmuts in elkaar geflanst van grote, slappe catalpabladeren. Ze liep eronder zo droog als onder een paraplu. Ze zag onmiddellijk wat hun status was – een stel woudlopers – en ze zei dat er een logies voor hen lag, bij een man die geen zier om de oorlog gaf en geen vragen zou stellen.

Ruim een kilometer verder vonden ze het logement, een soort sombere herberg en stal langs de weg. Een station waar koetsen hun paarden wisselden en reizigers onderdak vonden. Het hoofdgebouw was een gammele taveerne met een lage vleugel met een schuin dak aan de achterkant. Het was roestkleurig geschilderd en stond onder twee reusachtige eiken. Veedrijvers en hun varkens, koeien en ganzen overnachtten daar in de tijd voor de oorlog toen de tolwegen naar de veemarkten bij het eindpunt van de spoorlijn vol dieren waren. Maar die tijd was als een verloren paradijs, en de omvangrijke veekralen rondom de herberg waren nu bijna leeg en raakten overwoekerd met alsem.

Inman en Veasey liepen naar de deur, probeerden hem te openen en merkten dat hij gegrendeld was, hoewel ze binnen stemmen konden horen. Ze klopten en er verscheen een oog achter een kier tussen de planken. De grendel werd opgelicht en ze gingen naar binnen en stonden in een bedompt gat zonder ramen, met alleen een haard als lichtbron en een krachtige stank van natte kleren en vuil haar. Hun ogen waren nog niet aan het donker aangepast toen ze de ruimte inliepen, maar de predikant liep voorop, met een grijns op zijn gezicht alsof hij bekend terrein betrad en verwachtte vrienden tegen te komen. Algauw struikelde hij over een oude man die op een lage kruk zat, en gooide hem op de vloer. De man op de vloer zei: Wel verduiveld, en er kwam medelijdend gemompel van de donkere gestalten die her en der aan tafels zaten. Inman greep Veasey bij zijn schouder en trok hem om de man heen. Hij zette de omgevallen stoel rechtop en hielp de oude man overeind.

Ze liepen de kamer verder in en vonden stoelen, en toen het beeld opklaarde, zagen ze dat er door een schoorsteenbrandje kort geleden gaten waren gebrand in de ene kant van het dak. De gaten moesten nog gedicht worden, en rondom de haard regende het zo ongeveer even hard als buiten, zodat de natte gasten niet bij het vuur konden gaan staan om zich te drogen. De haard was enorm, strekte zich over bijna de hele breedte van de achtermuur van de ruimte uit en bracht je ertoe je grote vuren van vroeger voor te stellen. Het vuurtje dat er nu in brandde had je echter met een zadelkleed kunnen bedekken.

Na korte tijd kwam er uit een achterkamer een zwarte hoer tevoorschijn, zo groot als een flinke kerel. In haar ene hand had ze een fles. In de andere vijf borrelglazen. Met haar dikke vingers erin gestoken. Inman kon de rode handgreep zien van een recht scheermes dat boven haar rechteroor in haar verwarde haardos was gestoken. Ze droeg een leren schort om haar dikke middel, en haar bruine jurk was laag uitgesneden en gedeeltelijk losgeknoopt teneinde een omvangrijke boezem uit te stallen. Toen ze voor het vuurtje langsliep, draaide elke man zijn hoofd om te zien hoe haar schitterende dijen zich aftekenden door de dunne jurk. De rok van de jurk was niet lang genoeg om haar geheel te bedekken, zodat haar hardgespierde kuiten volledig zichtbaar waren. Ze was blootsvoets, en haar voeten waren bemodderd. Haar huid was kachelzwart en ze zag er prachtig uit, althans voor een man die zo'n grootse schaal aantrekkelijk vond. Ze stapte rond door de kamer, schonk drankjes in, en kwam toen naar Inmans tafel toe. Ze zette twee glazen neer, vulde ze en trok toen een stoel bij en ging zitten, met haar benen gespreid en haar rok opgetrokken. Aan de binnenkant van haar dij zag Inman een licht litteken van een mes, dat van haar knie omhoog liep om in de schaduw van de prop rokken te verdwijnen.

—Heren, zei ze, terwijl ze hen opnam om te zien waar wellicht iets te halen was. Ze ontblootte haar tanden. Regelmatige witte tanden, blauw tandvlees. De predikant dronk zijn glas in één teug leeg en stak het haar toe, met zijn ogen gevestigd op de kloof tussen haar borsten. Ze schonk zijn glas vol en zei: Hoe heet jij, schatje?

—Veasey, zei hij. Solomon Veasey. Hij dronk zijn tweede glas sterke drank leeg zonder zijn ogen af te nemen van de machtige spleet in haar borst. Hij leek te trillen, zo hevig had de bronst hem overvallen.

—Nou, Solomon Veasey, zei ze, wat heb je voor jezelf te zeggen?

—Niet veel, zei hij.

—Dat zal wel niet. Je ziet er ook niet uit als veel bijzonders, zei ze. Maar dat doet er niet toe. Wat zou je ervoor geven om een tijdje met Dikke Tildy naar achteren te gaan?

—Ik zou er veel voor geven, zei Veasey. Hij sprak in de grootst mogelijke ernst.

—Maar hèb je ook veel te geven, dat is de vraag, zei ze.

—O, maak je daarover niet ongerust.

Tildy keek Inman aan. Wil jij ook mee? zei ze.

—Gaan jullie maar, zei Inman.

Voor ze het vertrek konden verlaten kwam er echter een man met een smerig leren jasje en rinkelende sporen van de andere kant van de gelagkamer naar hen toe en legde zijn hand op Tildy's schouder. Hij had een rode wijnvlek bij zijn slaap en leek halfdronken. Hij had een pistool op zijn ene heup, een schede met een dolk op de andere, en een zelfgemaakt soort ploertendoder die aan een lus aan de gesp van zijn riem hing. De man keek op Tildy neer en zei: Kom mee, dikke. Een paar van ons willen je even spreken. Hij trok aan haar schouder.

—Ik heb hier zaken, zei ze.

De man keek naar Veasey en grijnsde. Hij zei: Dit manneke heeft niets in te brengen.

Hierop stond Veasey op, pakte zijn Colt van onder zijn jas en begon deze op de buik van de man te richten. Maar het ging zo traag en het was zo overduidelijk wat Veasey van plan was, dat toen de loop van zijn pistool de horizontale stand had bereikt, de man zijn eigen pistool had getrokken. Zijn arm was stijf gestrekt en het uiteinde van de loop bevond zich op een vingerlengte van Veasey's neus.

Veasey's hand bleef aarzelend in de lucht hangen, en de loop zakte naar beneden zodat hij, als hij had gevuurd, slechts in de voet van de man zou hebben geschoten.

—Doe dat ding weg, zei Inman.

Beide mannen keken in zijn richting, en toen ze dat deden, stak Tildy haar hand uit en plukte Veasey's pistool uit zijn hand.

De man keek naar Veasey en tuitte zijn lippen.

—Jij strontvretende teef, zei hij tegen Tildy. Daarop zei hij tegen Veasey: Zij heeft je leven gered, want als ik je ongewapend neerschiet krijg ik de politie achter me aan.

Veasey zei tegen niemand in het bijzonder: Ik wil mijn pistool terug.

—Houd nu maar je mond, zei Inman. Hij sprak tegen Veasey maar hield zijn ogen gevestigd op de man met de wijnvlek.

—Ik denk er niet over, zei de man.

Inman zei niets.

De man hield het pistool nog steeds op Veasey's hoofd gericht en scheen geen manier te zien om hun krachtmeting tot een einde te brengen.

—Ik denk dat ik je er dan maar mee zal moeten meppen, zei hij, terwijl hij het pistool even heen en weer schudde voor Veasey's gezicht.

—Hé, zei Inman.

De man keek, en nu was de LeMat verschenen en lag op zijn kant op de tafel, met Inmans hand er losjes bovenop.

Met de wijsvinger van zijn vrije hand gaf Inman de man een teken weg te gaan.

De man stond een hele tijd naar de LeMat te kijken, en hoe langer hij keek, hoe kalmer Inman werd. Ten slotte stak de man zijn pistool in de holster en liep weg, mompelend terwijl hij de ruimte overstak. Hij riep zijn gezelschap bijeen en ging de deur uit.

—Geef dat aan mij, zei Inman tegen Tildy. Ze gaf hem Veasey's pistool en hij stak het achter zijn broeksband.

—Je bent erop uit ons allebei om zeep te laten brengen, zei Inman tegen Veasey.

—Helemaal niet, zei Veasey. Het was twee tegen één.

—Nee, dat was het niet. Reken niet op mij om je te steunen.

—Dat heb je anders net gedaan.

—Toch moet je niet op mij rekenen. De volgende laat ik je misschien neerknallen.

Veasey grijnsde en zei: Daar geloof ik niets van. Daarop stonden Tildy en hij op en gingen weg, met zijn arm om de lichte indeuking die bij haar het middel vormde. Inman schoof zijn stoel achteruit tegen een muur zodat hij niet van achteren kon worden benaderd. Hij hield zijn lege glas omhoog naar een man met een schort die eruitzag als een waard.

—Wat een grote haard is dat, zei Inman tegen de man toen hij met zijn fles aankwam.

—'s Zomers witten we hem en zetten er een ledikant in. Het is de koelste slaapplaats die je ooit hebt gezien, zei de man.

—Zo, zei Inman.

—Eet je hier?

—Zeker. Ik heb al een paar dagen in het bos gegeten.

—'t Is over een uur of twee klaar, zei de man.

Terwijl de dag op zijn einde liep, kwamen er nog enkele andere reizigers binnen. Een paar oude mannen, op weg met een wagenvracht groenten om in de naburige marktplaats te verkopen. Een marskramer met wit haar die een kruiwagen duwde vol pannetjes, rollen lint, blikken kroezen, kleine flesjes van bruin geblazen glas, die laudanum en verschillende kruidentincturen in alcohol bevatten. Nog wat andere trekkers van diverse aard. Ze gingen met zijn allen aan een lange tafel zitten en praatten en dronken samen. Ze spraken met diep heimwee over de oude tijden van het veedrijven. Een man zei: O, ik heb hier heel wat runderen langs gedreven. Een ander sprak over een grote troep ganzen en eenden die hij een keer op deze weg had begeleid, en hij zei dat ze de poten van de vogels om de paar dagen in hete teer en daarna in zand hadden moeten dopen om te voorkomen dat ze de vliezen van hun poten afsleten. Elke man had verhalen te vertellen.

Maar Inman zat de hele namiddag alleen op een kruk aan de droge kant van de gelagkamer en dronk kleine slokjes van een bruine vloeistof die als bourbon werd aangeprezen maar alle gebruikelijke hoedanigheden van die drank miste, behalve de alcohol. Hij keek geprikkeld in het zinloze vuur helemaal aan de andere kant van de ruimte. De anderen wierpen veelvuldig blikken op hem, waaruit een zekere bezorgdheid sprak. Hun gezichten waren spiegels waarin Inman zichzelf kon zien zoals zij hem kennelijk zagen, als een man die je zomaar kon doodschieten.

Inman had vijf Confederatie-dollars betaald om op de hooizolder te slapen en nog vijf voor het avondeten, dat toen het kwam een kom bleek te zijn, niet meer dan halfvol met een donkere stoofpot van konijn en kip met een homp maïsbrood. Zelfs rekening houdend met de waardeloosheid van het geld was dat nog duur betaald.

Na het eten ging hij in het laatste schemerlicht bij de staldeur staan onder een met dakspanen gedekt afdak achter aan de herberg. Hij leunde tegen een paal en keek naar de regen die met dikke druppels in de modder van het wagenerf en de weg viel. Hij werd meegebracht door een koele, noordelijke wind. Er hingen twee lantaarns aan de hanenbalken. Hun licht leek verdund door het water en deed weinig meer dan glinsteren op de plassen en alles een somber contrast geven. Alle bollingen en punten van dingen werden door het licht naar voren gehaald. De regen droop gestaag van het afdak, en Inman dacht aan de woorden van Longstreet in Fredericksburg: De Federalen vallen even gestaag neer als regen van een dakrand. In gedachten zei Inman: Zo was het helemaal niet, het leek er niets op.

Het hout van de stal was oud, de nerf voelbaar, een beetje korrelig tegen zijn handpalm, zelfs nu het nat was. In een kraal aan de overkant van de modderweg stonden twee natte paarden met de hoofden omlaag in de regen. Binnen in de stal stonden andere paarden die het beter getroffen hadden in boxen, maar het was het soort paarden dat naar je hapt als je erlangs wilt. Inman draaide zich om en keek hoe een leemkleurige merrie een stukje vlees ter grootte van een walnoot uit de bovenarm van een van de oude marktmannen beet toen deze op weg naar zijn kamer door de gang passeerde.

Na zo enige tijd te hebben gestaan en met ongerichte blik naar het duister wordende landschap buiten te hebben gestaard, besloot Inman maar naar bed te gaan, om de volgende morgen vroeg op te staan en verder te gaan. Hij beklom de ladder naar de hooizolder en zag dat zijn kamergenoot reeds aanwezig was. Het was de witharige marktkramer, aangezien de andere reizigers voor bedden hadden betaald. De man had de verschillende tassen en kisten uit zijn kruiwagen op de hooizolder gebracht. Inman gooide zijn eigen bepakking op een hoop onder de balken. Hij ging achterover geleund zitten in een stapel hooi, vlak buiten de kring geel licht van de olielamp die de marskramer uit de herberg mee naar boven had genomen. Die hing aan een lange spijker die in een dakbalk was geslagen.

Inman keek naar de man die onder het wiebelige licht zijn schoenen en sokken zat uit te trekken. Hij had blaren op zijn voeten, bij hiel en teen zaten stevige, bloedkleurige huidbubbels. Uit een lederen foedraal nam hij een laatmes. Het lantaarnlicht viel op het glanzende staal van het scherpe instrument zodat het tegen het donker blonk als een pijlpunt van dof goud. De man stak ermee in zijn voeten tot hij de blaren had geopend en de roze vloeistof eruit had laten vloeien door met zijn vingers te drukken. Hij trok zijn schoenen weer aan en zei: Ziezo. Hij veegde zijn vingers af aan zijn broek, stond op en liep met strompelende stapjes heen en weer over de vliering, uiterst zacht en voorzichtig.

—Ziezo, zei hij weer.

—Jij hebt net zo ver gelopen als ik, zei Inman.

—Dat zal wel.

De man trok een horloge uit zijn jaszak en keek op de wijzerplaat. Hij klopte erop met zijn knokkel en hield het bij zijn oor.

—Ik zou gedacht hebben dat het later was, zei hij. Het is pas zes uur.

De marskramer haalde de lamp van zijn spijker af, zette hem op de vloer en kwam naast Inman in de stapel hooi zitten. Ze bleven even zwijgend zitten. De regen roffelde op de dakspanen boven hun hoofd en herinnerde hen eraan wat een mooie dingen een stevig dak en een stapel droog hooi zijn. De gele lichtkring van de lamp maakte de grote zolder knusser. Alle ruimte buiten de straal van de cirkel eindigde abrupt in duisternis, alsof het licht een kamertje om hen heen had afgebakend. Onder zich konden ze de paarden horen bewegen in hun boxen, het uitblazen van hun adem. Het slaapverwekkende gemurmel van pratende mensen.

De marskramer groef weer in zijn koffer en haalde er een grote tinnen flacon uit. Hij haalde de stop eraf en nam een flinke slok. Daarna stak hij hem Inman toe.

—Dit is eersteklas drank uit Tennessee, zei hij.

Inman nam een teug en hij was inderdaad uitstekend, met aroma's van rook en leer en andere bruine heerlijkheden.

Buiten nam de regen toe en de wind stak op in het donker en floot door de dakspanen. Het licht flakkerde en sputterde in de tocht. De nacht werd urenlang beheerst door de storm. Ze dronken zich door donder en bliksem heen, languit liggend in het stro, en vertelden verhalen van ballingschap en barre zwerftochten.

Inman hoorde dat de man Odell heette, en in het lamplicht kon Inman zien dat hij allesbehalve oud was, al was zijn haar zo wit als een gans. Hij was hoogstens iets verder gevorderd in leeftijd dan Inman.

—Ik heb geen gemakkelijk leven gehad. Zeker niet, zei Odell. En je moet niet denken dat wat ik nu ben, betekent dat ik altijd zo geweest ben. Ik ben rijk geboren. Rechtens kan ik binnenkort een erfenis tegemoetzien, een plantage met katoen en indigo in zuidelijk Georgia. Een fortuin. Het kan nu elk ogenblik gebeuren, want mijn papa is oud. Hij zou ook al dood kunnen zijn, bij mijn weten, de oude ellendeling. Het zou allemaal van mij zijn geweest. Grond, te veel om in bunders te kunnen meten. De grenzen ervan gaan vijftien kilometer de ene kant op en tien de andere. Dat, en meer nikkers dan je aan het werk zou kunnen zetten. Allemaal van mij.

—Waarom ben je dan niet daar? zei Inman.

Het antwoord op deze vraag duurde het grootste deel van de avond, en toen de olie van de lantaarn op was, vertelde de marskramer zijn sombere verhaal over een onvoorzichtige liefde verder in het donker. Odell was een gelukkig jongetje geweest. De oudste zoon. Grootgebracht en opgeleid om de plantage over te nemen. Het probleem was dat hij als jongeman van twintig een ongepaste liefde had opgevat voor een van de zwarte huisbedienden, een slavin die Lucinda heette. Zoals hij het vertelde was hij meer dan krankzinnig verliefd, want, zoals iedereen wist, alleen al verliefd zijn op haar duidde op een zwakke geest. Ze was, toen het begon, een vrouw van tweeëntwintig, een octarone. Haar huid was niet veel donkerder dan de kleur van een gelooid hertenvel. Ze was een gele roos.

Om de zaak nog ingewikkelder te maken, was Odell sinds kort getrouwd met de dochter van de andere grote planter in de county. Zijn vooruitzichten waren zo gunstig dat hij de keus had uit meisjes uit de wijde omtrek. Het meisje dat hij als vrouw koos was klein en tenger en had last van aanvallen van nerveuze vermoeidheid tijdens welke ze hele middagen in zwijm lag op de chaise longue in de salon. Maar ze was mooi op een doorschijnende manier, en hij had haar verkozen boven alle anderen. Na de bruiloft echter, toen hij de stapels crinolines van haar had afgehaald, leek er zowat niets over te zijn. Ze was akelig schriel en spichtig. Hij vond daar weinig om zijn geest te weerhouden elders te kijken.

De hele familie woonde in het grote huis – Odell, zijn nieuwe vrouwtje, zijn ouders, zijn broer, een zuster. Odells taken waren gering, aangezien zijn vader nog niet het punt had bereikt waarop hij bereid was iets van zijn macht af te staan. Wat niet wilde zeggen dat zijn vader bepaald bedreven was in de vaardigheden van een landeigenaar, want zijn voornaamste prestatie in het leven was er rond voor uit te komen dat hij liever absint dronk dan whisky, sinds hij als jongeman een bezoek had gebracht aan Frankrijk.

Daar Odell weinig anders had om zijn geest bezig te houden, besteedde hij veel tijd aan het lezen van Scott. In de koele maanden ging hij op jacht en in de warme ging hij vissen. Hij ontwikkelde interesse in het fokken van paarden. Hij begon zich te vervelen.

Lucinda kwam in het huishouden als een van een gevarieerde verzameling objecten die zijn vader tijdens een berenjacht in de herfst met gokken had gewonnen. Als gevolg van het kaartspel van een avond verwisselden grote aantallen varkens, verscheidene slavenfamilies, een rijpaard, een kennelvol jachthonden, een fraai jachtgeweer van Engels fabrikaat en Lucinda van eigenaar. Op de dag dat ze door haar vorige eigenaar werd afgeleverd had ze niets bij zich dan een vierkante doek die om al haar persoonlijke bezittingen was geknoopt tot een bundeltje dat niet groter was dan een pompoen.

Ze werd tewerkgesteld in de keuken, en daar had Odell haar voor het eerst gezien. Hij kwam de ruimte binnen en werd op slag verliefd op de broze zwartheid van haar haar, de slanke beenderen van haar handen, voeten en enkels en de manier waarop haar huid over haar sleutelbeenderen spande. Ze was blootsvoets, en Odell vertelde Inman dat toen hij daar stond en neerkeek op haar mooie voetjes, hij wenste dat zijn vrouw dood was.

Hierna zat hij maandenlang in een stoel in de hoek bij het fornuis koffie te drinken en te dromen over Lucinda, tot iedereen in huis wist hoe laat het was. Op een dag nam zijn vader hem apart en gaf hem de raad de zaak op te lossen door haar mee te nemen naar een van de bijgebouwen en haar daar, zoals hij het uitdrukte, een beurt te geven.

Odell was ontzet. Hij was verliefd, legde hij uit.

Zijn vader lachte hem uit. Ik heb een idioot grootgebracht, zei hij.

De volgende dag verhuurde Odells vader Lucinda aan een familie die aan de andere kant van de county woonde. Het waren kleine boeren die zelf niet in staat waren slaven te kopen. Ze betaalden Odells vader voor haar arbeid en gebruikten haar voor veldwerk, melken, hout sjouwen. Voor alles wat er gedaan moest worden.

Odell viel ten prooi aan wanhoop. Hij bleef vaak de hele dag op bed liggen. Of hij zwierf door de county, drinkend en gokkend. Tot hij ontdekte dat de vrouw van de boer Lucinda twee keer per week naar de stad stuurde om eieren te verkopen.

Op die morgens stond Odell op, plotseling zo vrolijk gestemd als een man maar kon zijn, en kondigde aan dat hij op jacht ging. Hij liet een paard zadelen, en nam een jachtgeweer in foedraal en een stel honden mee. Hij sprong vanaf de veranda op het paard en reed kilometers in handgalop, terwijl de honden meesprongen en het bos inrenden om geursporen te onderzoeken, even vrolijk alsof ze echt aan het jagen waren. Hij reed de stad in, erdoorheen, aan de andere kant eruit, en verder over de weg tot hij Lucinda tegenkwam die daar op blote voeten liep met een mand eieren aan haar arm. Dan steeg hij af en liep naast haar mee. Nam haar mand over en droeg die voor haar. Probeerde een geschikt gespreksonderwerp te vinden. Niet één keer probeerde hij haar in die eerste maanden het bos in te krijgen. Zij smeekte hem vaak haar met rust te laten, voor zijn eigen bestwil en het hare. Bij de rand van het stadje gaf hij haar de mand terug en nam haar hand in de zijne, en ze stonden beiden met gebogen hoofd bij het afscheid.

Maar na verloop van tijd kwam het natuurlijk toch zover dat Odell haar meetrok het bos in, en haar neertrok op een bed van dennennaalden. Daarna begon hij verscheidene nachten per maand naar haar hut te gaan. Hij kluisterde zijn paard in het bos en bond zijn honden aan een boom vast. Wanneer hij aankwam op de open plek in het bos waar haar hut stond, kwam ze in een dun nachthemd op hem af hollen en hij drukte haar tegen zich aan en ging dan met haar naar binnen om tot aan het krieken van de dag met haar in bed te liggen.

Hij bleef van huis weg onder verschillende voorwendsels, waarvan de voornaamste de jacht op wasberen was, zodat het niet lang duurde of elke slaaf in de streek wist dat Odell goed geld betaalde voor pas gedode wasberen. Als hij kon, kocht hij er een op weg naar huis als bewijs voor zijn verhaal dat hij die nacht had gejaagd. Anders keerde hij naar huis terug en jammerde over zijn gebrekkige schietvaardigheid, de onervarenheid van zijn honden, het zeldzamer worden van het wild.

Zo ging het een jaar lang door. Toen deelde Lucinda hem op een avond mee dat ze zwanger was. Toen hij dat hoorde, kon Odell het niet meer verdragen, en de volgende dag ging hij naar zijn vader toe, had een onderhoud met hem in wat zijn studeerkamer heette, hoewel het enige wat hij daar bestudeerde de grootboeken van de plantage waren. Ze stonden samen bij de haard. Odell bood aan, Lucinda van hem te kopen. Hij zou elke prijs betalen, zonder afdingen. Zijn vader knipperde verbaasd met zijn ogen. Laat ik zorgen dat ik dit goed begrijp, zei hij. Koop je die negerin nou voor het veldwerk of voor het naaien?

Odell stond op en gaf zijn vader een harde klap op zijn linkeroor. De oude man viel, stond op en viel toen weer. Hij bloedde uit zijn gehoorgang. Help! brulde hij.

De volgende week zat Odell opgesloten in een inmaakschuur, en zijn hoofd en ribbenkast waren bont en blauw van het pak slaag dat hij had gekregen van zijn jongere broer en de voorman van zijn vader. Op de tweede dag kwam zijn vader aan de deur en zei door een kier tegen hem: Ik heb die teef verkocht naar Mississippi.

Odell stortte zich keer op keer tegen de deur aan. Hij huilde de hele nacht als een van zijn wasbeerhonden en daarna bij vlagen gedurende de volgende paar dagen.

Toen hij te moe was om te brullen, deed zijn vader de deur van het slot. Odell wankelde, knipperend met zijn ogen, naar buiten in het licht. Ik denk dat jij je lesje wel hebt geleerd, zei zijn vader, en hij beende weg naar de lage velden, terwijl hij met zijn gevlochten zweep naar de bloemhoofdjes van onkruid en wilde bloemen mepte.

Odell ging het huis in en pakte een tas vol kleren. Uit de safe in de werkkamer van zijn vader nam hij al het geld dat hij kon vinden – een flinke zak met goudstukken en een stapel papieren biljetten. Hij ging naar de kamer van zijn moeder en nam een broche met diamanten en robijnen, een ring met een smaragd en verscheidene parelsnoeren mee. Hij zadelde zijn paard en reed weg in de richting van Mississippi.

In de jaren voor de oorlog zocht hij de katoenstaten af tot hij drie paarden had versleten en zijn voorraad kostbaarheden had uitgeput. Maar Lucinda moest hij nog altijd vinden, en hij had geen voet meer op de grond van zijn ouderlijk huis gezet.

In zekere zin was hij nog steeds aan het zoeken. Dat was de reden waarom hij, toen het nodig werd geld te verdienen, voor een reizend leven koos. Hij was weinig fortuinlijk in zaken, zodat hij na verloop van tijd was afgezakt van een handelaar met paard en wagen tot een marskramer die een kruiwagen duwde. Hij kon nog maar een paar stappen verder afzakken, en zag zich binnenkort wel een wielloze slee trekken, of zelfs snuisterijen verkopen vanuit een tas op zijn rug.

Toen het verhaal uit was, merkten Inman en Odell dat ze de flacon met drank hadden leeggedronken. Odell liep naar de tas met zijn waren en kwam terug met twee flesjes patentmedicijn, voornamelijk bestaande uit ethanol. Ze zaten en nipten ervan, en na enige tijd zei Odell: Je hebt vast niet zulke vreselijke dingen gezien als ik. Hij vertelde over zijn reizen in Mississippi op zoek naar Lucinda, waar hij dingen had gezien die hem deden vrezen dat zij al op een gruwelijke, bloederige manier was overgegaan naar de volgende wereld. En ook dingen die hem deden vrezen dat ze nog niet was overgegaan. Hij vertelde over negers die levend werden verbrand. Van wie oren en vingers waren afgesneden wegens diverse vergrijpen. De ergste straf van dat soort die hij onder ogen kreeg was in de buurt van Natchez. Hij kwam een verlaten weg af bij de rivier. Ergens in het bos hoorde hij kalkoengieren tekeer gaan, een hoog gejammer. Hij pakte zijn geweer en ging op onderzoek uit, en wat hij aantrof, was een vrouw in een kooi van bonenstaken, onder een eik. De boom zag zwart van de gieren. Ze streken neer op de kooi en pikten naar de vrouw die erin zat. Ze hadden al een van haar ogen uitgepikt en hadden repen huid van haar rug en arm gescheurd.

Toen ze Odell zag met haar ene oog, brulde ze: Schiet me dood. Maar Odell vuurde met beide lopen omhoog in de boom. Rondom vielen gieren op de grond en de rest ging met veel gedruis op de wieken. Odell had de plotselinge angst dat de vrouw Lucinda was. Hij ging naar haar toe en brak de kooi open met de kolf van zijn geweer en trok haar eruit. Hij legde haar op de grond en gaf haar water. Hij had geen idee wat hij van plan was te doen, maar voor hij een besluit kon nemen, gaf de vrouw bloed op en stierf. Hij keek naar haar en raakte haar voeten, haar sleutelbeen en haar haar aan, maar ze had Lucinda niet kunnen zijn. Ze had een andere kleur en haar voeten waren knobbelig.

Toen Odell uitgesproken was, was hij dronken en zat met een manchet van zijn overhemd tegen zijn ogen te drukken.

—Het is een koortsachtige wereld, zei Inman, bij gebrek aan een beter commentaar.

Toen de morgen aanbrak, grijs en mistig, verliet Inman de verbrande herberg en ging op weg. Veasey volgde even later. Hij had een dunne snee van een scheermes onder zijn ene oog, waaruit nog steeds wat bloed over zijn wang sijpelde, wat hij telkens met de mouw van zijn jas afveegde.

—Zware nacht gehad? zei Inman.

—Ze bedoelde het niet kwaad. Dit krasje van het scheermes kwam daardoor dat ik te standvastig bleef bij het onderhandelen over de prijs van een nacht met haar. Gelukkig werd mijn ergste vrees niet bewaarheid, namelijk dat ze met dat lemmet het lid van mijn mannelijkheid zou aantasten.

—Nou, ik hoop dat de nacht het waard was.

—Volkomen. De bekoring van liederlijke en onkuise vrouwen is spreekwoordelijk, en ik moet toegeven dat ik een man ben die sterk gecharmeerd wordt door de eigenaardigheden van de vrouwelijke anatomie. Toen ze gisteravond dat grote hemd van haar uittrok en voor me stond, was ik stomverbaasd. Verbijsterd, eigenlijk. Het was een aanblik om vast te houden, om in mijn ouderdom aan terug te denken, een aanblik om een geest die overigens tot moedeloosheid geneigd is, op te fleuren.

bron en wortel

Toen ze te voet op weg waren gegaan naar de stad viel er een koude motregen. Daartegen had Ada een lange jas van waspopeline gedragen, en Ruby had een reusachtige trui aan die ze gebreid had van ongeverfde wol waar de lanoline nog in zat, omdat naar ze zei die olie water net zo goed afstootte als een regenjas. Het enige gebrek van de trui was dat hij in vochtige staat de geur van een ongeschoren ooi afgaf. Ada had erop gestaan dat ze paraplu's meenamen, maar toen ze een uur onderweg waren, brak de zon door de wolken. En zodra de bomen ophielden met druppelen droegen ze de paraplu's in opgerolde toestand, Ruby de hare over haar schouder als een jager die met een geweer op weg is naar het bos.

De opklarende hemel was vol standvogels en trekvogels die voor het seizoen uit naar het zuiden reisden: diverse soorten eenden, ganzen, zowel grauwe als witte, fluitzwanen, nachtzwaluwen, sialia's, gaaien, kwartels, leeuweriken, ijsvogels, verschillende soorten haviken. Over al deze vogels en andere had Ruby tijdens hun wandeling naar de stad iets op te merken, en in hun kleinste gedragingen vond ze een verhaallijn of een blijk van hun aard. Ruby ging ervan uit dat het gekwetter van vogels een uiting was even vol van betekenis als menselijke spraak, en ze zei dat ze vooral gesteld was op de tijd in het voorjaar wanneer de vogels terugkomen en liedjes zingen om te melden waar ze geweest zijn en wat ze gedaan hebben terwijl zij gewoon hier was gebleven.

Toen Ruby en Ada vijf raven zagen die in vergadering bijeen waren aan de rand van een geel stoppelveld, zei Ruby: Ik heb horen zeggen dat roeken honderden jaren kunnen leven, alleen zou ik niet weten hoe je dat zou kunnen nagaan. Toen er een wijfjeskardinaalvink langsvloog met een takje in haar snavel, vond Ruby dat merkwaardig. Ze dacht dat die vogel wel danig in de war moest zijn, want waarom zou ze zoiets vervoeren als het niet was om een nest te bouwen? Maar daar was het niet de tijd van het jaar voor. Toen ze langs een beukenbosje bij de rivier kwamen, zei Ruby dat de rivier zijn naam dankte aan de enorme aantallen passerende duiven die hier soms in troepen landden om van de beukennootjes te eten, en ze zei dat ze menige duif had gegeten in haar jeugd toen Stobrod vaak dagen achtereen verdween zodat ze voor zichzelf moest zorgen. Duiven waren het gemakkelijkste wild dat een kind kon vangen. Je hoefde ze niet eens te schieten, je kon ze gewoon met stokken uit de bomen slaan en hun de nek omdraaien voor ze van de schrik bekomen waren.

Toen drie kraaien een havik lastig vielen in de lucht, gaf Ruby uiting aan haar grote respect voor de gewoonlijk beschimpte kraai, en zei dat er in hun levenshouding veel navolgenswaardigs was. Ze merkte afkeurend op dat veel vogels liever sterven dan iets anders te eten dan het voedsel dat ze lekker vinden. Kraaien vinden alles lekker dat zich voordoet. Ze bewonderde hun tegenwoordigheid van geest, gebrek aan hoogmoed, voorkeur voor practical jokes, sluwheid in een gevecht. Al deze eigenschappen zag zij als bestanddelen van het genie van de kraai, dat een soort bewuste overwinning was op een naar ze vermoedde natuurlijke neiging tot zwartgalligheid en melancholie, zoals die tot uiting kwam in zijn sombere verenkleed.

—We zouden allemaal iets van kraaien kunnen leren, zei Ruby veelbetekenend, want Ada had duidelijk een slechte bui, waarvan het opklaren aanmerkelijk achter liep op dat van de lucht.

Een groot deel van de morgen was Ada zo somber en zwijgzaam geweest dat ze evengoed een zwarte band om haar mouw had kunnen dragen om het aan de wereld te laten weten. Dit was voor een deel te wijten aan het harde werken van de voorafgaande week. Ze hadden gehooid in de verwaarloosde velden, hoewel het hooi uiteindelijk zo vermengd was met alsem en spurrie dat het nauwelijks bruikbaar was. Een dag hadden ze uren gewerkt om de zeisen geschikt te maken voor het maaien. Om te beginnen hadden ze een vijl en een grote slijpsteen nodig om de gekerfde en verroeste randen van de zeisen, die ze liggend op de balken van de gereedschapsschuur hadden gevonden, bij te werken. Ada kon niet zeggen of Monroe zulk gereedschap als vijl en slijpsteen had bezeten of niet. Ze had haar twijfels, want de zeisen waren niet van hem geweest maar waren overgebleven uit de tijd dat de familie Black in het dal woonde. Samen hadden Ada en Ruby door de inhoud van de schuur gerommeld tot ze een rattenstaartvijl vonden, waarvan het scherpe achtereinde in een stoffige oude maïskolf was gestoken bij wijze van handgreep. Maar er kwam geen steen uit de rommel tevoorschijn.

—Mijn vader heeft ook nooit een slijpsteen gehad, zei Ruby. Hij spuugde gewoon op een stuk schalie en haalde zijn mes er een paar keer overheen. Als het maar een beetje scherp werd, was het goed. Het was voor hem geen erezaak of je er het haar mee van je onderarm kon scheren. Zolang hij er een pruim tabak mee kon afsnijden, was hij wel tevreden.

Uiteindelijk hadden ze het zoeken opgegeven en hun toevlucht genomen tot Stobrods methode, waarvoor ze een glad, vlak stuk schalie gebruikten dat ze bij de beek vonden. Na lang slijpen waren de bladen nog altijd maar matig scherp, maar Ada en Ruby gingen naar het veld en zwaaiden een hele middag met de zeisen, en harkten vervolgens het gemaaide gras op zwaden, waarmee ze klaar waren bij het laatste licht, lang na zonsondergang. Op de dag voor het uitstapje, toen het hooi op de grond was gedroogd, vulden ze er de sleepslede vele malen mee en laadden hem uit in de schuur. De stoppels onder hun voeten staken hard en scherp uit de grond zodat ze ze onder hun schoenzolen konden voelen. Ze werkten aan weerskanten van een rij en schepten om beurten een vork hooi in de slede. Wanneer ze uit het ritme raakten, stootten de tanden van hun vorken tegen elkaar en dan schrok Ralph, die in het tuig stond te dommelen, even wakker en schudde met zijn hoofd. Het was stoffig werk, en het kaf hing in hun haren en in de plooien van hun kleren en kleefde aan hun bezwete onderarmen en gezicht.

Toen ze klaar waren, had Ada het gevoel dat ze zou instorten. Haar armen waren rood gevlekt als bij een mazelenpatiënt, door de prikkende en schrammende uiteinden van het afgesneden gras, en ze had een grote bloedblaar in de huidplooi tussen haar duim en wijsvinger. Ze had zich gewassen en was nog voor donker in bed neergevallen, terwijl ze niets gegeten had dan een koude cracker met boter en suiker.

Maar hoe moe ze ook was, ze had gemerkt dat ze telkens weer uit haar echte slaap was opgestegen naar een mistige, zwevende, halfwakkere toestand, een onrustige mengeling van slapen en waken waarin de ergste kanten van beide aan bod kwamen. Ze had het gevoel dat ze de hele nacht bezig was hooi te harken en op te tillen. Wanneer ze ver genoeg wakker was om haar ogen open te doen, zag ze de zwarte schaduwen van boomtakken bewegen in de rechthoek van maanlicht die op de vloerplanken werd geworpen, en die vormen leken onverklaarbaar verontrustend en onheilspellend. Toen werd de maan, ergens in de nacht, verduisterd door wolken en ging het hard regenen, en viel Ada eindelijk in slaap.

Ze was bij een regenachtige dageraad wakker geworden met het gevoel dat ze zich nauwelijks kon bewegen van de spierpijn. Haar handen lieten hun denkbeeldige greep om de hooivork slechts met moeite los en in haar hoofd klopte een algehele hoofdpijn. En nog een specifieke pijnscheut, vlak boven en achter haar rechter ooglid. Maar ze besloot dat het uitstapje naar de stad door moest gaan zoals het gepland was, want het was voornamelijk een plezierreisje dat ze gingen maken, al moesten ze ook een aantal kleine artikelen aanschaffen. Ruby wilde de benodigdheden voor het laden van het jachtgeweer aanvullen – ganzenhagel, grove hagel en kogels – omdat het koeler wordende weer haar in de stemming had gebracht om wilde kalkoenen en herten te schieten. Zelf wilde Ada op de boekenplanken achter in de kantoorboekhandel kijken of er nieuwe boeken waren aangekomen, en ze wilde een in leer gebonden dagboek kopen en een paar tekenpotloden zodat ze aantekening kon houden van enkele van haar botaniseerpogingen. Maar in hoofdzaak voelde Ada zich na weken werk opgesloten in het dal. Ze verlangde er zo hevig naar een uitstapje naar de stad te maken dat pijnlijke spieren, een sombere stemming en het ongunstig uitziende weer van die morgen haar niet hadden weerhouden. Ook de vervelende ontdekking in de schuur dat het paard tijdens het werk van de vorige dag de zool van zijn hoef aan een steen had gestoten en de cabriolet niet kon trekken had haar niet kunnen tegenhouden.

—Ik ga naar de stad, al moet ik erheen kruipen, had Ada tegen Ruby's rug gezegd terwijl Ruby in de regen gebogen stond over de modderige hoef van het paard in haar hand.

Het was daarom een sombere tocht geweest die Ada die morgen over de weg had gemaakt, ondanks al Ruby's pogingen haar vogelwetenswaardigheden te vertellen. Ze liepen langs boerderijen, gelegen in kleine dalen en op beschutte plekken, waarvan de velden zich tussen de beboste heuvels openden als kamers in een huis. Vrouwen en kinderen en oude mannen werkten tussen de gewassen, aangezien elke man die de leeftijd had om te vechten, weg was naar de oorlog.

In de stad wandelden Ada en Ruby eerst rond door de straten om naar de winkels, de paard-en-wagens en de vrouwen met hun boodschappenmanden te kijken. Het was inmiddels zo warm geworden dat Ada haar regenjas opgevouwen onder haar arm droeg. Ruby had haar trui om haar middel geknoopt, en ze had haar haar ter hoogte van haar kraag naar achteren gebonden met een van slierten haar uit een paardenstaart gevlochten band. De lucht was nog steeds nevelig. Cold Mountain was een blauwe veeg, een bult op de rand van de bergen in de verte, klein geworden door de lange wandeling en van niet meer gewicht tegen de hemel dan op papier geplakt papier.

De hoofdstad van de county was geen bijzonder elegante plaats. Aan de ene kant stonden vier houten winkelpanden op een rij, daarna een varkenskot met een modderig erf, dan nog twee winkels, een kerk en een stalhouderij. Aan de andere kant drie winkels, dan het gerechtsgebouw – een wit vakwerkgebouw met een koepel dat door een grasveld met kale plekken gescheiden werd van de straat – en vervolgens nog vier winkelpuien, waarvan er twee van baksteen waren. Daarna eindigde het stadje in een omheind veld met verdroogde maïsstengels. De straten waren diep doorsneden door smalle wagenwielen. Licht glinsterde op plassen water in de talloze door paardenhoeven gemaakte holten.

Ada en Ruby gingen naar een ijzerwinkel en kochten vulsel, hagel, kogels, slaghoedjes en kruit. Bij de kantoorboekhandel betaalde Ada meer dan ze zich kon veroorloven voor *Adam Bede* in drie delen, zes dikke houtskoolpotloden en een dagboek van een goede kwaliteit papier in octavo-formaat dat haar handig leek omdat het klein genoeg was om in een jaszak te passen. Van een verkoper op straat kochten ze kranten – de county-krant en een grotere uit Asheville. Ze kochten lauwwarme limonade van een vrouw die deze tapte uit een vat op een kar, dronken hem staande op en gaven de blikken bekers terug aan de vrouw. Als middageten kochten ze harde kaas en vers brood, die ze meenamen naar de rivier en op de stenen gezeten opaten.

Vroeg in de middag gingen ze langs bij het huis van mevrouw McKennet, een rijke weduwe van middelbare leeftijd die een paar seizoenen lang een duidelijke romantische belangstelling voor Monroe had gehad en die later, toen was gebleken dat hij haar niet in een gelijksoortig licht zag, gewoon een vriendin van hem was geworden. Het was niet het tijdstip voor een theevisite, maar ze was zo verheugd Ada te zien dat ze een grotere tractatie voorstelde. Aangezien de zomer zo nat en koud was geweest, had ze zelfs op dit late tijdstip nog ijs liggen in de ijskuil in de kelder. Dat was afgelopen februari in grote blokken uit het meer gezaagd en verpakt in zaagsel. En nadat ze hen had laten beloven het aan niemand te vertellen, onthulde ze dat ze sinds lang voor de oorlog vier vaten zout en drie vaten suiker in voorraad had. Ze had gedacht roomijs te maken, een buitengewone lekkernij, en ze liet haar factotum – een oud, grijs mannetje dat te zwak was voor de dienst – ijs hakken en de machine draaien. Een tijd geleden had ze een hoeveelheid gesuikerde flensjes gebakken, die ze tot hoorntjes had gedraaid en laten drogen, en daarin serveerde ze het roomijs. Ruby had zoiets natuurlijk nog nooit gegeten en vond het fantastisch. Nadat ze de laatste witte druppel had opgelikt, stak ze mevrouw McKennet haar hoorntje toe en zei: Hier hebt u uw hoorntje terug.

Het gesprek kwam op de oorlog en de uitwerking daarvan, en de opvattingen van mevrouw McKennet stemden precies overeen met alle hoofdartikelen die Ada de laatste vier jaar had gelezen, hetgeen wil zeggen dat mevrouw McKennet het vechten glorierijk, tragisch en heldhaftig vond. Edeler dan ze met enige mogelijkheid kon verwoorden. Ze vertelde een lang en sentimenteel verhaal dat ze over een recente veldslag had gelezen, waarbij het haar kennelijk was ontgaan dat het duidelijk verzonnen was. Er werd – zoals de laatste tijd altijd gebeurde – tegen een grote overmacht gestreden. Toen de slag zijn onvermijdelijke afloop naderde, was een knappe jonge officier ernstig gewond in de borst. Hij viel neer, terwijl het hartenbloed uit zijn borst gutste. Een makker bukte en nam zijn hoofd in zijn armen om zijn doodsstrijd te verzachten. Maar terwijl rondom de veldslag woedde, stond de jonge officier stervend en wel op, trok zijn pistool en leverde zijn bijdrage aan het geweervuur alom. Hij stierf staande, terwijl de hamer tegen lege patronen sloeg. Daarbij kwamen nog extra details van treurige ironie. Op zijn lichaam werd een brief aan zijn geliefde gevonden, waarvan de woorden precies voorspelden op welke wijze hij de dood zou vinden. Toen de brief per koerier naar het huis van het meisje werd gebracht, werd bovendien ontdekt dat zij overleden was aan een vreemde borstkwaal, precies op de dag en het uur dat haar geliefde was heengegaan. Tijdens deze laatste stadia van het verhaal kreeg Ada last van een soort jeuk aan weerskanten van haar neus. Ze raakte deze plekken onopvallend aan met haar vingertoppen, maar ontdekte toen dat haar mondhoeken trilden en alleen met veel moeite konden worden strakgehouden.

Toen mevrouw McKennet klaar was met vertellen, keek Ada om zich heen naar het meubilair, het tapijt en de lampen, naar een huishouden dat moeiteloos draaide, en naar mevrouw McKennet, voldaan en mollig in haar velours fauteuil, met haar dat in stijve pijpenkrullen aan weerskanten aan haar hoofd bengelde. Ada had evengoed in Charleston kunnen zijn. En ze voelde zich genoodzaakt om iets van de houding die ze vroeger in Charleston had aangenomen te tonen. Ze zei: Zoiets belachelijks heb ik nog nooit gehoord. Ze ging verder en zei nog dat zij, in tegenstelling tot de algemene mening, vond dat de oorlog alles liet zien behalve de mooie hoedanigheden tragiek en adeldom. Ze vond hem, zelfs van grote afstand, grof en aan beide kanten ongeveer even kortzichtig. En onterend voor iedereen.

Haar bedoeling was mevrouw McKennet te choqueren of te beledigen, maar deze leek eerder geamuseerd. Ze keek Ada met een flauw glimlachje aan en zei: Je weet dat ik veel genegenheid voor je voel, maar je bent niettemin het naïefste meisje dat ik het genoegen heb gehad te ontmoeten.

Hierop wist Ada niets te zeggen en er viel een pijnlijke stilte die Ruby na enige tijd opvulde door de vogels op te noemen die ze die morgen had gezien en iets te zeggen over de groei van de late gewassen, en het verbluffende feit te melden dat de rapen van Esco Swanger zo groot waren geworden op zijn zwarte aarde dat er maar zes van in een mand van negen liter pasten. Maar even later viel mevrouw McKennet haar in de rede en zei: Misschien wil je ons deelgenoot maken van jouw standpunt betreffende de oorlog.

Ruby aarzelde maar een ogenblik en zei toen dat de oorlog haar niet erg interesseerde. Ze had verhalen gehoord over het land in het noorden en had eruit begrepen dat het een goddeloos land was, of liever een land met maar één god, en dat was geld. Ze had vernomen dat de mensen onder zulk een inhalige overtuiging vals, verbitterd en gestoord werden tot er, bij gebrek aan hogere vormen van geestelijke vertroosting, hele families aan de morfine verslaafd raakten. Verder hadden ze een feestdag uitgevonden die Thanksgiving heette, wat Ruby nog maar kort geleden had gehoord, maar uit wat ze erover had begrepen, maakte ze op dat deze dag een uitvloeisel was van een ontaarde cultuur. Op niet meer dan één enkele dag dankbaar te zijn.

Later die middag, toen Ada en Ruby door de hoofdstraat liepen om de stad te verlaten, zagen ze een menigte mensen die bij de zijmuur van het gerechtsgebouw stonden met hun gezicht schuin naar boven gericht. Ze gingen kijken wat er aan de hand was en zagen dat een gevangene vanuit een raam op de eerste verdieping een toespraak hield tot de mensen beneden. De gevangene had zijn handen om de tralies, en had zijn gezicht er zo ver mogelijk doorheen gestoken. Het haar op zijn hoofd was zwart en vettig en het hing in slierten onder zijn onderkaak naar beneden. Een klein plukje zwart baardhaar groeide in Franse stijl aan zijn onderlip. Het enige dat ze van zijn uitmonstering konden zien voor de vensterbank hem aan het gezicht onttrok, was een sleets uniformjasje dat tot aan de hals was dichtgeknoopt.

Hij sprak in het dringende ritme van een straatprediker, en met de woede in zijn stem had hij een massa mensen aangetrokken. Hij had de hele oorlog hard gevochten, beweerde hij. Hij had een hoop Federalen gedood en had bij Williamsburg een kogel in zijn schouder gekregen. Maar sinds kort geloofde hij niet meer in de oorlog, en hij miste zijn vrouw. Hij was niet opgeroepen maar was vrijwillig gaan vechten, en de enige misdaad die hij had begaan was ophouden met vrijwillig vechten en naar huis lopen. En nu stond hij hier in de gevangenis. En het was mogelijk dat ze hem zouden ophangen, al was hij ook een oorlogsheld.

De gevangene vertelde verder hoe de Home Guard hem een paar dagen eerder had gevangengenomen op een boerderij in een afgelegen inham van de helling van Balsam Mountain. Hij was daar geweest met andere woudlopers. De bossen zaten er vol mee, zei hij. Als enige overlevende van die dag meende hij dat het zijn plicht was om vanuit het getraliede raam van zijn cel tot in bijzonderheden te vertellen hoe het was toegegaan, en Ada en Ruby bleven staan om het te horen, hoewel het een verhaal was vol smerigheid en bloedvergieten.

Het begon te schemeren, en de toppen van de bergen werden afgesneden door een grijze wolkenlaag. Het was begonnen te regenen, een zo fijne en windloze regen dat iemand die er de hele nacht doorheen liep er nauwelijks nat van zou worden. Het enige wat hij deed was kleuren verdiepen, de aarde van de weg roder maken en de bladeren van de populieren die boven je hoofd samenkwamen groener. De gevangene en twee andere woudlopers en de vader van de gevangene waren in huis geweest toen ze paarden hoorden aankomen van beneden onder de bocht in de weg. Zijn vader pakte het jachtgeweer, het enige vuurwapen dat ze hadden, en ging naar buiten en de weg op. Omdat er geen tijd was om het bos te bereiken, verzamelden de drie anderen wapens die ze van landbouwwerktuigen hadden gemaakt en verstopten zich in een voederschuur, vanwaar ze de weg konden zien door de niet gedichte spleten tussen de palen van de muur.

Een klein gezelschap van zwijgende, slecht uitgeruste ruiters kwam in een langzame stap om de bocht naar boven. Ze hadden het kennelijk niet eens kunnen worden over hun kledij. Twee grote donkere mannen die zozeer op elkaar leken dat ze wel tweelingen hadden kunnen zijn, reden vaag geüniformeerd in wat misschien restanten waren die ze van doden op het slagveld hadden geroofd. Een tengere jongen met wit haar droeg boerenkleren – een katoenen broek, een bruin wollen hemd, een kort grijs wollen jasje. En de andere man had wel voor een reizende prediker gehouden kunnen worden met zijn zwarte pandjesjas, broek van Engels leer, en wit overhemd met een zwarte stropdas. Hun paarden waren lelijke beesten met doorgezakte ruggen, rasp rond de nek, een groenig bescheten achterhand, en lange draderige slierten geel snot dat uit alle openingen in hun hoofd kwam. Maar de mannen waren goed bewapend met forse Kerr-pistolen op hun heup en jachtgeweren en buksen in hoezen aan het zadel.

De oude man stond hen op te wachten, en in het grijze licht en de motregen leek hij wel een soort spookverschijning, een grijs wezen dat met zijn benen gespreid over de grasrichel tussen de wagensporen stond. Hij was gekleed in nootbruin geverfde kleren van zelfgesponnen wol. Hij had wangkwabben die neerhingen als de hanglippen van een bloedhond, en hij hield het lange geweer achter zich, langs de achterkant van zijn been.

—Halt, zei hij toen de ruiters tot op twintig pas waren genaderd.

De twee grote mannen en de witharige jongen negeerden dit commando en drukten hun hielen in hun rijdieren om ze in langzame stap voorwaarts te laten gaan. De man die eruitzag als een predikant ging schuin op de rand van de weg af en wendde zijn paard zo dat het lijf van het dier de korte Spencer-karabijn in zijn holster bij zijn knie zou verbergen. Zijn metgezellen bleven als een groep voor de oude man staan.

Er volgde een snelle beweging en iemand gaf een hoge gil.

De oude man had zijn geweer van achter zich vandaan gehaald en had het met één snelle beweging onder het zachte deel van de kin van een van de grote mannen gepord en het daarna teruggetrokken. Het was een antiek geweer voor de vogeljacht. De haan was gespannen, en de loop had een doorsnede als van een borrelglas. Een straaltje bloed liep langs de hals van de grote man en verdween in de kraag van zijn hemd.

De andere grote man en de witharige jongen gingen zitten en keken uit over een stukje maïsveld waar een oude, grijze stuik veevoer van vorig jaar als een scheefgezakte kegel bij de bosrand stond. Ze glimlachten alsof ze misschien wel hadden verwacht dat er iets tamelijk grappigs tussen de bomen zou verschijnen.

De oude man zei: Jij daar bij het hek. Ik weet wie je bent. Jij bent Teague. Kom hier.

Teague verroerde zich niet.

De oude man zei: Kom je niet?

Teague bleef zitten waar hij zat. Hij had een grijns op zijn gezicht, maar zijn ogen leken op een koude haard waar de as uitgeschept is.

—Zijn die grote nikkers van jou? zei de oude man tegen Teague.

—Ik weet niet of ze dat zijn, zei Teague. Maar ze zijn niet van mij. Je zou ze me nog niet cadeau kunnen geven.

—Van wie zijn ze dan?

—Van zichzelf, denk ik, zei Teague.

—Kom jij eens hierheen, bij ons, zei de man.

—Ik rust hier even uit bij de bosrand, zei Teague.

—Ik word zenuwachtig van jou, en straks krijgt iemand de volle laag van me, zei de man.

—U hebt maar één geweer, merkte Teague op.

—Dit geweer raakt een heleboel tegelijk als je het afschiet, zei de man. Hij deed enkele passen achteruit tot hij schatte dat de drie mannen voor hem allen binnen het brede schootsveld van het grote geweer stonden. Toen zei hij: Kom van die paarden af en ga bij elkaar staan.

Iedereen behalve Teague steeg af. De paarden bleven staan met hun teugels op de grond hangend en hun oren naar voren alsof ze zich amuseerden. De man met de wond, die Byron heette, bevoelde hem met zijn vingers, keek naar het bloed en veegde toen zijn handen af aan de loshangende slip van zijn overhemd. De andere, die Ayron heette, hield zijn hoofd scheef, en een roze tongpuntje kwam uit zijn mond tevoorschijn, zo aandachtig lette hij op alles wat hier gebeurde. De witharige jongen wreef in zijn blauwe ogen en trok in verschillende richtingen aan zijn kleren alsof hij net wakker was geworden nadat hij erin had geslapen. Daarna stond hij op en begon geboeid de nagel van zijn linker wijsvinger te bekijken. Die was bijna even lang als de vinger zelf, zoals sommige mensen ze laten groeien om boter te snijden of reuzel te scheppen en meer van dat soort werkjes.

De oude man hield hen alledrie met het geweer onder schot en bekeek hun uiteenlopende bewapening.

—Waar gebruiken die nikkers die lange cavaleriesabels voor? Om vlees aan te roosteren boven een vuurtje?

Er viel een lang ogenblik stilte en toen zei de oude man: Wat zoeken jullie hierboven?

—U weet wel, zei Teague. Woudlopers vangen.

—Die zijn allemaal weg, zei de oude man. Al een hele tijd. Die zitten in de bossen waar ze moeilijk te vinden zijn. Of ze zijn de bergen overgetrokken om over te lopen naar de andere kant.

—O, zei Teague. Als ik u goed begrijp, kunnen we dus het beste teruggaan naar de stad. Is dat wat u zegt?

—'t Zou ons allemaal veel ellende besparen als jullie dat doen, zei de man.

—Als u niet oppast, zouden we u ook nog wel eens kunnen opknopen, zo oud als u bent, zei Teague. Als ze weg waren, zou u ons niet gewapend tegemoet komen.

Op dat moment viel de witharige jongen voorover in de aarde en riep luid: Koning der koningen!

Zodra de aandacht van de oude man naar de jongen ging, deed Ayron een uitval, met onverwachte gratie voor zo'n grote man, en gaf de oude man met zijn linkervuist een keiharde klap tegen het hoofd. Hij liet dit volgen door een mep tegen de hand, waarmee hij het geweer wegsloeg. De oude man viel op zijn rug, en zijn hoed viel naast hem in de aarde. Ayron stapte over hem heen, raapte het jachtgeweer op en sloeg de oude man ermee tot de kolf eraf brak en daarna sloeg hij hem met alleen de loop. Na enige tijd bleef de man stil op de weg liggen. Hij was nog wel bij bewustzijn maar had een verbaasde uitdrukking in zijn ogen. Er liep iets uit zijn ene oor dat precies op bloederige jus leek.

Byron spuwde op de grond en veegde het bloed op zijn hoofd weg, en toen trok hij de sabel en zette de punt ervan onder de vellerige kin van de oude man en drukte tot hij een bloedstroompje had veroorzaakt dat vergelijkbaar was met het zijne.

—Om vlees te roosteren boven een vuurtje, zei hij.

—Laat hem, zei Ayron. Hij doet geen kwaad meer.

Beide mannen hadden ondanks hun grootte dunne, scherpe stemmen, hoog als vogelgezang.

Byron haalde het zwaard weg van de kin van de man, maar voor iemand begreep wat hij van plan was, nam hij vervolgens het gevest in beide handen en met een beweging die niet meer moeite leek te kosten dan de karnstok in een karnton steken, spietste hij de oude man door zijn maag.

Byron liep weg met zijn handen geopend naar weerskanten. Er was niets te zien van het lemmet van het zwaard, alleen de versierde kom en de met draad omwoelde greep die aan de onderkant van de ribbenkast van de oude man naar buiten stak. Hij probeerde op te staan maar alleen zijn hoofd en knieën kwamen omhoog, want hij was aan de grond genageld.

Byron keek naar Teague en zei: Wil je dat ik hem afmaak?

—Laat hij het maar uitvechten met zijn Schepper, zei Teague.

De jongen, die nog steeds op de grond lag, stond op, liep naar de man toe en stond op hem neer te kijken.

—Hij is klaar voor de dood, zei de jongen. Zijn lamp brandt en hij wacht op de bruidegom.

Allen lachten behalve de oude man en Teague. Teague zei: Houd je mond, Birch. Laten we gaan.

Ze stegen op om naar het huis te rijden, en terwijl ze dat deden, blies de oude man zijn laatste adem uit en stierf met een jammerend geluid. In het voorbijgaan boog Byron zich ver uit het zadel, behendig als een circusruiter in een tent, trok de sabel eruit en veegde hem aan de manen van zijn paard af voor hij hem terugstak in zijn schede.

Byron reed naar het hek en schopte het open om de grendel te breken, en ze reden erdoor en hielden stil bij de veranda.

—Kom naar buiten, riep Teague. Zijn stem had een vrolijke klank.

Toen er niemand verscheen, keek Teague naar Byron en Ayron en wees met zijn kin naar de voordeur.

De twee mannen stegen af, sloegen hun teugels met een lus om de pijlers van de veranda en begonnen met getrokken pistool in tegenovergestelde richtingen om het huis heen te lopen. Ze bewogen zoals een groep wolven jaagt, in stilzwijgende samenwerking om een gemeenschappelijk doel te bereiken. Ze waren van nature snel en hun bewegingen waren vlot en soepel, in weerwil van hun omvang. Maar hun grootste overwicht hadden ze in een handgemeen, want het zag ernaar uit dat ze iemand samen met hun handen uiteen konden rijten.

Nadat ze drie keer om het lege huis heen waren gelopen stormden ze tegelijkertijd door de voor- en achterdeur naar binnen. Even later kwamen ze naar buiten, Ayron met een handvol waskaarsen die met de pit aan elkaar zaten en Byron met een stuk ham, dat hij bij het gewricht van het witte been vasthield als een kippenbout. Ze stopten alles in draagmanden aan de paarden. Vervolgens klommen Teague en Birch zonder een woord, gebaar of ook maar een teken van hun rijdier af op de grond en ze liepen met zijn allen naar de schuur, waar ze de deur naar de boxen opengooiden. Daar troffen ze alleen een oude muilezel aan. Ze stampten door het hooi op de hooizolder en doorstaken de diepste hopen met hun sabel, en daarna kwamen ze naar buiten en richtten hun aandacht op de voederschuur, maar toen ze die naderden, sprong de deur open en wilden de drie woudlopers het op een rennen zetten.

De mannen werden gehinderd bij hun ontsnapping, want ze droegen geïmproviseerde wapens die eruitzagen als artefacten uit een nog donkerder tijdperk – een bijgeslepen ploegschaar die aan een ketting bungelde, een oude spade die geklopt en gevijld was tot hij een beetje op een speer leek, een knots gemaakt van de knoest van een den, waarvan de kop met hoefijzernagels was bespijkerd.

Teague liet de mannen een eindje rennen en schouderde toen de karabijn en schoot de twee voorsten neer, die met veel gekletter van hun bewapening op de grond vielen. De laatste man, de gevangene, bleef stilstaan, stak zijn handen omhoog en keek hen aan. Teague bekeek hem een tijdlang. De man had die dag geen schoenen aan en groef met zijn tenen in de aarde als om meer houvast te krijgen. Teague likte aan zijn duim en veegde die af aan de korrel van zijn Spencer. Hij hief de karabijn en liet de dakkorrel in de vizierkeep komen. De man stond roerloos voor hem. Hij had zijn bespijkerde knots nog in zijn hand, zodat hij hem boven zijn hoofd had geheven zoals op een afbeelding van een wilde in een boek.

Teague liet de karabijn zakken, zette de kolf op de grond en hield hem losjes bij de loop vast.

—Gooi die stok op de grond, anders stuur ik deze twee op je af om je uit elkaar te trekken, zei hij.

De gevangene keek naar de twee grote kerels en liet de dennenknots toen aan zijn voeten vallen.

—Mooi zo, zei Teague. Blijf nu gewoon zo staan.

De mannen liepen met zijn allen naar de gevangene toe, en Ayron greep hem bij zijn nek en tilde hem op als een jong hondje bij het nekvel. Vervolgens richtten ze hun aandacht op de twee mannen die op de grond lagen. De ene was dood en had amper genoeg gebloed om zijn kleren te bevlekken. De ander had een kogel in zijn darmen gekregen. Hij leefde nog, maar ternauwernood. Hij steunde op zijn ellebogen en had zijn broek en onderbroek omlaaggetrokken tot zijn knieën. Hij tastte met twee vingers in zijn wond en toen keek hij hen aan en brulde: Ik ben er geweest.

De Guards kwamen om hem heen staan, maar toen ze de stank in de lucht roken, deinsden ze terug. De gevangene worstelde alsof hij naar zijn gevallen vriend toe wilde en Ayron sloeg hem tegen de zijkant van zijn hoofd, drie vlakke slagen met het vlees van zijn gebalde vuist. Birch haalde een zwart stuk gedraaide tabakspruim tevoorschijn, nam het uiteinde tussen zijn tanden en zaagde het bij zijn lippen af, waarna hij de rest in zijn zak stopte. Wanneer hij spuwde, schuifelde hij met de teen van zijn schoen aarde over de geelbruine plek alsof hij de grond graag netjes wilde houden en bang was sporen achter te laten.

De neergeschoten man lag plat op zijn rug en knipperde met zijn ogen naar de lucht, en leek er niets van te begrijpen. Zijn mond vormde woorden, maar hij maakte geen geluid behalve het klikken van een droge mond. Daarop gingen zijn ogen dicht en men had een tijdlang kunnen denken dat hij dood was, behalve dat hij op gezette tijden zijn vingers bewoog. Hij bloedde onmatig. Het gras om hem heen was een verkleefde, rode massa en zijn kleren hingen zwaar en glibberig van hem af als oliedoek. Zelfs in het flauwe licht glommen ze. Toen hield het bloed op met vloeien en hij deed zijn ogen open zonder te proberen ze te richten.

Ze vermoedden dat hij nu dood was.

Birch bood aan naar hem toe te gaan en tabakssap in zijn oog te spuwen om te zien of hij dan zou knipperen, maar Teague zei: We hoeven het niet uit te proberen. Hij is kapot.

—Deze twee zijn je voorgegaan in de dood net als je ouwe vader, zei Birch tegen de gevangene.

De man zei niets en Teague zei: Birch, hou je koest en haal iets dat ik zijn handen kan vastbinden, dan brengen we hem aan het lijntje terug naar de stad.

De jongen liep naar de paarden en kwam terug met een rol touw. Maar toen Teague zich bukte om zijn handen vast te binden, raakte de gevangene buiten zinnen. Er was geen andere verklaring voor zijn handelen dan dat hij liever dood was dan gebonden te worden. Hij trapte in doodsangst van zich af en verkocht Teague een trap die afgleed op zijn dij. Daarom begonnen Teague en de grote kerels met hem te vechten en de man was zo wild dat het een tijdlang onduidelijk was wie het zou winnen. Hij haalde naar hen uit met alle ledematen die hij bezat en stootte bovendien met zijn hoofd. Hij krijste aan een stuk door, een hoog vibrerend gillen dat hen bijna van hun stuk bracht. Maar uiteindelijk gooiden ze hem op de grond en bonden zijn polsen en enkels stevig aan elkaar vast. Zelfs toen bokte en worstelde hij nog en strekte zijn hoofd uit tot hij Teague in zijn hand beet tot bloedens toe. Teague veegde zijn hand af aan een jaspand en keek ernaar.

—Ik word liever door een varken gebeten dan door een man, zei hij.

Hij stuurde Birch terug naar het huis om een rechte stoel en vervolgens waren ze met zijn allen bezig de man erop vast te binden, en ze bonden hem met zijn armen langs zijn zijden en het touw in een lus om zijn nek tot hij niet veel meer kon doen dan met zijn vingers wiebelen en met zijn hoofd draaien zoals schildpadden doen wanneer ze op hun rug worden gelegd.

—Ziezo, zei Teague. Ik ben benieuwd of hij me nu nog bijt.

—Amok, zei Birch. Ik heb erover gelezen. Het is een woord voor iets dat mensen kunnen maken.

Ze wachtten, hurkten neer en kwamen weer op adem, en de man vocht tegen de touwen tot zijn nek bloedde en toen werd hij stil. Byron en Ayron rustten met hun onderarmen op hun omvangrijke dijen. Teague zoog op zijn wond, haalde toen een zakdoek tevoorschijn, veegde de aarde van zijn zwarte jas en veegde over de teenafdrukken die de man op de dij van zijn lichte broek had achtergelaten. Birch hield zijn linkerhand omhoog en zag dat hij tijdens de worsteling zijn lange nagel half had afgescheurd. Hij pakte zijn mes en sneed hem los, intussen vloekend over het verlies.

Ayron zei: We zouden die kleine sleepslede kunnen nemen, hem daarin zetten en hem zo op de stoel gebonden naar de stad rijden.

—Zou kunnen, zei Teague. Maar ik voel er op dit moment meer voor hem naar de zolder van de schuur te dragen, zijn nek aan een balk vast te knopen en hem door het hooiluik te duwen.

—Je kunt een man niet zittend ophangen, zei Birch.

—Kan ik dat niet? zei Teague. Ik zou wel eens willen weten waarom niet? Ik heb het trouwens wel eens zien doen.

—Nou ja, maar toch zou het een betere indruk maken als we af en toe eens iemand opbrachten, zei Birch.

De mannen stonden op om te overleggen en ze zagen blijkbaar het redelijke van Birch's gedachtengang in, want ze groepeerden zich rondom de stoel, tilden hem op en brachten hem naar de slede. Ze bonden de stoel op de slede, spanden de muilezel ervoor en gingen op weg naar de stad, terwijl het hoofd van de man op en neer schokte, want hij had niet de wil om het zelfs maar rechtop te houden.

—Deze wereld zal niet lang standhouden, brulde de gevangene tot besluit van zijn verhaal. God zal hem zo niet lang laten standhouden.

Tegen de tijd dat hij uitgesproken was, was de zon al een eind gedaald in het westen, en Ada en Ruby wendden zich van het gerechtsgebouw af en begonnen naar huis te lopen. Ze waren allebei somber en zeiden aanvankelijk niets, en later bespraken ze al lopend het verhaal van de gevangene. Ada wilde het als overdrijving zien, maar Ruby's conclusie was dat het als waarheid moest worden beschouwd omdat het zo goed overeenkwam met waar mannen toe in staat zijn. Vervolgens bespraken ze een kilometer of drie in het algemeen of de wereld beter kon worden beschouwd als een dusdanig bedreigende en beangstigende plaats dat de enige juiste houding die men kon aannemen somberheid was, of dat men naar licht en vrolijkheid moest streven ook al leek het of hun een donkere vuist boven het hoofd hing die elk ogenblik toe kon slaan.

Toen ze bij de westelijke afsplitsing van de Pigeon kwamen en de weg langs de rivier insloegen, werd het licht minder en lag er over de bult die Big Stomp heette al een schaduw, die afkomstig was van de hogere bergen van de Blue Ridge. Het water zag er zwart en koud uit, en er hing een riviergeur in de lucht, ongeveer gelijke delen mineraal en plantaardig. Hoewel het peil van de rivier sinds de morgen wat gedaald was, stond hij nog hoog door de regen van de afgelopen nacht, en de rotsen die er midden in lagen waren nat en donker waar de bomen op beide oevers elkaar in het midden bijna raakten en de waterloop de hele dag in de schaduw hielden.

Ze waren na de splitsing nog niet ver gekomen toen Ruby bleef staan en haar lichaam recht naar het water keerde, naar iets kijkend alsof ze mikte. Ze zakte ietwat door de knieën, als een bokser die zijn zwaartepunt verlaagt om zich op de aanval voor te bereiden. Ze zei: Kijk daar nou. Dat zie je niet elke dag.

In de rivier stond een grote blauwe reiger. Het was toch al een grote vogel, maar iets in de hoek waaronder ze naar hem keken en de lage zonnestand maakten dat hij nog groter leek. Hij leek manshoog in het schuine licht, met zijn lange schaduw ver over het water gerekt. Zijn poten en de punten van zijn vleugels waren even zwart als de rivier. Zijn snavel was van boven zwart en van onderen geel, en het licht dat erop viel glansde gedempt als op satijn of een scherf vuursteen. De reiger tuurde met felle concentratie in het water. Van tijd tot tijd deed hij een paar voorzichtige, trage passen, tilde een voet uit het water en bleef dan zo staan alsof hij wachtte tot er geen druppels meer afvielen, en plaatste hem dan weer op de rivierbodem op een nieuwe plek die pas na diep nadenken gekozen leek te zijn.

Ruby zei: Hij zoekt naar een kikker of een vis.

Maar het feit dat hij zo aandachtig in het water staarde herinnerde Ada aan Narcissus, en om iets bij te dragen aan hun studie van de Grieken vertelde ze Ruby een korte versie van het verhaal.

—Die vogel denkt helemaal niet over zichzelf na, zei Ruby, toen Ada het verhaal uit had. Kijk naar de snavel die hij heeft. Steekwonden, dat is zijn aard. Hij denkt erover na wat hij nu weer eens zal spietsen om op te eten.

Ze liepen langzaam naar de rand van de rivier en de reiger draaide zich teneinde met een zekere belangstelling naar hen te kijken. Hij maakte kleine, exacte, aanpassende bewegingen met zijn smalle kop alsof hij moeite had zich een beeld te vormen rondom zijn zwaardachtige snavel. Het leek Ada of zijn ogen naar haar goede kanten zochten maar niets vonden.

—Wat doe jij hier zo hoog? zei ze hardop tegen de reiger. Maar ze wist op grond van zijn uiterlijk dat zijn aard iets van een kluizenaar of mysticus had. Zoals al zijn soortgenoten was hij een alleen levende pelgrim, met vreemde gewoonten, en niet onderworpen aan de regels of beginselen die golden voor vogels die in troepen leefden.

De reiger liep in hun richting naar de rand van de rivier en ging op een hoop modder staan. Hij was nog geen drie meter van hen af. Hij kantelde zijn kop iets en hief een zwarte poot op, met schubben zo groot als vingernagels, en de voet net boven de grond. Ada staarde naar de vreemde pootafdruk in de modder. Toen ze opkeek, staarde de vogel haar aan als iemand die hij van lang geleden kende, en die hij zich nog vaag herinnerde.

Daarop opende de reiger langzaam zijn vleugels. Het proces werd uitgevoerd alsof het een kwestie was van scharnieren en hefbomen, krukassen en katrollen. Alle lange beenderen onder veren en huid waren duidelijk aanwezig. Toen hij klaar was, waren de vleugels zo breed dat Ada zich niet kon voorstellen hoe hij tussen de bomen door omhoog zou kunnen komen. De vogel deed een stap in Ada's richting, verhief zich van de grond, en vloog met slechts enkele trage slagen van de enorme vleugels vlak over haar hoofd omhoog en weg door het bladerdak van het bos. Ada stak een hand op alsof ze een familielid gedag wuifde dat op bezoek was geweest. Wat zou dat zijn? vroeg ze zich af. Een zegening? Een waarschuwend teken? Een wachtpost van de geestenwereld?

Ada haalde haar nieuwe dagboek tevoorschijn en sleep met haar pennenmes een punt aan een van de houtskoolpotloden. Ze maakte uit het geheugen een vlugge, losse schets van de reiger zoals hij in de modder had gestaan. Toen ze klaar was, was ze ontevreden over de buiging van de hals en de hoek van de snavel, maar ze had de poten en de verenkraag bij zijn krop en de uitdrukking van zijn oog precies goed. Onderaan de bladzijde schreef ze in haar runen-achtige handschrift *Blauwe reiger/ Zijrivier van de Pigeon/ 9 oktober 1864*. Ze keek op naar de hemel en zei toen tegen Ruby: Hoe laat denk je dat het is?

Ruby wierp een blik naar het westen en zei: Even over vijf, en Ada schreef op *vijf uur* en sloot het dagboek.

Terwijl ze langs de rivier naar boven liepen, praatten ze over de vogel, en Ruby onthulde dat ze een naar haar gevoel problematische relatie met reigers had. Stobrod, zei ze, had in haar jeugd vaak gezegd dat hij niet haar vader was, en dat ze zelfs geen menselijke vader had. Haar moeder had, tijdens haar zwangerschap van Ruby – wanneer ze dronken en verbitterd was en een hoger loon van hem wilde loskrijgen – vaak benadrukt dat Stobrod geen aandeel had in de baby en dat die verwekt was door een grote blauwe reiger. Ze beweerde dat die op een morgen was neergestreken bij de beek, en nadat hij de hele morgen rivierkreeften had gespietst op het erf was gekomen waar zij bezig was een korst oud maïsbrood in stukken te breken en over de grond te strooien voor de kippen. Het verhaal dat Ruby's moeder vertelde, in de weergave van Stobrod, was dat de reiger op zijn lange scharnierende poten op haar toe stapte en haar recht in de ogen keek. Ze beweerde, zei Stobrod, dat die blik onmiskenbaar was, en voor slechts één uitleg vatbaar. Ze draaide zich om en vluchtte, maar de reiger achtervolgde haar tot in het huis, en toen ze daar op handen en knieën gebukt zat in een poging zich onder de bedstede te verstoppen, benaderde de reiger haar van achteren. Wat toen volgde beschreef ze als een geweldig pak slaag.

—Hij heeft dat verhaal wel honderd keer verteld, zei Ruby. Ik weet eigenlijk wel dat het een van zijn leugens is, maar toch kan ik zo'n vogel niet zien zonder het me af te vragen.

Ada wist niet wat ze moest zeggen. Het licht onder de bomen langs de rivier was goudkleurig geworden en de blaadjes aan beuken en populieren trilden in een zuchtje wind. Ruby bleef staan en trok haar trui aan en Ada schudde de kreukels uit de jas en hing hem om haar schouders als een cape. Ze liepen door, en bij de doorwaadbare plaats van de rivier kwamen ze een jonge vrouw tegen die een baby droeg in een geruit tafelkleed dat ze over haar schouder had geslagen. Ze sprong blootsvoets over de stapstenen, sierlijk als een rennend hert, en zei geen woord, keek hen zelfs niet aan toen ze hen passeerde, hoewel de baby hen uitdrukkingsloos aanstaarde met ogen zo bruin als in zijn hoofd gezette eikeldoppen. Kort na de doorwaadbare plaats vlogen kleine vogels op uit een appelboom die alleen in een oud veld stond.

Nog verder langs de weg, bij een poel in de rivier waar soms mensen gedoopt werden, barstte een wolk huiszwaluwen uit een esdoorn die bijna op zijn kleurigst was. De onderkant van de zon raakte de bergkam en de hemel had de kleur van geklopt tin. De zwaluwen vlogen als één lichaam uit de boom op, nog in de vorm van de ronde esdoorn die ze hadden gevuld. Vervolgens zwenkten ze tegen de wind in, gleden twee hartslagen lang op gestrekte vleugels zijwaarts in de stromende lucht, zodat Ada hen in smal profiel zag en veel zilveren ruimte zag tussen de vogels afzonderlijk. Onmiddellijk hierna, alsof er een sein was gegeven, begonnen ze aan een steile klim, en werd het vlak van hun vleugels naar haar toegewend dat de lichte openingen tussen de vogels afsloot, zodat de troep leek op een in de lucht geprojecteerde, zwarte afbeelding van de rode esdoorn. De schaduwen van de vogels op het hoge veldgras achter de weg bewogen heen en weer.

De schemering steeg op rondom Ada en Ruby alsof het donker uit de rivier hemelwaarts sijpelde. Ruby's wonderlijke reigerverhaal over haar oorsprong deed Ada denken aan een verhaal dat Monroe haar niet lang voor zijn dood had verteld. Het ging over de manier waarop hij haar moeder het hof had gemaakt, en om de steeds donkerder wordende kilometers stroomopwaarts te vullen, vertelde Ada het tamelijk gedetailleerd aan Ruby.

Ada wist wel dat Monroe en haar moeder betrekkelijk laat in het leven waren getrouwd, toen hij vijfenveertig was en zij zesendertig. En Ada wist dat hun tijd samen maar kort had geduurd. Maar ze wist niets over de omstandigheden van hun verkeringstijd en huwelijk, en nam aan dat het een verbintenis van kalme vriendschap was, het soort band dat ze tal van keren had zien ontstaan tussen eigenaardige oude vrijgezellen en oude vrijsters. Ze vermoedde dat zij zelf de vrucht was van een of andere treurige foutieve berekening.

Dat wil zeggen, tot op een middag in de winter voor Monroe's dood. Er was de hele dag een natte sneeuw gevallen, waarvan de grote vlokken smolten zodra ze de grond raakten. Ada en Monroe zaten de hele lange middag bij het vuur, terwijl Ada hem voorlas uit een nieuw boek, *The Conduct of Life*. Monroe had elke gepubliceerde uiting van Mr. Emerson al vele jaren met grote belangstelling gevolgd, en die dag vond hij Emerson zoals altijd, zelfs nu hij oud was, misschien een fractie extremer in zijn geestelijke standpunten dan nodig was.

Toen de dag buiten de ramen op zijn eind liep, legde Ada het boek weg. Monroe zag er vermoeid uit, grauw, met holle ogen. Hij zat naar het vuur te kijken, dat in zijn as was verzonken en langzaam brandde, met af en toe een vlammetje. Na verloop van tijd zei hij: Ik heb je nooit verteld hoe ik met je moeder getrouwd ben geraakt.

—Nee, zei Ada.

—Het is iets dat me de laatste tijd steeds door het hoofd speelt. Ik weet niet waarom. Je hebt nooit geweten dat ik je moeder heb ontmoet toen zij net zestien was en ik vijfentwintig.

—Nee, zei Ada.

—Toch is het zo. De eerste keer dat ik haar zag, dacht ik dat zij het mooiste was wat ik ooit had gezien. Het was in februari. Een grijze dag, koud, met een lichte, vochtige bries die vanuit de oceaan woei. Ik maakte een rit te paard. Ik had toen kort geleden een fantastische Hanoveriaanruin gekocht. Precies zeventien handen hoog. Een bloedsteenkleurige vos. Hij had een ietwat naar binnen staand spronggewricht, maar niet zoveel dat het stoorde. Zijn handgalop was iets wonderbaarlijks, alsof je zweefde. Ik had hem een eind Charleston uit gereden, naar het noorden langs de Ashley, voorbij Middleton. Dan erover en op de terugweg over Hanahan. Het was een lange rit. Het paard was schuimig bezweet, ondanks de koele lucht, en ik had honger en verlangde naar mijn avondeten. Het was precies op dit uur van de dag. Een grijze avond. We waren op het eerste punt waar je werkelijk kon zeggen dat we niet meer buiten waren, maar in de stad.

We kwamen bij een huis, een huis dat beschreven kon worden als noch bescheiden, noch luxueus. Het had een brede veranda met aan weerskanten oude dwergpalmen. Het lag te dicht aan de weg naar mijn smaak. De ramen waren donker, en er stond een waterbak op het erf. Omdat ik dacht dat er niemand thuis was, steeg ik af om mijn paard te laten drinken. Vanaf de veranda hoorde ik een vrouwenstem zeggen: U zou misschien eerst toestemming kunnen vragen.

Ze had blijkbaar in haar eentje op een houten bank onder de ramen gezeten. Ik nam mijn hoed af en zei: Neemt u mij niet kwalijk. Ze kwam uit de schaduw van de veranda naar voren, kwam de trap af en bleef op de onderste trede staan. Ze droeg een winterjapon van grijze wol, met een zwarte sjaal om haar schouders. Haar zo zwart als een kraaienvleugel. Ze was bezig geweest het te borstelen, want het hing los tot onder haar middel, en ze had een borstel met een schildpadden handgreep in haar hand. Haar gezicht was bleek als marmer. Er was niets aan haar dat niet òf zwart, òf wit, of een tint daartussenin was.

Ondanks haar strenge kledij was ik volstrekt ontwapend. Ik heb nooit iemand gezien die met haar te vergelijken was. Er zijn geen woorden voor hoe mooi ik haar vond. Het enige wat ik kon zeggen was: Mejuffrouw, ik vraag u nogmaals om vergiffenis. Ik steeg op en reed weg, verward, de gedachten maalden door mijn hoofd. Op een bepaald moment die nacht, nadat ik gegeten had en naar bed was gegaan, drong het tot me door. Dat was de vrouw die bestemd was om mijn vrouw te worden.

De volgende dag begon ik haar het hof te maken, en dat deed ik zo ijverig en zorgvuldig als maar mogelijk is. Eerst verzamelde ik informatie. Ik ontdekte dat zij Claire Dechutes heette. Haar vader, een Fransman, verdiende zijn brood door over en weer handel te drijven met zijn vaderland, door wijn te importeren en rijst te exporteren. Hij was een welgesteld man, zij het niet vermogend. Ik regelde een ontmoeting met hem in zijn pakhuis bij een kade van de Cooper. Een bedompte, donkere ruimte waar het naar de rivier rook. Het stond er vol met houten kisten rode wijn, zowel zeer goede als goedkope wijnen, en jutezakken met onze rijst. Wij werden aan elkaar voorgesteld door mijn vriend Aswell, die in het verleden zaken had gedaan met Dechutes. Dechutes, je grootvader, was een kleine man, en zwaar. Gezet zou het goede woord zijn. Meer Frans in zijn manier van doen dan mij aanstond, als je begrijpt wat ik bedoel. Noch jij, noch je moeder had enige waarneembare eigenschap met hem gemeen.

Ik maakte van meet af aan duidelijk wat mijn bedoeling was: ik wilde zijn dochter huwen en vroeg zijn goedkeuring en hulp. Ik bood aan hem referenties te geven, verklaringen omtrent mijn financiële toestand, alles wat hem zou kunnen overtuigen van mijn aantrekkelijkheid als schoonzoon. Ik kon zijn geest zien werken. Hij trok aan zijn dasje. Rolde met zijn ogen. Hij stond een tijdlang terzijde met Aswell te overleggen. Toen hij terugkwam, stak hij me zijn hand toe en zei: Mag ik u alle hulp aanbieden die in mijn vermogen ligt.

Het enige waar hij niet vanaf te brengen was, was dit: hij wilde dat Claire niet voor haar achttiende verjaardag trouwde. Ik stemde daarmee in. Twee jaar wachten leek niet al te lang, en het leek een redelijk verzoek. Binnen enkele dagen nam hij me mee naar zijn huis om als gast bij hem te dineren. Ik werd door hem aan je moeder voorgesteld. Ik kon in haar ogen zien dat ze me herkende van die avond op het erf, maar ze repte er met geen woord over. Ik geloofde van meet af aan dat mijn gevoelens voor haar werden beantwoord.

We hadden maandenlang verkering, het voorjaar en de zomer en in het begin van de herfst. We zagen elkaar op bals waarvoor ik zorgde dat ze werd uitgenodigd. Ik reed telkens weer op mijn Hanoveriaanruin naar het huis van de familie Dechutes in het noorden. Claire en ik zaten in de vochtige zomer nacht na nacht op de bank op de brede veranda en praatten over elk onderwerp dat ons ter harte ging. Op dagen dat ik er niet heen kon rijden, verstuurden we brieven die elkaar ergens in Meeting Street kruisten. Laat in de herfst liet ik een ring maken. Het was een blauwe diamant, een steen zo groot als de top van je pink. Hij was gemonteerd in een ring van witgouden filigrein. Ik besloot hem haar op een avond eind november als verrassing aan te gaan bieden.

Op de bewuste datum reed ik op de Hanoveriaan in de schemering noordwaarts, met de ring in een fluwelen zakje in mijn vestzak. Het was een kille avond, winters koud, althans voor Charlestonse begrippen. Een avond die in elk opzicht leek op de avond waarop we elkaar voor het eerst hadden gezien.

Tegen de tijd dat ik bij het huis van de familie Dechutes aankwam, was de hemel helemaal donker. Maar het huis was verlicht, en elk raam straalde me een welkom toe. De klank van een piano, Bach, kwam vaag van binnen naar me toe. Ik bleef een ogenblik op de weg zitten, en dacht dat deze avond het hoogtepunt vormde van wat ik de afgelopen seizoenen had gedaan. Wat mijn hart begeerde, lag onder handbereik.

Toen hoorde ik zacht gemurmel van stemmen op de veranda. Ik zag iets bewegen. Claires profiel boog zich naar voren, zodat haar zwarte silhouet zich aftekende tegen het gele licht van het raam. Het kon onmogelijk voor het profiel van iemand anders worden gehouden. Vanaf de andere kant van het raam boog zich een ander gezicht naar voren, een mannengezicht. Ze kwamen bij elkaar en kusten elkaar, een lange kus en voor zover ik kon zien een harstochtelijke kus. Hun gezichten gingen uiteen, en haar hand kwam naar zijn gezicht en leidde het weer terug. Mijn maag kromp ineen tot een klomp. En mijn handen balden zich tot vuisten. Ik wilde de veranda opstappen, mijn verontwaardiging uitschreeuwen en iemand op zijn donder slaan. Maar ik had geen zin om de vernederende rol van bedrogen vrijer te spelen.

Zonder er verder over na te denken gaf ik het paard de sporen en reed met een koortsachtige snelheid naar het noorden. We reden vele kilometers door. Dat grote paard, in gestrekte galop, lange sprongen. Het was of ik droomde dat ik reed en door een donkere wereld raasde in een vaart die meer weg had van een vlucht dan van een rit te paard. We kwamen door dichte, vlakke bossen van kalkoeneiken en dennen, over open vlakten met handjesgras en zaaggras, tot het paard eindelijk, op een plek waar wasgagelstruiken de weg links en rechts half versperden, vertraagde en in stap verder ging, hard hijgend, met het hoofd omlaag.

Ik had geen duidelijk idee waar ik was. Ik had de afslagen van de wegen niet bijgehouden, en zelfs niet in welke windrichting we precies waren gereden. Grofweg naar het noorden, dat was al wat ik wist, want we waren niet in de Ashley of de Cooper geplonsd en verdronken. In het schaarse licht van een stuk maan leek de bezwete vosruin zo zwart als ebbenhout, en even glanzend. Afgezien van de mogelijkheid me helemaal als dolleman te gedragen en koers te zetten naar het westen om mezelf levenslang te verliezen in de ongebaande wildernis van Texas, zat er weinig anders op dan om te keren en naar huis te gaan. Terwijl ik me gereedmaakte om dat te doen zag ik echter dat de hemel voor me boven de wasgagels geel verlicht werd als door een groot vuur. Andere delen van de schepping leken even ontstoken als ik. Dat vuur verschafte me, zo redeneerde ik, een tussenbestemming.

Ik ging op het licht ervan af, en na een bocht of twee kwam de weg uit bij een kerk die in brand stond. Het dak en de toren stonden in lichterlaaie, maar het hoofdgebouw was nog onaangetast. Ik liet het paard staan en liep naar de kerk toe en ging naar binnen en liep door het middenpad. Ik nam het zakje met de ring uit mijn zak en legde het op het altaar, en daarna bleef ik daar staan in de rook en het vurige licht. Rondom me begonnen vlammende stukken van het dak neer te komen. Ik ben de bruidegom die bij het altaar wacht; ik zal mezelf laten verbranden, dacht ik.

Op dat moment kwam een man door de deuren binnenstormen. Zijn kleren zaten schots en scheef en hij had een fles drank van een liter inhoud bij zich waarin nog maar een paar centimeter vocht op de bodem amberkleurig gloeide. Hij zei: Wat doet u hier? Maak dat u weg komt.

Vermoedelijk uit trots zei ik: Ik kwam toevallig hierlangs. Ik ben naar binnen gegaan om te zien of ik iets kon doen.

—Nou, u kunt beter maken dat u wegkomt, zei hij.

Ik ging met hem mee de kerk uit, en we besloten te proberen hem te redden, hoewel hij dronken was en ik half krankzinnig. Uit een beek in de buurt haalden we in zijn drankfles zoveel water als we konden. We hurkten bij de beek neer en wachtten tot de fles klokkend was volgelopen door zijn smalle hals, en dan liepen we samen naar de kerk en gooiden met een liter per keer water op het vuur, niet zozeer in de hoop het te blussen maar om desgevraagd te kunnen zeggen dat we het hadden geprobeerd. Toen het dag werd, stonden de man en ik met beroete gezichten naar een ronde, zwarte kring op de grond te kijken.

—Nou, dat was het dan. Alles is verbrand behalve de scharnieren en de deurknoppen, zei de man.

—Ja, zei ik.

—We hebben gedaan wat we konden.

—Zonder twijfel.

—Niemand zou ons kunnen verwijten dat we niet ons best hebben gedaan.

—Nee, niemand, zei ik.

Hij schudde de laatste druppels uit zijn drankfles op het verschroeide gras aan de rand van de verbrande cirkel, stopte hem in zijn jaszak en liep de weg op. Ik ging naar het paard, steeg op en reed terug naar Charleston.

Een week later boekte ik passage op een schip dat naar Engeland ging, en het jaar daarop deed ik niet veel anders dan rondzwerven en oude kerken en oude schilderijen bestuderen. Toen ik terugkwam, hoorde ik dat je moeder getrouwd was met de man met wie ik haar op de veranda had gezien. Het was een Fransman, een zakenrelatie van haar vader, een makelaar in wijnen. Ze was met hem in Frankrijk gaan wonen. Het was alsof er een deur gesloten was.

Ik had me altijd aangetrokken gevoeld door geestelijke zaken, en daarom trok ik me terug uit mijn taken in het familiebedrijf en begon met berusting en vreugde aan het domineesambt. Ik heb die beslissing nooit een ogenblik betreurd.

Er gingen negentien jaren voorbij, en op een dag in het voorjaar ontdekte ik dat Claire alleen uit Frankrijk was teruggekeerd. Haar man was gestorven. Het was een kinderloos huwelijk geweest, en niet helemaal een gelukkig huwelijk, als je geloof moest hechten aan de geruchten. Een bitter huwelijk zelfs. De kleine Fransman had mijn meest zelfzuchtige dromen waargemaakt.

Binnen enkele dagen nadat ik dit nieuws had gehoord, ging ik terug naar het pakhuis aan de Cooper en had weer een ontmoeting met Dechutes. Hij was nu een oude man met een omvangrijke taille en wangzakken, en ik had inhammen aan weerskanten van mijn voorhoofd en was grijs geworden aan de slapen. De blik die hij me gaf, zou heel goed als illustratie kunnen dienen van het woord *hooghartig*. Hij zei: Waarmee kan ik u van dienst zijn? op een toon die in vroeger tijden tot secondanten en pistolen had kunnen leiden.

Ik zei: We gaan het nog eens proberen, en ditmaal heb ik me voorgenomen ervoor te zorgen dat het doorgaat.

Die herfst trouwden je moeder en ik, en twee jaar lang was ik zo gelukkig als een man kan zijn. En ik denk dat ik haar ook gelukkig maakte. Haar vorige echtgenoot, de kleine Fransman, had in geen enkel opzicht voldaan. Hij gaf haar de schuld van het feit dat er geen kinderen kwamen, en werd nors en wreed. Ik nam me voor elke belediging, elke gemeenheid die haar was aangedaan goed te maken.

De maanden waarin we wisten dat jij zou komen leken een vreemde zegening voor een paar zoals wij waren: oud en door het verleden getekend. Toen Claire bij de bevalling stierf, kon ik nauwelijks geloven dat God ons zo karig had willen bedelen. Ik kon wekenlang weinig doen. Vriendelijke buren vonden een voedster voor jou en ik bleef in bed liggen. Toen ik weer opstond, was het met het besluit dat mijn leven voortaan in dienst stond van jou.

Toen het verhaal van haar vader uit was, was Ada opgestaan en achter zijn stoel komen staan en ze had zijn haar van zijn voorhoofd gestreken en hem op zijn kruin gekust. Ze wist niet wat ze moest zeggen. Ze was te onthutst over dit verhaal over haar ontstaan. Ze kon zichzelf op dat moment niet zomaar in een nieuw licht zien, niet als een saaie vergissing maar als het resultaat van een hartstocht die tegen alle waarschijnlijkheid in was volgehouden.

Tegen de tijd dat Ada's verhaal verteld was, was het bijna helemaal donker geworden en stond er een wazige maan boven een wolkenbank in het oosten. De donkere vorm van een hoge vogel schoof voor de maan langs. Toen nog een, en toen steeds meer in groepsformaties. Misschien een of andere 's nachts vliegende soort fuut of snip, op weg naar het zuiden. De sterren waren nog niet verschenen, maar in het westen gingen twee planeten, heldere bakens in de indigo hemel, bijna onder achter een lange uitloper van Cold Mountain.

—De blauwe, die helderder is, is Venus, zei Ada, terwijl Ruby en zij het weggetje naar boven insloegen dat naar Black Cove leidde.

leven als een vechthaan

Rond het middaguur kregen Inman en Veasey een pas omgezaagde boom in het oog, een flinke bitternoot, die geveld was evenwijdig aan het pad waarop ze liepen. Ernaast lag een lange trekzaag, het blad geolied en volkomen vrij van roest, en alle ingewikkelde tanden van de zaagrand glommen omdat ze pas geslepen waren.

—Kijk daar nou eens, zei Veasey. Een zaag die ze hebben laten liggen. Daarvoor wil vast wel iemand een aardig bedrag betalen.

Hij wilde hem gaan oprapen, en Inman zei: De houthakkers zijn alleen even gaan schaften. Ze komen dadelijk terug om deze bitternoot te schillen en te splijten.

—Daar weet ik niets van; ik weet alleen dat er een zaag langs de weg ligt en dat ik hem heb gevonden.

Veasey raapte hem op, legde hem in de lengte over zijn schouder en liep door. Bij elke stap veerden de houten grepen aan weerskanten op en neer en het grote blad zoemde en trilde als de muziek van een mondharp.

—Ik verkoop hem aan de eerste man die we tegenkomen, zei hij.

—Je lijkt geweldig gemakkelijk om te gaan met andermans eigendommen. Ik zou wel eens hebben willen horen hoe je dat in je preken rijmde met het evangelie, zei Inman.

—Daar moet je je niet in vergissen, op het punt van eigendom is God niet zo precies. Zijn eerbied ervoor is niet groot, een vooroordeel dat hij telkens weer laat zien. Let bijvoorbeeld op de manier waarop hij vuur en overstromingen gebruikt. Heb jij ooit een rechtvaardig patroon gezien in de toepassing daarvan?

—Nee. Niet noemenswaardig.

—Precies. Het enige wat ik erover kan zeggen is dat iemand die de Godheid wil navolgen er niet al te lang bij stil kan staan aan wie een bepaalde zaag toebehoort. Dergelijke dingen leiden je maar af van het grootse overzicht.

—Het grootse overzicht? zei Inman. Hij keek naar de korstige schedel van de predikant, de dunne snee onder zijn oog die de dikke hoer hem had toegebracht, en de nog aanwezige schaafplek van de mep met het pistool die Inman hem bij de Deep River had gegeven. Jij moet nodig over het grootse overzicht praten, terwijl je telkens op je lazer krijgt, zei hij. En bovendien steeds verdiend.

—Ik zeg niet dat ik niet op mijn lazer moest hebben, zei Veasey. Menigeen die beter is dan ik, heeft erger op zijn lazer gehad. Maar ik ben niet van plan me weer ongestraft te laten mishandelen.

Die gedachte bracht Veasey op het onderwerp verdediging, en hij zei: Laat me dat geweldige pistool van jou eens bekijken.

—Nee, zei Inman.

—Vooruit. Ik zal het geen kwaad doen.

—Nee.

—Ik dacht alleen dat het precies de juiste bewapening zou zijn voor een pistoolschutter.

—Te groot en zwaar, zei Inman. Jij moet een marinepistool hebben. Een Colt of een Starr. Die hebben het goede formaat om snel te kunnen trekken.

—Ik zou op zijn minst het mijne terug willen.

—Ik denk dat ik het houd tot onze wegen zich scheiden, zei Inman.

—Dat zou wel eens onverwacht kunnen gebeuren, zei Veasey. En dan zou ik zonder wapen zitten.

—Dan zou de wereld beter af zijn.

Op een gegeven moment liepen ze onder een reusachtige johannesbroodboom waarvan de takken over de weg hingen. Bij gebrek aan betere leeftocht bukten ze en vulden hun zakken met de lange, roestbruine peulen. Ze zetten hun reis voort terwijl ze de peulen met hun duimnagel openspleten en het zoete, witte binnenste eruit aten door het langs hun tanden te halen. Na enige tijd kregen ze een man in het oog die een eind onder de weg stond en kennelijk in diep nadenken naar het tafereel voor zich stond te kijken, waarvan het voornaamste kenmerk een grote zwarte stier was, die dood in een beek lag op het punt waar die zich splitste. De man zag hen langskomen en riep hen aan met de vraag of de twee zo vriendelijk wilden zijn om van de weg af naar beneden te komen en hem een handje te helpen. Inman klauterde naar beneden. Veasey zette zijn zaag aan de kant van de weg en volgde.

Ze stonden naast de man en keken naar de opgezwollen stier. Het water van de zijarm kabbelde tegen zijn buik, vliegen wolkten om zijn bek en aars. Ze stonden alledrie met gekruiste armen en neergeslagen ogen, in de houding van werkers die voor een noodzakelijke klus staan waarvan ze liever verschoond waren gebleven.

De man was niet echt oud, maar hij was al een eind op weg. Dik in het middel, zoals de viriele mannetjes van de meeste zoogdiersoorten plegen te worden wanneer de kracht van hun leven bijna voorbij is. Hij had een hoed op, een zwartwollen antiquiteit met een bol als een suikerbrood. Hoewel het niet erg koud was die dag, had hij de brede rand achter zijn oren met een stuk touw omlaag gebonden zodat de hoed om zijn hoofd sloot als een muts.

Tegen een naburige boom stond een enkelloops jachtgeweer kaliber tien. Van de loop was zo te zien een eind afgezaagd om een breder schootsveld te krijgen dan gebruikelijk of handig was. Het karwei was met ontoereikend gereedschap uitgevoerd, want het uiteinde was rafelig en niet helemaal haaks op de loop, alsof er schuin was gezaagd.

—Hoe dacht u hem eruit te krijgen? zei Veasey.

De man wachtte met antwoorden en vormde een pincet met duim en wijsvinger; vervolgens ging hij onder zijn broek op zoek naar een of ander klein gedierte dat in zijn kruis kriebelde. Hij haalde zijn pincet naar boven, hield het vlak voor zijn ogen en leek iets te kraken tussen zijn dikke, gele nagels. Zijn handen waren groot en de huid was bedekt met kalkachtige schilfers.

De stier, legde hij uit, was enkele dagen geleden weggelopen en was doodgegaan aan een of andere onbekende ziekte. De zijarm van de beek, zei hij, was hun watervoorziening, en het water dat gewoonlijk neutraal smaakte, had een zekere scherpe, bedorven smaak gekregen. Dat had hem ertoe gebracht langs de oevers naar boven te lopen om naar de oorzaak te zoeken. Hij had een eind touw bij zich, en hij dacht dat ze samen de stier wel uit het water konden trekken.

Inman nam de man en Veasey eens op. Daarna keek hij naar de bultige massa van de stier. Er was op zijn minst een span trekpaarden nodig om die stier eruit te trekken, schatte hij.

—We zouden het kunnen proberen met trekken, zei hij. Maar het is een grote stier. We kunnen beter een andere manier bedenken.

De man lette niet op hem en bond het touw om de nek van de stier. Ze pakten het touw alledrie beet en zetten kracht. Het kadaver kwam geen centimeter van zijn plaats.

—Hefbomen, zei de man. We kunnen hem eruit werken als we palen kunnen vinden.

—Die hoeven we niet te vinden; we kunnen geschikte palen zagen, zei Veasey. Ik heb een goede zaag, die u wellicht van mij zult willen kopen als we hiermee klaar zijn. Hij rende de oever op om de trekzaag te halen. Hij was zo opgewonden als een jongen die voor het eerst met mannen mag samenwerken.

Inman vond het een slecht idee, en daarom ging hij op een omgevallen boomstam zitten en keek geamuseerd toe terwijl de twee mannen met groot, maar misplaatst enthousiasme aan de slag gingen. Ze deden hem denken aan genieofficieren en hun ondergeschikten die een brug of iets dergelijks gingen bouwen met een gretigheid die in geen verhouding stond tot het feitelijke belang van het ding waar ze aan werkten, en het resultaat was uiteindelijk dat er veel moeite was besteed aan een karwei dat volgens Inman meestal beter ongedaan had kunnen blijven.

Terwijl Inman toekeek, zaagden Veasey en de man drie stevige palen. Even later stonden ze tot aan hun knieën in het water en hadden ze grote stenen neergelegd om als draaipunt te dienen. Ze werkten met vereende krachten en probeerden de stier te kantelen, maar ze bereikten niet veel meer dan kwabbig gewiebel wanneer ze kracht zetten op de palen. Inman ging meehelpen, en nu kwam er beweging in. Het probleem was dat het kadaver zelfs wanneer de uiteinden van de palen helemaal tot in het water waren neergetrokken, nog maar dertig centimeter omhoog kwam. Dan raakten ze vermoeid en lieten de palen los, en de stier viel met een plons terug.

—Ik weet het, zei Veasey. We kunnen hem opkrikken en er met onze voeten stenen onder schuiven om hem tegen te houden. Dan kunnen we hem van daaraf verder opkrikken met een hoger draaipunt en er meer stenen onder stoppen. Als we dat steeds herhalen, rolt hij op den duur wel om.

Inman mat de afstand van de stier naar het droge met zijn ogen.

—Als we hem een keer omrollen, ligt hij nog steeds in het water, zei hij.

—Dan rollen we hem twee keer om, zei Veasey.

—Dan ligt hij op de oever, zei Inman, maar dan blijft hij toch rotten en dat loopt in het water.

—Dan drie keer, zei Veasey. Hij ging volledig op in het wonder van de hefboom en het manhaftige ingenieurswerk.

Inman zag hen al tot het donker bezig met het opkrikken van de stier, hem vastzetten met stenen en verder opkrikken. Vele uren goede wandeltijd of goede rusttijd zouden voorbijgaan.

Inman liep naar de oever waar Veasey de zaag had laten liggen. Hij raapte hem op, kwam terug naar de stier en zette de zaagrand op de nek van het beest.

—Wil iemand de andere kant nemen, zei hij.

Veasey keek diep teleurgesteld, maar de man pakte de greep aan het andere uiteinde, en na een paar keer trekken hadden ze de kop eraf. Vervolgens, niet lang daarna, een deel van de borstkas met de voorpoten eraan. De volgende zaagsnede scheidde de achterhand van de buik. Bij opening daarvan stulpte er een massa organen en donkere vloeistof uit en er kwam gas vrij. Veasey keek, daarna bukte hij zich en braakte in het water. Een schuimige massa johannesbroodpulp dreef met de stroom mee.

De man keek zijn kant op en grinnikte alsof iemand een goede mop had verteld. Een zwakke maag, zei hij.

—Hij is predikant, zei Inman. Dit is heel wat anders dan het beroep dat hij gekozen heeft.

Toen ze klaar waren met zagen, lag de zijarm vol met stierenonderdelen, die ze er vlot uittrokken en ver op de wal lieten liggen. Het water zag nog steeds rood en deed Inman denken aan de beek bij Sharpsburg.

—Ik zou dat water de eerste dagen nog maar niet drinken, zei Inman.

—Nee, zei de man. Dat lijkt me ook niet.

De man en Inman spoelden hun handen en onderarmen af in het heldere water stroomopwaarts.

—Komen jullie bij ons eten, zei de man. We hebben ook een hooizolder waar je goed kunt slapen.

—Alleen als u ons van die zaag afhelpt, zei Inman tegen de man.

—Ik verlang twee dollar federaal geld. Vijftig in staatspapiergeld, zei Veasey, die opeens opleefde.

—Neem hem, zei Inman. Hij kost niets.

De man pakte de zaag op, liet het midden in evenwicht op zijn schouder rusten, en nam met zijn vrije hand het verminkte jachtgeweer op. Inman en Veasey gingen met hem mee en liepen de weg verder af, die de loop van de stroom volgde. De man leek opgelucht dat hij de stier uit zijn drinkwater verwijderd had, vrolijk zelfs. Ze hadden niet ver gelopen toen hij stilstond, een vinger langs zijn neus legde en knipoogde. Hij liep naar een dikke eik met ongeveer op ooghoogte een gat in de stam. Hij stak zijn arm in het gat en haalde er een gekurkte bruine fles uit.

—Ik heb er hier en daar een verstopt voor wanneer ik er behoefte aan zou krijgen, zei hij.

Ze gingen tegen de stam van de boom zitten en gaven de fles door. De man zei dat hij Junior heette, en hij begon aan een verhaal over zijn jongelingsjaren, toen hij de hanengevechten afreisde. Hij vertelde over een bepaalde haan, een grote dominicaan wiens leven uitsluitend bestond uit vechten en hennen bespringen. Over hoe die maandenlang alles wat tegen hem werd ingezet ervan langs gaf. Over epische gevechten, spectaculaire overwinningen waarin de dominicaan, schijnbaar oog in oog met een zekere nederlaag, opvloog naar de balken van de schuur waarin het gevecht werd gehouden en daar bleef zitten tot alle toeschouwers hem uitjouwden. En dan, wanneer het gejoel een hoogtepunt bereikte, liet hij zich als een hamer op zijn tegenstander vallen, zodat die vogel als een kleurige hoop bloed en veren op de aarde bleef liggen.

Junior vertelde ook hoe de vrouwen zich tijdens zijn reizen op hem stortten met ongeveer evenveel vuur als waarmee de dominicaan zijn vijanden aanviel. Hij dacht in het bijzonder aan een getrouwde vrouw wier echtgenoot hem had uitgenodigd een paar dagen tussen de gevechten bij hen te logeren. Ze had het op hem gemunt en drukte zich tegen hem aan wanneer ze maar de kans kreeg. Op een dag, toen de man weg was om te ploegen, was ze naar buiten gegaan om water te halen uit de put. Toen ze zich bukte om de emmer op te halen had Junior haar naar zijn zeggen van achteren genaderd en haar rokken opgeslagen over haar rug. Volgens zijn verhaal had ze onder haar rokken geen onderbroek aan, en hij zei dat ze haar achterste omhoog stak en op haar tenen ging staan. En zo nam hij haar, over de putrand gebogen. Het duurde ongeveer even lang als zij nodig had om een emmer water omhoog te trekken, zei hij. Toen hij klaar was, liep hij de weg af met zijn haan onder zijn arm. Hij wilde Inman en Veasey laten geloven dat er in zijn jonge jaren heel wat van die mooie dagen waren geweest. Ik ben vaak genoeg met mijn neus in de boter gevallen, zei hij.

Veasey vond dit een prachtig verhaal, want de drank was hem naar het hoofd gestegen, op zijn lege maag. Hij joelde bij de afloop en wauwelde maar door dat dat een mooi leven was voor een man.

—Leven als een vechthaan, dat is het doel waarnaar ik streef, zei hij met weemoed in zijn stem.

Junior beaamde dat dat zwervende leven hem uitstekend bevallen was, en zei dat zijn problemen pas waren begonnen toen hij daarmee ophield en een vrouw nam, want het liep zo dat ze hem drie jaar na de bruiloft een negerbaby schonk. Bovendien weigerde ze de naam van de vader te noemen, zodat ze Junior de kans ontnam zich te wreken. In plaats daarvan stelde hij een poging in het werk om van haar te scheiden, maar de rechter had geweigerd hem een echtscheiding toe te kennen op grond van het feit dat Junior wist dat ze een slet was toen hij met haar trouwde.

Later had ze haar twee zusters bij hen in huis gehaald, en die waren haar gelijken gebleken in hoerigheid, want een van de twee had een tweeling gekregen, twee jongetjes van onduidelijk ras, en hoewel die nu al een paar jaar oud waren – hij kon er geen precies cijfer bij noemen –

waren ze opgevoed zonder dat er meer aandacht aan hen werd besteed dan aan een stel wilde zwijnen, en noch de moeder, noch iemand anders in het huishouden had de moeite genomen hun een naam te geven, zodat ze, als ze er een afzonderlijk wilden aanduiden, met hun duim in de richting van de bedoelde jongen porden en zeiden: Die daar.

Junior beweerde dat het totaal van zijn ervaringen in het huwelijk hem tot de overtuiging had gebracht dat hij met een meisje van dertien had moeten trouwen en dat zo had moeten opvoeden dat ze deed wat hij wilde. Nu beweerde hij vaak 's nachts wakker te liggen met de gedachte dat elk ogenblik tot zijn dood ellendig zou zijn en dat zijn enige redmiddel zou zijn hen allemaal in hun slaap de keel af te snijden en vervolgens het geweer tegen zijn eigen hoofd te zetten, of in de bossen te gaan leven en uiteindelijk door honden te worden opgejaagd en in een boom gedreven en doodgeschoten te worden als een wasbeer.

Dit zette een lichte domper op Veasey's vrolijke stemming, en even later stopte Junior de fles terug op zijn plaats en pakte de zaag weer op. Hij ging hen voor over de weg en na een paar bochten kwamen ze bij zijn huis, dat onder de weg stond in een vochtige laagte. Het was een groot bouwsel met latten zijmuren, in een dermate slechte staat van onderhoud dat het ene uiteinde van de opgestapelde platte stenen die als fundering dienden was gevallen. Ten gevolge hiervan stond het huis scheef alsof het bezig was in de aarde te duiken.

Het erf was bezaaid met piramidevormige vechthaankooien, gemaakt van ongeschilde stokken die met kamperfoelieranken aan elkaar waren gebonden. Daarin zaten kleurige vogels die door de spleten naar buiten tuurden met koude, glimmende ogen die de hele wereld zagen als niet veel meer dan een kans op een tegenstander. Uit de schoorsteen steeg ijle, witte rook op, en een zwarte rookkolom wolkte hemelwaarts vanuit een andere, onzichtbare bron achter het huis.

Toen ze van de weg afgingen om naar het diepe erf van Junior af te dalen, kwam een driepotige hond met kale plekken in zijn vacht van onder de veranda vandaan en rende tegen de grond gedrukt en volkomen geluidloos regelrecht op Inman af, die had geleerd dat je meer te vrezen had van een stille hond dan van een blaffende. Inman schopte en raakte het beest met de teen van zijn schoen onder de kin. De hond viel neer en bleef bewegingloos in de aarde liggen.

Inman keek Junior aan en zei: Wat moest ik anders?

—Het zijn niet allen dieven waarnaar de honden blaffen, zei Veasey.

Junior stond alleen maar te kijken.

Na enige tijd verrees de hond wankel op zijn drie poten en ging in een reeks vage laveerbewegingen terug naar zijn plek onder de veranda.

—Hij is gelukkig niet dood, zei Inman.

—Dood of niet, dat maakt mij geen moer uit, zei Junior.

Ze liepen verder omlaag naar het huis, en kwamen via de keuken in de eetkamer. Junior ging onmiddellijk naar een kast en haalde er weer een fles uit en drie blikken kroezen. De vloer van het huis helde sterk, en toen Inman op een rechte stoel aan de tafel ging zitten, moest hij zich zo goed en zo kwaad als het ging met zijn voeten aan de vloer vastklampen, om te voorkomen dat hij met de zwaartekracht mee naar de laagste muur gleed. In de hoek bij de schoorsteen stond een ledikant, en Inman zag dat ze niet eens hadden geprobeerd dat met een wig horizontaal te zetten, maar alleen de geringe moeite hadden gedaan het zo te draaien dat het hoofdeinde aan de hoge kant was.

Aan de muren hingen uit boeken en kranten geknipte prenten, maar sommige hingen evenwijdig aan de scheve vloer, en andere volgens een meer abstracte lijn die misschien met een hoeveelheid alcohol in het bloed was bedacht. Er smeulde een vuur in de haard, en een op de kolen geplaatste bakoven verspreidde een geur van bradend, sterk riekend vlees. De haard stond zo scheef dat de opstijgende rook op de zijmuur stuitte voor hij de schoorsteen bereikte en daardoor verdween.

Waar elke verwachting van 's werelds loodlijn hier op niets uitliep, werd zelfs het inschenken van een borrel uit de fles in een kroes een moeilijke opgave, en toen Inman het probeerde, miste hij het glas volkomen en maakte zijn schoenen nat voor hij de juiste afstand en loodlijn vond. Toen het gelukt was het glas te vullen, nam hij een slok, stak zijn hand uit om de kroes op de eettafel te zetten en zag dat er kleine, van berkentakken gezaagde buffers om elke plaats aan de tafel waren gespijkerd zodat de borden en kopjes niet over de lage kant zouden glijden.

Veasey liep rond terwijl hij uit zijn beker dronk en bekeek de kamer, eerst naar boven sjokkend en toen naar beneden. Hij kreeg opeens een idee.

—We zouden hefbomen onder het lage eind kunnen aanbrengen en dan zetten we het weer recht, zei hij.

Hefbomen schenen inmiddels een belangrijke plaats te hebben ingenomen in zijn denken, alsof hij een machine had ontdekt die gebruikt kon worden voor alle problemen die iemand op zijn weg kon vinden. Steek een hefboom onder alles wat verkeerd is en zorg dat het weer netjes recht in de wereld staat.

—Ik denk dat we er hefbomen onder zouden kunnen zetten, zei Junior. Maar het is nu al zo lang zo, we zijn er intussen aan gewend. Het zou raar zijn om in een huis te wonen dat niet helde.

Ze dronken een tijdje door, en de drank steeg Inman snel naar het hoofd, want hij had sinds het karige avondmaal van de vorige dag niets anders gegeten dan de peulen. Hij kwam harder aan in Veasey's lege maag, en die zat met zijn hoofd in een vreemde stand in zijn beker te turen.

Na korte tijd kwam er een meisje van acht of tien jaar door de voordeur naar binnen. Het was een tenger kind, mager van enkels en schouders. Haar huid had de kleur van dikke room, haar haar was bruin en hing in stevige krulletjes tot onder haar schouders. Inman had zelden een mooier kind gezien.

—Is je moeder hier? zei Junior.

—Ja, zei het meisje.

—Waar is ze dan? zei Junior.

—Achter. Daar was ze zonet.

Veasey keek op van zijn beker en bekeek het kind. Hij zei tegen Junior: Nee maar, ik heb blanke kinderen gezien met een donkerder teint. Wat is ze volgens u, een octarone of minder?

—Een octarone of een quadrone, wat maakt het uit. Ze is een nikkerone, dat zie je in elk geval zo, zei Junior.

Veasey stond plotseling op en liep slingerend naar het bed. Hij ging liggen en verloor het bewustzijn.

—Hoe heet jij? vroeg Inman aan het meisje.

—Lula, zei ze.

—Nee, zo heet ze niet, zei Junior. Hij wendde zich naar het meisje en keek haar woest aan. Zeg hoe je heet, zei hij.

—Mama zegt dat ik Lula heet, zei het meisje.

—Nou, zo heet je niet. Dat is precies het soort hoerennaam dat je moeder zou verzinnen. Maar ik geef hier de namen. Jij heet Chastity.

—Het zijn allebei mooie namen, vind ik, zei Inman.

—Nee, zei Junior. Mijn naam is veel beter dan die andere, want die van mij herinnert eraan wat voor een hoer haar moeder is.

Hij dronk op wat er nog in zijn beker zat en zei: Kom mee. Zonder te kijken of Inman hem volgde, ging hij Inman voor naar de veranda aan de voorkant en ging in een schommelstoel zitten.

Inman liep het erf op en hield zijn hoofd achterover om naar de lucht te kijken. Het begon avond te worden en het licht was dun en viel schuin, en een stuk maan en het baken van Venus stonden aan de oostelijke hemel. De lucht was koud droog. Inman ademde hem diep in zijn longen en de geur en het gevoel ervan riepen een gedachte in zijn hoofd op: daar hebben we de herfst. Wat de lucht hem zei was dat het wiel van het jaar weer een tandje was doorgedraaid.

—Lila, riep Junior.

Even later kwam er om de hoek van het huis een jonge vrouw aanlopen die op de treden van de veranda ging zitten, juist tussen Inman en Junior in. Ze trok haar knieën hoog op en bekeek Inman met een kritisch oog. Ze was een vlasblonde vrouw met geweldige heupen in een katoenen jurk, zo dun en verbleekt door het wassen dat je de structuur van haar huid bijna door de perkamentkleurige stof heen kon zien. De jurk was ooit bedrukt geweest met rijen bloemetjes, maar die waren zo vervaagd dat het restant eerder op schrifttekens leek, vaag gekrabbel in een van de verticaal geschreven talen.

Het meisje was in al haar lijnen rond, en de onderste helft van haar witte dijen was volledig zichtbaar waar de zoom van de jurk over de treden viel. Haar ogen hadden de lichte kleur van wilde hyacinten. Ze liep rond met ongekamd haar. Haar voeten waren bloot en geschramd door doornstruiken, en er was iets aan haar dat zozeer van vreemdheid sprak dat Inman merkte dat hij probeerde zijn geest helder te maken door de bemodderde tenen aan een van haar ronde voeten op te tellen om te zien of de som werkelijk het mystieke getal vijf zou zijn. Junior haalde een maïskolfpijp met een aardewerken steel uit zijn zak. En ook een grote, gerimpelde zak met tabak. Hij stopte de pijp en stak hem in het gat van zijn mond. Hij liet de tabakszak voor Inmans gezicht bungelen zodat die hem kon bekijken.

—'n Stierenzak, zei hij. Geen mens kan een betere zak maken dan God. Zulke dingen zijn een manier van God om de mensen te beproeven en te kijken of wij genoegen nemen met wat Hij geeft of Zijn heerschappij afwijzen en met onze eigen zwakke middelen naar verbetering streven.

Vervolgens richtte hij zich tot het meisje. Vuur, zei hij.

Ze kwam overeind, waarbij de rok van haar jurk enigszins verschoof en zich wijd opende, ging het huis in en kwam terug met een brandende peul. Ze bukte zich om de peul tegen de pijp te drukken, en zodoende bood ze Inman uitzicht op haar achterste. De dunne jurk was in haar bilspleet gekropen en spande zo strak over haar billen dat hij de indeuking aan weerszijden van haar gespannen kont kon zien en de twee kuiltjes boven de plek waar haar wervelkolom zich verenigde met haar heupbeenderen. De hele onderliggende structuur lag zichtbaar voor hem, en Inman had het gevoel van aangezicht tot aangezicht te staan met een onaards gelaat, zij het een dat hem niet volstrekt onvriendelijk aandeed.

Maar toen begon het meisje te kronkelen en gaf een gil als een konijn dat zich onderaan de duikvlucht van een uil bevindt, en Inman kon de pincetvormige vingers van Junior zien die zich terugtrokken uit de omgeving van haar boezem.

—Junior, godverdomme, zei ze.

Lila liep terug naar haar zitplaats op het trapje en ging zitten met haar onderarm stijf tegen haar borst gedrukt. Junior zat een tijdje te roken, en toen bewoog Lila haar arm en er werd een klein vlekje van zwart bloed zichtbaar dat in de stof van de voorkant van haar jurk was getrokken.

Junior zei: Vraag deze teven maar om eten. Ik moet naar een merrie gaan kijken in de benedenwei.

Hij stond op, liep naar de rand van de veranda, groef in zijn broek en piste vervolgens met een dikke boog op een sneeuwbalstruik. Hij schudde zich af, stopte de zaak terug en liep het erf op en de in schemer vervagende weg af, nog steeds rokend en een liedje zingend rond de pijpsteel. De woorden die Inman ervan hoorde waren: Eens gaf God Noach de regenboog als teken, niet door water maar ooit door vuur zal Hij zich wreken.

Inman liep achter Lila aan om het huis heen. Bijgebouwen – rookhut, inmaakschuur, koelhuis, kippenschuur, maïshok – stonden rond een plek met aangestampte aarde als een binnenplaats. In het midden daarvan brandde een vuur van grote blokken. Het vlamde hoog op boven Lila's hoofd en wierp vonken nog hoger. De nacht verzamelde zich en kleurde zwart bij de rand bomen achter de lichtelijk overwoekerde akkers met maïs en ongeplukte bonen daarvoor. Dichterbij was een moestuin, omringd door palen met slaphangende dode kraaien in verschillende stadia van ontbinding op de punten gestoken. Het gele licht van het vuur reikte tot in het donker en wierp scherpe schaduwen op de muren van de ongeschilderde gebouwen. De koepel van lucht recht boven hun hoofd was evenwel nog zilverkleurig en niet getekend door sterren.

—Hé, riep Lila.

Uit de rookhut kwamen twee bleke vrouwen, de onmiskenbare zussen van Lila, want zij geleken in zoveel bijzonderheden op haar dat ze drielingen hadden kunnen zijn. En vervolgens kwam uit het koelhuis een tweetal donkerharige kleine jongens naar buiten. Ze kwamen allemaal om het vuur samen en Lila zei: Eten klaar?

Niemand zei iets, en een van de zusters stak een bruine wijsvinger door het oor aan de hals van een aardewerken kruik en tilde hem van de grond bij het vuur. Ze nam hem in de holte van haar arm en nam een flinke, klinkende slok. Ze gaf de kruik door en toen hij Inman bereikte, verwachtte hij een of ander smerig zelfgebrouwen drankje, maar de smaak ervan was met geen drank die hij kende te vergelijken. Het smaakte naar rijke aarde en nog iets, een of ander krachtig extract, samengesteld uit boomschimmels en dierenklieren met geneeskrachtige eigenschappen die weinigen kenden. De kruik ging een aantal malen rond.

Een van de zussen draaide haar rug naar het vuur, trok de achterkant van haar jurk omhoog, stak haar kont naar het vuur uit en staarde Inman aan met een uitdrukking van glazig genot in haar ogen. Haar borsten hingen rond en laag alsof ze uit haar dunne lijfje wilden breken. Hij vroeg zich af in wat voor hoerenkast hij was terechtgekomen.

De derde zus bleef even staan, met een hand tegen haar kruis en uitkijkend over het maïsveld, en ging vervolgens naar de rookhut en kwam terug met een hark met houten tanden. Ze harkte de as aan de randen van het vuur naar zich toe en begon verkoolde bundeltjes maïsliezen om te wippen. De aandacht van het tweetal jongens leek een ogenblik getrokken. Ze keken naar wat ze deed, en een van de twee liep naar het stapeltje en zei: Deegjong deeg, met toonloze stem.

Voor het overige leek het Inman dat de jongens stom waren. Ze waren hologig en in het licht van het vuur bewogen ze zich schichtig en zwijgend over de binnenplaats. Ze stapten rond over de felverlichte plaats in naar het leek eindeloos herhaalde patronen, die in de aarde werden uitgesleten door hun schuifelende voetstappen. Toen Inman hen aansprak, antwoordden ze niet en keken niet in zijn richting om ook maar aan te geven dat ze zijn stem hadden gehoord, en hij begon te vermoeden dat wat de jongen bij het vuur had gezegd, hun gehele gezamenlijke woordenschat vormde.

De zussen begonnen de bundels maïsliezen open te breken en er steeg damp uit op in de koele lucht. Toen ze klaar waren hadden ze zes donkere broden, elk in de vorm van een mannetje met een groot hoofd, waaraan ook het gezwollen orgaan niet ontbrak, dat langs de buik van de figuren omhoog rees. De meisjes wierpen de omhulsels in het vuur en ze vlamden op en verbrandden in een ogenblik tot niets.

—We wisten dat je zou komen, zei Lila.

De twee zussen gaven elk van de jongens een brood. Ze scheurden er stukken uit, zo groot als een vuist, en propten ze in hun mond. Toen ze klaar waren met eten begonnen ze weer over de vage paden die ze in de aarde hadden uitgesleten te sjokken. Inman keek naar hen in een poging uit te vinden wat voor vormen ze al lopend maakten. Daar kon een aanwijzing in zitten die hij niet over het hoofd mocht zien. Maar na een tijdje gaf hij het op. Hij kon geen betekenis vinden in de tekens op de grond.

De twee meisje pakten de overgebleven drie broden en namen ze mee in het huis. Lila kwam naast Inman staan. Ze legde een hand op zijn schouder en zei: Zo'n grote man als jij.

Hij had geen idee welke reactie hier op zijn plaats was. Uiteindelijk nam hij zijn haverzak, met daarin zijn geld en zijn LeMat, af en zette hem op de grond. De nacht was nu toegenomen tot bijna volkomen donker, en hij zag op een helling in de verte een geel lichtje dat beverig en onduidelijk door de bomen scheen te bewegen, het ene ogenblik omfloerst en diffuus, het volgende een hard, helder punt. Dit lichtje leek zo vreemd dat Inman zich afvroeg of het wellicht niet afkomstig was van een bron buiten hem, maar het gevolg was van een of ander falen van zijn denkvermogen.

—Wat is dat? zei Inman.

Lila volgde het lichtje een ogenblik en zei: Dat is niets. Het is vanavond maar klein. Soms is het wel zo groot als een tweede maan. Wat het is, op die heuvel heeft Junior op een keer toen ik nog een klein meisje was, een man en zijn hond vermoord. Allebei het hoofd afgehakt met een dakmes en ze naast elkaar op een bitternootstronk gestoken. We zijn er allemaal naar wezen kijken. Het gezicht van de man was bijna nikkerzwart geworden, en zijn ogen keken heel raar. Sinds die tijd zie je soms dat lichtje over de heuvel bewegen. Je zou er nu heen kunnen gaan en niets zien, maar misschien voel je iets langs je strijken als een oude droge kalfshuid.

—Waarom heeft hij die man vermoord? vroeg Inman.

—Heeft hij nooit gezegd. Hij kan driftig worden. En hij slaat gauw. Hij heeft zijn eigen moeder doodgeschoten. Hij zegt dat ze haar schort om zich heen had en hij dacht dat het een zwaan was.

—Ik heb in deze streek niet overmatig veel zwanen gezien.

—Er zijn er weinig.

Het lichtje op de heuvel was verscherpt tot blauw en bewoog sneller, flikkerend tussen de bomen. En toen was het weg.

—Wat is dat licht volgens jou? zei Inman.

—Godalmachtig zegt zelf duidelijk in de bijbel dat de doden niks weten. Elke gedachte vliegt uit ze weg. Dus het is niet die man zonder hoofd. Ik geloof dat het is zoals ze zeggen, dat spookhonden soms een lantaarn op hun kop dragen. Maar ik kan me vergissen. De ouwetjes zeggen dat er vroeger veel meer spoken waren dan nu.

Lila zat een behoorlijk lange tijd naar hem te kijken. Ze wreef met haar hand over zijn onderarm. Ik geloof dat jij onder zwarte vlag reist, zei ze.

—Ik hang geen enkele kleur aan, zei hij.

Een van de zusters kwam naar het achtertrapje en zei: Eten. Inman droeg de haverzak naar de veranda en Lila stak haar handen uit en haalde de banden van zijn rugzak van zijn schouders en over zijn armen naar beneden en zette hem naast de haverzak. Inman keek erop neer en dacht: Dat lijkt me niet slim, maar hij kon zijn gedachten niet verder ordenen.

Toen Lila en haar zuster zich omdraaiden om het huis in te gaan, pakte hij de haverzak en duwde die tot aan zijn elleboog in een ruimte tussen een stapel brandhout op de veranda. Hij volgde de meisjes in het huis, dat nu op onverklaarbare wijze groter leek dan eerst. Ze leidden hem door een hellende gang met muren van ongeschilderde planken, en hij voelde dat zijn voeten bijna onder hem weggleden. In het donker leek het huis een uitgestrekte wirwar, als een doolhof verdeeld in vele kamertjes met deuren in elke muur. De kamers gingen in elkaar over op manieren die in strijd waren met enige logica, maar na verloop van tijd kwamen Inman en Lila uit in de schuine woonkamer, waar de tafel met de buffers gedekt was. Veasey lag nog steeds voor dood te slapen in de hoek bij de schoorsteen.

Er stond een lamp te walmen op de tafel, en het flauwe licht ervan bewoog over de vlakken van muren, vloer en tafelkleed als schaduwen over de stenen op de bodem van een beek. Lila gaf Inman een plaats aan het hoofd van de tafel en bond een geruite servet om zijn hals. Een brood uit de as stond in een tweede servet gewikkeld midden op tafel.

Een van de zusters bracht een schotel uit de haard, met daarop een massief stuk vlees, zwemmend in lichtend vet. Inman kon niet zien van wat voor dier het afkomstig was. Het leek te groot voor varkensvlees, maar te licht van kleur voor rundvlees. Het was een stuk met een kogelgewricht, met brokken vlees aan beide kanten van het been. Het vlees was dooraderd met witte draden van pees en bindweefsel. Het meisje zette de schotel voor hem neer, en stutte hem met de bol van een omgekeerde pollepel zodat hij horizontaal stond. Er lag alleen een mes met roestvlekken bij zijn plaats. Hij pakte het en keek naar Lila.

—We hebben geen vleesvork, zei ze.

Inman greep het bot met zijn linkerhand en sneed erop los, maar slaagde er nauwelijks in door het vlees heen te komen.

De meisjes waren nu alledrie om de tafel komen staan om te zien hoe hij vorderde. Samen verspreidden ze een hitsige geur zoals de lucht die uit vochtige bedden met galax opstijgt, en die verdrong zelfs de sterke geur van het vreemde vlees. Lila kwam tersluiks naast Inman staan en wreef met haar zachte buik tegen zijn schouder, en toen verplaatste ze haar gewicht naar de bal van haar voeten en hij kon de besnorde indeuking tussen haar benen door de dunne jurk heen tegen zijn vel voelen kriebelen.

—Je ziet er goed uit, zei ze. Je zult wel vrouwen aantrekken zoals hondenhaar de bliksem aantrekt.

Een van de zusters staarde Inman aan en zei: Ik wou dat hij me vasthield tot ik ging knorren.

Lila zei: Deze is van mij. Jullie mogen alleen naar hem kijken, en dan kun je je wensen in je ene hand doen en schijten in je andere hand en dan kijken welke hand het eerst vol is.

Inman had een soort vermoeid, verdoofd gevoel. Hij zat nog steeds aan het stuk vlees te zagen maar zijn armen leken zwaar. De brandende pit van de lantaarn leek vreemde stralen uit te zenden in het duister van de kamer. Inman dacht terug aan de kruik en vroeg zich af waarvan hij dronken was geworden.

Lila maakte zijn vette linkerhand los van het bot, bracht hem omhoog onder haar rok en legde hem hoog op haar dij zodat hij kon voelen dat ze geen onderbroek aanhad.

—Weg hier, zei ze tegen de zussen en die liepen naar de gang. Bij de deur draaide de ene zich om en zei: Je bent precies wat de dominee zegt. Jouw kerk is gebouwd op een piemel.

Lila duwde de schaal met vlees naar de hoge kant van de tafel, waarbij hij van de lepel schoof en de grijze jus over de rand golfde, en naar beneden liep en van de tafelrand droop. Lila bewoog en maakte rollende bewegingen tot ze voor Inman op de tafel zat, met haar benen aan weerskanten van hem en haar voeten op de armleuningen van zijn stoel. Ze trok haar rok op tot een prop om haar middel, leunde naar achteren op haar ellebogen en zei: Wat zeg je daarvan? Waar lijkt dat op?

Op niets anders dan wat het is, dacht Inman. Maar zijn geest wilde geen woorden vormen, want hij voelde zich zo onmachtig als iemand die behekst is. De glimmende afdruk van zijn hand stond nog op haar witte dij, en daarachter de gapende opening. Die leek buitengewoon fascinerend, hoewel het niets anders was dan een gleuf in vlees.

—Tast toe, zei ze, en ze wiebelde haar schouders los uit het lijfje van de jurk en borsten kwamen eruit tuimelen, bleke tepels met een omtrek zo groot als de opening van een bierpul. Lila boog zich naar voren en trok Inmans hoofd in de kloof tussen haar borsten.

Op dat moment vloog de deur met een klap open en daar stond Junior met een walmende lantaarn in zijn ene hand en het jachtgeweer in de andere.

—Wat gebeurt hier godverdomme? zei hij.

Inman leunde naar achteren in zijn stoel en keek terwijl Junior het geweer op hem richtte en de puntige haan spande die zo lang leek als een muilezeloor. Het ruwe gat aan het eind van de korte loop was zwart en reusachtig groot. Het schot hagel zou bijna de hele muur bestrijken. Lila rolde van de tafel af en begon in verschillende richtingen aan haar jurk te trekken tot ze weer goeddeels bedekt was.

Dit lijkt me een ellendige plek om dood te gaan, dacht Inman.

Er viel een stilte die even duurde, en Junior stond op een hoektand te zuigen en dacht ergens diep over na, en toen zei hij: Je zal dadelijk wel merken dat we hier geen mekkabalsem hebben.

Inman zat aan de tafel in het gat van Juniors geweer te kijken en dacht: Er is vast iets wat ik kan doen. Een juiste handelwijze. Maar hij kon er niet op komen. Hij voelde zich als versteend. Zijn handen lagen voor hem op het tafelkleed en hij staarde ernaar en dacht zinloos: Ze beginnen op die van mijn vader te lijken, maar dat was een tijdje geleden nog niet zo.

Junior zei: Het enige wat ik erop kan verzinnen is dat we hier een huwelijk krijgen. Of anders gaat er iemand aan.

Lila zei: Leuk.

—Wacht, zei Inman.

—Wacht? zei Junior. Het is te laat om te wachten.

Hij keek naar de hoek bij de schoorsteen waar Veasey lag te slapen. Ga hem wakker maken, zei hij tegen Lila.

—Wacht, zei Inman weer, maar hij kon verder geen zin formuleren. Zijn gedachten wilden niet doelgericht werken. Ze weigerden zich te laten rangschikken, en weer vroeg hij zich af wat er in de kruik had gezeten bij het vuur op de binnenplaats.

Lila ging naar Veasey toe, boog zich over hem heen en schudde hem door elkaar. Hij werd wakker met borsten in zijn gezicht en grijnsde alsof hij was overgegaan naar een nieuwe wereld. Tot hij de opening in de loop van het jachtgeweer zag.

—Ga nu de anderen halen, zei Junior tegen Lila. Hij liep naar haar toe en gaf haar een harde klap in het gezicht. Ze drukte haar hand tegen de opkomende rode plek en ging de kamer uit.

—Er is nog iets, zei Junior tegen Inman. Sta op.

Inman stond op maar hij voelde dat hij wankelde op zijn voeten. Junior verplaatste zich, terwijl hij Inman onder schot hield, pakte Veasey bij de kraag van zijn jas, trok hem overeind en liet hem langzaam door de kamer lopen. Veasey werd zover omhoog getrokken dat hij op zijn tenen moest lopen, zodat hij leek op iemand die iets besluipt. Toen hij de twee bij elkaar had, porde Junior met de rafelige loop van het geweer in Inmans kont.

—Ga jij maar eens buiten kijken wat ik heb meegebracht, zei Junior.

Inman liep zoals iemand onder water zou lopen, moeizaam en traag, naar de veranda aan de voorzijde. Boven, op de weg, kon hij iets zien bewegen in het donker, vormen en massa's. Hij hoorde een paard uitademen. Een man hoesten. Een hoef tikken op steen. Er werd vuur gemaakt en een lantaarn vlamde op. Toen nog een, en nog een, tot Inman in het felle, gelige licht een groep Home Guards kon onderscheiden. Achter hen, te voet, een warrige groep mannen, geketend en terneergeslagen, verdwijnend in het donker.

—Jij bent niet de eerste die ik hier in de val heb gelokt, zei Junior tegen Inman. Ik krijg vijf dollar per stuk voor elke woudloper die ik uitlever.

Een van de mannen te paard riep: Gaan we nou nog?

Maar een uur later waren ze nog altijd niet gegaan. Ze hadden Inman en Veasey aan een rij gevangenen vastgebonden en hen met zijn allen tegen de muur van de rookhut gezet. Geen van de gebonden mannen had een woord gezegd. Ze liepen naar de muur met nauwelijks meer energie dan een rij lijken. Allemaal schuifelend en vaag, met lege ogen, zo afgemat door het soort leven dat ze de laatste tijd hadden geleid – als soldaat, als vluchteling, als gevangene – dat ze tegen de muur leunden en onmiddellijk met open mond in slaap vielen, zonder nog te bewegen of geluid te maken. Maar Inman en Veasey bleven wakker terwijl de nacht verstreek. Van tijd tot tijd wrikten ze met hun handen in het touw dat eromheen gewonden was, hopend op een teken dat het los zou gaan.

De Guards stookten het vuur op tot het zo hoog oplaaide als de dakranden van het huis en gloed en schaduwen wierp op de muren van de gebouwen. Het licht ervan onttrok de echte sterren aan het gezicht en vonken vlogen in een zuil omhoog en verdwenen dan in het donker, een beeld dat Inman de indruk gaf dat de sterren bijeen waren gekomen en besloten hadden ervandoor te gaan, om licht te gaan geven in een vriendelijker wereld. Ver op de heuvel was het schijnsel van het baken van de spookhond oranje als een pompoen en het schoot heen en weer tussen de bomen door. Inman draaide zich om en staarde naar het vuur. Donkere gestalten liepen ervoor heen en weer, en na enige tijd haalde een van de Guards een viool tevoorschijn en tokkelde op de snaren om te horen of het instrument gestemd was. Het kon ermee door, en hij nam de strijkstok en streek een eenvoudige, monotone notenfiguur, die algauw van cirkelvormige aard bleek te zijn. Het patroon herhaalde zich telkens weer, kort na elkaar en leek even geschikt om op te dansen als – mits lang genoeg herhaald - om een man te bedwelmen. De mannen van de Guard, wier gestalten zich aftekenden tegen het vuur, stonden met hun heupen naar voren en deden zich tegoed aan de inhoud van verscheidene kruiken en flessen. Vervolgens begonnen ze om het vuur te dansen, en soms waren ze samen te zien met Lila of een van de zussen, met wie ze verschillende bronstige schimmenspelen uitvoerden.

—Er is weinig verschil tussen deze hoeve en een doodgewone hoerenkast, zei Veasey. Behalve dat ze nog niemand hebben laten betalen.

Die mannen die niet onmiddellijk met Lila of de zussen bezig waren, dansten alleen. Ze sprongen almaar om het vuur heen, met rukkerige bewegingen, gebogen in het middel, de knieën hoog optrekkend, en hun gezicht afwisselend naar hun voeten op de grond kijkend en achterover buigend om naar de uitgewiste hemel te kijken. Zo nu en dan begon er een, in de ban van de muziek, te gillen alsof hij gewond was.

Ze dansten tot ze allemaal even moesten uitblazen en toen probeerde Junior, die kennelijk heel wat op had, een bruiloft tussen Inman en Lila op touw te zetten.

—Toen ik daarstraks binnenkwam, was die lange net begonnen met Lila te vozen, zei Junior. We zouden ze moeten trouwen.

—Jij bent toch geen dominee, zei de aanvoerder van de Guard.

—Die kleine met die geschoren kop is wel een dominee, zei Junior terwijl hij naar Veasey keek.

—Godnogtoe, zei de aanvoerder. Hij ziet er niet erg naar uit.

—Wil jij getuige zijn? zei Junior.

—Als we dan weg kunnen, zei de man.

Ze haalden Inman en Veasey bij de rookhut op, maakten hen los en brachten hen bij het vuur terwijl ze hen onder schot hielden. De drie meisjes stonden te wachten, de twee donkerharige jongetjes waren bij hen. De Guards stonden terzijde als toeschouwers, hun schaduwen bibberig en groot op de muren van het huis.

—Jij daar, zei Junior. Inman deed een stap in Lila's richting, maar toen kwam een gedachte die had geprobeerd zijn geest te bereiken eindelijk door. Hij zei: Maar ze is al getrouwd.

—Alleen voor de wet. Niet voor mij of in Gods ogen, zei Junior. Vooruit jij.

Willoos ging Inman naast Lila staan.

—Sjonge, zei ze.

Haar haar was weer bijeengebonden tot een wrongachtige knoedel in haar nek. Haar wangen waren gekleurd met een lik gelaatsverf, maar daaronder gloeide op haar gezicht nog steeds de afdruk van Juniors hand. Tegen haar buik hield ze een bos guldenroede en ijzerkruid die bij het hek van het maïsveld waren uitgetrokken. Met haar tenen maakte ze kleine verrukte kringetjes in de aarde. Junior en Veasey stonden ernaast, en het geweer drukte tegen de onderkant van Veasey's ruggengraat.

—Ik zeg wel wat er gezegd moet worden en jij zegt gewoon Hm-mm, zei Junior tegen Veasey.

Junior trok het touw onder zijn kin los, nam zijn hoed af en legde hem bij zijn voeten op de grond. Zijn hoofd was bedekt met een vaag laagje grof haar dat dun over zijn schedelhuid lag, een haardos die eerder geschikt was om op de billen van een man te groeien. Hij nam een plechtige houding aan met het geweer in zijn armen, en begon met zijn rauwe stem een bruiloftslied te zingen. Het leek althans op een lied, tonaal en donker, en het naargeestige ritme van de melodie knarste in de oren. Het thema van de tekst, voor zover Inman die kon ontcijferen, was de dood, de onvermijdelijkheid daarvan en de nare consequenties van het leven. De beide jongetjes tikten met hun voeten alsof ze het lied in grote lijnen kenden en het graag hoorden.

Toen hij klaar was met zingen, begon Junior aan het gesproken gedeelte van de plechtigheid. De woorden *gebonden*, *dood* en *ziekte* kwamen er veelvuldig in voor. Inman keek naar de heuvel in de verte, en het spooklicht bewoog weer door de bomen. Inman wenste dat het hem maar kwam halen.

Toen het huwelijk gesloten was, wierp Lila de bloemen in het vuur en omhelsde Inman stevig. Ze drukte een volle dij hoog tussen zijn benen. Ze keek hem aan en zei: Nou, dag.

Een man van de Home Guard kwam achter hem staan, zette een Colt pistool tegen zijn slaap en zei: Hoe is het mogelijk. Zo is ze de bruid, en zo, als ik de trekker overhaal, schept ze lachend de harsens van haar man van de grond in een doek.

—Ik begrijp niets van jullie hier, zei Inman, en ze bonden Veasey en hem weer aan de rij mannen vast en lieten hen in oostelijke richting de weg aflopen.

Verscheidene dagen liep Inman met zijn polsen gebonden aan het eind van een lang touw met vijftien andere mannen, zodat ze aan elkaar vastzaten als met de staarten aan elkaar verbonden veulens. Veasey zat vlak voor Inman vast, en hij sjokte voort met gebogen hoofd, verbijsterd over het ongeluk dat hem had getroffen. Wanneer de rij zich in beweging zette of stilstond, werd hij naar voren gerukt en vlogen zijn gebonden handen voor zijn gezicht omhoog alsof hij plotseling de behoefte voelde om te bidden. Sommige mannen verderop in de rij waren oude kerels met grijze baarden, anderen nauwelijks meer dan jongens, en allen waren ervan beschuldigd dat ze deserteurs waren of met de vijand heulden. De meesten waren mensen van het land met zelfgeweven kleren aan. Inman maakte uit de gesprekken op dat ze allemaal op weg waren naar de gevangenis, of teruggezonden zouden worden om te vechten. Sommige mannen riepen af en toe iets naar de Guard, ze schreeuwden verontschuldigingen en verklaarden dat ze helemaal niet het soort man waren dat ze volgens de beschuldiging waren. Onschuldig beweerden ze te zijn. Anderen uitten gemompelde dreigementen en zeiden dat ze, als hun handen niet gebonden waren en als ze een bijl hadden, die kerels van de Guard van kruin tot kruis zouden klieven in twee bloedende helften waarop ze zouden pissen alvorens weg te lopen om naar huis te gaan. Weer anderen snikten en smeekten losgelaten te worden, en deden om hun belangen te bevorderen een beroep op een denkbeeldige menslievende kracht die in de harten van mannen zou zetelen.

Evenals de grote meerderheid van alle mensen zouden de gevangenen van de aarde verdwijnen zonder een merkteken achter te laten dat veel duurzamer was dan een geploegde voor. Je kon hen begraven en hun naam met een mes in een eiken plank krassen en die rechtop in de aarde zetten, en niets – noch hun daden, wreed of vriendelijk of laf of moedig, noch hun angsten of verwachtingen, noch hun gelaatstrekken - zou ook maar zo lang in de herinnering blijven als het duurde tot de ingekerfde lettertekens op de plank verweerd en verdwenen waren. Daarom liepen ze gebogen, alsof ze de last droegen van een leven dat niet bestemd was voor herinnering.

Inman vond het onverdraaglijk dat hij aan de anderen was vastgemaakt, dat hij ongewapend was, en bovenal dat hij in de tegenovergestelde richting bewoog van zijn verlangens. Elke stap oostwaarts die hij zette was bitter als terugglijden. De kilometers gingen voorbij, en de hoop thuis te komen begon te vervliegen. Wanneer de zon hoog stond en hem vol in het gezicht scheen, spuwde hij ernaar, omdat hij geen andere manier had om iets te doen.

De gevangenen liepen die hele dag en verscheidene dagen erna terwijl er onderling bijna geen woord werd gesproken. Op een middag reed een van de Guards om zich te amuseren langs de rij en sloeg met de loop van zijn geweer van alle mannen de hoed op de grond, en iedereen die bukte om zijn hoed op te rapen kreeg een slag met de kolf van het geweer. Ze liepen door terwijl er vijftien zwarte hoeden op de weg bleven liggen als spoor van hun voorbijgaan.

Te eten kregen ze niet, en als drinken hadden ze alleen het water waarvan ze gebukt een handvol konden opscheppen wanneer de weg een doorwaadbare plaats in een beek kruiste. Vooral de oude mannen van de groep raakten verzwakt door dit karige rantsoen, en wanneer ze niet meer konden lopen, zelfs wanneer ze met geweerlopen werden aangepord, kregen ze een brij te eten van karnemelk met oud verkruimeld maïsbrood erin. Wanneer hun hoofd weer helder werd, liepen ze door.

De mannen waren stuk voor stuk op de gebruikelijke manier in deze precaire situatie terechtgekomen, doordat de ene ellendige gebeurtenis de andere opvolgde, tot ze ergens waren waar ze nooit hadden verwacht te zullen zijn en waaruit ze geen uitweg zagen. Inmans gedachten draaiden voortdurend om dit soort kwesties. En behalve vrijgelaten worden wilde hij niets liever dan het bloed van Junior zien.

Op sommige dagen dreef de Guard de gevangenen de hele dag voort, en dan sliepen ze 's nachts. Op sommige dagen sliepen ze, stonden bij zonsopgang op, begonnen te lopen en gingen de hele nacht door. Maar na elke mars was de plek waar ze aankwamen nagenoeg hetzelfde als de plek waar ze vandaan kwamen: dennenbossen met een zo dicht dak dat de zon er nooit op de grond scheen. Wat betreft de gevarieerdheid van het landschap dat Inman kon zien had hij in het donker kunnen lopen met ongeveer de vreemde, trage vaart van een man in een droom die wegvlucht van wat hij vreest, maar die nauwelijks vooruitkomt, hoe hij zich ook inspant.

Ook had hij last van het zware reistempo. Hij voelde zich zwak en duizelig. En hongerig ook. De wond in zijn hals klopte met zijn hartslag, en hij dacht dat hij misschien weer zou opengaan en beginnen dingen uit te spugen, zoals hij in het ziekenhuis had gedaan. Een lens van een veldkijker, een kurkentrekker, een bloederig gezangenboekje.

Hij zag alle kilometers naar het westen die hij had afgelegd teruggewonden worden tot een warboel onder zijn voeten. Na een aantal dagen lopen hielden ze bij het vallen van de nacht stil en werden de gevangenen gebonden achtergelaten, zonder voedsel of water. De Guard deed evenals de vorige nachten niets om hun een slaapplaats te verschaffen; ze kregen geen dekens en er werd geen vuur gemaakt. In hun uitputting drukten de gebonden mannen zich als een troep honden tegen elkaar om op de kale, rode grond te slapen.

Inman had boeken gelezen waarin gevangenen in kerkers strepen op stokken of stenen krassen om de verstreken dagen bij te houden, maar zelfs daarvoor had hij de middelen niet, hoewel hij het nut ervan inzag omdat hij intussen al aan zijn inwendige kalender was begonnen te twijfelen. Er hoefde echter niets meer te worden bijgehouden, want diep in de nacht werden de gevangenen door een van de bewakers uit een dunne slaap gewekt. Hij scheen hun met een lantaarn in het gezicht en zei dat ze moesten opstaan. De andere zes mannen van de Guard stonden er ontspannen bij. Een aantal van hen rookte een pijp, en ze hadden hun geweer met de loop op de grond gezet. Een van hen, die als aanvoerder optrad, zei: We hebben zitten praten en besloten dat we onze tijd maar met jullie verdoen, stelletje uitschot.

Daarop hieven de mannen van de Guard hun geweer.

Een gevangene, een jongen van niet veel meer dan twaalf jaar, viel op zijn knieën en begon te huilen. Een oude man met grijs haar zei: Jullie kunnen ons toch niet allemaal doden.

Een van de mannen liet zijn wapen zakken, keek naar de aanvoerder en zei: Ik heb me niet aangemeld om opa's en kleine jongens te vermoorden.

De aanvoerder zei: Leg weer aan om te vuren, of ga er maar bij staan.

Inman keek het donkere dennenbos in. Het uitzicht vanaf mijn laatste rustplaats, zei hij bij zichzelf.

Toen begon het vuren met een salvo. Aan alle kanten begonnen mannen en jongens neer te vallen. Veasey kwam zover naar voren als het touw toeliet en schreeuwde door het geweervuur heen. Hij zei: Het is niet te laat om deze boosheid te staken. Toen werd hij een aantal malen doorschoten.

De kogel die Inman trof, was al door Veasey's schouder gegaan en kwam daardoor niet met volle snelheid aan. Hij trof Inman bij zijn haargrens aan de zijkant van zijn hoofd en ging tussen huid en bot door over zijn schedel, waar hij een ondiepe geul achterliet. Achter zijn oor kwam hij weer naar buiten. Hij viel neer alsof hij door een bijl getroffen was, maar het bewustzijn verliet hem niet helemaal. Hij kon niet bewegen, zelfs niet met zijn oogleden knipperen, en dat wilde hij ook niet. De wereld bleef om hem heen bewegen en hij nam haar waar, maar voelde zich erbuiten staan. Het leek elk begrip te tarten. Mensen stierven rondom hem en vielen aan elkaar gebonden neer.

Toen ze klaar waren met vuren, bleven de mannen van de Guard staan alsof ze niet goed wisten wat de volgende stap zou kunnen zijn. Een van hen leek getroffen te worden door een toeval of bezetenheid, en hij danste in het rond en zong 'Cotton Eye Joe' en maakte bokkensprongen tot een ander hem met de kolf van zijn musket een stoot gaf onderaan zijn ruggengraat. Uiteindelijk zei er een: We kunnen ze het beste onder de grond stoppen.

Ze gingen aan de slag maar maakten zich er gemakkelijk vanaf door slechts een ondiepe kuil te graven, de mannen erin te duwen en hen met aarde te bedekken tot een diepte waarop je aardappelen zou poten. Toen ze klaar waren, stegen ze op en reden weg.

Inman was gevallen met zijn gezicht in de holte van zijn arm en hij had ruimte om te ademen, en de laag aarde boven hem was zo dun en los dat hij daar had kunnen blijven liggen en eerder verhongerd zou zijn dan gestikt. Hij rustte en werd nu en dan verward wakker. De geur van aarde trok aan hem, haalde hem neer en hij kon de kracht niet vinden om zich eruit te verheffen. Daar doodgaan leek gemakkelijker dan niet doodgaan.

Maar voor de dag aanbrak, kwamen er wilde zwijnen uit het bos naar beneden, aangetrokken door de scherpe geur in de lucht. Ze ploegden met hun snuit door de grond en groeven armen, voeten en hoofden op, en weldra merkte Inman dat hij was opgewoeld en verbijsterd en vijandig en verbluft in het lange gezicht keek van een groot wild zwijn met slagtanden.

—Huu, zei Inman.

Het wilde zwijn deinsde een eindje terug, bleef staan en keek hem stomverbaasd aan, knipperend met zijn oogjes. Inman werkte zijn hele lichaam uit de grond. Op te staan en weer tot bloei te komen, dat werd zijn verlangen. Toen Inman moeizaam overeind was gekomen en weer stond, verloor het zwijn zijn belangstelling en begon weer in de grond te wroeten.

Inman hield zijn hoofd achterover naar de hemel en vond dat die er vreemd uitzag. Er waren sterren te zien, maar hij kon niet één bekend sterrenbeeld in de maanloze hemel thuisbrengen. Het zag eruit alsof iemand de sterren met een stok dooreen had geroerd zodat er niets herkenbaars overbleef, alleen een hoeveelheid licht die zonder patroon op het algehele duister werd geprojecteerd.

Zoals alle hoofdwonden had de zijne gebloed in een mate die in geen verhouding stond tot de ernst ervan. Zijn gezicht was bedekt met bloed en er was aarde aan vast gekleefd, zodat zijn gelaat okerkleurig was en eruitzag als een beeld van klei ter illustratie van een of ander vroeger stadium van de mensheid, toen gelaatstrekken nog provisorisch waren. Hij vond de twee gaten in zijn schedelhuid en bevoelde ze met zijn vingers en merkte dat ze gevoelloos waren en dat er een stolsel op begon te komen dat ze afsloot. Hij veegde zich zonder veel resultaat af met de slip van zijn overhemd. Hij begon aan het touw om zijn handen te trekken, zette flink kracht en even later kwam Veasey omhoog uit de grond als een grote, aan de haak geslagen baars die wordt opgehaald uit een modderig meer. Veasey's gezicht was verstard in een uitdrukking van sprakeloze verbijstering. Zijn ogen waren open en er kleefde aarde aan het oogvocht.

Nu hij hem zo zag, kon Inman geen groot verdriet voelen om zijn dood, maar hij kon hierin evenmin een voorbeeld zien van de gerechtigheid die via een kronkelige weg wilde aantonen dat het kwaad dat een man doet, zich uiteindelijk tegen hemzelf richt. Inman had zoveel van de dood gezien dat het een volstrekt willekeurig iets was gaan lijken. Hij kon niet eens beginnen uit te rekenen van hoeveel sterfgevallen hij de laatste tijd getuige was geweest. Het zou ongetwijfeld in de duizenden lopen. De dood in vele vormen, toegebracht op elke denkbare manier, en op manieren waar je niet op zou komen, al dacht je er dagen over na. Hij was er zo aan gewend geraakt de dood te zien, tussen doden te lopen, ertussen te slapen, zichzelf in alle kalmte als een van de bijna-doden te tellen, dat hij niet meer donker en geheimzinnig leek. Hij was bang dat zijn hart zo vaak door het vuur was getroffen dat hij nooit meer een gewoon burger zou kunnen zijn.

Inman zocht tot hij een scherpe steen had gevonden, en daar zat hij tot zonsopgang zijn gebonden polsen overheen te halen. Toen hij zich eindelijk had bevrijd, keek hij weer naar Veasey. Zijn ene ooglid was nu bijna dichtgezakt. Inman wilde een of ander menslievend gebaar naar hem maken, maar aangezien hij zelfs geen spade had om hem te begraven, was het enige dat hij kon bedenken Veasey om te rollen zodat hij met zijn gezicht naar beneden lag.

Inman keerde de opkomende zon de rug toe en begon naar het westen te lopen. Hij voelde zich die hele morgen verbijsterd en geradbraakt. Zijn hoofd deed pijn in overeenstemming met zijn polsslag en voelde alsof zijn schedel op het punt stond in een groot aantal stukken aan zijn voeten te vallen. Langs een heining plukte hij een flinke hoeveelheid veerachtige bladeren van duizendblad, die hij met de ontvelde stengel van de plant tegen zijn hoofd bond. Duizendblad heeft het vermogen pijn weg te nemen, en dat deed het een beetje. De blaadjes wiegelden mee op het ritme van zijn vermoeide passen, en hij keek de hele morgen naar de schaduwen ervan die voor hem uit bewogen op de weg.

Rond het middaguur stond hij bij een kruising. Zijn geest was troebel en hij kon niet beslissen welke van de drie mogelijkheden die op de grond voor hem lagen hij zou kiezen. Het enige wat hij wist, was dat hij niet de weg moest nemen waarlangs hij gekomen was. Hij keek naar de hemel om zijn richting te bepalen, maar de zon stond recht boven hem. Hij kon naar elke kant dalen. Hij bracht zijn hand naar de opstaande rand huid op zijn hoofd, voelde het korstige bloed onder zijn haargrens en dacht: Binnenkort ben ik niets dan littekens. De rode striem in zijn hals van Petersburg begon pijn te doen, als om zich bij zijn nieuwe broeders aan te sluiten. Zijn hele bovenkant voelde aan als één grote, rauwe zweer. Hij besloot in de dennennaalden langs de weg te gaan zitten en te wachten op een teken of symbool waaruit zou blijken dat een van de wegen voor hem de voorkeur verdiende boven de andere.

Na enige tijd, waarin hij beurtelings soesde en wakker was, zag hij een gele slaaf de weg afkomen die een ongelijk span ossen voortdreef, een rode en een witte. Ze trokken een slede, beladen met nieuwe vaten en een groot aantal kleine, donkere meloenen, zo netjes opgestapeld als brandhout. De man kreeg Inman in het oog en riep Ho tegen de ossen.

—Bij de almachtige Here God, zei hij. Je lijkt wel een man van aarde.

Hij stak zijn hand in de slede en klopte met zijn vuist op een paar meloenen voor hij er een uitkoos en die onderhands naar Inman wierp. Inman sloeg hem open tegen een steen. Het rafelige vruchtvlees in de helften was roze en stevig en doorspekt met donkere pitten, en hij stak zijn hoofd eerst in de ene helft en daarna in de andere als een hongerige hond.

Toen hij eruit opkeek, waren het nog slechts dunne schillen en er droop roze sap van zijn baard op de aarde van de weg. Inman bleef een tijd naar het patroon kijken dat de druppels vormden om te zien of er enige betekenis aan gehecht kon worden in de richting van een voorteken, want hij wist dat hij behoefte had aan hulp, ongeacht uit welke vreemde bron die afkomstig was. In de druppels in het stof was echter geen duidelijk teken, geen beeld of symbool te bespeuren, van welke kant hij ze ook bekeek. De onzichtbare wereld, legde hij zichzelf uit, had hem in de steek gelaten als een zwervende ziel die in zijn eentje, zonder gids of kaart, zijn weg moest zoeken door een kapotte wereld die vrijwel uitsluitend uit hindernissen bestond.

Inman staakte zijn bestudering van de grond, keek op en sprak zijn dank uit voor de meloen. De gele man was een pezige kerel, mager van lijf en leden maar met gespierde koorden in zijn nek en onderarmen waar hij de mouwen van zijn grijs wollen overhemd had opgeslagen tot de elleboog. Zijn katoenen broek was voor een langere man gemaakt en de pijpen waren opgerold tot dikke omslagen boven zijn blote voeten.

—Ga op de slede zitten en kom met me mee, zei hij.

Inman reed een eindweegs mee, gezeten op de achterkant, met zijn rug tegen een glanzend vat dat geurde naar versgekloofd hout van witte eiken. Hij probeerde te slapen maar het lukte niet, en hij staarde als in trance naar de sleepsporen van de brede essenhouten ribben, naar hoe ze verdwenen op de stoffige weg, twee lijnen die een les schenen in te houden door de wijze waarop ze elkaar steeds dichter naderden naarmate ze verder weg waren. Hij trok de hoofdtooi van duizendblad af en liet hem stukje bij beetje in de ruimte tussen de sleepsporen vallen.

Toen de gele man de hoeve naderde waar zijn eigenaars woonden, liet hij Inman in een van de vaten kruipen, en daarna nam hij hem mee naar binnen en laadde de slede af in de ruimte van de schuur. Hij verborg Inman in het hooi onder de balken van de zolder, en Inman rustte daar enkele dagen in het veevoeder, en weer raakte hij de tel kwijt. Hij bracht de tijd door met slapen en eten krijgen van de slaven: in reuzel gebakken maïsbrood, scherp smakende groenten, geroosterde stukken varkensrug, machtig en knapperend van geblakerd vet.

Toen zijn benen weer in staat leken zijn gewicht te dragen, maakte Inman zich gereed om weer op weg te gaan. Zijn kleren waren schoon uitgekookt, en zijn hoofd was al wat beter en bedekt met een oude zwarte hoed, waarvan de voorhoofdsband donker gekleurd was door slavenzweet. Er stond een halvemaan aan de hemel, en Inman stond bij de schuurdeur om afscheid te nemen van de gele man.

—Ik moet echt gaan, zei Inman. Ik heb hier in de buurt nog een kleinigheid te doen, en dan moet ik zien thuis te komen.

—Luister, zei de gele man. Er is vorige week een groep Federalen uit de gevangenis in Salisbury ontsnapt, en het wemelt op de wegen van de patrouilles die dag en nacht naar hen op zoek zijn. Als je probeert daar doorheen te komen, zullen ze je zeker vangen als je niet oppast. En waarschijnlijk ook als je wel oppast.

—Wat zou ik het beste kunnen doen?

—Waar moet je heen?

—Naar het westen.

—Ga eerst naar het noorden. Ga in de richting van Wilkes. Als je die kant neemt, vind je onderweg overal quakers en hernhutters die je zullen helpen. Als je onderaan de Blue Ridge uitkomt, ga je weer naar het zuiden en volgt de uitlopers. Je kunt ook de bergen ingaan en over de kammen teruggaan tot je weer op je koers bent. Maar ze zeggen dat het daar koud en ruw weer is.

—Daar kom ik vandaan, zei Inman.

De gele man gaf hem maïsmeel, in papier gedraaid en met twijndraad dichtgebonden, een reep gezouten varkensvlees, en een paar stukken gebraden varkensvlees. Vervolgens was hij enige tijd bezig met inkt een kaart te tekenen op een stuk papier, en toen die klaar was, was het een kunstwerk. Heel gedetailleerd met kleine huisjes en wonderlijk gevormde schuren, en kromme bomen met gezichten in hun stam en takken als armen en haren. In een hoek stond een fraai kompas. En er waren aantekeningen in keurige lettertjes om te zeggen wie vertrouwd kon worden en wie niet. Geleidelijk werd alles vager en verder uit elkaar tot in het westen alles wit was op een aantal geschakelde bogen na die de man had getekend om de vormen van bergen aan te geven.

—Zo ver ben ik gekomen. Precies tot de rand.

—Jij kunt dus lezen en schrijven? zei Inman.

—Mijn meester is een beetje gek. Die wet zegt hem niets.

Inman zocht in zijn zakken naar geld om aan de man te geven. Hij wilde er een flinke hoeveelheid uithalen, maar hij voelde dat zijn zakken leeg waren en herinnerde zich dat al het geld dat hij nog had, in de haverzak zat die hij in de houtstapel van Junior had verstopt.

—Ik wou dat ik iets had om je te betalen, zei Inman.

—Dat had ik misschien niet eens aangenomen, zei de man.

Enkele nachten later stond Inman voor het scheve huis. Het leek als een pad in zijn laagte te zitten, en alle ramen waren zwart. Hij riep de hond met drie poten met zachte stem uit zijn schuilplaats te voorschijn en bood hem een stuk varkensbeen aan dat hij gewikkeld in ahornbladeren in zijn zak had meegenomen. De hond kwam snuffelend naar hem toe, zonder geluid. Hij greep het bot en verdween toen onder de veranda.

Inman volgde de hond naar beneden tot hij bij het huis was, en liep eromheen naar de achterkant. Van het grote vuur was alleen een koude, zwarte plek op de grond over. Hij ging naar de veranda aan de achterkant. Daar lag zijn knapzak nog steeds op een hoop. Hij keek erin, en alles was er behalve Veasey's Colt pistool. Hij stak zijn arm in de houtstapel, greep de haverzak en voelde de loop van de LeMat door de stof heen. Hij trok hem naar zich toe en het was als een versterkende drank, het gewicht van het pistool in zijn hand te voelen, het evenwicht en het geluid toen hij de haan spande.

Inman zag een streep licht schijnen onder de deur van de rookhut. Hij liep erheen, duwde de deur op een kier open en keek naar binnen. Junior stond een ham in te wrijven met zout. Een bajonet was met de kolf in de aarden vloer gestoken, en in de opening van de loop was een talgkaars gestoken, keurig als in een zilveren kandelaar. De vloer van de rookhut was zo vol en vettig dat het vlammetje hier en daar een glimlichtje veroorzaakte. Junior stond over de ham gebogen. Hij had zijn hoed op en zijn gezicht was donker in de schaduw van de rand. Inman duwde de deur geheel open en ging in het licht staan. Junior hief zijn gezicht op en keek naar hem, maar scheen hem niet te herkennen. Inman liep op Junior toe en sloeg hem op zijn oor met de loop van de LeMat en daarna beukte hij met de greep op hem in tot hij plat op zijn rug lag. Er was geen beweging meer in hem, behalve het glimmende vloeien van bloed dat uit zijn neus en sneden in zijn hoofd en ooghoeken liep. Het kwam bijeen en vormde een plas op de zwarte aarde van de rookhutvloer.

Inman hield op met slaan, hurkte neer en liet zijn onderarmen op zijn knieën rusten om op adem te komen. Hij haalde de kaars met een draaiende beweging uit zijn standaard en voelde hoe ruw hij was waar kakkerlakken aan de talg hadden gevreten. Hij hield de vlam bij Juniors gezicht. Wat daar voor hem lag was werkelijk een gruwelijk wezen, maar toch vreesde Inman dat alle mannen eigenlijk dezelfde inborst hebben, zonder veel werkelijke verschillen. Hij blies de kaars uit, draaide zich om en liep naar buiten. Er was een punt grijs licht bij de oostelijke horizon waar de maan bezig was op te komen. Op de heuvel was het spooklicht zwak, aarzelend in zijn bewegingen. Het verbleekte en verdween, maar zo langzaam dat je niet precies had kunnen zeggen wanneer.

Inman liep die hele nacht en beschreef een cirkel naar het noorden, door een dichtbevolkt gebied, met overal verlichte ramen en blaffende honden. En de gele man had gelijk; telkens kwamen er ruiters langs in het donker, maar Inman kon hen tijdig genoeg horen aankomen om tussen de struiken te gaan staan. Toen de morgen kwam, mistte het en omdat hij zich nu geen zorgen hoefde te maken over een beetje rook, legde hij een vuurtje aan in het bos, kookte twee repen gezouten varkensvlees en strooide meel in het water om een soort maïsbrij te maken. Hij bleef die hele dag in het struikgewas liggen, waar hij deels sliep en deels piekerde. Er zaten kraaien op de takken boven hem, drie kraaien, en die waren bezig een rattenslang te sarren die ze hoog in de boom hadden ontdekt. Ze gingen op de takken boven de slang zitten en scholden hem uit, en af en toe vloog er een vlak langs de slang en deed alsof hij hem aanviel met zijn glinsterende snavel. De slang nam de voor zijn soort gebruikelijke felle houdingen aan, hij richtte zich op, zette zijn nek breed uit, siste en deed uitvallen alsof hij zeer gevaarlijk was. Maar al zijn inspanningen werden door de kraaien met hilariteit en spot begroet, en de slang ging er al gauw vandoor. De kraaien bleven een groot deel van de middag zitten om hun overwinning te vieren. Inman keek naar hen telkens wanneer hij zijn ogen open had en observeerde hun gedrag en hun manier om zich te uiten. En wanneer zijn ogen dicht waren, droomde hij dat hij in een soort wereld leefde waar een man zich als hij wilde in kraaienvorm kon denken, zodat hij, al was hij vervuld van donkere doodsangst, toch het vermogen had van zijn vijanden weg te vliegen of hen weg te lachen. Nadat Inman op deze wijze enige tijd had doorgebracht, zag hij de nacht invallen, en het leek hem alsof de kraaien waren uitgedijd tot alles zwart was.

in plaats van de waarheid

De ochtendhemel was nietszeggend, van een kleur zoals je krijgt als je op papier heel dun lampenzwart aanbrengt. Ralph stond stokstijf in het veld met zijn hoofd omlaag en brieste. Hij was voor een slede gespannen met een vracht acaciatakken, en die was even zwaar als een gelijke hoeveelheid stenen. Hij scheen niet van zins ze nog een stap verder naar de rand van de beek te trekken, waar Ruby van plan was ze op een rij te leggen als nieuwe omheining van de weide. Ada had de gevlochten zweep van het rijtuig in haar hand, en met de gerafelde kant ervan gaf ze een paar tikjes op Ralphs rug.

—Hij is een paard voor een rijtuig, zei ze tegen Ruby.

Ruby zei: Hij is een paard.

Ze ging naar Ralphs hoofd, nam zijn kin in haar hand en keek hem in het oog. Hij legde zijn oren naar achteren en liet een randje wit zien aan de bovenkant van zijn oogbollen.

Ruby drukte haar lippen op de fluwelen neus van het paard. Vervolgens nam ze een paar centimeter afstand, opende haar mond wijd en blies een lange, trage adem in zijn gesperde neusgaten. De boodschap die met dit gebaar werd overgebracht ging volgens haar over een soort verstandhouding tussen hen. Ze zei ermee dat Ralph en zij het over de onderhavige kwestie eens waren. Op die manier stuurde je het denken van paarden. Zij vatten het op als een boodschap om hun gebruikelijke hypernerveuze toestand te laten varen. Je kon paarden die het wit van hun ogen lieten zien met zo'n kameraadschappelijke beademing kalmeren.

Ruby ademde nog een keer, pakte Ralph vervolgens bij een handvol manen boven zijn schoft en trok. Hij stapte naar voren en trok de slede mee, en toen ze bij de beek waren, maakte Ruby hem los uit zijn tuig. Ze liet hem grazen van de klaver die aan de rand van het schaduwrijke bosje groeide, en daarna begonnen Ada en zij een slingerende lijn acaciatakken langs de oever te leggen. Wanneer ze er tijd voor hadden, zouden ze er nog drie lagen overheen leggen om de heining te vormen.

Ada had opgemerkt dat Ruby soms aan een karwei begon zonder het meteen af te maken. Ze werkte aan dingen zoals ze zich voordeden en pakte ze in volgorde van dringendheid aan. Als er niets bijzonder dringends was, deed Ruby iets dat in de beschikbare tijd paste. Het neerleggen van de eerste rij hekbalken was die morgen gekozen omdat het gedaan kon worden in het uurtje voordat Ruby vertrok om bij Esco appels te gaan ruilen voor kolen en rapen.

Voor het hanteren van de zware balken droeg Ada een paar leren werkhandschoenen, maar die waren met de ruwe kant naar binnen gemaakt, en toen ze klaar was, waren haar vingertoppen ongeveer net zo pijnlijk als wanneer ze het met blote handen had gedaan. Ze ging op de slede zitten, voelde of ze blaren had en wreef toen haar handen in de beek en droogde ze aan haar rok af.

Ze leidden het paard terug naar de schuur, deden zijn tuig af en begonnen hem in te spannen voor Ruby's ruiltocht. Maar opeens hield Ruby op en stond te kijken naar een oude val, die aan een pin aan de muur van de schuur hing. Hij was bedoeld voor bevers, bosmarmotten en andere dieren van ongeveer dezelfde grootte. Iets dat de Blacks hadden achtergelaten toen ze naar Texas vertrokken. De beugels van de klem waren bijna aan elkaar vastgeroest, en hij had daar zo lang gehangen dat er roeststrepen zichtbaar waren op de muur eronder.

—Dat is precies wat we nodig hebben, zei ze. Ik kan hem net zo goed zetten voor ik ga.

Ze maakten zich zorgen over het maïshok. Al dagen was er elke morgen een beetje maïs verdwenen. Nadat Ruby het tekort had opgemerkt, had ze een grendel op de deur aangebracht en aan de dichting tussen de palen gewerkt waar die verdroogd en eruit gevallen was. Maar de volgende morgen zag ze dat er een nieuw gat was gemaakt in de verse modder tussen de stammen van het schuurtje. De ontstane ruimte was zeker groot genoeg voor een hand of een eekhoorn, en misschien groot genoeg voor een kleine wasbeer of opossum of grondmarmot. Ze had tot twee keer toe modder in het gat gedaan, maar telkens was het de volgende ochtend weer open. Er werd elke keer niet veel maïs gestolen, net genoeg om het te merken, maar als het zo doorging zou het binnenkort een hoeveelheid zijn waarover ze zich zorgen moesten maken.

Daarom begonnen Ada en Ruby de klem in orde te maken. Met een staalborstel haalden ze het roest eraf en met reuzel smeerden ze de scharnierende delen. Toen dat gebeurd was, zette Ruby haar voet erop en trok de klem open. Vervolgens raakte ze de plaat aan met een stok en het ding klapte zo hard dicht dat het van de grond opsprong. Ze droegen het naar het maïsschuurtje en legden het tussen de maïs, juist binnen bereik vanaf het gat. Ruby hamerde de pin aan het eind van de ketting zo diep mogelijk in de aangestampte aarde van de vloer. Voor het geval dat de dief geen dier was maar een mens, vond Ada dat ze de tanden van de klem met repen jute moesten omwikkelen, hetgeen Ruby deed, maar ze zorgde wel dat de bekleding niet te zacht werd, want dat zou al te vriendelijk zijn.

Toen ze klaar was, deed Ruby Ralph zijn hoofdstel om en hing twee grote zakken met appels over zijn schoften. Ze steeg op en reed zonder zadel weg, en bij de weg hield ze stil en riep Ada toe dat ze zich nuttig kon maken door een vogelverschrikker in de moestuin te zetten. Toen drukte ze haar hielen tegen het paard en draafde weg.

Het was met enige opluchting dat Ada Ruby om de bocht zag verdwijnen. Nu had ze de hele middag voor zich zonder dat er meer van haar geëist werd dan de prettige en ietwat kinderlijke taak een grote pop te maken.

Er was een groep kraaien bezig geweest in de moestuin; ze pikten aan de jonge planten, een beetje uit verveling, maar toch zouden ze als ze niet werden tegengehouden, de moestuin algauw kaal pikken. Bij één kraai ontbraken er veren in zijn beide afhangende vleugeltoppen, zodat er twee identieke, vierkante inkepingen in zaten. Hij scheen het opperhoofd van de kraaien te zijn en was altijd de eerste die uit het veld of van een tak opvloog. De overige waren alleen volgelingen. Hakkelwiek maakte meer geluiden dan de anderen en sprak alle soorten kraaienwoorden, van het geluid van een droge scharnier tot het snateren van een eend die door een vos werd gedood. Ada had zijn activiteiten wekenlang gevolgd en Ruby was een keer zo kwaad op het beest geworden dat ze een kostbare lading hagel in zijn richting had afgevuurd, hoewel de afstand zo groot was dat het niets uithaalde. Daarom had Ada plezier in de gedachte dat haar vogelverschrikker iets zou zijn waar Hakkelwiek rekening mee zou moeten houden.

Met gemengde gevoelens zei ze hardop: Ik leef nu een leven waarin ik me bezighoud met het doen en laten van individuele vogels.

Ze liep naar het huis. Boven opende ze een hutkoffer en nam er een oude rijbroek en een roodbruin, wollen overhemd van Monroe uit. Zijn kastoren hoed en een gekleurde halsdoek. Daar kon ze een mooie, stijlvolle vogelverschrikker van maken. Maar terwijl ze naar de opgevouwen kleren in haar handen keek, kon ze zich alleen maar voorstellen dat ze elke dag als ze naar buiten liep, de beeltenis van Monroe in het veld zou zien staan. Vanaf de veranda 's avonds in de schemering zou het een donkere figuur zijn die naar haar keek. Ze was bang dat hij voor haar groter en schrikwekkender zou lijken dan voor de kraaien.

Ada legde de kleren terug in de hutkoffer, ging naar haar kamer en zocht in laden en kasten, en ten slotte koos ze voor de mauve japon die ze op de laatste avond van het feest aan de Wando River had gedragen. En ze pakte de Franse strohoed die Monroe vijftien jaar eerder tijdens hun rondreis door Europa voor haar had gekocht, en waarvan de rand nu begon te rafelen. Ruby zou, wist ze, bezwaar maken tegen de jurk, niet om gevoelsmatige redenen maar omdat de stof beter gebruikt kon worden. Hij kon verknipt worden tot kussenovertrekken, lapjes voor quilts, antimacassars voor de rugleuningen van stoelen, allerlei nuttige dingen. Maar Ada besloot dat ze als er zijde nodig was, nog een aantal andere japonnen had die evengoed gebruikt konden worden. Dit was de japon die ze bij regen en zonneschijn in een veld wilde zien staan.

Ze nam de jurk mee naar buiten, bond bonenstaken met ijzerdraad aan elkaar tot een kruis dat als armatuur kon dienen en zette dit buiten in het midden van de moestuin, en sloeg het stevig in de grond met een kleine moker. Ze zette er een hoofd op, dat ze gemaakt had door een punt van een versleten kussensloop met bladeren en stro op te vullen en er een grijnzend gezicht op te schilderen met verf die bestond uit roet uit de schoorsteen en lampenolie. Ze hing de japon over de bonenstaken, vulde het lijfje met stro en zette de figuur de strohoed op. Aan het einde van de ene arm hing ze een kleine verzinkte emmer met een roestgat in de bodem. Bij de heining plukte ze guldenroede en asters en daarmee vulde ze het emmertje.

Toen ze klaar was, liep Ada achteruit en bekeek haar werk. De figuur stond naar Cold Mountain te staren, alsof ze tijdens een kalme wandeling, bezig bloemen te vergaren voor een bloemstuk op tafel, plotseling was getroffen door de schoonheid van het uitzicht voor haar en stokstijf was blijven staan. De volle rokken van de lavendelkleurige japon bewogen in de wind, en Ada kon alleen maar denken dat hij na een jaar in weer en wind zou verbleken tot de kleur van een oude schelp. Zelf had Ada ook een verbleekte imprimé japon aan en een strohoed op. Ze vroeg zich af of een waarnemer die ver boven op Jonas Ridge stond en in het dal keek, de juiste keus zou doen als hem gevraagd werd welke van de twee figuren in het veld de vogelverschrikker was.

Ze waste haar handen in de kom op de veranda bij de keuken en maakte een middagmaal voor zichzelf van een paar dunne, bruine plakjes van Esco's ham, koude crackers die van het ontbijt waren overgebleven, en een stuk gebakken pompoen van het avondeten van de vorige dag. Ze nam haar dagboek en haar bord mee naar de tafel onder de perenboom. Toen ze klaar was met eten, bladerde ze het dagboek door – langs de tekening van de reiger, schetsen van kornoeljebessen, trossen sumacvruchtjes, een tweetal schaatsenrijders – tot ze de eerste blanco bladzijde bereikte, en daarop tekende ze de vogelverschrikker met daarboven de vleugels met een hap eruit van de kraai. Ze schreef er de datum bij, en het geschatte tijdstip, en ook de maanfase. Onderaan de bladzijde noteerde ze de namen van de bloemen in het emmertje van de vogelverschrikker, en in een ongebruikt hoekje maakte ze een detailtekening van een aster.

Kort nadat Ada hiermee klaar was, kwam Ruby lopend de weg op. Ze voerde het paard mee met zes bultige zakken met kolen die twee aan twee over zijn rug hingen. Dit was twee zakken meer dan redelijk was, maar Ruby was niet zo trots geweest om Esco de kans te ontnemen gul te zijn. Ada liep naar de weg. Ruby kwam naar haar toe, bleef staan, stak haar hand in een zak van haar rok en haalde er een brief uit.

—Hier, voor jou, zei ze. Ik ben bij de molen langs geweest. In haar stem klonk de overtuiging dat elke boodschap die niet rechtstreeks en mondeling werd overgebracht, waarschijnlijk onwelkom was. De brief was gekreukt en gerimpeld, en zo vuil als een oude werkhandschoen. Hij was ergens op zijn reis nat geworden en was gevlekt en samengetrokken opgedroogd. Er stond geen afzender op, maar Ada kende het handschrift waarin haar eigen naam geschreven was. Ze stak de brief in haar zak, omdat ze hem niet wilde lezen onder het wakend oog van Ruby.

Samen laadden ze de zakken af achter de rookhut, en terwijl Ruby het paard wegbracht, ging Ada naar de keuken en maakte nog een bord met een soortgelijk middagmaal. Dat at Ruby op, terwijl ze aan een stuk door praatte over kool en de vele dingen die ze ervan zouden maken, die Ada juist erg beperkt leken – zuurkool, gebakken kool, gekookte kool, gevulde kool, koolsla.

Toen Ruby gegeten had, gingen ze naar de zakken. Een zak werd apart gehouden om zuurkool van te maken wanneer de tekenen daarvoor weer gunstig zouden zijn. Als je het anders deed, kon de zuurkool gaan rotten in de aardewerken potten. De rest kuilden ze in voor de winter. Ada vond het een vreemd en verontrustend werk, de grafachtige kuil te graven achter de rookschuur en die te bekleden met stro en daar de witte kolen in te stapelen en te bedekken met meer stro, en dan met aarde. Toen ze klaar waren met het maken van de aardheuvel, markeerde Ruby de plek met een plank, die ze met de achterkant van haar spade in de grond sloeg tot hij stevig stond als een grafsteen.

—Zo, zei Ruby. Dan hoeven we straks in januari niet overal in de sneeuw te krabben.

Ada kon alleen maar bedenken hoe bar het zou zijn om op een bewolkte wintermiddag – terwijl het hard woei, de kale bomen heen en weer bewogen en de grond bedekt was met een grijze korst van oude sneeuw – naar buiten te gaan en in die grafheuvel naar een simpele kool te graven.

Laat op die middag zaten ze op de stenen trap, Ada achter Ruby en een tree hoger. Ruby leunde tegen Ada's schenen en knieën alsof ze de rugleuning van een stoel waren. Ze keken naar het ondergaan van de zon. Naar de blauwe schaduw van Jonas Ridge die oprukte over de beek en daarna over de weide. Boerenzwaluwen in zwenkende, gewaagde vlucht. Ada bewerkte Ruby's haar met een in Engeland gemaakte borstel van varkenshaar. Ze borstelde tot het haar glad was en glansde als een geweerloop. Ze haalde er haar vingers door, verdeelde het in zeven delen, en elke streng had zijn eigen gewicht en stevigheid in haar handen. Ze legde ze uitgespreid over Ruby's schouders en bekeek ze aandachtig.

Ada en Ruby deden een haarwedstrijd. Dat had Ada bedacht. Ze was op het idee gekomen toen ze Ruby gedachtenloos Ralphs staart in ingewikkelde patronen zag vlechten. Ruby stond dan achter hem, met haar gedachten elders, en haar blik ongericht, en haar vingers bewogen schijnbaar moeiteloos door het lange staarthaar. Het scheen haar te helpen bij het denken. Bovendien viel Ralph ervan in slaap. Hij stond met een achterhoef omgekanteld en zijn oogleden zakten dicht. Maar na afloop liep hij rond met een ietwat ingetrokken achterhand, en leek nerveus en gegeneerd, tot een van hen zijn staart losvlocht en uitborstelde.

Ruby leek in zo'n benijdenswaardig dromerige stemming wanneer ze aan het vlechten was dat Ada zich haar voorstelde als een eenzaam en verlaten kind dat over het land rondzwierf om de staarten van oude, alleen in een wei staande ploegpaarden te vlechten uit behoefte aan de nabijheid van iets dat levend en warm was. Om dat aan te raken op een manier die tegelijkertijd intiem en afstandelijk was, om niet rechtstreeks een hand te leggen op het levende dier, maar op het mooie en niet doorbloede uitstulpsel daarvan. In die geest had Ada voorgesteld dat ze een wedstrijd aangingen om te zien wie van het haar van de ander de meest ingewikkelde, of mooie, of buitenissige vlecht kon maken. De wedstrijd werd interessanter doordat geen van beiden zou weten wat er met haar eigen haar gedaan was – alleen wat ze met dat van de ander had gedaan – tot ze naar binnen gingen en met twee spiegels de achterkant van hun hoofd bekeken. De verliezer moest al het avondwerk doen terwijl de winnares op de veranda zat te schommelen en naar de donker wordende lucht keek en de sterren telde die verschenen.

Ada's haar was al gedaan. Ruby was een tijd aan het werk geweest, trekkend en draaiend tot het bij Ada's slapen strak naar achteren was getrokken. Ze kon de spanning voelen bij haar ooghoeken. Ze wilde op haar achterhoofd kloppen, maar Ruby sloeg vlug haar hand weg om te voorkomen dat ze voorkennis zou krijgen van de stand van de wedstrijd.

Ada nam de drie strengen die in het midden op Ruby's rug hingen en maakte een eenvoudige vlecht. Dat was het gemakkelijke gedeelte. Met de overige stukken wilde ze een ingewikkelde bovenvlecht maken, over elkaar heen genomen en in visgraatpatroon verweven, zoals bij een raffiamand waar ze erg op gesteld was. Ze nam twee van de zijstrengen en begon ze door elkaar te vlechten.

Vier kraaien, met Hakkelwiek voorop, kwamen het dal inzweven en vlogen geschrokken op toen ze de nieuwe vogelverschrikker zagen. Ze vlogen weg, krijsend als aangeschoten biggen.

Ruby zei dat dit een gunstige beoordeling van Ada's knutselwerk was.

—Vooral die hoed is mooi, zei ze.

—Die komt uit Frankrijk, zei Ada.

—Frankrijk? zei Ruby. We hebben hier ook hoeden. Een man aan de East Fork vlecht hoeden van stro en ruilt ze voor boter en eieren. Een hoedenmaker in de stad maakt hoeden van beverhaar en vilt, maar die wil er meestal geld voor hebben.

Het idee dat je van de andere kant van de wereld hoeden laat komen om te verkopen vond ze belachelijk. Het wees op een gebrek aan ernst bij mensen dat ze zoiets konden bedenken. In Frankrijk of New York of Charleston was niets te vinden dat Ruby wilde hebben. En er was ook maar weinig dat ze nodig had, dat ze op Cold Mountain niet kon maken of telen of vinden. Ze koesterde een diep wantrouwen tegen reizen, of het nu naar Europa was of waar dan ook naartoe. Ze was van mening dat een wereld die behoorlijk in elkaar zat, inwoners zou opleveren die zo aan het leven op de hun toegemeten plek waren aangepast, dat ze noch de behoefte, noch het verlangen zouden hebben om op reis te gaan. Er zouden geen postkoetsen, treinen of stoomschepen nodig zijn; al deze vervoermiddelen zouden niets meer te doen hebben. De mensen zouden zo tevreden zijn dat ze liever thuis bleven, want dat niet doen was duidelijk de wortel van allerlei kwaad, in heden en verleden. In de stabiele wereld die ze voor zich zag konden sommigen lang en tevreden leven terwijl ze de hond van een verre buur hoorden blaffen en zich nooit ook maar ver genoeg van hun eigen velden verwijderden om te zien of het geblaf afkomstig was van een bloedhond of van een setter, effen of gevlekt.

Ada nam niet de moeite ertegenin te gaan, omdat ze dacht dat haar leven een kant opging waar reizen en geïmporteerde hoeden een kleine rol zouden spelen. De vlecht was voltooid, en ze bekeek hem met teleurstelling. Net als bij al haar kunstzinnige ondernemingen was het resultaat niet in overeenstemming met wat ze zich ervan had voorgesteld. Ze vond dat het eruitzag als hennepen fluitkoord, dat door een krankzinnige of dronken matroos in elkaar was geflanst.

Ada en Ruby stonden op van de trap en werkten om beurten elkanders vlecht bij door losse haartjes glad te strijken en losse slierten weg te stoppen. In Ada's slaapkamer gingen ze met hun rug naar de grote spiegel boven de toilettafel staan, pakten een zilveren handspiegel en keken daarin naar hun spiegelbeeld. Ada's vlecht was eenvoudig en strak, en toen ze hem met haar vingers bevoelde, vond ze dat het leek of je een kastanjetak aanraakte. Je kon de hele dag werken zonder dat hij los zou gaan.

Toen Ruby aan de beurt was, stond ze een hele tijd te kijken. Zij had nooit eerder de achterkant van haar hoofd gezien. Ze bracht haar hand naar haar haar en raakte het met de vlakke hand aan, telkens weer. Ze verklaarde dat het prachtig was en stond erop dat Ada tot winnares werd uitgeroepen.

Ze gingen terug naar de veranda en Ruby liep door naar het erf om het avondwerk te gaan doen. Maar ze bleef stilstaan en keek om zich heen en toen omhoog naar de lucht. Ze voelde aan het haar bij haar nek en op haar kruin. Nu ze onder de schaduw van de veranda uit was, kon ze zien dat er nog genoeg licht was om een paar bladzijden uit *Midsummer Night's Dream* te lezen, en dat zei ze. Dus gingen ze weer op de treden zitten, en Ada las voor, en gaf tussendoor uitleg, en toen ze bij een regel van Puck kwam – waar hij zegt… 'Als ever, hond, vuur, paard, beer, om en om' – had Ruby geweldig veel pret en herhaalde de woorden telkens weer alsof ze als zodanig veel betekenis inhielden en plezier verschaften.

Het licht werd weldra te grauw om bij te lezen. Een paar boomkwartels riep elkaar over en weer hun identieke boodschap van drie woorden toe, van het veld naar het bos. Ruby kwam overeind en zei: Ik kan beter opschieten.

—Kijk of er iets in onze klem zit, zei Ada.

—Dat heeft geen zin. Overdag vang je niks, zei Ruby, voor ze wegliep.

Ada sloot het boek en plukte een buxusblad als boekenlegger. Ze haalde Inmans brief uit haar rokzak en hield de voorkant naar het westen om het beetje licht te vangen dat er nog was. Ze had de buitengewoon vage melding van zijn verwonding en zijn plan om terug te komen die middag al vijf keer gelezen. Na de vijfde keer kon ze er niet meer uit opmaken dan ze de eerste keer had gedaan, en dat was dat Inman een of andere duidelijke conclusie had bereikt over de gevoelstoestand die er tussen hen bestond, hoewel Ada zelf niet zou kunnen benoemen hoe de zaken er volgens haar voorstonden. Ze had hem in bijna vier jaar niet gezien, en het was meer dan vier maanden geleden dat ze het laatst iets van hem had gehoord. Dat was een haastig geschreven briefje uit Petersburg, zo onpersoonlijk van toon als iets wat je zou schrijven aan een verre kennis, al was dat niet ongewoon, want Inman had haar al vroeg gevraagd nooit te zinspelen op wat er na de oorlog tussen hen zou kunnen gebeuren. Niemand kon zeggen hoe de toestand dan zou zijn, en zich de verschillende mogelijkheden – aangenaam of onaangenaam – voorstellen leidde bij hem maar tot somberheid. Hun correspondentie was gedurende de oorlog onregelmatig geweest. Soms een waterval van brieven, dan weer langdurig stilzwijgen.

De brief die Ada nu in haar hand hield, was niet gedateerd, en er werden evenmin recente gebeurtenissen of zelfs weersomstandigheden in genoemd waaruit een datum kon worden afgeleid. Hij had de vorige week geschreven kunnen zijn, maar kon ook drie maanden oud zijn. De verfomfaaide toestand van de brief leek te wijzen op een datum in de buurt van het laatste, maar zeker weten was uitgesloten. Ook was het niet duidelijk wanneer hij naar huis zou komen. Bedoelde hij nu of na afloop van de oorlog? Als hij nu bedoelde, kon ze niet zeggen of hij allang terug had moeten zijn, of pas aan zijn reis was begonnen. Ada dacht aan het verhaal dat Ruby en zij hadden horen vertellen door de gevangene vanuit het getraliede raam van het gerechtsgebouw. Ze vreesde dat er in elke county wel een Teague zou zijn.

Ze tuurde op het papier. Omdat Inmans handschrift enigszins kriebelig en piepklein was, kon Ada in het donker alleen de volgende korte passage onderscheiden:

> *Mocht je nog in het bezit zijn van het portretje dat ik je vier jaar geleden heb gestuurd, dan wil ik je vragen er alsjeblieft niet naar te kijken. Op dit moment vertoon ik er uiterlijk noch innerlijk gelijkenis mee.*

Ada ging natuurlijk onmiddellijk naar haar slaapkamer, stak een lamp aan en trok laden open tot ze het portret vond. Ze had het weggelegd omdat ze toch al nooit gevonden had dat het erg op hem leek. Toen het gekomen was, had ze het aan Monroe laten zien, die weinig waardering had voor de fotografie, nooit gefotografeerd was en ook niet van plan was ooit een foto van zichzelf te laten maken, hoewel hij in zijn jonge jaren twee keer voor een schilder had geposeerd. Hij had Inmans beeltenis met een zekere belangstelling bestudeerd en daarna het foedraal dichtgeklapt. Hij ging naar de boekenkast, pakte een boek en las uit Emerson een stuk voor over de ervaring gefotografeerd te worden, die als volgt luidde: 'En hebt ge in uw ijver om de plaat niet wazig te laten worden, elke vinger met zoveel inspanning stil gehouden dat uw handen verkrampt waren als voor een gevecht of in wanhoop, en voelde u zich in uw vaste voornemen uw gelaat stil te houden steeds meer verstrakken; uw wenkbrauwen samengetrokken in een Tartaarse frons, en de ogen star zoals ze verstarren tijdens een toeval, in waanzin of in de dood?'

En hoewel Inmans portret nu niet direct die indruk wekte, had Ada toch moeten toegeven dat het er wel iets van weghad. Ze had het daarom weggeborgen, zodat haar herinnering aan Inman er niet door zou worden verstoord.

Het soort mechanische portretten dat Ada nu in haar hand hield, was niet zeldzaam. Ze had er een heleboel van gezien. In bijna elke familie waarvan een zoon of echtgenoot weg was om te vechten hadden ze er een, al was het maar in een blikken lijstje. Ze stonden op de schoorsteenmantel of een tafel uitgestald met de bijbel, een talgkaars en takjes galax, zodat het iets van een altaar had. In eenenzestig kon elke soldaat die een dollar en vijfenzeventig cent had, zijn voorkomen laten vastleggen in de vorm van een ambrotypie, stannotypie, kalotypie of daguerreotypie. In die eerste oorlogsdagen had Ada de meeste ervan komisch gevonden. Later vond ze ze deprimerend omdat ze mannen afbeeldden die inmiddels dood waren. Stuk voor stuk hadden ze, omringd met wapentuig, gedurende de lange belichtingstijd voor de fotograaf gezeten. Ze hielden pistolen gekruist voor hun borst of hadden een geweer met bajonet naast zich gezet. Blinkend nieuwe bowiemessen die geheven werden voor de camera. Hun soldatenmuts zwierig schuin op het hoofd. Boerenjongens, opgewekter gestemd dan op de dag van de varkensslacht. Hun kostuums waren gevarieerd. Mannen trokken van alles aan om in te vechten, van kleding die je bij het ploegen zou kunnen dragen tot echte uniformen, of een dusdanig lachwekkend samenraapsel dat er zelfs in vredestijd op je geschoten had kunnen worden als je je zo vertoonde.

Inmans portret week in zoverre af van de meeste andere dat hij meer geld aan het foedraal had besteed dan gebruikelijk was. Het was een mooi voorwerp van filigrein zilver, en Ada wreef de voorkant en de achterkant bij haar heup over haar rok om de stoffige aanslag weg te poetsen. Ze opende het en hield het bij de lamp. De afbeelding had iets van olie op water. Ze moest hem voorzichtig heen en weer bewegen tot het licht er zo op viel dat je kon zien wat hij voorstelde.

Inmans regiment was soepel geweest ten aanzien van het uniform, omdat men met de kapitein van oordeel was geweest dat niets in het doden van Federalen vereiste dat je iets anders aantrok dan gewoonlijk. In overeenstemming met dat oordeel droeg Inman een nauwelijks getailleerd tweedjasje, een overhemd zonder kraag en een zachte vilthoed waarvan de rand over zijn voorhoofd hing. In die tijd had hij rondgelopen met een puntig sikje, en hij leek minder op een soldaat dan op een deftige vagebond. Hij droeg een Colt Navy-pistool op de heup, maar behalve de greep werd het grootste deel daarvan bedekt door zijn jasje. Hij raakte het niet aan. Zijn handen waren geopend en rustten op zijn benen. Hij had geprobeerd zijn ogen te fixeren op een punt, ongeveer twintig graden opzij van de lens, maar op een bepaald moment gedurende de belichting had hij ze toch bewogen zodat ze wazig en vreemd waren. Zijn gelaatsuitdrukking was gespannen en streng, zodat hij strak naar iets ondefinieerbaars leek te kijken, en geïnteresseerd leek te zijn in iets anders dan de camera of het geportretteerd worden, of zelfs in wat de beschouwer van hem in deze statische vorm zou vinden.

Zeggen dat hij niet meer op dat portret leek, maakte Ada niet veel wijzer. Het gaf in geen enkel opzicht weer wat ze zich van hem herinnerde op de laatste dag dat ze hem had gezien voor hij vertrok, en dat kon hoogstens een paar weken eerder geweest zijn dan het portret gemaakt was. Hij was naar het huis gekomen om afscheid te nemen. Hij woonde toen nog op een kamer in de hoofdstad van de county, maar zou over twee of hoogstens drie dagen vertrekken. Monroe had in de salon bij de haard zitten lezen en had niet de moeite genomen om tevoorschijn te komen en iets te zeggen. Ada en Inman waren samen afgedaald naar de beek. Ada kon zich niets herinneren van Inmans kleding behalve dat hij een vilthoed op had – dezelfde hoed als op de foto – en dat zijn schoenen nieuw waren. Het was een vochtige, koude ochtend omdat het de vorige dag had geregend, en de hemel was nog half gevuld met hoge, dunne wolken. De koeienweide was zompig van de regen zodat het tweetal voorzichtig zijn weg moest zoeken om niet tot aan hun kuiten in de modder weg te zakken.

Ze liepen over de oever van de beek naar beneden tot voorbij de weide, en bleven staan in een gemengd bosje van eiken en tulpenbomen. In het gesprek leek Inman afwisselend opgewekt en somber, en op een zeker moment nam hij zijn hoed af, waaruit Ada opmaakte dat hij haar een kus zou gaan geven. Hij stak zijn hand uit om een lichtgroen bloemblaadje van een kornoelje weg te halen dat in haar haar verward was geraakt, en toen ging zijn hand naar beneden om haar schouder te strelen en haar naar zich toe te trekken, maar terwijl hij dat deed streek hij langs een broche op haar kraag met onyx en pareltjes. De speld sprong open en de broche viel, stuitte af op een steen en kwam in de beek terecht.

Inman zette zijn hoed weer op, stapte in het water en zocht enige tijd tussen de bemoste stenen tot hij de broche had opgevist. Hij speldde hem weer op haar kraag, maar hij was nat en zijn handen waren nat en er kwam een donkere vlek op haar japon bij de hals. Hij stapte achteruit. De omslagen van zijn broek waren druipnat. Hij tilde een van zijn nieuwe schoenen op en liet het water eraf vallen. Hij leek bedroefd omdat het ogenblik van tederheid verloren was gegaan en hij geen manier kon vinden om het terug te halen.

Ada merkte dat ze zich afvroeg: Stel dat hij sneuvelt? Maar ze kon die gedachte natuurlijk niet uitspreken. Dat was echter niet nodig, want Inman zei op datzelfde moment: Als ik doodgeschoten word, zul je je over vijf jaar nauwelijks mijn naam herinneren.

Ze had niet goed geweten of hij haar plaagde, haar op de proef stelde of gewoon zei wat volgens hem de waarheid was.

—Je weet dat het zo niet is, zei ze.

Maar in haar hart vroeg ze zich af: Bestaat er wel iets dat altijd in de herinnering blijft?

Inman keek in de verte en leek verlegen te zijn geworden door wat hij net had gezegd.

—Kijk daar eens, zei hij. Hij hield zijn hoofd achterover om Cold Mountain te kunnen zien, waar alles nog winters en grauw was als een leien dakpan. Inman stond naar de berg op te kijken en vertelde haar een verhaal dat erover ging. Hij had het als kind gehoord van een oude Cherokee-vrouw die erin geslaagd was zich voor het leger te verbergen toen dat de bergen uitkamde en de indianen verzamelde om hen vervolgens te verdrijven over het Pad der Tranen. Hij was bang geweest voor die vrouw. Ze beweerde honderdvijfendertig jaar oud te zijn en zich nog een tijd te herinneren voor er ook maar één blanke man in dit gebied was gekomen. Ze sprak met een stem die al haar walging over de tussenliggende tijd uitdrukte. Haar gezicht was geplooid en gegroefd. Haar ene oog was volkomen kleurloos en zat zo glad en wit in haar hoofd als een gekookt vogelei zonder schaal. Op haar gezicht waren twee slangen getatoeëerd, waarvan de lichamen zich in bibberige lijnen uitstrekten tot de plaats waar hun staart zich bij haar slapen in haar haar kronkelde. Hun koppen bevonden zich tegenover elkaar bij haar mondhoeken, zodat wanneer zij sprak de slangen ook hun bek openden, en leken mee te doen met het vertellen van het verhaal. Het ging over een dorp dat Kanuga heette en dat vele jaren geleden bij de splitsing van de Pigeon River lag. Het is allang verdwenen en er is geen spoor van over, behalve potscherven die soms gevonden worden door mensen die bij de oever van de rivier naar vastzittend aas zoeken.

Op een dag kwam er in dit Kanuga een man aan, die er heel gewoon uitzag. Hij leek afkomstig te zijn uit een ander land, maar de mensen begroetten hem en gaven hem te eten. Dat waren ze gewoon te doen als iemand erom vroeg. Terwijl hij zat te eten, vroegen ze of hij van ver in de westelijke nederzettingen kwam.

—Nee, zei hij. Ik woon in een stadje dichtbij. We zijn daar in feite allemaal familie van jullie hier.

Ze begrepen het niet goed. Iedereen die familie was en dichtbij woonde, zou bekend zijn.

—Uit welk stadje kom je dan? vroegen ze.

—O, jullie hebben het nooit gezien, zei hij, ook al ligt het daarginds. En hij wees naar het zuiden in de richting van Datsunalasgunyi, wat volgens de slangenvrouw hun naam was voor Cold Mountain, een naam die noch koud, noch berg betekende maar iets heel anders.

—Daar boven is geen dorp, zeiden de mensen.

—Jawel, zei de vreemdeling. De Shining Rocks zijn de toegangspoort tot ons land.

—Maar ik ben vele malen bij de Shining Rocks geweest en heb geen land gezien, zei er een. En de anderen stemden met hem in, want ze kenden de plaats waarover hij sprak goed.

—Jullie moeten vasten, zei de vreemdeling, anders zien wij jullie wel, maar zien jullie ons niet. Ons land is niet helemaal zoals dat van jullie. Hier wordt voortdurend gevochten, er is ziekte, er zijn aan alle kanten vijanden. En binnenkort zal er een sterkere vijand komen dan jullie ooit hebben ontmoet, en hij zal jullie je land afnemen en jullie als bannelingen achterlaten. Maar daarginds hebben we vrede. En hoewel wij sterven zoals alle mensen en hard moeten werken voor ons eten, hoeven wij niet aan gevaar te denken. Onze geest is niet vervuld van angst. Wij zijn niet eindeloos bezig met elkaar te wedijveren. Ik ben hier om jullie uit te nodigen bij ons te komen wonen. Jullie plaats is gereed. Er is plaats voor jullie allen. Maar als jullie willen komen, moet iedereen eerst naar het dorpshuis gaan en daar zeven dagen vasten. Jullie mogen in die tijd nooit naar buiten gaan en nooit de strijdkreet aanheffen. Na die zeven dagen moeten jullie naar de Shining Rocks klimmen; dan zullen ze zich openen als een deur en jullie kunnen ons land betreden en bij ons wonen.

Nadat hij dit had gezegd ging de vreemdeling weg. De mensen keken hem na en begonnen toen te discussiëren over de waarde van zijn uitnodiging. Sommigen dachten dat hij een verlosser was, anderen hielden hem voor een leugenaar. Uiteindelijk besloten ze echter de uitnodiging aan te nemen. Ze gingen in het dorpshuis, en zeven dagen lang bleven ze daar vasten, en dronken dagelijks slechts een paar slokjes water. Allen op één man na, die elke nacht wegsloop wanneer de anderen sliepen. Hij ging naar zijn eigen huis en at gerookt hertenvlees en kwam dan voor zonsopgang weer terug.

Op de ochtend van de zevende dag begonnen de mensen Datsunalasgunyi te beklimmen met als doel de Shining Rocks. Ze kwamen er aan toen de zon juist onderging. De rotsen waren zo wit als opgewaaide sneeuw, en toen de mensen ervoor stonden, opende een grot zich als een deur, en die gaf toegang tot het binnenste van de berg. Maar daarbinnen was het licht in plaats van donker. In de verte, in de berg, konden ze een weids landschap zien. Een rivier. Vruchtbare aarde. Brede maïsvelden. Een dal met een stadje waar de huizen in lange rijen stonden, en een dorpshuis boven op een piramidevormige heuvel. Op het plein dansten mensen. Vaag was getrommel te horen.

Toen kwam er een donderslag. Luide klappen en gerommel dat dichterbij leek te komen. De hemel werd zwart en de bliksem sloeg aan alle kanten in rondom de mensen die voor de grot stonden. Ze stonden allemaal te trillen, maar alleen de man die hertenvlees had gegeten werd gek van angst. Hij rende naar de opening van de grot en schreeuwde de strijdkreet, en toen hij dat deed, hield het bliksemen op en de donder begon weg te trekken in de verte en even later was het onweer weg, en bewoog naar het westen. De mensen draaiden zich om om het na te kijken. Toen ze weer naar de rotsen keken, zagen ze geen grot maar alleen de harde, witte rotswand, die nog glansde in het laatste zonlicht.

Ze gingen terug naar Kanuga en liepen als rouwenden over het donkere pad naar beneden, en iedereen dacht aan het visioen dat ze binnen in de berg hadden gezien. Niet lang daarna gebeurde datgene wat de vreemdeling had voorzien. Hun land werd hun afgenomen, en ze werden verdreven in ballingschap, behalve de enkelingen die zich verzetten en zich verscholen tussen de bergtoppen, en daar leefden, bang en opgejaagd als dieren.

Toen Inman het verhaal uit had, wist Ada niet wat ze moest zeggen, en daarom zei ze: Dat was nu echt een mooi volksverhaal.

Ze had er onmiddellijk spijt van, want het verhaal betekende kennelijk iets voor Inman, al wist ze niet precies wat.

Hij keek haar aan en begon iets te zeggen, en toen zweeg hij en keek naar de beek. Even later zei hij: Die oude vrouw zag er ouder uit dan God, en ze huilde tranen uit haar witte oogbol toen ze het verhaal vertelde.

—Maar jij denkt niet dat het waar is? zei Ada.

—Ik denk dat ze in een betere wereld had kunnen leven, maar ze eindigde als vluchtelinge die zich moest verbergen tussen de balsempopulieren.

Geen van beiden wist nu nog iets te zeggen, en daarom zei Inman: Ik moet maar eens gaan. Hij pakte Ada's hand, raakte de rug ervan heel even aan met zijn lippen en liet hem los.

Hij had echter nog geen zes meter gelopen toen hij achterom keek en zag dat zij zich juist omdraaide om naar het huis te gaan. Te snel. Ze had niet eens gewacht tot hij de eerste bocht in de weg om was.

Ada betrapte zichzelf, stond stil en keek naar hem. Ze stak een hand op om te wuiven maar realiseerde zich toen dat hij nog zo dichtbij was dat dit gebaar niet op zijn plaats was, en daarom bracht ze haar hand onhandig verder omhoog en stopte een losse haarsliert terug in de zware wrong in haar nek, alsof ze dat van plan was geweest.

Inman bleef staan, draaide zich om zodat hij tegenover haar stond en zei: Je mag naar huis lopen. Je hoeft niet te blijven kijken hoe ik wegga.

—Ik weet dat dat niet hoeft, zei Ada.

—Je wilt het niet, bedoel ik.

—Het zou volgens mij geen nut hebben, zei ze.

—Het zou sommige mannen een prettiger gevoel geven.

—Maar jou niet, zei Ada, terwijl ze haar stem zonder veel succes een luchtige klank probeerde te geven.

—Maar mij niet, zei Inman, alsof hij het idee uitprobeerde om te zien of het standhield tegen de zichtbare wereld.

Even later nam hij zijn hoed af en hield die bij zijn been. Hij haalde zijn andere hand door zijn haar, en toen bracht hij een vinger naar zijn voorhoofd en salueerde voor haar.

—Nee, mij niet, denk ik, zei hij. Ik zie je wel weer wanneer ik je zie.

Ze liepen weg, ditmaal zonder om te kijken.

Maar die avond had Ada niet zo'n luchthartig gevoel over de oorlog en over het feit dat Inman erheen ging. Het was een naargeestige avond die werd ingeleid door een korte regenbui voor zonsondergang. Onmiddellijk na het avondeten ging Monroe naar zijn studeerkamer en sloot de deur om de volgende uren aan zijn preek van die week te werken. Ada zat alleen in de salon waar één kaars brandde. Ze las in het laatste nummer van de *North American Review*, en toen ze daarin niets vond dat haar boeide, bladerde ze door Monroe's oude nummers van de *Dial* en de *Southern Literary Messenger*. Daarna ging ze een tijdje op de piano zitten pingelen. Toen ze ophield, hoorde ze alleen het vage geluid van de beek, nu en dan een druppel die van de dakrand viel, een pieper die algauw zweeg, gekraak van het huis. Af en toe het gedempte geluid van Monroe's stem wanneer hij een zojuist gecomponeerde zin hardop las om het ritme te controleren. In Charleston had je om deze tijd het breken van golven op de kade, het klepperen van palmettobladeren in de wind. Het ratelen van de ijzeren hoepels om de wielen van rijtuigen, het tikken van paardenhoeven als grote klokken die een onregelmatige tijd aangaven. Stemmen van flanerende wandelaars en het schrapen van hun leren schoenzolen over de door gaslantaarns verlichte straatkeien. Maar in dit beschutte dal in de bergen kon Ada bij gebrek aan ander geluid haar oren horen suizen. Het was zo stil dat ze begon te denken dat ze het voelde als een pijn achter haar voorhoofdsbeenderen. En het donker buiten de ramen was even totaal als wanneer het glas zwart geschilderd zou zijn.

In deze leegte woelden haar gedachten door haar hoofd. Een aantal dingen van die morgen zaten haar dwars. Niet dat ze geen tranen had vergoten. Ook niet dat ze had nagelaten de dingen te zeggen die duizenden vrouwen, getrouwd en ongetrouwd, zeiden wanneer mannen weggingen, en die allemaal neerkwamen op een verklaring dat ze eeuwig op de terugkeer van de man zouden wachten.

Wat haar wel dwarszat, was Inmans vraag. Hoe zou ze reageren op het bericht van zijn dood? Dat wist ze niet, maar het vooruitzicht doemde die avond dreigender in haar gedachten op dan ze gedacht zou hebben. En ze piekerde erover dat ze zich op een botte manier van Inmans verhaal had afgemaakt, en op dat moment niet de tegenwoordigheid van geest had gehad om te begrijpen dat het niet over een oude vrouw ging maar over zijn eigen angsten en verlangens.

Alles bijeen genomen vermoedde ze dat haar gedrag oppervlakkig was geweest. Of hard en krenterig. Terwijl ze dat allemaal eigenlijk niet wilde zijn. Natuurlijk hadden die omgangsvormen hun nut. Ze waren zeer geschikt om mensen ertoe te brengen een stapje terug te doen zodat je ademruimte kreeg. Maar zij was er uit gewoonte op teruggevallen, op het verkeerde moment, en dat speet haar. Ze was bang dat ze zich in haar zouden vastzetten en verharden en dat ze op een dag zou merken dat ze even stijf gesloten was als een kornoeljeknop in januari.

Ze had die nacht slecht geslapen, had liggen woelen in haar vochtige, klamme bed. Later sloeg ze vuur om een lampenpit aan te steken en probeerde een tijdje te lezen in *Bleak House*, maar ze kon er haar gedachten niet bij houden. Ze blies de lamp uit en lag verstrengeld in haar beddengoed. Ze wilde dat ze een opiumdrankje had. Op een zeker moment lang na middernacht nam ze haar toevlucht tot de troost van maagden, oude vrijsters en weduwen. Als meisje was haar dertiende jaar vergald door de overtuiging dat alleen zij een dergelijke handeling had ontdekt, of misschien dat alleen zij ertoe in staat was ten gevolge van een of andere misvorming of een zeldzaam laag karakter. Het was daarom een grote opluchting geweest toen haar nicht Lucy, die een paar maanden ouder was, haar uit de droom had geholpen omtrent de kwestie van liefde in je eentje. Lucy's ontstellende standpunt was dat het, als gewoonte, ongeveer even vaak voorkwam als tabak pruimen, snuiven en pijproken, wat betekende dat het iets was dat bijna iedereen deed. Ada had gezegd dat ze dat een buitengewoon ordinaire en cynische visie vond. Maar Lucy hield voet bij stuk en deed luchtig, bijna lichtzinnig over iets dat Ada als een duister mysterie beschouwde dat voortkwam uit een zo diepe wanhoop dat je de volgende dag vast en zeker met een zichtbare smet op je gezicht rondliep. Noch Lucy's ideeën, noch de tussenliggende jaren hadden veel aan Ada's gevoelens in deze veranderd.

In die rusteloze nacht waren de beelden die ongevraagd en droomachtig in haar hoofd vloeiden van Inman. En omdat haar kennis van de anatomie tot op zekere hoogte hypothetisch was – slechts gebaseerd op sommige dieren, jongensbaby's en de verbijsterende beeldhouwwerken in Italië – waren het vooral beelden van zijn vingers, polsen en onderarmen die haar duidelijk verschenen. De rest berustte allemaal op gissingen en was daarom schimmig en zonder duidelijke vorm. Na afloop bleef ze tot kort voor zonsopgang wakker liggen, nog steeds vervuld van verlangen en wanhoop.

Maar de volgende dag werd ze opgewekt en met een helder hoofd wakker, vastbesloten haar fouten te herstellen. De dag was onbewolkt en het was warmer, en Ada zei tegen Monroe dat ze een ritje wilde maken, want ze wist heel goed waar ze altijd uitkwamen als hij de teugels voerde. Hij liet Ralph door de knecht voor de cabriolet spannen en een uur later rolden ze de stad binnen. Ze gingen naar de stalhouderij, waar het paard tussen de disselbomen werd uitgehaald, in een box werd gezet en een halve korenmaat graan kreeg.

Buiten op straat klopte Monroe op de verschillende zakken van zijn broek en jas en overjas tot hij zijn geldbeurs gevonden had. Hij nam er een klein goudstuk van twintig dollar uit en gaf dit zo achteloos aan Ada alsof het een vijfcentstuk was. Hij zei dat ze er maar iets leuks voor moest kopen, iets van kleren of boeken, en hem over twee uur weer treffen bij de stalhouderij. Ze wist dat hij een vriend zou gaan opzoeken, een oude dokter, en dat ze over schrijvers en schilders en dergelijke zouden praten, waarbij ze hetzij een klein glaasje Schotse whisky, hetzij een groot glas rode wijn zouden drinken, en dat hij precies een kwartier te laat zou komen op de plaats waar ze hadden afgesproken.

Ze ging rechtstreeks naar de kantoorboekhandel en kocht er zonder te snuffelen bladmuziek van een aantal nieuwe liedjes van Stephen Foster, een zanger over wie Monroe en zij heftig van mening verschilden. Wat boeken betreft was het eerste dat ze in haar hand nam een roman van Trollope in drie delen, die samen een bijna kubusvormig volume hadden. Ze had geen speciaal verlangen om het werk te lezen, maar het was een boek. Ze liet de aankopen in papier verpakken en naar de stalhouderij zenden. Vervolgens ging ze naar een fourniturenzaak en kocht snel een sjaal, een paar vaalgele leren handschoenen en enkellaarsjes in de kleur van hertenhuid. Ook dit liet ze inpakken en versturen. Ze ging de straat op, keek hoe laat het was en zag dat ze er ruim binnen een uur in geslaagd was haar aankopen te doen.

In de wetenschap dat wat ze deed meer dan ongepast was liep ze het straatje in tussen het gerechtsgebouw en de smidse. Ze beklom de houten treden naar het overdekte portaal voor Inmans deur en klopte aan.

Hij was bezig geweest een zwarte schoen te poetsen en had zijn linkerhand er nog in toen hij de deur opendeed. Een oude lap in de andere hand waarmee hij de deurknop vasthield. Aan zijn ene voet had hij alleen een sok, de andere was geschoeid, maar die schoen was nog niet gepoetst. Hij had geen jasje aan en zijn hemdsmouwen waren bijna tot aan de elleboog opgeslagen. Zijn hoofd was onbedekt.

Inmans gezicht toonde opperste verbazing toen hij Ada zag, in levenden lijve verschenen op de minst waarschijnlijke plek die ze zich beiden hadden kunnen voorstellen. Hij scheen niet te weten welke woorden hij moest uitspreken, alleen dat woorden waarmee hij haar zou uitnodigen binnen te komen niet tot de mogelijkheden behoorden. Hij stak een wijsvinger op om een korte tijdsspanne aan te duiden, een ogenblik. Toen deed hij de deur dicht, zodat zij buiten bleef staan.

Wat Ada door de geopende deur van de kamer had gezien, was niet opwekkend. Hij was klein met alleen een klein raam hoog in de tegenovergelegen muur, en dat bood slechts uitzicht op de planken en dakspanen van de winkel aan de andere kant van de steeg. Als meubilering bevatte de kamer een smal, ijzeren bed, een ladenkast met een waskom erop, een rechte stoel en een schrijftafel en een aantal opgestapelde boeken. Het was een cel. Het geheel leek haar eerder geschikt voor een monnik dan voor iemand die in aanmerking kwam als vrijer.

Het gebaar dat Inman had gemaakt werd bevestigd doordat de deur algauw weer openging. Hij had de manchetten van zijn mouwen teruggeklapt, een jasje aangetrokken en een hoed opgezet. Hij had nu beide schoenen aan, maar de ene was vuil bruin en de andere zo zwart als een ingevet kacheldeksel. En hij had zijn gedachten enigszins geordend.

—Neem me niet kwalijk, zei hij. Het was een verrassing voor me.

—Ik hoop dat het geen onaangename verrassing was.

—Een bijzonder aangename verrassing, zei hij, hoewel niets in zijn gelaatsuitdrukking die uitspraak ondersteunde.

Inman kwam naar buiten op het portaal en leunde met zijn armen gekruist voor zijn borst naar achteren tegen de balustrade. Hier buiten in de zon wierp zijn hoed een schaduw over zijn gezicht, zodat alles boven zijn mond nauwelijks zichtbaar was. Er volgde een lange stilte. Hij keek achter zich naar de deur. Hij had hem open laten staan, en Ada vermoedde dat hij wilde dat hij hem had dichtgedaan, maar nu niet kon besluiten wat erger was, het alsnog doen waarvoor hij twee pijnlijke stappen moest doen, of de indringende intimiteit die uitging van de wijdopen deur en het smalle bed.

Ze zei: Ik wilde je zeggen dat ik vond dat je bezoek gisteravond op een vervelende manier is afgelopen. Helemaal niet zoals ik het wilde. Niet op een bevredigende manier.

Inmans mond trok samen alsof er binnenin aan een touwtje werd getrokken. Hij zei: Ik geloof niet dat ik begrijp wat je bedoelt. Ik was langs de rivier op weg naar boven om afscheid te nemen van Esco en

Sally. Toen ik langs de weg naar Black Cove kwam, dacht ik dat ik ook wel even afscheid kon nemen van jou. En dat heb ik gedaan. Voor zover ik kan nagaan is het bevredigend verlopen.

Het was Ada nog niet eerder overkomen dat haar excuses werden afgewezen, en haar eerste opwelling was zich om te draaien, de treden af te gaan en Inman voorgoed achter zich te laten. Maar wat ze zei was: Het zou kunnen dat we elkaar nooit meer spreken, en ik ben niet van plan om die opmerking te accepteren in plaats van de waarheid. Je geeft het niet toe, maar je kwam met bepaalde verwachtingen en die zijn niet uitgekomen. Grotendeels omdat ik niet deed wat mijn hart me ingaf. Dat spijt me. En ik zou het anders doen, als ik de kans kreeg terug te gaan en het over te doen.

—Dat is iets wat niemand vergund is. Terug te gaan. Uit te wissen wat ons achteraf niet uitkomt en het zo te maken als we het willen hebben. Je moet gewoon verder.

Inman stond nog steeds met zijn armen gekruist, en Ada stak haar hand uit en raakte hem aan waar zijn manchet uit zijn jasmouw kwam. Ze hield de manchet tussen duim en wijsvinger en trok tot ze zijn armen had ontsloten. Ze raakte de rug van zijn hand aan en volgde met haar vinger de kronkelige loop van een ader van de knokkel naar de pols. Daarop pakte ze zijn pols en kneep er stevig in, en doordat ze hem zo in haar hand voelde, vroeg ze zich af hoe de rest van hem zou zijn.

Ze konden elkaar een ogenblik niet in het gezicht kijken. Toen trok Inman zijn hand weg, nam zijn hoed af en wierp die draaiend bij de rand in de lucht. Hij ving hem op, maakte een snelle polsbeweging en liet de hoed door de deur naar binnen zeilen, waar hij mocht neerkomen waar hij wilde. Beiden glimlachten nu, en Inman bracht één hand naar Ada's middel en de andere naar haar achterhoofd. Haar haar was losjes opgestoken, met een klem vastgezet, en Inmans vingers voelden het koude parelmoer toen hij haar hoofd naar zich omhoog hief voor de kus die hem de vorige dag was ontgaan.

Ada had ongeveer alle kleren aan die vrouwen van haar stand in die tijd droegen, en dus was haar lichaam volledig ingekapseld onder vele meters geplooide en over elkaar gelegde, dode textiel. Zijn hand op haar middel raakte de baleinen van haar korset, en toen ze een stap achteruit deed en hem aankeek, kraakten de baleinen bij elke beweging en ademhaling tegen elkaar. Ze vermoedde dat ze voor hem aanvoelde als een moerasschildpad, opgesloten in zijn schild, waar niet aan te merken was dat er binnenin een echt levend wezen zat, warm en met een huid.

Ze liepen samen de treden af, en toen ze de deur passeerden, stond die als een belofte tussen hen in. Bij de ingang van de steeg draaide Ada zich naar hem toe en legde haar wijsvinger op Inmans boordenknoopje om hem tegen te houden.

—Dit is ver genoeg, zei ze. Ga nu maar terug. Zoals je zei, ik zie je wel wanneer ik je zie.

—Maar ik hoop wel dat dat gauw is.

—Dat hopen we dan allebei.

Die dag hadden ze gedacht dat de meest geschikte tijdseenheid om Inmans afwezigheid in uit te drukken, maanden zouden zijn. Maar de oorlog bleek een langere belevenis dan waarop ze beiden hadden gerekend.

het doen

Aan de hand van de kunstige landkaart van de gele man liep Inman door wat de mensen die hier woonden het heuvelland noemden. De nachten waren koel en de bladeren begonnen te kleuren. Na ruim een halve week lopen bereikte hij de lege witte plekken aan de linkerkant van de kaart, en hij kon de Blue Ridge zien, die als een sliert rook over de hemel voor hem hing. Het kostte hem nog drie nachten om door een onaantrekkelijk gebied te komen dat Happy Valley werd genoemd, een lange, brede strook akker- en weidegrond aan de voet van de bergen. Het land was te open om er met een veilig gevoel overdag te lopen, en 's nachts waren er pistoolvuur en toortslicht, en de wegen waren zo vol met donkere mannen te paard dat Inman evenveel tijd kwijt was aan zich verbergen in greppels en hooibergen als aan lopen. Hij vermoedde dat die mannen te paard van de Home Guard waren, en allen zo dronken als wasbeerjagers bij het ochtendkrieken. Ze waren op zoek naar de Federalen die uit de gevangenis in Salisbury waren ontsnapt. Ze schoten vrijwel onmiddellijk.

In de vallei stonden, met lange tussenpozen, grote huizen met witte pilaren. Ze waren omringd door verspreid liggende hutten, zodat het leek of het dal verdeeld was in feodale leengoederen. Inman keek naar het licht dat 's avonds in de grote huizen brandde en wist dat hij veldslagen had uitgevochten voor het soort mannen dat daar woonde, en dat maakte hem misselijk. Hij wilde zo gauw mogelijk verder naar de dunbevolkte streken in de bergen, waar de mensen hem naar hij hoopte minder in de weg zouden leggen. Daarom ging Inman zodra het kon van de gevaarlijke wegen in de vallei af en koos een smal karrenspoor dat noordwaarts ging, een heuvelrug beklom, steil afdaalde in een diepe kloof waar een rivier doorheen stroomde, en daarna weer steil omhoog liep in de richting van de kam van de Blue Ridge. Inman klom een halve dag en de hele volgende dag en toen rees de berg nog steeds als een muur voor hem op, en het karrenspoor ging eindeloos omhoog, heen en weer, heen en weer. Het bracht hem algauw in een latere fase van de herfst, want in de hoogte was het seizoen al ver gevorderd, en er lagen evenveel bladeren op de grond als er aan de bomen hingen.

Tegen het eind van de middag begon er een koude regen te vallen, en Inman liep met weinig animo verder terwijl de dag eindigde en het donker werd. Op een moment, lang na middernacht, toen hij bijna uitgeput was en zo nat als een otter, stuitte hij op een dikke kastanjeboom met een holte onder in zijn stam, waar de bast rondom geheeld was als dikke lippen. Hij kroop erin en hoewel er niet genoeg ruimte was om gemakkelijker te zitten dan gehurkt, zat hij tenminste droog. Hij bleef lang zitten luisteren naar het vallen van de regen. Tussen duim en wijsvinger rolde hij dode bladeren tot stevige cilinders, die hij vervolgens naar buiten wierp in het donker. Zo zittend in de boom begon hij zich een doorweekte spookverschijning te voelen die zich verschool in de nacht, een of andere dwerg of een onder een brug huizende trol. Een uitgestotene, wrokkig en klaar om uit haat een willekeurige voorbijganger aan te vallen. Later sukkelde hij even in slaap, werd weer wakker, wachtend op de morgen, en uiteindelijk viel hij echt in slaap, stevig vastzittend in het binnenste van de kastanje.

Hij droomde weer over Fredericksburg en werd kort na zonsopgang rillend en in een knorrige stemming wakker. Hij had het gevoel dat er iets veranderd was. Hij probeerde uit de opening van de boom op te staan maar merkte dat het onderste deel van zijn lichaam verlamd was. Hij krabbelde uit de boom door zich met zijn armen naar voren te trekken. Wat het gevoel in zijn benen betrof, had alles onder zijn middel afgezaagd kunnen zijn. Het was alsof daar niets zat, alsof hij zelf bezig was te veranderen in een geestverschijning, die van onderaf vervaagde, alsof hij de reis zou moeten voortzetten in de vorm van een nevelsluier. Een mistsliert.

Die gedachte had iets aantrekkelijks. Een reizende schim.

Inman strekte zich uit op het natte strooisel op de grond en keek omhoog door de takken van de boom en hun druipende blaadjes. De wolken waren dik en grijs. Blauwe mistplekken, zo fijn en licht als poeder, bewogen door het baldakijn van kastanjetakken en eikentakken die kleurige herfstbladeren vasthielden. Ergens in het bos trommelde een korhoen, een donker, heftig geluid, als het bonken van Inmans eigen hart op het moment voor het brak in zijn borst. Hij tilde zijn hoofd op van de grond en luisterde, met de gedachte dat als dit zijn laatste dag op aarde was, hij in elk geval aandachtig zou moeten zijn. Maar even later hoorde hij plotseling vleugelgeklapper, dat fladderend in het bos verdween. Inman keek langs zijn lichaam omlaag, en met gemengde gevoelens stelde hij vast dat hij er grotendeels nog was. Hij probeerde met zijn voeten te wiebelen, en ze gehoorzaamden. Hij wreef stevig met zijn handpalmen over zijn gezicht en trok zijn scheefzittende kleren recht. Hij was doornat.

Hij haalde kruipend zijn bepakking uit de boom en ging er met zijn rug tegenaan zitten. Hij haalde de dop van zijn waterfles en nam een lange slok. Het enige voedsel dat hij nog in zijn haverzak had, was een half pond maïsmeel, en daarom sprokkelde hij wat takken bij elkaar om een vuurtje te maken waar hij maïsbrij op kon koken. Hij stak de takken aan en blies erop tot hij overal kleine zilveren kringetjes zag dansen, maar het vuur vlamde maar een keer op, begon flink te roken en ging toen helemaal uit.

—Ik sta maar op en loop gewoon door, zei Inman tegen alles wat misschien luisterde.

Maar nadat hij het had gezegd, bleef hij gewoon nog een hele tijd zitten.

Ik word met de minuut sterker, dacht hij bij zichzelf. Maar toen hij daar bewijzen voor probeerde te zoeken, kon hij niets vinden.

Inman krabbelde van de natte grond overeind en stond, wankel als een dronkaard. Hij liep een eindje en moest toen onwillekeurig bukken. Zijn lege maag krampte zo hevig samen dat hij bang was dat hij een of ander noodzakelijk onderdeel van hemzelf zou opbraken. De wond in zijn hals en de nieuwere wonden aan zijn hoofd brandden en klopten alsof ze tegen hem samenspanden. Hij ging een tijdje op een steen zitten, stond toen op en liep de hele morgen door de nevelige bossen. Het pad was weinig gebruikt en slingerde zo heen en weer dat het hem niet duidelijk was in welke richting het globaal ging. Het ging alleen met zekerheid omhoog. Struikgewas en varens hingen over het pad heen en de grond leek dicht te groeien, zodat de weg binnenkort niet eens meer als een litteken te zien zou zijn. Kilometerslang slingerde het pad zich voornamelijk door een woud van reusachtige dennen, en de mist ertussen was zo dicht dat de groene takken onzichtbaar waren. Alleen de zwarte stammen waren te zien en rezen in de lage hemel op als oude menhirs die door een vergeten volk waren opgericht als gedenkteken voor de donkerste gebeurtenissen van zijn geschiedenis.

Inman had niet één teken van menselijke aanwezigheid gezien behalve dit pad door de wildernis. Niemand om aan te vragen waar hij zich bevond. Hij voelde zich verward en verdwaald, en het karrenspoor wond zich almaar hoger. Hij zette nog steeds de ene voet voor de andere, maar dat was eigenlijk alles. En zelfs dit deed hij zonder overtuiging dat het hem ook maar een meter dichter bij welk doel dan ook bracht dat hij wilde bereiken.

Tegen de middag kwam hij een bocht om en zag een piepklein scharminkel gehurkt onder een grote den zitten. Alleen het hoofd en de schouders waren zichtbaar boven een massa hoge, door de vorst verschroeide varens. Aan de bruine top van elke varen hing een heldere druppel gecondenseerde mist. Op grond van de houding van de figuur dacht Inman eerst dat het een of andere oude knar was die zat te poepen. Maar toen hij dichterbij kwam, zag hij dat het een oud vrouwtje was, dat gehurkt bezig was de wipstok van een vogelval te voorzien van een brok niervet. Geen knar dus maar een bes.

Inman bleef staan en zei: Hé, dame.

Het vrouwtje keek even op maar zwaaide niet naar hem. Ze bleef ineengedoken zitten om de val in alle onderdelen nauwkeurig af te stellen, met een gelukzalige uitdrukking op haar gezicht. Toen ze klaar was, stond ze op en liep vele malen om de val heen, hem bekijkend tot er een volmaakte cirkel in de varens was platgetrapt. Ze was heel oud, zoveel was wel duidelijk, maar afgezien van de rimpels en lellen had de huid van haar wangen een gezonde, roze gloed als bij een meisje. Ze had een vilten mannenhoed op haar hoofd, en het witte haar dat eronder hing was dun en viel tot op haar schouders. Haar kleren – zowel de ruime rok als de bloes – waren gemaakt van zacht, gelooid dierenvel, en het zag ernaar uit dat ze met een knipmes in model waren gesneden en haastig in elkaar genaaid. Om haar middel had ze een vettige, katoenen schort gebonden, en uit de band stak de greep van een klein kaliber pistool. Haar schoenen leken gemaakt door een onervaren schoenmaker en krulden bij de tenen omhoog als de ribben van een slede. Tegen een grote tulpenboom stond een ganzenroer met een lange loop, een overblijfsel uit een vorige eeuw.

Inman bleef een paar tellen naar de vrouw kijken en zei: U zult geen kwartels in die val vangen als het rondom naar mensen ruikt.

—Ik geef niet zoveel geur af, zei de vrouw.

—Zoals u wilt, zei Inman. Wat ik graag zou willen weten is of deze weg ergens naartoe gaat, of binnenkort gewoon ophoudt.

—Een paar kilometer verderop verandert hij in een voetpad, maar dat gaat eindeloos door voor zover ik weet.

—Naar het westen?

—Grofweg naar het westen. Het volgt de rug van het gebergte. Naar het zuidwesten kan ik beter zeggen. Het is een oude handelsroute uit de tijd van de indianen.

—Dank u zeer, zei Inman. Hij stak zijn duim onder een band van zijn rugzak om verder te lopen. Maar het begon te regenen uit de lage lucht, grote, dikke druppels die neervielen als lood uit een hageltoren.

De vrouw hield haar hand op als een kom en keek naar het water dat zich erin verzamelde. Toen keek ze naar Inman. Zijn wonden waren niet verbonden, en ze nam hem aandachtig op en zei: Dat ziet eruit als kogelgaten.

Daar had Inman niets op te zeggen.

—Je ziet er niet best uit, zei ze. Zo wit.

—Ik voel me best, zei Inman.

De vrouw keek nog eens. Je ziet ernaar uit of je wel wat eten zou kunnen gebruiken, zei ze.

—Als u een ei voor me zou kunnen bakken, zou ik ervoor betalen, zei Inman.

—Wat? zei ze.

—Ik dacht dat ik u misschien wat geld zou kunnen geven, als u een paar eieren voor me bakt, zei Inman.

—Moet ik je een maaltijd verkopen? zei ze. Niks daarvan. Zo slecht ben ik er nog niet aan toe. Maar ik zou je misschien wel wat te eten kunnen geven. Ik heb alleen geen eieren. Ik verdraag het gezelschap van een kip niet. Een kip heeft geen geest.

—Woont u hier in de buurt?

—Ruim een kilometer hiervandaan, en je zou mijn dag opvrolijken als je bij mij binnen zou willen komen eten.

—Dan zou het erg dom zijn om nee te zeggen.

Inman volgde de vrouw en merkte op dat ze met haar voeten naar binnen liep, een manier van lopen waaraan de indianen naar men zei de voorkeur gaven, hoewel Inman tal van Cherokees had gekend, onder wie Swimmer, die met hun voeten naar buiten liepen als een zaagbek. Ze klommen tot het pad een bocht maakte en vanaf dat punt liepen ze over grote steenplaten. Inman had de indruk dat ze zich op de rand van een afgrond bevonden, want de geur van de ijle lucht duidde op een grote hoogte, hoewel de mist het onmogelijk maakte te zien hoe hoog ze waren. De regen nam af tot een miezerig motregentje, en veranderde toen in hagelkorrels die op de stenen ratelden. Ze bleven staan om ernaar te kijken, maar de hagelbui duurde slechts een minuut en toen begon de mist op te trekken, heel snel, de mistflarden werden door een stijgwind meegevoerd. Blauwe stukken hemel openden zich boven hem, en Inman hield zijn hoofd achterover om ernaar te kijken. Hij dacht dat het een dag zou worden met allerlei soorten weer.

Daarop keek hij weer naar beneden en voelde een plotselinge duizeling toen de wereld onder hem plotseling zichtbaar werd tussen zijn schoenpunten. Hij stond inderdaad op de rand van een afgrond, en hij deed een stap achteruit. Een ravijn waarin een rivier stroomde – kennelijk het ravijn waaruit hij naar boven was geklommen – strekte zich in blauwe en paarse tinten onder hem uit, en hij vermoedde dat als hij naar beneden spuwde, hij ongeveer de plek zou raken waar hij eergisteren had gelopen. Het landschap om hem heen was hoog en verbrokkeld. Inman keek om zich heen en zag met schrik een grote, bultige berg die in het westen uit de mist oprees, hoog in de lucht. De zon brak door een opening in de wolken en een grote jakobsladder hing plotseling in de lucht als een gazen gordijn tussen Inman en de blauwe berg. Aan de noordkant van de berg was een rotsformatie die leek op het profiel van een reusachtige man met een baard die op de horizon rustte.

—Heeft die berg een naam? zei hij.

—Tanawha, zei de vrouw. Zo noemden de indianen hem.

Inman keek naar de grote grootvaderberg en toen keek hij naar de lagere bergen erachter, die geleidelijk vervaagden naar de zuidwestelijke horizon, overdekt met een ijle, rookachtige nevel. Golven van bergen. Voor zover het oog kon zien, kwam er geen einde aan. De grijze, over elkaar vallende bulten van de verste toppen waren alleen te onderscheiden als iets donkerder tinten dan de lichtgrijze lucht. Deze vormen en hun spookachtig voorkomen zeiden Inman iets, maar wat precies wist hij niet. Ze namen geleidelijk af, net als de pijn van de wond aan zijn hals toen die genas.

De vrouw maakte een armgebaar in de richting waarnaar hij keek en wees naar twee scherpe punten op een verre rand horizon.

—Table Rock, zei ze. Hawk's Bill. Ze zeggen dat de indianen daar soms 's nachts vuren stookten die je meer dan honderd kilometer in de omtrek kon zien. Ze stond op en begon te lopen. Het kamp is nog even naar boven, zei ze.

Ze gingen algauw van het grote pad af en kwamen in een smalle, met bomen begroeide kloof in de berg, een donkere, doodlopende inham waar het sterk geurde naar plantaardig bederf en zompige aarde. Er liep een klein beekje door. De bomen die hier groeiden waren laag en knoestig en behangen met baarden van korstmos, en ze hingen allemaal scheef in dezelfde richting. Inman kon zich voorstellen hoe hier in februari een huilende wind van de helling afkwam die de sneeuw zijwaarts tussen de kale bomen blies. Toen ze bij het kampje van de vrouw kwamen, zag Inman dat het iets was dat kennelijk begonnen was als een nomadenbestaan, maar dat zich nu op een vaste plaats had gevestigd. Het was een kleine, roestkleurige woonwagen die op een open plek tussen de scheve bomen stond. De dakspanen van het gebogen dak waren bevlekt met zwarte schimmel, groen mos en grijs korstmos. Over het dak stapten drie raven rond die naar iets tussen de kieren pikten. Tussen de spaken van de hoge wielen kronkelden winderanken. De zijkanten van de woonwagen waren beschilderd met kleurige taferelen en portretten en spreuken en leuzen in ruwe letters, en onder de randen van het dak hingen bossen drogende kruiden, snoeren rode pepers en verschillende verdroogde wortels. Er kringelde een sliertje rook uit een schoorsteenpijp op het dak.

De vrouw stond stil en brulde: Hela.

Op deze kreet vlogen de raven krassend weg, terwijl er uit het bos en van achter de woonwagen kleine, fijngebouwde, tweekleurige geiten kwamen aanlopen. Ze waren plotseling overal, vijfentwintig of meer. Ze kwamen naar Inman toe om hem te onderzoeken en rekten hun nek om naar hem te kijken, hun gele ogen met de spleetvormige pupil helder en slim. Inman vroeg zich af hoe het mogelijk was dat een geit er zo veel nieuwsgieriger en verstandiger uitzag dan een schaap, terwijl ze in veel opzichten toch zo sterk op elkaar leken. De geiten verdrongen zich om hem heen, telkens van plaats veranderend. Ze drukten elkaar met de schouders opzij, blaatten en rinkelden met de belletjes om hun nek. Een paar die achteraan stonden, kwamen omhoog om hun hoefjes op de ruggen van de dieren voor hen te zetten, zodat ze hem beter konden zien.

De vrouw liep weer door en Inman probeerde haar te volgen, maar een flinke bok ging een paar stappen naar achteren en duwde de minder grote geiten opzij. De bok verhief zich op zijn achterpoten en liet zich naar voren vallen zodat hij tegen Inmans dij stootte. Hij was verzwakt door het vele lopen van de afgelopen dagen, en zijn hoofd was licht door gebrek aan voedsel, zodat de stoot van de geit hem op zijn knieën deed vallen, en vervolgens op zijn rug in het strooisel op de grond. De bok was zwart en bruin gekleurd en had twee lange sikken aan zijn kin, gepunt als een satansbaardje. Hij kwam over Inman heen staan als om te zien wat hij had aangericht. De duizeligheid in Inmans hoofd en de pijn in zijn hoofd namen toe tot hij vreesde dat hij zou flauwvallen. Maar hij vermande zich, ging zitten, nam zijn hoed af en sloeg de geit ermee om zijn kop om hem weg te jagen. Vervolgens krabbelde hij wiebelig overeind en herstelde zich. Hij stak zijn arm uit en gaf de geit nog een paar meppen.

De vrouw was gewoon doorgelopen en was achter de woonwagen verdwenen. Inman, de bok en een aantal van de andere geiten volgden haar. Hij vond haar gehurkt onder een afdak van dennentakken waar ze bezig was aanmaakhout te leggen op de laag houtskool van haar kookvuur. Toen het goed brandde, liep Inman erheen en stak zijn handen naar het vuur uit om ze te warmen. De vrouw gooide grotere stukken bitternoothout op het vuur en vervolgens pakte ze een kom van wit email, liep een eindje weg en ging op de grond zitten. Een bruin-wit gevlekt geitje kwam naar haar toe en ze streelde het en krabbelde het onder de hals tot het zijn pootjes vouwde en ging liggen. De lange hals van het dier was naar voren gestrekt. De oude vrouw krabbelde het vlak onder de kin en streelde de oren van het dier. Inman vond het een vredig tafereel. Hij zag hoe ze met haar linkerhand doorging met krabbelen, terwijl ze haar rechterhand in een zak van haar schort stak. In één beweging haalde ze er een mes met een kort lemmet uit, sneed diep in de ader onder de kaaklijn en schoof er de witte kom onder om de straal helderrood bloed die eruit spoot op te vangen. Het dier schokte één keer en bleef toen trillend liggen terwijl zij voortging in de vacht te krabbelen en de oren te liefkozen. De kom raakte langzaam gevuld. De geit en de vrouw staarden strak in de verte, alsof ze op een teken wachtten.

Terwijl de geit aan zijn einde kwam, bekeek Inman de woonwagen en de versieringen erop. Langs de onderkant was een rand aangebracht van kleine blauwe mensvormen die hand in hand dansten. Daarboven stonden zonder bepaalde rangschikking allerlei portretten waarvan sommige onvoltooid waren, blijkbaar halverwege opgegeven. Bij een gezicht met vertwijfeld verwrongen trekken stond het onderschrift Job. Daaronder was iets geschreven in zwarte blokletters, en wat er stond ging gedeeltelijk schuil onder een uitgespannen geitenvel, zodat Inman slechts een fragment kon zien, dat luidde: In onmin met zijn Schepper. Een andere afbeelding stelde een man voor die op handen en knieën lag en zijn hoofd ophief om naar een witte schijf boven hem te kijken. De zon? De maan? Wat? De man had een onduidelijke uitdrukking op zijn gezicht. Onder hem de vraag: Ben jij een der verdoemden? Een van de onafgemaakte gezichten was niet meer dan een lik verf met ogen. Het bijschrift luidde: Ons persoonlijk leven is maar kort.

Inman wendde zijn blik af van de schilderingen en keek naar wat de vrouw deed. Ze sneed het geitje van borstbeen tot aarsopening open en liet de ingewanden in de kom met bloed vallen. Vervolgens ontdeed ze de geit van zijn vel, en nu zag hij er vreemd uit met een lange nek en uitpuilende ogen. Ze sneed hem in stukken. Ze wreef de meest malse delen in met een droog kruidenmengsel, gemalen pepers, zout en wat suiker. Deze stukken stak ze aan groene twijgen en legde ze te roosteren. De overige delen deed ze in een ijzeren pot met water, uien, een hele bol knoflook, vijf gedroogde rode pepers, blaadjes salie en bonenkruid dat ze tussen haar handpalmen fijnwreef. De pot had kleine pootjes, en ze pakte een stok en schoof daarmee een hoeveelheid houtskool onder de pot zodat de inhoud langzaam kon stoven.

—Straks doe ik er nog wat witte bonen bij, dan hebben we vanavond een lekker maaltje, zei ze.

Later kwam de mist weer opzetten en drupte de regen op het dak van de woonwagen. Inman zat naast het kacheltje in de kleine, schemerige ruimte. Het rook hier naar kruiden en wortels, aarde en houtrook. Hij was binnengekomen door de achterdeur en was in een soort gang gekomen, een smal paadje van drie passen tussen een kast en een tafel aan de ene kant en een smalle brits aan de andere kant. Daarna kwam je in een soort kamer terecht, hoewel die niet meer ruimte bood dan twee graven. In een hoek stond een ijzeren kacheltje, dat niet veel groter was dan een reuzelemmer. De muren erachter waren bekleed met zinken dakplaat om te voorkomen dat ze vlam vatten. De vrouw had twee kleine vetlampjes aangestoken, gebarsten theekopjes gevuld met reuzel, waarin als pit een gedraaid lapje hing. Ze walmden erg en roken vaag naar geit.

Op de tafel lagen hoge stapels papierwerk, en het hele oppervlak was bedekt met allerlei boeken waarvan de meeste opengeslagen en omgekeerd boven op elkaar lagen. De randen van de bladzijden waren schimmelig van het vocht. Overal lagen en hingen aan de wanden geprikt pentekeningen van planten en dieren, sommige gekleurd met dunne waterverf in gedempte tinten, en alle aan de randen beschreven met veel kleine lettertjes, alsof er allerlei bijzonderheden moesten worden vermeld om de summiere afbeeldingen te verklaren. Bosjes gedroogde kruiden en wortels hingen aan touwtjes aan het plafond, en allerlei bruine vachtjes van kleine dieren lagen in stapels tussen de boeken en op de vloer. Op de hoogste stapel boeken rustte een paar vleugels van een nachtzwaluw, met de donkere veren gespreid als in de vlucht. Dunne rook van het smeulende vuur van sparrenhout steeg uit kieren in het kacheltje omhoog en bleef in een laag hangen onder de lat van het dak en de gebogen dakspanten.

Inman keek naar de vrouw terwijl ze het eten bereidde. Ze was bezig van een maïsmeelbeslag pannenkoeken te bakken in een koekenpan op het deksel van de kachel. Ze schepte beslag in de spetterende reuzel en bakte de ene pannenkoek na de andere. Toen ze een hoge stapel op een bord had, vouwde ze een pannenkoek om een stuk geroosterd geitenvlees en gaf dit aan Inman. De pannenkoek glom van de reuzel en het vlees was donker roodbruin van het vuur en de kruiderij waarmee het was ingewreven.

—Dank u wel, zei Inman.

Hij at zo snel dat de vrouw hem gewoon een bord met vlees en pannenkoeken gaf en het aan hem overliet ze eromheen te vouwen. Terwijl hij at, verving ze de koekenpan door een pot en begon kaas te maken van geitenmelk. Ze roerde door de stremmende melk, en toen hij klaar was, schonk ze hem in een zeef van gevlochten wilgentenen en liet de wei in een tinnen pot lopen. De resterende wrongel keerde ze om in een kleine eiken koelbak. Terwijl ze zo bezig was, moest Inman telkens zijn voeten opzij schuiven om te zorgen dat ze erlangs kon. Ze hadden niet veel tegen elkaar te zeggen, want zij was aan het werk en Inman zat geconcentreerd te eten. Toen ze klaar was, reikte ze hem een aardewerken beker aan met warme wei, die de kleur had van afwaswater.

—Had je toen je vanmorgen opstond, gedacht dat je voor de avond viel kaas zou zien maken?

Inman dacht over deze vraag na. Hij had al lang geleden besloten dat het weinig zin had er veel over te speculeren wat een dag zou brengen. Je werd er maar angstig of hoopvol van, wat allebei verkeerd was. Gemoedsrust was naar zijn ervaring in beide gevallen ver te zoeken. Toch moest hij toegeven dat kaas niet was voorgekomen in de gedachten die hij vandaag bij het ochtendkrieken had gehad.

De vrouw ging in een stoel bij de kachel zitten en trok haar schoenen uit. Ze deed het deurtje van de kachel open en stak met een strootje een bruyèrepijp aan. Haar blote voeten en haar schenen die ze naar het vuur had uitgestoken, waren geel en geschubd als kippenpoten. Ze zette haar hoed af en haalde haar vingers door haar haar, dat zo dun was dat je er de roze schedelhuid doorheen kon zien, van welke kant je ook keek.

—Heb jij ook mannen vermoord bij Petersburg? zei ze.

—Dat wel, maar er is ook een andere kant aan. De laatste tijd schijnen er mannen te zijn die hun best doen om mij te vermoorden.

—Ben je weggelopen of zo?

Inman trok zijn kraag weg en liet haar de gruwelijke striem in zijn hals zien. Gewond en met verlof, zei hij.

—Heb je ook papieren waar dat in staat?

—Die ben ik verloren.

—Ja, natuurlijk, zei ze. Ze trok aan haar pijp en zette haar voeten rechtop op hun hielen zodat haar zwartige voetzolen ten volle van het vuur profiteerden. Inman at de laatste pannenkoek op en spoelde hem weg met een slok geitenwei. Die smaakte ongeveer zoals hij al had gedacht.

—De kaas is op, daarom maak ik nieuwe, zei ze. Anders zou ik je nu kaas aanbieden.

—Woont u altijd in deze wagen? zei Inman.

—Ik heb geen ander huis. En ik vind het prettig om weg te kunnen. Ik wil nergens langer blijven dan me uitkomt.

Inman keek naar de woonwagen, hoe klein hij was, en de harde, smalle brits om op te slapen. Hij dacht aan de winde in de wielspaken en zei: Hoe lang staat u hier al?

De vrouw hield haar handen naast elkaar met de handpalmen omhoog en keek naar haar vingers, en Inman dacht dat ze de jaren op haar vingers wilde gaan aftellen, maar in plaats daarvan draaide ze haar handen om en keek naar de handruggen. De huid was gerimpeld, gearceerd met fijne lijntjes die zo dicht op elkaar stonden als bij diepe schaduw op een staalgravure. De vrouw ging naar de smalle kast en opende de deuren, die op leren scharnieren draaiden. Ze scharrelde tussen planken vol in leer gebonden dagboeken, tot ze het exemplaar vond dat ze zocht, en toen ging ze staan en bladerde er langdurig in.

—Als het drieënzestig is, zou het vijfentwintig jaar zijn.

—Het is vierenzestig, zei Inman.

—Dan is het zesentwintig jaar.

—U woont hier al zesentwintig jaar?

De vrouw tuurde weer in het dagboek en zei: In april wordt het zevenentwintig jaar.

—Here God, zei Inman, terwijl hij weer naar de smalle brits keek.

De vrouw legde het opengeslagen boek omgekeerd op een stapel boeken op de tafel. Ik kan zo weg als ik wil, zei ze. De geiten voor de wagen spannen, de wielen uit de grond trekken en verder maar weer. Vroeger trokken de geiten me overal heen waar ik maar wilde. Ik heb de hele wereld afgereisd. Helemaal naar Richmond in het noorden. Helemaal naar het zuiden, bijna tot in Charleston, en overal daartussenin.

—Nooit getrouwd, neem ik aan?

De vrouw tuitte haar lippen en bewoog met haar neus alsof ze gestremde zure melk rook. Jawel, ik ben getrouwd geweest. Misschien ben ik het nog wel, al denk ik dat hij allang dood is. Ik was een klein meisje dat van niets wist, en hij was oud. Hij had al drie vrouwen gehad, allemaal dood. Maar hij had een mooie boerderij, en mijn oudelui hebben me zo ongeveer aan hem verkocht. Er was een jongen waar ik een oogje op had. Blond haar. Ik zie zijn lach nog altijd in mijn dromen, zowat een keer per jaar. Hij bracht me een keer naar huis na een bal en kuste me bij elke bocht in de weg. Maar zij leverden me over aan die ouwe man. Hij behandelde me als niet veel meer dan een hulp op het land. Hij had die andere drie vrouwen op een heuvel begraven onder een plataan, en soms ging hij daar boven in zijn eentje zitten. Je kent dat soort oude mannen wel, vijfenzestig, zeventig jaar zijn ze en ze hebben wel vijf vrouwen versleten. Vermoord met werk en kinderen en gemenigheid. Ik werd op een nacht wakker en ik lag naast hem in bed en wist dat ik niet meer was dan dat: de vierde in een rij van vijf grafstenen. Ik stond meteen op en reed voor de zon opging weg op zijn beste paard, dat ik een week later heb verruild voor deze wagen en acht geiten. Intussen heb je ik weet niet hoeveel keer bet nodig om te zeggen hoe ver deze geiten van die eerste acht afstaan. En met de wagen is het net zo gesteld als wat ze zeggen bij die bijl van een eeuw oud: hij heeft alleen twee nieuwe bladen en vier nieuwe stelen gekregen.

—En sindsdien bent u altijd alleen geweest? zei Inman.

—Dag in dag uit alleen. Ik kwam er algauw achter dat je bijna helemaal van geiten kan leven, van hun melk en hun kaas. En van hun vlees in de tijd van het jaar dat het er meer worden dan ik nodig heb. Ik pluk de wilde groenten van het seizoen. Ik zet vallen om vogels te vangen. Er is een machtige hoop eten dat voor niets groeit als je weet waar je moet kijken. Verder is er een stadje, een halve dag lopen naar het noorden. Daar ga ik heen om kaas te ruilen voor aardappels, meel, reuzel enzo. Ik maak aftreksels van geneeskrachtige planten en verkoop ze. Medicijnen. Tincturen. Zalven. Om wratten weg te toveren.

—U bent dus een kruidendokter, zei Inman.

—Ja, en ik bak af en toe koekjes en verder verkoop ik traktaten.

—Traktaten waarover?

—Er zijn er die over zonde en verlossing gaan, zei ze. Daar verkoop ik er heel wat van. En er is er een over gezond eten. Daar staat in dat een mens vlees moet laten staan en volkorenbrood moet eten en voornamelijk wortelgewassen. En nog een over knobbels op de schedel en hoe je daaraan kunt zien wat die over iemand zeggen.

Ze stak een hand uit om Inmans schedel te bevoelen, maar hij trok zijn hoofd weg en zei: Ik koop het traktaat over eten. Wanneer ik honger krijg, kan ik daarin lezen. Hij trok een bundel papiergeld uit zijn zak.

—Ik neem alleen muntgeld aan, zei ze. Drie cent.

Inman rinkelde rond in zijn zakken tot hij ze had.

De vrouw stapte naar een kast, pakte er een gelig pamflet uit en gaf het hem.

—Op de voorkant staat dat het je leven zal veranderen als je je eraan houdt, zei ze. Maar ik zeg niet dat het waar is.

Inman keek het pamflet in. Het was slecht gedrukt op grof, grauw papier. Er stonden titels in als: De aardappel, voedsel der goden. De zeekool, opwekkend voor de geest. Volkorenmeel, weg naar een overvloediger leven.

De laatste zinsnede trof Inmans oog. Hij zei hardop: Weg naar een overvloediger leven.

—Dat is wat veel mensen zoeken, zei de vrouw. Maar ik weet niet of een zak meel je daar zal brengen.

—Ja, zei Inman. Overvloed leek, naar zijn ervaring, iets onbereikbaars. Tenzij een hoop ellende ook telde. Daar was meer dan genoeg van. Maar een overvloed van iets dat een mens zou willen hebben was een andere zaak.

—Schaarste, daar komt het vaker op neer in het leven, zo denk ik erover, zei de vrouw.

—Ja, zei Inman.

De vrouw boog zich naar de kachel, klopte het laatste vuur uit haar pijp en stak hem in haar mond. Ze begon erdoor te blazen tot hij bijna floot. Ze haalde een tabakszak uit een zak van haar schort en vulde de pijp opnieuw, waarbij ze de tabak stevig aandrukte met een eeltige duim. Ze stak een strootje in de kachel tot het vlam vatte, hield het bij de pijp en trok tot hij naar genoegen brandde.

—Hoe kom je aan die grote rode wond en die twee verse wondjes? zei ze.

—De wond aan mijn hals heb ik afgelopen zomer gekregen bij Globe Tavern.

—Een steekpartij in een kroeg?

—Een veldslag. Onder Petersburg.

—De Federalen hebben dus op je geschoten?

—Ze wilden de spoorlijn bij Weldon innemen en wij wilden hen tegenhouden. We waren de hele middag bezig, we vochten in dennenbossen, tussen de gerst, in oude velden, van alles. Afschuwelijk vlak, miezerig land. Het was erg warm en je zweette zo dat als je met je hand over je broekspijpen streek, er schuim afkwam.

—Je hebt vast wel een paar keer bedacht dat als die kogel een duimbreedte verder was aangekomen, je dood zou zijn? Hij heeft je nu ook al zowat onthoofd.

—Ja.

—Hij ziet eruit alsof hij zo weer open kan barsten.

—Zo voelt hij ook.

—En die verse wonden, hoe kom je daaraan?

—Op de gewone manier. Ik ben beschoten, zei Inman.

—Door de Federalen?

—Nee. De andere kant.

De vrouw zwaaide met haar hand door de tabaksrook alsof ze zich niet wilde bezighouden met de verwarrende bijzonderheden over zijn wonden. Ze zei: Nou, die verse wonden zijn niet zo erg. Wanneer ze geheeld zijn, zal er haar overheen groeien en dan weten alleen jij en je liefje dat ze er zitten. Ze zal een ribbeltje voelen wanneer ze met haar vingers door je haar gaat. Wat ik graag wil weten is dit: was het de moeite waard, al dat vechten voor de slaven van de grote heren?

—Zo zag ik het niet.

—Hoe dan? zei ze. Ik heb heel wat afgereisd in dat laagland. Het hebben van slaven maakt de rijke man trots en vals en het maakt de arme man gemeen. Het is een vloek die over het land is gelegd. We hebben een vuur aangestoken en nu verbrandt het ons. God zal de slaven bevrijden, en vechten om dat tegen te houden is tegen God ingaan. Had jij slaven?

—Nee. Bijna niemand die ik kende, had ze.

—Wat heeft je dan zo opgehitst dat je wilde vechten en sterven?

—Vier jaar geleden had ik het u misschien kunnen vertellen. Nu weet ik het niet. Maar ik heb er wel genoeg van.

—Dat is geen goed antwoord.

—Ik denk dat velen van ons gingen vechten om indringers te verjagen. Iemand die ik kende was in de grote steden in het noorden geweest, en hij zei dat het alle kenmerken van dat soort steden waren die we door vechten wilden voorkomen. Ik weet alleen dat iedereen die denkt dat de Federalen bereid waren te sterven om slaven te bevrijden, een al te zonnig beeld heeft van de mensheid.

—Als je al die prachtige redenen had om te vechten, waarom ben je dan weggelopen?

—Ik had verlof.

—Ja, zei ze, en ze leunde achterover en lachte kakelend alsof er een mop was verteld. Een man met verlof, zei ze. Maar geen papieren. Die waren hem ontstolen.

—Ik heb ze verloren.

Ze hield op met lachen en keek Inman aan. Ze zei: Hoor eens, ik hoor nergens bij. Het betekent voor mij niet meer dan in dat vuur spuwen dat je bent gedeserteerd.

En om dit kracht bij te zetten, spoog ze een donkere fluim uit, die ze vakkundig met een boog in de geopende kacheldeur mikte. Ze keek Inman aan en zei: Ik bedoel alleen maar dat je daardoor gevaar loopt.

Hij keek haar in de ogen en zag tot zijn verrassing dat ze bronnen van vriendelijkheid waren, ondanks haar harde woorden. Niemand die hij de afgelopen tijd had ontmoet kreeg hem zo aan de praat als dit geitenvrouwtje, en daarom luchtte hij zijn hart bij haar. De schaamte die hij nu voelde als hij eraan dacht hoe gretig hij in eenenzestig was vertrokken om te vechten tegen de vertrapte fabrieksarbeiders van het Federale leger, mannen zo onwetend dat er vele lessen voor nodig waren om hen ervan te doordringen dat ze hun patronen moesten laden met de kogel naar de voorkant. Dat waren de vijanden, zo ontelbaar velen dat zelfs hun eigen regering weinig waarde aan hun leven hechtte. Ze stuurden hen gewoon jaren achtereen op je af, en er scheen geen gebrek aan hen te zijn. Je kon ze neerschieten tot je er beroerd van werd, en nog bleven ze in drommen naar het zuiden marcheren.

Vervolgens vertelde hij haar dat hij vanmorgen nog een laatdragende struik met bosbessen had gevonden, stoffig blauw aan de kant die naar de zon gekeerd was, nog groen aan de beschaduwde achterkant. Dat hij ze geplukt had en als ontbijt gegeten en dat hij gekeken had naar een wolk trekduiven die even de zon verduisterde terwijl ze overvlogen, op weg naar hun winterverblijf in het verre zuiden. Dat bleef tenminste onveranderd, had hij gedacht, dat de bessen rijpten en dat de vogels vlogen. Hij zei dat hij vier jaar lang bijna niets had gezien dan verandering, en hij vermoedde dat de belofte van verandering een groot aandeel had in de oorlogskoorts van de eerste tijd. De aantrekkingskracht van nieuwe gezichten, nieuwe plaatsen, nieuwe levens. En nieuwe wetten, waaronder je zoveel mocht doden als je maar wilde, waarvoor je niet in de gevangenis kwam, maar waarvoor je integendeel werd onderscheiden. Mannen praatten over de oorlog alsof ze hem voerden om te behouden wat ze hadden en wat ze geloofden. Maar Inman had nu het vermoeden dat ze de wapenen hadden opgenomen uit verveling over de herhaling van de dagelijkse sleur. De eindeloze boog van de zon, de kringloop van de seizoenen. De oorlog haalde je uit die cirkelgang van het gewone leven en vormde een eigen seizoen dat verder nergens mee samenhing. Hij was niet ongevoelig geweest voor de aantrekkingskracht ervan. Maar vroeg of laat word je er vreselijk moe en doodmisselijk van, mensen elkaar zonder enige reden te zien doden, gebruik makend van elk denkbaar gereedschap. Daarom had hij die morgen naar de bessen en de vogels gekeken, en hij had er een opgewekt gevoel van gekregen, blij dat ze gewacht hadden tot hij bij zijn verstand was gekomen, al was hij bang dat hij zelf niets gemeen had met dat soort harmonieuze dingen.

De vrouw dacht na over wat hij had gezegd, en toen wees ze zwaaiend met de steel van haar pijp naar zijn hoofd en hals. Doen ze nog veel pijn? zei ze.

—Ze schijnen niet over te willen gaan.

—Dat dacht ik wel. Zo donkerrood. Maar daar kan ik iets aan doen. Dat ligt binnen mijn vermogen.

Ze stond op, ging naar de kast en pakte er een mand met verdorde klaprozen uit. Ze begon laudanum te maken. Ze nam de papaverbollen er een voor een uit, prikte de doosvruchten met een naald door, deed ze vervolgens in een kleine, geglazuurde pot en zette die bij de kachel zodat ze de opium konden uitzweten.

—Het duurt niet lang, dan zal het wel zowat goed zijn. Ik zal er een beetje maïswijn en suiker bij doen. Dan is het beter in te nemen. Als je het laat staan, wordt het dik. Het helpt tegen allerlei soorten pijn – gewrichtspijn, hoofdpijn, alles wat pijn doet. Als je niet kunt slapen hoef je er maar een slokje van te nemen en je in bed uit te strekken, en voor je het weet ben je weg.

Ze ging weer naar de kast, nam er een potje met een smalle opening uit en stak er een vinger in. Ze smeerde de wonden aan Inmans hals en hoofd in met een klodder van iets dat eruitzag als zwarte wagensmeer, maar rook naar bittere kruiden en wortels. Toen haar vinger zijn wonden aanraakte, ging er een schok door hem heen.

—Dat is enkel pijn, zei ze. Die gaat altijd weg op den duur. En wanneer hij weg is, houd je er geen blijvende herinnering aan over. In elk geval niet aan het ergste ervan. Het vervaagt. Onze geest is niet geschapen om ons de bijzonderheden van pijn te herinneren, zoals we ons die van geluk herinneren. Dat is een geschenk dat God ons geeft, een teken van Zijn liefde.

Inman wilde hier eerst iets tegenin brengen, maar toen bedacht hij dat hij beter kon zwijgen en haar laten denken wat ze wilde als ze zich daar prettig bij voelde, hoe vol fouten haar redenering ook was. Maar toen begon zijn mond gewoon te bewegen en hij zei: Ik zou niet te lang stil willen staan bij het waarom van pijn, of bij de instelling die iemand zou moeten hebben om zoiets als pijn te scheppen.

De oude vrouw keek naar het vuur in het kacheldeurtje, en toen keek ze naar haar wijsvinger die vet was van de zalf. Ze wreef er snel drie keer met haar duim over, en toen veegde ze hem met een draaibeweging aan haar schort af. Hierna dacht ze niet meer aan haar hand en hij viel neer en bleef langs haar zij hangen. Ze zei: Wanneer je zo oud wordt als ik, doet het al genoeg pijn je het plezier van vroeger te herinneren.

Ze sloot het zalfpotje af met een maïskolf en stak het in Inmans jaszak. Neem maar mee, zei ze. Doe de zalf er dik op tot hij weggetrokken is, maar zorg dat het niet aan je kraag komt. Je kunt het er niet uitwassen. Vervolgens stak ze haar hand in een brede buidel van geitenvel en haalde er een handvol grote ruitvormige tabletten uit, gemaakt van in elkaar gerolde en vastgebonden kruiden, als een in stukjes gesneden sigaar. Ze legde er een stapeltje van in Inmans hand.

—Hiervan moet je er elke dag een slikken. Nu te beginnen.

Inman stopte ze in zijn zak maar hield er een achter. Hij deed hem in zijn mond en probeerde hem in te slikken. Het ding leek op te zwellen. Een dikke, soppige bal als een tabakspruim. Het wilde niet door zijn keel, en het begon te smaken naar oude sokken. Hij kokhalsde, pakte zijn beker wei en spoelde het ding weg.

Later die avond aten ze de stoofpot van witte bonen met stukken van het geitje. Ze zaten naast elkaar onder het afdak van dennentakken en luisterden naar de zachte regen in het bos. Inman at drie kommen vol en daarna namen ze beiden een klein aardewerken kopje met laudanum en legden hout op het vuur en praatten. Tot Inmans verbazing hoorde hij zichzelf over Ada vertellen. Hij beschreef nauwkeurig haar karakter en voorkomen en zei dat hij in het ziekenhuis tot het eindoordeel was gekomen dat hij van haar hield en met haar wilde trouwen, hoewel hij inzag dat een huwelijk een zeker geloof in een theoretische toekomst impliceerde, een projectie van twee lijnen die voorwaarts liepen in de tijd en elkaar steeds dichter naderden tot ze één lijn werden. Dit was een leer die hij niet helemaal kon onderschrijven. Ook was hij er verre van zeker van of Ada blij zou zijn met zijn aanbod, nu het van een man kwam die lichamelijk en geestelijk zo gewond was als hij. Hij besloot met te zeggen dat Ada weliswaar een wat distelachtig gedrag vertoonde, maar dat ze toch naar zijn mening heel mooi was. Haar ogen waren neergeslagen en waren ietwat asymmetrisch in haar hoofd geplaatst, en dit gaf haar altijd een treurige uitdrukking die volgens hem haar schoonheid alleen maar benadrukte.

De vrouw keek alsof ze vond dat Inman de grootste onzin uitkraamde die ze ooit had gehoord. Ze richtte haar pijpsteel op hem en zei: Hoor eens. Een vrouw trouwen om haar schoonheid is even idioot als een vogel eten om zijn zang. Toch is het een veelvoorkomende vergissing.

Ze zaten een tijdje zonder te praten, en nipten alleen van de laudanum. Die was zoet en ingedikt zodat hij niet veel vloeibaarder was dan sorghumdrank, en ook niet veel helderder. Hij smaakte een beetje naar mede, maar zonder de honingsmaak, en kleefde zo hardnekkig in het kopje vast dat Inman het moest uitlikken. Het begon harder te regenen en er drongen een paar druppels door het afdak en vielen sissend in het vuur. Het was een eenzaam geluid, de regen en het vuur en niets anders. Inman trachtte zich voor te stellen dat hijzelf een soortgelijk kluizenaarsbestaan zou leiden op een zelfde soort kale, eenzame plek op Cold Mountain. Een hut bouwen op een nevelige rotspunt en maandenlang geen soortgenoot zien. Een leven net zo zuiver en bijzonder als dat van het geitenvrouwtje leek te zijn. Het was een krachtig visioen, maar toch zag hij in zijn geest dat hij het van minuut tot minuut verafschuwde, en dat zijn dagen vergiftigd werden door eenzaamheid en verlangen.

—Het zal hier wel koud worden in de winter, zei Inman.

—Koud genoeg. In de koudste maanden houd ik het vuur aan en slaap ik onder een stapel dekens, en mijn grootste zorg is dat mijn inkt en waterverf niet bevriezen terwijl ik aan mijn bureau zit te werken. Er zijn dagen dat het zo koud is dat ik met een kop water tussen mijn benen zit om die warm te houden. Maar wanneer ik dan een nat penseel in de verf doop, bevriezen de haren nog voor ik de punt op het papier kan zetten.

—Wat doet u in die boeken? zei Inman.

—Ik leg alles vast, zei de vrouw. Ik maak tekeningen en schrijf.

—Wat legt u vast?

—Alles. De geiten. Planten. Het weer. Ik leg vast hoe het ermee staat. Je kunt er al je tijd aan besteden gewoon op te schrijven wat er gebeurt. Sla je een dag over, dan raak je achterop en haal je het misschien nooit meer in.

—Hoe hebt u leren schrijven en lezen en tekenen? zei Inman.

—Net als jij. Iemand heeft het me geleerd.

—En u hebt uw hele leven zo doorgebracht?

—Tot nu toe wel. Ik ben nog niet dood.

—Is het niet eenzaam om hier te wonen? zei Inman.

—Af en toe misschien wel. Maar er is meer dan genoeg werk te doen, en het doen ervan houdt me af van te veel piekeren.

—Maar als u nu ziek wordt, helemaal alleen hier boven? zei Inman.

—Ik heb mijn kruiden.

—En als u doodgaat?

De vrouw zei dat het ook nadelen had, zo helemaal op jezelf te leven. Ze wist dat ze onder geen omstandigheden hulp kon verwachten, maar ze had ook weinig zin om door te leven wanneer ze niet meer voor zichzelf zou kunnen zorgen, al rekende ze erop dat die dag nog redelijk ver in de toekomst lag. De wetenschap dat ze vermoedelijk alleen zou sterven en onbegraven zou blijven liggen deerde haar niet in het minst. Ze was van plan om wanneer ze de dood voelde aankomen, boven op de rotsen te gaan liggen en zich door de raven uit elkaar te laten pikken en wegvoeren.

—Het is dat of de wormen, zei ze. Dan heb ik toch liever dat de raven me wegvoeren op hun zwarte vleugels.

Het begon nog harder te regenen en nu drupte het snel door het afdak. Ze besloten dat de avond afgelopen was, en Inman kroop onder de wagen en rolde zich in zijn dekens en sliep. Toen hij wakker werd, was er een dag voorbij gegaan en begon het weer avond te worden. Op een spaak zat een raaf naar hem te kijken. Inman stond op, bracht zalf aan op zijn wonden, nam zijn kruidenmedicijn in en nam weer een slok van de laudanum met alcohol. De vrouw warmde wat bonen met geitenvlees voor hem op en terwijl hij at, zaten ze samen op het trapje van de woonwagen. De vrouw vertelde een lang, wijdlopig verhaal over een keer dat ze helemaal in de hoofdstad was geweest om geiten te verruilen. Ze had zes geiten verkocht aan een man. Ze had het geld al in haar hand toen ze bedacht dat ze de belletjes mee terug wilde nemen. De man weigerde, omdat de koop volgens hem al gesloten was. Ze zei dat de belletjes niet bij de koop waren inbegrepen, maar hij riep zijn honden erbij en joeg haar weg. 's Nachts was ze teruggegaan met een mes, had de leren halsbanden doorgesneden en de belletjes gepakt, en was naar haar zeggen vloekend door de straten van de hoofdstad gelopen.

Inman voelde zich erg doezelig gedurende het verhaal, want hij kon voelen dat de medicijnen in hem werkten, maar toen het afgelopen was, stak hij zijn hand uit om op de rug van haar gegroefde en gevlekte hand te kloppen en zei: De heldin van de geitenbelletjes.

Inman sliep weer. Toen hij wakker werd, was het donker en het regende niet meer, maar het was koud. De geiten hadden zich om hem heen gedrukt om warm te worden en hun geur was zo sterk dat zijn ogen er zo ongeveer van traanden. Hij had geen idee of dit hetzelfde donker was als dat waarin hij in slaap was gevallen, of dat er weer een dag tussen was geweest. Er vielen streepjes licht van een vetlamp door kieren in de woonwagenvloer, en Inman kroop onder de wagen uit en ging in de natte blaren op de grond staan. Er hing een maansikkel halverwege in de oostelijke hemel, en de sterren stonden allemaal op de plaats waar ze hoorden en zagen er koud en breekbaar uit. Op de rand boven de kloof stond een reusachtige kale rotspunt zwart afgetekend tegen de hemel, als een schildwacht die uitkeek of er vanuit de hemel een belegering dreigde. Inman kreeg de sterke behoefte om te lopen. Hij liep naar de deur, klopte aan en wachtte tot de oude vrouw hem zou binnenlaten, maar er kwam geen antwoord. Inman opende de deur, ging naar binnen en zag dat er niemand was. Hij keek naar de papieren op het bureau. Hij pakte een dagboek op en keek naar een tekening van geiten. Ze hadden mensenogen en mensenvoeten, en de zinnen van de tekst eronder waren moeilijk te ontcijferen, maar ze leken het gedrag van bepaalde geiten op koude dagen te vergelijken met hun gedrag op warme dagen. Inman bladerde het verder door en vond afbeeldingen van planten en vervolgens weer van geiten in elke denkbare houding, alle in een gedempt en beperkt palet, alsof ze met stoffenverf schilderde. Inman las de verhalen die bij de plaatjes hoorden, en die gingen over wat de geiten aten en hoe ze tegen elkaar deden en welke gemoedstoestanden hen van dag tot dag beheersten. Inman had de indruk dat de vrouw zich ten doel had gesteld alle details op te sommen van de gewoonten van hun cultuur.

Dit zou een manier zijn om te leven, dacht Inman, als kluizenaar tussen de wolken. De twistzieke wereld als een vage herinnering. De geest slechts gericht op Gods betere voortbrengselen. Maar hoe langer hij het dagboek bestudeerde, hoe meer hij zich afvroeg hoe het voor de vrouw moest zijn om decennia terug te tellen, als ze wilde uitrekenen hoeveel jaren er verstreken waren sinds een bepaalde gebeurtenis in haar jeugd – de romance met de blonde boerenjongen met wie ze had willen trouwen in plaats van met die oude man, een herfstdag van uitzonderlijke pracht, een dansfeest die avond na de oogst, later buiten op de veranda terwijl een amberkleurige maan boven de bomen uitrees, dat ze de jongen kuste met haar lippen geopend terwijl binnen de vioolspelers een oud muziekstuk speelden waaraan ze buitensporig gehecht was geraakt. Zoveel jaren lagen er tussen toen en nu dat alleen dat nummer al onuitsprekelijk treurig zou lijken, zelfs als er geen zoete herinnering aan verbonden zou zijn.

Inman keek om zich heen en zag dat er geen stukje spiegel in de woonwagen te bekennen was, en hij nam dus aan dat de vrouw haar uiterlijk op de tast verzorgde. Zou ze weten hoe ze er tegenwoordig uitzag? Lang haar, wit en fijn als spinrag, het vel verzakt en samengetrokken en geplooid bij haar ogen en kaken, gefronst op haar voorhoofd, haartjes die uit haar oren groeiden. Alleen haar wangen waren roze en de irissen in haar ogen waren nog helder en blauw. Als je haar een spiegel voorhield, zou ze dan terugdeinzen, verbaasd en geschrokken over de reliek die haar aankeek, omdat ze in haar hoofd nog steeds een beeld van zichzelf had in een vorm van enkele tientallen jaren eerder? Dat kon iemand gebeuren die zo ver van alles af leefde.

Inman wachtte een hele tijd tot het geitenvrouwtje terugkwam. Het werd dag en hij blies de lamp uit en brak wat takken om in het kacheltje te doen. Hij wilde verder, maar hij wilde niet weggaan zonder haar te bedanken. Ze kwam pas terug toen de ochtend bijna om was. Ze kwam de deur binnen met een stel konijnen die ze bij de achterpoten vasthield en die slap neerhingen.

—Ik moet gaan, zei Inman. Ik wilde alleen kijken of ik u zou kunnen betalen voor het eten en de medicijnen.

—Je zou het kunnen proberen, zei de vrouw. Maar ik zou het niet aannemen.

—Nou, dan bedankt, zei Inman.

—Luister, zei de vrouw. Als ik een zoon had, zou ik hetzelfde tegen hem zeggen wat ik tegen jou zeg. Pas goed op jezelf.

—Dat zal ik doen, zei Inman.

Hij draaide zich om en wilde de woonwagen uitgaan, maar ze hield hem tegen. Ze zei: Hier, neem dit mee, en ze gaf hem een vierkant papier met een gedetailleerde tekening van de aasbloemplant in de herfst met zijn bolvormige, blauwpaarse tros bessen.

vrijwillige wilden

Bij het eerste ochtendkrieken stond Ruby op en ging naar buiten en op weg naar het huis beneden om de kachel op te stoken en een pan grutten op te zetten en een paar eieren te bakken. Het was nauwelijks licht genoeg om iets te zien, en er hing een dichte mist in de lucht die op de meeste ochtenden van alle seizoenen – behalve de winter – een uur of twee op de bodem van Black Cove bleef hangen. Maar toen ze het huis naderde, kon ze een man in een donker pak onderscheiden die bij het maïshok stond. Ze liep regelrecht naar de veranda bij de keuken, ging naar binnen en haalde het jachtgeweer van de plaats waar het in geladen toestand in twee gevorkte takken rustte die boven de deurpost waren gespijkerd. Ze spande beide hanen en liep met ferme tred naar het hok toe.

De man had een grote, grijs vilten hoed op die hij ver over zijn voorhoofd had getrokken, en zijn hoofd was gebogen. Hij stond met zijn schouder tegen de muur van het hok, en hij had zijn ene been over het andere geslagen en liet het op de punt van de teen rusten. Nonchalant als een reiziger die tegen een boom naast de weg geleund op de postkoets staat te wachten, en in gedachten verzonken de tijd passeert.

Zelfs in het gebrekkige licht kon Ruby zien dat de man gekleed was in perfect gesneden kleren van de beste stof. En zijn schoenen, hoewel lichtelijk versleten, pasten eerder bij een heer dan bij een maïsdief. Er was één ding waaruit viel op te maken dat de man er toch niet zo ontspannen bij stond. Zijn hele rechterarm was verdwenen in het gat in de spleet van het hok.

Ruby liep recht op hem af terwijl ze het geweer weliswaar laag hield, maar toch ongeveer op zijn knieën gericht. Ze wilde hem er flink van langs geven voor het stelen van de maïs, maar toen ze de man naderde, hield hij zijn hoofd achterover om de hoedrand uit zijn gezichtsveld te krijgen. Hij keek Ruby aan, grijnsde en zei: Bij het vuur van de hel.

—Je bent dus niet dood? zei Ruby.

—Nog niet, zei Stobrod. Maak je vader eens los.

Ruby zette het geweer tegen de zijkant van het hok, opende de deur en ging naar binnen. Ze haalde de klem van zijn verankering in de aarden vloer af, wrikte de beugels open om Stobrods hand en ging weer naar buiten. Nadat Stobrod zijn arm uit het gat in de spleet had getrokken, had hij ondanks de laag jute een snee in zijn pols op de plaats waar de huid dun over het bot lag, en het bloed drupte eraf. Rondom de snee was zijn onderarm gekneusd. Hij wreef er met zijn goede hand overheen. Hij haalde een doek van fijn linnen uit zijn zak, nam zijn hoed af en veegde zijn voorhoofd en nek af.

—De nacht duurt lang als je met je poot vastzit, zei hij.

—Dat zal best, zei Ruby. Ze bekeek hem van top tot teen. Hij was een beetje veranderd. Hij leek een heel oude man, zoals hij daar voor haar stond. Zijn haar was voor de helft verdwenen, zijn bakkebaarden waren grijs geworden. Maar dikker was hij niet geworden. Hij was nog steeds een miezerig mannetje. Er zat meer vlees aan een watteerframe.

—Hoe oud ben je nu? vroeg ze.

Hij stond een beetje te mummelen terwijl hij het probeerde uit te rekenen.

—Vijfenveertig misschien, zei hij na verloop van tijd.

—Vijfenveertig, zei Ruby.

—Zo ongeveer.

—Daar zie je niet naar uit.

—Dank je.

—Ik bedoel het andersom.

—O.

—Als het iemand anders was, zei Ruby, dan zou ik vragen waarom je onze maïs jat terwijl je er niet uitziet of je geldgebrek hebt. Maar jou ken ik langer dan vandaag. Je pikt overal een klein beetje om er drank van te stoken. En dat pak heb je van iemand afgenomen of bij het kaarten gewonnen.

—Zoiets.

—Je bent natuurlijk weggelopen van het vechten.

—Ik heb verlof gekregen, omdat ik een held ben.

—Jij een held?

—In elke veldslag waaraan ik heb meegedaan, leidde ik de aanval, zei Stobrod.

—Ik heb wel horen zeggen dat de officieren de grootste lafbekken vooraan zetten, zei Ruby. Dan zijn ze eerder van hen af.

Voor Stobrod kon antwoorden zei ze: Kom mee. Ze pakte het jachtgeweer en liep naar het huis. Ze zei dat hij op de verandatrap moest gaan zitten wachten. Binnen maakte ze vuur en zette een pot op om koffie te maken. Ze maakte crackerdeeg en was rammelend bezig het ontbijt samen te stellen. Crackers, grutjes en eieren. Een paar repen gebakken spek.

Ada kwam beneden, ging in haar stoel bij het raam zitten en dronk koffie, neerslachtig zoals altijd 's morgens vroeg.

—We hebben eindelijk iets gevangen in die klem, zei Ruby.

—Dat werd wel tijd. Wat is het?

—Mijn vader. Hij zit nu buiten op de veranda, zei Ruby. Ze roerde in een pan met blanke jus, gemaakt van het uitgebakken spekvet.

—Wat?

—Stobrod. Hij is thuisgekomen uit de oorlog. Maar levend of dood, voor mij is hij onbelangrijk. Hij krijgt een ontbijt en dan sturen we hem weg.

Ada stond op en keek door de deur naar buiten en zag de magere rug van Stobrod die in elkaar gedoken op de onderste tree zat. Hij hield zijn linkerhand voor zich uit en neuriede voor zich heen, en zijn vingers bewogen en tikten op de muis van zijn hand als bij een man die sommen maakt.

—Je had hem wel binnen kunnen vragen, zei Ada toen ze weer in haar stoel zat.

—Hij mag buiten wachten.

Toen het ontbijt klaar was, bracht Ruby zijn bord naar de tafel onder de perenboom. Ada en zij ontbeten in de eetkamer, en ze konden door het raam zien dat Stobrod snel en gretig at terwijl de rand van zijn hoed op en neer wipte in het ritme van zijn kauwbewegingen. Het ontbrak er nog aan dat hij zijn bord opnam en er het laatste laagje vet van oplikte.

—Hij had best hier binnen mogen eten, zei Ada.

—Dat gaat mij te ver, zei Ruby.

Ze ging naar buiten om zijn bord te halen.

—Kun je ergens naartoe? zei Ruby tegen Stobrod.

Stobrod vertelde haar dat hij inderdaad een soort huis had en ook gezelschap, want hij had zich aangesloten bij een verzameling zwaar bewapende woudlopers. Ze woonden in een diepe grot van de berg als een stel vrijwillige wilden. Het enige wat ze wilden doen was jagen, eten en de hele nacht dronken zijn en muziek maken.

—Nou, dat zal jou dan wel liggen, zei Ruby. Jouw doel in het leven was toch altijd al de hele nacht te dansen met een fles in je hand. Ik heb je nu te eten gegeven. Je kunt weg. We hebben verder niets voor jou. Als je nog eens van onze maïs komt jatten, schiet ik je misschien in je donder, en mijn geweer is niet met zout geladen.

Ze wapperde met haar handen naar hem alsof ze koeien verjoeg, en hij liep met zwierige passen weg, met zijn handen in zijn zakken, en zette koers naar Cold Mountain.

De dag die volgde, was warm, stralend en droog. Het had die maand slechts één ochtend een beetje geregend, en de afgevallen bladeren en de bladeren die nog aan de bomen zaten, waren zo bros als koude kaantjes. Ze ratelden boven hun hoofd in de wind en onder hun voeten toen Ada en Ruby naar de schuur liepen om te zien hoe de tabak droogde. De brede bladeren waren bij de stelen bijeengebonden en hingen in rijen ondersteboven aan palen die onder de beschutting van de uitstekende uiteinden van de schuur waren opgehangen. De uitlopende vormen hadden iets menselijks, iets vrouwelijks en onheilspellends zoals ze daar hingen, met de samengebonden bladeren die uitstonden als oude, vergeelde katoenen rokken. Ruby liep ertussendoor, voelde aan de bladeren en wreef ze tussen haar vingers. Ze verklaarde dat alles volmaakt in orde was, dankzij het gunstige, droge weer en de zorg waarmee de tabak in overeenstemming met de tekenen was geplant en geoogst. Binnenkort zouden ze hem in water met melasse kunnen weken, er pruimen van draaien en die gebruiken voor de ruilhandel.

Hierop stelde Ruby voor een rustpauze te nemen op de hooizolder, een uitstekende plek om even te gaan zitten, zei ze. Ze klom de ladder op en ging met gespreide benen in de brede hooideur zitten en liet haar benen in de open ruimte eronder bungelen op een wijze zoals geen andere volwassen vrouw die Ada kende het zou hebben gedaan.

Ada aarzelde aanvankelijk om hetzelfde te doen. Ze ging in het hooi zitten met haar benen onder zich en haar rokken netjes uitgespreid. Ruby keek haar lichtelijk geamuseerd aan, alsof ze wilde zeggen: ik kan dit doen omdat ik nooit fatsoenlijk ben geweest, en jij kunt het omdat je het sinds kort niet meer bent. Ada ging dus ook maar bij de hooideur zitten. Ze zaten lui op sprietjes hooi te kauwen en zwaaiden met hun benen als jongens. De grote deur omlijstte het uitzicht naar boven op het huis en over de velden daarachter tot Cold Mountain. De berg leek nabij en scherp omlijnd in de droge lucht, en bont gevlekt met herfstkleuren. Het huis zag er parmantig uit, zuiver wit. Een pluimpje blauwe rook steeg recht omhoog uit de zwarte keukenschoorsteen. Toen kwam een windje de helling af en vaagde het weg.

—Je zegt dat je dit land wilt leren kennen, zei Ruby.

—Ja, zei Ada.

Ruby stond op, knielde achter Ada neer en legde haar handen over Ada's ogen.

—Luister, zei Ruby. Haar handen waren warm en ruw op Ada's gezicht. Ze roken naar hooi, tabaksbladeren, meel en iets daaronder, een schone, dierlijke geur. Ada voelde de dunne botjes van de vingers tegen haar knipperende ogen.

—Wat hoor je? zei Ruby.

Ada hoorde het geluid van wind in de bomen, het droge geritsel van hun late bladeren. Dat zei ze.

—Bomen, zei Ruby verachtelijk, alsof ze zo'n dom antwoord wel had verwacht. Gewoon, bomen, meer niet? Je moet nog veel leren.

Ze nam haar handen weg, ging weer op haar plaats zitten en zei niets meer over dit onderwerp, het aan Ada overlatend te concluderen dat ze bedoelde dat dit een speciale wereld is. Zolang Ada niet op zijn allerminst in deze tijd van het jaar, nu het het gemakkelijkst was, het verschil kon horen tussen het geluid van een populier en dat van een eik, was ze nog niet begonnen deze streek te leren kennen.

Op het eind van die middag was het licht, ondanks de warmte, hard en blauw en de schuine lichtval kondigde duidelijk aan dat de cirkelgang van het jaar bijna gesloten was. Dit was hoogstwaarschijnlijk een van de laatste warme, droge dagen en ter ere van de dag besloten Ada en Ruby buiten te eten aan de tafel onder de perenboom. Ze braadden een stuk hertenvlees dat Esco was komen brengen. Bakten aardappelen en uien in de koekenpan, en druppelden uitgebakken spekvet over wat late sla om die te laten slinken. Ze hadden de bruine bladeren van de tafel geveegd en waren juist bezig voor twee te dekken toen Stobrod uit het bos tevoorschijn kwam. Hij droeg een jutezak, en hij kwam aan tafel zitten alsof hij een uitnodiging in zijn jaszak had.

—Als je wilt, zeg ik dat hij weer weg moet, zei Ruby tegen Ada.

Ada zei: We hebben meer dan genoeg.

Onder het eten weigerde Ruby een woord te zeggen, terwijl Stobrod met Ada over de oorlog praatte. Hij hoopte dat hij gauw afgelopen zou zijn, zodat hij van de berg af kon komen, maar vreesde dat hij zich zou voortslepen zodat er voor iedereen een zware tijd zou aanbreken. Ada hoorde zichzelf dit beamen, maar wanneer ze in dit blauwe, afnemende licht rondkeek in haar dal, leek een zware tijd ver weg.

Toen het avondmaal beëindigd was, pakte Stobrod zijn zak van de grond en haalde er een viool uit, die hij op zijn schoot legde. Het was een nieuw model, want waar normaal gesproken de krul zou zitten, zat nu de gesneden kop van een grote slang die omkrulde naar de hals, met alle details zoals de schubben en de spleetvormige pupillen van de ogen. Het was duidelijk dat Stobrod er geweldig trots op was, en daartoe had hij het volste recht, want hoewel de viool verre van volmaakt was, had hij hem zelf gemaakt in de maanden van zijn bestaan als vluchteling. Zijn vorige instrument was hem ontstolen tijdens zijn reis naar huis, en daar hij geen voorbeeld had, had hij de nieuwe gevormd op grond van wat hij zich van de afmetingen van een viool herinnerde, en daardoor zag deze eruit als een zeldzaam artefact uit een primitieve periode van de vioolbouw.

Hij draaide hem om en om zodat ze beide kanten konden bewonderen, en vertelde hoe hij hem had gemaakt. Eerst had hij wekenlang hoog door de bergen gezworven om spar, esdoorn en buxus te kappen, en toen het hout gedroogd was, had hij uren achter elkaar vioolonderdelen zitten snijden. Hij sneed mallen en klemmen die hij zelf had ontworpen. Kookte het hout voor de zijbanden tot het zacht was en vormde het zo dat het wanneer het afkoelde en droogde, de zacht gebogen vormen behield zonder terug te springen. Hij sneed het staartstuk, de kam en de toets uit de vrije hand. Kookte hertenhoeven uit om lijm te maken. Vijlde gaten uit voor de stemschroeven, zette alles in elkaar en liet het drogen. Vervolgens spande hij het bovenblad met behulp van een stuk ijzerdraad, schilderde de buxushouten toets donker met sap van karmozijnbessen en was uren bezig de tegen het lijf omgekrulde adderkop te snijden. Ten slotte stal hij midden in de nacht een blikje vernis uit iemands gereedschapsschuurtje en bracht de laklaag aan. Daarna bracht hij de snaren aan en stemde de viool. Hij was er zelfs een nacht op uitgegaan om de staart van een paard uit te kammen en zo haren voor zijn strijkstok te verkrijgen.

Vervolgens bekeek hij zijn werkstuk en dacht: nu heb ik bijna muziek, want er stond hem nog één ding te doen, het doden van een slang. Hij liep al een tijdje rond met de gedachte dat de klank sterk zou verbeteren als hij de staart van een ratelslang in het instrument stopte; dat zou de viool een ongekend sombere, indringende klank geven. Hoe meer ratels, hoe beter, had hij gedacht. Hij beschreef dit als een queeste. De muzikale verbetering die hij nastreefde, zou evenzeer het gevolg zijn van de mystieke wijze waarop hij de ratels verwierf, als van hun feitelijke werking in de viool.

Met dat doel had hij rondgezorven over Cold Mountain. Hij wist dat de slangen in de eerste koude dagen van de herfst op pad gingen om in voorbereiding op de winter naar holen te zoeken. Hij doodde een aantal ratelslangen van redelijke grootte, maar toen hij ze dood in handen had, leken hun staartjes erbarmelijk ontoereikend. Uiteindelijk had hij, nadat hij hoog was geklommen tot waar de zwarte balsemdennen groeien, een grote, oude bosratelslang gezien die op een vlakke leiplaat lag te zonnen. Hij was niet enorm lang, want die soort wordt niet zo lang, maar de omvang van het lichaam was groter dan het dikste gedeelte van een mannenarm. De tekening van de rug was helemaal samengevloeid zodat het beest bijna zo zwart was als een zwarte slang. Hij had een rijtje ratels ontwikkeld, zo lang als Stobrods wijsvinger. Toen hij dit aan Ada vertelde, stak hij de vinger uit en gaf met de duimnagel van de andere hand een plaats aan onderaan het derde kootje. Hij zei: Zo lang waren ze. En hij haalde de nagel een paar keer over de droge huid.

Stobrod was naar de steen toegelopen en had tegen de slang gezegd: Hé, ik ga die ratels van je afpakken. De grote slang had een vuistdikke kop, en die hief hij op van de steen om Stobrod met gele spleetogen op te nemen. Hij wond zich gedeeltelijk op, waarmee hij te kennen gaf dat hij liever zou vechten dan van zijn plaats gaan. De slang liet zijn staart even trillen om op temperatuur te komen. Vervolgens zette hij het op een ratelen, met een dusdanig ijselijk snerpend geluid dat je gedachten er stil van bleven staan.

Stobrod deed een stap achteruit, zoals de natuur het bedoeld had. Maar hij wilde die ratels hebben. Hij trok zijn zakmes, sneed een gevorkte tak van ongeveer een meter twintig af en ging terug naar de slang, die niet van zijn plaats was gekomen en zich op een krachtmeting leek te verheugen. Stobrod stond naar zijn eigen schatting ongeveer een armlengte buiten het bereik van de slang. De slang zag hem en verhief zijn kop verder van de grond. Stobrod probeerde hem te bewegen een uitval te doen.

—Hoeh! zei hij terwijl hij de tak voor zijn gezicht heen en weer zwaaide.

De slang ratelde voort, niet onder de indruk.

—Waah! zei Stobrod, naar hem prikkend met de vork. Het ratelen werd iets minder luid en hoog terwijl de slang zijn kronkels wat verschoof. Vervolgens viel hij stil, alsof het hem was gaan vervelen.

Er moest kennelijk meer gebeuren om de slang te prikkelen. Stobrod sloop voorwaarts en hurkte neer. Hij nam het mes tussen zijn tanden en hield de gevorkte tak geheven in zijn rechterhand. Hij zwaaide snel met zijn linkerhand, ruim binnen uitvalsbereik van de slang. Het dier schoot naar voren, evenwijdig aan de grond. De kaken wijdgeopend, giftanden omlaag geklapt. De roze binnenkant van zijn bek leek zo groot als een geopende handpalm. Hij miste.

Stobrod liet de tak neerkomen en zette de kop klem tegen de steen. Met een snelle beweging zette hij zijn voet achter op de kop van de slang. Hij greep de woest zwiepende staart. Pakte zijn mes uit zijn mond. Sneed de ratels af tussen twee wervels. Sprong terug zoals een kat die ergens van schrikt. De slang kronkelde wild en nam weer een aanvallende houding aan. Hij probeerde te ratelen, hoewel hij nu alleen een bloedende stomp had.

—Leef maar door, als je er nog zin in hebt, had Stobrod gezegd, en schuddend met de ratels was hij weggelopen. Hij was ervan overtuigd dat elke noot die hij streek van nu af aan een nieuwe stem zou hebben. Ergens in de diepte zou het gruwelijke krijsen van de waarschuwende slang meeklinken.

Nadat hij het verhaal van het ontstaan van de viool aan Ada en Ruby had verteld, bleef Stobrod ernaar zitten kijken alsof het een wonderbaarlijk iets was. Hij pakte de viool en hield hem hun voor als bewijsstuk, als onderdeel van een demonstratie waarmee hij wilde aantonen dat hij nu in sommige opzichten een ander was dan de man die vertrok om te vechten. Iets in die oorlog had hem en zijn muziek totaal veranderd.

Ruby geloofde er niet veel van. Ze zei: Voor de oorlog was vioolspelen voor jou niet meer dan een manier om bij een dansfeest gratis te kunnen drinken.

—Er zijn er die zeggen dat ik nu speel als een man die bezeten is van de koorts, zei Stobrod om zich te verdedigen.

De omslag was onverwacht gekomen, zei hij. Het was in januari 1862 gebeurd in de buurt van Richmond. Het leger waarvan hij deel uitmaakte had winterkwartier gemaakt. Op een dag was er een man in het kamp gekomen die om een vioolspeler vroeg, en men stuurde hem naar Stobrod. De man zei dat zijn dochter, een meisje van vijftien, die morgen bij het aansteken van het vuur gedaan had wat ze vaak deed, namelijk petroleum op het verse aanmaakhout gieten. Maar deze morgen was de olie op brandende kolen terechtgekomen en was geëxplodeerd even nadat ze de kacheldeksel had teruggelegd. De gietijzeren ring was met grote kracht tegen haar hoofd gevlogen en de vuurstraal die uit de opening kwam, had haar gezicht bijna tot op het bot verkoold. Ze was stervende. Dat stond vast. Maar na een uur of twee was ze bij bewustzijn gekomen, en op de vraag wat haar heengaan zou kunnen verzachten antwoordde ze dat ze heel blij zou zijn met vioolmuziek.

Stobrod nam zijn instrument en volgde de man naar zijn huis, een uur lopen van het kamp. In de slaapkamer trof hij de familie aan, rondom langs de muren gezeten. Het verbrande meisje lag ondersteund door kussens in bed. Van haar haar restten nog plukken en haar gezicht zag eruit als een gevilde wasbeer. Het kussensloop was vochtig rondom haar hoofd waar haar rauwe vel had gevloeid. Boven haar oor gaapte een diepe wond waar het kacheldeksel was aangekomen. De wond bloedde niet meer, maar was nog niet bruin geworden. Ze bekeek Stobrod van top tot teen en het wit van haar ogen stak griezelig af bij het rauwe vel. Speel wat voor me, zei ze.

Stobrod ging op een houten stoel naast het bed zitten en begon te stemmen. Hij prutste zo lang aan de stemschroeven dat het meisje zei: Je kunt beter beginnen, als je van plan bent me te begeleiden terwijl ik ga.

Stobrod speelde 'Peas in the Pot', en vervolgens 'Sally Ann', en zo verder tot hij zijn hele repertoire van zes wijsjes had gehad. Het was allemaal dansmuziek, en zelfs Stobrod wist dat die niet zo geschikt was voor de gelegenheid, en hij deed dus zijn best om ze wat langzamer te spelen, maar ze wilden toch niet treurig worden, hoe traag hij het tempo ook nam. Toen hij klaar was, was het meisje nog niet dood.

—Speel er nog een voor me, zei ze.

—Ik ken er niet meer, zei Stobrod.

—Om medelijden mee te krijgen, zei het meisje. Wat ben jij voor een vioolspeler?

—Een waardeloze stumper, zei hij.

Dat bracht een snelle glimlach op het gezicht van het meisje, maar de pijn die dat teweegbracht was te zien in haar ogen en liet haar mondhoeken snel terugzakken.

—Bedenk dan maar een wijsje voor me, zei ze.

Stobrod was verbaasd over deze vreemde vraag. Het was nooit bij hem opgekomen om te proberen iets te componeren.

—Ik denk niet dat ik dat kan, zei hij.

—Waarom niet? Heb je dat dan nooit gedaan?

—Nee.

—Dan moet je maar gauw beginnen. Er is niet veel tijd.

Hij zat nog een minuutlang na te denken. Hij tokkelde op de snaren en stemde de viool opnieuw. Hij zette de viool aan zijn hals en streek hem aan met de strijkstok en was zelf verrast door de klanken die eruitkwamen. De melodie die hij lang uitspon was traag en hortend en dankte haar stemming voornamelijk aan bastonen en dubbelgrepen. Hij had haar zelf geen naam kunnen geven, maar de melodie stond in de beangstigende, gruwelijke Frygische toonaard, en toen de moeder van het meisje de muziek hoorde, barstte ze in tranen uit en rende vanuit haar stoel naar de gang.

Toen hij klaar was, keek het meisje Stobrod aan en zei: Dat was heel mooi.

—Ach welnee, zei hij bescheiden.

—Ach welja, zei het meisje. Ze draaide haar gezicht de andere kant op en haar ademhaling werd gierend en rochelig.

De vader van het meisje kwam naar Stobrod toe, nam hem bij de elleboog en leidde hem naar de keuken beneden. Hij gaf hem een stoel bij de tafel, schonk Stobrod een kom melk in en ging de trap weer op. Tegen de tijd dat de kom leeg was, was de man terug.

—Ze is weg, zei hij. Hij haalde een Federale dollar uit zijn zak en drukte hem Stobrod in de hand. Je hebt het iets gemakkelijker voor haar gemaakt, daar boven, zei hij.

Stobrod deed de dollar in het borstzakje van zijn overhemd en ging. Tijdens de wandeling terug naar het kamp bleef hij telkens weer staan om naar zijn viool te kijken alsof hij hem voor het eerst zag. Nooit eerder had hij erover gedacht zijn spel te verbeteren, maar nu leek het de moeite waard om elk wijsje te spelen alsof alles binnen gehoorsafstand in brand stond.

De muziek die hij voor het meisje had bedacht, was een stuk dat hij sindsdien elke dag had gespeeld. Hij werd het nooit moe en dacht eigenlijk dat de melodie zo onuitputtelijk was dat hij haar de rest van zijn leven dagelijks zou kunnen spelen en toch elke keer iets nieuws leren. Zijn vingers hadden de snaren zo vaak neergedrukt en zijn arm had de strijkstok zo vaak in de vorm van de melodie bewogen dat hij nu niet meer over het spel nadacht. De noten kwamen gewoon zonder dat hij er moeite voor deed. De melodie was een zelfstandig iets geworden, een gewoonte die orde en betekenis gaf aan het einde van een dag, zoals sommigen zouden kunnen bidden, anderen zouden kijken of de deur gegrendeld was en weer anderen een slaapmutsje zouden nemen.

Vanaf de dag dat hij voor het verbrande meisje had gespeeld begon hij steeds vaker aan muziek te denken. De oorlog boeide hem niet meer. Hij bleef af en toe weg van het appel. En hij werd nauwelijks gemist. Hij ging er de voorkeur aan geven zoveel mogelijk tijd door te brengen in de duistere taveernes van Richmond, smerige ruimtes waar het rook naar ongewassen lichamen, gemorste drank, goedkope parfum en niet geleegde kamerpo's. Eigenlijk had hij daar de hele oorlog al zoveel mogelijk tijd doorgebracht, maar het verschil was dat zijn belangstelling nu vooral uitging naar de muzikale negers die vaak voor de klanten kwamen spelen. Vele nachten ging Stobrod van kroeg naar kroeg tot hij ergens een kerel vond die deskundig met een snaarinstrument omsprong, een genie op de gitaar of de banjo. Dan haalde hij zijn viool tevoorschijn en speelde tot de vroege ochtend, en elke keer dat hij dat deed, leerde hij weer iets nieuws.

Eerst richtte hij zijn aandacht op punten zoals stemmen en vingerzetting en frasering. Daarna begon hij te luisteren naar de woorden van de liederen die de negers zongen en bewonderde hij de manier waarop ze elk verlangen en elke angst in hun leven uitzongen, zo duidelijk en trots als het maar kon. En hij kreeg algauw het groeiende gevoel dat hij dingen over zichzelf leerde die nog nooit in zijn denkwereld waren doorgedrongen. Hij ontdekte bijvoorbeeld tot zijn grote verbazing dat muziek voor hem meer inhield dan alleen plezier. Er zat iets wezenlijks in. De groepering van klanken, hun vormen in de lucht terwijl ze opklonken en wegstierven, dat zei iets troostrijks tegen hem over de regels van de schepping. Wat de muziek zei, was dat er een juiste manier is waarop dingen geordend kunnen zijn, zodat het leven misschien ook niet altijd een warrig, op drift geraakt iets hoefde te zijn maar een vorm kon hebben, een doel. Het was een krachtig argument tegen de gedachte dat alles domweg gebeurt. Inmiddels kende hij negenhonderd wijsjes op de viool, waarvan er zowat honderd eigen composities waren.

Ruby sprak haar twijfel uit over dat aantal, en wees erop dat hij voor alle andere terreinen van het leven altijd genoeg had gehad aan de vingers van zijn twee handen.

—Hij heeft nooit genoeg van wat dan ook gehad om verder dan tien te hoeven tellen, zei ze.

—Negenhonderd wijsjes, zei Stobrod.

—Nou, speel er dan maar een, zei Ruby.

Stobrod dacht even na, en toen haalde hij zijn duim over de snaren en draaide aan een stemschroef en probeerde ze nog eens en draaide aan andere stemschroeven tot hij een buitenissige stemming had verkregen met de E-snaar ongeveer drie frets losser zodat hij dezelfde toon gaf als de derde noot op de A-snaar.

—Ik heb dit stukje nooit een naam gegeven, zei hij. Maar ik denk dat je het 'Green-Eyed Girl' zou kunnen noemen.

Toen hij met de strijkstok over de nieuwe viool streek, was de toon onthutsend helder, scherp en zuiver, en de gelijkgestemde snaren gaven merkwaardige en dissonante harmonische effecten. De melodie was traag en modaal, maar had een ingewikkeld ritme en een aanzienlijk bereik. Bovendien doordrong de melodie je voortdurend van de sombere gedachte dat ze van voorbijgaande aard was, aanwezig en meteen weer weg, niet vast te houden. Verlangen was het voornaamste thema.

Ada en Ruby keken verbaasd toe terwijl Stobrod de muziek uitspon. Hij had blijkbaar, althans voor dit wanhopige stuk, afgezien van de korte, hakkerige strijkbewegingen van alle bekende vioolspelers en speelde in lange streken noten van grote liefelijkheid en indringendheid. Het was een soort muziek zoals Ruby nog nooit had gehoord. En Ada eigenlijk ook niet. Hij speelde met het gemak waarmee iemand ademhaalt, maar tevens met de ernstige overtuiging dat muziek essentieel was voor een leven dat de moeite waard kon worden genoemd.

Toen Stobrod klaar was en de viool onder zijn grijs-stoppelige kin vandaan haalde, viel er een lange stilte waarin de stemmen van de piepers beneden bij de beek uitzonderlijk treurig en hoopvol klonken met de winter voor de boeg. Hij keek naar Ruby alsof hij een streng oordeel verwachtte te horen. Ada keek ook naar haar, en de uitdrukking op Ruby's gezicht zei dat er meer voor nodig was dan een verhaal en een stukje vioolmuziek om haar hart jegens hem te vermurwen. Ze zei niets tegen hem maar wendde zich tot Ada en zei: Wel vreemd dat hij zo oud moest worden om eindelijk het enige gereedschap te vinden waar hij een beetje behoorlijk mee kan werken. Een man die voor niets deugde en die zijn bijnaam gekregen heeft omdat hij een keer met een stobbe halfdood is geslagen nadat hij een ham had gestolen.

Maar voor Ada leek het haast een wonder dat uitgerekend Stobrod het bewijs vormde dat ongeacht hoe men zijn leven heeft verprutst, het altijd nog mogelijk is om een weg naar verlossing te vinden, al is het ook maar gedeeltelijk.

bruidsbed vol met bloed

Inman zwierf dagenlang door de bergen, verdwaald en in de war gebracht door langdurig slecht weer. Het leek ongeveer van de nieuwe tot de volle maan te regenen, al kon je dat door de verhulde hemel natuurlijk niet zeggen, tenzij je eraan dacht het aantal dagen bij te houden vanaf het moment dat de eerste druppel naar beneden kwam. Inman had minstens een week geen zon, maan of sterren gezien en het zou hem niet verbaasd hebben te ontdekken dat hij al die tijd in cirkels had rondgelopen, of in ingewikkelder maar even richtingloze geometrische figuren. Om een rechte koers te houden probeerde hij een punt recht vooruit te kiezen, een bepaalde boom of rots, om naartoe te lopen. Hij ging hiermee door tot de gedachte bij hem opkwam dat de punten die hij koos samen toch weer een grote cirkel vormden, en het leek nauwelijks beter in grote cirkels te lopen dan in kleine. Daarom liep hij blindelings door de mist en nam steeds de richting die hem op dat moment het westen leek, en probeerde er genoegen mee te nemen dat hij tenminste in beweging was.

Hij had de zalf van het geitenvrouwtje opgebruikt, en in korte tijd waren de wonden aan zijn hoofd kleine, samengetrokken littekens geworden, terwijl de plek in zijn hals nu een harde, zilverkleurige streep was. De pijn was een geluid in de verte geworden, alsof je bij een rivier woonde, een rivier waar hij wel altijd naar zou willen luisteren. Maar zijn gedachtenleven was niet zo snel genezen.

Zijn haverzak raakte leeg. Eerst ging hij op jacht, maar het wild scheen de hooggelegen balsembossen verlaten te hebben. Vervolgens probeerde hij rivierkreeften te pakken om te koken, maar hij bleek uren nodig te hebben om er genoeg van te vangen om de bol van zijn hoed te vullen, en wanneer hij ze dan opgegeten had, had hij het gevoel dat hij er weinig mee was opgeschoten. Hij trok de bast van een jonge iep om erop te kauwen, daarna at hij de hoed van een robijnrode boleet, in doorsnede zo groot als een koekenpan. Een kwartier later had hij alweer razende honger. Het duurde niet lang of hij dronk domweg beekwater uit de kom van zijn handen, en plukte wilde waterkers langs de waterlijn.

Op een middag kwam hij tot het besef dat hij op handen en voeten over de bemoste grond van de beekoever kroop en de rand van het water afgraasde als een wild beest. Zijn gezicht was nat tot aan zijn oren, hij had de scherpe smaak van waterkers in zijn mond en zijn hoofd was volkomen leeg. Hij keek in een poel stilstaand water en kreeg zijn eigen gezicht in het oog dat naar hem opkeek, bibberig en onheilspellend, en hij bewoog onmiddellijk met zijn vingers door het water om dit beeld te doen verdwijnen, want hij had geen zin om naar zichzelf te kijken.

Hij ging zitten en luisterde een poos naar het gebabbel van de beek op de ronde stenen, de regen op de onderste bladeren. Een natte kraai daalde neer op een kastanjetak en probeerde de regen uit zijn veren te schudden. Daarna bleef hij ineengedoken zitten. Hij zag er ziek uit. Inman stond op en liep verder.

Op een bepaald moment de volgende dag begon Inman het gevoel te krijgen dat hij gevolgd werd. Hij draaide zich snel om en zag een mannetje met varkensoogjes, gekleed in een vale overall en een zwart colbertjasje, dat geluidloos vlak achter hem liep. Hij had bijna zijn hand uit kunnen steken en de man bij zijn strot kunnen grijpen.

—Wie ben jij voor de duivel? zei Inman.

De man sprong tussen de bomen en dook weg achter een grote tulpenpopulier. Inman liep naar de populier en keek erachter. Niets.

Hij liep verder terwijl hij telkens achterom keek. Hij draaide zich steeds bliksemsnel om in een poging de schimmige achtervolger onverhoeds te betrappen, en soms was de man er inderdaad, ergens tussen de bomen achter hem. Hij probeert erachter te komen welke kant ik opga en dan gaat hij het bij de Guard melden, dacht Inman. Hij trok zijn LeMat en zwaaide ermee in het rond.

—Ik schiet je morsdood, schreeuwde Inman naar het bos. Let maar eens op. Ik doe het hoor, zonder erover na te denken. Ik schiet een gat in je buik waar een hond doorheen zou kunnen.

De man met varkensoogjes hield afstand maar bleef hem volgen, af en toe zichtbaar tussen de bomen.

Toen Inman een bocht in de weg omkwam, stapte de man van achter een rotsblok voor hem vandaan.

—Wat wil je toch? zei Inman.

Het mannetje stak twee vingers in zijn mond en hield ze daar een ogenblik, en Inman herkende dit gebaar als een van de geheime tekens van de Red String Band of van de Heroes of America, hij wist niet meer welke van beide organisaties. Een vrijwilliger die in het ziekenhuis werkte had hem iets verteld over deze mensen die met de Federalen sympathiseerden. Wat betreft het verzinnen van geheime tekens waren ze even erg als vrijmetselaars. Inman beantwoordde het teken door met een vinger langs zijn rechteroog te strijken.

Het mannetje glimlachte en zei: Het zijn sombere tijden. Inman wist dat dit weer een wachtwoord was. Het juiste antwoord zou zijn: Ja, maar we verwachten betere. Dan zou de man zeggen: Waarom? En Inman zou zeggen: Omdat we het koord van onze bevrijding zoeken.

Wat Inman in plaats hiervan zei was: Hou maar op. Ik ben niet van de Heroes of America of ergens anders van. Ik heb geen banden naar die kant en eigenlijk ook niet naar een andere kant.

—Ben je een woudloper?

—Ik loop in het woud, dus ik zou zeggen van wel.

—Op de keper beschouwd hoor ik net zo min ergens bij als jij. Mijn zoon is doodgeschoten bij Sharpsburg en sindsdien kunnen ze allemaal de pot op wat mij betreft.

—Ik heb meegevochten bij Sharpsburg, zei Inman.

De man stak hem zijn hand toe en zei: Potts.

Inman schudde de hand en zei zijn eigen naam.

—Hoe was Sharpsburg? zei Potts.

—Ongeveer hetzelfde als alle andere veldslagen, alleen groter. Eerst gooiden ze bommen tussen ons en wij gooiden bommen tussen hen. Toen kwamen de charges en het schieten, met kartetsen en musketkogels. Er gingen veel jongens kapot.

Ze stonden enige tijd naar het bos te kijken, en toen zei Potts: Je bent broodmager.

—Ik had weinig te eten en ik heb zo snel gelopen als ik kon, langzaam dus.

—Ik zou je iets te eten geven als ik wat bij me had, maar ik heb niets. Vijf kilometer verderop langs de weg woont een aardige meid. Die zal je te eten geven zonder vragen te stellen.

De regen kwam schuin naar beneden, striemend op de wind. Inman wikkelde zich in zijn grondzeil en liep door zonder zijn pas te vertragen. Het leek of hij een kap en een pij aanhad als een pelgrim uit vroeger tijden, een donkere monnik die een zwervend leven leidde voor zijn zielenheil, die in het lopen een middel zocht om niet bezoedeld te worden door contact met de wereld. De regen drupte van zijn neus af in zijn baard.

Binnen een uur bereikte hij het huis dat Potts had beschreven, een eenzame, kleine hut van gezaagde stammen die boven de weg stond bij de opening van een donkere inham. De ramen waren van ingevet papier. Uit de schoorsteen van takken en modder steeg dunne, bruine rook op die meteen werd weggevaagd door de wind. In een perk op de helling scharrelde een varken rond. In de hoek tussen het huis en de schoorsteen waren kippenhokken geplaatst. Inman liep naar de poort in de omheining en maakte luidkeels zijn aanwezigheid kenbaar.

De regen was inmiddels vermengd met stekend ijs. Zijn beide wangen waren zo samengetrokken dat ze elkaar in zijn lege mond leken te raken. Onder het wachten keek hij naar een specerijstruik die vlak buiten het hek stond en waarvan de rode bessen al half bedekt waren met ijzel. Hij riep nogmaals en een jonge vrouw, eigenlijk een meisje, deed de deur op een kier open, stak haar bruine hoofd naar buiten en trok het meteen weer naar binnen. Hij hoorde het klikken van een grendel om de deur af te sluiten. Bang, maar daar heeft ze alle reden toe, dacht Inman.

Hij riep nog eens en voegde er nu aan toe dat Potts hem hierheen had gestuurd om iets te eten te krijgen. De deur ging open en het meisje kwam op de veranda.

—Waarom zei je dat dan niet? zei ze.

Het was een knap ding, klein en slank en strak in het vel. Ze had bruin haar en droeg een jurk van bedrukte katoen die slecht paste bij het barre weer. Inman schoof het stuk ketting van de spijker in de hekpaal en liep naar de veranda toe terwijl hij het grondzeil van zich af wikkelde. Hij schudde het uit en hing het over de rand van de veranda om uit te druipen. Hij deed zijn haverzak en knapzak af en zette ze op een droge plek op de veranda. Hij bleef afwachtend in de ijsregen staan.

—Nou, kom je nog, zei ze.

—Ik betaal alles wat ik opeet, zei Inman. Hij stapte naast de vrouw op de veranda.

—Ik ben wel arm, maar het is nog niet zo erg dat ik geld moet aannemen voor het kleine beetje dat ik je kan geven. Ik heb een maïsbrood voor je en wat bonen. Dat is alles.

Ze draaide zich om en ging naar binnen. Inman volgde haar. De kamer was donker, slechts verlicht door het vuur en het schaarse, bruine licht dat door de papieren ramen kwam en op de geboende houten vloer viel, maar hij kon zien dat de kamer weliswaar zo kaal was als een schuur, maar schoon. Er stonden een paar meubelen in. Een tafel, twee stoelen, een kast, een touwbed.

Afgezien van een quilt op het bed was er geen enkele versiering aangebracht. Geen beeltenis van een geliefd persoon of van Jezus, zelfs geen illustratie uit een tijdschrift, alsof hier strenge beperkingen golden ten aanzien van gesneden beelden. Er stond zelfs geen beeldje op de schoorsteenmantel, er was geen lint om de haardbezem gestrikt. Alleen de quilt kwam het oog als verfraaiing tegemoet. Hij was uit lapjes samengesteld maar vormde niet een van de hier bekende patronen, geen sterbloem of vliegende vogel of karnstok of populierenblad, maar was een geheel verzonnen dierenriem van half visionaire schepselen. De kleuren waren de vale tinten rood, groen en geel die getrokken kunnen worden uit bast, bloem en notenbolster. Voor het overige was er in de hut geen spat kleur behalve bruin, afgezien van de ruwe huid van een kort geleden geboren baby die stijf ingebakerd in een wieg lag, gemaakt van dennentakken met de schors er nog om.

Terwijl hij in de kamer rondkeek, werd Inman zich plotseling bewust van zijn smerigheid. In deze schone, afgesloten ruimte merkte hij dat zijn kleren een krachtige stank afgaven van het opgehoopte zweet van het vele lopen. Zijn schoenen en broekspijpen waren tot de kuiten aangekoekt met modder, en elke stap die hij zette liet een voetafdruk achter. Hij overwoog de schoenen uit te trekken maar vreesde dat zijn sokken zouden stinken als rottend vlees. Het was al een tijd geleden dat hij zijn schoenen had uitgehad. De hut was niet oud en er hing nog een vage, frisse geur van geprepareerd hout, kastanje en bitternoot, en Inman voelde zich een dissonant bij hun bouquet.

De vrouw trok een van de stoelen naast het vuur en wees dat hij mocht gaan zitten. Binnen een minuut was een lichte damp rond hem begonnen op te stijgen uit zijn doorweekte kleren, en van zijn broekomslagen waren plasjes modderig water op de vloerplanken gedropen. Hij keek neer op zijn voeten en zag dat er rond de voorkant van de haard een halve cirkel in de planken lichter was uitgesleten, zoals een hond aan een touw de aarde zal plattrappen juist binnen de omtrek van zijn bereik.

Een pot met gevlekte bonen hing aan zijn hengsel aan een ijzeren staaf aan de zijkant van het vuur. Een verse schijf maïsbrood lag in een bakoventje op het haardvuur. De vrouw bracht hem een bord, hoog opgeschept met bonen en brood en een grote gepelde ui. Ze zette een emmer bronwater en een scheplepel naast hem neer.

—Je kunt aan de tafel eten of hier. Hier is het warmer, zei ze.

Inman zette het bord en een mes en lepel in zijn schoot en viel op het eten aan. Een deel van hem wilde beleefd zijn, maar dat werd overweldigd door een of ander hondenorgaan diep in zijn hersenen, en dus at hij luidruchtig en slokkend, en nam alleen de tijd om te kauwen wanneer dat absoluut noodzakelijk was. Hij zag ervan af de ui in plakken te snijden en beet erin als in een appel. Hij lepelde de hete bonen in zijn mond en hapte de punten vettig brood in zo'n hoog tempo weg dat hij er zelf van schrok. Het vocht van de bonen droop van zijn baard op de voorkant van zijn smerige overhemd. Zijn adem kwam in korte stoten en floot door zijn neus omdat hij adem tekort kwam.

Met enige inspanning wist hij zijn kauwen te vertragen. Hij dronk een scheplepel van het koude bronwater. De vrouw had een stoel naar de andere kant van de haard getrokken en zat naar hem te kijken zoals je zou kijken naar een wild zwijn dat zich aan aas tegoed doet, dat wil zeggen met een zekere mate van gefascineerde walging.

—Het spijt me. Ik heb in geen dagen echt voedsel gegeten. Alleen wilde waterkers en beekwater.

—Hoeft je niet te spijten, zei ze, op zo'n vlakke toon dat Inman nergens uit kon opmaken of ze met dat laatste woord vergeving of een vermaning had willen uitspreken.

Inman keek voor het eerst beter naar haar. Ze was inderdaad niets dan een bleek, slank meisje dat hier alleen in deze donkere holte woonde waar de zon nooit lang zou schijnen. Haar leven was zo karig dat ze geen knopen had, want hij zag dat het bovenlijfje van haar japon bijeen werd gehouden met de lange stekel van een hanenspoorstruik.

—Hoe oud ben je? zei Inman.

—Achttien, zei ze.

—Mijn naam is Inman. En de jouwe?

—Sara.

—Hoe kom je hier zo helemaal alleen?

—Mijn man, John, is weggegaan om te vechten. Hij is een tijd terug gestorven. Ze hebben hem gedood, daar in Virginia. Hij heeft zijn kind nooit gezien, en nu zijn we maar met zijn tweeën.

Inman bleef even zwijgen en dacht dat elke man die in die oorlog aan een van beide kanten was gesneuveld evengoed een pistool tegen zijn zachte gehemelte had kunnen zetten en zijn achterhoofd aan barrels had kunnen schieten, meer betekenis had het niet.

—Heb je hier wel hulp? zei hij.

—Geen cent.

—Hoe red je het dan?

—Ik neem een handploeg en doe wat ik kan om op de helling van de heuvel een maïsveldje en een moestuin aan te leggen, al hebben ze geen van beide veel opgebracht van het jaar. Ik heb een kuipmolen om de maïs in te malen. En er lopen wat kippen rond voor de eieren. We hadden een koe maar de plunderaars zijn van de zomer over de berg gekomen en hebben haar meegenomen en de schuur afgebrand en de bijenkorven leeggehaald en een bijl gepakt en een hond die we hadden daar op de veranda opengehakt om me bang te maken. Dat dikke varken in het hok is zowat alles wat we voor de winter hebben. Ik moet hem gauw slachten en ik ben er bang voor, want ik heb nog nooit alleen varkens geslacht.

—Dan heb je hulp nodig, zei Inman. Ze leek een erg tenger kind om varkens te slachten.

—Nodig hebben is nog altijd wat anders dan krijgen. Mijn hele familie is nu dood, en er zijn geen buren aan wie ik het kan vragen behalve Potts, en daar heb je niets aan als het op werken aankomt. Wat er moet gebeuren, zal ik zelf moeten doen.

Ze zou over vijf jaar oud zijn onder een zo zware belasting, en toen hij dat inzag, wenste Inman dat hij dit huis niet had betreden, dat hij was blijven lopen zelfs als het betekende dat hij langs de weg zou zijn neergevallen om nooit meer op te staan. Hij zag met verdriet dat haar leven een leven was waar hij zonder meer in kon stappen en waaraan hij zijn handen vol zou hebben van deze avond tot aan zijn dood. Als hij zichzelf toestond hier even bij stil te staan, zag hij de hele wereld boven het meisje hangen als het gewicht in een val, klaar om te vallen en te verpletteren.

Het was buiten nu bijna donker en de kamer was schemerig als een berenhol behalve de punt geel licht van het vuur. Het meisje had haar benen voor zich uitgestrekt naar de warmte. Ze had een paar dikke grijze mannensokken aan die bij de enkels waren omgeslagen, en de zoom van haar jurk was opgetrokken zodat hij in het licht van het vuur de glans kon zien van fijne gouden haartjes die vlak en zacht tegen de huid van de zijkant van haar smalle kuiten lagen. Zo ontregeld was zijn geest door het vasten van de afgelopen dagen, dat hij de gedachte had ze te strelen als de nek van een zenuwachtig paard dat je wilde kalmeren, want hij kon in elke hoek van haar lichaam geëtst alle lijnen van de wanhoop zien.

—Ik zou je kunnen helpen, hoorde Inman zichzelf opeens zeggen. Het is wel wat vroeg, maar het weer kan voor varkensslachtweer doorgaan.

—Dat mag ik niet van je vragen.

—Je hebt het niet gevraagd. Ik heb het aangeboden.

—Ik zou er iets voor terug moeten geven. Ik zou die kleren van je kunnen wassen en verstellen. Nodig is het in elk geval wel. Op die grote scheur in je jas zou ik een wigvormig stuk kunnen zetten. In de tussentijd zou je de kleren van mijn man kunnen aantrekken. Hij was ongeveer even lang als jij.

Inman boog zich voorover en at nog wat van het bord op zijn schoot, en even later depte hij met een korst maïsbrood het laatste vocht op en at het op. Zonder het te vragen schepte Sara hem nog een berg bonen op en reikte hem met een vork een punt brood aan. De baby begon te huilen. Terwijl hij het tweede bord eten naar binnen werkte, ging ze naar het schemerige deel van de kamer, knoopte haar jurk bijna tot aan het middel los en gaf de baby de borst, terwijl ze van Inman uit gezien zijwaarts op het bed zat.

Hij wilde niet kijken maar kon toch de ronde zijkant van haar borst zien, vol en lichtend wit in het korrelige licht. Na enige tijd trok ze de baby van de borst af en een puntje licht van het vuur blonk op het uiteinde van haar natte tepel.

Toen ze terugkam bij de haard had ze een stapel opgevouwen kleren in haar handen, met een schoon paar goede schoenen erbovenop. Hij gaf haar het lege bord en ze legde de kleren en schoenen in zijn schoot.

—Je kunt naar buiten gaan en dit op de veranda aantrekken. En gebruik dit.

Ze gaf hem water in een kom die gemaakt was van de onderkant van een kalebas, een brok grauwe zeep en een lap.

Hij stapte naar buiten de nacht in. Op het uiteinde van de veranda was een wasplank, en aan de balk boven de plank hing een rond spiegeltje van gepolijst metaal weg te roesten. De scheerplek van de jonge John. Nog steeds ritselde fijne ijzel op de droge bladeren die zich nog aan de zwarte eiken vastklampten, maar aan de open kant van de kloof zag hij een gebroken wolkendek haastig voor de maan langs schuiven. Inman dacht aan de hond die de plunderaars op de veranda hadden vermoord terwijl het meisje toekeek. Hij ontkleedde zich in de kou, en de kleren die hij uittrok waren als gevilde vachten, nat, zwaar en slap. Hij keek niet in de spiegel maar boende zichzelf stevig af met de zeep en de lap. Hij goot het resterende water in de kalebas over zijn hoofd uit en kleedde zich vervolgens aan. De kleren van de dode man pasten redelijk, ze waren zacht en dun van het vele wassen, en de schoenen pasten alsof ze voor zijn voeten gemaakt waren, maar hij had alles bij elkaar toch het gevoel dat hij zich in de schil van een ander leven had gehuld. Toen hij de hut weer binnenkwam, voelde hij zich zoals een spook zich moest voelen, dat vruchteloos de vorm van een ander leven aannam. Sara had een talgkaars aangestoken en stond bij de tafel af te wassen in een kom. De lucht rondom de vlam leek dik. Alle glimmende voorwerpen dichtbij het licht leken omringd door een stralenkrans. Alles in de schaduwen daarachter was volkomen uitgewist alsof het nooit zou terugkomen. De golvende lijn van de rug van het meisje, zoals ze over de tafel gebogen stond, leek Inman een vorm die zich niet zou herhalen in alle tijd die nog voor hem lag. Iets om in je geest te prenten en vast te houden, zodat de herinnering van pas zou kunnen komen als hij ooit een oude man zou worden, niet als geneesmiddel tegen de tijd maar toch als troost.

Hij ging weer in de stoel bij de haard zitten. Even later kwam het meisje bij hem zitten, en ze zaten zwijgend in het rode vuur te staren. Ze keek naar hem op, haar gezicht een ondoorgrondelijke, mooie leegte.

—Als ik een schuur had, kon je daar slapen, zei ze. Maar ik heb er nu geen meer.

—Het maïshok is ook goed.

Ze keek weer in het vuur alsof ze hem toestemming gaf om te gaan, en Inman liep de veranda weer op, pakte zijn zakken en zijn doorweekte beddengoed en liep naar het hok achter het huis. De lucht koelde af tot een flinke vorst. Inman klom in het maïshok en maakte zo goed als het ging met zijn dekens een hol tussen de maïskolven. Hoger in de kloof hoorde hij een uil roepen, een aantal malen, in dalende tonen. Het varken bewoog en snoof, en werd toen weer stil.

Inman vermoedde dat hij een nare en bobbelige nachtrust zou hebben, maar het zou alles bij elkaar genomen beter zijn dan op de kale grond te gaan liggen. Strepen blauw maanlicht kwamen tussen de latten van het hok naar binnen en Inman kon genoeg zien om de LeMat uit de haverzak te halen en de ladingen te controleren en hem af te wrijven met de slip van het overhemd van de dode echtgenoot, en de haan half over te halen. Hij haalde zijn mes tevoorschijn en scherpte de rand aan het schone leer van een schoenzool, en toen rolde hij zich in de dekens om te gaan slapen.

Maar hij had niet lang geslapen toen hij gewekt werd door voetstappen in de bladeren. Hij reikte naar het pistool en legde zijn hand erop, met trage bewegingen om de kolven niet te laten rammelen. De stappen hielden op tien pas van het hok op.

—Kom alsjeblieft binnen, zei Sara. En ze draaide zich om en liep weg.

Inman klauterde naar buiten, ging staan en schoof het pistool tussen zijn broekband. Hij hield zijn hoofd achterover om naar de smalle reep lucht te kijken. Inman liep terug naar het huis, en toen hij het naderde, zag hij dat de papieren ramen gloeiden als een Japanse lantaarn. Binnen merkte hij dat het meisje meer bitternootblokken op het vuur had gelegd, zodat het hoog oplaaide en het in de kamer zo licht en warm was als maar mogelijk was.

Ze lag in bed en had de vlecht uit haar haar gehaald en dat lag weelderig gespreid over haar schouders en glansde in het licht. Inman liep naar de haard en legde het pistool op het plankje dat als schoorsteenmantel diende. Het kinderbedje was dichtbij het vuur getrokken en de baby sliep met zijn gezicht naar beneden zodat alleen een bleke, pluizige bol boven de dekentjes te zien was.

—Je ziet eruit als een struikrover met dat grote pistool, zei ze.

—Ik weet niet of ik op dit moment iets ben waar je een naam aan zou kunnen geven.

—Als ik je zou vragen iets te doen, zou je het dan doen?

Inman bedacht dat hij hier een antwoord zou moeten formuleren in de trant van Misschien, of Als ik het kan, of een soortgelijk voorwaardelijk zinnetje.

Wat hij zei was: Ja.

—Als ik je zou vragen hier bij me in bed te komen liggen, maar verder niets te doen, zou je dat kunnen?

Inman keek naar haar en vroeg zich af wat ze zag als ze naar hem keek. Een griezelige vorm die in de kleren van haar man stak? Een geestverschijning, half gewenst, half gevreesd? Zijn blik rustte op de quilt over haar heen. Op de vierkanten waarin hij verdeeld was waren blokachtige beesten afgebeeld met grote ogen en kleine pootjes, onhandig maar heraldisch. Ze leken samengesteld te zijn uit gedeeltelijk herinnerde droomdieren. Hun schouders waren bultig gespierd, ze hadden stekelige poten en brullende muilen, wijdgeopend en bezet met lange tanden.

—Denk je dat je het kunt? zei ze.

—Ja.

—Ik dacht wel dat je het kon, anders had ik het niet gevraagd.

Hij ging naar het bed, trok de schoenen uit en ging plat op zijn rug onder de dekens liggen. De matrastijk op de touwbodem was gevuld met vers stro en geurde droog, herfstig en zoet, en daaronder was de geur van het meisje zelf, als een bosje natte laurierstruiken nadat hun bloesems op de grond zijn gevallen.

Ze lagen beiden zo onbeweeglijk alsof er een geladen en gespannen geweer tussen hen in lag. Een paar minuten later hoorde Inman dat ze huilde, met heftige, droge snikken.

—Ik ga wel weer weg, als dat beter zou zijn, zei hij.

—Stil.

Ze bleef nog een poosje huilen, toen hield ze op, ging rechtop zitten, veegde haar ogen af met een hoek van de quilt en begon over haar man te praten. Ze verlangde niet meer van Inman dan dat hij getuige was van haar verhaal. Iedere keer dat hij iets wilde zeggen, zei ze: Stil. Er was niets opmerkelijks aan haar verhaal, behalve dat het haar leven was. Ze vertelde hoe John en zij elkaar hadden ontmoet en verliefd op elkaar waren geworden. Hoe deze hut was gebouwd en hoe ze als een man naast hem had gewerkt om de bomen te vellen, de geschilde stammen op elkaar te stapelen en de spleten op te vullen. Het gelukkige leven dat ze hadden voorzien op deze afgelegen plek, die naar Inmans mening nauwelijks genoeg kon opleveren om van te leven. De ontberingen van de afgelopen vier jaren, Johns dood, het gebrek aan voedsel. Het enige lichtpuntje was Johns korte verlof, een tijd van groot geluk waar de baby die bij het vuur lag te slapen de vrucht van was. Zonder haar, zei Sara, zou er niets zijn om me op aarde vast te houden.

Het laatste wat ze zei, was: Dat wordt een best varken, daarbuiten. Het heeft bijna niets dan kastanjes gegeten, en ik heb het uit het bos gehaald en de laatste twee weken maïs gegeven zodat de reuzel mooi helder zal worden. Het is zo vet dat zijn oogjes bijna dichtzitten.

Toen ze uitgesproken was, stak ze haar hand uit en raakte het litteken bij Inmans boordlijn aan, eerst met alleen de vingertoppen en toen met haar hele handpalm. Ze liet haar hand daar een ogenblik liggen en haalde hem toen weg. Ze draaide zich om met haar rug naar hem toe en even later werd haar ademhaling diep en regelmatig. Hij vermoedde dat het haar een zekere rust had gegeven, gewoon aan iemand anders te vertellen op wat voor een eenzaam, smal richeltje haar leven balanceerde, waar een varken kon dienen als stop op een grote mandfles vol ellende.

Hoe vermoeid hij ook was, Inman kon niet rusten. Terwijl Sara sliep, lag hij naar boven te kijken en zag het licht van het vuur op de onderkant van het dak afnemen naarmate de houtblokken opbrandden. Het was zo lang geleden dat de hand van een vrouw hem met enige mate van tederheid had aangeraakt dat hij zichzelf als een heel ander soort schepsel was gaan zien dan wat hij ooit was geweest. Het was zijn lot dat hij de straf der onvervulden moest dragen, dat tederheid hem voor altijd ontzegd zou zijn en dat zijn leven zou worden aangemerkt als een duistere vergissing. En in zijn verwarde geest en voortdurend verdriet dacht hij zelfs niet aan de mogelijkheid een hand op Sara's heup te leggen, haar naar zich toe te trekken en haar tegen zich aan de houden tot het dag werd.

Het beetje slaap dat hij kreeg, werd gekweld door dromen die hun oorsprong hadden in de bovenkant van de quilt. De beesten die erop stonden zaten hem na in een donker bos, en er was nergens een plek om naartoe te vluchten, naar welke kant hij zich ook wendde. De hele wereld van dat donkere rijk spande gruwelijk en doelbewust samen tegen hem in zijn eentje, en alles was er grijs en zwart, behalve tanden en klauwen zo wit als de maan.

Toen Inman wakker werd, merkte hij dat Sara aan zijn schouder stond te schudden en op dringende toon zei: Sta op en maak dat je weg komt.

De dageraad was nog grauw en het was ijskoud in de hut, en hij hoorde het zwakke geluid van paarden op de weg die omhoog leidde naar het huis.

—Weg, zei Sara. Of het nu de Home Guard is of een troep plunderaars, het is voor ons allebei beter als jij niet hier bent.

Ze rende naar de achterdeur en hield hem open. Inman trok snel de schoenen aan, pakte de LeMat van de schoorsteenmantel en haastte zich naar buiten. Hij rende zo hard hij kon naar de rij bomen en het struikgewas achter de bron. Hij dook erin en zocht vervolgens, aan het gezicht onttrokken, een weg door de wildernis tot hij een dichte bos kronkelige laurierstruiken vond op een plek die hem uitzicht gaf op de voorzijde van het huis. Hij ging ineengedoken zitten in de duisternis onder de laurier en keek door een gevorkte stam om zijn gezicht te verbergen. De grond was bevroren tot een krakende, korrelige massa onder hem.

Hij kon Sara in haar nachtpon op blote voeten over de berijpte grond naar het varkenshok zien hollen. Ze liet de palen van het toegangshek uit hun steunen vallen en probeerde het varken te bewegen eruit te komen, maar het wilde niet opstaan. Ze liep het modderige perk in en schopte tegen het varken, en wanneer ze haar voeten optilde, zagen ze zwart van modder en varkensstront waar ze door de bevroren korst in de viezigheid waren gezakt. Het varken kwam overeind en begon te lopen, maar het was zo enorm en had zo'n zware hangbuik dat het nauwelijks over de hekpalen op de grond kon komen. Het was net uit het hok en begon een beetje vaart te krijgen terwijl Sara het in de richting van het bos dreef, toen er vanaf de weg beneden geroepen werd.

—Staan blijven.

Blauwe jasjes. Inman zag er drie op armzalige paarden. Ze stegen af en kwamen door de poort. Twee van de mannen droegen een Springfield-geweer onder hun linkerarm. De lopen waren half op de grond gericht, maar de mannen hadden hun vinger in de trekkerbeugel. De derde man hield een Navy-revolver omhoog gericht alsof hij van plan was op een vogel in de lucht te schieten, maar zijn ogen waren op Sara gericht.

De man met het pistool ging naar haar toe en beval haar op de grond te gaan zitten, en dat deed ze. Het varken ging naast haar op de grond liggen. De twee met de geweren klommen op de veranda en gingen het huis binnen, terwijl de ene de andere dekte met het geweer toen hij de deur opende en naar binnen ging. Ze bleven enige tijd binnen en al die tijd stond de man met het pistool bij Sara zonder naar haar te kijken of iets tegen haar te zeggen. Uit het huis kwamen kletterende en brekende geluiden. Toen de twee van binnen weer naar buiten kwamen, droeg de ene de baby aan een plooi van zijn windsels zoals je een zak zou dragen. Het kind schreeuwde en Sara kwam half overeind om erheen te gaan en de man met het pistool duwde haar terug op de bevroren grond.

De drie Federalen overlegden op het erf, maar door het schreeuwen van de baby en de smeekbeden van Sara haar het kind te geven kon Inman niet horen wat ze zeiden. Wel kon hij hun accenten horen, vlak en snel als hamerslagen, en die riepen in hem een drang op om hard terug te slaan. Hij bevond zich echter buiten betrouwbare schootsafstand voor de LeMat, en al was dat niet het geval geweest, hij kon geen aanvalsplan bedenken dat tot iets anders zou leiden dan de dood voor Sara, de baby en hemzelf.

Nu kon hij horen dat ze aan haar vroegen of ze geld had, waar ze het verstopt had. Daar leven ze van, dacht Inman. Sara zei wat ongetwijfeld de waarheid was, dat wat ze konden zien alles was wat ze bezat. Ze vroegen het nog eens en nog eens en toen brachten ze haar naar de veranda en Pistool hield haar handen op haar rug terwijl een van de geweermannen naar de paarden liep en uit een linnen zadeltas banden haalde die eruitzagen als stukken oud ploegtouw. Pistool bond haar met de banden aan een pijler en wees toen met zijn vinger naar de baby. Een van de mannen pakte de baby uit zijn windsels en legde het kind op de bevroren grond neer. Inman kon de man met het pistool horen zeggen: We hebben de hele dag de tijd, en daarop kon hij Sara horen gillen.

De mannen gingen op de rand van de veranda zitten, lieten hun benen bungelen en begonnen te kletsen. Ze draaiden sigaretten en rookten ze op tot bespuugde peuken. De twee ondergeschikten gingen naar de paarden en kwamen terug met sabels, en ze liepen over het erf en prikten in de koude grond, in de hoop op een schat te stuiten. Daar waren ze enige tijd mee bezig. Terwijl de baby krijste en Sara smeekte. Toen kwam de kerel met het pistool overeind van zijn plaats op de rand van de veranda, liep naar Sara toe, duwde de loop van het pistool hoog tussen haar benen en zei: Je hebt echt niks, hè? De twee anderen kwamen erbij staan en keken toe.

Inman begon door het bos terug te sluipen om te zorgen dat het huis tussen hem en de veranda kwam te liggen, zodat wanneer hij hen aanviel, hij er tenminste een kon neerschieten wanneer hij om de hoek kwam voor ze hem zagen. Het was een armzalig plan, maar hij had geen ander, gezien het open terrein dat hij over moest om bij hen te komen. Hij dacht niet anders dan dat de vrouw, de baby en hij waarschijnlijk alledrie gedood zouden worden, maar hij zag geen andere manier om hieruit te komen.

Voor hij evenwel ver was gevorderd, liepen de mannen bij Sara weg. Inman bleef stilstaan en keek toe, in de hoop dat de krachten op een voordelige manier anders gerangschikt zouden worden. Pistool ging naar zijn paard, pakte een eind touw, liep ermee naar het varken en bond het om zijn nek. Een van de geweermannen maakte Sara los van de pijler en de andere ging naar de baby en tilde het kind aan een armpje op en stak het haar toe. Ze begonnen over het erf achter de kippen aan te jagen. Ze vingen drie hennen, bonden hun poten met twijndraad en hingen ze ondersteboven aan hun zadel.

Sara hield de baby tegen zich aan. Toen ze zag dat Pistool het varken meevoerde, riep ze: Dat varken is alles wat ik heb. Als je dat meeneemt, kun je ons net zo goed meteen allebei een klap op het hoofd geven om ons af te maken, want het zal op hetzelfde neerkomen. Maar de mannen stegen op en reden de weg weer af, terwijl Pistool het varken meevoerde, dat moeizaam meedraafde aan het touw. Ze gingen een bocht om en waren weg.

Inman rende naar de veranda en keek op naar Sara. Hij zei: Warm eerst je baby en maak dan een vuur zo hoog als je hoofd en breng een grote ketel water aan de kook. Vervolgens liep hij in looppas de weg af.

Hij volgde de Federalen, waarbij hij in de bosrand bleef en zich afvroeg wat hij eigenlijk van plan was. Hij kon alleen maar hopen dat zich een mogelijkheid zou voordoen.

Ze reden niet ver, een kilometer of vijf, en toen gingen ze van de weg af in een laagte bij de ingang van een kleine, rotsige inham. Ze gingen een eindje naar boven, bonden het varken aan een jonge acacia en begonnen een vuur aan te leggen, bij een rotspunt naast een snelle beek.

Inman vermoedde dat ze van plan waren daar kamp te maken voor de nacht en hun buik rond te eten, al moesten ze daarvoor de hammen van het varken snijden. Inman maakte een cirkelbeweging door het bos tot hij zich boven hen bevond op de rotspunt. Hij verschool zich tussen de rotsen en zag hoe ze twee kippen de nek omdraaiden, ze plukten en leeghaalden en ze aan groene takken staken om ze boven het vuur te roosteren.

Ze zaten met hun rug naar de rots naar de bradende kippen te kijken. Inman hoorde dat ze praatten over thuis, en hij maakte eruit op dat de twee uit Philadelphia kwamen en de man met het pistool uit de stad New York. Ze hadden het erover dat ze hun huis misten en ernaar verlangden thuis te zijn, en Inman had ook liever gewild dat ze daar waren, want hij had weinig lust om te doen wat hij ging proberen te doen.

Hij bewoog zich een eindweegs over de bovenkant van de rots, langzaam en zonder geluid te maken, tot de rots afliep en gelijk kwam met de grond. Dichtbij de rand van de rotspunt vond hij een ondiepe grot. Hij stak zijn hoofd erin en zag dat de grot maar drie meter de rots inging. Hij had lang geleden gediend als verblijf voor wasbeerjagers of zoiets, want bij de opening was een oude zwarte kring van een vuur. De grot had nog eerder onderdak geboden aan andere mensen. Hun spoor stond op de wanden van de grot geschreven, vreemde hoekige tekens van een verloren gegaan schrift. Geen levend mens kon er nu een jota van ontcijferen.

Inman ging de grot uit en vervolgde zijn omtrekkende beweging rond de rotspunt tot hij het kamp kon naderen door in de kloof heuvelafwaarts te lopen langs de stroom. Net buiten het gezicht van de mannen vond hij een grote den met laaghangende takken. Hij klom erin tot hij ongeveer drie meter hoog was en ging rechtop op een tak staan, tegen de donkere stam aan zoals hij ransuilen had zien doen wanneer het dag is en ze niet gezien willen worden. Hij maakte drie keer het klokkende geluid van een wilde kalkoen en wachtte.

Hij kon de mannen horen praten, maar hij kon niet verstaan wat ze zeiden. Na een minuut kwam Pistool aansluipen met de Navy-revolver voor zich uit. Hij liep tot precies onder de boom en bleef staan. Inman keek op de bol van zijn hoed. Pistool stak zijn revolver onder zijn oksel, nam de hoed af en haalde zijn hand door zijn haar. Hij begon kaal te worden op zijn kruin. Daar zat een witte plek, zo groot als een pokerfiche, en daar mikte Inman op.

Hij zei: Hé daar.

Pistool keek omhoog en Inman schoot naar beneden onder een zodanige hoek dat hij de kale plek miste. De kogel trad binnen bij de schouder naast de hals en kwam er bij de buik uit in een kleurige golf die wel leek op heftig braken. De man viel op de grond alsof de botten in zijn benen plotseling vloeibaar waren geworden. Hij probeerde zich met zijn armen over de grond te trekken, maar de aarde scheen zich aan zijn greep te onttrekken. Hij rolde om en keek naar boven om te zien wat voor soort roofdier hem zo had overvallen. Toen hun blikken elkaar kruisten, bracht Inman twee vingers naar zijn hoed als saluut, en toen stierf de man in een houding van grote verwarring.

—Heb je hem geraakt? riep een van de geweermannen van onderaan de helling.

Hierna was het vrij eenvoudig. Inman klom uit de boom en keerde op zijn schreden terug, terwijl hij een snelle omtrekkende beweging maakte rond de lange rotspunt, zodat hij het kamp nu naderde van onderaf langs de beek. Hij bleef stilstaan bij een rododendronbosje en wachtte.

De twee geweermannen bij het vuur riepen de dode man telkens weer, en Inman ontdekte dat hij Eben had geheten. Na verloop van tijd hielden de mannen op met roepen, pakten hun Springfields en gingen stroomopwaarts op weg om hem te zoeken. Inman volgde hen onder dekking van de bomen, tot ze bij Eben uitkwamen. Ze bleven enige tijd op een afstand van het gedeeltelijk uit elkaar liggende lichaam staan en bespraken wat hun te doen stond. In hun stemmen was duidelijk te horen dat ze eigenlijk het liefste zouden vergeten wat er voor hen lag, omkeren en naar huis gaan. Maar ze besloten datgene te doen wat Inman wist dat ze zouden doen, namelijk stroomopwaarts op zoek gaan naar de moordenaar, van wie ze zich niet konden voorstellen dat hij iets anders had gedaan dan ervandoor gaan.

Inman volgde hen sluipend naar boven door de kloof. Ze liepen tussen de grote, dicht opeen staande bomen langs de oever van de beek, waar ze niet ver vanaf durfden te gaan uit angst te verdwalen. Het waren stadsjongens die bang waren in het bos, en ze waren nadenkend gestemd in verband met de moord die ze dachten te gaan plegen. Dit was voor hen een ongebaande wildernis, en ze drongen er uiterst voorzichtig in door, maar voor Inman was het net of ze over een gewone straat liepen. Ze zochten demonstratief naar sporen van de moordenaar, maar alles dat minder opvallend was dan een grote, diepe voetafdruk in de modder werd door hen niet opgemerkt.

Inman naderde hen steeds dichter, en toen hij hen met de LeMat neerschoot, was hij zo dichtbij dat hij hun halsboord met zijn hand had kunnen aanraken. De eerste kreeg een kogel bij het punt waar zijn ruggengraat bij zijn schedel kwam, en de kogel nam op weg naar buiten een groot deel van zijn voorhoofd mee. Hij viel natuurlijk als een slappe hoop neer. De ander trof Inman terwijl hij zich half omdraaide, ongeveer bij de oksel. Het letsel was niet dodelijk, tot Inmans grote ontzetting. De man viel op zijn knieën en omklemde het geweer voor zich.

—Als jullie thuis waren gebleven, was dit niet gebeurd, zei Inman. De man probeerde de lange Springfield zo te draaien dat hij op Inman kon mikken, maar Inman schoot de man in de borst van zo dichtbij dat de vuurflits uit de loop het voorpand van zijn jasje vlam deed vatten.

De Philadelphianen waren niet ver boven de grot gevallen, en Inman sleepte hen in de grot en zette hen naast elkaar neer in zittende houding. Hij ging terug, haalde de Springfields en zette die naast de mannen tegen de muur, en vervolgens liep hij door de kloof naar beneden. Onder de den zag hij dat de overgebleven kip zich had bevrijd en met zijn kop in de kapotte, open buik van Eben de Newyorker wroette. Het beest pikte in de kleurige vleesbrij van zijn geëxplodeerde darmen.

Inman zocht in de zakken van de man naar materiaal voor sigaretten, hurkte vervolgens op de grond neer en keek naar wat de kip deed. Hij rolde een sigaret, rookte die op en trapte het vuur ervan uit onder zijn schoenhak. Hij moest denken aan een psalm die meestal tweestemmig werd gezongen, maar hij neuriede er een stukje van en dacht er de woorden bij. Die gingen zo:

De vrees voor het graf is voor altijd weg.
Wanneer ik sterf, zal ik weer leven.
Mijn ziel zal zich vermeien bij de klare rivier.
Wanneer ik sterf, zal ik weer leven.
Halleluja, ik zal weer leven.

Inman besloot datgene wat voor hem lag in deze context te bekijken: vergeleken met het veld voor de lage weg bij Fredericksburg of de totale vernietiging op de bodem van de krater was dit zo goed als niets. Op beide plaatsen had hij waarschijnlijk een hem onbekend aantal mannen gedood die in alle opzichten beter waren dan deze Eben. Toch dacht hij dat dit misschien een verhaal was dat hij nooit aan iemand zou vertellen.

Hij stond op, greep de kip bij de poten, trok haar uit de Newyorker en liep ermee naar de beek, waar hij haar door het water haalde tot ze weer wit was. Hij bond de voeten bijeen met een stukje twijndraad van de Federalen en zette het beest terug op de grond. Het draaide de kop in het rond en bekeek de wereld door zijn zwarte ogen met naar het Inman voorkwam, een nieuwe mate van belangstelling en enthousiasme.

Hij sleepte de Newyorker aan zijn voeten naar de grot en zette hem bij zijn makkers neer. De grot was zo klein dat de mannen bijna in een kring zaten. Ze zagen er verbluft en stomverbaasd uit en hun houding had iets van een stel dronkelappen die op het punt stonden een spelletje te kaarten. Afgaande op de uitdrukking op hun gezicht leek de dood voor hen gekomen te zijn als een soort melancholie, een neerslachtigheid. Inman pakte een stuk houtskool uit de vuurresten bij de opening van de grot en tekende op de wand van de grot een paar van de beesten op Sara's quilt die hem in de droomwereld van de afgelopen nacht hadden achtervolgd. In hun hoekigheid herinnerden ze hem aan de kwetsbaarheid van het menselijke lichaam voor alles wat hard en scherp is. Zijn tekeningen leken zeer verwant aan de oude krabbels die er al waren aangebracht door Cherokees of hun voorgangers.

Inman kwam terug op de open plek en bekeek de paarden en zag dat ze brandmerken van het leger droegen, wat hem treurig stemde. Hij nam hun tuig af en maakte drie tochtjes naar de grot terwijl hij de bepakking van de Federalen meezeulde om bij hen te rusten te leggen, op één haverzak na. Daar deed hij de twee gebraden kippen in. Hij nam de paarden mee de kloof in, tot ver voorbij de grot, en schoot ze daar door het hoofd. Het was niet prettig om dit te doen, maar aangezien ze gemerkt waren, was er geen andere oplossing die niet dreigde later gevaar op te leveren voor Sara of hemzelf. Terug bij het kamp stopte hij de levende kip bij de gebraden kippen in de haverzak en hing die over zijn schouder. Hij maakte het varken los en trok aan het touw, en toen liet hij die plek achter zich.

Toen hij terugkwam bij de hut, had Sara op het erf een flink vuur gemaakt. Daarboven hing een zwarte ketel met kokend water waaruit een wolk stoom opsteeg in de koude lucht. Ze had zijn kleren gewassen en die lagen uitgespreid op struiken te drogen. Inman hield zijn hoofd achterover om naar de zon te kijken en zag dat het nog ochtend was, hoewel het hem haast niet mogelijk leek dat het nog zo vroeg kon zijn.

Ze aten een vroeg middagmaal van de gebraden kippen en gingen aan het werk. Binnen twee uur hing het varken – gedood, gebroeid en van zijn haar ontdaan – bleekroze aan een dikke boomtak met een staak door de pezen van zijn achterpoten. De verschillende organen en vloeistoffen dampten in kuipen op de grond. Het meisje was bezig bij een reuzelkuip. Ze hield een met vet dooraderd darmvlies omhoog en keek erdoorheen alsof het een kanten sjaal was, vervolgens maakte ze er een prop van en deed het in de kuip om het uit te smelten. Inman deelde het karkas met een bijl in stukken. Hij hakte aan weerskanten langs de ruggengraat tot het varken uiteenviel in twee zijden vlees, dat hij vervolgens verder volgens de gewrichten verdeelde in de gebruikelijke categorieën varkensvlees.

Ze werkten door tot het bijna donker was, smolten al het vet tot reuzel, wasten de ingewanden uit om ze te bakken, maalden en conserveerden de resten en het afval tot worst, zoutten de hammen en het mindere vlees en lieten het bloed uit de kop trekken om die tot pekelvlees te kunnen verwerken.

Ze wasten zich en gingen naar binnen, en Sara begon het avondmaal te maken terwijl Inman snoepte van een bord vol kaantjes die ze in het maïsbrood had willen doen. Omdat de lever en de longen niet bewaard konden worden, maakte ze daar een soort stoofschotel van, op smaak gebracht met veel uien en pepertjes. Ze aten, en rustten een tijdlang uit. Daarna aten ze weer.

Na het eten zei Sara: Ik denk dat je er beter uit zou zien als je je schoor.

—Als je een scheermes hebt, zal ik het proberen, zei Inman.

Ze ging naar de hutkoffer, zocht erin en kwam terug met een scheermes en een zware scheerriem van geolied leer. Ze legde dit op Inmans schoot.

—Dat is ook van John geweest.

Ze schepte voldoende water voor een scheerbeurt uit de wateremmer in een zwarte pan en zette die op het vuur om warm te worden. Toen het water begon te dampen, goot ze het in de van een kalebas gemaakte kom. Ze stak een kaars in een blikken kandelaar aan en Inman droeg alles naar buiten en zette het klaar op de wasplank aan het eind van de veranda.

Inman wette het scheermes en bevochtigde zijn baard. Hij hield het scheermes omhoog en zag een bruin veegje bloed aan de manchet van Johns overhemd. Mens of varken, een pot nat. Hij keek in de metalen spiegel, zette de rand van het scheermes op zijn gezicht en ging aan de slag in het flakkerende licht van het kaarsvlammetje.

Hij was niet baardeloos geweest sinds het tweede jaar van de oorlog, en hij was niet onverdeeld benieuwd naar hoe hij er na al die tijd uitzag. Hij krabde over het haar tot het mes bot werd, toen scherpte hij het opnieuw. Hij vond het niet prettig zo lang naar zichzelf te kijken als nodig was om zich te scheren. Dat was een van de redenen geweest om ermee op te houden. Bovendien was het de afgelopen twee jaar moeilijk geweest om een scheermes bij zich te houden en heet water te maken. Met een baard leek er één ding minder te zijn dat kon mislukken.

Het werkje vergde wat tijd, maar na verloop van tijd was zijn gezicht weer bloot. De spiegel was vlekkerig bruin verroest, en toen Inman zich erin bekeek, leek het of zijn bleke gezicht overal wondkorsten vertoonde. De ogen die hem aankeken hadden iets spleetachtigs, scheefs dat hij zich niet herinnerde. De gelaatstrekken waren mager en hol, meer dan te wijten was aan voedselgebrek.

Wat daar naar buiten kijkt is iets heel anders dan haar jonge echtgenoot, dacht Inman. Een moordenaarskop zat op de plek waar vroeger de jonge John de wereld inkeek. Hoe zou je reageren als je in de winter bij het vuur zat, opkeek naar een donker raam en dat gezicht naar binnen zag kijken? vroeg hij zich af. Wat voor beroerte of toeval zou het veroorzaken?

Het strekte Inman echter tot eer dat hij probeerde te geloven dat dit gezicht zijn innerlijk niet echt weerspiegelde en dat het op den duur wel beter zou kunnen worden.

Toen hij weer naar binnen ging, lachte Sara hem toe en zei: Nu zie je er weer een beetje menselijk uit.

Ze zaten en keken naar het vuur en Sara wiegde de baby in haar armen. Het kind had een kroepachtige hoest. Inman dacht dat er weinig reden was om te verwachten dat het levend door de winter zou komen. Het jengelde in Sara's armen en wilde niet in slaap vallen en daarom zong ze een liedje voor haar.

Ze zong alsof ze zich schaamde voor haar eigen geluid, voor de manier waarop haar leven stem kreeg. Toen ze begon leek het of er iets in de weg zat in haar keel. Daardoor kwam de zang die aan haar ontsnapte er met moeite uit. De kracht van de lucht uit haar longen moest ergens naartoe, maar aangezien hij stuitte op een stevig vooruitgestoken kaak en een mond die strak getrokken was tegen muziek, nam hij de langste weg naar buiten en bereikte zijn uitdrukking in nasale klanken die pijnlijk waren om te horen in hun eenzaamheid.

De zang klonk schril in de schemering en de klanken spraken van wanhoop, wrok, een ondertoon van paniek. Dat ze tegen deze weerstand in toch zong leek Inman zo ongeveer het dapperste wat hij ooit had gezien. Het was alsof hij keek naar een bitter gevecht, dat uit alle macht uitgevochten werd maar onbeslist eindigde. Haar geluid was dat van een vrouw van de vorige eeuw die nu nog leefde, zo oud en vermoeid klonk het. Sara was veel te jong om zo te klinken. Als ze een oude vrouw was geweest die lang geleden in haar jeugd mooi had gezongen, had je kunnen zeggen dat ze geleerd had de minder fraaie klank van haar stem zo goed mogelijk te benutten, dat het een les was hoe je moest leven met schade, hoe je erin berustte en het gebruikte voor wat je ermee kon doen. Maar zij was geen oude vrouw. De uitwerking was verontrustend, vreemd. Je zou gedacht hebben dat de baby verschrikt zou gaan huilen omdat ze haar moeder in deze toestand hoorde, maar dat deed ze niet. Ze viel in haar armen in slaap als bij een wiegenlied.

De woorden waren echter niet die van een wiegenlied. Ze vormden een gruwelijk verhaal, een ballade over een moord met de titel 'Fair Margaret and Sweet William'. Het was een oud lied, maar Inman had het nooit eerder gehoord. De tekst ging zo:

Ik droomde dat mijn prieel vol rode zwijnen was
En mijn bruidsbed vol met bloed.

Toen ze dat lied uit had, begon ze aan 'Wayfaring Stranger', eerst alleen neuriënd en tikkend met haar voet. Toen ze na verloop van tijd begon te zingen, had het weinig met muziek te maken maar leek het eerder op een soort benauwde uiting van geestesziekte, een kermen van troosteloze eenzaamheid zo zuiver en onverdund als de pijn na een harde klap op de neus. Toen ze uitgezongen was, viel er een lange stilte die alleen doorbroken werd door het geluid van een uil die riep in het donkere bos, een passend besluit van liederen die zo zwaar geladen waren met thema's van dood en eenzaamheid, en die meer dan een suggestie van de spookwereld meebrachten.

Men zou wellicht hebben verwacht dat de muziek die Sara op deze wijze voortbracht geen hoop op troost zou bieden, niet voor het kind en vooral niet voor Inman. Heel onwaarschijnlijk dat een dergelijk sober geschenk een vermindering van treurigheid kon opleveren terwijl het zelf zo droevig was. Toch bleek dat het geval te zijn, want hoewel ze de rest van de avond niet veel zeiden, zaten ze naast elkaar voor het vuur, vermoeid van het bezig zijn met leven, tevreden, rustig en gelukkig, en later lagen ze weer samen in bed.

Voor Inman de volgende morgen weer op weg ging, at hij de hersenen van het varken op, geblancheerd en gebakken samen met een ei van de kip die van de plunderaar uit New York had gevreten.

een voldane geest

Ada en Ruby hadden een groot deel van de herfst hun handen vol aan de appels. Er waren veel appels en die moesten geplukt, geschild, gesneden en uitgeperst worden: prettig, schoon werk, buiten tussen de bomen bezig te zijn met de vruchten. De hemel was meestentijds wolkenloos blauw, de lucht droog. Het licht was, zelfs midden op de dag, broos en schuin, zodat het alleen al door de hoek waaronder het viel sprak van het verglijden van het jaar. 's Ochtends liepen ze met ladders naar de boomgaard, waar de dauw nog op het gras lag. Ze klommen langs de takken om zakken te vullen met appels, en de ladders zwaaiden wanneer de takken waartegen ze steunden, meegaven onder hun gewicht. Wanneer alle zakken vol waren, haalden ze het paard en de slede naar de boomgaard, sleepten ze naar boven, leegden ze en begonnen opnieuw.

Het werk was maar licht vermoeiend en leverde, in tegenstelling tot het hooien, slechts een vredig, stil beeld in Ada's geest op wanneer ze 's nachts in bed lag: een rode of gele appel die aan een afhangende tak hing, daarachter een diepblauwe hemel, haar handpalm geheven, zich uitstrekkend naar de appel zonder hem aan te raken.

Lange tijd aten Ada en Ruby bij elke maaltijd appels, gebakken, gestoofd, in taarten en tot moes verwerkt. Ze droogden appelringen tot flardjes appelleer, die ze in katoenen zakken deden en in de keuken aan het plafond hingen. Eén dag legden ze een vuur aan op het erf en maakten appeljam in een zwarte ketel die zo groot was dat toen ze eroverheen gebogen met spanen in de appelmoes stonden te roeren, het tafereel Ada deed denken aan de heksen in *Macbeth* die bezig waren hun brouwsel te maken. De appeljam was dik geworden, donker als een oud tuig van de specerijen en bruine suiker, en ze vulden er genoeg aardewerken potten mee om een jaar van te kunnen eten. Ze persten cider uit bruine, afgekeurde en afgevallen appels, en ze gaven de pulp aan de varkens, want Ruby zei dat hun vlees daar een lekkere smaak van kreeg.

De cider was inmiddels sterk genoeg geworden om iets waard te zijn, en daarom ging Ruby er op een middag weer op uit om te ruilen. Ze had gehoord dat een man Adams, beneden aan de rivier, een rund had geslacht, en ze was weggegaan met twee kruiken cider om te zien hoeveel vlees ze daarvoor zou kunnen krijgen. Ze had Ada met twee taken achtergelaten. Ze moest de struikjes verbranden die het resultaat waren van het schoonmaken van een deel van het verwaarloosde benedenveld, wat ze die morgen hadden gedaan. En ze moest op de manier die Ruby haar had geleerd, de zes stukken van een oude zwarte-eikenstam die ze gezaagd en wel in het hoge gras aan de rand van dat veld hadden gevonden, kloven. Dit zou een goede inwijding zijn in het werken met hout, want binnenkort zouden ze de berg op moeten om daar een bitternoot of een eik om te hakken, de takken eraf te zagen en de stam door het paard met een J-greep naar huis laten slepen om in stukken gezaagd en gekloofd te worden. Ada had zich afgevraagd of ze wel genoeg kracht hadden voor dat soort werk, maar Ruby had uitvoerig beredeneerd dat hiervoor niet noodzakelijkerwijs pure kracht vereist was. Alleen een bepaald tempo, geduld en ritme. Trek aan de zaag en laat los. Wacht tot degene aan de andere kant van de zaag hem weggetrokken heeft en trek dan weer. Zorg dat je niet klem komt te zitten. Het belangrijkste, zei Ruby, was jezelf niet te overhaasten. Te werken in een ritme dat eindeloos kon worden volgehouden. Zoveel te doen als je kon en toch in staat te zijn morgen op te staan en verder te gaan. Niet meer en niet minder.

Ada keek Ruby na terwijl ze de weg afreed en besloot eerst de houtblokken te kloven om van het vuur te kunnen genieten als het 's middags koud werd. Ze liep van de tuin naar de gereedschapsschuur, haalde een moker en een wig en ging daarmee naar het benedenveld. Rondom de stukken eikenstam trapte ze een cirkel plat in het gras dat tot aan haar middel reikte, zodat ze ruimte kreeg om te werken. De stukken stam lagen op hun kant en waren meer dan zestig centimeter in doorsnede op de gezaagde kant. Het hout was grijs, want ze hadden hier vergeten gelegen sinds de boom een jaar of twee, drie geleden door de gehuurde knecht was geveld. Ruby had gewaarschuwd dat het droge hout niet zo gemakkelijk zou willen splijten als vers, nat hout.

Ada zette de grote cilinders van hout rechtop, voelde hoe ze zich aan de grond vastklampten, en toen ze rechtop stonden, zag ze glimmend zwarte vliegend herten zo groot als haar duim die gangen hadden gemaakt in de vergane schors. Ze begon te doen wat Ruby haar had geleerd, eerst de kopse kant bekijken of er ergens een bruikbare barst zat en daar dan de wig in zetten. Langzaam bewegen, zonder te veel kracht te gebruiken, de zevenponds moker alleen opheffen en laten neerkomen zo dat de combinatie van gewicht en zwaartekracht en de toverkracht van de hoek het blok liet splijten. Ze vond het leuk de wig er half in te drijven en dan even op te houden om te luisteren naar het scheurende geluid van de spleet die nog een paar seconden na de laatste klap verder openging. Het was rustig werk, ondanks het slaan met de moker. De koppig samenhangende structuur van het hout en het gewicht van de moker gaven het werk een traag ritme. In weinig meer dan een uur had Ada alles gekloofd op een moeilijk stuk na waar vroeger grote takken aan de stam hadden gezeten die de nerf verstoorden. Ze had elk deel tot acht flinke blokken brandhout gekloofd, en ze dacht dat er nu wel veertig blokken door elkaar op de grond lagen, klaar om naar het huis gesleept en verbrand te worden. Ze had het gevoel heel wat gepresteerd te hebben, tot ze besefte dat het hout slechts goed was voor vier, misschien vijf, dagen. Ze begon uit te rekenen hoeveel blokken ze bij benadering nodig zouden hebben voor de hele winter, maar daar hield ze algauw mee op want het getal zou ontmoedigend hoog worden.

Ada's japon was op de schouders en rug doorweekt van het zweet, en haar haar plakte in haar nek. Daarom ging ze naar het huis, dronk twee scheplepels bronwater, zette haar hoed af en goot er nog twee over haar haar, dat ze daarna uitwrong. Ze bevochtigde haar gezicht en wreef erover met haar handen, en droogde het met haar mouw af. Ze ging naar binnen, haalde haar schootlessenaar en schrift en ging buiten in de zon op de rand van de veranda zitten tot ze opgedroogd was.

Ada doopte haar pen in de inkt en begon een brief aan haar nicht Lucy in Charleston. Een tijdlang was er bijna niets te horen dan het krassen van de pen op het papier terwijl ze schreef.

Ik vermoed dat als we elkaar in Market Street zouden tegenkomen, je me niet zou kennen; en nadat je gezien had hoezeer het in mijn verschijning en kleding aan verfijning ontbreekt, zou je me ook liever niet willen kennen.

Op dit moment zit ik op het trapje achter mijn huis op mijn schoot te schrijven. Ik heb een oude imprimé doorknoopjurk aan, die doornat is van transpiratievocht, dat te wijten is aan het kloven van blokken eikenhout, en ik had daarbij een strooien chapeau op die aan de rand en op de bol begint te rafelen zodat hij precies even prikkerig is als de hooischelven waar wij lang geleden in zaten om te wachten tot het onweer over was (weet je dat nog?). De vingers die de pen vasthouden zijn zo donker als het leer van een stijgbeugel, en dat komt door het verwijderen van walnoten uit hun stinkende, zachte bolsters, en de nagel van de wijsvinger is gerafeld als een zaag en moet nodig gevijld worden. De zilveren armband met de gegraveerde kornoeljebloesem contrasteert fel met de donkere huid van mijn pols. Het is vandaag zo herfstig dat het een elegie zou worden als ik daarover iets probeerde te schrijven. Ik rust nu even uit en wacht tot mijn jurk droog is, voor ik me ga wijden aan het verbranden van een hoop tuinafval.

Het is onmogelijk om te vertellen wat ik allemaal voor ruw werk heb gedaan in de tijd sinds vaders dood. Het is verbazend hoe er door slechts een paar maanden lichamelijke arbeid fysieke veranderingen kunnen ontstaan. Ik ben zo bruin als een penny doordat ik de hele dag buiten ben, en mijn polsen en onderarmen beginnen ietwat pezig te worden. In de spiegel zie ik een ietwat steviger gezicht dan voorheen, met diepere holten onder de jukbeenderen. Ook is daar, geloof ik, soms een nieuwe uitdrukking op te zien. Bij het werken op het veld zijn er momenten dat er hoegenaamd geen gedachte in me omgaat. Er komt geen enkel idee in mijn geest op, hoewel mijn zintuigen alles om mij heen opmerken. Indien er een kraai overvliegt, zie ik hem tot in de kleinste bijzonderheden, maar ik zoek geen analogie voor zijn zwartheid: Ik weet dat het een soort niets is, dat geen metafoor is. Iets dat op zichzelf staat en nergens mee te vergelijken is. Ik geloof dat die momenten ten grondslag liggen aan mijn nieuwe gelaatsuitdrukking. Jij hebt hem waarschijnlijk nooit op mijn gezicht gezien, want ik vermoed dat hij iets te maken heeft met tevredenheid.

Ze las de brief vlug door en vond het vreemd en een soort verraad dat ze niets over Ruby had gezegd, daarmee de indruk wekkend dat ze alleen was. Met de bedoeling de zaak later recht te zetten stopte ze de brief onvoltooid in de ruimte onder de klep van de lessenaar. Ze haalde een hooivork, wat lucifers, een sjaal, het derde deel van *Adam Bede*, en een kleine rechte stoel waarvan de poten kort waren afgezaagd, en bracht dit alles naar beneden tot bij de stapel struiken.

Ruby en zij waren vorige maand bijna een hele dag in de weer geweest met zeisen, haken en spanzagen en hadden het gekapte kreupelhout zo laten liggen. Het mengsel van bramenscheuten, hoog gras, al aardig grote dennetjes en sumac had een aantal weken op de grond gelegen en was nu redelijk droog. Ada werkte een tijdlang met de vork om het bij elkaar te harken en toen ze klaar was, was de stapel even hoog als het maïshok en was de lucht vervuld van de dorre geur van gekapte en verdorde bladeren. Ze schopte wat droog blad en wat takjes bijeen aan de rand van de stapel en stak de brand erin. Terwijl het vlam vatte en begon te branden, trok ze het korte stoeltje binnen bereik van de warmte van het vuur en ging zitten om in *Adam Bede* te lezen, maar het boek vlotte niet zo goed. Ze kon haar gedachten er niet bij houden want ze moest te vaak opstaan om uitlopers van het vuur tegen te houden die afdwaalden over de stoppels op het veld. Ze sloeg ze uit met de achterkant van de vork. En toen het vuur in elkaar was gezakt moest ze de stapel bij elkaar halen en opnieuw hoog opstapelen, dit keer met een kleinere doorsnede, en tegen het eind van de middag was de stapel een hoge kegel geworden waaruit vlammen opstegen, als een miniatuur van een vuurspuwende vulkaan waarvan ze een afbeelding had gezien in een boek over Zuid-Amerika.

Ze had dus werk als excuus om haar gedachten niet op de bladzijde te kunnen richten. Maar ze had ook al een hele tijd geen geduld meer voor Adam en Hetty en de rest en zou met het boek zijn gestopt als ze er niet zo veel voor had betaald. Ze wilde dat alle mensen in het verhaal meer ondernemend waren, niet zo ingeperkt door hun omstandigheden. Wat ze nodig hadden was een groter terrein, een groter bereik. Ga naar Indië, zei ze tegen hen. Of naar de Andes.

Ze legde een stengel duizendblad tussen de bladzijden, sloot het boek en legde het in haar schoot. Ze vroeg zich af of de literatuur misschien minder belangwekkend werd wanneer ze een leeftijd of geestestoestand bereikte waarin haar leven zo'n vaste koers had gekregen dat de dingen die ze las niet langer zo sterk de indruk wekten, alternatieve aanwijzingen voor haar bestaan te zijn.

Naast haar stond een reuzendistel. Ze herinnerde zich dat ze er met de zeis omheen was gegaan uit bewondering voor de vuistgrote, paarse bloem, maar nu was hij droog en zilverwit. Ze stak haar hand uit en begon het bloemhoofd uit elkaar te plukken. Haar gedachte was dat aangezien elk plekje op de wereld, hoe klein ook, een of ander wezen scheen te huisvesten, ze wilde ontdekken wie de distelbewoners waren. Even later vloog het pluis rond in de wind en bleef aan haar doorrookte kleren en haar hangen. Ze vond slechts één woest, krabachtig beestje, niet groter dan een speldenknop, dat heel alleen in de droge bloem leefde. Het klampte zich met een paar van zijn achterpootjes aan een draadje pluis vast en zwaaide met een paar piepkleine scharen voor zich op een manier die dreigend bedoeld was. Ze blies het lichtende distelpluis en het naamloze beestje weg en keek ze na toen ze met een stijgwind omhoog stegen tot ze hemelwaarts verdwenen, zoals van de zielen van de doden wordt beweerd.

Toen ze daarstraks het vuur had aangestoken en was begonnen te lezen, was het licht helder en gelijkmatig geweest en verliep de hemel eigenlijk te gelijkmatig van horizon tot zenith van wit naar blauw, op een manier die Ada associeerde met geschilderde landschappen van minder dan de hoogste kwaliteit. Maar nu lag het zegel van de avond over de beboste hellingen en over de weiden. De hemel verdeelde zich in strepen en wervelingen van gedempte kleuren tot het hele westen leek op de gemarmerde kaft van haar dagboek. Canadese ganzen – in V-formatie en snaterend – vlogen in zuidwaartse richting over, op zoek naar een plek om te overnachten. Er stak een windje op dat de rokken van de vogelverschrikker in de moestuin deed wapperen.

Waldo stond al bij het hek bij de schuur. Ze wachtte en zou wel gauw gaan loeien om gemolken te worden, daarom stond Ada op, bracht de koe in haar stal en begon te melken. De lucht was stil en vochtig en begon af te koelen nu de avond viel, en toen de koe haar kop omdraaide om naar het melken te kijken, was haar adem een naar gras geurende damp. Ada trok aan de spenen en keek naar de melk die eruitkwam terwijl ze luisterde naar de veranderende toonhoogte naarmate de emmer voller werd, eerst een hoog sprietsen tegen de zijkant en de bodem, dan een lager spuiten. Het vel van haar vingers was donker tegen de roze speenhuid.

Nadat Ada de melk in het koelhuis had gezet ging ze terug naar het veld, waar het vuur nog traag brandde en tot as verviel. Het zou veilig zijn geweest om het zo te laten liggen voor de nacht, maar dat wilde Ada niet. Ze wilde dat Ruby de weg op kwam lopen en haar beroet zag staan, de wacht houdend bij het werk van die middag.

De lucht begon aardig kil te worden, en Ada trok haar sjaal om zich heen. Ze vermoedde dat het nog maar een paar dagen zou duren voor de avonden te koud zouden zijn om bij zonsondergang buiten te zitten, zelfs met een deken om je heen. Er lag dauw op het gras, en ze bukte en raapte *Adam Bede* op waar ze het had laten vallen en veegde de voor- en achterkant af aan haar rokken. Ze liep naar het vuur en porde het op met de vork zodat het vonken opwierp in de lucht. Aan de verre kant van het veld verzamelde ze afgevallen bitternoottakken en droge dennentakken en wierp ze op het vuur, dat even later oplaaide en een grotere kring lucht verwarmde. Ada trok haar stoel bij en stak haar handen uit om ze te warmen. Ze keek naar de lijnen van de bergruggen, het verschil in donkerte naarmate ze in de verte vervaagden. Ze bestudeerde de hemel om te zien of hij een voldoende diep indigo zou bereiken zodat de bakens van twee planeten, Venus en een andere – die Jupiter of Saturnus zou kunnen zijn, dacht ze – als eerste zouden kunnen stralen laag in het westen, als aankondiging van het duizelingwekkende wervelen en tollen van de nachtelijke hemel.

Ze had die avond aangetekend waar de zon in de horizon wegdook, want de afgelopen weken had ze dagelijks het punt van ondergang in de bergkam genoteerd. Ze had het naar het zuiden zien wandelen terwijl de dagen almaar vroeger uitdoofden. Zou ze besluiten tot haar dood hier in Black Cove te blijven wonen, dan zou ze, dacht ze, torens op de kam plaatsen die het zuidelijke en noordelijke punt van de jaarlijkse ommekeer van de zon aangaven. De hele kam waarachter de zon in de loop van het jaar onderging was haar eigendom, en dat was iets om van te genieten. Je hoefde alleen de punten in december en juni aan te geven wanneer de zon zich uit zijn koers wrong en op de terugweg ging voor een nieuwe reeks seizoenen. Hoewel ze bij nader inzien bedacht dat een toren niet echt nodig was. Ze hoefde alleen een paar bomen om te hakken zodat er bij het keerpunt een inkeping op de kam was. Het zou jaar op jaar een groot genoegen zijn in spanning te zien hoe de zon de inkeping naderde, er dan op een bepaalde dag inviel, er vervolgens uit opsteeg en op zijn schreden terugkeerde. In de loop van de tijd zou het feit dat ze dat telkens weer zag gebeuren misschien maken dat de jaren niet zo'n akelig lineair voortgaan leken, maar meer iets lusvormigs dat terugkeerde. Door zoiets bij te houden kreeg iemand een plaats, het zou haar zeggen: Je bent nu hier, op deze exacte plaats. Het zou een antwoord zijn op de vraag: Waar ben ik?

Ada bleef tot lang na zonsondergang bij het vuur zitten, wachtend op Ruby. Venus en Saturnus hadden helder gestraald in het westen en waren daarna gedaald naar de horizon, en de volle maan was opgekomen toen Ada iets hoorde bewegen in het bos. Voetstappen in bladeren. Gedempte stemmen. Instinctief pakte ze de hooivork die in de aarde stond en ging buiten het licht van het vuur staan om te kijken. Vormen bewogen aan de rand van het veld en Ada trok zich verder terug in het donker en hield de vork voor zich uit met de vijf scherpe tanden gericht naar de geluiden van beweging. Toen hoorde ze haar naam.

—Hé, Miss Ada Monroe, riep een stem zacht.

Beide namen werden uitgesproken op de manier die haar vader had verafschuwd. Hij was het nooit moe geworden, mensen op dit punt terecht te wijzen. Een brede eerste A in Ada; het accent op de tweede lettergreep in Monroe, zei hij dan. Maar de afgelopen zomer had Ada het opgegeven de juiste uitspraak van haar naam door te drukken tegen ieders natuurlijke neiging in, en ze was bezig te leren de Ada Monroe te worden die de stem riep. De A lang, Mon benadrukt.

—Wie is daar? zei ze.

—Wij.

Stobrod en een maat kwamen naar voren om door het vuur te worden verlicht. Stobrod had zijn viool en strijkstok onder zijn linkerarm. De andere man hield een primitieve banjo bij de hals vast en stak hem naar voren zoals iemand bij een grensovergang zijn papieren zou kunnen presenteren om zijn identiteit te bewijzen. Beiden knepen hun ogen halfdicht tegen de gloed.

—Miss Monroe, riep Stobrod weer. Wij zijn het.

Ada liep dichter naar hen toe, met een hand boven haar voorhoofd om het licht af te schermen.

—Ruby is niet hier, zei ze.

—We komen zomaar een bezoekje brengen, zei Stobrod. Als u geen bezwaar hebt.

De andere man en hij legden hun instrumenten neer en Stobrod ging op de grond zitten, vlak naast haar stoel. Ada trok de stoel een eindje van hem af en ging ook zitten.

—Haal nog wat hout om het vuur op te stoken, zei Stobrod tegen de banjoman.

Zonder een woord te spreken ging de man de donkere bosrand in, en Ada kon horen dat hij takken opraapte en in hanteerbare stukken brak. Stobrod grabbelde onder zijn jas en haalde er een zakfles van een halve liter uit, gevuld met bruine vloeistof. Het glas was bijna ondoorzichtig geworden van de krassen en vingerafdrukken. Hij haalde de stop eraf en haalde de hals onder zijn neus door. Hij hield het glas tegen het vuur en keek naar het licht dat door de whisky viel en nam vervolgens een voorzichtige teug. Hij liet een fluisterend tweetonig fluitje horen, van hoog naar laag.

—Te goed voor mij, maar ik drink hem toch maar op.

Hij nam een lange slok, duwde de stop er met zijn duim weer op en stopte de fles weg.

—We hebben u al een tijd niet gezien, zei Ada. Maakt u het goed?

—Het gaat, zei hij. Het is geen lolletje om als voortvluchtige op de berg te leven.

Ada dacht onwillekeurig aan het verhaal dat ze de gevangene had horen vertellen door de tralies van de gevangenis. Ze begon het aan Stobrod te vertellen als waarschuwing wat woudlopers te wachten kon staan, maar hij kende het al. Het had verscheidene keren de ronde gedaan in de county, eerst als nieuws, daarna als sterk verhaal en later als legende.

—De kerels van de bende van Teague zijn moordenaars, zei Stobrod. Vooral wanneer ze in de meerderheid zijn.

De houtsprokkelaar kwam terug in het licht, gooide een paar gebroken takken op het vuur en maakte vervolgens nog verscheidene tochtjes naar het bos om meer hout te halen, dat hij opstapelde voor later. Toen hij klaar was, ging hij naast Stobrod op de grond zitten. De man zei geen woord en keek niet naar Ada, maar ging iets van het vuur af zitten zodat hij naar Stobrod kon blijven kijken.

—Wie is je metgezel? vroeg Ada.

—Het is een jongen Swanger, of een Pangle. Soms zegt hij het een, soms het ander. Geen van beide families wil hem hebben, want hij is zwakzinnig, maar wat mij betreft lijkt hij op een Pangle.

De man had een groot, rond hoofd dat niet bij hem paste, alsof God een grapje had willen maken door er zo weinig in te stoppen. Hoewel hij volgens Stobrod tegen de dertig liep, noemden de mensen hem nog altijd een jongen omdat zijn gedachten het geringste vraagstuk nog niet konden omvatten. Voor hem had de wereld geen opeenvolging, geen oorzaak, geen voorafgaande. Alles wat hij zag was gloednieuw, en elke dag was dus een stoet van wonderen.

Hij was een dikke, weke gestalte met een brede kont, alsof hij was grootgebracht op een dieet van meel en spek. Hij had tieten als een zeug, die door zijn overhemd bolden en zwabberden wanneer hij liep. Zijn broekspijpen waren bloezend in zijn schoenen gestopt en zijn kleine voeten waren nauwelijks groot genoeg om zijn gewicht te dragen. Zijn haar was nagenoeg wit en zijn huid was grijzig, zodat hij alles bij elkaar de indruk maakte van een porseleinen bord, vol crackers en jus. Hij had geen enkel talent behalve zijn sinds kort ontdekte aanleg om banjo te spelen, of je moest als talent rekenen dat hij vriendelijk en goedaardig was en alles wat zich aan hem voordeed met grote, zachte ogen bekeek.

Stobrod beschreef hoe ze aan elkaar waren gekomen, en terwijl hij dat deed, besteedde de jongen er niet de minste aandacht aan en scheen niet te weten dat hij het onderwerp van gesprek was, of het interesseerde hem niet. Pangle was een beetje slordig opgevoed, zo vertelde Stobrod het. De algemene mening was dat hij niets waard was, want hij kon niet behoorlijk denken en hij liet zich ook niet tot arbeid dwingen. Liet je hem te hard werken, dan ging hij erbij zitten. Gaf je hem slaag, dan liet hij zich zonder een spier te vertrekken afranselen, maar bewoog niet. Hij was daarom in zijn jongelingsjaren losgelaten en had in de tijd daarna rondgezworven over Cold Mountain. Hij had er elke spleet en kei leren kennen. Hij at wat er op zijn weg kwam, zonder veel onderscheid te maken tussen maden en wild. De tijd van de dag zei hem weinig, zodat hij in tijden dat de maan helder scheen een nachtelijk leven leidde. 's Zomers sliep hij op lagen geurig strooisel onder Canadese dennen of balsempopulieren, behalve wanneer het langdurig regende; dan school hij onder overhangende rotsen. In de winter nam hij een voorbeeld aan pad, bosmarmot en beer: hij zocht een hol in een grot en bewoog zich nauwelijks tijdens de koude maanden.

Toen Pangle verbaasd had ontdekt dat de woudlopers zich in zijn grot hadden gevestigd, voegde hij zich bij hun gezelschap. Hij hechtte zich met name aan Stobrod, omdat hij nu eenmaal dol was op vioolmuziek. Stobrod was voor hem een man van grote kennis, een tovenaar, een onthuller. Wanneer Stobrod de strijkstok over de snaren haalde, probeerde de jongen Pangle soms mee te zingen, maar zijn stem klonk alsof je op een eendenfluitje blies. Wanneer de anderen dan geschreeuwd hadden dat hij stil moest zijn, stond hij op en voerde stampend een geheimzinnige dans uit, een antiek Keltisch rukken en schokken zoals het wellicht uitgevoerd was na allerlei nederlagen in de strijd tegen Romeinen en Jutten, Saksen en Angelen en Britten. De jongen zwierde in het rond tot het zweet hem in druppels uitbrak, en dan liet hij zich op de meelachtig aangestampte vloer van de grot neervallen en volgde het vioolspel, waarbij zijn neus de muzikale patronen in de lucht beschreef zoals bij een man die een vlieg in zijn vlucht volgt.

Gewoonlijk ontwikkelde Stobrod een notenfiguur die vervolgens telkens en telkens weer terugkwam, en na een tijdje raakte Pangles geest erdoor betoverd. Pangle vond het gevoel dat Stobrods spel hem gaf prettig, en hij werd helemaal gek van de viool en de vioolspeler. Hij begon achter Stobrod aan te lopen, altijd met de toewijding van een spaniël die op eten hoopt. 's Nachts in de grot van de woudlopers op de berg bleef hij wakker liggen tot Stobrod in slaap was gevallen, en dan kroop hij naar hem toe en ging tegen zijn gebogen rug aanliggen. Stobrod werd bij het ochtendgloren wakker en mepte de jongen met zijn hoed van zich af. De jongen ging dan op zijn hurken bij het vuur zitten en staarde Stobrod aan alsof er elk ogenblik een wonder kon gebeuren.

Stobrod had Pangles banjo een keer gevonden tijdens een inval, een uitdrukking die de grotbewoners gebruikten om waardigheid te geven aan hun sinds kort ontwikkelde gewoonte om rijke boeren te beroven tegen wie een van hen een vage grief koesterde. Een belediging van tien jaar terug was voldoende als voorwendsel. Een man was op zijn paard voorbij gegaloppeerd en had je bespat toen je langs de modderige weg stond, was in het voorbijgaan tegen je arm gestoten toen hij uit een winkel kwam, zonder een woord van pardon, had je in dienst genomen voor een karwei en te weinig uitbetaald of had je een opdracht gegeven op een toon waaraan je de betekenis zou kunnen toeschrijven dat jij minder was dan hij. Elke minachtende, honende of uitdagende opmerking, hoe lang geleden ook, was goed. Het zou nooit meer zo'n goede tijd zijn om rekeningen te vereffenen.

Ze waren naar het huis van een zekere Walker getogen. Hij was een van de weinige notabelen van de county, een vooraanstaand slavenhouder, en dat beviel de grotbewoners niet, want ze waren sinds kort met zijn allen van mening dat de eigenaars van negers de schuld waren van de oorlog en alle narigheid die ermee samenhing. Bovendien was die Walker een hooghartige schoft geweest tegenover iedereen die hij als zijn mindere beschouwde, wat voor hem bijna iedereen was. Hij verdiende dus straf, besloten de grotbewoners.

Ze hadden de hoeve bij het vallen van de avond overvallen, Walker en zijn vrouw aan de trapleuning vastgebonden en allen om de beurt Walker in het gezicht geslagen. Ze hadden de bijgebouwen doorzocht en alle etenswaren verzameld die ze gemakkelijk konden vinden – hammen en spek, hoeveelheden ingemaakte waren, zakken meel en maïsgrutten. Uit het huis haalden ze een mahonietafel, zilveren schalen en kandelaars, kaarsen van bijenwas, een geschilderd portret van generaal Washington dat aan de muur van de eetkamer hing, Engels porselein en whisky uit Tennessee. Met de geplunderde spullen hadden ze later de grot ingericht. Washington stond in een nis van de wand, de kaarsen in zilveren houders. De tafel werd gedekt met Wedgwood en zilver, hoewel velen hun hele leven gegeten hadden met servies en bestek die van niets anders dan kalebassen en hoorn waren vervaardigd.

Om de een of andere reden had Stobrod echter niet het ware vuur kunnen opbrengen bij de overval op Walker, en het enige wat hij had buitgemaakt was Pangles banjo. Die had hij van een spijker gehaald in Walkers gereedschapsschuur. Het ding was wel lelijk, omdat de ronde delen niet symmetrisch waren, maar de klankkast was van kattenvel en de snaren van darmen, en hij had een mooie, zachte toon. En hij had Walker maar één klap in zijn gezicht gegeven als betaling voor die ene keer lang geleden dat hij had gehoord dat Walker hem een idioot noemde, toen hij dronken langs de weg op een boomstam zat en tevergeefs probeerde muziek te krassen op zijn viool. Ik kan nu op de viool spelen, had Stobrod gezegd nadat hij de reeds rode wangen van Walker nog een klap had toegebracht. Achteraf zat de overval op Walker hem dwars. Voor het eerst in zijn leven dacht hij aan de mogelijkheid dat hij misschien verantwoording zou moeten afleggen voor zijn daden.

Teruggekeerd in de grot had Stobrod de banjo aan de jongen Pangle gegeven en hem laten zien wat hij van de omgang ermee afwist: hoe je aan de stemschroeven draaide om een bepaalde stemming te krijgen, hoe je met duim en wijsvinger de snaren bewerkte, soms tokkelend, soms erin grijpend zoals een gestreepte uil een konijn greep. De jongen die kennelijk een geweldig natuurlijk talent bezat en ook de diepgevoelde wens koesterde om een passende begeleiding bij Stobrods viool te verschaffen, bleek niet meer moeite te hebben met het ontdekken hoe hij erop moest spelen dan iemand zou hebben om te leren op een trommel te slaan.

Sinds die overval hadden Pangle en hij niet veel meer gedaan dan muziek maken. Ze hadden de prima drank van Walker om te drinken, en ze aten alleen maar gestolen zoetigheden. Ze sliepen alleen wanneer ze te dronken waren om te spelen, en ze waren zo weinig bij de opening van de grot geweest dat ze niet meer wisten wanneer het dag of nacht was. Maar het gevolg daarvan was dat de jongen Pangle nu Stobrods hele repertoire kende, en dat ze een duo waren geworden.

Toen Ruby eindelijk terugkwam, had ze slechts een klein in papier gewikkeld bloederig borststuk bij zich en een kruik cider, want Adams had van aanzienlijk minder rundvlees afstand willen doen dan ze had gehoopt. Ruby stond naar haar vader en de jongen te kijken en zei geen woord. Haar ogen waren zwart in haar hoofd, en gedurende haar wandeling waren haar haren losgegaan en ze hingen nu om haar schouders. Ze had een wollen rok van donkergroene en roomkleurige panden aan, haar grijze trui en een grijs vilten mannenhoed met een klein kardinaalveertje in de satijnen band. Ze hield het papieren pak op haar hand en maakte er op-en-neergaande weegbewegingen mee.

—Nog geeneens vier pond, zei ze. Ze legde het vlees en de kruik op de grond en ging naar het huis. Ze kwam terug met vier glaasjes en een kop met een mengsel van zout, suiker, zwarte peper en rode peper. Ze maakte het papier open en wreef het vlees in met dit mengsel om het te omhullen, en daarna begroef ze het in de as van het vuur en ging naast Ada op de grond zitten. De rok was allang groezelig en zou er niet minder om worden als ze ermee op de aarde zat.

Terwijl het vlees gaar werd, dronken ze van de cider, en toen haalde Stobrod zijn viool tevoorschijn, schudde ermee om de ratels binnenin te horen, en zette hem aan zijn kin, streek een toon aan en draaide aan een stemschroef. Toen hij dit deed, ging de jongen rechtop zitten, greep zijn instrument en tokkelde een reeks harmoniërende frasen. Stobrod begon een melodie in mineur te spelen die toch iets opgewekts had.

Toen hij klaar was, zei Ada: De klagende viool.

Ruby keek haar bevreemd aan.

—Zo noemde mijn vader het, altijd in ironische zin, legde Ada uit. Ze zei verder dat in tegenstelling tot de meeste predikanten – die tegen vioolmuziek gekant zijn omdat ze zondig is en die het instrument zelf als een werktuig van de duivel beschouwen – Monroe er op esthetische gronden een hekel aan had. Zijn kritiek luidde dat alle vioolwijsjes precies hetzelfde klinken en dat ze allemaal vreemde namen hebben.

—Dat vind ik nu juist zo leuk, zei Stobrod. Hij begon weer wat te stemmen en zei toen: Dit is er een van mezelf. Ik noem het 'Drunk Neggar'. Het was een voortdenderende melodie, met lussen en syncopen, waarin de linkerhand weinig te doen had maar de arm met de strijkstok zo bezeten bezig was als bij een man die tracht een daas die om zijn hoofd vliegt te verjagen.

Stobrod speelde nog een aantal eigen composities. Alles bijeen genomen was het vreemde muziek. De melodieën hadden een rauw ritme, maar de meeste waren niet geschikt om op te dansen, wat het enige doel was waarvoor Ruby de viool ooit had horen gebruiken. Ada en Ruby zaten samen te luisteren, en onder het luisteren pakte Ruby Ada's hand en haalde er verstrooid Ada's zilveren armband af en schoof die om haar eigen hand, en deed hem na enige tijd weer terug op zijn plaats.

Stobrod veranderde de stemming en riep de naam van de stukken af voor hij ze speelde, en langzamerhand begonnen Ada en Ruby te vermoeden dat wat ze hoorden een soort autobiografie van zijn oorlogstijd vormde. De melodieën waren onder meer: 'Touching the Elephant', 'Musket Stock Was My Pillow', 'Ramrod', 'Six Nights Drunk', 'Tavern Fight', 'Don't Sell It Give It Away', 'Razor Cut', 'Ladies of Richmond', 'Farewell General Lee'.

Om de reeks af te sluiten speelde hij een liedje dat hij 'Stone Was My Bedstead' noemde, een wijsje dat voornamelijk uit schrapende geluiden bestond, meest in een matig tempo, naderende en teruggaande ritmes en veel spanning in de betrekkingen tussen de verschillende maten. Er was geen tekst, behalve op een bepaald ogenblik waarop Stobrod het hoofd naar achteren wierp en de titel drie keer herhaalde. De jongen Pangle begreep er genoeg van om alleen subtiele loopjes en vulsels toe te voegen, waarbij hij de schelle klank van de banjo dempte door de snaren alleen zacht aan te raken met het vlezigste deel van duim en wijsvinger.

Hoe primitief het nummer ook was, Ada voelde zich erdoor geroerd. Zelfs meer, dacht ze, dan bij welke opera die ze had gehoord ook, van Dock Street tot Milaan, omdat Stobrod het uitvoerde met zo'n opperst vertrouwen in de kracht ervan, het vermogen ervan je naar een beter leven te leiden, een leven waarin een bevredigde geest ooit bereikbaar kon zijn. Ada wilde dat er een manier was om alles wat ze hoorde vast te leggen, zoals een ambrotypie beelden vastlegt. Dan kon dit bewaard worden ten behoeve van een toekomst waarin de dan levenden misschien weer toegang nodig hadden naar wat deze muziek vertegenwoordigde.

Toen de melodie haar einde naderde, gooide Stobrod zijn hoofd naar achteren zodat het leek alsof hij de sterren wilde zien, maar zijn ogen waren dicht. De kast van de viool drukte tegen zijn hart en de strijkstok ging heen en weer in rukkerige, stotterende streekjes. Op het laatste moment ging zijn mond open, maar hij begon niet te joelen of te krijsen zoals Ada verwachtte. In plaats daarvan lachte hij een glimlach van stilzwijgende verrukking.

Hij stopte en hield de strijkstok in de lucht op de plaats waar de laatste streek was geëindigd, deed zijn ogen open en keek naar de anderen in het licht van het vuur om te zien welke uitwerking zijn spel had. Op dat moment was zijn gezicht het gelukzalige gelaat van een heilige, ontspannen en half glimlachend over de gulheid van zijn gave en met een passende bescheidenheid ten aanzien van zijn eigen kunnen, alsof hij zich al heel lang opgewekt had neergelegd bij de wetenschap dat hoe goed hij een stuk ook speelde, hij zich altijd kon voorstellen dat het nog beter kon. Als de hele wereld zo keek, zou oorlog slechts een bittere herinnering zijn.

—Hij heeft u verwend hoor, zei Pangle tegen Ada. Toen leek hij verschrikt omdat hij haar rechtstreeks had aangesproken en hij trok zijn hoofd in en keek naar het bos.

—We doen er nog eentje, zei Stobrod.

Pangle en hij legden hun instrument neer en namen hun hoed af om aan te geven dat het volgende nummer gewijd zou zijn. Een gospelsong. Stobrod begon te zingen en Pangle volgde hem. Stobrod had het gesnater dat de jongen van nature voortbracht tot een geknepen hoge tenor gevormd, en dus werden Stobrods frasen gedeeltelijk door Pangle herhaald in een kwetterende stijl die men, onder een totaal ander denksysteem, beschouwd zou hebben als komisch. Hun stemmen vochten meestentijds tegen elkaar tot het refrein kwam, en dan gingen ze samen en vonden een diepe harmonie. Het lied ging erover hoe donker onze levens zijn, hoe koud en stormachtig, hoe weinig begrip we ontmoeten, en aan het eind de dood. Dat was alles. Het lied eindigde ietwat onvoltooid en geblokkeerd, want in tegenspraak met elke verwachting bij dit genre werd er in de laatste minuut geen lichtend pad geschilderd om je met hoop verder te laten gaan. Er leek één kort, doorslaggevend couplet te ontbreken. Maar de harmonieën van het refrein waren nauw en broederlijk aaneengesloten, en op zichzelf liefelijk genoeg om gedeeltelijk in te gaan tegen de somberheid die het nummer anders gekenmerkt zou hebben.

Ze zetten hun hoed weer op en Stobrod stak zijn glas naar voren. Ruby schonk hem een beetje cider in en hield op met schenken, en toen raakte hij met zijn wijsvinger de rug van haar hand aan. Ada, die het zag, vond het een teder gebaar tot ze besefte dat het alleen bedoeld was om haar te bewegen nog wat bij te schenken.

Nadat Mars rood was opgekomen vanachter Jonas Ridge en het vuur was uitgebrand tot een laag gloeiende houtskool, verklaarde Ruby dat het vlees goed was en viste het met de hooivork uit de as. De specerijen hadden een korst gevormd om het ribstuk, en Ruby legde het op een boomstronk en sneed het met haar mes in dunne plakken dwars op de vezel. Het binnenste was roze en het sap liep eruit. Ze aten het met hun vingers, zonder borden, en er was verder niets bij de maaltijd. Toen ze klaar waren, trokken ze droog cypergras uit de rand van het veld en boenden hun handen schoon.

Vervolgens knoopte Stobrod de bovenste knoop van zijn overhemd dicht, greep zijn revers en trok er beurtelings aan om zijn jasje recht te krijgen. Hij nam zijn hoed af en veegde met zijn handpalmen de twee plukken haar van zijn slapen naar achteren. Toen zette hij de hoed weer op.

Ruby zag het aan en zei toen tegen niemand in het bijzonder: Zo meteen wil hij dat iemand iets voor hem doet.

Stobrod zei: Ik wil alleen met je praten. Je iets vragen.

—Nou? zei ze.

—Het punt is dat er voor me gezorgd moet worden.

—Is je drank soms op?

—Er is nog zat drank. Het gaat hierom, zei hij, dat ik bang ben.

Hij vreesde, zei hij, dat ze door overvallen te plegen de politie op hun dak zouden krijgen. Er was onder de woudlopers een leider opgestaan

– de man met het berenvel. Hij kon goed praten en had hun een gemeenschappelijk credo gegeven: dat hun vechten in de oorlog niet zuiver was geweest zoals ze vroeger hadden gedacht. Het was bezoedeld omdat ze zonder na te denken hadden gevochten voor het bezit van negerslaven van de grote heren, waarbij ze gedreven waren door de menselijke zwakheid haat. Ze waren een stelletje voormalige idioten, maar ze hadden het licht gezien. Hier werd de hele tijd over gepraat, wanneer ze om het vuur bijeen zaten. De strijd die ze van nu af aan nog zouden voeren, daar waren ze het over eens, zou geen andere belangen dienen dan die van henzelf. Ze zouden zich niet gemakkelijk laten pakken om teruggestuurd te worden naar de legers.

—Hij wil dat we allemaal een bloedige eed zweren om als honden te sterven, zei Stobrod. Met onze tanden in iemands keel. Maar ik ben niet uit het leger weggegaan om dienst te nemen bij een ander leger.

Wat Stobrod had besloten was dat Pangle en hij er binnenkort tussenuit zouden knijpen en een andere schuilplaats zoeken. Weg bij de krijgsbende. Wat hij nodig had, was een toezegging van voedsel, de droge zolder van een schuur bij slecht weer, en misschien zo af en toe een zakcentje, op zijn minst tot er niet meer gevochten werd en hij vrij tevoorschijn kon komen.

—Eet wortels, zei Ruby. Drink modderwater. Slaap in een holle boomstam.

—Heb je zo weinig gevoel voor je eigen vader? zei Stobrod.

—Ik vertel je alleen hoe je in het bos moet leven. Ik heb het uit eigen ervaring. Ik heb heel wat wortels gegeten wanneer jij ergens aan het flierefluiten was. Ik heb op ergere plekken geslapen dan in een holle boomstam.

—Je weet dat ik mijn best voor je heb gedaan. Het was een moeilijke tijd.

—Niet zo moeilijk als nu. En ga me niet vertellen dat je je best deed. Je deed helemaal niets, behalve wat jou goed uitkwam. En ik kan er niet tegen dat je net doet alsof we veel voor elkaar betekenen. Ik heb nooit iets voor jou betekend. Je kwam en ging en ik kon er zijn of niet wanneer je terugkwam. Dat maakte voor jou eigenlijk niets uit. Als ik op de berg was doodgegaan, had je je misschien een week of twee afgevraagd of ik nog zou opduiken. Zoals wanneer er een wasbeerhond uit een flinke meute ontbreekt wanneer ze op de hoorn blazen en het dag wordt. Ze vinden het even jammer, meer niet. Dus je hoeft niet te verwachten dat ik nu hard kom aanrennen wanneer je me roept.

—Maar ik ben een oude man, zei Stobrod.

—Je zei dat je nog geen vijftig was.

—Ik voel me oud.

—Ik voel me ook oud, maar dat zegt niets. En er is nog iets. Als het ook maar half waar is wat ze over die Teague zeggen, is er alle reden om ons zorgen te maken als we jou in bescherming nemen. Dit is niet mijn huis. Ik heb het niet voor het zeggen. Maar als ik dat wel had, zou ik nee zeggen.

Beiden keken naar Ada. Ze zat met haar sjaal om zich heen en haar handen in haar rokken gewikkeld tussen haar knieën om zich warm te houden. Ze kon in hun gezichten zien dat ze haar als scheidsrechter zagen, misschien omdat ze eigenares was van de grond, of omdat ze ontwikkeld was of welopgevoed. En hoewel ze inderdaad de baas was over het land in de nabije omtrek, voelde ze zich onprettig in de rol van meesteres. Zij kon er alleen maar aan denken dat Ruby's vader als het ware uit de doden was teruggekeerd, en dat dit een tweede kans was die maar aan weinigen vergund is.

Ze zei: Er bestaat het standpunt dat hij je vader is en dat het op een zeker moment je plicht wordt voor hem te zorgen.

—Amen, zei Stobrod.

Ruby schudde haar hoofd. Dan hebben we twee verschillende ideeën van een vader, zei ze. Ik zal je er iets over vertellen vanuit mijn standpunt. Ik weet niet hoe oud ik was, alleen dat ik nog tanden aan het wisselen was. Hij ging weg om drank te stoken.

Ze wendde zich naar Stobrod en zei: Weet je daar nog iets van? Poozler en jij en Cold Mountain? Komt dat je bekend voor?

—Ik weet het nog, zei Stobrod.

—Nou, vertel dan maar jouw kant ervan.

Dus Stobrod vertelde zijn verhaal. Hij en een maat hadden het plan opgevat om drank te maken voor de verkoop, en ze gingen weg en woonden op de berg onder een afdak van boomschors. Hij had gemeend dat Ruby wel voor zichzelf kon zorgen, dus hij had haar drie maanden alleen gelaten toen ze nog geen acht was. Poozler en hij waren niet geschoold in de distilleerderij. Ze maakten snel kleine hoeveelheden, nauwelijks genoeg om een theepot te vullen, en ze vonden het te veel werk om afgespoelde houtskool in de afvloeipijp te doen om het vocht te filtreren, en daarom drupte er bijna elke keer troebel groen of troebel geel vocht uit. Maar sterk was het wel. Ze lengden het niet verder aan dan tot ongeveer driekwart pure alcohol. Het verschilde alleen in kleinigheden van de usquebaugh en poteen van hun Keltische voorouders. Maar veel klanten vonden het te opwekkend voor de ingewanden. De zaken liepen terug en ze verdienden geen geld, want nadat ze een hoeveelheid voor eigen behoefte hadden afgetapt, was de resterende drank net genoeg om te ruilen voor ingrediënten voor de volgende partij. Stobrod was gebleven tot de economische mislukking van de onderneming en het koude weer van november hem van de berg af joegen.

Toen hij klaar was vertelde Ruby haar kant ervan, wat ze in de maanden dat hij weg was had gedaan. Ze zocht wild voedsel. Groef wortels op, ving vis in vallen die ze vlocht van wilgentenen, ving vogels in soortgelijke vallen. Ze at elke vogel die ze ving zonder veel onderscheid te maken, behalve dat ze viseters zo mogelijk probeerde te vermijden, en aaseters altijd. Ze leerde proefondervindelijk welke delen van hun inwendige organen te eten waren en welke niet. In een week die haar nog heugde had ze geen geluk gehad met haar vallen, en alleen kastanjes en bitternoten gegeten die ze tot meel had vermalen en waarvan ze een kruimelig soort brood had gebakken op een leiplaat naast het vuur. Toen ze op een dag bezig was noten te verzamelen, was Ruby op de stokerij gestuit. Stobrod lag te slapen onder een afdak en zijn compagnon zei: Hij komt de hele dag zijn bed niet uit. Dat hij niet dood is, kun je alleen zien doordat hij af en toe met zijn tenen beweegt. Op dat moment en nog verscheidene keren daarna had ze graag van plaats geruild met een wolvenkind. Naar Ruby's mening hadden die Romulus en Remus over wie Ada haar had voorgelezen het goed getroffen, want zij hadden tenminste een geduchte beschermster.

Ondanks die harde en eenzame perioden had Ruby echter toch dit ten voordele van Stobrod te zeggen: hij had haar nooit een haar gekrenkt. Ze kon zich niet herinneren dat ze ooit geslagen was. Daar stond tegenover dat hij haar nooit ook maar een klopje op het hoofd had gegeven of in een vriendelijke opwelling haar wang had aangeraakt.

Ze keek naar Ada en zei: Daar. Probeer dat maar eens te rijmen met jouw idee van plicht.

Voor Ada een volledige gedachte kon formuleren of zelfs maar Lieve hemel kon zeggen, stond Ruby op en beende weg in de duisternis.

Stobrod zei niets, en Pangle zei zacht, als in zichzelf: Die is goed kwaad.

Enige tijd later liep Ada, nadat ze Stobrod en Pangle had weggestuurd met slechts een vage hoop op een compromis, het pad naar het stilletje op. De nacht begon veel kouder te worden, en ze vermoedde dat er de volgende ochtend rijp zou liggen. De maan, vol en hoog, gaf zoveel licht dat elke tak een blauwe schaduw wierp. Als Ada het gewild had,

had ze *Adam Bede* uit haar zak kunnen halen, het in het maanlicht kunnen openen en erin lezen. Alleen de helderste sterren waren zichtbaar tegen de grijze hemel. Toen ze ernaar keek, zag Ada dat Orion in het oosten stijgende was, en toen zag ze opeens dat er een stuk aan de maan ontbrak. Er was een klein hapje uit. Een maansverduistering, dat was het.

Ze ging terug in het huis en haalde drie quilts en Monroe's kijker. Het was een Italiaanse kijker die mooi was om te zien, met veel gegraveerde krullen in het koper, maar optisch niet zo goed als de kijkers van Duitse makelij. Ze ging naar de schuur en haalde een veldstoel; terwijl ze er een uit de stapel van vier stuks trok, vroeg ze zich af of het de stoel was waarin Monroe gestorven was. Ze klapte hem uit op het voorerf, wikkelde de dekens stevig om zich heen en strekte zich uit met haar gezicht opgeheven naar de hemel. Ze keek door de kijker en draaide hem scherp. De maan kwam helder in beeld, met het beschaduwde deel koperkleurig maar toch nog duidelijk zichtbaar. Bovenaan een krater met een berg in het midden.

Ada keek naar het voortkruipen van de schaduw over het verlichte maanoppervlak, en zelfs toen de verduistering compleet was, was de maan nog steeds enigszins zichtbaar, met de kleur van een oud chocoladekoekje van een cent en ogenschijnlijk even groot. Nu de maan vrijwel verdwenen was, straalde de Melkweg als een rivier van licht dwars over de hemel, een band als van opgewaaid stof van een weg. Ada ging er met de kijker langs, hield toen stil en tuurde in de diepte ervan. Door de kijker vermenigvuldigden de sterren zich tot verwarde groepjes licht en leken eindeloos door te gaan tot ze het gevoel kreeg dat ze kwetsbaar open en bloot op de rand van een afgrond lag. Alsof ze naar beneden keek in plaats van omhoog, hangend aan de onderste tak van de straal van haar planeet. Heel even begon het haar te duizelen, zoals die keer op de rand van Esco's put, alsof ze los zou kunnen raken en hulpeloos in die stekelige lichtpuntjes zou vallen.

Ze opende haar andere oog en legde de kijker weg. De donkere wanden van Black Cove rezen op en hielden haar vast in een beker van land, en ze bleef tevreden liggen en naar de hemel kijken terwijl de maan geleidelijk uit de schaduw van de aarde vandaan kwam. Ze dacht aan het refrein van het lied dat Stobrod die avond had gezongen, een slordig liefdeslied. De laatste regel luidde: Kom bij mij terug, dat vraag ik jou. Stobrod had het niet met meer overtuiging kunnen brengen als het een van de meest diepzinnige regels uit *Endymion* was geweest. Ada moest toegeven dat je er toch zeker af en toe meer aan had gewoon te zeggen wat je hart voelde, zonder omhaal, eenvoudig en zorgeloos, dan vierduizend regels John Keats te declameren. Ze had dit haar hele leven nooit gekund, maar ze dacht dat ze wel zou willen leren hoe het moest.

Ze ging naar binnen, haalde haar reissecretaire en een kaarslantaarn en ging weer in de stoel zitten. Ze doopte haar pen in en bleef vervolgens naar het papier zitten staren tot de punt was opgedroogd. Elke zin die ze bedacht, leek gemaakt en ironisch. Ze veegde de pen af aan een vloeiblok, doopte opnieuw in en schreef: Kom bij mij terug, dat vraag ik jou. Ze ondertekende met haar naam, vouwde het papier dicht en adresseerde het aan het ziekenhuis in de hoofdstad. Ze trok de dekens stevig om zich heen, en even later sliep ze en de vorst kwam en de buitenste deken werd hard van de rijp.

een eed aan beren

Inman liep door bergachtig land, bleef op de paden en zag weinig mensen. Hij mat de afstand in dagdelen. Een hele dag lopen. Een halve dag. Minder dan een halve dag. Alles wat nog korter was, was gewoon een stukje verder. Kilometers en uren werden begrippen die hij hooghartig afwees aangezien hij niet over de middelen beschikte om ze te meten.

Zijn reis werd opgehouden nadat hij een kleine vrouw was tegengekomen die gekromd op een hek zat te huilen om haar dode meisje. De kap van de muts van de vrouw beschaduwde haar gezicht zodat Inman alleen het puntje van haar neus kon zien. Maar toen ze haar gezicht naar Inman ophief, schitterden de tranen die van haar kaken dropen in het morgenlicht. Ze hield haar mond geopend in een bedroefde spleet, die Inman deed denken aan de rand van een zwaardschede. De zon was nog niet goed op en ze stond op het punt haar kind noodgedwongen in een oude deken gewikkeld te begraven, want ze had geen idee hoe ze een kist zou moeten maken.

Inman bood zijn hulp aan en bracht de dag op haar achtererf door, waar hij een kistje timmerde van planken die hij van een oud rookschuurtje sloopte. Ze roken nog naar varkensvet en bitternootrook, en de binnenzijde van de planken was zwart en glimmend van vele jaren ham roken. Van tijd tot tijd kwam de vrouw aan de achterdeur om te zien hoe hij vorderde, en elke keer zei ze: Mijn dochter scheet alleen maar water, in de twee weken voor ze stierf.

Toen Inman klaar was met het timmerwerk, bekleedde hij de bodem van de kist met een laagje droge dennennaalden. Hij ging het huis in en haalde het meisje, dat beneden op een bed lag, gewikkeld in de doorgestikte deken. Hij tilde haar op, en ze was een hard, stijf bundeltje, als een peul of gal. Hij droeg haar door de achterdeur en de moeder zat aan de keukentafel en keek naar hem met lege ogen. Hij wikkelde de deken los en legde het meisje op de deksel van de kist, terwijl hij probeerde niet lang na te denken over haar ingevallen, grauwe wangen en scherpe neus. Hij sneed de deken met zijn mes in stukken en spijkerde hem als voering in de kist, en daarna tilde hij het meisje op, legde haar in de kist, pakte de hamer en liep naar de deur.

—Ik kan hem het beste dichtspijkeren, zei hij.

De vrouw kwam naar buiten en kuste het meisje op beide holle wangen en op haar voorhoofd. Toen ging ze op de rand van de veranda zitten en keek toe terwijl Inman de deksel er stevig op timmerde.

Ze begroeven haar op een heuveltje waar al vier graven waren, waar bekraste platen schalie uit de rivier bij stonden. De eerste drie waren van baby's, van wie de geboortedata op een maand na een jaar scheelden. De overlijdensdata waren slechts enkele dagen na de geboorte. Het vierde graf was van de moeder, en Inman zag dat zij gestorven was op de geboortedatum van het laatste kind. Hij rekende vlug uit dat ze niet ouder was geworden dan twintig. Inman groef de kuil voor het nieuwe graf aan het eind van het rijtje stenen, en toen hij klaar was, zei hij: Wilt u iets zeggen?

—Nee, zei de vrouw. Elk woord dat ik zou zeggen, zou maar bitter klinken.

Tegen de tijd dat Inman het gat weer had dichtgegooid, begon het al donker te worden. De vrouw en hij gingen terug naar het huis.

Ze zei: Ik zou je te eten moeten geven, maar ik breng het niet op om zelfs maar vuur te maken, laat staan een maaltijd te koken.

Ze ging naar binnen en kwam terug met wat leefvoorraad. Twee kleine bundeltjes van doek, het ene met maïsgrutten en het andere met meel. Een hoeveelheid reuzel in papier dat donker zag van het vet, een bruin stuk gerookte varkensnek, een hoeveelheid geroosterde maïs, een half pond soepbonen in een stuk papier gedraaid, een prei, een raap en drie wortels, een stuk groene zeep. Inman nam het aan, bedankte de vrouw en wilde weglopen. Maar voor hij bij het hek was, riep de vrouw hem.

—Ik zal nooit met een rustig gemoed aan deze dag kunnen terugdenken als ik je laat gaan zonder voor je te koken, zei ze.

Inman legde een houtvuur aan en de vrouw ging op een laag krukje bij de haard zitten en bakte een flinke biefstuk voor hem, van een vaars van de buren die in een modderpoel was gezakt en dood was voor iemand had gemerkt dat ze weg was. De vrouw vulde een bruin aardewerken bord met gele maïsgrutten, dun gekookt zodat ze naar de randen vloeiden. De biefstuk trok bij het bakken krom zodat hij leek op een hand die op wisselgeld wacht, en ze legde hem boven op de grutten met de holle kant omlaag, en daarna legde ze twee spiegeleieren op de koepel van vlees. Als laatste garnering kwakte ze een dot boter zo groot als de kop van een eekhoorn op de eieren.

Toen ze dit voor Inman op tafel zette, keek hij naar het bord en moest bijna huilen toen hij de boter over de dooiers en het wit van de eieren en het bruine vlees en de gele grutten zag smelten tot het hele bord glinsterde in het licht van de talgkaars. Hij zat met zijn mes en vork in zijn vuisten, maar hij kon niet eten. Het eten leek te vereisen dat er speciaal voor bedankt werd, en hij kon geen woorden vinden.

—Bij deze maaltijd hoort een gebed, zei Inman.

—Zeg er dan maar een, zei de vrouw.

Inman dacht even na en zei: Ik kan er geen bedenken.

—Voor deze gave ben ik dankbaar. Dat is er een, zei ze.

Inman zei haar de woorden na, alsof hij ze uitprobeerde. Toen zei hij: U weet niet hoe lang het geleden is.

Terwijl hij zat te eten pakte de vrouw een afbeelding van een plank en keek er aandachtig naar.

—We hebben ons een keer op de plaat laten zetten, zei ze. Bij een man die rondreisde in een wagen met alles wat ervoor nodig was. Ik ben nu de enige overlevende.

Ze veegde met haar mouw het stof eraf en stak Inman het kleine lijstje toe zodat hij de plaat kon bewonderen.

Inman nam het aan en hield het schuin bij de kaars. Een daguerreotypie. Er was een vader, de vrouw een paar jaar jonger, een oud grootmoedertje, zes kinderen, variërend van jongens oud genoeg om een hoed met een rand te dragen, tot baby's met mutsjes. Alle gezinsleden waren in het zwart gekleed en zaten met gebogen schouders argwanend of verbijsterd te kijken, alsof het bericht van hun dood hen net had bereikt.

—Ik vind het erg triest, zei Inman.

Toen hij klaar was met eten stuurde de vrouw hem weg. Hij liep het donker in tot er nieuwe sterrenformaties opkwamen, en toen maakte hij een bivak zonder vuur naast een smal beekje. Hij trapte een slaapplek plat in het hoge, dorre gras, rolde zich in zijn deken en sliep vast.

Hierna volgden enkele natte dagen waarin hij zo lang liep als hij kon en in vogelbehuizingen overnachtte. Een nacht vond hij onderdak in een duivenhok van boomstammen en de vogels letten niet op hem behalve wanneer hij zich omdraaide, dan begonnen ze allemaal te bewegen en maakten waterige gorgelgeluiden en gingen weer zitten. De volgende nacht sliep hij op het vierkante stuk droge grond onder een duiventil met een torenspits, een structuur die deed denken aan een tempel gewijd aan een piepklein onbelangrijk godje. Hij moest opgerold slapen, want als hij zich uitstrekte zouden zijn voeten of zijn hoofd onder de drup van het steile schilddak liggen. Weer een andere nacht sliep hij in een verlaten kippenhok, en daar spreidde hij zijn grondzeil over de vloer die bedekt was met een dikke laag kalkachtige, oude kippenstront die onder hem knerpte wanneer hij zich bewoog en rook naar de stoffige resten van doden uit oude tijden. Toen hij enige tijd voor zonsopgang wakker werd en niet opnieuw in slaap kon komen, groef hij in zijn zak en vond een stompje kaars dat hij aanstak. Hij ontrolde Bartram en hield het boek bij het gele licht en liet de bladzijden langs zijn duim schieten tot zijn ogen op een passage vielen die zijn aandacht ving. Het was deze:

De bergachtige wildernis die ik in de afgelopen tijd had doorkruist leek regelmatig golvend zoals de grote oceaan na een storm; de golvingen namen geleidelijk af, maar bleven volmaakt regelmatig, zoals de schubben van een vis, of de dakpannen op een dak; het meest nabije terrein van een volmaakt vol groen, dat daarachter wat blauwiger en uiteindelijk bijna even blauw als de ether waarmee de verste bocht van de horizon zich scheen te mengen. Nu mijn verbeelding aldus ten volle gegrepen was door de beschouwing van dit schitterende landschap, oneindig gevarieerd en onbegrensd, was ik vrijwel ongevoelig voor, besteedde althans geen aandacht aan de bekoorlijke objecten die meer binnen mijn bereik lagen.

Een beeld van het land dat Bartram zo in detail beschreef stond Inman dadelijk in alle dimensies voor de geest. Bergen en dalen en eindeloos almaar door. Een knoestig en horrelvoeterig en bultig landschap waarin de mens gezien kon worden als een later toevoegsel. Inman had het uitzicht dat Bartram beschreef vele malen gezien. Het was het grensland dat zich eindeloos ver ten noorden en westen van Cold Mountain uitstrekte. Inman kende het goed. Hij had uitvoerig de omtrekken ervan bewandeld, had er alle seizoenen gevoeld en de kleuren geregistreerd en de geuren geroken. Bartram was slechts een reiziger, hij kende alleen het ene seizoen waarin hij er geweest was en het weer dat zich toevallig die paar dagen had voorgedaan. Maar in Inmans geest was het land niet verschenen zoals hij het had gezien en zijn hele leven had gekend, maar zoals Bartram het had samengevat. De toppen waren nu hoger, de dalen dieper dan ze in werkelijkheid waren. Inman stelde zich de vager wordende rijen bergruggen voor, hoog en bleek oprijzend als wolkenbanken, en hij bouwde hun contouren en hij kleurde ze steeds een tint lichter en blauwer totdat, toen hij eindelijk de verzonnen lijn bereikte waar de laatste bergrug met de hemel versmolt, hij sliep.

De volgende dag bleek Inman in zuidoostelijke richting te moeten lopen, sjokkend over een oud karrenpad door de bergen. Een koude dag met alle bladeren dood en op de grond. Hij wist niet eens in welke county hij zich bevond. Het bloedige Madison misschien. Hij kwam bij een wegwijzer en op de ene kant stond TOBO88KM en op de andere TOAV104KM. Het enige wat hij eruit op wist te maken was dat het naar elk van beide bedoelde stadjes een aardig eind lopen was.

Hij kwam een bocht om en zag een kleine poel, een soort bron, met rondom groen bemoste rotsen. De bodem van de bron was bedekt met halfvergaan eiken- en populierenblad en het water was amberkleurig als een slap aftreksel van dat blad, een thee. Inman bukte zich om zijn veldfles onder water te houden. De wind stak op en hij hoorde een vreemd klokken en tikken, een geluid alsof er werd geprobeerd muziek te maken met uitsluitend droge takken als instrumenten. Hij keek naar het bos bij de poel in de richting van het geluid en ontdekte een zeer vreemd schouwspel. Inman stond te kijken naar een drietal hangende skeletten die zwaaiden in de wind en tegen elkaar aantikten.

De veldfles was volgeklokt. Inman stond op en deed de stop erop en liep naar de gebeentes toe. Ze hingen op een rij aan de onderste tak van een grote Canadese den. Ze waren niet eens aan touw opgehangen, maar aan gevlochten repen bast van jonge bitternoten. Van een der geraamtes waren het bekken en de botten van de benen op de grond gevallen en lagen daar in een hoop waar de tenen van een voet uit omhoog staken. Bij een van de complete skeletten was de gevlochten bast zo uitgerekt dat de tenen van de man de grond raakten. Inman veegde de bladeren weg en verwachtte een vastgestampte plek in de aarde te vinden waar de man al stervende had rondgedanst en de aarde aangetrapt. Zijn haar was van de schedel afgevallen en lag tussen de bladeren rond zijn teenbeentjes. Blond. Alle beenderen erg wit, de tanden en kiezen in de hangende kaken geel. Inman streek met zijn hand over de armbeenderen van de man die voor de helft op de grond gevallen was. Ze voelden generfd aan. De beenderen van benen en voeten in een stapel als een hoop takjes voor een vuur. Hij heeft zichzelf niet los kunnen snijden, dacht Inman, maar als hij geduld heeft, komt hij toch los.

Een paar dagen later was Inman de hele morgen aan het klimmen terwijl hij eigenlijk niet wist waar hij was. Nevels bewogen voor hem uit als herten door de bomen. Vervolgens liep hij die middag over een pad dat de bergkam volgde. Het ging op en neer tussen hoogten met balsempopulieren en hardhoutbomen die in de uiteinden van valleien stonden; hier hadden ze de hoogste plaats bereikt waar ze konden leven. Onder het lopen begon hij het vermoeden te krijgen dat hij ruwweg wist waar hij was. Het was een oude doorgaande route, dat was duidelijk. Hij passeerde een kegelvormige steenhoop die de Cherokees in lang vervlogen tijden langs de weg plachten te bouwen om iets aan te duiden, al was er nu niet meer achter te komen of het een wegwijzer, een gedenkteken of een heilige plaats betrof. Inman raapte een nieuwe steen op en liet die in het voorbijgaan op de hoop vallen, als aandenken aan een of ander oud verlangen naar het hogere.

Op het eind van de dag bevond hij zich op een rotspunt, omzoomd door kale heide, een tot aan het middel reikende dichte warboel van azalea, laurier en mirte die tot aan de rand van de kale steen van de punt groeide. Het pad liep erin uit alsof de reizigers er een gewoonte van hadden gemaakt hier stil te staan om het uitzicht te bewonderen. Daarna ging de weg weer naar het bos via een bijna onzichtbaar paadje door de azalea, nauwelijks twaalf meter van de plaats waar hij eruit was gekomen.

De zon daalde, en Inman vermoedde dat hij weer zou bivakkeren zonder vuur of water te hebben. Op de ruimte bij de rand van de rotswand schraapte hij het beetje strooisel dat er was bij elkaar om een slaapplaats zachter te maken. Hij at geroosterde maïs van zijn handpalm en strekte zich in zijn leger uit om te slapen, terwijl hij wenste dat er een grotere maan aan de hemel stond om het vergezicht voor hem te verlichten.

Hij werd bij het eerste grauwe daglicht gewekt door het geluid van lopen door de heide. Hij ging rechtop zitten, spande de haan van de LeMat en richtte hem op het geluid. Even later stak een zwarte berin haar kop door de bladeren, nog geen zes meter van waar Inman zat. Met haar bruine snuit omhoog gestoken en haar nek lang uitgerekt stond ze de wind op te snuiven en met haar oogjes te knipperen.

Wat ze rook, beviel haar niet. Ze kwam schuifelend naar voren en gromde. Een welp, niet veel groter dan een mensenhoofd, klom een eindje in de stam van een jonge Fraser-spar achter haar. Inman wist dat ze met haar slechte gezichtsvermogen hem wel kon ruiken maar niet kon zien in het flauwe licht. Ze was zo dichtbij dat hij zelfs met zijn armzalige mensenneus haar geur kon ruiken. Natte hond en iets daaronder.

De berin blies twee keer met een zoevend geluid adem uit neus en bek en bewoog aarzelend voorwaarts. Inman verplaatste zich iets en stond op, en de berin spitste haar oren. Ze knipperde weer met haar ogen en strekte haar nek en snoof en kwam nog een stap naar voren.

Inman legde het pistool neer op zijn dekens, want hij had een eed aan beren gezworen dat hij er nooit meer een zou schieten, hoewel hij er in zijn jeugd vele had gedood en gegeten en wist dat hij nog steeds een sterke voorliefde had voor de smaak van berenvet. Het besluit was gekomen als gevolg van een reeks dromen die hij in de loop van een week in de modderige loopgraven van Petersburg had gehad. In de eerste van die dromen was hij als man begonnen. Hij was ziek en dronk thee van berendruifblad als opwekkend middel, en geleidelijk kreeg hij de gedaante van een zwarte beer. In de nachten dat de berenvisioenen hem beheersten, zwierf Inman alleen en op vier poten door de grote droombergen en vermeed al zijn soortgenoten en andersoortige dieren. Hij groef in de grond naar witte larven, scheurde bijenbomen open voor honing en at bosbessen bij struikenvol, en was gelukkig en sterk. In die levenswijze, dacht hij, school wellicht een les hoe je vrede sloot en oorlogsverwondingen kon laten helen tot witte littekens.

Maar in de laatste droom werd hij na een lange achtervolging door jagers doodgeschoten. Hij werd met een touw om zijn nek aan een boom opgehangen en gevild, en hij sloeg dit gebeuren van bovenaf gade. Zijn druipende, rode karkas was zoals hij wist dat dat van een echte beer eruitzag na het villen, dat wil zeggen: mensachtig, magerder dan je zou verwachten, met de structuur van de poten onder de vacht als de hand van een mens. Met dat doden waren de dromen afgelopen, en hij werd die laatste ochtend wakker met het gevoel dat de beer voor hem een dier van bijzonder gewicht was, een dier dat hij kon waarnemen, waarvan hij kon leren, en dat het gelijk zou staan met een zonde om er een te doden, ongeacht de prijs, want er was iets in de beer dat voor hem van hoop sprak.

Niettemin had hij weinig waardering voor zijn huidige positie, met achter hem de rand van de afgrond, voor hem de warrige heide, en de berin die nerveus was met een te laat geboren welp. In zijn voordeel was het volgende: hij wist dat een beer eerder zou vluchten dan aanvallen, dat ze hooguit een schijnaanval zou doen, een meter of vijf naar voren stormen, verend op haar voorpoten neervallen en luid snuiven. Het doel zou zijn hem weg te jagen, niet hem te kwetsen. Maar hij kon niet weg. Hij wilde dat ze wist waar hij was en daarom sprak hij haar toe en zei: Ik wil je niet lastig vallen. Ik zal weggaan en nooit terugkomen. Ik vraag je alleen me door te laten. Hij sprak kalm en oprecht en wilde dat zijn stem eerbied uitdrukte.

De beer snoof nog eens. Ze verplaatste haar gewicht van de ene voet op de andere, wiegde heen en weer. Inman rolde langzaam zijn dekens op en schoof zijn zakken aan.

—Nu ga ik, zei hij.

Hij deed twee stappen en de beer deed een schijnaanval.

Terwijl het gebeurde, kon Inman al uitrekenen dat de maten niet klopten. Als een probleem bij het timmeren waar alles ongelijk uitkwam. Hij had maar een meter ruimte achter zich. Zij had de vaart van haar massa en slechts drie meter voor zich tot de rand van de afgrond.

Inman deed een stap opzij en de berin schoot langs hem en dook over de hoge richel die ze in de schemering niet gezien had. Hij kon haar sterke geur ruiken toen ze voorbij kwam. Natte hond, zwarte aarde.

Hij keek over de rand en zag haar ver beneden op de rotsen openbreken als een grote, rode bloesem in het eerste daglicht. Stukken zwarte vacht verstrooid over de rotsen.

Verdomme, dacht hij. Zelfs mijn beste bedoelingen lopen op niets uit, en hoop als zodanig is alleen een hindernis.

De welp in de spar begon angstig te jammeren. Het diertje was nog niet eens gespeend en zou verkommeren en sterven zonder moeder. Het zou dagenlang piepen tot het verhongerd was of door een wolf of panter werd opgegeten.

Inman liep naar de boom en keek het beertje in het gezicht. Het knipperde naar hem met zijn zwarte oogjes en opende zijn bek en huilde als een mensenbaby.

Tot zijn eer moet worden gezegd dat Inman zich kon voorstellen dat hij zijn hand zou uitsteken en de welp in zijn nekvel zou pakken en zeggen: We zijn familie van elkaar. Dat hij vervolgens zijn knapzak af zou nemen en de welp erin duwen zodat alleen de kop eruit stak. Dat hij dan zijn bepakking weer om zou hangen en weglopen, terwijl het beertje vanuit dit nieuwe gezichtspunt met heldere oogjes als een indianenbaby om zich heen zou kijken. Het als huisdier aan Ada geven. Of als ze hem afwees, kon hij het opvoeden om een halftamme beer te worden, en wanneer het volgroeid was, zou het misschien af en toe bij zijn kluizenaarshut op Cold Mountain langskomen om hem gezelschap te houden. Het zou zijn vrouw en kinderen meebrengen zodat Inman in de jaren daarna een dierenfamilie zou hebben bij gebrek aan een andere. Dat zou een manier zijn om dit ongeluk van de dode berin recht te zetten.

Wat Inman evenwel deed, was het enige wat hij kon doen. Hij raapte de LeMat op en schoot de welp door zijn kop, en keek hoe het even duurde terwijl zijn greep op de boom losliet en hij op de grond viel.

Om het vlees niet verloren te laten gaan, legde Inman een vuur aan, vilde de welp, sneed hem in stukken en blancheerde hem. Hij spreidde de zwarte vacht uit op een steen en hij was niet groter dan de vacht van een wasbeer. Terwijl het berenvlees gaar werd, wachtte hij op de rotspunt terwijl de morgen doorzette. De nevels openden zich en hij kon bergen en rivieren zien, in rijen gerangschikt tot aan de verre rand van de aarde. Brokstukken van wolken hingen in de dalen onder Inmans voeten, maar in het hele panorama was geen dak of rookpluim of ontgonnen veld te zien om een plaats aan te geven waar zich mensen hadden gevestigd. Je kon over dat geplooide landschap uitkijken en al je zintuigen vertelden je slechts dat dit de hele wereld was die er bestond.

De wind die de berg opwoei nam de geur van bradende beer mee en liet alleen de lucht van natte steen achter. Inman kon tientallen kilometers naar het westen kijken. Kammen, punten en ruggen, opgestapeld en grijs, tot aan de lange horizon. Cataloochee, dat was het woord hiervoor in het Cherokee. Dat betekende golven van bergen in vervagende rijen. En op deze dag was er nauwelijks verschil tussen de golven en de barre winterhemel. Beide waren gestreept en gemarmerd in dezelfde tinten van alleen grijs, zodat het uitzicht zich hoog en laag uitstrekte als een grote lap dooraderd vlees. Inman zelf had niet beter gekleed kunnen zijn om zich in deze wereld te verbergen, want alle kleren die hij droeg, waren grijs en zwart en vuilwit.

Hoe somber het uitzicht ook was, in Inmans hart groeide vreugde. Hij kwam in de buurt van thuis; hij voelde het in de ijle lucht op zijn huid, in het verlangen de haardrook te zien opstijgen uit de huizen van mensen die hij zijn hele leven had gekend. Mensen die hij niet zou hoeven te haten of vrezen. Hij stond op, ging wijdbeens op de rots staan en kneep zijn ogen halfdicht om over het wijde landschap beter die ene berg in de verte te kunnen zien. Hij was alleen van de hemel te onderscheiden als een streek van een pen met weinig inkt, een dun, snel, vlot lijntje. Maar de vorm werd langzaam duidelijk en onmiskenbaar. Hij keek naar Cold Mountain. Hij had uitzicht gekregen op wat voor hem zijn vaderland was.

Terwijl hij ernaar keek, merkte hij dat de lijnen van elke rug en vallei daar in de verte meer dan herinnering waren. Ze leken lang geleden onuitwisbaar met een scherp instrument op zijn hoornvlies te zijn geëtst. Hij keek uit over dit hoogland en wist de namen van plaatsen en dingen. Hij sprak ze hardop uit: Little Beartail Ridge, Wagon Road Gap, Ripshin, Hunger Creek, Clawhammer Knob, Rocky Face. Geen berg of waterloop die geen naam had. Geen vogel of struik die anoniem was. Daar hoorde hij thuis.

Hij liet zijn hoofd heen en weer gaan, en kreeg het gevoel dat het in een nieuw evenwicht op de stengel van zijn nek stond. Hij had het gevoel dat hij op een ongekende manier loodrecht op de horizon stond. Een ogenblik leek het denkbaar dat hij zich niet altijd uitgehold zou voelen. In dat knoestige landschap was zeker plaats voor een man om te verdwijnen. Hij kon lopen en de wind zou de gele bladeren over zijn voetsporen blazen en hij zou verborgen zijn en veilig voor de gulzige blik van de grote wereld.

Inman ging zitten en bewonderde zijn land tot de stukken beer gaar waren, en toen doopte hij ze in meel en bakte ze in de laatste reuzel uit het gedraaide papier dat de vrouw hem dagen geleden had gegeven. Hij at, gezeten op de rand van het klif. Hij had nog nooit berenvlees gegeten van zo'n jong dier, en hoewel het vlees minder donker en vet was dan dat van oudere beren, smaakte het nog altijd naar zonde. Hij probeerde te benoemen welke van de zeven doodzonden van toepassing zou kunnen zijn, en toen dat niet lukte, besloot hij er een achtste aan toe te voegen: spijt.

niks geworden

Als de uitloper van de berg die ze beklommen al een naam had, kende Stobrod hem niet. Zijn twee metgezellen en hij liepen gebogen, hun gezicht gebogen en samengetrokken tegen de kou, hun hoedrand tot op hun neus getrokken, de handen in de mouwen van hun jas getrokken. Hun schaduwen rekten zich lang voor hen uit, zodat ze op hun gelijkenis trapten. De bossen gleden onopgemerkt langs hen. De kale takken van paardekastanje, sneeuwklokjesboom, tulpenboom en linde wuifden in de wind. Duizenden natte jaren van bladeren onder hun voeten dempten hun stappen.

De jongen Pangle volgde Stobrod op de voet. De derde figuur volgde op zes pas daarachter. Stobrod droeg zijn viool in een zak onder zijn arm en Pangle had zijn banjo met de hals omlaag om zijn schouder gehangen. De derde man had geen muziekinstrument maar droeg de karige bezittingen van het gezelschap in een knapzak. Hij had zich gehuld in een mottige, bruine deken die over de grond sleepte en een kielzog achterliet in de bladeren.

Hun ingewanden protesteerden luid tegen het avondmaal van de vorige dag, dat had bestaan uit een hinde die ze dood hadden gevonden, vastgevroren aan de grond. In hun honger naar vlees hadden ze maar liever niet gelet op aanwijzingen hoe lang het beest daar gelegen had of hoe het gestorven zou zijn. Ze hadden een rokerig vuurtje gestookt van nat populierenhout en hadden de bout verwarmd tot hij niet veel meer dan ontdooid was. Ze hadden er tamelijk veel van gegeten, en daar hadden ze nu spijt van. Ze spraken niet. Van tijd tot tijd rende een van hen naar een laurierstruik en haalde de anderen later weer in.

Er suisde geen wind, er riep geen vogel. Het enige geluid was het vallen van fijne naalden wanneer ze onder een stuk met Canadese dennen doorliepen. Gedurende een bepaalde tijd had niets aards een andere kleur dan sombere tinten grijs en bruin. Toen passeerden ze een beijsde rotsrichel en zagen daar een kwabbig geel soort mos of korstmos op groeien, zo fel van kleur dat het pijn deed aan de ogen. Pangle stak zijn hand uit en brak er een geschulpte leerachtige plak af die hij proevend en met grote aandacht opat. Hij spuwde niets uit maar trok ook niet meer van de steen af, zodat het moeilijk was vast te stellen hoe hij de smaak vond. Maar later liep hij oplettend verder, uitkijkend naar meer van dit soort geschenken dat de wereld te bieden kon hebben.

Na verloop van tijd bereikten ze een stuk vlakke grond waar drie paden samenkwamen: het pad waarover ze gekomen waren ging omlaag, twee nog vagere paden klommen verder. De grootste afsplitsing was het leven begonnen als buffelpad, later als indianenpad, en waar het tussen de bomen doorging was het nog steeds te smal om een kar door te laten. Er hadden hier jagers gekampeerd die bomen hadden omgehakt als brandhout zodat het bos tot een pas of vijftig vanaf de splitsing was uitgedund. Maar in de vork van de omhooggaande paden stond een reusachtige populier. Hij was niet gespaard gebleven om eer te bewijzen aan zijn schoonheid of omvang of leeftijd. Er was domweg geen trekzaag in een nabij gelegen nederzetting die lang genoeg was voor zijn dikte. De stam was onderaan zo dik in omvang als een maïshok.

De mannen stonden bij elkaar te hijgen van de klim en keken naar de twee paden voor zich. Hun adem bleef bij hen hangen als om hen te bewaken, maar even later verloren de vage vormen hun belangstelling en verdwenen. Er klaterde ergens binnen gehoorsafstand een beek, en dat was het enige geluid dat er te horen was.

—Het is koud, zei de derde man.

Stobrod keek naar hem, schraapte vervolgens zijn keel en spoog als commentaar op de troosteloosheid van de plek en het gebrek aan diepgang van de opmerking.

Pangle stak een hand uit zijn mouw, draaide de handpalm omhoog naar de elementen en trok hem weer terug, zoals een schildpad zijn kop.

—O, God, je kloten krimpen in je buik.

—Net wat ik zeg, zei de derde man.

Ze hadden de man opgedaan bij de woudlopersgrot. Hij had zijn naam niet genoemd en Stobrod hoefde hem ook niet te weten. Het was een jongen uit Georgia van niet meer dan zeventien jaar, met zwart haar, een bruine huid, met wat fijn haar op zijn kin, maar gladde wangen als een meisje. Wat Cherokee-bloed, of misschien Creek. Net als iedereen had hij een verhaal over de oorlog. Samen met zijn neef was hij opgeroepen voor militaire dienst, als twee zielige kleine jongetjes, en ze waren in drieënzestig bij de troepen geplaatst. Ze hadden een jaar oorlog gevoerd in hetzelfde regiment, al konden ze niet veel bijdragen aangezien hun musketten ver boven hen uitstaken. Ze hadden 's nachts steeds onder één deken geslapen en ze waren samen gedeserteerd. Hun redenering was dat geen oorlog eeuwig duurt en hoewel de mens ervoor geboren was om te sterven, zou het dom zijn om dat te doen op de vooravond van de vrede. Daarom waren ze weggegaan. Maar de tocht naar huis was lang en verwarrend, en ze hadden er niet op gerekend dat ze zoveel landschap onder hun voeten door zouden zien gaan. Het had hun drie maanden gekost om Cold Mountain te bereiken, en ze wisten niet eens in welke staat die lag. Ze waren vreselijk verdwaald, en de neef was gestorven in een akelige inham, koortsig en geteisterd door hoestbuien ten gevolge van een of andere natte longaandoening.

De jongen was een paar dagen later gevonden door een van de grotbewoners, terwijl hij doelloos rondzwierf. Men had hem overgedragen aan Stobrod en Pangle, die juist vertrokken om ergens boven bij de Shining Rocks een eigen tweepersoons gemeenschap te stichten. Hoewel Georgia een staat was waarvoor Stobrod weinig achting had, had hij beloofd de jongen te wijzen waar het lag wanneer ze op een hoogte kwamen waar ze ver naar het zuiden konden kijken.

Maar eerst waren ze vanuit de grot afgedaald naar een plek waar voedsel werd verstopt. Onderweg had hij de jongen verteld over Ada die Ruby na verloop van tijd had weten te bewegen tot goedertierenheid. Ruby had echter wel voorwaarden gesteld voor haar liefdadigheid. Ada en zij hadden zelf maar net genoeg voor de winter en konden maar weinig geven, niet genoeg voor de twee mannen om helemaal van te leven. Verder vond ze het gevaarlijk als Stobrod en Pangle bij hen kwamen. Het voedsel zou ergens op een veilige plaats verstopt moeten worden achtergelaten, en ze had een plek boven langs de kam voorgesteld die ze zelf als kind op haar zwerftochten had ontdekt. Een ronde, platte steen, die helemaal bedekt was met allerlei vreemde schrifttekens. Verder wilde ze niet gebonden zijn door een bepaald rooster. Ze zou er eten heenbrengen wanneer ze er zin in had, en niet wanneer ze geen zin had. Stobrod moest zelf maar gaan kijken of er iets lag.

Toen de mannen de plek hadden bereikt, keek Stobrod om zich heen, daarna knielde hij neer en tastte onder de bladeren rond. Daarop begon hij met de rand van zijn schoen het blad weg te vegen en even later had hij een in de grond geplaatste ronde, platte steen blootgelegd. Hij had ongeveer het formaat van de opening van een wastobbe, en de tekens hadden niets dat aan het schrift van de Cherokees herinnerde. Ze waren te kort en strak in hun hoeken, zodat de tekens over de steen renden als een spin in een koekenpan. Het stamde misschien van een volk dat aan de mens vooraf was gegaan. Onder de rand van de steen vonden ze een blikken doos met maïsmeel, een paar gedroogde appels in een stuk krantenpapier, een paar plakken buikspek en een aardewerken pot met ingelegde bonen. Ze hadden deze dingen toegevoegd aan hun eigen voorraad drank en rooktabak en pruimtabak.

—Denk je dat we dit pad moeten hebben? zei de jongen uit Georgia nu tegen Stobrod. De deken vertoonde een bult waar zijn elleboog naar de splitsing wees en hing in plooien op de grond als de draperie van een beeldhouwwerk.

Stobrod keek die kant op, maar hij wist eigenlijk niet waar ze waren of welke kant ze opgingen. Hij wist alleen dat ze hoger moesten, verder weg. Het was een grote berg. Liep je om wat je de onderkant ervan zou kunnen noemen heen, dan zou je wel zo'n honderdvijftig kilometer moeten lopen. Daar past een flink gebied in, zelfs al zou het zo plat zijn als een landkaart in plaats van opgericht naar de hemel en geplooid tot allerlei dalen en holten en valleien. Bovendien was Stobrod vroeger als het even kon dronken geweest wanneer hij op Cold Mountain kwam. Daarom liepen de paden wat hem betrof kriskras door elkaar en konden ze overal heengaan.

Pangle keek naar Stobrod en zag hoe onzeker hij het landschap bestudeerde. En na een hortend soort verontschuldiging omdat hij meer wist dan zijn meester zei hij eindelijk dat hij precies wist waar hij was, en dat hij wist dat de afsplitsing naar rechts snel minder duidelijk werd maar toch almaar doorliep over de berg, en verder leidde dan hij ooit had willen lopen, naar de plek waar de indianen heengingen. De linker afsplitsing was eerst breder, maar slingerde alleen maar rond en liep algauw dood in de buurt van een poel met stilstaand water.

—We maken wat te eten en dan gaan we verder, zei Stobrod.

De mannen verzamelden hout en stookten een onwillig vuurtje in de oude zwarte kring van stenen. Ze brachten wat maïsmeelpap aan de kook in beekwater in de veronderstelling dat de smakeloosheid ervan hun zwoegende ingewanden tot rust zou brengen. Ze sleepten stukken boomstam aan om op te zitten, staken aardewerken pijpen aan en rookten en zaten dicht opeen en zo dichtbij de zwakke vlammen als mogelijk was zonder dat hun kleren en schoenzolen vlam vatten. Ze gaven de drankfles door en namen flinke slokken. Het koude weer was in hun botten gedrongen en had hun merg doen stollen tot het zo hard was als koude reuzel. Ze zaten zwijgend te wachten tot de warmte van vuur en drank hen losser zou maken.

Na enige tijd begon Stobrod zeer aandachtig met zijn mes in de aardewerken pot ingelegde bonen die hij tegen zijn buik hield te peuteren. Hij hapte een boon tegelijk van de punt van het mes en veegde tussendoor telkens de azijn van het lemmet aan zijn broekspijp af. Pangle at een verschrompeld ringetje gedroogde appel, dat hij eerst platwreef tusen zijn handpalmen en vervolgens voor zijn oog hield, alsof het boorgat een soort verrekijker was waardoor je een nieuwe kijk op de wereld kreeg. De jongen uit Georgia zat voorovergebogen met zijn handen naar het vuur. Zijn deken lag als een kap over zijn hoofd, zodat zijn gezicht helemaal in de schaduw was behalve waar het licht van het vuur schitterde in zijn zwarte ogen. Hij legde zijn hand op zijn buik en verstijfde alsof iemand een puntige stok door zijn vitale organen had gestoken.

—Als ik had geweten dat ik zo erg de schijterij zou krijgen, had ik geen hap van dat vlees gegeten, zei hij.

Hij stond op en liep langzaam en tamelijk voorzichtig het rododendronbosje aan de andere kant van de open plek in. Stobrod keek hem na.

—Ik heb met die knul te doen, zei hij. Hij wil nu dat hij nooit van huis was weggegaan, maar hij snapt nog niet eens uit wat voor walgelijke staat hij komt. Als ik een broer in de gevangenis had en een in Georgia, zou ik eerst de broer in Georgia proberen te bevrijden.

—Georgia is wel ver, ik ben er nog nooit geweest, zei Pangle.

—Ik ben er precies een keer geweest, zei Stobrod. En maar een klein stukje erin. Tot ik zag wat voor een rottig land het was, toen ben ik omgekeerd.

Het vuur vlamde op door een windvlaag, en de mannen staken hun handen naar voren om ze te warmen. Stobrod sukkelde in slaap. Zijn hoofd knikte tot zijn kin op zijn borst hing. Toen het met een ruk omhoog kwam, zag hij op het pad mannen te paard die juist over de heuvelrand kwamen. Een kleine troep miezerig uitziende verkenners, aangevoerd door een modieus geklede man en een magere jongen. Maar de mannen hadden sabels en pistolen en geweren, waarvan er verscheidene op Stobrod gericht waren. De mannen van de Guard zaten dik ingepakt in zware jassen en dekens te paard en de paarden dampten in de koude lucht en bliezen wolkjes uit hun opengesperde neusgaten. Er lag een vliesje ijs op de weg, en wanneer ze een stap naar voren deden, knerpten hun hoeven erin als een stamper in een vijzel.

De Guards kwamen het pad op en de open plek in tot ze boven de mannen uittorenden en hun schaduw over hen heen viel. Stobrod maakte aanstalten om op te staan en Teague zei: Blijf zitten. Hij zat ontspannen in het zadel en hield een Spencer-karabijn met een korte loop met de ingedeukte kolfplaat tegen de bolling van zijn dij. Hij had wollen handschoenen aan, en van de rechterhandschoen waren de duim en wijsvinger afgeknipt zodat hij ongehinderd een haan kon spannen en een trekker kon overhalen. Gevlochten teugels werden subtiel vastgehouden tussen de beklede duim en wijsvinger van zijn andere hand. Hij nam even tijd om het tweetal mannen voor hem te bestuderen. Hun huid was grauw en hun ogen zagen er rauw uit, als gaten in de bovenlaag van een gewatteerde deken gebrand. Het haar van de dikke jongen stond aan een kant van zijn hoofd omhoog in vette bruine punten als schuimpjes, en lag aan de andere kant plat op de schedel geplakt. Het vel van Stobrods kalende schedel was korrelig en dof en leek slap over het bot te liggen, zodat het niets had van de glimmende glans die de meeste kaalhoofdigen hebben. Zijn gezicht leek rondom de punt van zijn neus te zijn ingevallen, zodat hij iets weghad van een schoorsteen.

Teague zei: Ik ga jullie niet eens vragen of jullie papieren hebben. Ik heb alle leugens op dat gebied gehoord. Wij zijn op zoek naar een groep woudlopers die in een grot schijnen te wonen. Ze hebben mensen beroofd. Als iemand van jullie wist waar die grot in de berg zit, zou het in zijn voordeel kunnen zijn om het te zeggen.

—Ik weet het niet precies, zei Stobrod. Zijn stem klonk vlot en opgewekt, hoewel hij van binnen het sombere vermoeden had dat hij binnen een maand weer in dat ellendige Virginia bezig zou zijn een laadstok in een musket te duwen. Als ik het wist, zou ik het zeggen, zei hij. Ik heb er wel eens over horen praten. Sommige mensen zeggen dat hij helemaal aan de achterkant van de berg is, dichtbij Bearpen Branch of Shining Creek of zoiets.

Pangle keek verrast naar Stobrod. De verbazing lag donker als een schaduw op zijn gezicht.

—Wat heb jij hierover te zeggen? zei Teague tegen Pangle.

De jongen zat met zijn bovenlichaam naar achteren, zijn gewicht rustend op het steunvlak van zijn brede heupbeenderen. Zijn ene hand beschutte zijn ogen tegen de wazige zon die achter de schouders van de groep ruiters voor hem stond. Hij tuurde enigszins verward uit zijn kleine oogjes. Hij vroeg zich af hoe hij de vraag die hem gesteld was het beste kon beantwoorden. Allerlei gedachten vlogen over zijn zachte gezicht.

—Maar dat is helemaal niet in de buurt, zei Pangle tenslotte, terwijl hij naar Stobrod keek. Het is aan deze kant. Dat weet je toch. Op Big Stomp. Nog geen vijf kilometer omhoog langs Nick Creek. Dan kom je bij een splitsing en daar staat een bosje bitternootbomen op de oever aan de rechterkant. In de herfst zijn daar altijd een hoop eekhoorns bezig in de grond. Een heleboel eekhoorns, allemaal op de grond. Je kunt ze met stenen doden. Je klimt een eindje tussen die bitternoten omhoog tot een steenhelling, en als je daar bovenop bent, daar is het. Daar is een holte in de rotswand, die is wel zo groot als een schuurzolder.

—Zeer bedankt, zei Teague. Hij wendde zich tot twee grote, donkere ruiters en trok zijn ene mondhoek op om iets te beduiden. Hij bracht zijn gewicht over op zijn stijgbeugels en het leer piepte terwijl hij een been over de rug van het paard zwaaide en afsteeg.

De andere mannen deden hetzelfde.

—We komen bij jullie om het vuur zitten als je het goed vindt, zei Teague tegen Stobrod. We ontbijten met jullie mee. We maken iets klaar en eten het op. En dan willen we jullie wel eens horen spelen. Kijken of jullie er wat van kunnen.

Ze stookten het vuur op en kwamen eromheen zitten alsof ze allemaal vrienden waren. De Guards hadden een grote hoeveelheid worsten bij zich, en toen ze die uit hun zadeltassen trokken waren ze hard bevroren en kronkelig als de darmen van een of ander beest. Ze moesten ze met een kleine handbijl in stukken hakken om ze te kunnen braden. Ze legden de gesneden stukken op vlakke stenen aan de rand van het vuur om ze zover te ontdooien dat ze ze aan geslepen stokken konden prikken om ze boven het vuur te houden en te roosteren.

Het vuur bestond algauw uit hoge vlammen, roodgloeiende houtskool en een laag witte as, en het gaf zoveel hitte dat Pangle zijn jasje en even later zijn overhemd losknoopte, een reep van zijn witte borst en buik ernaar ontblootte en zich helemaal op zijn gemak voelde. Hij had geen idee dat er op dit moment iets anders aan de hand was dan warmte, kameraadschap en de geur van roosterend eten. Hij zat een minuut naar zijn banjo te kijken en scheen de vorm ervan en de juistheid van de gebruikte materialen te bewonderen alsof hij het ding nooit eerder had gezien. Alsof hij het bijna even leuk vond de geometrie ervan te bestuderen als om erop te spelen. Het duurde niet lang of zijn ogen werden wazig en vielen dicht, en hij zat in elkaar gezakt met al zijn gewicht via zijn romp rustend op de brede basis van zijn kont, zodat zijn voorkant een waterval van witte vetrollen was. Hij was een beeld, uitgehakt in het materiaal reuzel.

—Die is vertrokken, zei Stobrod. Totaal uitgeput.

Teague haalde een fles drank uit zijn jaszak en stak hem Stobrod toe.

—Het is toch niet te vroeg voor jou? zei hij.

—Ik ben al een tijdje bezig, zei Stobrod. Wanneer je dagenlang maar af en toe een tukje hebt gedaan, is het lastig te zeggen wat te vroeg is.

Hij nam de aangeboden fles aan, haalde de kurk eraf en zette hem aan zijn mond, en hoewel de drank maar matig van kwaliteit was, was hij beleefd in zijn oordeel erover. Hij smakte met zijn lippen, blies zijn adem uit en knikte om aan te geven hoe het smaakte.

—Waarom hebben jullie niet geslapen? zei Teague.

Stobrod legde uit dat ze een paar dagen en nachten muziek hadden gemaakt en gegokt met een stel oplichters, maar hij liet na te zeggen dat dit in de grot van de woudlopers was geweest. Ze deden aan kaartspel, hanengevechten, hondengevechten, dobbelstenen. Allerlei wedstrijden hadden ze bedacht, alles waar je maar op zou kunnen wedden. Die lui gebruikten alles om te gokken. Sommigen waren zo bezeten dat ze de hoed van je hoofd wonnen en dan nog kruis of munt wilden gooien om je haar. Bij gebrek aan beter hadden ze geld ingezet op welke van een troep vogels als eerste van een tak zou opvliegen. Stobrod pochte dat hij met evenveel geld was geëindigd als waarmee hij begonnen was, wat in dat gezelschap een bewonderenswaardige prestatie was.

Teague zette de knokkels van zijn vingers tegen elkaar en maakte een beweging alsof hij een pak kaarten langs zijn duim liet glippen.

—Spelers, zei hij.

De worstjes zwollen op, dropen van het vet, piepten zacht in hun velletjes, maakten spugende geluiden wanneer het vet op de houtskool droop. Na enige tijd waren ze bruin. Alle mannen behalve Pangle, die nog sliep, aten ze vanaf de punt van de stok waaraan ze waren geroosterd. En toen ze al het vlees op hadden, keek Teague naar de viool en de banjo en zei: Kunnen jullie daarop spelen?

—Een beetje, zei Stobrod.

—Speel dan eens wat, zei Teague.

Stobrod had er niet veel zin in. Hij was moe. En hij dacht dat zijn publiek niet in muziek geïnteresseerd was, dat het hun ontbrak aan wat nodig was om ervan te houden. Toch pakte hij zijn viool, haalde de droge huid van zijn handpalm over de snaren en hoorde aan het fluisterende geluid aan welke schroeven hij moest draaien.

—Wat wil je horen? zei hij.

—Doet er niet toe. Zeg jij het maar.

Stobrod stak zijn hand uit en porde Pangle in zijn schouder. De jongen kwam bij, zijn oogjes waren spleetjes. Met duidelijke moeite probeerde hij zijn gedachten te verzamelen.

—Ze willen ons horen spelen, zei Stobrod.

Pangle zei niets, maar begon de gewrichten van zijn vingers een tijdje te bewegen in de warmte van het vuur. Hij pakte zijn banjo en draaide aan de stemschroeven en begon toen zonder op Stobrod te wachten met de eerste paar noten van 'Backstep Cindy'. Terwijl hij tokkelde, wiebelden de vetrollen van zijn buik op de maat mee, maar toen hij het punt bereikte waar de melodie terug moest komen, raakten de noten in elkaar verward en hij bleef erin steken en hield op.

—Dat is niks geworden, zei hij tegen Stobrod. Als jij nou mee gaat spelen, konden we ergens komen.

Stobrod streek een paar noten van 'Cindy', en toen een paar andere noten, schijnbaar willekeurig, zonder verband. Hij speelde ze nog eens en nog eens, en het begon duidelijk te worden dat ze niets betekenden. Maar plotseling verzamelde hij ze, speelde er een variatie op, en nog een variatie die er meer op leek, en toen vormden ze opeens, onverwacht een melodie. Hij vond het patroon dat hij zocht, en hij volgde het notenpad waar het heenging, en vond de logica die erin zat, die pittig en bros was, moeiteloos als een lach. Hij speelde het geheel een paar malen tot Pangle zijn akkoorden had bijgestemd en een reeks snelle noten ten antwoord had gespeeld, fel en schel. Vervolgens gingen ze samen aan de gang om te zien wat voor muziek ze hadden bedacht.

Hoewel het qua vorm geen jig of reel was, kon je er toch op dansen. Maar hun buik was nog steeds zo in de war dat geen van beiden een pas had kunnen doen. Pangle tikte evenwel tegen de maat in met zijn ene voet op de grond en zijn ogen waren bijna gesloten zodat er alleen een trillend randje wit tussen zijn wimpers te zien was. Stobrod speelde een reeks noten en liet de viool toen onder zijn stoppelige hals uit zakken zodat de romp tegen zijn borst lag. Hij klopte het ritme op de snaren met zijn strijkstok. Pangle hoorde het en deed hetzelfde met zijn vlakke hand op de huid van de klankkast van de banjo, en even leek het alsof de instrumenten die ze bespeelden niet meer dan varianten van een trommel waren. Bij dit bonzende geluid gooide Stobrod het hoofd achterover en zong een tekst die hij ter plekke verzon. Hij ging over vrouwen van wie de buik even hard was als de nek van een muilezel. Zulke vrouwen, zei het lied, waren wreder dan vrouwen in het algemeen.

Toen hij uitgezongen was, speelden ze nog een rondje en toen hielden ze op. Ze overlegden en draaiden weer aan de stemschroeven om een stemming in mineur te krijgen, en toen begonnen ze een stuk te spelen dat in de verte deed denken aan 'Bonaparte's Retreat', dat door sommige mensen General Washington's wijsje wordt genoemd. Dit was zachter, nadenkender, maar wel somber als de dood. Toen het mineurgedeelte begon was het als schaduwen onder bomen, en het stuk riep beelden op van donkere bossen, lantaarnlicht. Het was ontzagwekkende oude muziek in een van de oeroude modaliteiten, muziek die een hele cultuur samenvat en het innerlijke leven ervan uitdrukt.

Birch zei: Jezus weende. Ze zijn bezeten.

Niemand van de Guard had ooit een viool en een banjo in die stemming samen horen spelen, en ze hadden ook nooit een zo krachtige en ritmische speelwijze horen toepassen op zulke droevige, elegische muzikale thema's. De manier waarop Pangle zijn duim gebruikte om van de vijfde snaar over te gaan naar de tweede, was iets ongehoords. Het was alsof er een etensbel werd geluid, maar dan plechtig. Zijn overige vingers waren gewoon bezig stevig te plukken, maar op een beestachtig geperfectioneerde manier. Stobrods vingers op de hals van de viool vonden patronen die zo vast leken als natuurwetten. Ze drukten de snaren neer met een weloverwogen, bestudeerde beslistheid die totaal afwezig was in het roekeloze strijken van de rechterhand. De tekst die Stobrod zong, verhaalde van een droom – van hemzelf of een denkbeeldige verteller – die gedroomd was op een bed van pijpkruid en waarin een rijk visioen voorkwam van een verloren geliefde, het voorbijgaan van een lange tijd, een meisje gehuld in een mantel van groen. Zonder muziek hadden de woorden niet veel meer gezegd dan een telegrafisch bericht, maar samen vormden ze een volledige wereld.

Toen het lied uit was, zei Birch tegen Teague: Goeie God, dit zijn heiligen. Zij hebben weet van dingen die voor mensen zoals wij geheim worden gehouden.

Teague zoog op een kies en keek in de verte alsof hij probeerde zich iets te herinneren. Hij stond op, trok zijn revers recht en draaide aan zijn broeksband tot zijn broek naar zijn tevredenheid zat. Hij pakte zijn Spencer van de grond en richtte de loop op de ruimte tussen Stobrod en Pangle. Hij liet het voorstuk rusten op de achterkant van zijn linkerpols en de hand hing kalm naar beneden.

—Ga maar voor die grote populier staan, zei hij terwijl hij Stobrod aankeek. En neem die jongen mee.

Bij gebrek aan een beter idee ging Stobrod bij de boom staan. Hij rees bijna dertig meter recht en strak en monolithisch boven hem op voor er een tak kwam. En dat waren er maar twee, op zichzelf al zo groot als gewone bomen, die met een bocht omhoog gingen als de armen van een kandelaar. De kroon van de boom was ergens in de vorige eeuw afgebroken, en de dikke, bemoste cilinder die ervan over was, lag nog vlakbij op de grond en ging langzaam over in de aarde, al zo zacht vermolmd dat je hem uit elkaar had kunnen trappen als een oude mesthoop en de houtkevers had kunnen zien wegrennen.

Stobrod hield de viool voor zich in zijn gebogen arm. De strijkstok hing aan zijn vinger en schokte telkens even, in het tempo van zijn hartslag. Pangle stond naast hem, en ze hadden de trotse en nerveuze houding die mannen aannamen wanneer er aan het begin van de oorlog een ambrotypie van hen werd gemaakt, hoewel Stobrod en Pangle in plaats van musketgeweer, Colt-pistool en bowiemes, hun viool en banjo voor zich hielden als de voorwerpen die hun identiteit bepaalden.

Pangle legde zijn vrije arm om Stobrods schouders, zoals bevriende schooljongens vroeger deden. De mannen van de Guard legden hun geweer aan en Pangle grijnsde hun toe. Er was niets van ironie of bravoure in zijn glimlach. Alleen vriendelijkheid.

—Ik kan geen man doodschieten als hij naar me lacht, zei een van de mannen terwijl hij zijn geweer half liet zakken.

—Hou op met lachen, zei Teague tegen Pangle.

Pangle draaide met zijn mond en deed zijn best hem recht te houden, maar de mond vertrok en vormde weer een grijns.

—Er is niets grappig hier, zei Teague. Helemaal niets. Bereid je voor op je dood.

Pangle haalde zijn beide handen over zijn gezicht van haargrens tot kin. Hij trok zijn mondhoeken met zijn twee duimen omlaag, en toen hij ze losliet, sprongen ze weer omhoog zodat zijn gezicht weer openbloeide in een glimlach.

—Neem je hoed af, zei Teague.

Pangle nam zijn hoed af en hield hem nog steeds lachend met twee handen ter hoogte van zijn middel vast. Hij draaide hem almaar rond als om te laten zien hoe de wereld draait.

—Houd hem voor je gezicht, zei Teague.

Pangle bracht de hoed omhoog en hield hem voor zijn gezicht, en toen hij dat deed, haalden de Guards de trekkers over en er vlogen houtsplinters van de stam van de grote populier waar de kogels insloegen nadat ze door de lichamen van de twee mannen waren gegaan.

zwarte bast in de winter

—En toen ze hun trekkers hadden overgehaald, begonnen alle paarden te steigeren en te bokken en de hoofdman schold ze uit en nam zijn hoed af en sloeg ze er allemaal mee in hun gezicht. Ze bedekten hen niet, ze gingen er niet eens naartoe om iets te zeggen, behalve dat er een zei dat dit een vuurgevecht kon worden genoemd, omdat er schoten waren afgevuurd. Toen begon er een te lachen en een ander ging naar het vuur en piste erin en toen stegen ze op en reden weg. Ik weet niet wat dit voor een land is, waar mensen elkaar zomaar vermoorden.

De jongen uit Georgia gedroeg zich als iemand die kort geleden doodsbang was geweest. Hij was nog erg opgewonden, en er was iets dringends in zijn verlangen een verhaal te vertellen dat volgens hem spannend was, maar toch waar.

—Ik heb het allemaal zien gebeuren, zei hij. Ik heb het allemaal gezien.

—Waarom ben jij dan niet gedood of gevangen genomen, als je er zo dichtbij was dat je het kon zien?

De jongen dacht erover na. Hij keek opzij en harkte zijn haar met gespreide vingers van zijn voorhoofd, en daarna wipte hij met zijn duim de grendel van het hek omhoog. Hij stond aan de wegkant van de omheining van het erf, Ada en Ruby stonden binnen. Ze praatten over de palen van het hek heen, en ze konden de houtrook in zijn natte, doorzwete kleren ruiken, zijn natte, ongewassen haar.

—Ik heb het horen gebeuren, in elk geval, antwoordde hij. Ik heb gehoord wat ik niet heb gezien, zo was het misschien eerder. Ik was het bos ingegaan, een eindje in de laurierstruiken. Omdat ik moest, hè.

—Ja, zei Ada.

—Even naar achteren, als het ware.

—We hebben begrepen wat je bedoelt, zei Ruby. Maar wat betekent dit nu?

—Dat probeer ik u te vertellen. Dat ik hen bloederig en dood in een hoop onder die grote populier heb laten liggen. Toen ben ik hierheen gerend, de hele weg. Ik herinnerde me waar de vioolspeler zei dat u woonde. Ik ben eerst naar die steen gegaan waar we gisteren eten hebben opgehaald. En ik ben verder naar beneden gerend tot ik het huis gevonden had.

—Hoe lang? zei Ruby.

De jongen keek om en bestudeerde de vlakke, grijze wolken en de blauwe randen van de richel alsof hij probeerde zich te oriënteren. Maar hij kon niet zien naar welke kant het westen lag, en de hemel hielp niet mee om te bepalen hoe laat het zou zijn, want er waren geen lichte plekken in, alleen de weinige kleuren van een oud bijlblad.

—Het is drie uur, deelde Ada hem mee. Op zijn vroegst half drie.

—Drie uur? zei de jongen, alsof het hem enigszins verbaasde. Hij keek naar beneden en bestudeerde de samengepakte grond bij de drempel naar het erf. Hij perste zijn lippen op elkaar en bewoog met zijn mond. Hij was bezig terug te tellen. Hij stak zijn handen omhoog en greep twee van de palen in zijn vuisten. Hij blies de lucht zodanig tussen zijn lippen door naar buiten dat hij nog net niet floot.

—Zeven uur, zei hij tenslotte. Zes of zeven uur, denk ik.

—En je hebt het hele eind gerend? zei Ruby.

—Ik heb een stuk gerend, zei hij. Ik was bang. Het is moeilijk om het precies te zeggen, maar ik rende tot ik niet meer kon. Daarna rende ik steeds een stuk en dan liep ik een stuk. Eerst het een en dan het ander.

—We hebben jou nodig om ons erheen te brengen, zei Ada.

Maar de jongen wilde niet teruggaan op de berg. Hij zei dat hij liever ter plekke doodgeschoten wilde worden dan daar weer heen te gaan. Hij had er meer van gezien dan hem lief was. Elke kameraad die hij er had gehad lag nu dood in de bossen. Hij wilde thuis zijn, meer niet. En volgens zijn berekening moest het bericht dat hij had overgebracht op zichzelf al wat voedsel waard zijn en een extra deken en nog een paar dingen die hij op reis nodig had.

—Heel wat anderen zouden die twee gewoon hebben laten liggen zonder zich er iets van aan te trekken dat de wolven hun karkas wel gauw kaal zouden vreten, zei hij. En hij vertelde de vrouwen dat hij dacht dat de wolven zijn dode neef al te pakken hadden genomen. Zonder graafwerktuigen was het enige dat hij bij wijze van een begrafenis had kunnen doen, het lichaam onder de rand van een kleine waterval in de beek plaatsen. Daar was een droge plek geweest onder een overhangende rots waar het water overheen stroomde en een gordijn vormde, zodat het een soort kamer was tussen aarde en water. Hij vertelde hoe hij zijn neef in kleermakerszit tegen een steen had gezet en een paar woorden had gezegd boven het stille gezicht, met de strekking dat er deze wereld was en een andere en dat ze elkaar in de volgende misschien weer zouden zien. Hij zei dat hij wegliep, en toen keek hij om en de zon scheen door de nevel van de waterval en liet er regenbogen uit ontstaan. Dus nee. Hij was niet van plan nog een voet op die berg te zetten.

—Cold Mountain staat precies in de weg van waar je heen wilt, zei Ruby, maar je moet maar doen wat je wilt. Wij hebben je niet nodig. Ik weet over welke plaats je het hebt, en we kunnen het paard leiden en er in hooguit vijf uur zijn, zonder te rennen. Maar we zullen je wel te eten geven. Dat hebben we gedaan bij elke zwerver die hier langs kwam.

Ruby opende het hek en de jongen mocht het erf opkomen. Hij ging op de trap zitten tussen de grote buxusstruiken en wreef in zijn handen en blies erop. Ruby bleef bij het hek staan. Ze stak haar hand omhoog en legde die op een kale, gekromde tak van de appelboom en stond uit te kijken over de weg.

Ada kwam naast haar staan en keek naar haar profiel. Naar Ada's ervaring hadden vrouwen die zo'n verlies hadden geleden de gewoonte te huilen en elkaar te omhelzen en woorden van troost en geloof te spreken. En hoewel ze niet zoveel vertrouwen meer had in die formules, wilde ze Ruby er graag mee helpen als ze er iets aan had. Ada stak dus haar hand uit om het donkere haar aan te raken dat in Ruby's nek bijeengenomen was en vastgebonden met een reep dierenhuid.

Maar Ruby scheen zelfs dit kleine gebaar van troost niet op prijs te stellen. Ze draaide haar hoofd weg. Ze huilde niet, maakte geen prop van haar schortzoom in haar handen en treurde op geen andere zichtbare manier om het bericht van Stobrods dood. Ze had alleen haar hand op de tak van de appelboom gelegd en keek naar de weg. Het enige wat ze zei, betrof een vraag die haar dwarszat. Gingen ze de mannen op de berg begraven of namen ze hen mee naar Black Cove om hen op de kleine begraafplaats tussen de Blacks te rusten te leggen? Beide mogelijkheden hadden hun voors en hun tegens. Maar aangezien Stobrod en de Blacks elkaar bij leven niet zo hadden gemogen leek het haar alles bijeengenomen beter om hen in de dood gescheiden te houden.

—We moeten het nu weten, want het maakt verschil voor wat we meenemen, zei Ruby. Spaden en zo.

Ada was een beetje in de war bij de gedachte de mannen niet mee terug te nemen. Het klonk zo informeel, alsof je een hond begroef.

—We kunnen toch niet zomaar naar boven gaan en een gat graven en hen erin stoppen en dan weer naar huis komen, zei ze.

—Wat zou het verschil zijn met wat we zouden doen als we ze mee naar beneden sleepten? zei Ruby. Als ik het was, zou ik eigenlijk liever op de berg in mijn graf liggen dan op welke andere plek ook.

Nu ze het zo stelde, kon Ada er niets tegenin brengen. Ze moest naar binnen om eten te maken voor de jongen, maar voor ze ging, stak ze haar armen uit en drukte Ruby tegen zich aan, al was het alleen omdat ze het zelf troostrijk vond. Ada besefte dat het de eerste keer was dat ze elkaar hadden omhelsd, en Ruby stond met haar armen langs haar lijf en was een harde knoedel mens in Ada's armen.

In de keuken maakte Ada een bord met koude restjes van hun eigen middagmaal – gebakken appels, maïsbrood, wat gedroogde limabonen die te lang hadden gekookt en papperig waren geworden. De bonen waren bij het afkoelen gestold in de pan en hadden een kleur en structuur die haar aan pâté deden denken. Daarom stortte ze de bonen in een opwelling uit de pan en sneed er twee plakken vanaf.

Toen ze naar buiten ging en de jongen het bord aangaf, zat hij enige tijd naar de bonen te kijken. De uitdrukking op zijn gezicht zei dat hij geloofde dat dit weer een bewijs was voor het soort plaats waar hij terecht was gekomen.

—Dat zijn bonen, zei Ada.

De jongen keek er nog eens naar en haalde er met de vork een klein stukje af om te zien of het waar was wat ze zei.

—Zo eten we ze nooit waar ik vandaan kom, zei hij.

Terwijl de jongen op de trap zat te eten, zat Ruby een trede hoger en gaf hem mondeling een kaart van de lange weg om Cold Mountain heen. Ada zat in een schommelstoel op de veranda en keek naar hen, twee kleine, donkere mensen die zo sterk op elkaar leken dat men ze voor broer en zuster zou kunnen houden. Ruby zei tegen de jongen dat hij de hoge kammen moest aanhouden en de grotere wegen door de beekdalen moest vermijden, want daar zouden mensen zijn. Ze beschreef alle kenmerkende landschapselementen die hij nodig had om de weg te vinden naar Cold Spring Knob, dan naar Double Spring Gap en vandaar naar Bearpen Gap, Horsebone Gap en Beech Gap. Van daaraf moest hij afdalen en bij elke splitsing van pad of beek het zuidwesten aanhouden. Als hij deze weg volgde, was het niet meer dan twee weken lopen naar het vlakke, akelige land waar de jongen vandaan kwam.

—Loop als het donker is, slaap overdag en maak geen licht, zei Ruby. Denk maar dat zelfs als je niet het hele eind hardloopt, je er voor Kerstmis zult zijn. Ze zeggen dat je weet dat het Georgia is zodra je er bent, want het is niets dan rode aarde en ruwe wegen.

Ruby besteedde verder geen aandacht aan hem, maar wendde zich tot Ada en begon hun tocht uit te stippelen. De tijd kwam ongelukkig uit. Volgens Ruby's redenering zouden ze nu ze bijna de kortste dag van het jaar hadden, op de een of andere manier, op de heenweg of op de terugweg, een nacht in het bos moeten doorbrengen. Volgens haar deed het er niet zoveel toe of het op de heen- of op de terugweg was. Ze konden dus het beste meteen gaan. Daarom lieten Ada en zij de jongen die zijn bord met een korst maïsbrood afveegde zitten en gingen naar binnen. Ze legden een rand as om het vuur en stelden snel een kampeeruitrusting samen volgens Ruby's aanwijzingen. Beddengoed, kookgerei, etenswaren, kaarsen, een blikken doos met lucifers en het schuurpapier om ze op af te strijken, een droog bosje vet aanmaakhout, een rol touw, een kleine bijl, een jachtgeweer met kruit en hagel en vulsel, tarwe voor het paard, een houweel en een spade. Ze stopten alles in twee hennepen zakken, bonden de bovenkant ervan aan elkaar en hingen ze over Ralphs rug als grove, bultige draagmanden.

Ruby keek naar de hemel of er iets aan de wolken of de lucht of het licht te zien was waaruit bleek wat voor weer het zou worden, en alles wees op sneeuw en meer kou.

Ze zei: Heb je misschien broeken in huis?

—Pantalons? zei Ada.

—Van wol of van katoen, dat mag allebei. Twee stuks.

—Van mijn vader, ja.

—Die moeten we aantrekken, zei Ruby.

—Een mannenbroek? zei Ada.

—Jij mag aantrekken wat je wilt, maar ik vind het geen prettig gevoel als de winterwind mijn rok opwaait. En wie zal er daar boven iets van zien?

Ze vonden twee zware, wollen jachtbroeken, een zwarte en een grijze. Ze trokken lange onderbroeken aan en daarna de broeken, waarvan ze de onderkant omsloegen en het middel aansnoerden met een riem, zodat het teveel aan stof grote plooien vormde. Ze trokken een wollen overhemd aan en een trui, en Ruby zag Monroe's breedgerande hoeden en zei dat die de sneeuw uit hun gezicht zouden houden, dus ze pakten er twee van de plank en zetten ze op. Onder prettiger omstandigheden, dacht Ada, zou dit net zoiets zijn geweest als de haarwedstrijd, een verkleedspel waarbij ze konden wedden om te zien wie zich het overtuigendst als man kon uitdossen. Met roet van een lamp een snor en bakkebaarden op hun gezicht tekenen, rondlopen met niet aangestoken sigaren en de malle gebaren nabootsen die mannen maakten bij het roken ervan. In plaats daarvan zeiden ze nauwelijks iets terwijl ze de kleren aantrokken, en beiden zagen de komende paar dagen met angst tegemoet.

Voor ze vertrokken, smeerden ze hun schoenen in met bijenwas, zetten de deur van het kippenhok open, deden hetzelfde met de deur van de koeienstal en legden een hoop hooi op de vloer. Ruby dacht dat Waldo wel hard zou loeien om gemolken te worden tegen dat ze terugkwamen. Ze gaven de jongen eten en beddengoed en zeiden dat hij op de hooizolder kon slapen tot het donker genoeg was om veilig te reizen. Toen ze wegliepen met het paard aan de teugel zat de jongen nog tussen de buxusstruiken, en hij wuifde hen na als een gastheer die het bezoek uitgeleide doet.

Tegen de avond viel er sneeuw door de mist in het bos. Ada en Ruby liepen in flauw licht onder sparren, en ze waren zelf niet meer dan vage, donkere vormen die bewogen in een wereld waaraan elke kleur ontbrak behalve tinten grauw. De dichtstbijzijnde bomen zagen er nog uit als echte bomen, maar de bomen die iets verder weg stonden, leken meer op een suggestie van bomen zoals op een snelle schets, een nonchalant gebaar dat vaag aan de vorm van een boom deed denken. Ada had het gevoel dat er geen landschap bestond en dat ze rondzwierf in een wolk, waar het weinige dat ze kende op een armlengte afstand was. De rest was te omfloerst om te kunnen begrijpen wat het was. Het maakte Ralph nerveus, en het paard boog steeds zijn hals naar links en naar rechts en bewoog zijn oren naar achteren en naar voren om dreigende geluiden op te vangen.

Ze waren een hele tijd gestegen onder de dichte kruinen van donkere Canadese dennen. Toen waren ze over een lage kam gekomen en afgedaald in een beekdal. Ze hadden het terrein dat Ada kende ver achter zich gelaten. De grond onder hun voeten was zacht van de lagen afgevallen naalden, en door de boomtoppen viel sneeuw, zo droog als gezeefd meel, die over de grond dwarrelde in patronen van bogen en lussen. Hij scheen niet te willen gaan liggen.

Na enige tijd staken ze een zwarte beek over, voorzichtig stappend op de droge bovenkant van bultige stenen. Ada keek naar de manier waarop de beek bleef steken in een dunne rand blinkend ijs aan de oevers en rondom stenen en omgevallen bomen en pollen mos, aan alles wat de stroom belemmerde. Maar in het midden van de beek stroomde het snelle water zoals altijd.

De plaatsen waar het ondieper en trager stroomde zouden dus gemakkelijk bevriezen. Monroe zou van zoiets een les hebben gemaakt, dacht Ada. Hij zou gezegd hebben wat er in het leven van een mens vergelijkbaar was met de delen van die beek, waarvoor God het als voorbeeld had bedoeld. Al Gods werken waren niet meer dan ingewikkelde vergelijkingen. Elk stralend beeld in de zichtbare wereld was slechts de schaduw van een goddelijk iets, zodat aarde en hemel, hoog en laag op een vreemde manier overeenstemden in vorm en betekenis, omdat ze in wezen congruent waren.

Monroe had een boek waarin je die voorbeelden kon opzoeken. De roos – met zijn doorns en bloesem – een voorbeeld van de moeilijke en gevaarlijke weg naar geestelijk ontwaken. De baby – die jammerend, in pijn en bloed ter wereld komt – een voorbeeld van ons ellendig aards bestaan, zo vol van geweld. De kraai – zijn zwartheid, zijn vogelvrijheid, zijn neiging om zich met aas te voeden – een voorbeeld van de duistere machten die op de loer liggen om de ziel van de mens te veroveren.

Ada dacht daarom vanzelfsprekend dat de stroom en het ijs een wapen voor de geest konden bieden. Of misschien een waarschuwing. Ze weigerde alleen te geloven dat een boek kon vertellen hoe het precies moest worden geduid of welk gebruik ervan kon worden gemaakt. Wat een boek ook zei, er zou iets wezenlijks aan ontbreken en het zou op zichzelf even nutteloos zijn als een scharnier zonder pen.

Op de oever aan de andere kant van de beek bleef het paard staan en schudde zijn vel tot de pannen rammelden in hun zakken, en vervolgens strekte hij zijn hals en ademde zacht en langdurig uit, hopend op de geruststellende adem van een kameraad als antwoord. Ada legde haar hand om zijn fluwelen snuit. Hij stak zijn tong uit en ze pakte hem tussen duim en wijsvinger en trok hem zacht heen en weer, en toen gingen ze verder.

Ze volgden een tijdlang de oever van de beek die van de helling tuimelde, maar toen maakte het pad een vage splitsing omhoog en kwam uit in een bos van loofbomen waar nog verwrongen fragmenten van bladeren aan de eiken hingen. Het waren oude, vermoeide eiken en er groeiden bollen mistletoe op hun takken. De sneeuw viel dichter en bleef nu op de grond liggen en het pad werd een vage, verzonken lijn door het bos, iets dat gemakkelijk over het hoofd kon worden gezien wanneer het donker werd. Op het pad, als je het zo kon noemen, stonden niet eens de diepe sporen van wilde zwijnen. Het leek een verlaten indianenpad dat in lange tijd door niemand was belopen, dat een reeks punten met elkaar verbond die niet meer bestonden.

Ze liepen door tot lang nadat het donker was geworden, en het sneeuwde nog steeds. De wolken waren gesloten en hielden de wassende maan verborgen. Toch was er licht in de sneeuw waar die tegen de zwarte boomstammen omhoog stond.

Een schuilplaats, daar dacht Ada in de eerste plaats aan, en bij elke overhangende rots zei ze: Daar is een plek waar we zouden kunnen slapen. Maar Ruby zei dat ze een betere plek wist, of in elk geval dat ze dacht dat ze zich vlakbij een plek herinnerde, en ze liepen door.

Na verloop van tijd kwamen ze bij een opeenhoping van grote, platte stenen. Ruby liep ertussen rond tot ze vond wat ze zocht: drie stenen die tegen elkaar aan waren gevallen zodat ze een afdak vormden, een soort toevallig ontstane dolmen met vlakke, rechte muren en een deksteen die er precies op paste en naar achteren helde zodat het water eraf liep, waardoor eronder een ruimte was ontstaan, niet groter dan een vliering, maar genoeg om in te kunnen zitten en bewegen. Als architectuur deed de vorm Ada denken aan het symbool voor pi. Binnen lag een dikke laag dorre bladeren op de vloer. Nog geen twintig meter verder welde bronwater uit de grond. Rondom stonden kastanjes en eiken die sinds de scheppingsdag nooit gekapt waren. Het was de mooiste kampeerplek die je je maar kon denken, en Ruby zei dat hoewel ze hier in jaren niet geweest was, alles nog precies zo was als ze het zich herinnerde van de tijd dat ze hier als kind op zoek naar voedsel menige nacht had doorgebracht.

Ruby gaf Ada de taak armen vol van de droogste takken te zoeken die ze kon vinden, en binnen een halfuur brandde er een lekker warm vuurtje bij de ingang van de schuilplek. En er stond een pan water op voor thee. Toen de thee getrokken was gingen ze zitten en dronken hem op en aten er een paar gedroogde kaakjes en wat gedroogde appeltjes bij. De ringen kwamen van zulke kleine appeltjes dat je ze zowat in één hap opat, maar hun scherpe smaak vatte alle goede dingen van het afgelopen warme seizoen samen.

Ze praatten niet veel onder het eten, behalve dat Ada zei dat die jongen uit Georgia haar als man niet veel bijzonders leek. Ruby zei dat ze hem niet speciaal erger vond dan mannen in het algemeen, wat wilde zeggen dat hij er sterk op vooruit zou gaan als hij van tijd tot tijd een schop onder zijn kont kreeg.

Toen ze klaar waren met eten veegde Ruby de bladeren van de vloer van de schuilplaats met de muis van haar hand weg, nam een handvol aarde, zeefde die door haar vingers en hield haar handpalm bij het licht van het vuur zodat Ada het kon zien. Brokjes houtskool en splinters vuursteen. Oeroud vuur en gedeeltes van pijlpunten die mislukt en weggegooid waren. Vlokken oude hoop, hoe klein ook.

Geen van beiden zei iets, maar Ada zocht tussen de vuursteensplinters en behield de punt die het verst voltooid was. Ze vond het troostrijk dat mensen in een verre, andere tijd hetzelfde hadden gedaan als zij, een schuilplaats hadden gevonden tussen de stapel stenen en er hadden gegeten en geslapen.

De sneeuw siste wanneer hij viel en de temperatuur daalde snel, maar het vuur had de stenen algauw verwarmd, en toen Ada en Ruby zich in dekens wikkelden en een holletje maakten tussen de droge bladeren en nog een hoop bladeren op de dekens legden, hadden ze het even warm alsof ze thuis in bed lagen. Dit zou voldoende zijn, dacht Ada terwijl ze daar lag. Het verlaten voetpad door bergen en rivieren. Geen levende ziel in de buurt. De stenen schuilhut warm en droog en vreemd als een feeënverblijf. Hoewel anderen het zouden kunnen beschouwen als een uiterst kaal toevluchtsoord, paste het zo goed in haar behoeften dat ze hier zonder meer in kon trekken om er te wonen.

Het vuur wierp patronen van licht en schaduw op de schuine daksteen, en Ada merkte dat als ze lang genoeg wachtte, het vuur de vormen ging weergeven van dingen in de wereld. Een vogel. Een beer. Een slang. Een vos. Dat was misschien een wolf. Het vuur scheen geen andere interessen te hebben dan dieren.

Deze beelden brachten Ada een lied te binnen, een lied van Stobrod. Het was haar sterk bijgebleven. Ze had het opgemerkt vanwege de vreemdheid van de tekst en Stobrods zang, die zo'n intensiteit had gehad dat Ada alleen maar kon aannemen dat hij er een diepe persoonlijke ervaring mee had uitgedrukt. Het ging over het denkbeeldig gedrag van de spreker, namelijk wat hij zou doen als hij het vermogen had een of ander soort dierlijk schepsel te worden. Een hagedis in de lente – om zijn liefje te horen zingen. Een vogel met wieken om te vliegen – terug naar zijn liefje om te huilen tot hij sterft. Een mol in de grond – om een berg af te graven.

Ada was lang met het lied bezig. Die dieren leken prachtig en gruwelijk in hun verlangens, vooral de mol, een klein, machteloos, kluizenaarachtig blind beestje dat door eenzaamheid en wrok gedreven werd om de wereld om hem heen te laten instorten. Nog schitterender en gruwelijker was de menselijke stem die de woorden van het lied uitsprak, die zijn eigen menselijkheid wegwenste om verlichting te verkrijgen voor de pijn van verloren liefde, bedrogen liefde, onuitgesproken liefde, verspilde liefde.

Ada kon aan Ruby's ademhaling horen dat ze nog wakker was, en daarom zei ze: Herinner je je dat lied van je vader over de mol in de grond?

Ruby zei dat ze het zich herinnerde, en Ada vroeg of Ruby dacht dat Stobrod dat lied had geschreven. Ruby zei dat er veel liedjes waren waarvan je niet kon zeggen dat een speciaal iemand ze zelf had gemaakt. Een lied ging rond van vioolspeler naar vioolspeler en iedereen voegde er iets aan toe en liet er iets uit weg zodat het lied na enige tijd iets anders werd dan het geweest was en je de melodie en de woorden bijna niet meer kon herkennen. Maar je kon niet zeggen dat het lied verbeterd was, want zoals met al het menselijk streven was er nooit vooruitgang. Alles wat er bijkwam betekende dat iets anders verloren ging, en je had ongeveer gelijke kansen dat datgene wat verloren ging beter was dan wat er bijgekomen was, zodat het in de loop van de tijd nog mooi was als we ongeveer op hetzelfde punt waren gebleven. Elke gedachte dat het anders was, was ijdelheid.

Ada lag daar en keek naar de schaduwen van het vuur en luisterde naar de sneeuw in de bladeren en het duurde niet lang of ze viel in slaap en sliep een droomloze slaap, en werd zelfs niet wakker toen Ruby opstond om nog wat hout op het vuur te gooien. Toen Ada wakker werd, werd het al enigszins licht, en ze kon zien dat de sneeuw nu trager viel maar niet opgehouden was. Hij lag enkeldiep op de grond. Geen van beiden had veel zin om aan de dag te beginnen die zich voor hen uitstrekte. Ze zaten met de dekens om hun schouders, en Ruby blies de kooltjes aan en stookte het vuur weer op. Ze bakte een stuk spek, viste het met een vork uit het vet en legde het op een platte steen. Vervolgens deed ze water bij het vet, kookte een pan grutten, nam het spek van de steen en verkruimelde het in de pan en roerde het door de grutten. In de kleinere pan maakte Ada thee, en terwijl ze ervan dronken vertelde Ruby hoe zij toen ze voor het eerst thee had gekregen van Mrs. Swanger, die zo geweldig had gevonden dat ze Stobrod een handvol thee in een lapje gebonden meegaf toen hij op wasberenjacht ging. De volgende keer dat ze hem zag, een paar weken later, had ze hem gevraagd hoe hij het vond. Stobrod had gezegd dat hij het maar matig vond, en zeker niet lekkerder dan andere groenten. Ruby ontdekte dat hij de thee had gekookt met een reep vetspek en had opgegeten alsof het waterkers was.

Toen ze bij de splitsing van het pad kwamen, vonden ze de jongen Pangle die daar alleen lag met zijn gezicht naar boven onder de populier. Hij was bedekt met een mantel van sneeuw. Die lag slap over hem heen, dunner dan op de grond naast hem, en het was duidelijk dat de sneeuw eerst om hem heen was weggesmolten maar later niet meer.

Ruby veegde de sneeuw weg om naar zijn gezicht te kijken, en toen ze dat deed, zag ze dat hij nog steeds lachte, alleen met een blik van verwarring in zijn ogen, maar dat kon ook de blik van de dood geweest zijn. Ruby legde haar hand om zijn bolle wang en raakte toen met haar vingertoppen zijn voorhoofd aan, als om hem te merken met het teken van een soortgelijke verschoppeling.

Ada wendde zich van hem af en begon met de punt van haar schoen in de sneeuw te schoppen. Zodoende legde ze stukken kapotte banjo bloot. Even later de gebroken strijkstok, waarvan de slof er aan het paardenhaar bij bungelde. Ze schopte nog wat rond op zoek naar de viool, maar ze vond hem niet. Geen viool en geen Stobrod.

—Waar is hij? zei Ada.

—Die lui uit Georgia kunnen ook nooit meer dan de halve waarheid vertellen, zei Ruby. Dood of levend, maar ze hebben hem meegenomen.

Ze besloten Pangle te begraven op een klein vlak stuk grond boven het pad bij een kastanjeboom. Het was gemakkelijk graven en ze hadden de houweel nauwelijks nodig, want alleen een dun korstje grond was bevroren en daaronder was de aarde zwart en rul en heel diep. Ze werkten om beurten met de spade, en het duurde niet lang of ze hadden het te warm in hun jas en deden hem uit en hingen hem aan takken van de boom. Toen hadden ze het te koud, maar het was beter het koud te hebben dan je kleren nat te maken met zweet. Tegen de tijd dat ze op stenen van enige betekenis begonnen te stuiten hadden ze al een flink gat, hoewel het nog een halve meter minder diep was dan de een meter tachtig die volgens Ada voor graven voorgeschreven was. Maar het was wel goed zo, zei Ruby.

Ze gingen naar Pangle toe, pakten elk een been, sleepten hem door de sneeuw naar het graf en lieten hem erin glijden. Ze hadden geen kist, zelfs geen extra deken om hem in te wikkelen, en daarom spreidde Ada haar halsdoek over zijn gezicht voor ze de aarde begonnen terug te scheppen. Tegen de tijd dat ze hem zover hadden bedekt dat er nog maar een schoenpunt te zien was, huilde Ada, hoewel ze de jongen maar een keer in haar leven had gezien, en dat alleen bij het licht van een vuur, en alle woorden die tussen haar en hem waren uitgewisseld waren dat hij had gezegd dat Stobrods spel haar goed had gedaan.

Ada herinnerde zich haar gedachten toen ze de kolen voor de winter hadden begraven, waar ze weer een metafoor van had gemaakt. Maar deze begrafenis was iets heel anders. Afgezien van het enkele feit dat er gaten in de grond waren gegraven, was er niets overeenkomstigs tussen de twee gebeurtenissen.

Toen ze het graf gevuld hadden zodat het enigszins boven de grond uitstak, hadden ze nog aarde over. Ruby merkte dit op en schreef het toe aan de tijd van de maand, de naar vol wassende maan. Als je een graf groef wanneer de maan een week was afgenomen, had je een kuil wanneer je klaar was. Ze maakten van de extra aarde van de maan een heuveltje boven Pangle en klopten het aan met de achterkant van de spade. Vervolgens pakte Ada haar knipmes en schilde repen bast van een jonge bitternoot en zocht een acacia en hakte er twee takken af met de handbijl en snoerde ze met de bitternootbast aan elkaar tot een kruis. Ze zette het rechtop in de zachte grond bij Pangles hoofd, en hoewel ze hardop geen toespraak hield, zei ze enkele woorden in gedachten. Ze had Ruby wel eens horen zeggen dat acacia's zo'n sterke levenswil hadden dat je het hout van de stam kon splijten tot hekpaaltjes en dat sommige van die paaltjes wortel schoten in hun gat en weer gingen groeien. Dat hoopte Ada nu ook van haar eigen constructie, dat er eens een hoge acacia zou staan om Pangles plaats aan te duiden, en dat die tot in de volgende eeuw jaar op jaar in het kort een verhaal zou vertellen zoals dat van Persephone. Zwarte bast in de winter, witte bloesem in de lente.

Hun handen waren vuil. Ruby nam een handvol sneeuw, wreef die tussen haar handpalmen en schudde het vuile water af. Maar Ada liep door het bos naar de beek en knielde en waste haar handen, en spatte vervolgens ijskoud water in haar gezicht. Ze ging staan en schudde haar hoofd en keek om zich heen. Haar blik viel op een lage overhangende rots aan de overkant van de beek. Hij vormde een beschutte plek. Het bruin van de aarde eronder stak donker af tegen de sneeuw. Onder de rand van de rots zat Stobrod, al duurde het even voor Ada hem zag, aangezien zijn kleren dezelfde kleur hadden als het donker van de kale aarde. Hij bewoog niet, had zijn ogen dicht, en zat in kleermakerszit, zijn hoofd opzij en zijn handen in rust om de viool in zijn schoot. Er stak een beetje wind op die de paar eikenbladeren deed ratelen en sneeuw van kale takken schudde. De sneeuw viel in Ada's haar en op het oppervlak van de beek, waar hij onmiddellijk smolt.

—Ruby, riep Ada. Ruby, ik heb je hier nodig.

Ze stonden over hem heen gebogen en zijn gezicht had dezelfde tint als de sneeuw en hij zag er erg schriel uit. Zo'n klein mannetje. Hij had veel bloed verloren door de wonden en had nog meer bloed opgegeven, zodat de voorkant van zijn hemd helemaal bevlekt was. Ruby nam de viool uit zijn schoot en gaf hem aan Ada, en binnenin verschoven de ratels van de slang met een droog geluid. Toen Ruby zijn knopen losmaakte, was het bloed in zijn hemd zwart en hard. Zijn borstkas was broos en wit. Ruby drukte haar oor ertegenaan, nam even afstand en luisterde toen weer.

—Hij leeft nog, zei ze.

Ze trok zijn kleren los en draaide hem rond om de schade op te nemen. Het bleek dat hij drie keer getroffen was. Door de hand die de strijkstok voor hem vasthield. Door de spieren van zijn dijbeen bij het heupbeen. En – de ernstigste verwonding – door zijn tepel en zijn borst. Die kogel had een rib gebroken en de bovenkant van zijn long geschampt en was in de spieren van zijn rug boven het schouderblad blijven steken. Daar zat een blauwe bobbel onder zijn huid, zo groot als een wild appeltje. Wanneer ze hem bewoog, kwam hij niet bij bewustzijn, kreunde zelfs niet van pijn.

Ruby verzamelde aanmaakhout en sleep schilfers van een dennentak en streek lucifers af. Toen het vuur brandde, hield ze het lemmet van haar zelfgemaakte mes in de vlammen. Ze sneed in Stobrods rug en hij maakte nog steeds geen geluid, knipperde zelfs niet met zijn ogen. Er kwam maar een klein beetje bloed uit de snede, alsof hij zo weinig over had dat de nieuwe wond niet meer dan een paar rode druppels uitzweette. Ruby stak haar vinger in zijn rug en tastte ermee rond en toen viste ze de kogel er met een kromme vinger uit. Ze legde hem in Ada's hand en het was net een brokje rauw vlees.

—Ga die maar afspoelen, zei Ruby. Die wil hij later natuurlijk hebben.

Ada liep naar de beek, hield haar hand in het water en liet de stroom door haar tot een kooi gevormde vingers gaan. Toen ze haar hand uit het water haalde en keek, was het lood schoon en grijs. Op zijn reis door Stobrods lichaam had het de vorm van een paddestoel gekregen met een puntige, gespleten en misvormde hoed. Maar de steelkant was nog intact, met de drie keurige ringen die er in de fabriek in waren aangebracht om zoveel mogelijk te profiteren van de trek van de loop.

Ada ging terug naar de overhangende rots en legde de kogel naast de viool. Ruby had Stobrod in dekens gewikkeld en het vuur brandde kniehoog.

—Blijf jij hier en breng wat water aan de kook, zei Ruby tegen Ada.

Ada zag haar weglopen door het bos, met de schop over haar schouder en haar hoofd gebogen, op zoek naar geneeskrachtige wortels die ze alleen kon herkennen aan hun gedroogde stengels en lege doppen die uit de sneeuw omhoog staken. Ada legde om het vuur stenen neer waar de pan op kon staan en liep naar het paard en haalde een pan uit een van de zakken. Ze schepte hem vol beekwater en zette hem op de stenen om warm te worden. Ze ging zitten en keek naar Stobrod, die erbij lag als een dode. Er was niets waaruit bleek dat hij leefde behalve een geringe beweging van de voorkant van zijn jasje wanneer hij inademde. Ada dacht aan zijn honderden melodieën. Waar waren ze nu en waar zouden ze heengaan als hij doodging.

Toen Ruby een uur later terugkwam had ze haar zakken vol met alle wortels die ze had kunnen vinden die ook maar enigszins bruikbaar konden zijn – toorts, duizendblad, klis, ginseng. Maar ze had geen goldenseal gevonden, en dat had ze nu juist het meest nodig. Dit kruid was de laatste tijd zeldzaam geworden. Moeilijk te vinden. Ze was bang dat de mensen toonden dat ze niet waard waren om te genezen en dat het walgend was weggegaan. Ze maakte een papje van toortswortel en duizendbladwortel en klis, bracht dit aan in Stobrods wonden en verbond ze met repen van een deken. Ze maakte thee van de toorts en ginseng en druppelde die in zijn mond, maar zijn keel leek dichtgeklemd en ze wist niet of er iets van naar binnen ging of niet.

Na een tijdje zei ze: Het is te ver naar huis. Hij komt daar niet levend aan. Het kan wel dagen duren voor hij kan reizen, en het zou me niet verbazen als er nog meer sneeuw kwam. We hebben een betere schuilplaats nodig dan dit.

—Terug naar de stenen hut? zei Ada.

—Daar kunnen we niet allemaal in. We moeten ook ruimte hebben om te koken en dingen aan hem te doen. Ik weet wel een plek. Als die nog bestaat.

Ze lieten Stobrod liggen terwijl ze lange palen hakten om disselbomen voor een sleepslede te maken. Ze bonden de palen met touw aan elkaar en vlochten er meer touw doorheen om een draagvlak te vormen en spanden het paard ervoor. Ze droegen Stobrod in de dekens over de beek en legden hem erop, maar toen ze de linkse aftakking van het pad opliepen terwijl hij achter het paard aansleepte en tegen elke steen en boomwortel stootte, zagen ze wel dat dit een verkeerd plan was geweest en dat zijn wonden door dit gehobbel verder zouden opengaan. Daarom haalden ze de slede uit elkaar, rolden het touw op, legden Stobrod over het paard en gingen langzaam verder.

De hemel was vlak en grijs en hing zo laag boven hun hoofd dat het leek alsof ze hem konden aanraken als ze hun hand opstaken. Gedurende korte tijd kwam er weer sneeuw uit, voortgejaagd door een snijdende wind. Eerst viel de sneeuw in grote vlokken als ganzendons, later was hij fijn en droog als as. Toen het sneeuwen ophield, rees er rondom een dichte mist op, en het enige duidelijke was dat de dag op zijn eind liep.

Ze liepen enige tijd zonder te spreken, behalve dat Ruby af en toe zei: Hierheen, en dan namen ze een bocht bij een splitsing. Ada wist niet welke kant ze opgingen, want ze was allang haar zekerheid over herkenningspunten kwijt.

Toen ze stilhielden om te rusten bleef het paard met hangend hoofd staan, vermoeid en ongelukkig, uitgeput door de last die hij droeg en de hoogte. Ada en Ruby veegden sneeuw van een boomstam en gingen zitten. Ze konden in de mist alleen de dichtstbijzijnde bomen zien. Maar de lucht gaf het gevoel dat ze zich op een hoge rand bevonden en dat er veel open lucht en zwaartekracht om hen heen was. Ada dook ineen in haar jas en probeerde er niet aan te denken dat er nog een dag zoals deze zou komen of waar ze moesten overnachten, alleen aan de volgende kilometer. Stobrod hing over het paard, precies zoals Ada en Ruby hem hadden neergelegd.

Terwijl ze daar zaten, kwamen er opeens twee dwergvalken uit de mist tevoorschijn. Ze vlogen tegen de veranderlijke wind in, en hun vleugels maakte korte, hakkende bewegingen om vat te krijgen op de lastige lucht. Ze vlogen zo dicht voor hen langs dat Ada de wind door de veren kon horen suizen. Stobrod werd wakker en hief even zijn hoofd op toen de vogels voorbijvlogen en hij bleef ze vaag nastaren toen ze weer vervaagden in de mist. Er liep een streepje bloed van zijn mondhoek naar zijn kin, dun als een snee van een scheermes.

—Smelleken, zei hij, alsof het hem zou kunnen helpen zijn evenwicht terug te vinden als hij de vogels een naam gaf.

Hij begon moeizaam te bewegen en het leek of hij recht op het paard wilde gaan zitten om het te berijden, en daarom hielp Ruby hem. Maar toen ze hem losliet, viel hij voorover tot zijn hoofd op de schoften rustte. Zijn ogen waren gesloten en zijn armen waren langs zijn hoofd uitgestrekt om met beide handen in de manen te grijpen. Zijn benen bungelden slap onder Ralphs ronde buik. Ruby veegde zijn mond af met de mouw van haar jas en ze gingen verder.

Ze gingen bijna een uur naar beneden langs een steile helling, en toen dacht Ada dat ze onder in een dal waren, al kon ze rondom niet ver genoeg zien om te kijken of dat gevoel terecht was. Ze staken een moerassige plek over en aan weerskanten van het pad groeiden schouderhoge bosbessenstruiken. Op de bodem van het dal kwamen ze langs een poel met bewegingloos, donker water. Hij verscheen uit de mist alsof er een gat in de wereld was opengegaan. De poel was omrand met oude, dode slierten van grijsbruine pollen gras en er schulpte rondom ijs aan de rand als de lensopening van een camera die zich sloot. Midden in de poel dreven bewegingloos drie zwarte eenden met de kop weggestopt tegen hun borst. Als ze een boek over voorbeelden schreef, dacht Ada, dan zou dit geschikt zijn om angst uit te drukken.

De mist werd wat dunner. Ze gingen weer omhoog, kwamen over een lage kam begroeid met Canadese dennen waarvan er vele omver waren gewaaid zodat hun wortelgestel rechtop in de lucht stond, onthuld als bij een sectie. Ze daalden tussen de bomen door en kwamen in een bosje kastanjes. Ze naderden een stroom die ze konden horen maar niet zien. Het was zwaar lopen. Er was eigenlijk geen pad, alleen genoeg ruimte tussen de bomen en de ruige onderbegroeiing om erdoor te kunnen. Terwijl ze van de helling afkwamen en een nauw beekdal naderden was het licht niet veranderd, hoewel de dag bijna om leek te zijn.

Ada begon rechthoekige vormen te onderscheiden tussen de bomen. Hutten. Blokhutten. Een klein Cherokee-dorp, een spookstadje, waarvan de mensen lang geleden waren verjaagd over het Pad der Tranen, en verbannen waren naar een onherbergzaam gebied. Een van de hutten was een vergaan restant uit de tijd van tenen en leem, de rest was gemaakt van kastanjestammen, geschild en ingekerfd en op elkaar gelegd. Gedekt met dakspanen en repen kastanjebast. Een grote witte eik was op een van de hutten gevallen, maar de rest was nog grotendeels intact nadat ze dertig jaar verlaten hadden gestaan, en kastanjehout was zo goed bestand tegen vocht dat ze nog wel honderd jaar zouden kunnen blijven staan voor ze met de grond versmolten. Er groeide grijs korstmos op de stammen van de hutten, en uit de sneeuw in de deuropeningen staken dorre stengels papegaaiekruid en fijnstraal omhoog. Er was geen vlakke grond om veel gewassen te telen, dus het was misschien een jachtkamp geweest, dat alleen in bepaalde seizoenen werd bewoond. Of een toevluchtsoord waar een handjevol vleesetende uitgestotenen een soort kluizenaarsleven had geleid. Bij elkaar waren het maar zes kleine, raamloze cellen. Ze stonden op ongelijke afstanden langs de oever van de beek, die diep en krachtig en zwart was, hier en daar onderbroken door grote, gladde rotsen waarop groen mos groeide.

Ada vond het in haar vermoeidheid erg belangrijk om zonder het te vragen te weten op welke oever van de beek de hutjes stonden. Noord, zuid, oost of west. Het zou haar helpen haar gedachten te ordenen in overeenstemming met waar ze was. Ruby scheen altijd te weten waar de windrichtingen waren, en er betekenis aan toe te kennen, niet alleen wanneer ze iemand de weg wilde uitleggen maar ook als ze een verhaal vertelde en wilde aangeven waar een gebeurtenis had plaatsgevonden. Op de westelijke oever van de Little East Fork, of op de oostelijke oever van de West Fork, dat soort dingen. Om die taal te spreken was het nodig een inwendig beeld te hebben van het gebied waar je woonde. Ada wist dat de kammen en holten en waterlopen er het kader van vormden, het geraamte. Je leerde ze, en hun plaats ten opzichte van elkaar, en dan vulde je de details in, uitgaande van die bekende punten. Van algemeen naar bijzonder. Alles had een naam. Om een leven lang volledig op zo'n plaats te leven, lette je op steeds kleinere bijzonderheden.

Ada was nog maar pas begonnen zich zo'n beeld te vormen, en ze keek naar de hemel om hulp bij het vaststellen van de richting. Maar de hemel bood geen hulp, want hij hing zo laag dat het leek of ze haar hoofd eraan kon stoten. En er waren geen andere aanwijzingen om op af te gaan. In dit weelderige klimaat groeide mos op alle kanten van een boom, waar het maar wilde. Het noorden betekende hier niets voor een mos. Ada wist dus alleen dat het dorp, wat haar betrof, op elke willekeurige beekoever kon staan. Er viel geen windrichting uit te zonderen.

De hutjes die ze passeerden, leken plechtig in hun verlaten toestand, ingeklemd tussen het water en de overhangende rand van de in wolken schuilgaande berg. Van de mensen die hier gewoond hadden, konden sommigen nog in leven zijn, en Ada vroeg zich af hoe vaak ze terugdachten aan deze eenzame plek, nu zo stil als een ingehouden adem. Het woord dat ze ervoor hadden gebruikt zou spoedig behoren tot de talloze namen van dingen die niet aan ons zijn doorgegeven en die uit onze herinnering verbannen zijn. Ze betwijfelde of de mensen van dit dorp, zelfs in de laatste dagen, ooit aan de toekomst hadden gedacht en zich hadden voorgesteld dat het zo volkomen en zo snel verloren zou gaan. Ze hadden geen nabije toekomst voorzien waarin hun wereld een andere wereld zou zijn, gevuld met andere mensen wier monden andere woorden zouden spreken, wier slaap getroost of gekweld zou worden door andere dromen, wier gebeden gericht zouden zijn tot andere goden.

Ruby koos de beste hut uit, en daarvoor hielden ze stil. Ze namen Stobrod van het paard af en maakten van het zeil en de dekens een nest voor hem op de grond, en vervolgens gingen ze de raamloze enige kamer van de hut binnen. De deur was gemaakt van gekloofde planken en hij had gedraaid op leren scharnieren die allang gebroken waren. Hij lag op de grond. Om hem te sluiten moest hij rechtop in de opening worden gezet. De aangestampte aarden vloer lag bezaaid met binnengewaaide bladeren, en ze veegden hem met een dennentak schoon. Er was een haard van stapelstenen met een schoorsteen van klei en hout. Ruby stak haar hoofd erin, keek omhoog en zag licht. Maar hij had blijkbaar nooit goed getrokken, en de dakbalken van kastanjestammetjes waren donker en glanzend van de rook van vele jaren. Onder de geur van stof was het huisje nog doortrokken van de vette geur van duizend oude kampvuurtjes. Tegen een muur stond een houten verhoging om op te slapen waar nog een laag grijs stro op lag. Ze droegen Stobrod naar binnen en legden hem daar neer.

Terwijl Ruby een vuur aanlegde in de haard ging Ada naar buiten en hakte een lange, rechte tak af die ze puntig sleep met de handbijl, en in de grond sloeg om het paard aan vast te maken onder een ceder. Maar hij was nat en rilde. Hij stond met zijn hoofd omlaag, en zijn wintervacht plakte in donkere krulletjes aan zijn huid door de gesmolten sneeuw. Ada keek naar hem en naar de lucht, en ze beoordeelde de kou op grond van het bijtende gevoel in haar wangen. Ralph zou de volgende morgen wel dood op de grond kunnen liggen.

Ze maakte hem los van de paal en probeerde hem een van de hutten in te leiden, maar hij wilde zijn hoofd niet buigen om door de deur te gaan. Ze trok aan het leidsel en hij zakte door zijn achterhand en liep achteruit, haar meetrekkend tot ze voorover in de sneeuw viel. Ze stond op, zocht een stok die zo dik was als haar pols, ging achter het paard staan en sloeg hem telkens weer met alle kracht die ze nog in zich had, wat niet veel was. Uiteindelijk dook hij door het zwarte gat van de deur alsof hem daar de dood wachtte.

Maar zodra hij binnen was, was Ralph tevreden, want de hut verschilde in afmetingen en materiaal niet veel van een box in de schuur. Binnen enkele minuten had hij zich ontspannen. Hij schudde zijn vacht uit, spreidde zijn benen en deed een lange, bevredigende plas. Ada voerde hem tarwekorrels uit de kookpan en ging de pan daarna omspoelen in de beek.

Het was bijna donker en Ada stond naar de laatste glimp licht op het wateroppervlak te kijken. Ze was moe en bang en ze had het koud. Dit leek wel de eenzaamste plek op aarde. Ze zag op tegen de nacht en het moment wanneer alle kampeerwerk gedaan zou zijn en ze zich in een deken zou moeten wikkelen en in het donker op de koude aarden vloer van de spookhut zou moeten gaan liggen om op de morgen te wachten. Ze was zo moe dat haar benen van onder haar weggebrand leken, maar ze geloofde dat ze hier doorheen zou komen als ze één ding tegelijk deed en aan de overige dingen die nog gedaan moesten worden dacht als een reeks, niet een opeenhoping van taken.

Ze ging naar binnen en ontdekte dat Ruby een avondmaal had gekookt dat hetzelfde was als hun ontbijt. Maar toen Ada de eerste lepel vettige grutten in haar mond had, kon ze ze niet door haar keel krijgen. Haar maag krampte samen. Ze stond op, ging naar buiten en gaf over in de sneeuw, hoewel er nauwelijks meer omhoog kwam dan zwarte gal. Daarna wreef ze haar mond af met sneeuw en ging naar binnen en at weer tot haar kom leeg was. Ze zat ermee in haar schoot, uitgeput en versuft zwijgend voor de haard.

Ze had bijna de hele dag vergeten water te drinken. Daardoor en door de kou, het lopen en de arbeid van het begraven en verplegen was haar geest vreemd geworden, zodat haar enige verlangen was in de houtskool van het vuur gelukkiger visioenen te vinden. Ze keek en keek maar vond niets, niet in de vloeiende vormen van de vlammen of in de geometrische inkepingen die in de verkoolde zijkanten van de houtblokken ontstaan waren. Maar het brandende hout maakte piepende geluiden als voetstappen in droge sneeuw en zelfs Ada wist wat dat betekende. Er zou nog meer sneeuw komen.

voetstappen in de sneeuw

Toen Inman de plek bereikte waar drie wegen bij elkaar kwamen, was er nauwelijks genoeg licht achter de wolken in het westen om de tekenen op de grond te kunnen bestuderen en het verhaal dat ze vertelden eruit af te leiden. De sneeuw was getekend door sporen die bij de splitsing het vlakke stuk opkwamen en omhoog gingen over het linkerpad. Er was zwart bloed op de grond onder een grote populier waar iemand gedood was. De sneeuw rondom was omgewoeld doordat er mensen en paarden hadden gelopen. Er was niet lang geleden een vuur gestookt in de ring van stenen achter de populier, en de as was koud maar had nog steeds de geur van varkensvet. Voetstappen en een sleepspoor leidden naar een kruis van takken dat aan het hoofd van een vers gegraven graf stond. Inman hurkte neer en bekeek het, en hij dacht: als er na het graf nog een wereld is, zoals de psalmen beweren, is zo'n gat wel een erg akelige, eenzame toegangspoort naar die wereld.

Hij begreep iets niet goed. Er hadden twee mensen begraven moeten zijn. En hoewel Inman wel had meegemaakt dat mannen boven op elkaar waren gelegd om graafwerk uit te sparen, dacht hij dat dat hier niet het geval was. Hij kwam overeind en ging weer naar de sporen kijken, en hij volgde ze over de beek naar de overhangende rots, en daaronder vond hij meer bloed op de grond en de nog warme houtskool van een klein vuur. Een hoop doorweekte wortels die met het kookwater op de grond waren gegooid. Hij raapte stukjes wortel op, wreef ze tussen zijn vingers en rook eraan, en hij kon ginseng en toorts onderscheiden.

Hij legde ze op een steen en liep naar de beek, waar hij een handvol water uitschepte om te drinken. Een salamander, woest gevlekt in een kleurig patroon dat alleen in die ene beek voorkwam, bewoog tussen de stenen. Inman tilde hem uit het water en hield hem in de holte van zijn hand. Hij keek naar het gezicht van de salamander. De manier waarop de bek rond de kop krulde vormde een glimlach van een zo grote kalmte dat Inman er jaloers en onrustig van werd. Verborgen leven onder een steen in een beek was vermoedelijk de enige manier om zo'n gelaatsuitdrukking te krijgen, dacht Inman. Hij zette de salamander terug op zijn plaats, liep terug en ging in de vork van het pad staan om te kijken waar de sporen heengingen. Hij kon nauwelijks drie meter voor zich uit zien, daarna verdwenen ze in het snel vallende duister. Hij dacht dat Ada misschien altijd voor hem zou blijven wijken, zodat hij eeuwig als een eenzame pelgrim moest blijven reizen.

De wolken hingen laag en dik. Er zou geen maan zijn en de nacht zou binnenkort even zwart zijn als de binnenkant van een koude kachel. Hij hield zijn hoofd achterover en snoof de lucht op, en die rook naar sneeuw. Het was een kwestie van kiezen tussen twee kwaden. In de nacht het spoor kwijtraken, of het de volgende morgen ondergesneeuwd terugvinden.

Van die twee was het donker een zekerheid die dichtbij was, en daarom keerde Inman terug naar de overhangende rots, waar hij ging zitten om het laatste licht te zien verdwijnen. Hij luisterde naar de beek en probeerde een verhaal te bedenken dat bij de aanwijzingen paste, dat zou verklaren waarom er maar één graf was en waarom de vrouwen verder waren gegaan over de berg in plaats van hun eigen sporen terug te volgen naar huis.

Maar in de toestand waarin hij zich bevond, was het moeilijk dingen te beredeneren. Inman had gevast, deels uit eigen keuze en deels uit noodzaak, en zijn zintuigen wilden niet naar behoren werken. Hij had geen hap gegeten sinds hij de berenwelp had gebraden. Er waren stemmen te horen in de beek, in het ruisen van het water en het tikken van de stenen van de bedding tegen elkaar, en hij dacht dat zij hem zouden kunnen vertellen wat hier had plaatsgevonden, als hij goed genoeg luisterde. Maar de stemmen veranderden en vervloeiden en de woorden betekenden niets voor hem, hoeveel moeite hij ook deed om ze te horen. Daarna dacht hij dat hij helemaal geen stemmen hoorde, dat de woorden zich alleen in zijn hoofd vormden, maar ook toen kon hij er geen betekenis in horen. Hij was te leeg voor betekenis.

Zijn zakken bevatten geen leeftocht meer, behalve een paar walnoten die hij twee dagen tevoren had opgeraapt bij een plaats waar een hut was afgebrand. Er was niets van over dan een kegel beroete aarde waar de schoorsteen van klei had gestaan, en een flinke notenboom voor de plek waar de voorkant van het huis zou zijn geweest. Onder de boom hadden nog walnoten op de grond gelegen. De zwarte doppen lagen in kleine nestjes in het gras, waar het gras om de bolsters heen was gegroeid en de bolsters waren weggerot. Inman had alle noten die hij kon vinden in zijn haverzak gedaan, maar was er niet aan toegekomen ze op te eten, want hoe langer hij erover nadacht, hoe meer hij vermoedde dat het werk dat ervoor nodig was om ze open te breken meer zou kosten dan de voeding die ze zouden opleveren, aangezien elke noot niet meer vruchtvlees bevatte dan om het laatste kootje van een wijsvinger zat. Toch gooide hij ze niet weg, want hij was bang dat als je het hele leven aan zo'n criterium onderwierp, het de moeite van het leven niet waard zou zijn. Bovendien vond hij het geluid dat ze onder het lopen maakten troostrijk. Ze rammelden tegen elkaar met het droge tikken van oude botten die in bomen hingen.

Hij keek naar de bittere wortels op de steen waar hij ze had neergelegd. Hij overwoog eerst erop te kauwen, maar toen pakte hij ze en gooide ze in de beek. Hij haalde een walnoot uit de zak en gooide die ook in de beek, en dat maakte het plompgeluid van een geschrokken kikker die in het water duikt. Hij liet de andere noten in de zak zitten, hoewel hij van plan was niets te eten tot hij Ada vond. Als ze hem niet wilde hebben, zou hij doorklimmen om te zien of de poorten bij de Shining Rocks zich voor hem wilden openen, zoals de vrouw met de getatoeëerde slangen had gezegd dat ze zouden doen voor iemand met een vastend hart, die helemaal leeg was van binnen. Inman kon geen reden bedenken waarom ze niet zouden opengaan. Hij betwijfelde of er op de wereld een mens was die leger was dan hij nu. Hij zou deze wereld zonder meer uitlopen en doorgaan naar de gelukkige vallei die ze had beschreven.

Inman brak wat takken in stukken en stookte een flink vuur op de houtskool van het vorige vuur. Hij rolde er twee grote stenen in om ze te verwarmen. Lange tijd lag hij in zijn deken gewikkeld met zijn voeten naar het vuur, en dacht aan de twee paar voetsporen die weg leidden van hier.

Toen hij aan deze dag begonnen was, had hij niet gedacht dat hij weer op de koude grond zou liggen als het donker werd. Wanneer hij eenmaal thuis was, dacht hij, zou hij in alle opzichten anders zijn dan hij de laatste tijd geweest was, in zijn plannen, zijn opvattingen over het leven, zelfs in zijn manier van lopen en staan. En die morgen had hij zeker geweten dat hij voor het vallen van de avond zijn gevoelens zou hebben verklaard aan Ada, en een of ander antwoord van haar zou hebben gekregen. Ja, nee of misschien. Hij had de scène vele malen in gedachten uitgespeeld, onder het lopen en op elke kale kampplek onderweg wanneer hij lag te wachten tot de slaap kwam. Hij zou de weg naar Black Cove oplopen, en hij zou er vermoeid uitzien. Wat hij had doorgemaakt zou in zijn gezicht en gestalte te zien zijn, maar alleen zodanig dat er een zeker heldendom uit sprak. Hij zou een bad hebben genomen en een schoon pak hebben aangetrokken. Ada zou naar buiten komen op de veranda zonder te weten dat hij eraan kwam, ze was gewoon ergens mee bezig. Ze zou haar mooie kleren aan hebben. Ze zou hem zien en hem herkennen. Ze zou naar hem toe komen hollen en wanneer ze de treden van de veranda afkwam, zou ze haar rokken optillen tot boven haar enkellaarsjes. Met wapperende rokken zou ze het erf over en het hek uit rennen, en nog voor het hek weer was dichtgeklapt, zouden ze elkaar op de weg hebben omhelsd. Hij had dit in gedachten telkens weer gezien tot het ging lijken alsof het niet op een andere manier kon gebeuren, tenzij hij gedood werd voor hij thuis was.

Deze verbeelde thuiskomst was waar hij in zijn hart op hoopte toen hij voor de middag de weg naar Black Cove kwam oplopen. Hij had er alles aan gedaan om het zo te laten zijn, want hij kwam vermoeid maar schoon aan. De dag tevoren was hij – zich ervan bewust dat hij er viezer uitzag dan de minste muilezeldrijver – bij een beek gestopt om te baden en zijn kleren te wassen. Het was er erg koud weer voor, maar hij had een vuur gemaakt van droge houtblokken tot de vlammen schouderhoog oplaaiden. Hij had de ene pan water na de andere bijna tot het kookpunt verhit en zijn zeep uit het bruine papier gehaald waarin hij verpakt was, donker en vettig van de talg. Hij goot het water over de kleren en wreef er met de zeep over en wrong ze en sloeg ermee op stenen. Daarna spoelde hij ze uit in de beek. Hij had de kleren op struiken naast het vuur uitgespreid en was toen aan zichzelf begonnen. De zeep was bruin en korrelig en bevatte veel loog zodat hij bijna je huid meenam. Hij had zich gewassen met water dat zo heet was dat hij het nog net kon verdragen en met de zeep geboend tot zijn huid rauw aanvoelde. Daarna voelde hij aan zijn gezicht en zijn haar. Hij had juist weer een baard gekregen sinds hij zich bij de hut van het meisje had geschoren, en zijn haar stond half wild om zijn hoofd. Hij had geen scheermes, dus de baard moest maar blijven. En hij vond zichzelf een slechte kapper, zelfs als hij een schaar en een spiegel had gehad. Zonder ander gereedschap dan een dolkmes en een poel stilstaand water bij de rand van de beek mocht hij niet verwachten dat hij veel aan zijn kapsel kon verbeteren. Het beste wat hij kon doen was nog wat water verwarmen, zijn haar inzepen en uitspoelen, het met zijn vingers uitkammen en proberen het tegen zijn hoofd te leggen zodat het niet rechtop zou staan en er griezelig uitzien.

Toen hij klaar was met wassen, had hij de rest van de koude dag naakt maar schoon onder zijn dekens gezeten. Hij sliep naakt, in zijn dekens gewikkeld terwijl zijn kleren droogden bij het vuur. Op die kampplek kwam de sneeuw maar een poosje uit de hemel vallen en hield toen weer op. Toen hij zich de volgende morgen aankleedde, roken de kleren tenminste naar groene zeep en beekwater en kastanjerook in plaats van naar zweet.

Hierna had hij via voetpaden een route gezocht naar Black Cove, ervoor zorgend niet op de weg te komen tot er nog maar een paar bochten waren tussen hem en het huis. Toen hij er aankwam, kwam er rook uit de schoorsteen, maar verder was er geen teken van leven. Er waren geen voetsporen op het beetje sneeuw dat op het erf lag. Hij maakte het hek open, liep naar de deur en klopte. Er kwam niemand, en hij klopte weer. Hij liep om naar achteren, waar hij sporen van mannenschoenen in de sneeuw vond die heen en weer gingen tussen het huis en het stilletje. Een bevroren nachtpon hing stijf aan de waslijn. In het kippenhok begonnen kippen te fladderen en te klokken en werden toen weer rustig. Hij liep naar de achterdeur en klopte luid, en even later ging er boven een raam open en een jongen met zwart haar stak zijn hoofd naar buiten en vroeg wie hij wel mocht wezen en waarom hij zo'n herrie maakte.

Het duurde even voor Inman de jongen uit Georgia zover had dat hij naar de deur kwam en hem binnenliet. Ze gingen bij de haard zitten en Inman hoorde het verhaal van de moorden. De jongen had het verhaal bewerkt en bijgeschaafd tot het alle kenmerken had van een groot vuurgevecht waarbij de jongen zich al vechtend had weten te bevrijden, terwijl Stobrod en Pangle gevangen genomen en gedood waren. In deze nieuwste versie was Stobrods laatste muziek een eigen compositie geweest, die was voortgekomen uit het volledige besef van zijn naderende dood. Stobrod had er de naam 'Fiddler's Farewell' aan gegeven en het was de droevigste muziek die ooit gemaakt was, die iedereen tot tranen had bewogen, zelfs zijn beulen. Maar de jongen was geen muzikant en kon de melodie niet reproduceren, zelfs niet om hem na te fluiten en dus was hij helaas voorgoed verloren gegaan. Hij had het hele eind gerend om het verhaal aan de vrouwen te vertellen, en zij hadden er uit waardering op aangedrongen dat hij net zo lang in dit huis bleef om te eten en uit te rusten als de koorts duurde die hij tijdens zijn wanhopige vlucht van de berg naar beneden had opgelopen. Het was een vreemde en mogelijk dodelijke aandoening, zonder veel uitwendige symptomen.

Inman had de jongen een aantal vragen gesteld, maar merkte dat hij niet wist wie Monroe was en ook niet waar hij kon zijn, en dat hij niet meer over de identiteit van Ada's vrouwelijk gezelschap kon zeggen dan dat hij dacht dat ze de dochter van de vioolspeler was. De jongen had hem zo goed mogelijk gezegd waar het gebeurd was, en Inman ging weer lopend op weg.

Zo was het gekomen dat hij nu weer op de grond moest slapen. Zijn geest was in grote verwarring. Hij lag bij het vuur en de gedachten kwamen en gingen en hij had er geen beheersing over. Inman was bang dat het een slecht moment was om in te storten. Daarna vroeg hij zich af wanneer het daar een goed moment voor zou zijn. Hij kon geen antwoord bedenken. Hij probeerde zijn ademhaling minder gejaagd te laten worden, regelmatiger. Hij ging uit van de veronderstelling dat zijn gedachten zouden volgen als hij zijn longen onder de knie had, maar het lukte hem niet eens zijn borst op commando omhoog en omlaag te laten gaan, en zijn ademhaling en gedachten deden wat ze wilden, heen en weer bibberend.

Hij dacht dat Ada hem zou kunnen redden van zijn ellende en hem van de afgelopen vier jaar zou kunnen verlossen en dat er nog alle tijd was waarin ze dat zou kunnen doen. Hij vermoedde dat je jezelf aardig zou kunnen kalmeren door eraan te denken hoe prettig het in de toekomst zou zijn je kleinkind op schoot te hebben. Maar om te geloven dat zoiets werkelijk zou kunnen plaatsvinden, diende je een groot vertrouwen te hebben in de juiste ordening. Hoe kwam je daaraan wanneer er zo weinig van was? Een donkere stem kwam in Inmans geest en zei dat hoe je er ook naar verlangde en erom bad, je het nooit zou krijgen. Je kon te ver heen zijn. Angst en haat hadden je van binnen leeggevreten als wurmen. Dan sloegen vertrouwen en hoop nergens meer op. Je was klaar voor je gat in de grond. Er waren heel wat predikers zoals Veasey die beloofden dat ze de ziel van de vreselijkste zondaar nog konden redden. Ze boden redding aan voor moordenaars en dieven en overspeligen en zelfs voor mensen aan wie de wanhoop knaagde. Maar volgens Inmans donkere stem waren die snoevende beweringen leugens. Die kerels konden zichzelf niet eens redden van een slecht leven. De valse hoop die zij boden was giftig. De enige opstanding die voor een mens was weggelegd was om zoals Veasey aan een touw dood uit een graf te worden getrokken.

Er was waarheid in wat de donkere stem zei. Je kon zo verdwaald raken in verbittering en wrok dat je de weg terug niet meer kon vinden. Voor die reis bestonden geen kaarten of gidsen. Een deel van Inman wist dat. Maar hij wist ook dat er voetstappen in de sneeuw waren en dat als hij nog één dag wakker werd, hij ze zou volgen waar ze ook heen gingen zolang hij de ene voet voor de andere kon zetten.

Het vuur begon af te sterven, en hij rolde de hete stenen op de grond en strekte zich ernaast uit en viel in slaap. Toen hij voor zonsopgang wakker werd van de kou, lag hij om de grootste steen gekromd alsof het zijn liefje was.

Bij het eerste licht ging hij op weg, en voor het oog was er nauwelijks een pad, alleen een gevoelde leegte die hem naar voren trok. Als hij de sporen in de oude sneeuw niet had gevolgd, dan zou Inman de weg zijn kwijtgeraakt. Hij had geen vertrouwen meer in zijn richtinggevoel, omdat hij in de afgelopen maanden overal verdwaald was waar hij niet door hekken aan weerskanten weerhouden werd een verkeerde kant op te gaan. De wolken kwamen lager. Toen kwam er een windje de helling af dat sneeuw meebracht, te droog en fijn om vlokken te worden genoemd. Het ene moment kwam de sneeuw zo hard naar beneden dat hij in je wangen prikte, het volgende moment was hij alweer opgehouden. Inman keek naar de diepe sporen en ze waren gevuld met de nieuwe sneeuw als met weggewaaid gruis.

Hij kwam bij een zwarte poel die als de deksel van een pot op de grond zat. Er zat een rand van ijs omheen en een eenzame woerd dreef in het midden op het water. Hij had niet genoeg belangstelling om zelfs maar naar Inman te kijken. Hij leek naar niets te kijken. Inman vermoedde dat de wereld van de woerd bezig was om hem heen in te krimpen en dat hij daar zou blijven drijven tot de zwemvliezen van zijn poten zouden vastvriezen in het ijs. Dan kon hij klapwieken wat hij wou, hij zou toch neergetrokken worden naar de dood. Inman dacht er even over hem te schieten om althans een kleinigheid aan zijn lot te veranderen, maar als hij dat deed, zou hij het water in moeten lopen om hem te pakken, want hij vond het vreselijk om een dier te doden zonder het op te eten. En als hij hem had gepakt, zat hij weer in een dilemma over zijn vasten. Hij liet de eend daarom maar achter om het uit te vechten met zijn Schepper en liep door.

Toen het pad een bocht naar boven maakte, begon de sneeuw weer te vallen. Ditmaal was het echte sneeuw in vlokken als distelpluis, die schuin neervielen in zo'n dichte massa dat Inman duizelig werd van de beweging. De sporen begonnen te vervagen als de schemering naarmate de sneeuw ze opvulde. Hij liep snel, klimmend naar een kam, en toen de sporen begonnen te verdwijnen, ging hij rennen. Hij rende en rende naar beneden tussen donkere dennen. Hij zag de sporen vol worden en de randen vager worden. Hoe snel hij ook rende, de voetsporen verdwenen voor hem tot ze nog vaag zichtbaar waren als littekens van oude wonden. Toen als watermerken in papier dat naar het licht van een raam wordt gehouden. Toen lag de sneeuw overal gelijkmatig en er was niets meer op te zien.

De vlokken vielen nog even hard en Inman kon niet eens voelen hoe het pad liep, maar hij rende door tot hij eindelijk stilstond op een plek waar de dennen zwart om hem heen stonden en een ongedifferentieerde wereld vormden, waar geen enkele kompasstreek beter was dan een andere en waar geen geluid klonk behalve het vallen van sneeuw op sneeuw, en hij dacht dat als hij ging liggen, de sneeuw hem zou bedekken en wanneer hij smolt zou hij de tranen uit zijn ogen spoelen en later ook de ogen uit zijn hoofd en de huid van zijn schedel.

Ada en Ruby sliepen tot Stobrod begon te hoesten, een rochelende hoestbui die eindeloos duurde. Ada was in haar kleren gaan slapen en ze werd wakker met de vreemde gewaarwording van een broek die gedraaid om haar benen zat. Het was koud en schemerig in de hut en het vuur smeulde alleen nog. Het licht van buiten was vreemd en omgekeerd en sprak van sneeuw. Ruby ging naar Stobrod toe. Er liep een streepje vers bloed van zijn mondhoek naar zijn kraag. Zijn ogen gingen open maar hij leek haar niet te kennen. Ze legde haar hand op zijn voorhoofd en keek naar Ada en zei: Hij gloeit. Ruby ging naar de hoeken van de hut en trok spinrag naar beneden tot ze er een balletje van in handen had; vervolgens zocht ze in haar zak met wortels en haalde er twee uit en zei: Haal wat water, dan maak ik een nieuw kompres om dat kogelgat in zijn borst mee te deppen. Ze ging hout op de kooltjes gooien en bukte zich om het vuur aan te blazen.

Ada nam haar haar bijeen en zette haar hoed op om het vast te houden. Ze ging met de pan naar de bron en schepte hem vol water en bracht hem naar het paard. Hij dronk hem leeg met een groot zuigend geluid. Ze vulde de pan opnieuw in de beek en begon terug te lopen. De sneeuw viel dik uit een vale, lage lucht en kleurde de mouw van haar jas wit waar ze haar arm om de pan hield. Er stak een wind op die haar kraag tegen haar gezicht blies.

Toen ze bijna bij de hut was, trok iets, een kleine beweging, haar blik langs de helling omhoog naar de plek waar ze de vorige middag in het dorp was gekomen. Daar liep een troep wilde kalkoenen, hun weg zoekend door de sneeuw, tien of twaalf vogels tussen de kale bomen op de helling. Een grote haan, lichtgrijs van kleur als een duif, leidde hen. Hij deed telkens een paar stappen, bleef dan stilstaan om met zijn snavel in de sneeuw te voelen, en ging dan weer verder. Wanneer de kalkoenen heuvelopwaarts liepen bogen ze voorover zodat hun rug bijna horizontaal naar de grond wees. Hun manier van lopen zag er moeizaam uit, als oude mannen die met een touw voor een vracht zijn gespannen. Het waren slanke vogels, lang, heel anders gebouwd dan tamme kalkoenen.

Ada bewoog langzaam tot de hut tussen haar en de kalkoenen was. Ze ging naar binnen en zette de pan naast het vuur neer. Stobrod maakte geen geluid meer. Zijn ogen waren gesloten en zijn gezicht was wasachtig geel, de kleur van koude reuzel. Ruby zat naast hem, en ze stond op om het water op te zetten en de wortelkruiden gereed te maken.

—Er zijn kalkoenen op de helling, zei Ada tegen Ruby terwijl die gebogen bezig was de wortels te schillen en te hakken.

Ruby keek op. Ik zou best op een kalkoenenbout willen kluiven, zei ze. Het geweer is geladen, allebei de lopen. Ga er maar een voor ons schieten.

—Ik heb nog nooit met een geweer geschoten, zei Ada.

—Dat is ongeveer het gemakkelijkste wat er bestaat. Span de hanen, richt het geweer, zorg dat de korrel in de inkeping valt, haal een van de trekkers over en houd je ogen open terwijl je dat doet. Mis je, dan haal je de andere trekker over. Klem de kolf stevig tegen je schouder, anders zou de terugslag je sleutelbeen kunnen breken. Beweeg langzaam, want wilde kalkoenen hebben er slag van opeens te verdwijnen. Als je ze niet tot op twintig pas kunt naderen, hoef je er geen lading aan te verspillen.

Ruby begon de stukjes wortel met de vlakke kant van een mes fijn te wrijven op een steen. Maar Ada verroerde zich niet, en Ruby keek weer op. Ze zag de onzekerheid op Ada's gezicht.

Ruby zei: Het is heel eenvoudig. Het ergste wat je kan gebeuren is dat je geen kalkoen schiet, en er is op de hele wereld geen jager wie dat niet overkomen is. Ga maar.

Ada beklom de helling heel voorzichtig en overwogen. Ze kon de kalkoenen voor zich en boven zich door het bosje kastanjes zien bewegen. Ze liepen in de richting die de wind aan de sneeuw gaf. Ze staken de helling over en schenen geen haast te hebben. Wanneer de grijze haan iets te eten vond, kwamen ze er allemaal naartoe, pikten het van de grond op en gingen dan weer verder.

Ada wist dat Ruby ongelijk had met te zeggen dat het ergste wat je kon gebeuren was dat je mis schoot. Iedereen in de gemeenschap had het verhaal gehoord van de oorlogsweduwe die aan de rivier woonde. De vorige winter was die vrouw bij een plek waar herten kwamen in een boom geklommen en ze had haar geweer laten vallen en het was afgegaan toen het de grond raakte, met het gevolg dat ze zichzelf uit de boom schoot. Ze mocht van geluk spreken dat ze nog leefde zodat ze erom kon worden uitgelachen. De vrouw had bij de val haar been gebroken en had nadien nooit meer recht kunnen lopen, en ze had twee littekens van hagelkorrels in haar wang, alsof ze door pokken getekend was.

Met dit soort zorgelijke gedachten in het hoofd over gebrekkige jagerstechniek en de gevolgen daarvan kwam Ada maar moeizaam omhoog op de helling. Het jachtgeweer leek erg lang en onhandig voor haar uit te steken en leek te bibberen in haar handen. Ze probeerde een omtrekkende beweging te maken om de kalkoenen te kunnen opwachten op hun weg, maar ze veranderden van richting en liepen nu bijna recht omhoog. Ze volgde hen enige tijd, klom omhoog wanneer zij dat ook deden en stond stil wanneer zij stilhielden. Ze zette haar voeten steeds langzaam neer, liet het geluid van haar stappen dempen door de sneeuw, en ze was blij dat ze een broek aanhad, want onhoorbaar sluipen met lange rokken en de onderrokken daaronder zou onmogelijk zijn, alsof je door het bos liep terwijl je met een quilt wapperde.

Hoe voorzichtig ze ook was, Ada was toch bang dat de vogels zouden doen wat Ruby had gezegd en verdwijnen. Ze hield ze voortdurend in het oog en oefende geduld en na verloop van tijd was ze hen genaderd tot ongeveer de afstand die Ruby had aangegeven. De kalkoenen stonden stil en draaiden met hun koppen teneinde om zich heen te kijken. Zij bleef ook stilstaan en ze zagen haar niet. Ze pikten in de sneeuw naar voedsel. Ada dacht dat ze hen waarschijnlijk niet beter onder schot zou krijgen, dus ze hief langzaam het geweer en richtte op de achterste vogels. Ze vuurde, en tot haar verbazing vielen er twee neer. De andere vlogen in grote verwarring op, en in hun paniek vlogen ze naar beneden, recht op haar af. Een ogenblik lang vloog er tweehonderd pond aan vogels door de lucht langs haar hoofd.

De vogels zochten dekking in een laurierbosje, en Ada stond nog rechtop en dacht er weer aan adem te halen. Ze dacht terug en kon zich geen terugslag herinneren, hoewel ze een verdoofd gevoel had in haar schouder. Ze wist wel – hoewel ze nooit in haar leven welk vuurwapen dan ook had gebruikt en alleen deze ene ontlading had om op af te gaan – dat de werking van het geweer onduidelijk was, dat het trekken aan de trekker lang duurde en een beetje krakerig was en dat het een onzekere zaak was of je ergens op die weg het punt van spanning en ontlading vond. Ze keek naar de krullerige versiering op het geweer, het motief van wijnranken en bladeren en de bewerkte hanen die voortborduurden op dat thema. Ze liet de tweede haan langzaam neerdalen uit zijn gespannen toestand.

Toen Ada bij de gevallen vogels kwam, vond ze een hen en een jonge haan. Hun veren hadden de tint en de glans van metaal, en de geschubde, grijze voet van de hen opende en sloot zich nog in de sneeuw.

Inman hoorde een schot op geringe afstand van waar hij stond. Hij trok de hoofdhaan van de LeMat naar achteren tot hij gespannen was en liep naar voren. Hij kwam van onder de schaduw van het dichte dennenbos in een kastanjebosje dat afhelde naar een krachtig stromende beek ergens beneden. Het licht was laag en korrelig en de sneeuw viel tussen de kastanjes en had hun takken wit bestoven. Hij liep naar de kastanjes toe en er was een opening tussen zodat de zwarte stammen aan weerskanten op een rij stonden en de witte takkenfranje boven zijn hoofd bijeenkwam om een tunnel te vormen. Het leek of daaronder een laan was, hoewel er nooit een weg was geweest. De sneeuw joeg erdoorheen en maakte alles wazig. Hoewel Inman door dit waas maar drie bomen voor zich uit kon zien, had hij de indruk dat er aan het eind van de laan een vage cirkel van licht was, omringd met besneeuwde takken. Hij hield het pistool losjes in zijn hand, de lopen niet speciaal op iets gericht, alleen naar voren. Zijn vinger had contact met de trekker zodat alle metalen delen die hem met de haan verbonden elkaar aanraakten en gespannen stonden alsof er van deel tot deel een vonk doorheen liep.

Hij liep voorwaarts, en even later groeide er een gestalte uit het licht voor hem, een zwart silhouet waarboven de takken een boog vormden. De gestalte stond wijdbeens aan het einde van de kastanjetunnel en toen de gestalte hem zag, richtte hij een lang geweer op hem. Het was zo stil dat Inman het klikken van metaal kon horen toen er een haan naar achteren werd getrokken.

Een jager, vermoedde Inman. Hij riep: Ik ben verdwaald. Bovendien weten we niet genoeg over elkaar om meteen te beginnen elkaar dood te schieten.

Hij stapte langzaam naar voren. Eerst kreeg hij de kalkoenen in het oog, die naast elkaar op de grond waren gelegd. Toen zag hij het mooie gezicht van Ada boven op een vreemde figuur met een broek aan, een soort manachtige jongen.

—Ada Monroe? zei Inman. Ada?

Ze antwoordde niet en keek hem alleen maar aan.

Het was zover met hem gekomen dat hij op grond van ervaring wist dat hij niet bepaald op zijn zintuigen kon vertrouwen. Hij geloofde dat zijn gedachten best zo in de war konden zijn dat er niet meer richting in zat dan in een nest blinde puppy's in een kistdeksel. Wat hij zag, kon best de uitwerking van een lichteffect op een verwarde geest zijn, boze geesten die hem kwamen belagen in een verwarrende vorm. Mensen zagen dingen in een bos, zelfs mensen met een volle maag en een evenwichtige geest. Licht zien bewegen waar geen licht kon zijn, de vormen van mensen die allang dood waren die tussen de bomen door liepen en woorden uitspraken met verloren stemmen, fopgeesten in de vorm van je diepste verlangen die je steeds verder leidden tot je uiteindelijk de dood vond in een doolhof van helse laurierstruiken. Inman trok de kleine, secundaire hagelhaan van de LeMat naar achteren.

Ada, die haar naam had horen uitspreken, was in verwarring. Ze liet de lopen van het geweer die op zijn borst gericht waren geweest, een eindje zakken. Ze keek naar de man maar kende hem niet. Het leek een bedelaar in afgedankte kleren, vodden over een kruis van stokken. Zijn gezicht was afgemat en holwangig boven de stoppelbaard, en hij staarde haar aan met vreemde, zwarte ogen die diep in hun kassen glansden onder de schaduw van zijn hoedrand.

Zo stonden ze daar, allebei op hun hoede, op ongeveer zoveel passen afstand als voor een duel vereist was. Ze drukten elkaar niet aan het hart zoals Inman zich had voorgesteld, maar stonden gewapend tegenover elkaar, en de wapens blonken met hun harde licht in de ruimte tussen hen.

Inman bestudeerde Ada om te zien of ze gezichtsbedrog was, hetzij vanuit zijn binnenste of vanuit de geestenwereld. Haar gezicht was steviger dan hij het zich herinnerde, harder. Maar hoe meer hij zag, hoe meer hij geloofde dat ze het werkelijk was, ondanks de onverwachte kleding. En waar hij in het verleden de wapenen had opgenomen zonder zich om de gevolgen te bekommeren, besloot hij nu ze op dezelfde manier af te leggen. Hij zette de haan naar beneden en deed zijn jasje naar achteren en stak het pistool tussen zijn broekriem. Hij keek haar in de ogen en wist dat zij het was, en hij werd overspoeld door liefde als een gonzen in zijn ziel.

Hij wist niet wat te zeggen, dus hij zei wat hij volgens zijn droom in het zigeunerkamp moest zeggen. Ik ben een zware weg gegaan om bij je te komen en ik laat je nooit meer gaan.

Maar iets van binnen wilde hem niet naar voren laten lopen om haar te omhelzen. Het was niet alleen het geweer dat hem tegenhield. Sterven was het probleem niet. Hij kon niet op haar toe stappen. Hij hield zijn lege handen met de handpalmen naar boven langs zijn zijden.

Ada wist nog steeds niet wie hij was. Hij leek haar een of andere gek, een zwerver in de storm, met een knapzak op zijn rug, sneeuw in zijn baard en op de rand van zijn hoed, die woeste en tedere woorden sprak tot alles wat op zijn weg kwam, rotsen, bomen en beken. Alle kans dat zo iemand je de strot afsneed, zou Ruby waarschijnlijk vinden. Ada hief het geweer opnieuw zodat het hem open zou breken als ze maar even aan de trekker trok.

—Ik ken u niet, zei ze.

Inman hoorde de woorden en ze leken juist. Volstrekt gerechtvaardigd, en in een bepaald opzicht verwacht. Hij dacht: vier jaar in de oorlog geweest, en nu ben ik terug op eigen terrein en niet beter dan een smerige vreemdeling. Dat is de prijs die ik moet betalen voor de afgelopen vier jaar. Vuurwapens staan in de weg tussen mij en alles wat ik verlang.

—Ik geloof dat ik me heb vergist, zei hij.

Hij draaide zich om en wilde weglopen. Naar de Shining Rocks klimmen om te zien of die hem wilden hebben. Zo niet, doen wat Veasey van plan was geweest en naar Texas lopen of naar nog woestere streken, als die er waren. Maar er was geen pad om in te slaan. Voor hem niets dan bomen en sneeuw en zijn eigen sporen die snel volsneeuwden.

Hij draaide zich weer om naar haar en stak weer zijn lege handen uit en zei: Als ik wist waar ik heen moest, zou ik erheen gaan.

Het kon het timbre van zijn stem geweest zijn, zijn profiel onder een bepaalde hoek. Iets. De lengte van de beenderen van zijn onderarm, de vorm van zijn knokkels onder de huid van zijn handen. Maar plotseling wist Ada wie hij was, dacht dat in elk geval. Ze liet het geweer zover zakken dat het hem alleen bij de knieën zou afmaaien. Ze zei zijn naam en hij zei ja.

Toen hoefde Ada maar naar zijn afgetobde gezicht te kijken om geen gek te zien maar Inman. Hij was gehavend en geschonden, haveloos en vermoeid en broodmager, maar toch was hij Inman. Het teken van de honger op zijn voorhoofd, als een schaduw die over hem viel. Snakken naar eten, warmte, vriendelijkheid. In zijn holle ogen kon ze zien dat de verwoestingen van de lange oorlog en de zware weg naar huis zijn geest hadden uitgesleten en zijn hart hadden opgesloten achter de tralies van zijn ribben. Er kwamen tranen in haar ogen, maar ze knipperde een keer en ze waren weg. Ze liet de lopen naar de grond zakken en zette de haan in ruststand.

—Kom mee, zei ze.

Ze nam de voeten van de kalkoenen bij elkaar en tilde ze borst aan borst van de grond, en toen ze dat deed, vielen hun vleugels open en hun koppen wipten op en neer en hun halzen wonden zich om elkaar als in een vreemde ondersteboven hangende balts. Ze liep weg met het geweer over haar schouder met de kolf naar achteren en de loop losjes in haar geheven linkerhand. Inman volgde haar en hij was zo moe dat hij er niet eens aan dacht aan te bieden iets voor haar te dragen.

Ze kwamen slingerend tussen de kastanjes de helling af en even later zagen ze de beek al met zijn bemoste stenen en het dorp ver beneden, waar rook opsteeg uit de schoorsteen van Ruby's hut. De geur van de rook steeg op door het bos.

Onder het lopen sprak Ada Inman toe met de stem die ze Ruby had horen gebruiken om tegen het paard te praten wanneer het zenuwachtig was. De woorden deden er niet zoveel toe. Je kon eigenlijk alles zeggen. Heel banaal over het weer speculeren of regels uit *The Ancient Mariner* declameren, het maakte niets uit. Het enige wat nodig was, was een kalmerende klank, de geruststelling van een kameraad die tot je sprak.

Daarom praatte Ada over het eerste dat haar inviel. Ze beschreef het tafereel waar ze zelf deel van uitmaakten. Zijzelf die in donkere jagerskleding langs beboste heuvels terugkwam met wild, de hutjes van het dorp beneden met de opstijgende rook, blauwe bergen rondom.

—Het enige wat eraan ontbreekt is een vuur op de grond en nog wat mensen, dan heb je Jagers in de sneeuw, zei Ada. En ze praatte achter elkaar door en herinnerde zich hoe ze dat schilderij jaren geleden met Monroe had gezien tijdens hun reizen door Europa. Hij had er niets in gewaardeerd, hij vond het te simpel, te gedempt van kleur, zonder enige verwijzing naar een andere wereld dan deze. Geen Italiaan zou zoiets hebben willen schilderen, was Monroe's mening geweest. Maar Ada had zich ertoe aangetrokken gevoeld en ze had er een tijd omheen gedraaid maar uiteindelijk niet de moed gehad te zeggen wat zij vond, want haar redenen om het mooi te vinden waren stuk voor stuk dezelfde punten die Monroe aanvoerde als steun voor zijn afkeuring.

Inmans denken was te wazig om iets te kunnen volgen van wat ze zei, behalve dat ze over Monroe sprak alsof hij dood was, en dat ze een duidelijke bestemming in gedachten leek te hebben, en dat een bepaalde klank in haar stem zei: Op dit moment weet ik meer dan jij, en wat ik weet is dat alles nog best goed zou kunnen komen.

de ellende voorbij

Het was warm en licht in de hut door het vlammende vuur van de haard, en met de deur dicht kon je niet goed zeggen of het buiten ochtend of nacht was. Ruby had koffie gemaakt. Ada en Inman zaten ervan te drinken, zo dichtbij het vuur dat er damp afsloeg van de gesmolten sneeuw in hun jas. Niemand zei eigenlijk iets en de hut leek erg klein met vier mensen erin. Ruby trok zich weinig van Inmans aanwezigheid aan, behalve dat ze een kom vol grutten schepte en die naast hem op de grond zette als ontbijt.

Stobrod kwam gedeeltelijk bij bewustzijn en bewoog zijn hoofd heen en weer. Hij deed zijn ogen open, en ze hadden een verwarde en bezeerde uitdrukking. Toen lag hij weer stil.

—Hij weet niet waar hij is, zei Ada.

—Hoe zou hij het ook kunnen weten? zei Ruby.

Met gesloten ogen zei Stobrod tegen niemand in het bijzonder: Er was zoveel muziek in die tijd.

Hij legde zijn hoofd neer en viel weer in slaap. Ruby ging naar hem toe, boog zich over hem heen, stroopte haar mouw op en legde haar pols op zijn voorhoofd.

—Klam, zei ze. Dat kan goed of slecht zijn.

Inman keek naar de kom grutten en kon niet besluiten of hij hem zou pakken of niet. Hij zette de koffiekop ernaast. Hij probeerde te bedenken wat nu de bedoeling was. Maar oververmoeid en warm door het vuur als hij was, kon hij zijn ogen niet openhouden. Zijn hoofd knikte en kwam dan weer omhoog, en hij moest zijn best doen om zijn blik gericht te houden. Er waren heel veel dingen die hij wilde, maar het eerste dat hij nodig had, was slaap.

—Die lijkt me uitgeteld, zei Ruby.

Ada vouwde een deken dubbel en maakte een slaapplek voor hem op de vloer. Ze bracht hem erheen en probeerde hem te helpen met zijn schoenveters en zijn jas, maar dat wilde hij beslist niet. Hij strekte zich uit en viel volledig gekleed in slaap.

Ada en Ruby legden hout op het vuur en lieten de twee mannen liggen. Terwijl Stobrod en Inman sliepen, bleef het maar sneeuwen, en de vrouwen waren een koud en bijna woordloos uur bezig hout te verzamelen en een van de overige hutten schoon te maken en sparrentakken te kappen om een kleine opening in de oude dakspanen van boombast te dichten. In deze hut was de vloer bezaaid met dode insecten, uitgedroogde, schilferige dingetjes. Ze knerpten en knapten onder hun voeten. Hutbewonende kevers van de een of andere antieke soort. Ada veegde ze met een cedertak naar buiten.

Tussen de rommel op de vloer vond ze een oude houten beker. Of misschien eerder een kom. De vorm was een beetje onduidelijk. Er zat een brede barst in waar het hout was gedroogd, en de barst was dichtgestopt met bijenwas, die bros en hard was geworden. Ze keek naar de tekening van het hout en dacht: kornoelje. Ze stelde zich in gedachten voor hoe het voorwerp was gemaakt en gebruikt, en later was dichtgestopt, en ze besloot dat deze kom een symbool kon vormen van veel dat verloren was gegaan.

Er was een kleine nis in de muur van de hut, een in het hout uitgesneden kastje, en daar zette ze de kom in, zoals mensen in andere delen van de wereld er een afgodsbeeldje of kleine gesneden dierentotems in zouden kunnen plaatsen.

Toen de hut schoon was en het dak gedicht, zetten ze de deur op zijn plaats en legden een warm vuur aan op de stookplaats met alle soorten hout die ze konden vinden. Terwijl het brandde, maakten ze een diep bed van dennentakken en legden er een gewatteerde deken over. Vervolgens plukten ze de vogels en maakten ze schoon, en legden de ingewanden op een hoop in een groot stuk omgekrulde schors dat ze van een omgevallen kastanjestam hadden afgehaald. Ada gooide de schors met inhoud achter een boom langs de beek, en dit vormde een lelijke, roze en grijze hoop in de sneeuw.

Toen het vuur later was uitgebrand tot een laag houtskool legden ze er groene bitternoottakken op om rook te krijgen. Ze doorstaken de kalkoenen met gepunte stokken en lieten ze de hele dag roosteren op een laag vuurtje, tot het vel donkerbruin was geworden. Het was warm en schemerig in de hut, en het rook er naar bitternootrook en kalkoen. Wanneer er een windvlaag opstak, kwam er sneeuw door de gedichte plek in het dak die om hen heen neerviel en smolt. Lange tijd zaten ze samen dichtbij het vuur en geen van beiden sprak, en ze bewogen nauwelijks, behalve dat Ruby af en toe naar buiten ging om meer hout op het vuur van de mannen te leggen en haar pols tegen Stobrods voorhoofd te leggen.

Toen het al donker begon te worden, ging Ruby breeduit naast het vuur zitten, met haar knieën gespreid en haar handen op haar knieën. Ze had een deken om zich heen gewikkeld en die spande vlak als een laken over haar schoot. Ze bewerkte een bitternoottak met haar mes tot ze er een scherpe punt aan had geslepen. Ze prikte geïrriteerd met de stok in de kalkoenen tot het sap onder de gespikkelde huid uitkwam en sissend en spattend in de houtskool viel.

—Wat? zei Ada.

Ruby zei: Ik heb vanmorgen in die hut gekeken naar jou en hem en ik heb er de hele tijd over moeten denken.

—Over hem? vroeg Ada.

—Over jou.

—Wat dan over mij?

—Ik heb geprobeerd erachter te komen wat je denkt. Maar ik kom er niet uit. Daarom zal ik gewoon maar zeggen wat ik vind. Dat is dat we het zonder hem kunnen stellen. Jij denkt misschien dat het niet kan, maar het kan wel. We zijn net begonnen. Ik heb een beeld in mijn hoofd van hoe het in Black Cove moet zijn. En ik weet wat er gedaan moet worden om het zo te krijgen. De gewassen en de beesten. De grond en de gebouwen. Het zal een tijd duren. Maar ik weet hoe we er moeten komen. Of het nu oorlog is of vrede, er is niets dat we niet alleen af kunnen. Je hebt hem niet nodig.

Ada keek naar het vuur. Ze klopte op de hand van Ruby waar die lag en toen nam Ada de hand van Ruby's knie en wreef stevig met haar duim over de handpalm tot ze de pezen onder de huid kon voelen. Ze deed een van haar ringen af en stak hem aan Ruby's hand. Daarna draaide ze hem naar het vuur om ernaar te kijken. Een grote smaragd, gevat in wit goud met kleinere robijntjes eromheen. Een kerstcadeau dat ze een paar jaar geleden van Monroe had gekregen. Ada liet blijken dat ze de ring wilde laten zitten waar ze hem had aangebracht, maar Ruby deed hem af en schoof hem met een ruwe draaibeweging terug aan Ada's vinger.

—Je hebt hem niet nodig, zei Ruby.

—Ik weet dat ik hem niet nodig heb, zei Ada. Maar ik geloof dat ik hem wil hebben.

—Ja, dat is natuurlijk heel wat anders.

Ada zweeg, omdat ze niet wist wat te zeggen, maar ze dacht verwoed na. Dingen die in haar vorige leven onvoorstelbaar waren geweest, leken plotseling mogelijk, en even later leken ze noodzakelijk. Ze dacht dat Inman te lang alleen was geweest, een uitgestotene. Zonder de troost van menselijk contact, een liefdevolle hand die zacht en warm op een schouder, een rug, een been werd gelegd. En hetzelfde gold ook voor haar.

—Wat ik in elk geval niet wil, zei ze uiteindelijk hardop, is dat ik later in een nieuwe eeuw als een oude, verbitterde vrouw op mijn leven terugkijk en wens dat ik op dit moment meer moed had gehad.

Het was al donker toen Inman wakker werd. Het vuur lag gebed in zijn as en gaf maar weinig licht in de hut. Er was niets waaraan hij kon zien hoe ver de nacht gevorderd was. En een tijdlang kon hij zich zelfs niet herinneren waar hij was. Het was zo lang geleden dat hij twee keer op dezelfde plek had geslapen dat hij stil moest liggen en proberen in zijn hoofd een reeks dagen te reconstrueren om te weten waar hij geslapen had. Hij ging rechtop zitten, brak wat takken in stukken en gooide ze op de houtskool en blies erop tot er nieuwe vlammen oplaaiden die schaduwen op de wanden wierpen. Toen was hij pas in staat te zeggen waar hij op de wereld was.

Inman hoorde een geluid van inademen, een nat gerochel. Hij draaide zich half om en zag Stobrod op zijn brits, met zijn ogen open en zwart en glimmend in het licht. Inman probeerde zich te binnen te brengen wie de man was. Het was hem verteld, maar hij kon het zich niet herinneren.

Stobrod bewoog zijn mond en er kwamen klikkende geluiden uit. Hij keek naar Inman en zei: Water?

Inman keek rond en zag nergens een emmer of kan. Hij stond op en wreef met zijn handen over zijn gezicht en door zijn haar.

—Ik haal wel wat te drinken voor je, zei hij.

Hij liep naar zijn bepakking, haalde zijn waterfles eruit, schudde ermee en merkte dat hij leeg was. Hij stopte het pistool in zijn haverzak en hing die om zijn schouder.

—Ik ben dadelijk terug, zei hij.

Hij haalde de deur uit de deuropening. Buiten was de nacht zwart en er woei sneeuw naar binnen.

Inman draaide zich om en zei: Waar zijn ze heengegaan?

Stobrod had zijn ogen dicht. Hij deed geen poging om te antwoorden, maar de wijsvinger en middelvinger van de hand die op zijn deken lag, trokken twee keer samen.

Inman ging naar buiten, zette de deur terug op zijn plaats en bleef staan wachten tot zijn ogen aan het donker gewend waren. In de lucht hing een geur van kou en sneeuw als scharend metaal. En daartegenin de geuren van houtrook en natte stenen in de beek. Toen hij genoeg kon zien om te lopen, begaf Inman zich naar het water. De sneeuw waar hij doorheen liep lag kniehoog op de grond. De beek zag er zwart en bodemloos uit, en had evengoed in een diepe ader kunnen stromen die tot het middelpunt van de aarde reikte. Hij hurkte neer en hield de fles erin om vol te lopen, en het water tegen zijn hand en pols voelde warmer aan dan de lucht.

Toen hij begon terug te lopen kon hij het licht van het vuur geel door de gaten in de muren van de hut waar hij had geslapen zien schijnen. En ook bij een andere hut, verderop langs de beek. Hij rook bradend vlees en werd plotseling overvallen door een geweldige honger.

Inman ging terug naar binnen, tilde Stobrod een eindje op en liet water in zijn mond druppelen. Daarna steunde Stobrod zelf op zijn ellebogen, en terwijl Inman de fles vasthield, dronk hij tot hij zich verslikte en begon te hoesten, en daarna dronk hij nog wat. Hij hield zijn hoofd omhoog, zijn mond open, zijn nek gestrekt. Zijn strottenhoofd bewoog om te slikken. Deze houding samen met de manier waarop zijn haar omhoogstak en de stekeligheid van zijn snor en de blinde uitdrukking van zijn ogen deed Inman denken aan een pas uit het ei gekomen vogeltje, diezelfde broze, ontstellende gretigheid om te leven.

Hij had dit eerder gezien, en ook het tegendeel ervan, de wil om te sterven. Mannen reageerden verschillend op verwondingen. Inman had de laatste jaren zoveel mannen neergeschoten zien worden dat het even gewoon leek om neergeschoten te zijn als om het niet te zijn. Een natuurlijke omstandigheid van de wereld. Hij had mannen gezien met schoten in elk lichaamsdeel dat maar door een schot getroffen kon worden. En hij had alles gezien wat er kon gebeuren met iemand die getroffen was, van op slag dood zijn tot brullend van pijn sterven, tot die ene man bij Malvern Hill die daar had gestaan met bloed druipend uit zijn verbrijzelde rechterhand en luid bulderend had gelachen in de wetenschap dat hij niet zou sterven maar voortaan niet meer in staat zou zijn een trekker over te halen.

Inman kon niet voorspellen hoe het met Stobrod zou aflopen, noch op grond van de uitdrukking op zijn gezicht, noch afgaande op de toestand van zijn wond, die toen hij ernaar keek droog bleek te zijn en verbonden met een kompres van spinrag en wortelschaafsel. Stobrod voelde warm aan, maar Inman had het allang opgegeven te proberen te voorspellen of mannen met een schotwond zouden sterven of niet. Hij had ervaren dat grote wonden soms genazen terwijl kleine verwondingen soms voortwoekerden. Een willekeurige wond kon aan de huid genezen maar onderhuids doorvreten naar het binnenste van een man tot hij eraan stierf. Het waarom hiervan was zoals veel in het leven nauwelijks vatbaar voor logisch redeneren.

Inman stookte het vuur flink op, en toen het licht en warm was in de hut liet hij Stobrod slapend achter en ging naar buiten. Hij stapte in zijn eigen voetsporen om weer bij de beek te komen, nam water in de holte van zijn hand en spatte het in zijn gezicht. Hij trok een twijgje van een berkentak, maakte met zijn duimnagel het uiteinde rafelig en poetste zijn tanden. Vervolgens liep hij naar de andere verlichte hut. Hij bleef buiten staan en luisterde, maar hij hoorde geen stemmen. De lucht was vol van de geur van gebraden kalkoen.

Inman zei: Hallo?

Hij wachtte en er kwam geen antwoord, en hij zei het nog eens. Toen klopte hij op de deur. Ruby deed hem een handbreed open en keek naar buiten.

—O, zei ze, alsof ze iemand anders had verwacht.

—Ik ben wakker geworden, zei hij. Ik weet niet hoe lang ik geslapen heb. Die man daar wilde water en ik heb hem wat gegeven.

—Je hebt twaalf uur geslapen of meer, zei Ruby. Ze schoof de deur opzij om hem binnen te laten.

Ada zat in kleermakerszit voor het vuur op de grond, en toen Inman binnenkwam, keek ze naar hem op. Het gele licht scheen op haar gezicht, en haar donkere haar lag los op haar schouders. Inman vond haar het mooiste schouwspel dat een man vergund is te zien, en hij was er even door van zijn stuk gebracht. Hij vond haar zo mooi dat zijn jukbeenderen er pijn van deden. Hij drukte een knokkel onder zijn oog. Hij wist niet hoe hij zich moest gedragen. Geen enkel oud voorschrift van de etiquette scheen van toepassing te zijn, behalve dat hij zijn hoed moest afnemen. Er was weinig ceremonieel waaraan je kon vasthouden in een indiaanse hut in een sneeuwstorm, althans hij was er niet van op de hoogte. Hij dacht dat hij misschien het beste naast haar kon gaan zitten.

Maar voor hij meer had gedaan dan daartoe besluiten en zijn haverzak in de hoek zetten, stond ze op, kwam vlak voor hem staan en deed iets waarvan hij zeker wist dat hij het nooit zou vergeten. Ze boog haar arm om hem heen en legde haar ene handpalm in de holte van zijn rug. De andere hand drukte ze tegen zijn buik vlak boven zijn broeksband.

—Wat ben je mager tussen mijn handen, zei ze.

Inman kon geen antwoord bedenken waar hij later geen spijt van zou hebben omdat het ontoereikend was.

Ada nam haar handen weg en zei: Wanneer heb je voor het laatst gegeten?

Inman telde terug. Drie dagen geleden, zei hij. Of vier. Vier, geloof ik.

—Nou, dan zul je wel hongerig genoeg zijn om je niet te storen aan onze primitieve kookkunst.

Ruby had het vlees van de ene vogel al van het bot getrokken en had het karkas aan de kook gebracht in de grote pan boven het vuur om bouillon te maken voor Stobrod. Nu gaf Ada Inman een plaats bij de haard en gaf hem een bord met ontbeende kalkoen om vast op te kauwen. Ruby knielde neer en wijdde al haar aandacht aan de pan. Ze schepte het grijze schuim van het water met een schuimspaan die ze die middag uit een populierentak had gesneden, bij gebrek aan de kornoelje die ze nodig had om het goed te doen. Ze wierp het schuim in het vuur, waar het sissend wegbrandde.

Terwijl Inman de stukken kalkoen opat, was Ada bezig een echt avondmaal samen te stellen. Ze deed gedroogde appelringen in water en terwijl die weekten bakte ze punten van de overgebleven gruttenbrij in het vet van een reep spek. Toen de grutten knapperig bruine randjes hadden, haalde ze ze uit de pan en deed de appels erin en schoof ze rond in de pan. Ze zat een tijdlang in kleermakerszit te koken, en boog voorover wanneer ze iets aan het eten wilde doen. Toen draaide ze zich half opzij, strekte haar ene been recht voor zich uit en hield het andere gebogen. Inman keek met grote belangstelling toe. Hij was nog niet gewend haar in een broek te zien, en hij vond de houdingen die ze erin kon aannemen ontroerend in hun vrijheid.

De maaltijd die Ada uiteindelijk gemaakt had, was voedzaam en bruin, met de smaak van houtrook en varkensvet, en het was precies het soort eten dat bij de komende winterzonnewende paste, eten dat troost bood voor korte dagen en lange nachten. Inman viel erop aan als de uitgehongerde man die hij was, maar toen hield hij op en zei: Eet jij niets?

—We hebben daarstraks al gegeten, zei Ada.

Inman at zonder te spreken. Voor hij klaar was, meende Ruby dat het kalkoenenkarkas alle voedingsstoffen die het in zich had, aan het beekwater had afgestaan. Ze schepte er genoeg uit om de kleinere pan half te vullen. De bouillon had het leven van de wilde vogel in zich en was krachtig en wolkig, met de kleur van in een droge pan geroosterde noten.

—Ik ga eens kijken of ik iets hiervan bij hem naar binnen kan krijgen, zei ze.

Ze pakte het hengsel van de pan en liep naar de deur. Voor ze naar buiten ging, bleef ze staan en zei: Het is tijd om het kompres op die wond te verwisselen, en ik ga een tijdje bij hem zitten. Ik bedoel maar, ik blijf misschien even weg.

Nadat Ruby was weggegaan leek de hut kleiner, de muren leken op hen af te komen. Geen van beiden kon iets bedenken om te zeggen. Even kwamen alle oude restricties terug die verboden dat een jonge vrouw en een jonge man samen in een huis alleen werden gelaten, zodat ze niet wisten hoe ze zich moesten gedragen. Ada hield zichzelf voor dat Charleston, met zijn gelederen van oude tantes die streng de hand hielden aan ingewikkelde chaperonneerrituelen, misschien een niet bestaande plaats was, die slechts een vluchtig verband hield met de wereld waarin ze nu leefde, net zoiets als Arcadië of het eiland van Prospero.

Om de stilte te vullen begon Inman iets complimenteus te zeggen over het eten, alsof hij aanzat bij een zondags diner. Maar hij was amper begonnen de kalkoen te prijzen of hij hield er weer mee op en voelde zich een idioot. Onmiddellijk daarna kwamen er zoveel soorten van verlangen in hem op dat hij bang was dat alles er tegelijk uit zou komen in een beangstigende woordenbrij als hij zijn mond niet hield en een betere richting voor zijn gedachten zocht.

Hij stond op, ging naar zijn zak en haalde er de Bartram uit om die aan Ada te laten zien alsof hij ergens een bewijs van vormde. Hij was opgerold en vastgestrikt met een viezig touwtje en hij was nat geworden en opgedroogd en weer nat geworden, inmiddels maanden achter elkaar, en zag er vuil en oud genoeg uit om de verzamelde kennis van een verloren beschaving te bevatten. Hij vertelde haar hoe het boek hem had geholpen overeind te blijven op zijn reis, hoe hij er menige nacht in had gelezen bij het licht van het vuur van een eenzaam bivak. Ada kende het niet, en Inman beschreef het haar als een boek dat juist over dit deel van de wereld ging en over alles wat er belangrijk in was. Hij maakte haar deelgenoot van zijn overtuiging dat het boek bijna heilig was en zo'n rijke inhoud had dat je er een willekeurige plaats in kon opslaan, daar één zin lezen en toch de zekerheid te hebben dat je er lering en vermaak in zou vinden.

Om dit te bewijzen trok hij de strik los en liet het slappe boek zonder kaft openflappen. Hij legde zijn vinger bij een zin die zoals gewoonlijk begon met de beklimming van een berg en een groot deel van de bladzijde doorging, en terwijl hij hem voorlas, hoopte hij zo snel mogelijk bij de punt aan te komen want hij scheen over niets anders te gaan dan seks, en daardoor werd zijn stem schor en dreigde hij te gaan blozen. De zin was deze:

Toen wij de top ervan bereikt hadden, genoten we van een verrukkelijk uitzicht; een wijde ruimte met groene weiden en aard-

beienvelden; een meanderende rivier die er doorheen gleed om in zijn talrijke bochten de zwellende, groene, aarden heuvels te begroeten, versierd met bloembedden en vruchtdragende aardbeienbedden; troepen kalkoenen die daarin rondwandelden; kuddes herten die in de weiden dartelden of over de heuvels sprongen; groepen jonge, onschuldige Cherokee-maagden, van wie sommigen druk bezig waren de rijke, geurige vruchten te verzamelen, terwijl anderen heur mandjes reeds hadden gevuld en languit rustten onder de schaduw van bloesemrijke en geurige inlandse priëlen van Magnolia, Azalea, Philadelphus, geparfumeerde Calycanthus, zoete Gele Jasmijn en hemelsblauwe Glycine frutescens, hun bekoorlijkheden onthullend aan de zoele bries, of hun ledematen baadden in de koele, vlietende stromen; terwijl andere groepjes, vrolijker en vrijmoediger, nog bezig waren aardbeien te plukken, of plagend achter hun vriendinnen aanjaagden, hen verlokkend en hun lippen en wangen kleurend met de rijpe vruchten.

Toen hij klaar was, bleef hij zwijgend zitten.

Ada zei: Is het hele boek zo?

—Bijna niets, zei Inman.

Wat hij wilde doen, was op het bed van dennentakken gaan liggen met Ada naast zich en haar tegen zich aandrukken, zoals Bartram blijkbaar het verlangen had bij de maagden onder hun priëlen te liggen. Maar wat Inman deed, was het boek oprollen en het bij een oude houten beker in een nis van de muur zetten. Hij begon het kookgerei te verzamelen. Hij stond met een wiebelende stapel ervan in zijn armen.

—Ik zal deze maar even schoon gaan schuren, zei hij.

Hij liep naar de deur en keek om. Ada zat bewegingloos in de kooltjes te staren. Inman liep door naar het water beneden, en hij hurkte en boende elk stuk met zand dat hij uit de bedding van de zwarte beek opdiepte. De sneeuwbui was niet minder hevig geworden. De sneeuw kwam recht naar beneden en zelfs de stenen in de beek hadden hoge kuiven van sneeuw gekregen. Inman blies wolkjes adem uit door de vlokken en probeerde te bedenken wat hij moest doen. Er was meer nodig dan twaalf uren slaap en een flink avondmaal om hem weer in orde te krijgen, maar hij kon nu tenminste zijn gedachten weer ordenen. Wat hij in elk geval wist was dat hij van zijn eenzaamheid af wilde. Hij was er te trots op geworden in zijn eentje te lopen, dat hij een eenling was, alleen was.

Op zijn buik en rug voelde hij nog de druk van Ada's handpalmen. En zoals hij daar gehurkt zat in het donker van Cold Mountain, leek die liefdevolle aanraking hem de sleutel tot het leven op aarde. Welke woorden er ook in hem waren die uitgesproken moesten worden, ze betekenden niets in vergelijking met die handoplegging.

Inman kwam de hut weer binnen met het vaste voornemen naar Ada toe te gaan, zijn ene hand op haar nek te leggen en de andere op haar middel en haar naar zich toe te trekken en zo al zijn verlangens duidelijk te maken. Maar toen hij de deur op zijn plaats zette, trof de warmte van het vuur hem en werden zijn vingers onbruikbaar. Ze waren rauw van het zand, stijf van het koude water, verstijfd in houdingen zoals de scharen van blauwe krabben die hij tijdens zijn dienstreis langs de kust had gezien. Schepsels uit een nachtmerrie die met hun slordige wapens wuifden naar de hele wereld, ook naar hun eigen soort. Hij keek naar de borden en schotels, de pan en de koekenpan in zijn handen en zag dat er nog een wittig laagje gestold vet op zat. Hij had dus vergeefse moeite gedaan, en had evengoed binnen kunnen blijven en het kookgerei omgekeerd in de houtskool kunnen leggen, dan was het schoongebrand.

Ada keek naar hem op en hij zag dat ze twee keer inademde, maar toen wendde ze haar blik af. Hij begreep uit de gespannen uitdrukking op haar gezicht dat ze alle moed die ze bezat had moeten verzamelen om hem zo aan te raken als ze had gedaan, hem tussen haar handen te vatten. Ze had vermoedelijk nooit eerder zo'n intiem gebaar gemaakt. Dat wist hij. Ze had een weg afgelegd naar een plaats waar een totaal andere orde heerste dan die welke ze altijd had gekend. Maar hij was degene geweest die in augustus die woorden had neergeschreven, en nu was het aan hem een manier te vinden om te zeggen wat hij te zeggen had.

Inman zette neer wat hij in zijn handen had en ging naar haar toe. Hij ging achter haar zitten en wreef zijn handen tegen elkaar en vervolgens wreef hij over zijn dijen. Hij vouwde zijn armen en stopte zijn handen eronder en drukte ze stijf tegen zijn zijden. Toen stak hij zijn armen langs haar naar voren en spreidde zijn handen naar het vuur en drukte de binnenkant van zijn polsen en onderarmen tegen haar schouders.

—Heb je me brieven geschreven toen ik in het ziekenhuis lag? zei hij.

—Verscheidene, zei ze. Twee in de zomer en een kort briefje in het najaar. Maar ik wist niet dat je daar was tot je er alweer weg was. Dus de eerste twee brieven zijn naar Virginia gegaan.

—Ze hebben me daar niet bereikt, zei hij. Vertel me wat erin stond.

Ada gaf samenvattingen, alleen niet precies van de brieven zoals ze geweest waren. Ze beschreef ze zoals ze zouden zijn als ze ze vanuit haar huidige perpectief zou kunnen herzien. Het was een kans die het leven zelden biedt, om ook maar een fragment van het verleden te herschrijven, en ze maakte er daarom zo goed mogelijk gebruik van. In verbeterde vorm waren de brieven voor hen beiden bevredigender dat de originelen geweest zouden zijn. Met meer bijzonderheden over haar leven, meer hartstocht in de gevoelens, meer zekerheid en directheid in de wijze van uitdrukken. Helemaal meer. Maar het briefje liet ze achterwege.

—Ik wou dat ik ze had gekregen, zei Inman toen ze klaar was. Hij wilde er nog aan toevoegen dat ze een paar nare dagen lichter zouden hebben gemaakt, maar hij wilde op dat moment niet over het ziekenhuis praten.

Hij stak zijn handen uit naar de warme haard en telde de winters in het verleden dat die donker en koud was gebleven. Hij zei: Het is zesentwintig jaar geleden dat hierin vuur is gemaakt.

Dit gaf hun een onderwerp van gesprek. Ze zaten enige tijd ontspannen bij elkaar en praatten zoals mensen praten in ruïnes van het verleden, waar het gevoel onvermijdelijk is dat we maar korte tijd hier zijn, en lang weg. Ze stelden zich het laatste vuur voor dat in de haard had gebrand, en ze verdeelden de rollen onder de spelers die ze zich ervoor zittend voorstelden. Een Cherokee-gezin. Moeder, vader, kinderen, een oud grootmoedertje. Ze gaven hun elk een eigen persoonlijkheid, tragisch of komisch al naar gelang het verhaal dat ze vertelden. Inman maakte van een van de jongens iemand die veel weghad van Swimmer, vreemd en mystiek. Het was bevredigend om voor dit denkbeeldige gezin levens te verzinnen die instinctief vollediger waren dan welk leven ook dat ze zelf met veel moeite zouden kunnen realiseren. In hun verhaal over het gezin gaven Ada en Inman hun een voorgevoel dat er een einde aan hun wereld zou komen. En hoewel het zo is dat men in elk tijdperk meent dat de wereld in een hachelijke toestand verkeert, betwijfelden Ada en Inman toch of het gevoel dat er een einde naderde ooit eerder in de geschiedenis zo gerechtvaardigd was geweest als toen. Wat die mensen vreesden, was volledig uitgekomen. De grotere wereld had hen gevonden, zelfs in deze schuilplaats, en had hen met zijn volle gewicht verpletterd.

Toen ze klaar waren, bleven ze een tijdje zwijgend zitten en hadden het ongemakkelijke gevoel in een ruimte te zijn waar andere levens zich hebben ontplooid en vervolgens verdwenen zijn.

Na enige tijd vertelde Inman haar dat hij onderweg alleen maar had kunnen denken aan zijn hoop dat ze hem zou willen hebben, met hem zou willen trouwen. Die had hij in zijn geest gekoesterd, die verscheen in zijn dromen. Maar nu, zei hij, mocht hij haar niet vragen zich aan hem te binden, in de ontregelde toestand waarin hij nu besefte te verkeren.

—Ik ben een onherstelbaar wrak, vrees ik, zei hij. En als dat zo is, zouden we na verloop van tijd allebei ongelukkig en verbitterd worden.

Ada ging verzitten en draaide zich om en keek achterom naar hem. Hij had zijn kraag losgeknoopt, en nu zag ze de witte wond aan zijn hals. En andere wonden in de uitdrukking op zijn gezicht en in zijn ogen, die haar niet wilden aankijken.

Ze draaide zich weer naar hem toe. Ze dacht eraan dat er in de wereld van de natuur allerlei geneesmiddelen bestaan. Alle hoeken en gaten van de natuur leken gevuld met geneeskrachtige en herstellende middelen om kwetsuren van buitenaf mee te verbinden. Zelfs de meest verborgen wortel, het minste spinrag was ergens goed voor. En van binnenuit was er geestkracht die onder de wond een sterk litteken weefde. Maar in beide gevallen moest je eraan werken, en als je er te sterk aan twijfelde mislukte het. Dat had ze in elk geval van Ruby geleerd.

Uiteindelijk zei ze, zonder hem aan te kijken: Ik weet dat mensen genezen kunnen worden. Niet allemaal, en bij sommigen gaat het vlotter dan bij anderen. Maar bij sommigen lukt het. Ik zou niet weten waarom niet bij jou.

—Waarom niet bij mij? zei Inman, als om de gedachte uit te proberen.

Hij nam zijn handen weg van de plaats waar hij ze hield om ze aan het vuur te warmen en bracht zijn vingertoppen naar zijn gezicht om te voelen of ze nog zo koud waren als de punten van ijspegels. Hij merkte dat ze onverwacht warm waren. Ze voelden helemaal niet aan als onderdelen van een wapen. Hij stak zijn handen uit naar Ada's haar, dat los op haar rug hing, en hij nam het bijeen tot een dikke bundel in zijn hand. Hij tilde het met zijn ene hand op, en met de vingertoppen van de andere hand streek hij over de holte van haar nek tussen de pezen die naar haar schouders liepen, streelde hij de fijne krulletjes haar. Hij liet het haar op zijn plaats vallen en hij kuste haar op haar kruin en ademde de herinnerde geur van haar haar in. Hij leunde naar achteren en trok haar tegen zich aan, haar middel tegen zijn buik, haar schouders tegen zijn borst.

Ze legde haar hoofd onder zijn kin, en hij kon voelen dat haar gewicht tegen hem aan rustte. Hij hield haar stevig omvat en de woorden tuimelden naar buiten zonder dat hij ze van te voren had overdacht. En ditmaal probeerde hij niet zijn kaken op elkaar te klemmen en ze binnen te houden. Hij vertelde haar over de eerste keer dat hij naar de achterkant van haar nek had gekeken toen ze in de kerkbank zat. Over het gevoel dat hem sindsdien nooit meer had losgelaten. Hij sprak over de verspilde jaren tussen toen en nu. Zoveel tijd die weg was. En het was zinloos, zei hij, om te bedenken hoe die jaren beter gebruikt hadden kunnen worden, want hij had ze nauwelijks slechter kunnen gebruiken. Ze waren nu niet meer terug te halen. Je kon wel eeuwig treuren om de verloren tijd en om de schade die daarin was aangericht. Om de doden, en om je eigen verloren ik. Maar wat de wijsheid van alle tijden zegt, is dat we er beter aan doen niet eeuwig te treuren. En die ouden wisten het een en ander en hadden een waar woord gesproken, zei Inman, want je kan treuren en nog eens treuren en uiteindelijk ben je er niets mee opgeschoten. Al dat treuren heeft niets veranderd. Wat je verloren hebt, zal je niet worden teruggegeven. Het zal altijd verloren blijven. Je hebt alleen je littekens om de lege plek te markeren. De enige keus die je hebt, is doorgaan of niet. Maar als je doorgaat, is het met de wetenschap dat je je littekens bij je draagt. Niettemin had hij in al die weggegooide jaren het verlangen gekoesterd haar daar achter in haar nek te kussen, en nu had hij het gedaan. Er was een soort verlossing, meende hij, in de volledige vervulling van een zo lang uitgesteld verlangen.

Ada herinnerde zich die zondag niet precies, het was een van de vele. Ze kon niets aan zijn herinnering van die dag toevoegen om er een gedeelde herinnering van te maken. Maar ze wist dat Inman door hierover te praten op zijn manier iets had teruggedaan voor de manier waarop ze hem had aangeraakt toen hij de hut was binnengekomen. Ze hief haar armen op en nam het haar van haar schouders en lichtte het op van haar nek en hield het met haar pols tegen haar achterhoofd. Ze boog haar hoofd iets naar voren.

—Doe dat nog eens, zei ze.

Maar voor Inman iets kon doen, hoorden ze een geluid bij de deur. En toen Ruby hem uit de deurpost had getild en haar hoofd naar binnen stak, zat Ada weer rechtop en hing haar haar weer over haar schouders. Ruby keek naar het tweetal en zag hun schutterige houding en het vreemde feit dat hij achter haar zat.

—Willen jullie dat ik weer naar buiten ga en even kuch? zei ze.

Niemand zei iets. Ruby sloot de deur en zette de pan op de vloer. Ze veegde de sneeuw van haar jas en klopte haar muts uit tegen haar been.

—De koorts is op dit moment wat minder, zei Ruby. Maar dat zegt niet veel. Hij gaat op en neer.

Ruby keek naar Inman. Ze zei: Ik heb wat dikke takken gekapt en een beter bed gemaakt dan wat dekens op de grond. Ze wachtte even en zei toen: Daar kan dus iemand op slapen.

Ada pakte een stok en porde in het vuur en stak de stok erin om te verbranden. Ga maar, zei ze tegen Inman. Ik weet dat je moe bent.

Maar hoe moe hij ook was, Inman kon moeilijk in slaap komen. Stobrod snurkte en mompelde fragmenten van het refrein van een onzinnig vioolliedje, dat voor zover Inman kon horen hierop neerkwam: Hoe hoger ze op de berg kwamen, hoe groter hij haar toonde zijn ja-ta-dada-la-ta-di-da. Inman had mannen alle mogelijke dingen horen zeggen wanneer ze in het duister van een grote verwonding verkeerden, van gebeden tot vervloekingen. Maar dit spande de kroon in dwaasheid.

In de stiltes tussendoor probeerde Inman te bepalen aan welk deel van de avond hij met het meeste genoegen terugdacht. Ada's hand op zijn buik of haar verzoek vlak voordat Ruby de deur openmaakte. Hij was er nog niet uit toen hij indommelde.

Ada lag ook een hele tijd wakker. Ze dacht aan allerlei dingen. Dat Inman er zoveel ouder uitzag dan vier jaren konden verklaren, zo mager en bars en eenzelvig. En ze dacht er ook even aan dat ze zich misschien zorgen moest maken over het verlies van haar schoonheid, over het feit dat ze bruin, pezig en ruw was geworden. Daarna dacht ze dat je doorging met leven, de ene dag na de andere, tot je na een tijd iemand anders was, en je vorige zelf eerder een nauw verwant familielid was, een broer of zuster, met wie je een verleden gemeen had. Maar het was een ander iemand, een ander leven. In elk geval waren Inman en zij niet meer de mensen die ze geweest waren toen ze de laatste keer samen waren geweest. En ze geloofde dat ze ze nu misschien allebei aardiger vond.

Ruby lag te woelen in haar bed, ze draaide zich om en bleef even liggen en draaide zich toen weer om. Ze ging rechtop zitten en blies gefrustreerd haar adem uit. Ik kan niet in slaap komen, zei ze. En ik weet dat jij daar ook wakker ligt en verliefde dingen denkt.

—Ik ben wakker, zei Ada.

—Ik kan niet slapen omdat ik maar lig te denken wat ik met hem moet als hij blijft leven, zei Ruby.

—Met Inman? zei Ada, in de war gebracht.

—Met pa. Een wond zoals die van hem zal maar langzaam genezen. En hem kennende, zal hij extra lang bedlegerig zijn. Ik weet echt niet wat ik met hem moet.

—We nemen hem mee naar huis en zorgen voor hem, dat lijkt me duidelijk, zei Ada. Hij is zo ernstig gewond dat er niemand naar hem zal komen zoeken. Voorlopig niet. En deze oorlog moet toch ooit ophouden.

—Ik voel me zeer verplicht, zei Ruby.

—Je hebt je nog nooit aan iemand verplicht gevoeld, zei Ada. Ik heb geen zin om de eerste te zijn. Dankjewel is genoeg.

—Dat ook, zei Ruby.

Ze zweeg een tijdje en toen zei ze: Toen ik klein was en 's nachts alleen in die hut lag, heb ik wat vaak gewenst dat ik die viool van hem kon meenemen naar een hoog punt boven de afgrond om hem in de lucht te gooien en hem door de wind te laten meenemen. Ik fantaseerde erover dat ik hem zag wegvliegen tot het nog maar een stipje was, en dan dacht ik eraan wat een mooi geluid hij zou maken wanneer hij beneden op de rotsen van de rivier in duizend stukjes brak.

De volgende ochtend was het grauw weer en nog kouder. De sneeuw viel niet langer in dikke vlokken uit de lucht; hij daalde zacht en fijn neer als gemalen maïsmeel dat tussen de molenstenen uit valt. Ze sliepen allemaal lang door, en Inman kwam ontbijten in de hut van de vrouwen, kalkoenbouillon met repen kalkoen erin.

Later op de ochtend gaven Ada en Inman het paard te eten en te drinken en gingen samen op jacht. Ze hoopten meer vogels te schieten, of als ze erg veel geluk hadden, een hert. Ze liepen de helling op en vonden niets bewegends in het bos, zelfs geen sporen van dieren in de diepe sneeuw. Ze klommen verder tussen de kastanjes en het sparrenbos tot ze op de kam waren. Ze volgden de bocht ervan. Er was nog steeds geen wild, behalve een paar kwetterende stompstaarteekhoorns hoog in de sparrentakken. Zelfs als je er een kon raken, zou het maar een enkele hap grijs vlees zijn, dus ze verspilden er geen schot aan.

Na verloop van tijd kwamen ze bij een vlakke steenplaat die over het ravijn uitstak, en Inman veegde de sneeuw weg en ze gingen in kleermakerszit tegenover elkaar zitten, met hun knieën tegen elkaar en het grondzeil dat Inman in zijn rugzak had als een tent over hen heen, rustend op hun kruinen. Het beetje licht dat het weefsel doorliet, was bruin en schemerig. Inman haalde de walnoten uit de zak en kraakte ze onder een vuistgrote steen, en ze zochten er de eetbare stukjes uit en aten die op. Toen ze ze op hadden, legde hij zijn handen op Ada's schouders en boog zich naar voren zodat zijn voorhoofd het hare raakte. Een tijdlang werd de stilte alleen verstoord door het geluid van de sneeuw die op het grondzeil neerkwam, maar na enige tijd begon Ada te praten.

Ze wilde vertellen hoe ze geworden was wat ze nu was. Ze waren nu andere mensen. Dat moest hij weten. Ze vertelde over Monroe's dood, de uitdrukking op zijn gezicht in de regen en de natte bloemblaadjes van de kornoelje. Ze vertelde Inman over haar besluit niet terug te gaan naar Charleston, over de zomer, en alles over Ruby. Over het weer en dieren en planten en de dingen die ze langzamerhand aan de weet kwam. Over alle manieren waarop het leven vorm krijgt. Je kon je eigen leven baseren op de waarneming daarvan. Ze miste Monroe nog steeds meer dan ze kon zeggen, en ze vertelde Inman veel mooie dingen over hem. Maar ze vertelde hem ook één ding dat vreselijk was: dat hij had geprobeerd haar een kind te laten blijven en dat hij daar, omdat ze zich niet verzette, grotendeels in geslaagd was.

—Er is ook iets wat je moet weten over Ruby, zei Ada. Wat er ook tussen jou en mij gaat gebeuren, ik wil dat zij in Black Cove blijft zolang ze dat wil. Als ze nooit weggaat, zal ik er blij om zijn, en als ze wel weggaat, zal ik rouwen om haar afwezigheid.

—Maar zou ze kunnen leren mij te verdragen, dat is de vraag, zei Inman.

—Ik denk dat ze dat kan leren, zei Ada. Als je maar begrijpt dat ze geen bediende is, geen betaalde hulp. Ze is mijn vriendin. Ze werkt niet op bevel, en ze gooit alleen haar eigen po leeg.

Ze verlieten de rots en gingen verder met jagen, waarvoor ze afdaalden naar een vochtige laagte vol geuren van plekken waar galax groeit, tussen verspreide bosjes kronkelige laurierstruiken naar een smal beekje. Ze liepen om een omgewaaide den heen die in zijn volle lengte op de bosbodem lag. De wortelschijf stond rechtop in de lucht en was even hoog als de gevel van een huis, en meters boven de grond tussen de wortels zaten stenen geklemd die groter waren dan whiskyvaten. In die laagte vond Ada een hoeveelheid goldenseal, waarvan de kraaienpootachtige blaadjes verdord waren maar toch nog herkenbaar waar ze door de dunnere sneeuw aan de leizijde van een populier staken. De populier was zo dik dat om hem te omvatten vijf mensen nodig waren die hand in hand een kring vormden.

—Ruby heeft dit kruid nodig voor haar vader, zei Ada.

Ze knielde neer bij de boom en begon de planten met haar handen uit te graven. Inman stond ernaar te kijken. Het was een simpel tafereel. Niet meer dan een vrouw op haar knieën die in de grond groef, een lange man die erbij stond en rondkeek, wachtend. Als ze geen jassen van gekochte stof hadden aangehad, zou het zich op elk willekeurig punt in de tijd hebben kunnen afspelen. Er was weinig waaruit een bepaald tijdperk kon worden afgeleid. Ada klopte de aarde van de lichtgele wortels en deed ze in haar zak.

Pas toen ze opstond, zag ze de pijl in de populier. Ada's ogen gingen er bijna aan voorbij, doordat ze hem voor een afgebroken takje aanzag, want er was een deel van de schacht overgebleven, maar niet de veertjes. Het hout was half vergaan, maar was nog aan de punt verbonden met stevig eromheen gewonden pezen. De punt was van grijze vuursteen, in vorm gehakt met gladde, holle vlakjes. Zo symmetrisch als een met de hand gemaakt voorwerp maar kan zijn. Hij zat een centimeter of drie in de boom ingebed, voor een deel doordat de boom eromheen was gegroeid met een bollend litteken. Maar er stak nog genoeg naar buiten om te zien dat de pijlpunt breed en lang was. Geen klein pijlpuntje voor de vogeljacht. Ada wees ernaar om Inmans aandacht erop te vestigen.

—Een pijl voor herten, zei Inman. Of bedoeld om mensen te doden.

Hij maakte zijn duim nat op zijn tong en haalde hem langs het blootliggende deel van de snijrand, als iemand die de scherpte van een zakmes beproeft.

—Hij is nog scherp genoeg om door vlees heen te gaan, zei hij.

Tijdens het ploegen en eggen in de nazomer hadden Ruby en Ada een heleboel pijlpunten en schrapertjes opgegraven, maar deze leek op de een of andere manier anders te zijn, alsof hij nog een beetje leefde door de plek waar hij zat. Ada deed een stap naar achteren en keek er van een afstand naar. Hoewel hij veel vertegenwoordigde, was het toch maar een klein dingetje. Een gemist schot een eeuw terug. Of langer. Lang geleden. Of niet lang, als je het goed beschouwde. Ada stapte naar de boom, legde haar vinger om het uiteinde van de schacht en probeerde hem heen en weer te bewegen. Hij zat muurvast.

Het zou mogelijk zijn geweest om de pijl te zien als een soort relikwie, een stukje van een andere wereld, en dat was ongeveer wat Ada deed. Ze zag hem als een voorwerp dat gerekend kon worden tot de dingen die tot het verleden behoorden.

Maar Inman zag het iets anders. Hij zei: Iemand ging met honger naar huis. Toen vroeg hij zich af: Had hij gemist omdat hij geen goed schutter was? Of omdat hij wanhopig was? Omdat de wind draaide? Het licht slecht was?

—Je moet deze plek onthouden, zei hij tegen Ada.

En daarna begon Inman plannen te maken om hier hun leven lang terug te komen om te kijken hoever de pijlschacht vergaan was, en hoe het groene populierenhout om de vuurstenen pijlpunt heen groeide. Hij beschreef een scène in de toekomst, Ada en hij krom, asgrijs, die met kinderen naar de boom kwamen kijken in een of andere metalige toekomstige wereld, waarvan hij zich de voornaamste eigenschappen niet eens kon voorstellen. Tegen die tijd zou de schacht verdwenen zijn. Weggerot. En de populier zou nog dikker zijn en zou helemaal om de steen zijn heengegroeid. Er zou niets te zien zijn dan een geschulpt litteken van bast.

Inman had geen idee van wie de kinderen zouden zijn, maar ze zullen gefascineerd staan kijken terwijl die twee oude mensen met messen in het zachte populierenhout snijden en een hoeveelheid nieuw hout uitgraven, en dan, plotseling, zullen de kinderen het vuurstenen blad zien alsof het te voorschijn was getoverd. Een stukje kunst met een duidelijk doel, zo zag Inman het. En hoewel Ada zich geen goed beeld kon vormen van die verre tijd, kon ze zich de verbazing op de gezichtjes voorstellen.

—Indianen, zei Ada, die zich inleefde in Inmans verhaal. Dat oude echtpaar zal alleen maar zeggen: Indianen.

Ze kwamen die middag zonder wild in het dorpje terug. Het enige wat hun uitstapje had opgeleverd waren de goldenseal en brandhout. Ze sleepten het hout achter zich aan en het trok strepen en lijnen in de sneeuw. Grote takken van een kastanje en kleinere van een ceder. Ze vonden Ruby bij Stobrod. Hij was enigermate wakker en scheen Ruby en Ada te kennen, maar hij was bang voor Inman.

—Wie is die grote, donkere man? zei hij.

Inman hurkte naast Stobrod neer, zodat hij niet boven hem uittorende. Hij zei: Ik heb je water gegeven. Ik zit niet achter je aan.

Stobrod zei: Zo.

Ruby maakte een lapje nat en veegde ermee over zijn gezicht en hij verzette zich ertegen als een kind. Ze maakte stukjes wortel fijn en verbond de wonden ermee en van andere stukjes trok ze een thee die ze Stobrod liet opdrinken. Toen ze klaar was, viel hij dadelijk in slaap.

Ada keek naar Inman, de vermoeidheid in zijn gezicht. Ze zei: Ik denk dat jij dat ook maar moet gaan doen.

—Als je me maar niet laat slapen tot nadat het donker wordt, zei Inman. Hij ging naar buiten, en terwijl de deur open was, konden Ada en Ruby achter hem sneeuw zien die al vallend strepen maakte in de lucht. Ze hoorden geluiden van brekende takken en even later ging de deur weer open. Hij legde een armvol kastanjehout vlak binnen de ingang en daarna ging hij weg. Ze stookten het vuur op en zaten lange tijd samen met hun rug tegen de muur van de hut, met een deken om hen heen.

Ada zei: Vertel me wat we straks gaan doen, wanneer het weer warm wordt. Wat moeten we doen om alles in orde te krijgen?

Ruby pakte een stok en tekende een kaart in de aarde, van Black Cove. Ze tekende de weg en het huis en de schuur, krabde plekken weg om de velden aan te geven zoals ze nu waren, bospercelen, de boomgaard. Toen begon ze te praten, en ze schilderde een visioen van overvloed en de manier om daar te komen. Door ruilen aan een span muilezels komen. De oude velden terugveroveren op ambrosia en sumac. Een nieuwe moestuin aanleggen. Nog wat nieuwe grond ontginnen. Genoeg maïs en tarwe verbouwen om in hun broodbehoefte te voorzien. De boomgaard vergroten. Een echte inmaakschuur en appelschuur bouwen. Jaren en jaren werk. Maar dan zouden ze eenmaal in de zomer de gewassen hoog op de velden zien staan. Kippen zouden rondscharrelen op het erf, koeien zouden grazen in de weide, varkens zouden eten van wat ze op de helling vonden. Zoveel varkens dat ze twee types konden hebben: varkens voor spek, met dunne poten en lange flanken; en varkens voor ham, stevig gebouwd en dik, met een buik tot op de grond. De rokerij zou vol hangen met hammen en zijden spek; er zou te allen tijde een pan met vet op het fornuis staan. Hopen appels in de appelschuur; talloze potten met ingemaakte groenten op stellingen in de inmaakschuur. Overvloed.

—Dat zal een prachtig gezicht zijn, zei Ada.

Ruby veegde met haar vlakke hand haar kaart uit. Ze bleven zwijgend zitten, en na een tijdje zakte Ruby opzij met haar schouder tegen die van Ada aan en sukkelde in slaap, vermoeid van het fantaseren. Ada bleef naar het vuur kijken en luisterde naar het knappen en sissen ervan, en later het bros verzakken van de as. Ze rook de zoete houtrook en dacht dat het een maat kon zijn voor je succes in het aandacht geven aan de details van de wereld als je bomen kon herkennen aan de geur van hun rook. Het zou een vaardigheid zijn die je met een gerust hart kon aanleren. Er waren heel wat ergere dingen om te weten. Dingen die schadelijk waren voor anderen, en uiteindelijk ook voor jezelf.

Toen Ruby wakker werd, was het laat in de middag, bijna donker. Ze ging rechtop zitten, knipperde met haar ogen, wreef over haar gezicht en geeuwde. Ze ging kijken hoe het met Stobrod was. Ze voelde aan zijn gezicht en voorhoofd, trok de dekens weg en keek naar zijn wond.

—De koorts is weer hoger, zei ze. Vannacht komt de crisis, denk ik. Hij blijft of hij gaat, maar vannacht valt de beslissing. Ik kan hem beter niet alleen laten.

Ada kwam er ook bij staan en legde haar pols op Stobrods voorhoofd. Ze voelde geen verschil met eerdere keren dat ze gevoeld had. Ze keek naar Ruby, maar Ruby wilde niet terugkijken.

—Ik zou me niet prettig voelen als ik hem vannacht alleen liet, zei Ruby.

Het was donker toen Ada langs de beek naar de andere hut beneden liep. De sneeuw viel in fijne vlokken neer. Wat op de grond lag, was zo diep dat ze onhandig moest lopen en haar knieën bij elke stap hoog moest optrekken, hoewel ze haar voeten neerzette in oude voetsporen. De sneeuw absorbeerde al het licht dat door de wolken kwam, zodat de aarde gelijkmatig van binnenuit verlicht leek te zijn, lichtend als een mica lantaarn. Ze opende geluidloos de deur en ging naar binnen. Inman lag te slapen en verroerde zich niet. Het vuur was bijna uitgebrand. Ada zag dat zijn bezittingen ervoor te drogen waren gelegd als voorwerpen die in een museum waren uitgestald, alsof elk stuk ruimte eromheen nodig had om zijn ware betekenis te onthullen en naar waarde geschat te worden. Zijn kleding, zijn schoenen, zijn hoed, rugzak, haverzak, kookgerei, dolkmes en het grote, lelijke pistool met toebehoren: laadstok, blik met slaghoedjes, slothaak en patronen, en ook vulsel, kruit en hagel voor de geweerloop. Om de uitstalling volledig te maken had alleen nog de Bartram uit de nis gehaald en naast het pistool neergelegd moeten worden. En een wit, bedrukt kaartje om aan te geven wat men hier zag: De woudloper, zijn uitrusting.

Ada trok haar jas uit, legde drie cedertakken op het vuur en blies op de houtskool. Toen ging ze naar Inman toe en knielde naast hem neer. Hij lag met zijn gezicht naar de muur. Het bed van dennentakken geurde scherp en schoon naar de dennennaalden die onder hem werden platgedrukt. Ze raakte zijn voorhoofd aan, streek zijn haar naar achteren, streek met haar vingertoppen over zijn oogleden, jukbeenderen, neus, lippen en stoppelige kin. Ze trok de deken weg en zag dat hij zijn hemd uit had, en ze drukte haar hand tegen de zijkant van zijn hals, tegen het strakke, verse litteken van zijn wond. Ze liet haar hand naar zijn schouder glijden, greep hem beet en hield hem zo vast.

Hij werd langzaam wakker. Hij bewoog in het bed en draaide zich om en scheen te begrijpen wat ze van plan was, maar klaarblijkelijk ongewild gingen zijn ogen dicht en sliep hij weer.

De wereld was een ongelooflijk eenzaam oord en de enige genezing scheen te zijn naast hem te gaan liggen, huid tegen huid. Het verlangen om dat te doen maakte zich van Ada meester. Toen voelde ze iets als paniek door zich heen gaan, huiverend als bladeren bewegend in de wind. Maar ze zette het van zich af, stond op en begon eerst de knoop van de broeksband en vervolgens de lange, vreemde rij gulpknopen van haar broek los te maken.

Ze ontdekte dat dit een kledingstuk was dat je niet elegant kunt uittrekken. De eerste broekspijp ging goed, maar toen ze haar gewicht van de ene voet overbracht op de andere, verloor ze haar evenwicht en moest twee keer hinken om het terug te vinden. Ze keek Inmans kant op en merkte dat hij zijn ogen open had en naar haar keek. Ze voelde zich mallotig en wenste dat het donker was en dat ze niet voor de lage, gele vlammen van het rokerige cedervuur stond. Of dat ze een gewaad aanhad dat ze in een soepele waterval om zich heen kon laten vallen. Een poel aan haar voeten waar ze uit kon stappen. Nu stond ze hier met Monroe's broek nog in een prop om haar ene been.

—Draai je om, zei ze.

—Nog niet voor alle gouden dollars in de schatkist van de Federalen, zei Inman.

Ze draaide zich van hem af, zenuwachtig en onhandig. En toen ze zich had uitgekleed, hield ze haar kleren voor zich en wendde zich weer half naar hem toe.

Inman ging rechtop zitten met de deken om zijn middel. Hij had geleefd als een dode en hier voor hem was het leven, een gave binnen handbereik. Hij boog zich naar voren, trok de kleren uit haar handen en haalde haar naar zich toe. Hij legde zijn vlakke handen op de voorkant van haar dijen, en vervolgens bewoog hij zijn handen omhoog langs haar flanken en liet zijn onderarmen op haar heupbeenderen rusten en legde zijn vingertoppen in de holte onderaan haar rug. Hij liet zijn vingers omhoog gaan en raakte een voor een de knobbels van haar ruggengraat aan. Hij streek langs de binnenkant van haar armen en liet zijn handen langs haar zijden glijden tot ze op haar heupen rustten. Hij boog zijn voorhoofd naar het zachte van haar buik. Toen kuste hij haar daar en ze rook naar bitternootrook. Hij trok haar tegen zich aan en hield haar vast, hield haar vast tegen zich aan gedrukt. Zij legde een hand achterin zijn nek en trok hem harder naar zich toe, en toen legde ze haar witte armen om hem heen en drukte als om hem eeuwig zo vast te houden.

Onder de steeds dikkere laag sneeuw buiten leek de warme, droge hut, verborgen in zijn plooi van de berg, een veilige haven, al was hij dat niet geweest voor de mensen die er hadden gewoond. Soldaten hadden hen gevonden en van de hut het startpunt gemaakt van een pad naar ballingschap, verlies en dood. Maar gedurende enige tijd die nacht was hij een plek die binnen zijn muren geen verdriet bevatte, en zelfs geen vage herinnering aan verdriet.

Later lagen Ada en Inman samen verstrengeld op hun bed van dennentakken. Het was bijna donker in de oude hut, en de cedertakken rookten in de haard en de hete hars geurde alsof er iemand was voorbijgekomen, zwaaiend met een wierookvat. Het vuur knapte. De sneeuw siste en zuchtte terwijl hij neerviel. En zij deden wat geliefden vaak doen wanneer ze denken dat de toekomst zich eindeloos voor hen uitstrekt, stralend als op het middaguur van de scheppingsdag: ze praatten onophoudelijk over het verleden, alsof beiden moesten worden bijgepraat over alles wat de ander tot dan toe had gedaan, voor ze als paar verder konden gaan.

Ze praatten bijna de hele nacht door, alsof hun bij wet was opgedragen tot in de kleinste bijzonderheden van hun kindertijd, hun jonge jaren te vertellen. En beiden schilderden ze die idyllisch af. Zelfs de zware, benauwde hitte van de zomers in Charleston kreeg in Ada's weergave iets dramatisch. Maar toen Inman bij de oorlogsjaren kwam, verhaalde hij daarvan alleen in de algemene termen van een krantenartikel – de namen van de generaals die het bevel over hem hadden gevoerd, de grote troepenbewegingen, het mislukken of welslagen van verschillende strategieën, de vaak grote rol die het blinde toeval speelde bij de beslissing welke kant de overwinning behaalde. Hij wilde dat Ada wist dat je eindeloos over dat soort dingen kon vertellen en toch niet dichter bij de volledige waarheid van de oorlog kwam dan je bij de volledige waarheid over het leven van een oude berin kwam door haar sporen te volgen door het bos. Een klauwspoor op een bijenboom en een grote hoop vettige poep met een heleboel gele bessenzaden erin vertelden maar twee korte en wellicht misleidende afleveringen van het grote zwarte mysterie van de beer zelf. Geen mens, tot en met Lee toe, kon een exacte beschrijving geven van meer dan het platte voorhoofd van de beer – haar kromme, zwarte klauwen, de dikke, gebarsten eeltkussens, het grove, glanzende haar dat over de uiteinden van de poten groeide. Inman dacht dat hij zelf misschien alleen zoiets vluchtigs kende als de lucht van haar adem. Niemand kon het geheel kennen, zomin als we het leven van welk dier dan ook kunnen kennen, want die bewonen elk een wereld die de hunne is en niet de onze.

Het enige persoonlijke dat Inman wilde onthullen waren anekdotes zoals de keer tijdens het winterkamp van tweeënzestig toen de schoorsteen van klei en takken van zijn barak vlam vatte, en het dak van schors en mos brandend op hem en zijn slapende makkers instortte, en ze in hun onderbroek joelend en lachend naar buiten renden in de kou en de barak zagen afbranden en elkaar met sneeuwballen gooiden, en toen het vuur uitgebrand was gooiden ze er hekpaaltjes op om die nacht warm te blijven.

Ada vroeg hem of hij de grote, gevierde veldheren wel eens had gezien. De naar verluidde godgelijke Lee, de sombere Jackson, de kleurige Stuart, de onverstoorbare Longstreet. Of de mindere sterren. De tragische Pelham, de aandoenlijke Pickett.

Inman had ze allemaal gezien behalve Pelham, maar hij zei tegen Ada dat hij over hen niets te melden had, over de levenden niet en over de doden niet. Ook wilde hij niets zeggen over de Federale leiders, hoewel hij sommigen van hen van een afstand had gezien en de rest kende aan hun daden. Hij wilde een leven leiden waarin weinig belangstelling bestond voor een bende despoten die aanvallen uitvoerde op een andere bende. Ook wilde hij verder niet uitweiden over de daden die hij zelf had gepleegd, want ooit, in een tijd wanneer er niet zoveel doden vielen, wilde hij zichzelf met een andere maatstaf meten.

—Vertel me dan over je lange reis naar huis, zei Ada.

Inman dacht erover na, maar toen vleide hij zich met de gedachte dat hij eindelijk alle ellende voorbij was en dat hij er niet aan terug wilde denken, en daarom vertelde hij alleen hoe hij onderweg op de maannachten had gelet en tot achtentwintig had geteld en dan weer opnieuw was begonnen, en hoe hij Orion elke nacht hoger had zien klimmen aan de hemel, en dat hij geprobeerd had te lopen zonder te hopen of te vrezen, maar daarin jammerlijk had gefaald, want hij had zowel het een als het ander gedaan. Maar dat hij er op de beste dagen van het lopen wel in was geslaagd zijn gedachten bij het weer te laten passen, donker of licht, om af te stemmen op de grilligheden van Gods geest die wolken of zonneschijn stuurden.

Vervolgens zei hij: Ik ben onderweg ook een aantal mensen tegengekomen. Er was een geitenvrouw die me te eten gaf, en die beweerde dat het een teken van Gods genade is dat Hij ons de felste bijzonderheden van pijn niet laat herinneren. Hij weet welke stukken we niet kunnen verdragen en zorgt dat onze geest ze niet kan terughalen. Na verloop van tijd vervagen ze, omdat ze ongebruikt blijven. Zo dacht zij er tenminste over. God legt je iets ondraaglijks op en neemt er dan weer iets van terug.

Ada was zo vrij van mening te verschillen met een deel van wat de geitenvrouw dacht. Ze zei: Ik denk dat je Hem een beetje moet helpen met dat vergeten. Je moet je best doen om niet te proberen zulke gedachten op te roepen, want als je hard genoeg roept, komen ze toch.

Toen ze het verleden voorlopig hadden gehad, begonnen ze aan de toekomst. Ze praatten over allerlei toekomstige zaken. In Virginia had Inman een zaagmolen gezien, een draagbare molen die op waterkracht werkte. Zelfs in de bergen begonnen blokhutten plaats te maken voor uit planken opgetrokken huizen, en daarom dacht hij dat het mooi zou zijn zo'n zaagmolen te hebben. Hij kon hem vervoeren naar iemands land en diens eigen hout verzagen tot materiaal voor een huis. Dat zou efficiënt zijn, en voor die man ook voldoening geven, want als het huis af was, kon hij erin zitten en tevreden bedenken dat alle delen van zijn eigen land afkomstig waren. Inman kon betaald worden met contant geld, of als dat er niet was in ruw hout, dat hij vervolgens kon verzagen en verkopen. Van zijn familie kon hij geld lenen om de machine te kopen. Het was geen slecht plan. Menigeen was rijk geworden van minder.

En er waren andere plannen. Ze zouden boeken bestellen over allerlei onderwerpen: akkerbouw, kunst, plantkunde, reizen. Ze zouden muziekinstrumenten leren bespelen, viool en gitaar of misschien mandoline. Als Stobrod bleef leven kon hij hun les geven. En Inman wilde graag Grieks leren. Het zou geweldig zijn om die taal te kennen. Dan kon hij het werk van Balis voortzetten. Hij vertelde haar het verhaal van de man in het ziekenhuis, zijn verdwenen been en de stapel papieren die hij had achtergelaten na zijn droef verscheiden. Het zegt wel iets dat ze het een dode taal noemen, zei Inman tot besluit.

Ze praatten door, en nu spraken ze over tijd. Ze stippelden een denkbeeldig huwelijk uit, waarin de jaren gelukkig en vredig verstreken. Black Cove werd volgens Ruby's aanwijzingen ingericht. Ada beschreef haar plannen uitvoerig, en het enige waar Inman iets aan wilde veranderen was de afwezigheid van geiten, want hij zou graag een paar geiten willen houden. Ze waren het erover eens dat het hun niet meer interesseerde hoe een huwelijk normaal functioneerde. Zij zouden doen waar ze zin in hadden en hun leven laten bepalen door de loop van de seizoenen. In de herfst zouden de appelbomen kleurig en zwaar zijn van de appels en ze zouden samen op de vogeljacht gaan, nu het jagen Ada zo goed was afgegaan met die kalkoenen. Ze zouden niet jagen met het versierde Italiaanse geweer van Monroe maar met eenvoudige maar uitstekende jachtgeweren die ze uit Engeland zouden laten komen. In de zomer zouden ze forellen vangen met visgerei uit datzelfde sportieve land. Ze zouden samen oud worden en de tijd afmeten aan de levens van een opeenvolging van gespikkelde jachthonden. Op een zeker moment, wanneer ze de middelbare leeftijd al gepasseerd waren, konden ze aan schilderen gaan doen en kleine blikken doosjes met waterverf aanschaffen, eveneens uit Engeland. Dan gaan wandelen door het landschap, en wanneer ze een tafereel zagen dat hun beviel, stoppen en een beker water uit een beek scheppen en de lijnen en kleuren op papier vormen als herinnering voor later. Met elkaar wedijveren om te zien wie het landschap het best had weergegeven. Ze zagen schepen voor zich die de verraderlijke Atlantische Oceaan overstaken om hun hulpmiddelen voor verstrooiing te brengen. O, ze zouden zoveel doen.

Ze waren beiden op een leeftijd dat ze op een piek stonden. Ze konden nog denken dat hun hele leven zich zonder grens of beperking voor hen uitstrekte. Tegelijkertijd vermoedden ze al dat hun jeugd nagenoeg voorbij was en dat datgene wat voor hen lag een volstrekt ander gebied was, waarin de mogelijkheden met de minuut afnamen.

geesten van kraaien, dansend

Op de morgen van de derde dag in het dorp braken de wolken open en werd de hemel helder, de zon stralend. De sneeuw begon te smelten. Hij viel met plakken tegelijk van de gebogen takken van bomen af, en de hele dag was er het geluid van water dat onder de sneeuw over de grond stroomde. Die avond kwam de volle maan op van achter de bergkam, en het licht ervan was zo fel dat het duidelijk omlijnde schaduwen van boomstammen en takken op de sneeuw wierp. De paarlmoeren nacht leek niet een tegengestelde van de dag maar een nieuwe variant ervan, een afleiding.

Ada en Inman lagen enige tijd onder de dekens verstrengeld te praten, met een laag brandend vuurtje en de deur van de hut open, zodat er een schitterende onregelmatige vierhoek van koel maanlicht op hun bed viel. Ze stelden een plan op voor zichzelf, en het duurde bijna de hele nacht om het uit te werken. De vorm van licht bewoog over de vloer en de hoeken ervan veranderden, en op een bepaald moment zette Inman de deur terug op zijn plaats en stookte hij het vuur op. Het plan was ondanks de hoeveelheid tijd die het kostte om het te vormen, eenvoudig en zij waren ook niet de enigen die het bedachten. Veel andere paren geliefden kwamen in die laatste tijd tot precies dezelfde slotsom, want er waren maar drie mogelijkheden om uit te kiezen, stuk voor stuk gevaarlijk en op een bepaalde manier bitter.

De gevolgde gedachtengang was eenvoudig. De oorlog was zo goed als verloren en kon niet veel maanden meer duren. Misschien was hij in het voorjaar afgelopen, misschien niet. Maar het was absoluut onvoorstelbaar dat hij tot na de zomer zou voortduren. De mogelijkheden waren de volgende. Inman kon teruggaan naar het leger. Bij het bestaande tekort aan manschappen zou hij met open armen worden ontvangen, en onmiddellijk worden teruggeplaatst in de modderige loopgraven bij Petersburg, waar hij zou proberen zijn hoofd laag te houden en op een spoedig einde hopen. Hij kon zich ook als deserteur blijven verbergen in de bergen of in Black Cove en bejaagd worden als een beer, wolf of poema. Ten slotte kon hij de bergen in noordelijke richting oversteken en zich overgeven aan de Federalen, de schoften die vier jaar lang bezig waren geweest op hem te schieten. Zij zouden hem hun eed van trouw laten ondertekenen, maar daarna kon hij wachten tot het vechten afgelopen was en naar huis komen.

Ze probeerden nog andere plannen te bedenken, maar ze bouwden alleen luchtkastelen. Inman vertelde Ada over Veasey's droom over Texas, dat wilde, vrije land vol mogelijkheden. Ze konden een tweede paard nemen, een kampeeruitrusting en op weg gaan naar het westen. En als Texas niet prettig bleek was er het gebied van de Colorado. Wyoming. Het grote gebied van de Columbia River. Maar daar was de oorlog ook. Als ze geld hadden, konden ze de boot nemen naar een ver, zonnig land, Spanje of Italië. Maar ze hadden geen geld en er was een blokkade. Als laatste mogelijkheid konden ze het voorgeschreven aantal dagen vasten en wachten tot de poorten van de Shining Rocks zich zouden openen om hen op te nemen in het land van vrede.

Uiteindelijk moesten ze erkennen dat er grenzen waren aan alles. Door de oorlog hadden ze alleen de keus tussen de eerste, bittere drie mogelijkheden. Inman verwierp de eerste als onaanvaardbaar. En Ada sprak haar veto uit over de tweede die volgens haar het gevaarlijkst was. Bij gebrek aan beter kwamen ze dus uit op de derde. De Blue Ridge oversteken. Drie tot vier dagen stevig doorlopen, paden door de wildernis aanhouden en dan zou hij de staatsgrens oversteken. Hij zou zijn handen omhoog steken en zijn hoofd buigen en zeggen dat hij verslagen was. Hij zou salueren voor hun gestreepte vlag, die hij uit alle macht had bestreden. Aan de gezichten van de vijand zou hij zien dat, in tegenstelling tot wat vele godsdiensten leren, de man die de overwinning behaalt zich over het algemeen beter voelt dan de man die de nederlaag lijdt, ongeacht wie in feite het recht aan zijn kant heeft.

—Maar er is nog iets, zei Ada tegen hem. Predikanten en oude vrouwen geloven vaak dat geslagen worden medeleven kweekt. En ze hebben gelijk. Dat is mogelijk. Maar het kweekt ook verharding. Je kunt tot op zekere hoogte kiezen.

Uiteindelijk beloofden ze beiden vooral uit te kijken naar de thuiskomst, een aantal maanden verder. Van daaraf zouden ze voorwaarts gaan in de nieuwe wereld die de oorlog achterliet, hoe die er ook uit zou zien. Zorgen dat hun aandeel erin overeenkwam met het toekomstvisioen dat ze al pratend voor elkaar hadden getekend in de twee vorige nachten.

Op de vierde dag in het dorp begonnen er op open plekken bruine stukken met bladeren en zwarte aarde bloot te komen, en gemengde troepen boomklevers en mezen kwamen er pikken naar iets op de weer zichtbare grond. Die dag kon Stobrod zonder hulp zitten en al enigszins begrijpelijke taal uitslaan, wat volgens Ruby ongeveer alles was wat je van hem kon verwachten, zelfs als hij zo gezond was als een vis. Zijn wonden waren schoon, riekten niet en leken spoedig te zullen dichtgroeien. En hij kon vast voedsel eten, hoewel ze niet meer over hadden dan wat grutten en vijf eekhoorns die Ruby had geschoten, leeggehaald en gevild. Ze had er stokken doorheen gestoken en ze met kop en al geroosterd boven kastanjehoutskool, en die avond aten Ruby, Stobrod en Inman er elk een zoals je een maïskolf zou eten. Ada zat eerst even haar portie te bekijken. De snijtanden waren lang en geel. Ze was niet gewend dingen te eten waar de tanden nog in zaten. Stobrod keek naar haar en zei: Die kop draai je er zo af, als je er last van hebt.

Bij het aanbreken van de vijfde dag was de sneeuw voor meer dan de helft weg. Er was een laagje dennennaalden gevallen op de sneeuwhopen die nog onder de dennen lagen, en de bast van de bomen was nat en zwart gestreept door het smeltwater. Er waren hoge wolken gekomen na twee dagen zon, en Stobrod verklaarde dat hij in staat was om te reizen.

—Het is zes uur naar huis, zei Ruby. Hooguit zeven. Dan reken ik de slechtere begaanbaarheid van de paden en de rustpauzes mee.

Ada nam aan dat ze met zijn allen zouden gaan, maar daar wilde Inman niet van horen.

—Soms lijken de bossen erg leeg, maar soms zijn ze erg vol. Jullie tweeën kunnen ongestoord gaan waar jullie willen. Ze moeten ons hebben, zei hij terwijl hij met zijn duim naar Stobrod wees. Het heeft geen zin iedereen in gevaar te brengen.

Hij stond erop dat Ruby en Ada vooruit gingen. Hij zou kort daarna volgen met Stobrod gezeten op het paard. Ze zouden in het bos wachten tot het donker was. Als het weer er gunstig uitzag, zou hij de volgende morgen op weg gaan om zich over te geven. Ze zouden Stobrod thuis verborgen houden, en als de oorlog nog niet afgelopen was wanneer hij genezen was, zouden ze hem over de bergen naar Inman toe sturen.

Stobrod had geen mening over deze kwestie, maar Ruby meende dat er iets inzat wat Inman zei, en daarom deden ze het zo. De vrouwen gingen te voet op weg, en Inman bleef staan en keek hen na toen ze de helling opklommen. Toen Ada tussen de bomen verdween, was het alsof er een deel van de rijkdom van de wereld met haar verdwenen was. Hij was zo lang leeg en alleen op de wereld geweest. Maar zij vervulde hem helemaal, en daarom geloofde hij nu dat het een doel had gediend dat alles uit hem was weggenomen. Om ruimte te maken voor iets beters.

Hij wachtte een poos, toen laadde hij Stobrod op het paard en volgde. Stobrod reed soms met zijn kin stuitend op zijn borstbeen, soms zat hij met zijn hoofd rechtop en met heldere ogen. Ze kwamen langs de ronde poel, die was dichtgevroren, en in het ijs was geen spoor te zien van een woerd of zelfs van een karkas ervan. Hij was verdronken en naar de modderige bodem gezonken, of hij was weggevlogen. Er was niet achter te komen wat er precies gebeurd was, hoewel Inman zich een beeld vormde van de eend die fladderde en worstelde en tenslotte opsteeg in de lucht, met medeneming van scherfjes ijs die aan zijn gespannen gele zwemvliezen waren vastgevroren.

Toen ze bij de splitsing van het pad kwamen, keek Stobrod naar de grote populier en de lichte plekken hout waar de kogels de bast hadden weggeslagen. Verrekte grote boom, zei hij.

Ze kwamen langs het graf van Pangle, en dat lag in de schaduw op de noordhelling, en de sneeuw bedekte het nog bijna tot aan het omwonden kruispunt van Ada's acaciakruis. Inman wees het alleen maar aan, en Stobrod keek er in het voorbijgaan naar. Hij vertelde hoe Pangle in de grot tegen zijn rug aankroop om te slapen. Warmte en muziek, dat was alles wat de jongen begeerde. Toen zei Stobrod: Als God erop uitging om elke man op aarde te doden in volgorde van de misdaden die hij had gepleegd, zou die jongen helemaal achteraan komen.

Ze ploeterden een aantal kilometers voort, met donkere wolken boven hen. Het pad was ruw en steil. Ze kwamen bij een plek waar aan weerskanten van het pad een rij laurierstruiken groeide, waarvan de gebogen takken boven hun hoofd het dak van een tunnel vormden. Op de grond groeide galax met glimmende, roodbruine bladeren. De laurierbladeren waren tot buisjes omgekruld door de kou.

Ze kwamen uit de tunnel op een kleine open plek in het bos, en ze liepen door en hoorden opeens geluiden achter zich. Ze keken om, en zagen ruiters tevoorschijn komen en het pad opvullen.

—Goeie God, zei Stobrod.

Teague zei: Die man is niet dood te krijgen. Al ziet hij er wel uit als een opgewarmde dode.

Stobrod keek naar de verkenners en zag dat hun gezelschap anders was samengesteld. Teague en de jongen die hij naast zich had, waren er nog. In de dagen sinds ze op hem hadden geschoten, hadden ze een paar man verloren en er een paar man bijgekregen. Stobrod herkende een gezicht uit de woudlopersgrot, een arme blanke. De Guard was bovendien een paar ongelijke honden rijker. Een bloedhond met hangoren. Een wolfshond met een borstelige sik. De honden gingen slordig en op hun gemak zitten. Toen stond de wolfshond op en begon zonder dat iemand haar opdracht had gegeven steels naar Inman en Stobrod toe te sluipen.

Teague zat schrijlings op zijn paard met de teugels losjes in zijn linkerhand. De andere hand gebruikte hij om aan de haan van zijn Spencer-karabijn te friemelen, alsof hij niet goed wist of het nodig was hem helemaal naar achteren te trekken.

—We zijn jou en de jongen zeer verplicht dat jullie ons die grot hebben gewezen. Een mooie, droge plek om te wachten tot het ophield met sneeuwen.

De wolfshond hield in en begon een cirkel te beschrijven, ze bewoog niet snel en naderde onder een hoek. Ze vermeed oogcontact, maar alles wat ze deed, bracht haar dichterbij.

Inman keek om zich heen en taxeerde de ligging van het terrein om te zien hoe de kansen in een gevecht lagen, en hij realiseerde zich dat hij zich weer op het vertrouwde terrein van geweld bevond. Hij had behoefte aan een stenen muur, maar die was er niet. Hij bestudeerde de mannen van de Guard en hij kende hen aan de uitdrukking in hun ogen. Het had geen zin met dit soort mannen te praten. Taal zou niets veranderen, hij kon evengoed zinloze geluiden uitkramen. Het had geen zin om te wachten.

Hij boog zich naar Stobrod toe en deed alsof hij iets verschikte aan het hoofdstel en het touw waaraan hij het paard leidde. Fluisterend zei hij: Houd je goed vast.

Hij gaf het paard met zijn linkervuist een harde klap op de bil en trok met zijn rechterhand zijn pistool. In één gebogen beweging schoot hij de wolfshond die op hem toekwam neer en vervolgens schoot hij een van de mannen neer. Tussen de twee knallen was nauwelijks tijd om met je ogen te knipperen. De hond en de man vielen getroffen neer, en ze bewogen amper meer waar ze gevallen waren. Stobrod schoot op het bokkende paard het pad af als een man die een driejarige aan het zadel probeert te wennen. Hij verdween tussen de bomen.

Even bewoog er niets, en toen bewoog alles tegelijk. De paarden begonnen allemaal te springen en op de plaats te stappen met hun achterhand onder zich verzameld. Ze hadden geen gemeenschappelijke richting, maar ze wilden erg graag ergens anders heen dan hier. De bloedhond rende tussen hun benen door en joeg hen nog erger op stang, maar toen kreeg hij een trap tegen zijn kop en viel jankend neer.

De ruiters rukten aan de teugels om de paarden tegen te houden. Het lege paard waar de man vanaf geschoten was keek om zich heen om leiding te zoeken, maar toen het niets vond, ging het er blindelings vandoor. Het was echter nog geen drie stappen verder of het trapte op de slepende teugels en botste struikelend op de andere paarden, en die begonnen allemaal te briesen en te draaien, en de ruiters probeerden alleen maar in het zadel te blijven.

Inman rende recht op de wanordelijke groep verkenners af. Er was geen dekking die die naam mocht hebben, alleen dunne boompjes. Geen muur om achter te kruipen. Geen richting om in te slaan behalve voorwaarts, geen tijdstip dan nu. Geen hoop om wat dan ook te doen behalve zich tussen hen te storten en te proberen hen allen te doden.

In volle vaart schoot hij een ruiter uit het zadel. Nu waren er nog maar drie, van wie er een al op de vlucht geslagen leek te zijn, of zijn paard was ervandoor gegaan. Het maakte zijwaartse sprongen heuvelopwaarts tot in een bosje bitternootbomen.

De twee overgebleven ruiters stonden vlakbij elkaar, en hun paarden steigerden weer bij het geluid van nieuw geweervuur en toen lag een van de paarden briesend op de grond en krabde in de aarde om zijn achterbenen onder zich te krijgen. Zijn berijder greep naar zijn eigen been en kneep erin om vast te stellen wat ermee gebeurd was toen het paard op hem viel. Toen hij een puntig stuk bot voelde dat door huid en broekspijp naar buiten stak, brulde hij van ellende, en stootte gedeeltelijk alleen geluiden uit en gedeeltelijk woorden, en dat waren gebeden aan God en grove opmerkingen over hoe zwaar een paard wel is. Hij brulde zo hard dat hij het briesen van zijn paard nagenoeg overstemde.

Het andere paard draaide stuurloos rondjes. Het bewoog in een kleine cirkel met gebogen nek en de voeten vlak naast elkaar onder zich. Teague rukte met een hand aan de teugels en hield de karabijn met de andere hand in de hoogte. Hij had een stijgbeugel verloren, en er was licht tussen hem en zijn zadel. Hij vloog er bijna af, en vuurde een ongewild schot af in de lucht. Het paard steigerde weer alsof het met een gloeiende pook was geprikt. Het draaide nog sneller rond.

Inman rende naar de stille plek waar het paard omheen draaide. Hij rekte zich en rukte de Spencer uit Teagues hand en liet hem op de grond vallen. Teague en hij keken elkaar in de ogen, en Teague bracht zijn vrije hand naar zijn gordel en trok een lang mes en brulde: Ik kleur mijn lemmet zwart met jouw bloed.

Inman trok de haan van de derde loop van de LeMat naar achteren en vuurde. Het grote pistool sprong zowat uit zijn hand, alsof het weg wilde komen. De lading trof Teague in de borst en scheurde hem open. Hij rolde op de grond en bleef op een hoop liggen, en zijn paard maakte een paar sprongen en bleef staan, liet het wit van zijn ogen zien en legde zijn oren plat tegen zijn hoofd.

Inman draaide zich om en keek naar de brullende man. Nu brulde hij vloeken naar Inman en probeerde bij zijn pistool te komen, dat in de natte modder lag. Inman bukte zich en raapte de Spencer bij de loop op. Hij zwaaide de karabijn met één hand rond en raakte de man opzij van zijn hoofd met de kolf, en de man hield op met brullen. Inman raapte het pistool van de man op en stak het achter zijn broeksband.

Het gevallen paard was overeind gekomen. Het was grijs en in het flauwe licht leek het wel de geest van een paard. Het ging bij de andere ruiterloze paarden staan, en ze leken allemaal te versuft om op de vlucht te slaan. Ze stapten heen en weer, op zoek naar iets dat voor hen als geruststellend kon gelden.

Inman keek om zich heen of hij de laatste ruiter zag. Hij verwachtte dat de man allang weg zou zijn, maar hij zag hem in de verte in het dichtste gedeelte van het bosje bitternootbomen, op een vijftig pas afstand. Ver genoeg om een pistoolschot twijfelachtig te maken. Er lag nog sneeuw onder de bomen en daar steeg damp van op en ook van de natte vacht van het paard, en er kwamen twee pluimpjes adem uit zijn neusgaten. Het paard was een gevlekte merrie, en haar tekening paste zo goed bij de sneeuw en de bomen en de stukken open grond dat ze ermee leek te versmelten. Achter de bitternoten een steile, brokkelige rotswand.

De berijder probeerde het paard zo te laten lopen dat er steeds een boom tussen hem en Inman was, maar dat lukte slechts gedeeltelijk. Op de momenten dat hij zichtbaar was, werd duidelijk dat hij nog maar een jongen was. Inman kon zien dat hij zijn hoed verloren had. Zijn haar was witblond. Hij zag eruit of hij Duits of Nederlands bloed had. Misschien was hij van Ierse afkomst of een of ander inteeltproduct uit Cornwall. Het deed er niet toe. Hij was nu door en door een Amerikaan, blanke huid, wit haar en een moordenaar. Maar hij zag eruit alsof hij zich nog voor het eerst moest scheren, en Inman hoopte dat hij niet genoodzaakt zou zijn een jongen dood te schieten.

—Kom tevoorschijn, zei Inman, zijn stem luid genoeg verheffend om gehoord te worden.

Niets.

De jongen bleef achter de boom. Het enige zichtbare waren het achterdeel en het hoofd van het paard, in tweeën gedeeld door de bitternoot. Het paard deed een stap naar voren en de jongen trok aan de teugels om het achteruit te laten gaan.

—Vooruit, zei Inman. Ik vraag het geen twee keer. Leg je wapens neer en je mag naar huis rijden.

—Nee meneer, zei de jongen. Deze plek bevalt me goed.

—Mij niet, zei Inman. Helemaal niet. Dan zal ik je paard maar neerschieten. Dan moet je wel tevoorschijn komen.

—Schiet maar, zei de jongen. Het is niet van mij.

—Verdorie, zei Inman. Ik probeer een manier te zoeken om jou niet te hoeven doden. We kunnen dit zo oplossen dat we elkaar over een jaar of twintig in de stad zouden kunnen tegenkomen en samen een borrel drinken en hoofdschuddend terugdenken aan deze donkere tijd.

—Niet als ik mijn pistool neergooi, zei de jongen. Dan zou je me toch doodschieten.

—Ik ben er niet zo een als jullie en zo ga ik niet te werk. Maar ik dood je liever dan dat ik van deze berg afloop en bij elke stap bang moet zijn dat jij ergens achter een rots op mijn hoofd zit te mikken.

—Reken maar dat ik op je zou mikken, zei de jongen. Reken maar.

—Nou, daarmee is eigenlijk alles gezegd, zei Inman. Je zult door mij heen moeten om hier weg te komen.

Inman ging de Spencer oprapen en controleerde het buisvormige magazijn in de geweerlade, dat leeg bleek te zijn. Een gebruikte geelkoperen huls in de patroonkamer. Hij gooide de karabijn weg en bekeek de cilinder van de LeMat. Van de negen ladingen waren er nog zes over, en de hagelloop was afgevuurd. Hij haalde een papieren patroon uit zijn zak, beet er het uiteinde vanaf en liet het kruit in de grote loop lopen. Vervolgens duwde hij het papier met hagel in de loop, drukte het aan met de kleine laadstok en zette een geelkoperen slaghoedje op het uitsteeksel. Hij zette zich in postuur en wachtte.

—Je zult toch ooit eens achter die boom vandaan moeten komen, zei hij.

Een minuut later liep het paard naar voren. De jongen probeerde dwars door het bos een cirkel te maken om weer op het pad te komen. Inman rende die kant op om hem de weg af te snijden. De situatie kwam neer op een man op een rijdier en een man te voet die elkaar in het bos nazaten. Ze maakten gebruik van de bomen en de terreingesteldheid, en ze manoeuvreerden heen en weer om te proberen een vrij schootsveld te krijgen, zonder te dichtbij te komen.

De merrie was in de war en had haar eigen behoeften, waarvan de eerste was zich te voegen bij de andere angstige paarden. Ze nam het bit tussen haar tanden en ging ervan door in een andere richting dan waar de jongen haar met de teugels heen wilde leiden, en ze rende recht op Inman af. Toen ze vlakbij was, bokte ze half en veegde met de jongen tegen een bitternootstam en wipte hem uit het zadel. Toen ze het bit los in haar mond voelde, balkte ze als een muilezel en galoppeerde weg naar de andere paarden, en ze raakten elkaars neus aan en rilden met hun vel.

De jongen lag in de sneeuw op de plek waar hij was neergevallen. Toen kwam hij een stukje overeind en friemelde aan de slaghoedjes en de haan van zijn pistool.

—Leg dat ding neer, zei Inman. Hij had de haan van de hagelloop naar achteren getrokken en de loop was op de jongen gericht.

De jongen keek naar hem en zijn blauwe ogen waren zo leeg als een schijf ijs boven op een emmer water. Zijn gezicht was wit, en nog witter in de kringen onder zijn ogen. Het was een miezerig blond joch, met kortgeschoren haar alsof hij kortgeleden iets tegen hoofdluis had gedaan. Geen uitdrukking op zijn gezicht.

Niets aan de jongen bewoog, alleen zijn hand, en die bewoog sneller dan je kon zien.

Plotseling lag Inman op de grond.

De jongen zat naar hem te kijken, en toen keek hij naar het pistool in zijn hand en zei: Bij God. Alsof hij er helemaal niet op gerekend had dat het ding zou doen wat het gedaan had.

Ada hoorde de schoten in de verte, droog en ijl als brekende takken. Ze zei niets tegen Ruby. Ze draaide zich om en begon te rennen. Haar hoed vloog van haar hoofd en ze rende door en liet hem als een schaduw achter haar op de grond liggen. Ze kwam Stobrod tegen en die klampte zich uit alle macht vast aan Ralphs manen, hoewel het paard nu rustig draafde.

—Daarzo, zei Stobrod. Hij reed door.

Toen ze de plek bereikte, had de jongen de paarden al verzameld en was ermee vertrokken. Ze liep naar de mannen op de grond en keek naar hen, en toen vond ze Inman op een andere plek. Ze ging zitten en hield hem in haar schoot vast. Hij probeerde te praten, maar ze legde een vinger op haar lippen. Hij zweefde op de rand van waken en slapen en droomde een heldere droom over een huis dat hij kende. Er was een bron met koud water dat uit een rots welde, velden met zwarte aarde, oude bomen. In zijn droom leek het hele jaar op hetzelfde moment aanwezig te zijn, alle seizoenen waren met elkaar vermengd. De appelbomen hingen vol vruchten maar stonden op onverklaarbare wijze tevens in bloei, er zat ijs om de rand van de bron, okraplanten hadden gele en bruinrode bloemen, esdoornbladeren waren rood zoals in oktober, er zaten kwasten aan de toppen van de maïs, een zachte leunstoel stond bij de gloeiende haard in de salon, er lagen glanzende pompoenen op het veld, de laurierstruiken bloeiden op de hellingen, de oevers van greppels stonden vol oranje springzaad, de kornoelje had witte bloesems, de judasboom paarse. Alles was er tegelijk. En er waren witte eiken, en heel veel kraaien, althans de geesten van kraaien, die dansten en zongen op de hoogste takken. Er was iets dat hij wilde zeggen.

Een toeschouwer die zich boven op de rand van de helling bevond, zou in de verte beneden een roerloos tableau in het winterse bos hebben gezien. Een beek, resten sneeuw. Een bosachtig dal, afgezonderd van de rest van de mensheid. Een liefdespaar. De man liggend met zijn hoofd in de schoot van de vrouw. Zij, hem in de ogen kijkend, het haar van zijn voorhoofd strijkend. Hij, onhandig met zijn arm om haar heen om het zachte gedeelte van haar heup te omvatten. Beiden elkander aanrakend met grote intimiteit. Een tafereel waar zoveel rust en vrede van uitging dat de toeschouwer boven op de rand er later met zoveel zekerheid over zou kunnen verhalen dat het mensen met een optimistische aard ertoe zou kunnen brengen zich een mogelijke geschiedenis voor te stellen waarin het tweetal op de grond tientallen jaren van gelukkig samenzijn wachtten.

epiloog, oktober 1874

Na al die jaren en drie kinderen samen, betrapte Ada hen nog steeds op de wonderlijkste momenten terwijl ze elkaar beetpakten. Op de schuurzolder nadat ze de komvormige kleinesten van zwaluwen hadden afgeslagen. Achter de rokerij nadat ze een vuur hadden aangelegd met natte maïskolven en bitternoottakken. Vandaag was het buiten geweest op het aardappelveld, waar ze bezig waren de grond los te maken met grote schoffels. Ze hadden onhandig en wijdbeens in de voren gestaan, en de omhelzing vond plaats met één arm, terwijl hun vrije hand de schoffel vasthield.

Ada dacht er even over een of andere droge opmerking te maken. Moet ik soms kuchen? Maar toen zag ze de stelen van de schoffels. De hoek die ze met de aarde maakten deed haar denken aan hefbomen die de geheime motoren van de aarde in beweging zetten. Ze ging daarom verder met haar eigen bezigheden en liet hen begaan.

De jongen was nooit teruggegaan naar Georgia. Hij was een man geworden in Black Cove, en een goeie ook. Daar had Ruby voor gezorgd. Ze had hem achter de broek gezeten in de twee jaar dat hij als knecht had gewerkt, en ze bleef dat doen toen hij haar man werd. Een schop onder de kont wanneer dat nodig was, en anders een knuffel. Het was ongeveer gelijk verdeeld. Hij heette Reid. Hun kindertjes waren met achttien maanden tussenruimte geboren, alledrie jongens, met volle koppen zwart haar en glimmende bruine ogen die als kleine kastanjes in hun hoofd stonden. Ze groeiden op tot stevige kleine kereltjes met blozende wangen en een gulle lach, en Ruby liet ze hard werken en veel spelen. Ondanks het leeftijdsverschil leken ze, wanneer ze op het erf rondrenden onder de buxusstruiken, precies zo op elkaar als een nest jonge hondjes.

Het was nu laat in de middag en de drie jongens zaten op hun hurken rond een vuurkuil achter het huis. Er hingen vier kippetjes te roosteren boven de houtskool, en de jongens maakten ruzie over wiens beurt het was om ze te bestrijken met een sausje van azijn en hete pepertjes.

Ada stond onder de perenboom naar hen te kijken, terwijl ze een tafelkleed uitspreidde en acht borden op een rij zette, die elkaar bijna raakten op de kleine tafel. Ze had hier tot nu toe maar één jaar sinds de oorlog geen laatste picknick kunnen houden voor het koude weer inzette. En dat was drie jaar geleden geweest, toen oktober anders was geweest dan alle andere, de hele maand zware bewolking en regen op één dag na toen er natte sneeuw was gevallen.

Ada had geprobeerd het hele jaar even lief te hebben, en geen vooroordeel te hebben tegen de grauwheid van de winter, de geur van vergane bladeren onder je voeten, de stilte in bossen en velden. Toch kon ze niet verhelpen dat ze het meest van de herfst hield, en ze kon niet helemaal afkomen van het sentimentele gevoel dat het vallen van de bladeren iets aangrijpends had, dat dit het einde van het jaar inluidde en dus een metafoor was, hoewel ze wist dat de seizoenen elkaar eindeloos opvolgden en geen inleiding of epiloog hadden.

De oktobermaand van 1874 was tot haar grote vreugde precies zo mooi gebleken als die maand in de bergen kan zijn. Het was weken achtereen droog, warm en helder weer geweest, en het kleuren van de bladeren was nu zover dat de populier geel was en de esdoorn rood, maar de eik was nog groen. Cold Mountain was een bont kleurentapijt dat achter het huis oprees. Hij veranderde met de dag, en als je goed oplette kon je precies volgen hoe de kleur het groen inhaalde en de berg afdaalde en zich in het dal verspreidde als een golf die langzaam over je heen brak.

Na korte tijd, toen er nog een uur daglicht over was, kwam Ruby uit de keuken. Naast haar een lang, slank meisje van negen. Beiden droegen een mand. Aardappelsalade, maïs, maïsbrood, snijbonen. Reid haalde de kippen van het vuur en Ruby en het meisje zetten het eten op tafel. Stobrod kwam uit de schuur tevoorschijn, waar hij aan het melken was geweest. Hij zette de melkemmer naast de tafel op de grond en de kinderen schepten hun bekers vol. Allen gingen zitten.

Toen wat later de schemering over de vallei daalde, stookten ze het vuur op en Stobrod haalde zijn viool en speelde een variatie die hij had gemaakt op Bonnie George Campbell, door het sneller te spelen en er een dansritme in te brengen. De kinderen renden joelend om het vuur heen. Ze dansten niet maar renden alleen op de muziek, en het meisje zwaaide met een brandende stok en maakte met de geel gloeiende punt golvende vormen in de donkere lucht tot Ada zei dat ze ermee moest ophouden.

Het meisje zei: Maar mama, en Ada schudde haar hoofd. Het meisje kwam naar haar toe en gaf haar een kus op de wang. Toen huppelde ze weg en gooide de stok in de vlammen.

Stobrod speelde de eenvoudige figuur van de melodie telkens opnieuw tot de kinderen warm en bezweet waren. Toen hij ophield, ploften ze naast het vuur op de grond neer. Stobrod haalde de viool onder zijn kin vandaan. Hij wilde een gewijd lied zingen, en de viool was nu eenmaal het instrument van de duivel en mocht geen gewijde liederen spelen. Toch hield hij hem met een koesterend gebaar vast tegen zijn borst, en liet de strijkstok aan een kromme vinger hangen. Hij zong 'Angel Band', een nieuw lied. Het meisje zong de tweede stem bij het refrein, met een heldere, hoge, krachtige stem. Draag me weg op je sneeuwwitte vleugels.

Stobrod legde de viool weg, en de kinderen bedelden om een verhaal. Ada haalde een boek uit haar schort, hield het schuin naar het licht van het vuur en las. Philemon en Baucis. Ze had enige moeite met het omslaan van de bladzijden omdat ze vier jaar terug op de dag na de winterzonnewende het laatste kootje van haar rechter wijsvinger was kwijtgeraakt. Ze was alleen op de bergkam geweest waar ze bomen omhakte op de plaats waar ze de dag tevoren vanaf de veranda de zon had zien ondergaan. Er was een kink gekomen in de kabel waarmee de stam vastzat, en ze was bezig geweest te proberen de verkeerd zittende schakels los te krijgen toen het paard naar voren stapte in de strengen en haar vingertop werd afgekneld, zo volledig als je de dief van een tomatenplant zou afknijpen. Ruby had de vinger met kompressen verzorgd, en hoewel het bijna een jaar duurde, was hij zo keurig genezen dat je bijna zou denken dat het uiteinde van een vinger er zo hoorde uit te zien.

Toen Ada het slot van het verhaal naderde, en de oude geliefden na een lang, vredig en harmonieus leven in een eik en een linde waren veranderd, was het helemaal donker geworden. Het begon af te koelen, en Ada legde het boek weg. Een maansikkel stond in de buurt van Venus aan de hemel. De kinderen hadden slaap gekregen, en het zou weer vroeg dag zijn morgen, met zoals altijd veel te doen. Tijd om naar binnen te gaan, de houtskool af te dekken en het klinktouwtje binnen te halen.

dankwoord

Ik wil graag een aantal mensen bedanken voor hun steun tijdens het schrijven van *Cold Mountain.* Ik ben hun veel verschuldigd. Mijn vader, Charles O. Frazier, heeft de familieverhalen bewaard en mij er deelgenoot van gemaakt. Hij heeft me op het spoor van Inman gezet, en zijn uitgebreide kennis van de geschiedenis en cultuur van North Carolina is voortdurend een bron geweest waaruit ik kon putten. Kaye Gibbons heeft me raad en aanmoediging gegeven; zij nam mijn schrijven eerder serieus dan ikzelf en was een voorbeeld van hard werken en toewijding. W.F. en Dora Beal verschaften me een schitterende schrijfplek in hun huis in de bergen van North Carolina, waar een groot deel van het boek geschreven is; het vergezicht vanaf hun terras heeft de geest van het boek bepaald. Leigh Feldman zat me achter de vodden wanneer ik bleef steken en hielp me de richting van het verhaal te vinden. De intelligente, gevoelige en enthousiaste redactie van Elisabeth Schmitz heeft de uiteindelijke vorm ervan aanmerkelijk verbeterd.

Een aantal boeken waren van nut bij het ontwikkelen van de culturele en historische achtergrond voor de roman, met name de volgende: Rober Cantwell, *Bluegrass Breakdown: The Making of the Old Southern Sound* (1984); Richard Chase, *Jack Tales* (1943) en *Grandfather Tales* (1948); Walter Clark, *Histories of the Several Regiments and Battalions from North Carolina in the Great War* (1901); Daniel Ellis, *Thrilling Adventures* (1867); J. V. Hadley, *Seven Months a Prisoner* (1898); Horace Kephart, *Our Southern Highlanders* (1913); W.K. McNeil, *Appalachian Images in Folk and Popular Culture* (1995); James Mooney, *Myths of the Cherokee* (1900) en *Sacred Formulas of the Cherokees* (1891); Philip Shaw Paludin, *Victims* (1981); William R. Trotter, *Bushwhackers: The Civil War in North Carolina*, Vol. II, *The Mountains* (1988).

Tot slot wil ik me verontschuldigen voor de grote vrijheden die ik heb genomen ten aanzien van het leven van W. P. Inman en de geografie van de omgeving van Cold Mountain (1840 meter).